曾缄诗文集

曾缄集

寸铁堪诗稿

曾缄 著
寸铁孙 整理

巴蜀书社

图书在版编目（CIP）数据

康行集/曾缄著．寸铁孙整理—成都：巴蜀书社，2021.6
ISBN 978-7-5531-0818-6
（曾缄诗文集）

Ⅰ.①康…　Ⅱ.①曾…　②寸…　Ⅲ.①诗集－中国－当代
Ⅳ.①I227

中国版本图书馆 CIP 数据核字（2017）第 113378 号

康　行　集

KANG XING JI　　曾缄 著　寸铁孙 整理

责任编辑　童际鹏
出　　版　巴蜀书社
　　　　　成都市槐树街 2 号　邮编 610031
　　　　　总编室电话：(028) 86259397
网　　址　www.bsbook.com
发　　行　巴蜀书社
　　　　　发行科电话：(028) 86259422　86259423
经　　销　新华书店
照　　排　成都完美科技有限责任公司
印　　刷　成都蜀通印务有限责任公司
版　　次　2021 年 6 月第 1 版
印　　次　2021 年 6 月第 1 次印刷
成品尺寸　230mm×170mm
总 印 张　59.5（本册印张：23.75）
字　　数　900 千字
书　　号　ISBN 978-7-5531-0818-6
定　　价　198.00 元（全三册）

曾缄像

曾缄(1893——1968)字圣言,又慎言,晚号寸铁老人。四川叙永马岭人。1912 年考入北京大学,师从黄侃,人称“黄门侍郎”。1917 年 6 月北京大学文科中国文学门毕业,学士学位。民国时期,曾缄先生曾任西康省临时参议会秘书长,蒙藏委员会委员。四川大学中文系系主任兼文科研究所主任。1968 年 10 月 24 日罹难。代表作品有:《布达拉宫辞并序》《仓央嘉措情歌 66 首》(七言)《双雷引》等。

六世達賴情歌六十七首

其一

心頭影事幻重重，化作佳人絕代容。恰似東山山上月，輕輕走出最高峰。

此言[illegible]來心上，如明月之出東山[illegible]

其二

轉眼苑枯便不同，昔時芳草化飛蓬。饒君老去形骸在，似南方竹節弓。

[illegible]詳見西藏南布丹等地[illegible]為弓之[illegible]竹為之[illegible]

其三

意外娉婷忽見知，結成鴛侶慰相思。此身似歷茫茫海，一顆

前　言

本世纪，某年，一个偶然的机缘，《仓央嘉措情歌六十六首(七言)》(曾缄译)，再次走进了人们的视野。一时间，热情的读者争先“穿越”，史海钩沉。曾缄，这个几近被历史遗忘的诗人，他的诗、他的传说，在沉寂近五十年后，终于重新进入人们的眼帘。有人讲，仓央嘉措成就了曾缄，曾缄成就了仓央嘉措；有人讲，曾缄使仓央嘉措美好的爱情更加唯美……总之，知道仓央嘉措的人，就一定知道曾缄。只是，人们对于曾缄其人，却知之甚少。

曾缄(1892.4.7—1968.10.24)，字圣言，又字慎言，晚号寸铁老人，又号眇翁。四川叙永马岭人。七岁失恃，少年顽皮。某年，随父亲于几十里外为母亲扫墓，归途中在一客栈摔伤了脚。父亲因家有事务亟需处理，请了郎中并将他托付给客栈老板后离去。不能下床的曾缄，托老板借书给他看，三国、唐诗、宋词等等，反复看遍，再看旁批、顶批、注释，从此喜静好书。

小学毕业，成绩优异，考入成都高等学堂。1912 年考入北京大学，师从黄侃，人称“黄门侍郎”。1917 年 6 月于北京大学文科中国文学门毕业，得学士学位。北大读书时，曾兼任北京《共和日报》主笔。

民国时期，曾缄先生皆在军政两界谋生，曾先后任刘禹九师部秘书、李家钰秘书、田颂尧秘书、刘文辉秘书；曾担任四川乐至、什邡、江北、雅安等县县长；曾任四川国学专门学校教务长、四川参议会委员、民国蒙藏委员会委员、西康省临时参议会秘书长、四川大学文学院教授。但骨子里，曾缄先生始终是个文人、诗人，其间写了大量的诗词歌赋杂著，见诸报刊。1947 年 4 月，曾缄先生辞去四川雅安县县长一职，同年 7 月受聘为四川大学中文系教授，曾任系主任兼文科研究所主任。1968 年 10 月 24 日，曾缄先生在四川大学文史楼(一说第一教学楼)蒙冤罹难，尸骨无踪。

现今整理出版的《寸铁堪诗稿》(修订版)，为先生晚年亲自勘定，或许曾有意付梓，可是天有不测风云。本书所收集的诗歌 600 余首，大致写于 1939 年至 1964 年间，诗中所表现的山川风物、世事人文，或俗或雅，或咏或叹，或讥或讽，不一而足，气象万千。宋伯灵先生谓：“缄诗如孙行者，临阵身带八万四千毫毛，变化无穷，神通自在。”

20 世纪 60 年代初，除作诗文外，曾缄先生偶有兴致，以丹青自娱，怡养性情。本书所插山水小品，亦为先生所画。

诗书火于秦，篇简多不完。

温处伏机中，文星却人寰。

1965 年 10 月，曾缄先生的诗词在四川大学被“机密”批判，所有诗词文赋杂著，悉数搜查没收。“败也萧何，成也萧何。”先生这些被当作“反动材料”而被封存的诗文，尽管在“文革”中飘散零落，所剩无几，但在曾缄先生平反昭雪后，竟有残篇剩笺，无胫而归……或许，上苍不忍他的著作被泥沙堙没，用特别的方式，将先生的诗作保存一些下来，是为有一天能重见天日，以广流传。真可谓“大江东去淘不尽，千古风流人物”。

《康行集》收录曾缄先生 1927 年至 1950 年诗歌 600 余首，有北大就学时与其师黄侃先生的连句、和诗，如《西郊禊游诗序》，反映了曾缄先生北大就学生活之一斑；有出任军队秘书时的诗歌，所谓“严武幕中逢杜甫，本初弦上著陈琳”。其中以在任西康省政府秘书长、四川雅安县长时的诗歌为多。这些诗歌，见证了西康省政府的建立，彼时的时事政治与行政事务，如《省府成立作一首》。西康的风土人情、公序良俗皆入诗中。山川博物，吟咏犹多。如《记行七首》《邛山高》《行路难为大相岭作》；有与程康、刘庐隐的唱和之作，也有与程千帆、沈祖棻的和诗，如《寄千帆嘉州》《题沈祖棻女史和玉溪生无题诗后》；有志怪俗谈，有赏游戏语，如《小隐园中秋宴集诗并序》《康定二道桥温泉》；有抒陆沉之哀、悲悼抗日将士的《失地十四首》《哭王之钟将军》；有赞文成和番的《文成公主颂》，有怀人之作的《吊章黄二先生并序》《独哀诗》；有颂边土民情的《康娃谣》；有深悯民劳的《宿小河子闻民工夜唱》等，总之，生活中大大小小、些些微微之事，无不入诗。曾缄先生说："余得西蜀山川之助，西蜀山川亦得余之助，非此，余与山川皆将抱屈。"

《折腰集》收录曾缄先生杂文并论文 73 篇，戏剧 1 篇。其中部分文章，曾见于《斯文》《康导月刊》《文学遗产增刊》《制言》和一些报纸，但多数未曾见于世。时间大致在 1917 至 1965 年间。《顾庐记》赞顾印伯高足程穆庵（程千帆之父）倾其家资为先师刊书遗传；《康游赋》抒抗战中的离乱之苦，写西蜀穷边的险隘壮美、民族地区的淳风厚俗；《西康省临时参议会题名记》是西康省成立的历史资料；《涉江词序》为当代李清照沈祖棻先生而作，以为"燕行清照，皋真淑贞"；《汉高君阙亭记》记录了 1940 年曾缄先生出任雅安县长时，请求国币修葺汉高君阙亭一事，旨在“入敦孝廉，出为循良，懿此一贤，下风百世”。《量守庐词抄序》仰其先师黄侃先生“高文典册，芳菲瑰丽，钧天广乐，其无可朽”。

《人外庐绮语》《越翠庵词》是曾缄先生的词集。关于词，编者初心是为曾缄先生出一本专集，奈何《寸铁堪词存》《西征词》等流入古籍市场，囊中羞涩，无力赎回。手中仅有的两本词集及一些零散词作，无法构成一本专集，只好收在了《折腰集》中。时间大致在 1924 至 1958 年间，共 84 首。《摸鱼儿・沙河感逝词》悲悼两位亡妻：“烟凝入抱之魂，蝶化同心之侣。望远山而便亲眉黛，临蔓草而若见罗裙。”“双蝶舞，还念我，韩凭未化青陵土。”其情其意，感人至深。《木兰花慢・康垣十景》则状康城山川奇犷，录边城淳良风俗。

曾缄先生诗文稿中，有注“初稿”“待定稿”之类，有注“此删”“此二首删”之类，编者因念曾缄先生诗文乃劫后余灰，散佚已多，不忍舍去，故收录在册。如《调笑令》二首、《苍坪山新春》等。整理中，最艰难的是《雅安杂诗》，蠹鱼啮噬，漫漶脱落，毁坏严重，好些诗词已无法窥其全貌，无法收录。再是《寒斋诗稿》，此部分诗歌，或许是曾缄先生还在不停的推敲之中，涂改太多，几乎没有誊抄过的诗，整理时最为难，最辛苦，所以此集中收录的诗歌较其他诗集要少，而错失可能会较多。有的诗歌，曾缄先生修改后并未完成的，一也编录在册，用注释加以说明，如《罗公招过蒙山精舍》。

这些文稿，历经沧桑，风蚀虫蠹，书册残破，字迹漫漶脱落。编者虽尽全力，希望以原貌呈现了读者面前，但终因学养尚浅，能力有限，编录中难免有所错讹，敬请广大读者批评指正。本诗集各部分基本按时间顺序编排。注释凡例两种：一为编者所加，一为曾缄先生自注（即有括号者）；先生所用通假字或难以替代的繁体字基本原样保留。

曾缄先生离开我们已经五十余年了，可他的诗作，定非一时浪徼之作；他的盛名，定非一时浪徼之名。他的诗作，千古不朽！

五十年来，我们每向飞星远处眺望：

千山万峰云茫茫，万江千水粼汤汤。

山山皆是诗人冢，水水共叹劫世殇。

失去他的痛，痛了几代人，一直痛到现在……

纵不知何处九京埋玉树，

何曾料天上人间更相知。

谨以此书告慰我们亲爱的爷爷、外公的在天之灵！

谨以此书告慰我们那些故去的长辈！

谨以此书激励曾缄先生的后世子孙！

致谢所有爱仓央嘉措情歌、爱曾缄先生的朋友！你们在，故他在！

致谢所有爱曾缄先生的读者，你们的厚爱，是激励我致力于他诗文搜集整理出版的动力所在！

亲爱的朋友们，由衷地感激你们！是你们的爱，让曾缄先生死而犹生。

永垂不朽！

编者

2020 年 9 月 25 日

总目录

寸铁堪诗稿

寸铁堪诗稿

寸铁堪诗稿(乙酉)

寒斋诗稿

峨眉记游诗

青城记游诗

越翠宧诗稿

北上诗稿

青松馆诗稿

晚食斋诗稿

頯楼诗稿

康行集

牵牛花诗稿

凿空集

涉趣园漫录之诗

康行杂诗

（一）

（二）

（三）

红棠翠筱轩杂稿

雅安杂诗

骢马集

辛巳漫稿

临边集

听蝉宧吟草

折腰集

自　序

右为文以十数，词以百数，诗以千数。平生东涂西抹之作不为不多，而存者止此。此又不尽如吾意，尤不能尽如人之意也。忆幼学为文，稍见誉于塾师，乡先辈或语吾父，此子一为文人，恐无足观。吾闻之大愤，矢志不为文人。投考四川陆军学校，被摈，后入北京大学文科，请改学经济政治，书十上，不许。以此终不得不为文人，命也。

吾始为文，好桐城方姚①之说，力求近古，然所谓古者，韩愈氏以下之古耳。后在大学从蕲春黄先生②游，乃致力于萧氏《文选》。苏轼谓愈"文起八代之衰"，吾乃欲为其衰者。时新学方盛，目桐城为谬种，选学为妖孽，吾不幸出入二者之间，直至今日犹未能自拔，亦云固矣。

① 桐城方姚：即桐城文派的主要代表人物方苞、姚鼐。

② 蕲春黄先生：即黄侃（1886－1935），我国近代颇负盛名的语言文字学家、训诂学家和音韵学家。

先君子好为诗，吾儿时发蒙，便令读司空图《诗品》。在丹山中学，时时窃为律绝，偶为巴县杨沧白先生①所见，承谓可造，举《杜诗全集》令观之。吾感旧诗云："曾借荆州得杜诗"，即谓此也。入大学兼嗜樊川、玉溪、剑南、遗山之作，初不喜东坡，后乃笃好之愈于诸家。七言歌行，则于少陵、东坡外，兼采长庆乃至梅村诸体。今所录《布达拉宫辞》《双雷引》等皆此类也。时贤乐道江西，而吾不废西昆，尊唐亦不卑宋，非谓能折中之，徒自形其杂乱而已。他人唯恐不纯，而吾则唯恐不杂，此亦吾之偏见也。

昔在大学曾做《原诗》一文，于词有自郐无讥之语，为黄先生所呵。返蜀后，偶一为之。其初颇慕苏辛，后观清真、白石、梦窗，微有悟入。晁无咎谓坡公"曲子缚不住"，吾则自甘受缚。遇诸难调，必按四声要之蕲合于词之本色，不致成为句读不葺之诗而已。昔吾薄为文人，今所作，视文人犹未逮也。然吾曾妄标一境曰：自在。何谓自在，试举例以明之。韩愈之浩乎其沛然，苏轼之如万斛流泉不择地可出，是能为自在者也。杨万里辞谢唐人及王、陈、江西诸君子，皆不敢学，而后欣如。姜夔三熏三沐②师黄太史，居数年，噤不敢吐一语。始

① 杨沧白先生：杨庶堪，字沧白，晚号邠斋，四川巴县（今重庆巴南区）人，中国民主革命先驱、辛亥革命元勋、孙中山先生的忠实追随者，孙中山革命事业最重要的助手之一。

② 三熏三沐：多次沐浴并用香料涂身。这是我国古代对人极为尊重的一种礼遇。

大悟，学即病，不若无所学之为得。此二君则始于不自在，而终跻于自在者也。夫临文而不自在，则终日攒眉，翰墨沦为苦海，果何为乎？吾固不敢望韩、苏、杨、姜，然亦尝求吾所谓自在者而为之。是以行年七十又一，尚乐此不疲，非唯自娱，亦以此养生焉。若夫妄冀身后之名，浪徼一时之誉，昔固未能忘情，今已不萌此想。回顾旧稿，譬诸既陈之刍狗①曾无足惜，而李君晴虹②，怂恿纂集且代为手录，积之居然成帙，间尝对之自笑。斋中插架多前代高文典册，疏懒不自整理，为蠹鱼吞食几尽。其残篇断简，吾妇偶取之，以爇③蜂窝煤。然则此戋戋者，它日适足供蠹鱼之一饱，爨④薪之一助，自达者观之，亦未为不遇也。

曾　缄

一九六三年

① 刍狗：用草扎的狗，祭祀用品。见老子《道德经》第五章。

② 晴虹：李齐梁（1921—1998），字怀松，又字晴虹。四川大学中文系教师，四川省文史研究馆馆员。

③ 爇（ruò）：点燃，焚烧。

④ 爨（cuàn）：烧火做饭。

布达拉宫辞　并序

叙曰：六世达赖喇嘛罗桑瑞晋仓央嘉措，西藏寞地人也。其父名吉祥持教，母号自在天女。五世达赖阿旺罗桑薨，而仓央嘉措适生，岐嶷出众，见者目为圣童。当五世达赖之薨也，大臣第巴桑吉专政，匿其丧不报，阴内仓央嘉措布达拉宫中为储君，其教令仍假五世达赖之名行之，如是者有年。后清康熙帝微有所闻，传诏责问，始以实对。康熙三十五年，乃从班禅额尔德尼受戒，奉敕坐床，即六世达赖位，时年十五。威仪焕发，色相庄严，四众瞻仰，以为“如来三十二相，八十种随形好”，不是过也。正位之后，法轮常转，玉烛时调，三藏之民，罔不爱戴。

黄教之制，达赖住持正法，不得亲近女人。而仓央嘉措情之所钟，雅好佳丽，粉白黛绿者，往往混迹后宫，侍其左右。意犹未足，自于后宫辟一篱门，夜中易服，挟一亲信侍者从此门出。更名荡桑汪波，微行拉萨市上。

偶入一酒家，觌[1]当垆女郎，殊色也，悦之，女郎亦震其仪表而委心焉。自是昏而往，晓而归，俾夜作昼，周旋酒家者累月。其事甚密，外人无知之者。一夕值大雪，归时遗履迹雪上，为人发觉，事以败露。

有拉藏汗者，亦执政大臣，故与第巴桑吉争权。至是借为口实，言其所立非真达赖，驰奏清廷，以皇帝诏废之。仓央嘉措被废，反自以为得计，谓："今后将无复以达赖绳我，可为所欲为也。"与当垆女郎过从益密。拉藏汗会三大寺大喇嘛杂治之，诸喇嘛唯言其迷失菩提而已，无议罪意。拉藏汗无如何，乃槛而送之北京。道经哲蚌寺，众僧出不意，夺而藏诸寺。拉藏汗以兵攻破寺，复获之，命心腹将率兵监其行，至青海以病死闻。或曰：其将鸩杀之。寿止二十三岁，时则康熙四十五年也。

仓央嘉措既走死，藏之人皆怜其无辜，不直拉藏汗所为。拉藏汗别立伊喜嘉措为新达赖，而众不之服也。闻七世达赖诞生理塘，则大喜。先是仓央嘉措有诗云："他年化鹤归何处？不在天涯在理塘。"故众谓七世达赖是其后身，咸向往之，事闻于朝。于是清帝又诏废新达赖，而立七世达赖，以嗣仓央嘉措。迎立之日，侍从甚盛，幡幢伞盖，不绝于途。拉萨欢声雷动，望尘遥拜者不知其数也。

仓央嘉措积学能文，工诗，所著有《无生缬利法》、

① 觌(dí)：见，相见。

《黄金穗故事》，《答南方人问马头观音法书》及《笺启歌曲》等。而歌曲六十余篇，流传尤广，世谓之六世达赖情歌。流水落花，美人香草，哀感顽艳，绝世销魂，为时人所称，然亦以此见讥于礼法之士。故仓央嘉措者，盖佛教之罪人，词坛之功臣，卫道者之所疾首，而言情者之所归命也。观其身遭挫辱，仍为众望所归，甘棠之思①，再世笃弥，可谓贤矣。乃权臣窃柄，废立纷纭，遂令斯人行非昌邑，而祸烈淮南。悲夫！

戊寅②之岁，余重至西康，网罗康藏文献，得其行事，并求其所谓情歌者译而诵之。既叹其才，复悲其遇，慨然命笔，摭其事为《布达拉宫辞》。广法苑之逸闻，存西蕃之故实。虽迹异“连昌”而情符“长恨”，冀世之好事者，或有取于此云。

拉萨高峙西极天，布拉宫内多金仙。
黄教一花开五叶，第六僧王最少年。
僧王生长寞湖里，父名吉祥母天女。
云是先王转世来，庄严色相真无比。
玉雪肌肤襁褓中，侍臣迎养入深宫。

① 《甘棠》：是怀念召（shào 邵）伯的政德的一首诗。召伯南巡时，所到之处不占民房，只在甘棠树下停车驻马、听讼决狱。体恤百姓疾苦。他的施政之风，被人怀念，“甘棠”一词也变成了人们思念仁德之政的官员的代称。

② 戊寅：1938 年。

峨冠五佛金银烂①，窣②地袈裟氆氇红。
高僧额尔传经戒，十五坐床称达赖。
诸天为雨曼陀罗，万人合掌争膜拜。
花开结果自然成，佛说无情种不生。
只说出家堪悟道，谁知成佛更多情。
浮屠恩爱生三宿，肯向寒崖依枯木③。
偶逢天上散花人，有时邀入维摩屋。
禅参欢喜日忘忧，秘戏宫中乐事稠。
僧院木鱼常比目，佛国莲花多并头。
犹嫌少小居深殿，人间佳丽无由见。
自辟篱门出后宫，微行夜绕拉萨遍。
行到拉萨卖酒家，当垆有女颜如花。
远山眉黛销魂极，不遇相如空自嗟。
此际小姑方独处，何来公子甚豪华。
留髡一石莫辞醉，长夜欲阑星斗斜。
银河相望无多路，从今便许双星渡。
浪作寻常侠少看，岂知身受君王顾。
柳梢月上订佳期，去时破晓来昏暮。
今日黄衣殿上人，昨宵有梦花间住。

① 金银烂：藏中活佛戴玉佛，冠以金银为饰。

② 窣（sū）：细小的摩擦声。

③ 浮屠恩爱生三宿，肯向寒崖依枯木：佛典“浮屠不三宿桑下，恐从生爱。”又《传灯录偈语》：“枯木依寒崖，三冬无暖气。”言出家人见女色毫不动心，如寒崖枯木一般。

花间梦醒眼朦胧，一路归来逐晓风。
悔不行空似天马，翻教踏雪比飞鸿。
踪迹分明留雪上，何人窥破秘密藏。
哗言昌邑果无行，上书请废劳丞相。
由来尊位等轻尘，懒坐莲台转法轮。
“还我本来真面目，依然天下有情人。”
本期活佛能长活，争遣能仁遇不仁。
十载风流悲教主，一生恩怨误权臣。
剩有情歌六十章，可怜字字吐光芒。
写来旧日兜绵手，断尽拉萨士女肠。
国内伤心思故主，宫中何意立新王。
求君别自熏丹穴，觅佛居然在理塘。
相传幼主回銮日，侍从如云森警跸。①
俱道法王自有真，今时达赖当年佛。
始知圣主多遗爱，能使人心为向背。
罗什吞针岂诲淫②，阿难戒体知无碍。
只今有客过拉萨，宫殿曾瞻布达拉。
遗像百年犹挂壁，像前拜倒拉萨娃。
买丝不绣阿底峡，有酒不酹宗喀巴。
愿将世界花千万，供养情天一喇嘛！

---

① 警跸（bì）：帝王出行时清道，禁止行人来往。

② 罗什吞针：鸠摩罗什曾两次娶亲，为不影响佛教及他人修佛，便召集众僧，示以满钵银针说：“若你们能与我一样，将银针入腹，便可以像我一样娶妻满室，若不能，不可学我样。”遂吞满钵银针。众僧不敢效仿，打消娶妻之念。

此二十余年前旧作，屡经删改，先后为人书录，文辞皆有出入。雨窗无事，重加点定。此为最后定稿。一千九百六十二年七月二日，七十翁曾缄自记于蜀雍铮楼。

六世达赖仓央嘉措略传

六世达赖，名罗桑瑞晋仓央嘉措，康熙二十二年正月十六日生于西藏寞地。父曰吉祥持教，母曰自在天女，五世达赖阿旺罗桑脱缁未久而仓央嘉措诞生。时第巴桑吉专政，匿阿旺罗桑之丧，而阴奉仓央嘉措为六世主。康熙三十六年，圣祖有诏责问，第巴桑吉具以实对，始受敕坐床，即达赖位。仓央嘉措既长，仪容玮异，神采秀发，赋性通脱。虽履僧王之位，不事戒持，钟情少艾。后宫秘苑，时具幽欢，又易服微行，猎艳于拉萨城内。初犹自秘，于所居布达拉宫别为便门，躬掌锁钥，夜则从便门出，易名荡桑汪波，趋拉萨酒家与当垆女会，以为常。未晓潜归，宫中人无知之者。一夕值大雪，归时遗履迹雪上，为执事僧所见，事以败露。诸不慊于第巴桑吉者，故疑所立达赖为伪，至是稔其无行，愈讙言非真达赖。会拉藏汗与第巴桑吉有隙，以闻于朝，清圣祖下诏废之。仓央嘉措怡然弃其尊位，益纵情恣欲，无所讳饰，圣祖、拉藏汗、诸蒙古王公先后戒谏之，不听。

康熙四十四年，拉藏汗以兵攻第巴桑吉，杀之。召诸大寺喇嘛杂治仓央嘉措，诸喇嘛惟言仓央嘉措迷失菩提而已，无议罪意。拉藏汗无如何，乃上奏圣祖，以皇帝诏，槛送仓央嘉措北京。命心腹大臣率蒙古兵监其行，道经哲蚌寺，寺中喇嘛出不意，遽夺仓央嘉措，大臣引兵攻破寺，复获之。行至青海纳革刍喀间，遂发病死。世寿二十三岁，时康熙四十五年也。

仓央嘉措既走死，藏人既深怜之。拉藏汗更立伊西嘉措为新达赖，众不之信，而思仓央嘉措弥笃。迨七世达赖转生理塘之说，传至拉萨，合于仓央嘉措诗中预言，藏人皆大欢喜，以为仓央嘉措再世，迎立之日，不期而会，瞻仰膜拜，盖十余万人云。

仓央嘉措虽不检于行哉，然学赡才高，在诸世达赖中最为杰出，故屡遭挫辱，犹为藏人爱戴。甚有目其所为为“游戏三昧”。谓仓央嘉措非女人伴宿，夜不成寐，而戒体清净，于彼女曾无染也。所著有《色拉寺法会献茶颂赞》、《色拉遮院马头观音供养法》及《成就诀》、《答南方人问马头观音供养法书》、《无生缬喇法》、《黄金穗故事》及《笺启歌曲》等，而歌曲流传至广。环拉萨数千里，家弦而户诵之，世称为《六世达赖情歌》。所言多男女之私，而颂扬佛法者时亦间出。流水落花，美人香草，情辞悱丽，余韵欲流，于大雪山中高吟一曲，将使万里寒光融为暖气，芳菲灵异，诚有令人动魄惊心者也。仓央嘉措为达赖而好色已奇矣，好色而宣之于诗尤奇。故仓央嘉措者，佛教之罪人，词坛之功臣，卫道者之所疾首，而言情者之所归命也。西极荒寒，人歆寂灭，千佛出世，不如一诗圣诞生。世有达人，必去彼取此。

中华二十八年，余重至西康，网罗康藏文献，求所谓情歌者，久而未获，顷始从友人借得于道泉译本读之，于译敷以平话，余深病其不文，辄广为七言，施以润色，移译既竟，因剌取旧闻，略为此传，冠诸篇首，其有未逮，以俟知言君子。

仓央嘉措情歌六十六首

其一

心头影事幻重重，化作佳人绝代容。
恰似东山山上月，轻轻走出最高峰。
此言倩影之来心上，如明月之出东山。

其二

转眼苑枯便不同，昔时芳草化飞蓬。
饶君老去形骸在，弯似南方竹节弓。
藏南、布丹等地产良弓，以竹为之。

其三

意外娉婷忽见知，结成鸳侣慰相思。
此身似历茫茫海，一颗骊珠乍得时。

其四

邂逅谁家一女郎，玉肌兰气郁芳香。

可怜璀粲松精石，不遇知音委路旁。

松石，藏人所佩，示可避邪，为宝石之一种。

其五

名门娇女态翩翩，阅尽倾城觉汝贤。

比似园林多少树，枝头一果骋鲜妍。

以枝头果状伊人之美，颇为别致。

其六

一自魂消那壁厢，至今寤寐不能忘。

当时交臂还相失，此后思君空断肠。

其七

我与伊人本一家，情缘虽尽莫咨嗟。

清明过了春归去，几见狂蜂恋落花。

其八

青女欲来天气凉，蒹葭和露晚苍苍。

黄蜂散尽花飞尽，怨杀无情一夜霜。

意谓拆散蜂与花者，霜也。

其九

飞来野鹜恋丛芦，能向芦中小住无。

一事寒心留不得，层冰吹冻满平湖。

其十

莫道无情渡口舟，舟中木马解回头。
不知负义儿家婿，尚辞回头一顾不。

藏中渡船皆刻木为马，其头反顾。

其十一

游戏拉萨十字街，偶逢商女共徘徊。
匆匆绾个同心结，掷地旋看已自开。

其十二

长干生小最相怜，为立祥幡傍柳边。
树底阿哥须护惜，莫教飞石到幡前。

藏俗，多竖经幡，用以祈福。此诗可谓君子之爱人也，因及于其屋之幡。

其十三

手写瑶笺被雨淋，模糊点画费探寻。
纵然灭却书中字，难灭情人一片心。

此诗置之怀袖中三载，字不灭，尤为深刻。

其十四

小印圆匀黛色深，私钤纸尾意沉吟。

烦君刻画相思去，印入伊人一寸心。

藏人多用圆印，其色作黛绿。

其十五

细腰蜂语蜀葵花，何日高堂供曼遮。
但使侬骑花背稳，请君驮上法王家。

曼遮，佛前供养法也。

其十六

含情私询意中人，莫要空门证法身。
卿果出家吾亦逝，入山和汝断红尘。

此上二诗本为一首，于本[①]分之为二，今仍之。言虽出家，亦不相离。前诗写葵花，比意中人，细腰蜂所以自况也。其意一贯，故前后共为一首。

其十七

至诚皈命喇嘛前，大道明明为我宣。
无奈此心狂未歇，归来仍到那人边。

其十八

入定修观法眼开，启求三宝降灵台。
观中诸圣何曾见，不请情人却自来。

---

① 于本：于道泉译本。

其十九

静时修止动修观，历历情人挂眼前。
肯把此心移学道，即生成佛有何难。

以上二诗亦本一首，于译分之为二。藏中佛法最重观想，观中之佛菩萨，名曰本尊。此谓观中本尊不现，而情人反现也。

昔见他本情歌二章，余约其意为《蝶恋花》词云："静坐焚香观法像，不见如来，镇日空凝想。只有情人来眼上，婷婷铸出娇模样。

碧海无言波自荡，金雁飞来，忽露惊疑状。此事寻常君莫怅，微风皱作粼粼浪。"即诗出康人歌曲，今知前半阕所咏即此诗也。

其二十

醴泉甘露和流霞，不是寻常卖酒家。
空女当垆亲赐饮，醉乡开出吉祥花。
空行女是诸佛眷属，能福人。

其二十一

高竖幡幢诵梵经，欲凭道力感娉婷。
琼筵果奉佳人召，知是前朝佛法灵。

其二十二

贝齿微张笑靥开，双眸闪电坐中来。
无端觑看情郎面，不觉红涡晕两腮。

其二十三

情到浓时起致辞，可能长作玉交枝。
除非死后当分散，不遣生前有别离。
前二句是问词，后二句是答词也。

其二十四

曾虑多情损梵行，入山又恐别倾城。
世间安得双全法，不负如来不负卿。

其二十五

绝似花蜂困网罗，奈他工布少年何。
圆成好梦才三日，又拟将身学佛陀。
工布，藏中地名，此女子诮所欢男子之辞。

其二十六

别后行踪费我猜，可曾非议赴阳台。
同行只有钗头凤，不解人前告密来。
此疑所欢女子有外遇而致恨钗头凤之缄默无言也。

原文为髻上松石，今以钗头凤代之。

其二十七

微笑知君欲诱谁，两行玉齿露参差。
此时心意真相属，可肯侬前举誓词。

其二十八

飞来一对野鸳鸯，撮合劳他贳①酒娘。
但使有情成眷属，不辞辛苦作慈航。

拉萨酒家撮合痴男怨女，即以酒肆为女闾。

其二十九

密意难为父母陈，暗中私说与情人。
情人更向情人说，直到仇家听得真。

其三十

腻婥仙人不易寻，前朝遇我忽成禽。
无端又被卢桑夺，一入侯门似海深。

腻婥拉荣，译言为夺人魂魄之神女。卢桑，人名，当时有力权贵也。藏人谓此有故事，未详。

① 贳（shì）：出赁，出借，此处指赊酒。

其三十一

明知宝物得来难，在手何曾作宝看。
直到一朝遗失后，每思奇痛彻心肝。

其三十二

深怜密爱誓终身，忽抱琵琶向别人。
自理愁肠磨病骨，为卿憔悴欲成尘。

其三十三

盗过佳人便失踪，求神问卜冀重逢。
思量昔日天真处，只有依稀一梦中。

此盗亦复风雅，唯难乎其为失主耳。

其三十四

少年浪迹爱章台，性命唯堪寄酒怀。
传语当垆诸女伴，卿如不死定常来。

一云："当垆女子未死日，杯中美酒无尽时。少年一身安所寄，此间乐可常栖迟。"此当垆女，当是仓央嘉措夜出便门私会之人。

其三十五

美人不是母胎生，应是桃花树长成。

已恨桃花容易落，落花比汝尚多情。

此以桃花易谢，比彼姝之情薄也。

其三十六

生小从来识彼姝，问渠家世是狼无。

成堆血肉留难住，奔走荒山何所图。

此竟以狼况彼姝，恶其野性难驯。

其三十七

山头野马性难驯，机陷犹堪制彼身。

自叹神通空具足，不能调伏枕边人。

此又以野马况之。

其三十八

羽毛零乱不成衣，深悔苍鹰一怒非。

我为忧思自憔悴，哪能无损旧腰围。

鹰怒则损羽毛，人忧亦亏形容，此以比拟出之。

其三十九

浮云内黑外边黄，此是天寒欲雨霜。

班弟貌僧心是俗，明明末法到沧桑。

班弟教名，此藏中外道，故仓央嘉措斥之。

其四十

外虽解冻内偏凝，骑马还防踏暗冰。
往诉那堪逢彼怒，美人心上有冰层。

此谓美人外柔内刚，惴惴然常恐不当其意。

其四十一

弦望相看各有期，本来一体异盈亏。
腹中顾兔消磨尽，始是清光饱满时。

此与杜子美“斫却月中桂，清光应更多”同意。藏中学者谓此诗以月比君子，兔比小人，信然。原文甚晦，疑其上下句有颠倒，余以意通之，译如此。

其四十二

前月推移后月来，暂时分手不须哀。
吉祥白月行看近，珍重佳期第二回。

此男女相约之词。藏人依天竺俗，谓月满为吉祥白月。

其四十三

须弥不动住中央，日月游行绕四方。
各驾轻车投熟路，未须却脚叹迷阳。

“日月皆绕须弥”，出佛经。

其四十四

新月才看一线明，气吞碧落便横行。

初三自诩清光满，十五何来皓魄盈？

讥小人小得意便志得意满，言婉而讽。

其四十五

十地庄严住法王，誓言呵护有金刚。

神通大力知无敌，尽逐魔军去八荒。

此赞佛之词。

其四十六

杜宇新从寞地来，无边春色一时回。

还如意外情人至，使我心花顷刻开。

藏地高寒，杜宇啼而后春至。寞地，仓央嘉措所生处也。此又以杜宇况其情人。

其四十七

不观生灭与无常，但逐轮回向死亡。

绝顶聪明矜世智，叹他于此总茫茫。

谓人不知佛法，不能观死无常，虽智实愚。

其四十八

君看众犬吠狺狺①，饲以雏豚亦易驯。

只有家中雌老虎，愈温存处愈生嗔。

此又斥之为虎，且抑虎而扬犬，读之可发一笑。

其四十九

抱惯娇躯识重轻，就中难测是深情。

输他一种觇星术，星斗弥天认得清。

天上之繁星易测，而人之心难测。然既抱惯娇躯识重轻矣，而必欲知其情之浅深，何哉？欲知之，而彼偏不让我知之，而我弥欲知之，如是立言，是真能堪破痴儿女心事者。此诗可谓妙文，仓央嘉措可谓快人。

其五十

郁郁南山树草繁，还从幽处会婵媛。

知情只有闲鹦鹉，莫向三叉路口言。

此野合之词。

其五十一

拉萨游女漫如云，琼结佳人独秀群。

我向此中求伴侣，最先属意便为君。

① 狺（yín）：狗叫声。

琼结，地名，佳丽之所自出。杜少陵诗云："燕赵休矜出佳丽，后宫不拟选才人。"此适与之相反。

其五十二

龙钟黄犬老多髭，镇日司阍仗尔才。
莫道夜深吾出去，莫言破晓我归来。

此黄犬当是为仓央嘉措看守便门者。

其五十三

为寻情侣去匆匆，破晓归来积雪中。
就里机关谁识得，仓央嘉措布拉宫。

此大书夜往酒家会当垆女事。以上两诗原本为一首，而于本分之。

其五十四

夜走拉萨逐绮罗，有名荡子是汪波。
而今秘密浑无用，一路琼瑶足迹多。

此记更名荡桑汪波，游戏酒家，踏雪留痕，为执事僧识破事。

其五十五

玉软香温被裹身，动人怜处是天真。
疑他别有机权在，巧为钱刀做笑颦。

其五十六

轻垂辫发结冠缨，临别叮咛缓缓行。
不久与君须会合，暂时判袂莫伤情。

仓央嘉措别传言夜出时，饰假发为世俗人装，故此有垂发结缨之事。当是与所欢相诀之词，而藏人又谓是被拉藏汗逼走之预言也。

其五十七

跨鹤高飞意壮哉，云霄一羽雪皑皑。
此行莫恨天涯远，咫尺理塘归去来。

七世达赖转生理塘，藏人谓是仓央嘉措再世，即据此诗。

其五十八

死后魂游地狱前，冥王业镜正高悬。
一囚阶下成禽日，万鬼同声唱凯旋。

此忏罪之词。地狱阴森，写来亦有声色，然而九死未悔之意跃然纸上矣。

其五十九

卦箭分明中鹄来，箭头颠倒落尘埃。
情人一见还成鹄，心箭何如挽得回。

卦箭，卜筮之物，藏中喇嘛用以决疑者。此谓卦箭中鹄，有去无还，亦如此心驰逐情人，往而不返也。

其六十

孔雀多生印度东，娇鹦工布产偏丰。
二禽相去当千里，同在拉萨一市中。

其六十一

行事曾教众口哗，本来白璧有微瑕。
少年琐碎零星步，曾到拉萨卖酒家。

此自承其罪不讳。

其六十二

鸟对垂杨似有情，垂杨亦爱鸟轻盈。
若教树鸟长如此，伺隙苍鹰那得撄。

虽两情缱绻，而事机不密，亦足致败。仓央嘉措于此似不无噬脐之悔。

其六十三

结尽同心缔尽缘，此生虽短意缠绵。
与卿再世相逢日，玉树临风一少年。

此有死而无恨之意。

其六十四

吩咐林中解语莺，辩才虽好且休鸣。
画眉阿姊垂杨畔，我要听她唱一声。

时必有以不入耳之言，强聒于仓央嘉措之前者，议有是言。

其六十五

纵使龙魔逐我来，张牙舞爪欲为灾。
眼前苹果终须吃，大胆将它摘一枚。

龙魔谓强暴，苹果谓佳人，此大有见义不为无勇之概。

其六十六

但曾相见便相知，相见何如不见时。
安得与君相诀绝，免教辛苦作相思。

强作解脱语，愈解脱、愈缠绵，以此作结，悠然不尽。或云当移在39首之后，则索然矣。

寸铁堪诗稿

寸铁堪铭　并序

刘芦隐[①]

曾子游西康，见化人[②]焉，授以金刚铁杵。曰："此诸大力神人铸，以供养莲花生大士者，非人间物也，子佩之，吉！"曾子佩之，出入荒陬远徼，魑魅魍魉之伦皆却走。予遇曾子严道[③]，怪其衣袂间有丰城气[④]，诘之曰："君虬髯者流耶？"应曰："非也，有寸铁而已。"因出杵见示，长寸许而青莹如秋水。曾子自名所居曰：寸铁堪。木雁翁篆榜，予作铭。

铭曰：

寸铁晰晰，是佩是褫，是翦是截，是荡是决，四方以无孽。

---

① 刘芦隐(1894—1969)：字湄村，江西永丰人，同盟会会员。美国加里弗尼亚大学毕业。国民党中央执行委员、宣传部部长。

② 化人：指有道术、幻术的人，或指仙人。

③ 严道：古地名，今四川荥经县。

④ 丰城气：即丰城剑气，喻指才华。见《晋书·张华传》。

寸铁堪为圣言题[1]

程木雁

寸铁堪中亿万佛，佛出人天何有物。
神工九钴遗寸杵，制伏幽妖不恍惚。
世胡世兮世茫然，朝占夜卜向群仙。
仙家瑶圃且桑田，佛但无言只杵悬，
万钧佛力迟君传。

① 程木雁：程康，字穆庵，为程千帆先生之父，顾印伯高足，师生谊厚，曾倾其家资为老师顾印伯刊遗著。曾缄先生有《顾庐记》盛赞此举。

平羌渡茶楼

柴立水边楼，凭栏对远洲。
山从邛筰出，江绕汉嘉流。
蓬转悲生事，花封感旧游。
津梁吾已倦，坚坐看行舟。

与湄村临北城楼上观江涨

暗暗阴云合，冥冥暮雨繁。
登危凌睥睨，观涨骇飞翻。
泡影涵群动，涛声镇万喧。
来朝江水落，粉堞半沙痕。

雨中与湄村联句

一雨千峰暗，孤城六月寒。（缄）
云屯蛮戍僻，浪蹴蜀江宽。（芦隐）
神女欲移枕，沐猴聊正冠。（缄）
此时非杜甫，无兴过苏端。（芦隐）

七月八日迟木雁不至戏寄

一水盈盈隔翠微，故人宁恋北山薇。
已过七夕无消息，应是天孙不放归。

江楼次湄村韵

与子升江楼，星光动寥阔。
楼下荡舟儿，椎鲁解作活。
忘身狎波涛，掉臂游雾沫。
一渡才几钱，不赀殉豪末。

湄村骨肉重逢赋诗辞甚危苦　次韵奉和

严道长流历数年，镜中华发日髟然。
高才易触权门忌，冤狱重为天下怜。
德曜望夫先化石，舒姑赴节更飞泉①。
至情独佩诸公子，万里寻亲雪岭边。

① （湄村夫人与一女皆殇于上海，故有三联。）

再至雅安酬木雁前次叠韵见怀之作

小别苍坪已十年，重来景物尚依然。
千金敢望昭王市，一饭虚邀漂母怜。
率土分崩沦战伐，故人高卧在林泉。
知君老恨山河改，回首长安在日边。

琐　琐

琐琐微尘骕大千，刹那生灭苦相煎。
蜂狂偶挂蜘蛛网，蝇腐还扛蝼蚁肩。
溷圊气蒸香水海，夜台光彻焰摩天。
可怜汉武虚雄略，中岁穷兵晚学仙。

重上苍坪[①]有感

花拥平岗处处楼，主人多是富民侯。
此山不馆清贫客，睹我重来翠黛愁。

① 四川雅安城苍坪山。

谒鹤林寺[1]瞻仰宗喀巴大师塑像恭赋

城闉启兰若，嘉名榜鹤林。
旧制颇崇宏，非时慨消沉。
诸公承佛力，颓刹兴在今。
飞甍飒鳞次，层殿肃阴阴。
圣人出西海，遗容辉蔡岑。
旳曜牟尼珠，璀璨紫磨金。
人天各赞叹，观者为沉吟。
嗟予困尘网，及兹恣幽寻。
临流识禹迹，入座斋颜心。
赫赫瞻圣姿，愔愔昭德音。
闻钟发深省，何用弹鸣琴。

反君乘车

君乘车我戴笠，今日相逢不相识。
君乘车我跨马，今日相逢不相下。
朝插金兰夕冰炭，当年信誓空旦旦。
君不见，

① 四川雅安鹤林寺。

张耳陈余刎颈交，隙末凶终成一叹。

居苍坪答人问

蔡蒙极巍峨，苍坪甘部娄。
小大同消摇，此意发蒙叟。
华屋归山丘，白云化苍狗。
君问何所为，吾道唯唯否。

成雅道中望雅州诸山

锋车南迈速流星，过县穿州数驿亭。
一片迎人好山色，蔡蒙先向眼中青。

过高君阙[①]

高君阙始建安年，旧筑双亭尚宛然。
天禄辟邪相对立，野花红出墓门前。

① 高君阙：在四川雅安姚桥乡。高颐（？—209），字贯光，雅安雨城区人。历任北府丞、武阳令、彭州太守等官职。

木雁藏双玉龛鸜眼砚歌

绝世风人顾双玉，籍甚书名振吾蜀。
我生不及师事之，翻妒程翁作高足。
翁今手持端溪砚，云是先师①文房之遗蓄。
想见临池挥翰时，砚亦从旁助张目，
不然胡为有眼类鸜鹆。
闻君得砚复染豪，字体端正结构牢。
元精迸处双眸直，劲气敛时孤顶高。
书成娟秀若处女，一幅曾赢斗升米。
天下饥馑君独全，忽忆师恩泪如泚。

离　愁

还家不半年，仓卒复临边。
辟地天仍漏，怀人月乍圆。
老妻征药物，稚子索书笺。
向晚苍坪客，离愁欲化烟。

① 先师：指顾印愚，字印伯，号所持，又号塞向翁，四川华阳人。曾任湖北汉阳令、武昌通判，为程木雁之师。

久旱不雨而官府催科甚急　感赋此诗

帝女行云不下来，一时荒旱忽成灾。
狂泉岂救苍生渴，焦土犹扬战地灰。
国以兵戎致凶岁，天将号令付瘖雷。
诸公征敛开奇绩，直到偕亡未竟才。

山亭纵目

长啸出山村，危亭四望尊。
岩疆千翠涌，城郭万家屯。
关著飞天迹，江留禹凿痕。
古来天险地，斩绝控羌浑。

将过木雁山居先之以诗

寄语北郊程处士，速开三径待高朋。
芦山绿菜何妨煮，丙穴嘉鱼好自烹。
红日任从花外落，白云应傍酒边生。
雅州城畔空千户，只有君家不世情。

偶　成

濩落生涯漏阁东，干戈满地一诗翁。
和愁白水流荒裔，攒恨苍山塞远空。
小雨有情苏渴稻，狂飙何意转枯蓬。
步兵枉作回车想，自古长途未易穷。

苍坪消夏

别馆青峦上，高门绿树边。
晴翻三径蝶，午闹一林蝉。
对客时挥扇，怀人懒擘笺。
微云不成雨，空缀远山巅。

山　寺

郁郁云松护法幢，鳞鳞雪岭映轩窗。
阶前天色三千界，夜半钟声八百撞。
蜀相纶巾祠别馆，夏王羽葆对西江。
近来逭暑思登陟，拟办游山屐一双。

与湄村共坐闻雷

昨有“天将号令付瘖雷”之句，今亦雷而不雨。

为雪瘖雷诮，盘空忽怒鸣。
兼风真勇气，不雨总虚声。
毒热权时灭，微凉在处生。
两雄相对语，失箸亦豪情。

和湄村

与子坐山亭，千峰簇画屏。
消忧茶有味，逃暑客忘形。
雷罢微闻雨，云移稍见星。
瞑归苔径熟，不杖亦能经。

无遮馆晚坐

好此无遮馆，清虚四望通。
雨余山泼黛，日落树摇红。
花影欹苔砌，茶香度竹风。
兴来成隐几，一鹤下前空。

新　涨

昨宵闻霹雳，大雨忽滂沱。
晓看平羌渡，新添千顷波
石硚存砥柱，沙路没盘涡。
时有垂纶客，矶边理钓蓑。

夜　兴

青蛙喧坎井，白鹭集槎枒。
如听渔阳鼓，疑开夜合花。
江城人欲定，山馆月初斜。
孰意幽寻客，宵深兴转赊。

送泽觉林活佛①之康定

多闻称第一，佛弟有阿难。
说法如师少，将心与我安。
瑜伽无上密，般若甚深观。
六月西康路，高凌雪岭寒。

① （活佛为班禅之弟）

渍江楼却暑

其一

避暑愁无地，登楼乐有余。
蝉声在高柳，人影落清渠。
静躁因人异，凉暄到此殊。
槛前瞻鸷鸟，一下爪河鱼。

其二

偶然逢水木，便尔却埃嚣。
溪涨牛浮鼻，林深鸟蜕毛。
望中江汉远，天外蔡蒙高。
漂泊干戈际，幽寻未惮劳。

丁氏故宅感事

卜筑孤峰顶，深居万绿间。
门临羌水渡，窗对峡门山。
丙穴鱼堪买，丁家鹤未还。
昔年座上客，尊酒记蹒跚。

寄　妹

与汝不相见，蹉跎已十年。
在家常念佛，劝我早归田。
丧乱文章贱，行藏骨肉怜。
老兄今耋矣，聊寄大雷笺。

简蒙南逸者

蒙南有逸者，亲见品仙台①。
拙地藏真火，先天养圣胎。
囊中不死药，杖外劫余灰。
忆否前时客，崆峒访道来。

红雷子　有序

红雷子，姓黄名汝堂，荥经人。身怀绝技，深居不出，而人往往遇之千百里外，盖化身也。诸剑客称红雷子而不名，名满江湖间而貌则蔼然儒者。予识其兄，将访之而未能也。

闻道红雷子，潜居瓦屋乡。

① （谯炼师别号。）

化身朝御气，飞剑夜生光。
坐接虬髯客，行逢聂隐娘。
衣冠一儒者，百炼有真钢。

望周公山①

郭外兹山好，晴岚满碧空。
旅平思夏后，梦想见周公。
古寺无人过，悬岩有径通。
老夫因救渴，曾此咒龙宫②。

十五夜月

诸天蹴起水精毬，下界清光满地流。
三五团圆君不看，待他后夜曲如钩。

立　秋

垂老客诸侯，年光滚滚流。
景纯犹愿夏，宋玉忽悲秋。

---

① 周公山：古称蔡山，距四川雅安市一公里。诸葛武侯征讨西南蛮夷，途经于此，梦见周公，故名周公山。

② （宰雅曾祈雨于此。）

频岁烦戎马，前宵会女牛。
南游吾已倦，更拟向边州。

鸿文将军还成都为长公子授室诗以贺之

早识元龙气，曾依细柳营。
将星缠井络，人杰挺天彭。
勇说三军冠，功由百战成。
赤心扶节帅，青眼对儒生。
虎父无孱子，虬枝茁秀茎。
英雄敦武略，哲嗣擅才名。
淑女谐韦固，嘉姻了向平。
鲤庭人燕婉，珠树凤和鸣。
贺客交朱履，将军引巨觥。
华封歌后福，瓜瓞启先声。
夙昔怀高义，艰难愧下情。
聊题百二字，一寄锦官城。

赴康定

雪山高处唤登临，关塞苍茫驿路深。
严武幕中容杜甫，本初弦上著陈琳。
輶轩西域三通绝，羽扇南征七纵擒。

我亦虎头堪食肉，可怜投笔负初心。

纸　烟

结束内家妆，纤躯掌上将。
灰虽销燕子，烟总傍韩郎。
专宠三千外，相思一寸长。
平生沐恩泽，时近口脂香。

秋后复热

故知商用事，不遣岁无功。
乱逼园瓜熟，潜催陇稻红。
织絺仍御暑，轻扇更摇风。
但使秋成足，吾甘火热中。

山亭晚眺

时晴雨交织，虹光见于东北。

山亭光景真奇绝，咫尺阴晴不自齐。
雨似乱丝垂郭外，日如悬鼓下天西。
归心暗逐投林鸟，丽想遥分饮涧霓。
说与别人浑不会，老夫收拾入诗题。

经苍坪旧居追哭殇子

一抔荒土瘗①殇婴，咳手匆匆未赐名。
今日千秋亭畔路，安仁挥泪赋西征。

望名山县作

望里名山县，来游忆往年。
九还罗氏道，五路竹家拳。
慷慨思游侠，逍遥拟学仙。
斯人俱不见，极目但云烟。

意相篇

闻独裁者鼻祖，意相墨索里尼兵败下野，祸首去矣，意存亡不可知。有感于权臣之乱人国而作是篇。

沙场一老兵，崛起为首相。
其徒皆黑衫，蜂涌手白棒
一喝移政柄，怪例固特创。
自诩真强梁，何物是礼让。

① 瘗(cuó)：掩埋、埋葬。

通衢揭高名，粉壁画真相。
闻风有人说，踵事成时尚。
耀兵始非洲，小邦偶沦丧。
西海扬胜旗，罗马闻凯唱。
一狮发雄吼，百兽纷走旷
自谓指顾间，取威定霸王。
强邻有枭雄，与尔作瑜亮。
欧洲掀战潮，宇宙忽波荡。
苦斗历三载，流血起红浪。
初受巴黎降，旋遭希腊抗。
前胜固长骄，后却曾不谅。
外岛委他人，本国隳屏障。
其亡击苞桑，代斫羞大匠。
上表谢明主，臣愚诚无状。
仓皇挂冠归，处分听主将。
嗟哉一世雄，此日为凄怆。
暴兴俄已蹶，蜉蝣信同量。
举国殉一人，明知理非当。
其谋虽不臧，勇退亦可壮。
由来庙堂事，自异东陵上。
窃国幸不诛，恋栈终蒙谤。
前车夫岂远，南辕慎所向。
作诗告有位，凡百戒轻妄。

雨　望

高楼凌粉堞，独上意徘徊。
密雾笼山去，狂飙簸雨来。
江声连漏阁，水气接离堆。
一扫炎威尽，披襟心快哉。

初乘汽车过二郎山

乘传出碉门，巉岩纵一奔。
雪峰随毂转，云海傍车翻。
地轴应难折，天倪或可扪。
荒陬无逆旅，投宿就山村。

宿别陀即事

岩阿开聚落，借宿向山农。
满径攒危石，当门涌乱峰。
天风声转厉，野蜜味偏浓。
灶下一童子，汲泉烧古松。

康定杂诗

关门所见

岳岳雄关西向开，关前一路上崔嵬。
闲看帕首靴刀客，怒策千牛万马来。

蛮　家

胡儿居处亦豪华，高阁文窗护绛纱。
桦木方床敷氆氇，葡萄小碗试酥茶。

筹边楼别墅感事

危楼孤起面嶙峋，世事推陈又出新。
我过平泉感花木，筹边今日属何人。

南无金刚崖二寺即目

城南处处有精庐，秋老双林叶未枯。
一段奇情谁画得，青山红寺白浮图。

望大雪山琼台玉梳二峰

大雪山高万仞余，瑶台偃蹇號仙居。
朝来王母新妆罢，挂出天边白玉梳。

二道桥温泉

一派温泉润百蛮，胡姬婉娈碧波间。
风流暗笑唐天子，只赐华清浴玉环。

将军庙

亭亭如盖聚香云，梵唱声清道路闻。
番女红妆僧紫褐，一时膜拜汉将军。

与点楼①

莜花开遍雅拉沟，重到池台感旧游。
谁识仲淹穷塞主，当年曾记岳阳楼。

早起望郭达山

梦回孤馆思纷纷，淅沥寒声枕上闻。
晓起卷帘看郭达，半山积雪半山云。

四桥归思

雪浪奔腾下四桥，白杨风起晚萧萧。
人生到此须憔悴，不是潘郎鬓易凋。

① 去年曾为作记。

省府新厦落成

其一

昔年开府忆元戎，节署重新气势雄。
壮士辕门交棨戟，百僚分住序西东。

其二

天开壮丽控诸蛮，大庇新成厦万间。
满目光明干净土，府门前对雪中山。

其三

上将筹边少暇时，诸公退食每迟迟。
舌人手擘乌蛮纸，半译唐蕃颂德诗。

其四

张院长率诸生为逻逤①歌舞，贺省府落成，其引词有“番歌一曲来薰风”之句，时九月十一日也。

蛮语娵隅尽好音，参军无事日高吟。

① 逻逤：亦作逻莎，地名，即逻些。唐朝时吐番的都城，今西藏自治区拉萨市。

何如抒颂张都讲，秋唱南薰谱舜琴。

重登与点楼

为爱斯楼好，登临不厌重。
槛前金盏菊，天外玉梳峰。
水草堪游牧，山畬可力农。
此间客隐逸，何必忆巴簧。

瓦斯峡

大壑涵云海，高崖叠火层。
冲圻波喷雪，落地石生棱。

二郎山顶纵目

肩舆升绝顶，倚杖眺诸蛮。
霜木开丹嶂，冰天涌雪山。
岩松多正直，塞水各弯环。
指点东归路，高盘香蔼间。

鸳鸯崖

确荦山中路，天然似画图。
晴岚排翡翠，秋树缀珊瑚。
野有双飞鸟，途多独往夫。
他年专一壑，得似此间无。

将离康定饮陈东府寓庐

是夕，东府夫人生一男。次日予匆匆上道，道中作一诗寄贺。

惜别匆匆把酒杯，喜闻堕地育英孩。
高楼故有元龙气，明月还生老蚌胎。
一索成男真健者，三多到子亦休哉。
来朝汤饼延佳客，忆我千山首重回。

乘活竿[①]出康定

承东府、蓉峰、伯灵、怡庵相送东郊，别后题寄。

小住边城别亦难，辞君一路逐奔湍。

① 活竿：即滑竿。

迎人秋色枫千树，载我清风竹两竿。
西顾雪峰疑地老，东临陆海喜天宽。
还家不负看花约，梅婢初开菊未残。

题灌县任翁遗像

任翁栖隐处，乃近二峨峰。
绕舍溪声碎，当门山色浓。
生儿知报国，种树欲成龙。
今日瞻遗像，如亲长者容。

汉州公园[①]视故文庙泮池房公石[②]及自由神像

转毂匆匆入汉州，园林无恙得重游。
丛荷历夏枯攒渚，老柏凌冬绿绕楼。
堪叹泮池延俗客，犹闻片石纪贤侯。
此邦十万编氓在，却羡花神得自由。

成都西溪

六载征衣染塞尘，归来依旧一词人。

① 今四川德阳房湖公园，由唐代名相房琯贬任汉州刺史时所建。
② 房公石：一块红砂石，两尺多高，心形。房公珍爱，置于大堂公案，寓执法如实。

多情只有西溪水，又展春波照此身。

题周荃孙抚夏珪①《长江万里图》

昔写长江有夏珪，周生画笔与之齐。
何人剪取吴淞去，剩水残山满蜀西。

游华西坝过张倩颐庐茗话

城南画地起蕃楼，景物居然媲十洲。
比户栖迟多海客，隔邻歌管有吴讴。
游人爱到青春岛，故宅难求昭勇侯。
大好晚风垂柳处，独寻张绪试茶瓯。

为马自庵②题《岁寒图》

卷子内有郭丹隐遗诗，丹隐客死西昌已一年矣。

展卷增怊怅，吟朋复几人。
生怜丹隐子，死伴碧鸡神。
斗韵诗空好，消寒迹已陈。

---

① 夏珪：字禹玉，生卒年不详，临安钱塘（今浙江杭州）人，南宋画家。

② 马自庵(1892—1957)：别名马骥，四川成都人。1956年任四川省人民政府参事室参事。

知君抚遗墨，感旧白眉颦。

过文君井[1]

甲子岁，曾游此。忽忽已二十年，感赋。

一井文君旧酒家，当垆此日但沽茶。
寒泉应讶年光速，照我重来两鬓华。

于文君井读王湘绮[2]《琴歌》为赋一律

临邛今过文君井，锦里昨登司马台。
眉色描成双岫远，琴心挑出一凰来。
犊裈生事真堪笑，狗监功名亦可哀。
终是王孙怀旷达，能容儿女窃赀回。

出临邛戏作

远山横黛学清扬，西汉王孙此故乡。
一座尽倾邛令客，七弦长击卓家孃。
钱刀严道铜犹臭，货殖龙门史亦香。

① 文君井，位于四川邛崃市临邛镇里仁街。相传为司马相如和卓文君当垆卖酒之处。

② 王闿运(1833—1916)，字湘绮。晚清经学家、文学家。有《湘绮楼诗集》等。

今日当垆无窈窕，不须辛苦唱求凰。

作《量守庐词抄》序言[①]有感

周情柳思比何如，一卷新词量守庐。
我愧微之知子美，犹随仪郑序遗书。

陪湄公雅郊散步

东郊结侣恣幽寻，十里平芜入望深。
桃李连村铺画锦，芸台匝地冶春金。
群飞野鹭明如雪，新筑江桥卧似琴。
今日严邮饶胜概，不堪应接忆山阴。

始过平羌渡铁索桥

平羌江水碧潾潾，瘦铁清环照眼新。
绳系秋千摇渡口，梭穿机杼送行人。
高盘鸟道摩霜翮，倒射龙宫晕黑鳞。
能令飞琼通一顾，步虚何惜梦中身。

① 黄侃诗集《量守庐词抄》，曾缄先生为之作序。

客　星

上帝无言坐紫薇，客星环拱灿成围。
已征织女输云锦，更倩嫦娥换羽衣。
北斗挹浆教佐饮，南箕簸米与充饥。
天衢若返丁公鹤，一例人间有是非。

雅安上巳苦雨高卧不出

上巳雨潇潇，羁栖不自聊。
花愁一百种，柳思万千条。
寒向衣边袭，春从枕上消。
不祥能祓否，城市走山魈①。

雅安寄内

惜此春三月，思君天一涯。
怀归怨芳草，忍冻到桐花。
食少无人劝，衣单只自加。
枕边应见我，昨夜梦还家。

① （时城中有狐出没。）

为友人题曾枢元抚部兄弟帖体诗墨

一代名臣推抚部，百年遗爱在牂牁。
难兄难弟古犹少，此字此诗俱不磨。
科举何曾负家国，斯文久已废江河。
怜君刻意收残稿，拔剑聊为青眼歌。

喜　霁

漏天收雨放春晴，豁眼关河气象更。
一道穿云通绝域，千岩拥树薄孤城。
不趋幕府疏人事，久住山庄习鸟声。
自笑此生闲未彻，小亭凭槛又诗成。

为梁氏兄弟①题画三绝句

两童子共骑一牛读书

春山无处不相偕，生小村童事事佳。
牛角挂书牛背读，一元大武当高斋。

① 梁氏兄弟：梁又铭(1906—1984)，本名协文，别号爱莲轩主人，广东顺德人，著名画家，1949年移居台湾。梁中铭，字协武，台湾著名画家，与梁又铭为孪生兄弟。

一女子泛舟明月之下，舟中满载绵羊

渡头归牧有村娘，双桨凌波明月光。
说与嫦娥真绝倒，君偎玉兔我偎羊。

猕　猴

冠带登场戏此生，何如山野保天真。
从今不食狙公芧，便是夷齐一辈人。

与穆老及湄公父子、梁氏兄弟游金凤寺四首

其一

漂泊西南君莫哀，且寻胜赏上崔嵬。
深山佛在龙长绕，故国台空凤不回。
桑海人间俄已变，林花方外暮还开。
梁家兄弟真能事，捷取飞亭作画材。

其二

刘侯爱画有儿郎，挟策亦登溪上堂。
八十随形图古佛，两行怒目写金刚。
嗣君墨戏自潇洒，乃父诗篇皆老苍。
流窜严邮多暇日，频来山寺礼空王。

其三

恶僧真空据此寺，多为不法，穆老有诗哀之。今真空已为邦人逐去，寺复振。

为问头陀空不空，周妻何肉乃相同。
诸君攘臂双林肃，开士发心三宝崇。
万鸟树间鸣佛法，一铃塔顶语天风。
昔时叹息今欢抃，忙煞题诗十七翁。

其四

村中刘翁致醃鸡新茶二事，梁君为湄公穆老及余画像①，唯余像耗墨最多。

甚矣吾衰济胜难，强随公等历层峦。
山僧不识曾来客，野老犹怀旧长官。
消渴有人分绿荈，写真到我费乌丸。
风情直效黄观察②，金凤留连意未阑。

---

① 梁又铭、梁中铭兄弟所画《三山小影》图，图所属为程木雁。
② 黄观察：即黄侃之父黄云鹄。

城隍神出驾后戏占

箫鼓喧阗沫水滨，纷纷赛社送残春。
城中百鬼无拘束，昨日冥君已出行。

孰　为

孰为为之孰致之，民穷国敝已如斯。
士艰糊口仍佣力，我愧心闲尚赋诗。
泽涸蛟龙皆委顿，室空鼷鼠亦讥疲。
人间何世伤今日，直到西山薇尽时。

苦雨行

女娲补石不到处，大小漏天足飞雨。
一月雅无三日晴，欲化山城为水府。
程翁隔江不见过，刘侯闭门但高卧。
鲰生旁午理军书，趋走辕门成日课。
归来衣履尽濡湿，手持邛杖头戴笠。
春泥滑滑行不得，苍坪更历梯千级。
去年祈雨望有秋，今年雨多农又愁。

上苍不肯调玉烛，下士难为粱稻谋。
吁嗟乎，
羲和鞭日日不出，丰隆乘云云转密。
安排雨具嘱仆童，明日之晴尚难必。

周公河上所见

周公河上有黄槲，经过百年成社木。
枝巢鸟雀横江心，根走龙蛇出岩腹。
下临古渡系小舟，舟中老人瞽双目。
其人与树俱不材，拳曲臃肿相伯叔。
君看颜色何老苍，不辨树皮与人肉。

龙洞庵①作

一峰凝碧傍丘陵，楼观凌虚喜再凭。
远水旧劳秦守凿，好山先有夏王登。
深湫白昼潜神物，怪壁中宵走佛灯②。
我到此间疑世外，不知朝市有亡兴。

---

① 四川雅安龙洞庵，座落在周公山下。

② （寺后蔡山夜常有佛灯。）

偶　成

（一）

万里龙蟠蔽蜀山，一时回首五云间。
斜阳空满乌衣巷，不照当年燕子还。

（二）

量移魏阙到江湖，下里真堪作上都。
何事盈盈巴字水，犹连夜雨入东吴。

游　仙

迢递增城隔翠微，楼台十二渺烟霏。
丁公化鹤几时返，秦女乘鸾何处飞。
倒卷银河添玉漏，乱裁云锦补天衣。
侍臣长笑东方朔，偷得蟠桃未疗饥。

康定陪刘主席[1]

南较场康藏人士野宴观赛马，并听巴安弦歌，作三首。

① 刘主席，即刘文辉，时任西康省主席。

其一

上将今开府，西陲旧止戈。
胡儿皆向化，番女故能歌。
壮士调鞍马，佳人曳绮罗。
我来幽兴极，随意坐青莎。

其二

济济群公至，离离列帐圆。
草底奔绝足，风紧拨繁弦。
幕府从为客，穷庐别有天。
虎头飞食肉，到此果登仙。

其三

西域虽归顺，东夷转陆梁。
鲸波掀岳麓，雁阵失衡阳[1]。
国破矜关徼，时危耻庙堂。
不辞芦酒醉，忧在可能忘。

---

① （时长沙、衡阳先后沦于倭卢），编按：倭卢，今作倭奴。

诸公见和　叠韵奉答

其一

边圉欣无事，将军罢枕戈。
共倾今日耳，同听异乡歌。
老我栖残幕，看人步袜罗。
不须安枕簟，醉倒卧平莎。

其二

校猎围场阔，娱宾舞阵圆。
人骑千里马，雁语十三弦。
草满关前路，秋高峡外天。
踏摇君看取，番女貌如仙。

其三

陂陀随野寺，宛转渡河梁。
塞外长秋色，人间易夕阳。
王尊知叱驭，司马戒垂堂。
属和劳公等，斯游未可忘。

与点楼温泉上作时莜花盛开

涧底起高楼，斜通略彴头。
圣门先与点，词客总依刘。
花发霞千亩，泉飞玉一沟。
拟封汤沐邑，涓滴尽温柔。

康定七夕

山城凌斗极，塞水应星河。
乞巧谁家得，相思此夜多。
有心求片石，无语托微波。
一觉牛郎梦，分飞奈晓何。

顾问一员移其禄以饲猴

农业改进所蓄金丝猴一头。大战中，百物踊贵，省政府虚设顾问一员，移其禄以饲之，时有猴顾问之目。刘衡如君，居官八年不迁，今与余皆为顾问，颇有不平之色，作此解之。

寄声刘顾问，八载叹穷途。
鹤有乘轩者，狙曾赋芧无。

不须卑柳下，切莫恐侏儒。
一笑侪非类，同官有老夫。

雨夜有感

更鼓沉沉烛半消，旄牛徼外可怜宵。
雨倾败瓦和愁滴，风撼危楼带梦摇。
乘传几回探月窟，思家千里隔星桥。
卧闻鸿雁天边度，怊怅闺人锦字遥。

李君章甫邀住与点楼

黄隼高①、陈东府，宋伯灵、刘衡如②、陈蓉峰诸公先后来会，同浴温泉。步东坡百步洪韵。

都人出沐忘奔波，乘车策马来穿梭。
我爱温泉若性命，苦乏暇日供消磨。
因君偶作楼上客，颇似黄楼居东坡。
城中故人踏雨至，手擎破伞如枯荷。
解衣旁薄喜共浴，快同鸥鹭游盘涡。
西来凿空得此水，何用鼓棹穷天河。

---

① 黄隼高(1888—1956)，四川江安人，同盟会员，四川高等学者毕业。曾任四川督军署秘书、西康省粮政局长、西康省政府顾问。1953 年入四川省文史研究馆。

② 刘衡如(1900—1987)：1936 年出任西康建设委员会民政科长，著名中医文献学家，有《康城十咏》。

吾侪已登离垢地，痴人枉诵修多罗。
且向山中友麋鹿，谁能巷陌寻铜驼。
边疆无事幕府静，诸君退食时委蛇。
有泉为汝功德水，有楼为汝安乐窠。
君观楼前溪水急，人生冉冉能几何？
放浪形骸乐今日，坦荡裸陈非所呵。

将去康定

故人陈东府，刘衡如、陈蓉峰、宋伯灵祖饯于与点楼。黄君隼高亦来会，皆赋诗志别。东府拈玉溪生无题为韵，勉和一首，用酬群公雅意。

高阁临流聚二难，深宵絮语烛花残。
山中雨过溪声壮，塞外秋深树色干。
东望蚕丛缠别思，南来雁阵避新寒。
诸公投赠多佳句，它日怀人取次看。

酬李章甫见馆与点楼

高楼岌岌对崆岈，德裕筹边迹未赊。
许我寄居专一壑，待君举火有千家①。
投壶偶博天公笑，鼓瑟如闻夫子嗟。

① （君创康定水电站，居民便之。）

曾是蟠根出仙李，化胡何惜度流沙。

别与点楼

肯别定留西阁意，生平爱诵少陵诗。
今朝更会诗中意，与点楼前欲去时。

寿陈东府七十

矍铄陈夫子，临边意味长。
举家随宦辙，千里寄岩疆。
在昔参戎幕，曾经略大荒。
飞刍凌蜀道，束马度巴塘。
边帅虚前席，同僚诩智囊。
催科轻赋敛，出牧著循良①。
塞外新开府，关中剧转粮。
不辞心力瘁，焉识鬓毛苍②。
自适旄牛徼，叨陪鸳鹭行。
为怜参也鲁，肯恕接舆狂。
赋爱西征好，年真北海忘。
振衣千仞壁，寄食一家庄。

① （君曾任川边财政厅长及行政专员。）
② （康省府成立，任粮政局长储运处处长。）

不乏花间咏，频征柱下藏。
地偏消瘴疠，室雅见缥缃①。
樽酒春初到，帷灯夜未央。
有时成酩酊，无语及兴亡。
案上鹅溪绢，炉中逻逤香。
朋来多染翰，客去每悬床。
长者萧闲极，鲰生辗转忙。
来同鸿踏雪，去若鸟随阳。
一线鱼通水，千峰木雅乡。
随槎今奉使，祝嘏乍登堂。
生日三秋桂，流霞万寿觞。
三多兴颂祷，七十羡康强。
老蚌生明月，灵蛇出夜光。
枕中秘鸿宝，肘后系医方。
后辈钦山斗，平居阅海桑。
葵开欣向日，松老爱凌霜。
请俟南山寿，将澄晋水黄。
廉颇长健饭，伊尹更要汤。
绝域书人瑞，中原望小康。
江淹才已尽，题字愧琳琅。

① （关外唯君藏书独多。）

题莜雪亭

闲倚危亭豁醉眸，槛前千里雅拉沟。
莜花满地开如雪，绣出天涯一段秋。

东府、衡茹、伯灵、月书诸老友蓉峰姻丈送别

至大深航观水电厂，王工程师志超留饭索诗，仍次百步洪韵。

蛮溪委粟堆千波，斜飞匹练投轻梭。
谁移此水挂高壁，风轮铁锁铿相磨。
万钧重器置平地，千人牵拽升危坡。
西方佛说公德水，池中大有如车荷。
惊看闪闪岩下电，疑有神力抟旋涡。
阿香冯夷化一气，恨不倒卷鱼通河。
曾子归鞍始过此，故人祖饯樽星罗。
名流巧匠聚一席，座中况有郭橐驼①。
明知诀别在俄顷，且复把臂相委蛇。
天都形胜忽到眼，名王缚笔书擘窠②。

① （厂中科长郭君多通艺事时亦在座。）
② （崖畔清果亲王书“小天都”三字。）

观濠偶然比庄惠，苦吟不必追阴何。
吾诗聊记踪迹尔，慎勿疥壁他人呵。

过日地口占

始有日到地，渐随泉出山。
零星逢板屋，霄汉失炉关。
啼鸟声皆妙，归人意正闲。
兴来成好句，高咏笋舆间。

至泸定桥杜使君相迎设馔

畦埒连官署，桥梁接县城。
来经悬度国，去作步虚声。
归路三巴远，贤侯五马迎。
使君调鼎手，新试小鲜烹。

晓发圌牛坪

乘舁①下圌牛，烟云曙未收。
山深人迹少，地僻树荫稠。
怪石迎人立，飞泉贯顶流。

① 舁（yú）：通“舆”。

可怜幽绝处，出没见猕猴。

宿水獭坪闻人说鬼

野店傍山泉，支床石半偏。
今宵成獭祭，昨夜是牛眠。
玉碎茅檐雨，香凝蕙帐烟①。
卧听邻客语，说鬼胜谈玄。

硐门过雨

硐门逢猛雨，略彴度飞涛。
一路穿云细，孤城隐雾高。
渐窥灯火上，稍听市声嚣。
适馆传餐罢，偎炉炙缊袍。

过宋村渡至雅安

肩舆出峡门，前路载欣奔。
山势开严道，江流绕宋村。
征衣经雨浣，行箧剩诗存。
日暮苍坪上，重来欲断魂。

① （客有吸鸦片烟者，故有蕙帐句。）

九日登徐氏夕秀亭同刘程二公作

淫雨难为秋，菊华败其芳。
六合构群阴，兹辰宁载阳。
登高践夙约，蜡屐跻平岗。
淤泥塞道路，野露沾衣裳。
美哉城北公，筑室凌女墙。
倚君夕秀亭，临睨严道乡。
原野何辽阔，云山郁苍茫。
铜山在何所，邓通今则亡。
地瘠民更贫，世乱疲输将。
荒田没流潦，晚稻迟登场。
将丰反致歉，厥咎归穹苍。
昨宵尚雷霆，号令真无常。
我欲叩帝阙，孰者持天纲。
襄王恋云雨，神女耽淫荒。
龙涎一流毒，祸水真汪洋。
安得扫氛烟，神人奋欃枪①。
乾坤复正气，白日回清光。
要俟河水清，尤愿人寿长。
延命酌菊醑，辟邪佩萸囊。

---

① 欃（chán）枪：慧星。

明知事不经，为此亦可伤。
斯须泯忧患，与子姑徜徉。
诸君怀雅咏，各有琬琰章。
我诗赋愁霖，益以泪数行。
诗成不忍读，弃捐箧中藏。

夕秀亭会饮酬徐使君

月心山上好亭台，不速能令佳客来。
兴发清秋重九日，愁消浊酒两三杯。
黄花争傍雕阑吐，白涧遥随粉堞回。
我喜邻居相接近，时寻徐儒与徘徊。

寸铁堪诗稿

（乙酉）

人日过草堂寺

杜甫草堂时为某军校所据，花木少有存者。昔时名流题榜略尽，唯某军官新题楹联独耀堂前，感成一律。

人日西郊上冢回，草堂深处复登台。
干戈丛里风骚尽，钟磬声中鼓角哀。
横槊赋诗偏有客，巡檐索笑已无梅。
周颙杜甫空千古，我独寻僧话劫灰。

题江梵众①画江南山水

（一）

七载驰驱积雪间，马头千嶂历边关。
而今意气消磨尽，看写江南淡墨山。

（二）

依旧青山似六朝，江郎梦笔画中骄。
如何郁郁东南气，却向微云抹处消。

① 江梵众(1894—1971)：字少舟，斋名“喜舍庵”，四川成都人。蜀中著名山水画家，《益州书画录》有传。成都丙戌金石书画研究会创始人之一。

为余啸风题怡庵①读书图

红墙碧瓦读书台，繁上风光画里开。
莫学世间狂李白，匡山头白不归来②。

为熊志弢题郡斋课子图卷子

菊如太守经袁世凯三征不赴，寻有洪宪之事，人服其先见。

其一

三征不上本初弦，晚节谁如太守贤。
笑杀筹安六君子③，衣冠洪宪是何年。

其二

果州官舍分明在，展卷知君笃孝思。
爷课读书娘念佛，一生奇福是儿时。

① 林葵（1843—1896）：字怡庵，侯官（今福建）人，书画家。
② 杜甫《不见》有句云："匡山读书处，头白好归来。"
③ 筹安六君子：杨度、孙毓筠、李燮和、胡瑛、刘师培、严复。

上谢无量①先生

数行斜草见天真，信手题诗字字新。
初日芙蓉谢康乐，美人香草屈灵均。
蜀山颇恨归来晚，蜗国犹怜战斗频。
回首江南旧游处，乌衣残燕不胜春。

广汉吊房琯

广汉城头日色沉，游人吊古复伤今。
从戎叹我虚投笔，罢相怜君尚听琴。
片石②不随陵谷改，一湖终被水田侵。
三台五马俱萧瑟，独向遥空送暝禽。

过周氏③故居

古木荒城集晚鸦，高门易主莫轻挝。
当年我唱求凰曲，此地曾偎君子花。

---

① 谢无量（1884—1964）：名大澄，字仲清，中国近代著名学者、诗人、书法家，四川乐至县人。

② （今公园有房公石。）

③ 周氏：曾缄先生结发夫人，病故。

顾二娘砚

砚今归刘衡如大令，刘再索诗，三叠百步洪韵寄之。

佳人窈窕同横波，闲居静婉慵飞梭。
生成一双补天手，采石五色相磋磨。
端溪妙质岂易得，下穷深壑高危坡。
何时雕琢成此砚，小如纤掌圆如荷。
下边题名勒小篆，仰面受墨生微涡。
刘郎多情觅珍玩，沈翁驿递逾关河①。
其时神州正板荡，诸天大战阿修罗。
君今获此劫后物，毋似荆棘埋铜驼。
将军桥头有夷落，忆昔与我常委蛇。
他年携砚肯见过，更听语笑喧行窠②。
十年倚马磨盾鼻，严疆出牧今如何。
天寒画诺冰雪里，砚冻定烦香口呵。

咏天师洞银杏

青城丈人五岳长，青城银杏诸树王。
我游名山事幽讨，瞥见此木心彷徨。

① （衡如以万八千元从沈钵叟购得，自雅安寄康。）
② （余每至康，必寓将军桥充家锅庄，君每见，过从谈笑。）

根蟠虬龙出山石，柯梢云汉临岩疆。
气吞万象何磅礴，色映千峰真老苍。
凝脂遍体结钟乳，花时一身攒夜光。
长作清阴护烟寺，安排翠叶栖鸾凰。
昔闻蟠桃植海上，又听若木栽扶桑。
固知草木有神物，亦随雨露生仙乡。
人间斧斤那得致，山中岁月还相忘。
不辇豪门效梁栋，且共天师营道场。
树已成精老不死，枝仍结子甘且香。
观中道人好相识，他时得果分我尝。

乙酉①秋成都大雨十日感赋

其一

城上阴云八面来，秋霖十日遂成灾。
横流处处平官道，号令时时出暴雷。
世上甫闻灰劫过，人间又起陆沉哀②。
斯民分作沟中断，敢怨天心有祸胎。

其二

门临穷巷是泥途，积水侵街直到厨。

① 乙酉：1945 年。
② （时日本新降，世界无战事。）

旧雨何曾枉车马，此身真个在江湖。
篱穿虑盗精心补，花倒呼僮跣足扶。
欲借石犀防汛滥，九原能起李冰无。

凯旋曲

其一

楼船横海捣倭夷，中美英苏会义师。
六百万人同弃甲，天皇头上树降旗。

其二

虏使联翩赴芷江，辕门白日照旌幢。
山河大地皆微笑，中国元戎新受降。

其三

高骋云车过石头，遗民拊掌敌军愁。
汉家飞将收倭虏，南国宫人拜蒋侯。

其四

不遗一矢定云间，半壁西南指顾还。
海市依然黄歇浦①，陵园仍壮紫金山。

① 黄歇浦：即黄浦江。

其五

百战长沙去复来，将军含笑定王台。
三湘七泽妖氛净，白日青天岳色开。

其六

闻道前军指洛城，胡儿不敢逆天兵。
壶浆溢路酬诸将，一片中原父老情。

其七

飚驰电掣入燕云，特起苍头八路军。
二万万人齐解脱，国家胜利要平分。

其八

八年日月复光华，一胜曾倾亿万家。
功在中兴谁第一，麒麟阁①上画虫沙。

其九

挥戈能令阳乌反，积甲须将熊耳齐。
整顿乾坤开盛世，圣人双出海东西。

---

① 麒麟阁：汉武帝建于未央宫之中，主要用于藏历代记载资料和秘密历史文件。后汉宣帝为表彰功臣，将对汉有功的功臣画像存放于麒麟阁。

寿向仙乔[1]先生七十

怀人几度过江楼，国子先生屋似舟。
诗思峨眉天下秀，乡心巴字水东流。
十千斗酒休辞醉，五百冥灵恰到秋。
昔日侯芭最年少，丹山如梦话前游。

随刘上将车过邛崃于山顶饮酒却寒

慵书依幕府，叱驭上邛崃。
地为仙人缩，山经壮士开。
千峰冰玉样，万木栋梁材。
谈笑天风里，驱寒仗酒杯。

至西康仍寓充庄赋呈东府伯灵

千嶂拥孤城，双溪日夜鸣。
云来山改貌，风过树遗声。
访旧余知己，筹边念老成。

① 向仙乔(1877—1961)：向楚，字先乔(又作仙樵、仙乔)，号觙公，四川巴县人，学者、政治家。

将军桥畔宅，去住总关情。

答诸公见和

高举入增城，天风聒耳鸣。
千峰唯雪色，十月有雷声。
知旧经过数，珠玑咳唾成。
莫辞征戍苦，关塞足诗情。

望月　仍前韵

匹马向边城，愁听鼓角鸣。
书生投笔意，思妇捣衣声。
岁晏裘先敝，家贫宦未成。
今宵眉样月，钩起故乡情。

与张夷伯弈罢夜归充庄作

纹楸玉子罢相鏖，归路茸裘敌劲飙。
小市黄昏灯影乱，荒桥白练水声高。
营门寂寂收行马，夷落狺狺吼巨獒。
老作筹边楼上客，夜阑一枕息千劳。

离垢山庄对月

片月破空飞，千山夜有辉。
欹斜凌石壁，迤逦度岩扉。
汉徼旄牛[①]古，仙家顾兔肥。
万方犹鼓角，舍此竟安归。

与点楼晓望

行人欲去又迟迟，却倚危栏立少时。
头上天如春水绿，眼前峰比夏云奇。
早知福地推边地，更爱汤池似习池。
黄宋陈刘[②]俱好我，去年赠别此题诗。

晓发打箭炉[③]

拂晓下炉关，行行乱石间。
峰危先受日，云浅不遮山。

① 旄牛：牦牛。
② 黄宋陈刘：指黄隼高、宋伯灵、陈东府、刘衡如。
③ 打箭炉：四川康定。

水助滩声壮，霜催树色殷。
老夫轻险阻，含笑又东还。

过邛崃山

同刘公乘车还过邛崃山，时云气弥满，连峰积雪。

谈笑轻天险，英雄属使君。
行看千嶂雪，归载一车云。
地僻人烟少，林深鸟语闻。
上方风过处，霜叶堕纷纷。

李其相[①]上将挽诗

八载斗中东，将军百战功。
裹尸须马革，归骨向蚕丛。
史策名长在，泉台鬼亦雄。
河山还我日，饮水合思公。

湄公为金凤寺作众香国榜书戏缀一绝

自君题作众香国，到此应无逐臭夫。

① 李家钰(1892—1944)：字其相，四川蒲江人。国民党著名抗日将领，以身殉国。民国二十年，曾缄先生曾任其秘书。

参得木樨禅透了，百花深处礼浮屠。

乙酉九日半随尘居主人招饮半亭

九日登高倚半亭，一时放眼入空冥。
羌江铁锁凝深黑，严道铜山郁古青。
鸿雁声中秋渐老，蜗牛角上战初停。
人间此会应难遇，满座文星杂将星。

同湄村上步虚台因登怀禹亭

出游欣与故人俱，百尺台高步碧虚。
亭对名山思大禹，江通丙穴爱嘉鱼。
斜阳影里垂虹直，流水光中落木疏。
今日登临还得句，诵君商榷定何如。

白衣庵同湄村作

青衣江绕白衣庵，岁晚偕君拭一探。
只有斜阳照僧舍，更无香火炷神龛。
虚堂偶放钟声出，废苑犹闻鸟语喃。
枯木髑髅成道用，不妨禅向此中参。

过黄伯均村居

买得江村十亩平，豆棚瓜架锐经营。
少时策马曾轻敌，老去弯弓尚射生。
只为添薪樵四野，偶缘卖药如孤城。
他年归隐知何处，一过君家忽自惊。

自　叹

自叹狂生那不狂，当前世路莽茫茫。
人犹中岁书先老，官本闲曹事转忙。
八口无归参幕府，一钱不值卖文章。
虚名枉挂诸君口，浪说愚公是智囊。

岁　暮

岁暮天寒吹北风，苍坪栖老一诗翁。
严平与世相交厌，阮籍于途独易穷。
蓬鬓拟从今日白，梅花知傍故园红。
归期屡被家书问，犹在沉吟不定中。

戏答宋伯灵炉城[1]

伯灵驰书湄村，谓湄村诗如大将军出征，鼓吹八座，戈甲森严，威仪具足。缄诗如孙行者，临阵身带八万四千毫毛，变化无穷，神通自在。缄函伯灵当学杨朱[2]一毛不拔，后传诗筒，伯灵开视，乃无一字，有诗见问，戏答一首。

一身八万四千毛，修到猢狲亦自豪。
不落言诠真法性，本无文字是风骚。
昔嘲饭颗吟诗苦，今见炉关觅句劳。
我已寻牛不可得，怪君犹索解牛刀。

感赋一绝

某钜公生日，清少保曾枢元裔孙，以家藏吕纪《苍松白鹤图》为寿，感赋一绝。

将军生日又开樽，客有清宫少保孙。
忙煞画中无数鹤，飞来飞去两侯门。

---

① 炉城：属四川康定管辖的城镇，在康定附近。

② 杨朱，战国时期魏国（今河南开封市）人，字子居，反对儒墨，主张贵生，重己。他的主张散见于《庄子》《孟子》等书。“……取为我，拔一毛而利天下，不为也。”是成语“一毛不拔”的出处。

虹波小榭晚坐

平羌临古渡，倚槛鉴清深。
桥锁千寻铁，碑生几字金。
避人成独坐，得句复孤吟。
知我机心尽，翩然下水禽。

万佛寺

寺在成都城西一里所，中有六朝所造佛像。民国初，有盗售异域人者，今陈某国博物院中，予曾见其拓片。往尝诣寺，观佛像一区，犹题隋年号。今岁春，重至其地，则寺已为某将军籍没。旧存佛像近百区，皆不知毁作何用。颓垣破屋，触目增凄，为之惘然。归数日，犹往来于怀，因作长句以记。

竟闻籍没到伽蓝①，坏殿重经思不堪。
何处更寻诸佛骨，此中曾睹六朝龛。
车传片石逾沧海，犹剩虚檐矗翠岚。
翌日将军起西第，朱门谁识旧僧庵。

① 伽蓝(qié lán)：梵语僧加蓝摩的略称，又作僧伽蓝。意译众园，又称僧院。

寺内梅花盛开复成一绝

一径通幽入暗香，十年此地记徜徉。
寺中万佛摧残尽，数本梅花补断墙。

草堂感赋

丙戌①人日，偕内子携森儿过草堂，求何蝯叟②“锦水春风公占却，草堂人日我归来”楹联不得，池台荒圮，昔时鱼鳖皆尽。

锦水春风非我春，草堂人日更愁人。
题诗昔有高长侍③，酬对今亡何子贞。
故事乌皮成隐几④，旧游赪⑤尾忆劳鳞。
将军传令开三径，遗像清高偶得亲⑥。

---

① 丙戌：1946 年。

② 何蝯叟(1799—1873)：何绍基，字子贞，号东洲，别号东洲居士，晚号蝯叟。湖南道州人，清代诗人、学者、书法家。

③ 高长侍：高适。

④ 故事乌皮成隐几：南朝谢朓有《乌皮隐几》诗。

⑤ 赪(chēng)：红色。

⑥ (近作军官学校，每年人日开放一次。)

和王灵凡咏乌孙柳花

王郎磊落负才华，万里乌孙咏柳花。
开傍天山飞作雪，落当戈壁细如沙。
轻盈去逐宫人辇，迢递来随使者车。
好倩樵青携妙质，从君竹里助煎茶①。

漫　题

载酒寻春处处过，蜀中名胜近如何。
校书门巷花笺少，工部祠堂恶札多。
题柱已无车马客，当垆难遇远山蛾。
不如迳入坊间去，听取盲翁击竹歌②。

春日看花绝句

梅

旧栽松竹乱如云，唯爱梅花映夕曛。

---

①（闻此花可以侑茶。）

②（贾瞎子竹琴清唱甚佳，时往听。）

比似贾生[1]才俊发，一时绛灌尽无文。

朱砂梅

暗香浮动影横斜，开出东风第一花。
何必更求勾漏令[2]，门前一树长丹砂。

绿萼梅

密法中有绿度母为大士化身。

青梅亦有好花开，点点梢头缀绿苔。
曾习瑜伽无上密，恍疑度母化身来。

木　笔

人生能得几花时，排日看花不讳痴。
我信此花真是笔，欲持花去写新诗。

白玉兰

辛夷白者蜀呼为白玉兰。

一树临风俊不休，万花如雪烂梢头。
黄昏倍觉辛夷好，幻出重重白玉楼。

① 贾生：贾谊。李商隐《贾生》有“宣室求贤访逐臣，贾生才调更无伦”句。
② 勾漏令：葛洪放弃高官，求做勾漏县令，期炼丹成仙。

桃　花

（一）

寻春得得过花坛，大好东风月二三。
我爱桃花照潭水，桃根桃叶付江南。

（二）

可爱深红爱浅红，花前难煞少陵翁。
春光检点黄师塔①，老眼何曾在雾中。

小桃花（即棠棣）

种向前阶色最娇，桃花同貌柳同腰。
也应错被周郎顾，体态依稀是小乔。

牡　丹

牡丹盛陈于青羊花市，人以重金购之。

牡丹璀璨独当阳，玉佩金裙领众芳。
却怪市儿轻薄煞，品头论足买花王。

七里香

七里香藤花，北平故宫有之，时呼为太平花。

① 黄师塔：杜甫有诗："黄师塔前江水东，春光懒困倚微风。"

信有香风七里生，小园一架雪晶明。
故都遗老经离乱，空对宫花说太平。

寿岳选书先生

一官容易遂初衣，七十齐眉古更稀。
入室芝兰真郁烈，及门桃李正芳菲。
儒餐每为忧时减，道貌新缘战胜肥。
此日中兴开寿域，背嵬争唱凯歌归。

李铁夫[1]新居在城南小天竺街

筑室好依天竺佛，为楼下瞰锦江波。
盈门有客犹嫌少，辟地栽花不厌多。
莲舌翻澜君独绝，竹筒引水事如何[2]。
从今我识城南杜，斜日驱车数数过。

① 李铁夫(1883—1978)：别名李珣，四川叙永人，民革成员，同盟会员。1952年被任命为四川省人民政府参事。曾任国民党24军少将副官长，四川省参议员，成都自来水厂常务董事兼总经理，成都市市长，国大代表。

② (时君方为省参议员兼主成都自来水公司。)

寿周虎鸣内兄五十兄侍母至孝

高名八士说君家，五十平头鬓未华①。
壁垒尚如军细柳，淤泥从不染莲花。
北堂喜种忘忧草，乔木长栖反哺鸦。
烂熟房公湖上路，年年留我驻征车。

过华西坝

东风吹我到华西，蹴鞠场宽嫩草齐。
几座楼台高过树，两行花柳密陇堤。
家家夷字题门榜，处处胡靴印路泥。
回首城中十万户，可怜栉比类鸡栖。

湄村次余步虚台韵作春感诗即韵奉和

春至人间愁与俱，知君咄咄又书虚。
即令赋笔高鹦鹉，可要移文到鳄鱼。
残照转添颜色好，东风偏撼鬓毛疏。
重翻旧恨抒新句，寄托遥深愧不如。

---

① （君先辈弟兄八人，时有周八士之目。）

次韵和湄村咏金凤寺素心辛夷

珍重春风莫浪开，动人怜处是初胎。
奇花梦入文通①笔，明月邀归太白杯。
难得寺如金凤好，不须曲奏玉龙哀。
玄都观里桃应妒，悔放刘郎异地来。

康雅道中

匆匆叱驭上邛崃，半壁关河画本开。
一道蛇蟠通积雪，千峰鹤立迓②轻雷。
西征漫拟安仁赋，凿空真惊博望才。
今到八方无事日，边城鼓角不须哀。

冷竹观梨花

去秋经此，红树临流可爱，不无今昔之感，长句记之。

冷竹关前细细风，数家篱落面鱼通。
今来雪压梨花白，昔去霜催柿叶红。
拔地寒峰争向上，背人春水尽流东。

① 文通：许文通，南宋诗人。
② 迓（yà）：迎接。

长途物色多堪玩，第一低徊是此中。

挟桃花一枝至炉关

一枝春插笋舆斜，要使西人见物华。
今日东方来紫气，不关李耳是桃花。

炉城①三月大雪次韵尖叉

（一）

漫天飞絮影纤纤，春尽寒多气更严。
满路细铺云母石，乱山浓抹水精盐。
余光泛白来虚室，微溜无声滴画檐。
镇日闭门无个事，小炉煨火试茶尖。

（二）

千林冻合暗栖鸦，万里同云蔽日车。
西塞易飞三月雪，东风别放一番花。
云间滴博②将军戍，月下瑶台阿母家。
百战鏖诗夸健者，可能神速似温叉。

---

① 炉城：即炉城镇，四川省甘孜藏族自治州康定县辖镇，州、县政府驻地，昔称“川边锁钥”。

② 滴博：地名，滴博岭。

东府、衡如、伯灵、静轩先后和余咏雪之作仍次韵奉答

（一）

险韵重拈斗巧纤，诗家号令苦森严。
补天有愿难为石，调鼎无功枉似盐。
却转土阶成玉砌，暂教茅屋化银檐。
前山更作横陈想，故挺奇峰学乳尖。

（二）

一色皑皑点暮鸦，关山欲断使臣车。
人间岁旱空搜粟，天上春残也落花。
月窟清寒淹客子，玉楼安稳住仙家。
乘风我亦思归去，却恐杨朱路有叉。

吟四十字奉谢

黄隼高、周殿华设馔，以虫草烹鸡，侑以蕨苔，食之而甘。

多谢先生馔，新尝虫草鸡。
盘中有薇蕨，座上即夷齐。

一饱愁应散，长吟句更题。
不知鸿在野，何事向人啼。

圌①牛坪

干海子望雪山下圌牛坪，时杜鹃花盛开，林壑奇丽，记以小诗。

玉气满西南，诸天接蔚蓝。
云中走车马，杖外列松杉。
山鬼依萝壁，人家住石龛。
杜鹃花发处，万壑斗红酣。

人外庐②初夏

万绿萃吾庐，榴花媚夏初。
熏风动庭树，芳气溢阶除。
隐几真忘我，鸣禽忽起予。
新来甘寂寞，真作闭门居。

---

① 圌(chuán)。
② 人外庐：成都西二道街42号曾缄先生寓所。

听阿王师讲经少城公园

片心从不为人降，忽遇高僧折幔幢。
直令此身如槁木，却疑师口挂长江。
跏趺[①]说法风生座，顶礼收经日在窗。
大好绿荫蒙密处，杖藜时听一钟撞。

湄村诗来，言与梵众同游金凤寺，远怀林壑，倚韵成吟。

俯瞰羌江挹蔡岑，寺门掩映万松深。
愚公竟有移山志[②]，元亮乃无出岫心[③]。
晓起穿花寻古塔，夜瞑和月伴幽禽。
城居我亦思林壑，息影何时就树荫。

安石榴花盛开题一绝

点点猩红卧绿云，花时况值好风薰。

① 跏趺（fū）：双腿盘坐，脚背放在股上，佛教徒的一种坐法，即“结跏趺坐”。
② （湄村谪居，穷苦而欲鬻书醵钜万开山筑路，通车马至寺门。）
③ （湄返，梵众独留不去。）

莫教栽近王安石，一例争墩①恐到君。

咏涉趣园

堂前隙地弥亩广，为园，名之曰：涉趣。

小园涉趣本泉明，饭后携邛自在行。
罥树深嫌蛛网密，鸣枝长爱鸟声清。
乘闲诵佛原无事，随分吟诗岂为名。
比似扬雄吾未可，免劳奇字问先生。

乡人靳慕石鬻书成都索赠言赋短歌

高人游戏成都市，严平卖卜君卖字。
挥毫忽起龙蛇蛰，落笔每惊风雨至。
胸藏万卷书自佳，从古大名非倖致。
人海居然见此才，吾乡毕竟多奇士。
抗战八年今止戈，故乡萝薜知如何。
它时携手丹山去②，看尔摩崖作擘窠。

---

① 争墩：半山寺后有谢公墩（谢安字安石），王安石曾据此戏作一首“争墩诗”，即七绝《谢公墩》：“我名公字偶相同，我屋公墩在眼中。公去我来墩属我，不应墩姓尚从公。”

② （丹山吾邑之望。）

还　都

八年行在滞恭州①，东望收京急去舟。
江上青山仍姓蒋，湖中春水莫言愁。
谁家燕子窥神器，若个降幡②出石头。
阅尽南朝兴废事，也应忍俊到沙鸥。

湄村木雁怡庵见和尖叉诗三叠赋答

（一）

斗韵鏖诗莫厌纤，每从奇险幻庄严。
霜飞寒食来青女，山刺高天仰白盐③。
晓起寒风惊拂面，夜吟冷月静窥檐。
诸君肯和巴人曲，不断挥斤到鼻尖。

（二）

自惭小技解涂鸦，磨盾年年托后车。
颇讶连山多玉树，犹疑糁径是杨花。

① 恭州：重庆。
② 降幡（fān）：刘禹锡《西塞山怀古》诗："千寻铁锁沉江底，一片降幡出石头。"
③ （杜诗："赤甲白盐俱刺天。"）

边关寒色兼春色，比屋蛮家杂汉家。
遥羡故人羌水上，江青鱼好正堪叉。

西康道中

（一）

雕门西去尽危途，凿险曾闻敝万夫。
说与伯昏应胆落，吕梁得似此间无。

（二）

紫石关窥一线天，大人烟接小人烟①。
西风斜日荒山道，使我神游太古前。

（三）

辘辘驱车入乱山，林峦葱蒨野花斑。
忽惊空谷成嚣市，一路松风鸟语间。

（四）

层盘宛转上圌牛，飞栈连云峻不休。
人到此间皆失色，我来天外独仰头。

① （大小人烟皆地名。）

（五）

溶溶满载一车云，厚地高天黯不分。
行过山南风日霁，雪峰高下烂成群。

（六）

终古皑皑爱雪峰，九天开出玉芙蓉。
输他海外梯山客①，先上瑶台最上重。

（七）

万里真成铁一条，行人躡绠度虹腰。
桥名泸定何曾定，百遍经过百动摇②。

（八）

参天积石黔如突③，落涧奔流白过霜。
打箭炉厅寻旧治，万山深处一城藏。

苍坪喜雨

赫赫骄阳剧火攻，陡闻霹雳下虚空。

① （昔年美国总统罗斯福子探险登贡嘎。）
② 泸定桥：在四川康定泸定县。
③ 墨黔不突：原指墨子东奔西走，每到一地烟囱尚未熏黑，又到别处去了。后以此形容事情繁忙。

数峰起伏烟云际，万绿动摇风雨中。
美睡今宵应化蝶，丰年此地不啼鸿。
果然消夏苍坪好，襆被时来作寓公。

和十七翁①咏平羌渡铁索桥仍叠百步洪韵

平羌渡口多风波，渔舟来去如穿梭。
横江作桥始癸未②，行人飞度肩相摩。
昨者登桥玩山色，瓦窑尚见君家坡③。
腐儒生事百不赖，欲探鷇卵呼荷荷。
我来题柱比司马，君归闭户偎梨涡。④
此邦故近邛笮国，涓涓塞水流成河。
绳桥悬度本夷法，似网非网罗非罗。
谁家临流设酒肆，雅鱼味胜驼峰驼。
拟分薄俸致一醉，闲时与尔相委蛇。
俯瞰蛟龙之窟宅，仰攀栖鹘之危窠。
桥汝前身本废铁，功存利济今如何。
丈夫得志亦类此，拊桥一笑声呵呵。

① 十七翁：程穆庵。
② 1943年。
③ （翁昔居瓦窑坡，予时与过从。）
④ （借此作韵然唐突尊夫人矣。）

登怀禹亭

登怀禹亭曾题联云：蔡蒙旅平和夷底绩，井络躔曜江汉炳灵。

言过平羌渡，因登怀禹亭。
蔡蒙开治绩，江汉炳英灵。
近水蛟龙拱，无风鸟雀停。
边氓知伏腊，含笑荐芳馨。

湄村所居

湄村所居旧名“四经楼”，是三苏遗寓，有诗纪之，戏次其韵。

怜君小屋似鸡栖，荒径蓬蒿咫尺迷。
昔日楼台凌爽垲①，只今官舍在洼低。
长沙赋鹏身迁谪，安石争墩语突梯。
寄语眉山终属我，封关已用一丸泥②。

① 爽垲（kǎi）：地势高而干燥。
② （三山集中余忝眉山，今虞侵夺，不容不御一笑。）

答湄村

湄村复诗，谓术士言其骨相似东坡，真有夺我眉山之意，再次前韵答之。

苏刘①异代偶同栖，面目庐山岂自迷。
论政心雄万夫上，谭诗首为古人低。
我因救赵先围魏，君莫升楼更去梯。
一笑争墩成底事，人生到处本鸿泥。

碉　门

十里平畴绕郭开，碉门深处问楼台。
梅龙已逐狂飙去②，石燕还催暴雨来。
市井少年多佩犊，风尘过客暂衔杯。
河阳花满翻成祸，奇绝官家百里才③。

---

① 苏刘：苏东坡、刘芦隐。
② （县署老梅一株，数百年物也，前日被大风拔去。）
③ （县中多种罂粟。）

二郎山上作

昔从元戎将大车，今携佳侣走肩舆①。
好峰欢若觌②知己，长路熟于温旧书。
雪岭岂容他处见，峨眉犹是此山余。
层城县圃穷登陟，更拟乘风上碧虚。

再答湄村

至康定得湄村报诗，有游康之约，仍次前韵速之。

暮入荒村鸟欲栖，晓行旷野圣皆迷。
山从积雪堆中起，涧向飞泉落处低。
为问深居怀玉局，何如南举蹑丹梯。
迟君十日能来否，驿路晴消滑滑泥。

瓦斯沟至大风湾

每过必惊心，层崖簇万寻。
水从康定落，山到瓦斯深。

① 肩舆：轿子。
② 觌（dí）：相见。

入峡天容瘦，临关石色黔。
雄风土囊口，忍冻复披襟。

与点楼纵目

为有凭栏意，时登与点楼。
雪峰千碧落，霜木下清秋。
西极歌天马，南人诮沐猴。
乱离烽火炽，垂涕望神州。

送黄听湘之官泰宁

出牧大荒西，风生五马蹄。
泰宁临古戍，惠远识招提[①]。
地与吐蕃接，名宜黄霸齐。
近闻征役苦，何以慰边黎。

寿张毅崛[②]

蒙山五顶郁苍苍，闲气钟君得至刚。

---

① （惠远寺为五世达赖驻跸之所，极宏丽。）

② 张毅崛（1887—1957）：四川名山人，保定军官学校毕业。曾任成都军事巡警司令官，成都警察厅长，四川省参议员等。

同里文章吴季礼，平生抱负汉张良。
曾参戎幕为谋主，晚逐时贤选议郎。
谁谓英雄今老去，家传辟谷有仙方。

题梁又铭中铭兄弟画三山小影图

程翁箕踞盘石上，刘侯植立手揞杖。
缄也摊书著裲裆，三人各瘦何人壮。
梁家兄弟双好手，貌出吾侪萧散状。
忆昔为邦严道[1]日，程来避寇刘流放。
相逢一笑胶在漆，连年予和汝能唱。
抗心希古说三山，强取古人为榜样。
闭门正字岂无补，安石争墩本不让。
命宫磨蝎误一生，我拟东坡非过当。
孝标自比冯敬通，管乐何如诸葛亮。
但知附庸到风雅，未愁标榜丛疑谤。
江郎昨制雅集图，笔扫三山气疎宕。
画意诗情两奇绝，长歌曾起谢无量[2]。
今君写真更逼真，一洗从来食肉相。
犹恐画中人寂寞，为迴江练开烟嶂。
雅州城北天下奇，千崖起伏如波浪。

① 严道：古县名，现在四川雅安的荥经县，是古代南丝绸之路的重要驿站。
② （江梵众曾为余制三山雅集图，无量题长歌。）

若教一一入丹青，此纸应须长万丈。
回头笑语两故人，神通游戏如来藏。
化身千百不患多，顾托豪素长相傍。

题钱箨石①画兰石

丙戌②冬，于成都得钱箨石画兰石一帧，题云：壬子③九秋写于西湖僧舍，八十五老人钱载。考箨石，以乾隆五十八年癸丑④卒，寿八十六。此其前一岁作，所谓夕阳无限好也。往读其诗有奇气，斯画又如其诗，欣记一绝句。

先生诗与画俱高，八十耆年尚染豪。
遥想西湖僧舍里，手提香草出离骚。

游金凤寺

葱葱郁郁梵王家，知是松耶是柏耶。
今日僧迎前日客，在山泉煮本山茶。
林花时杂天花落，人语还兼鸟语哗。
爱尔城中诸女伴，来游同路去同车。

---

① 钱箨石：即钱载(1708—1793)：清朝画家，善作诗。
② 丙戌：1946 年。
③ 壬子：1792 年。
④ 癸丑：1793 年。

金凤寺戏赠湄村

时君方卖字醵①金培修寺殿，有句云："不须长技为擅越，唯卖南宫书画船。"黄祥人先生守雅州，常经营此寺，怨家以"留连金凤"劾之。上官以金凤名艳，疑其狎妓，几不免。今君踵黄故事，吾窃为之惧。

邃谷深山作道场，迷阳却是楚歌狂。
不趋青琐陪鸳鹭，独聚黄金铸凤凰。
千树桃花刘梦得，一船书画米元璋。
留连获罪君知否，莫遣招提化女郎。

西　南

天将形胜付西南，万壑千岩秀色含。
蒙顶石花春第一，峨眉山月夜初三。
得闲便拟携邛杖，所到皆思结草庵。
管领汉嘉②谁最好，风流太守忆岑参。

① 醵(jù)：凑(钱)。
② 汉嘉：蜀郡，今四川汉嘉、天全、荥经、汉源四县。

读湄村日地诗，追忆康定峡中景物，因次其韵。

西陲千万山，炉关险无对。
摩天起双崖，匹练缠峡内。
风涛日怒吼，蛟龙逝安在。
山石纷倒悬，落地有时碎。
林壑相蓊翳，彼苍若昏愦。
荒途没流潦，触处成窒碍。
登危窘跬步，面壁乖盼睐。
前村见炊烟，失喜吾生再。
山田苦硗瘠，野人珍寸块。
贫家操作劳，薪压樵女背。
映门多白杨，盈畦长寒菜。
屋后峙雪峰，长剑鹈膏淬。
海上已桑田，山中仍草昧①。
獉狉有如此，人间果何代。

闻杨怡庵说昔年同尹亮易登大相岭所见

千峰万峰惨不青，但见积雪光荧荧。

---

① 草昧：树木杂草。

颓阳射空忽变紫，大块幻出泥金屏。
道上行人相顾语，前途险巘复奇丽。
我已中年君始衰，拼掷残生此中去。

苍坪红叶

不因青女善行霜，岂有丹枫映夕阳。
我上苍坪看红叶，一如春日为花忙。

得穆庵湄村寄诗赋答

刘侯句夺关山险，程老诗随冬夜长。
千里音书频远递，两家旗鼓略相当。
写来洪度花笺里，展玩珍哥铁砚旁。
说与故人应一笑，冥搜我欲到洪荒①。

观杨啸谷所藏怀素草书真迹长卷作歌

杨侯昔日燕京住，法书名画收无数。
唐人草书今世稀，真迹君家有怀素。
云母五色超硬黄，开卷纸已生辉光。
是何神力在腕底，落纸便作蛟龙骧。

① （近与老友杨啸谷来成都求古董，得三代玉器。）

书家妙诀利速战，笑掷流星掣飞电。
太华三峰举笔高，黄河九曲随锋转。
御风列子无留停，从心所欲成字形。
细若游丝袅空碧，翩如飞雁投沙汀。
有时墨尽势未竟，化为飞白纷相映。
还同射虎李将军，饮羽没石含余劲。
此本旧藏僧王家，杨侯买得人皆夸。
知君到处虹贯月，忆昔书成天雨花。
平生万事皆草草，观书亦爱草书好。
草书非古吾不云，上人目空王右军。
当时声价君听取，李白狂歌天下闻。

僧怀素草书自叙一通，用五色云母纸写。旧是清僧格林沁亲王家物，改革后，辗转为吾友杨啸谷所得。民纪三十五年①，携归成都。冬至前一日，过将军街寓庐，洗眼敬观，欢喜踊跃。昔李太白有《怀素作草书歌》，窃步后尘，博老友胡庐一笑云尔。

戏题朱半楼藏如意馆画名伶谭叫天像②（丁亥③作）

天下好戏推北京，戏中难唱是老生。

① 民纪三十五年：1946 年。
② 谭鑫培（1847—1917）：即谭叫天，著名京剧演员，工老生，曾演武生。
③ 丁亥：1947 年。

晚清此色谁第一，内廷供奉程长庚。
长庚尔后有三派，桂芬①嗓高菊仙②大。
绝代销魂谭叫天，千回万转鸣天籁。
歌喉一寸随高下，窄处容针宽走马。
龙吟凤啸一两声，梨园子弟皆暗哑。
作功更比唱功奇，技进乎道请勿疑。
白刃双飞王佐臂，金盔巧卸李陵碑③。
当时万口称歌圣，尽拨淫哇归雅正。
一曲曾经动九重，谁谓叫天天不应。
颐和优孟④古衣冠，长得慈禧青眼看。
宫内早开如意馆，功臣不画画伶官。
古董先生杨啸谷，偶向燕台得此幅。
凛凛英姿入画来，只少歌声从纸出。
归来持赠朱虚侯⑤，名伶像许名票留。
一髯仿佛曾相识，两净固是金黄流⑥。

---

① 汪桂芬(1860—1906)：名谦，字艳秋，号美仙，小名惠成。安徽潜山县人(一说湖北汉川县人)，梨园世家出身。其父汪连宝是清道光、咸丰年间春台班有名的武生。

② 孙菊仙(1841—1931)：名濂，一名学年，字菊仙，号宝臣，外号孙一啰，晚年用“老乡亲”为艺名，天津人，京剧老生。

③ (王佐断臂之刀臂双飞，李陵碑之卸甲丢盔皆其绝技。)

④ 优孟衣冠：楚相孙叔敖死后，其子生活贫困，求助于优孟。优孟穿孙叔敖的衣冠，并模仿他的动作神态去见楚庄王，使庄王感悟而重赐孙叔敖之子。优孟模仿孙叔敖事，后人以“优孟衣冠”一语概括，引申为演戏。

⑤ (蜀中票友，君为巨擘。)

⑥ 金秀山(1855—1915)，北京人。为翠峰庵票友。黄，即黄三。

为君翻阅廿四史，从古到今一戏耳。
试看世上假排场，何似图中真戏子。
君爱清歌学叫天，我今太息草斯篇。
愁来高唱空城计，却少知音在面前。

赠啸谷乱后始自北平航空归来

八年玉貌困围城，阅尽沧桑返蜀京。
龙跻飞行今日到，鹤鸣招引故山横。
仲宣枉自依刘表，德祖才能识祢衡。
我有浪浪知己泪，更无人惜待君倾。

湄公遇赦赋寄

一纸书来散万愁，赐环消息至刀州①。
贾生它夜虚前席，小白何时相射钩。
稍喜诗传三雅集②，更无人伴四经楼。
知君了却乌台案，先写新篇报子由。

---

① 刀州：益州，即蜀地。当时湄公（刘芦隐）被软禁于四川雅安。

② 三雅集：即《三山雅集》。时曾缄先生任雅安县长，与避寇来蜀的程穆庵先生和被“流放”的刘芦隐先生交往过从，时有诗词唱和，后结集为《三山雅集》，谢无量先生作序，四川著名画家江梵众为制“三山雅集图”。

与啸谷同过徐益生[1]乡居以鸡公车代步

徐公城北更偏西，结宅遥临九里堤。
绝爱坡仙提玉局[2]，还如工部在花溪。
绕亭竹树青葱密，插架诗书卷帙齐。
我与子云俱好事，来寻幽径驾鸡栖。

---

① 徐寿(1904—1988)，字益生，号鸿冥，四川成都人。民国时期著名的金石书画家和收藏鉴赏家。著名学者、诗人、书法家徐无闻的父亲。

② (所居在玉局观附近。)

寒斋诗稿

（1954—1957）

双雷引　并序

蓝桥生者①，家素封，居成都支机石②附近。耿介拔俗，善鼓琴，能为《高山流水》、《春山杜鹃》、《万壑松风》、《三峡流泉》、《天风海涛》之曲，声名藉甚。英国皇家音乐学院致厚币征为教授，谢不往，人以此益高之。家藏唐代蜀工雷威③所斫古琴，甚宝之。后从沈氏复得一琴，比前差小，龙池内隐隐有雷霄题字，因目前者为大雷，后者为小雷。先是成都有沈翁者，精鉴古物，蓄

① 蓝桥生：唐裴铏《传奇·裴航》：长庆中，有裴航秀才，经蓝桥驿，渴甚，见道下茅屋有老妪缉麻，揖之求饮。妪命孙女云英擎一瓯浆来，于苇箔出双玉手捧瓯，饮之真如玉液，异香透于户外。航因还瓯，遽揭箔，惊其芳丽，求娶云英，妪言须以玉杵臼为聘。航于长安果访得玉杵臼，遂返蓝桥驿娶云英，夫妻入玉峰洞为仙。此以蓝桥生、云英代男女主人公之名。

② 成都支机石：成都西城支机石街。《太平御览》卷八引《集林》："昔有一人寻河源，见妇人浣纱，以问之，曰：'此天河也。'乃与一石。而归问严君平，云：'此织女支机石也。'"

③ 唐李肇《唐国史补》卷下："蜀中雷氏斫琴，常自品第，第一者以玉徽，次者以瑟瑟徽，又次者以金徽，又次者螺蚌之徽。"唐段安节《乐府杂录·琴》："贞元中，成都雷生善斫琴，至今尚有孙息不坠其业，精妙天下无比也。"

小雷，极珍秘。生有一女，将殁，谓女曰："若志之，有能操是琴者，若婿也。"生适鳏，闻之心动，往女家，请观琴，为鼓一再行。归，遣媒妁通聘，故琴与女同归生。生于是挟两雷，拥少艾，隐居自乐，若不知此生犹在人间世也者。改革后，生以地主故，田产例充公。家中落，鬻所有衣物自给，将及琴，则大恸。谓女曰："吾与卿倚双雷为命，今若此，何生为。"遂出两琴，夫妇相与捶碎而焚之，同仰催眠药死。死后，家人于案上发现遗书一纸，又金徽十数枚。书云："二琴同归天上，金徽留作葬费。"乃以金徽易棺衾而殡诸沙堰。沙堰者，生之别业。生著有《沙堰琴编》一书，此其执笔处也。余初与生不甚稔，而数传言将招余为座上客，余漫应之。一日，果折柬见邀。至则同坐者三人，一为谢先生无量，一则杨君竹扉，其余一人不知姓名。生指而介云："此熊经鸟伸①之异人某君也。"客既不俗，而庭前花木颇幽邃，所出肴馔茶具，皆精洁无比。宴罢，生出所藏诸琴示客，竹扉一一目之曰：若者唐，若者宋，若者元明以下，而唐最佳，小者尤佳，即小雷也。生大诧，自谓天下辨琴莫己若，不意竹扉亦能此。既而正襟危坐，援小雷，奏《平沙落雁》。曲终，顾诸客曰："何如？"或应曰："甚善。"生笑曰："君虽言善，未必知其所以善。"其自负类

① 熊经鸟申：古代道引养生之法，状如熊攀树而自经，如鸟飞空而伸脚。《庄子・刻意》："吹呴（xǔ）呼吸，吐故纳新，熊经鸟伸，为寿而已矣。此道引之士，养形之人，彭祖寿考者之所好。"

如此。方改革时，生以耽琴故，不问世事，于革命大义殊懵然，人亦无以此告之者。使生至今尚在，目睹国家新兴，必将操缦①以歌升平之盛，然而生则既死矣。余偶适西郊，道经沙堰，见一抔宛在而人琴已亡，作“双雷引”以哀之。

何人捶碎鸳鸯弦，大雷小雷飞上天。
已恨广陵成绝调，更堪锦瑟怨华年。
朝来喧动成都市，焚琴煮鹤②真奇事。
少城西角有幽人，卜居近在君平肆③。
不逐纷华好雅音，虽栖廛市等山林。
晚为天女云英婿，家有唐时雷氏琴。
双琴制出威霄手，玉轸金徽④光不朽。
断漆斑斑蛇跗纹⑤，题名隐隐龙池⑥后。
比似干将与莫邪，双龙会合在君家。
朱弦巧绾同心结，枯木长开并蒂花。

---

① 操缦：缦，琴弦。《礼记·学记》：“不学操缦，不能安弦。”

② 焚琴煮鹤：喻煞风景之事。《西清诗话》：“义山《杂纂》：其一曰煞风景，谓清泉濯足，花上晒裈(kūn)，背山起楼，烧琴煮鹤。”

③ 君平肆：成都西城有君平街。《汉书·王吉传》序：严君平卜筮于成都市，日得百钱足自养，即闭肆下帘而授《老子》。著书十余万言，一生不为官。

④ 轸：琴弦的轴。徽：琴弦音位标志。琴面镶嵌的十三个圆形标志，以金、玉、贝等制成。

⑤ 蛇跗纹：古琴上的断纹，状如蛇腹横鳞，名蛇腹纹。

⑥ 龙池：琴底孔眼，上曰龙池，下曰凤沼。

秋月春花朝复暮，手挥目送何曾住。
万壑松风指下生，三峡流泉弦上鸣。
换羽移宫随手变，冰丝迸出长门怨。
欻然①急滚声嗷嘈，天风浪浪翻海涛。
问君何处得此曲，使我魄动心魂摇。
双雷捧出人人爱，自倚蜀琴开蜀派②。
峨眉山高巫峡长，天回地转归清籁。
操缦谁如长卿好，知音况有文君在。
片云终古傍琴台，远山依归横眉黛。
海客乘槎万里来，得闻古调亦徘徊。
远人知爱阳春曲，海外争传大小雷。
可怜中外同倾倒，名手名琴俱国宝。
绝代销魂惜此才，愿人长寿花常好。
那知春色易阑珊，花蕊飘零柳絮残。
岂必交通房次律，偶然挂误董庭兰③。
负郭田空家业尽，萧条一室如悬磬。
随身唯剩两张琴，周鼎重轻来楚问④。
归来惆怅语妻子，幸与斯琴作知己。

---

① 欻(xū)然：忽然。

② 蜀派：中国古琴流派之一。

③ 交通：交结，与……有关系。挂：牵连。董庭兰：《全唐诗》卷五百九十一作：“七条弦上五音寒，此艺知音自古难。唯有河南房次律，始终怜得董庭兰。”

④ 周鼎重轻来楚问：《左传》宣三年：“楚子伐陆浑之戎，遂至于雒，观兵于周疆。定王使王孙满劳楚子，楚子问鼎之大小轻重焉。”三代以鼎为国宝，权利的象征。

忍将神物付它人，我固蒙羞琴亦耻。
何如撒手向虚空，人与两琴俱善终。
不遣双雷污俗子，长教万古仰清风。
支机石畔深深院，铜漏丁丁催晓箭。
夫妻相对悄无言，玉绳低共回肠转。
已过三更又五更，丝桐切切吐悲声。
清商变徵千般响，死别生离万种情。
最后哀弦增惨烈，鬼神夜哭天雨血。
共工头触不周山，划然一声天地裂。
双雷阅世已千春，为感相知岂顾身。
不复瓦全宁玉碎，焚琴原是鼓琴人。
一段风流赀结束，人生何似长眠乐。
后羿轻抛弹日弓，嫦娥懒窃长生药。
郎殉瑶琴妾殉郎，人琴一夕竟同亡。
流水落花归去也，人间天上两茫茫。
刘安拔宅腾鸡犬①，秦女吹箫跨凤凰②。
但使有情成眷属，不应含恨为沧桑。
我闻此事三叹息，天有风云人不测。

① 《论衡·道虚》："（淮南）王遂得道，举家升天，畜产皆仙，犬吠于天上，鸡鸣于云中。"

② 汉刘向《列仙传》卷上："萧史者，秦穆公时人也。善吹箫，能致孔雀白鹤于庭。穆公有女字弄玉，好之，公遂以女妻焉。日教弄玉作凤鸣，居数年，吹似凤声，凤凰来止其屋。公为作凤台，夫妇止其上，不下数年。一旦，皆随凤凰飞去。故秦人为作凤女祠于雍宫中，时有箫声而已。"

毅豹养身均一死①，木雁有时还两失②。
嵇康毕命尚弹琴③，向秀何心听邻笛④。
询君身后竟何有，绝笔空余数行墨。
玉轸相随地下眠，金徽留作买棺钱。
昔时沙堰弹琴处，高冢峨峨起墓田。
从此九京埋玉树⑤，更谁三叠舞胎仙⑥。
声声犹似当年曲，只有春山啼杜鹃。

---

① 《庄子·达生》寓言：单豹岩居，不与人争利，为饿虎所食；张毅与大家小户无不往来，因热病致命，均不免一死。

② 《庄子·山木》寓言：山木以不材而被免伐，主人享客杀所蓄之雁，不能鸣者以无用而被杀，能鸣者以有用而获全。弟子问先生将何处？庄子曰："周将处夫材与不材之间。"

③ 《晋书·嵇康传》："康将刑东市，太学生三千人请以为师，弗许。康顾视日影，索琴弹之曰：'昔袁孝尼尝从吾学《广陵散》，吾每靳固之。《广陵散》于今绝矣！'"

④ 《文选》卷十六晋向秀《思旧赋》序："余与嵇康、吕安，居止接近，其人并有不羁之才。……嵇博综技艺，于丝竹特妙，临当就命，顾视日影，索琴而弹之。余逝将西迈，经其旧庐，于时日薄虞渊，寒冰凄然，邻人有吹笛者，发声寥亮。追思曩(nǎng)昔游宴之好，感音而叹，故作赋云。"

⑤ 九京：九原山，晋卿大夫墓地，后指墓地。玉树，喻姿质优美之人。《世说新语·伤逝》："庾文康(亮)亡，何扬州(充)临葬云：埋玉树于土中，使人情何能已已。"

⑥ 《上清黄庭内景经·上清章》："琴心三叠舞胎仙。"务成子注："胎仙即胎灵大神，亦曰胎真，居明堂中。"胎仙，为道教神名。

题赵香宋[①]先生诗集

昔闻广陵散，今见昆吾刀[②]。
不有江山助，安知湖海豪。
一官牛马走，五色凤凰毛。
年少轻前辈，卑之不敢高。

雨后见西山作歌

西山兼汶岭雪峰而言，跨州连郡数百里，从成都平原可一览得之。嵚崎磊落，天下之奇观也。然常在云雾中，非至晴明不可见，见矣而为时亦暂，以是见忽于成都人。甲午[③]初秋，大雨初霁，残日犹明，此山忽涌现在前，余得尽情瞻玩，欢喜踊跃而作是歌。

西山有自天地初，冥濛常与元气俱。
造化胸中足垒块，吐向陆海为高墟。
藏烟匿雾颇自秘，似恐斩绝惊庸愚。
我见此山在秋日，雨过郊原净如沐。

① 赵香宋：赵熙(1876—1948)，字尧生，晚年自号香宋老人，又署香宋词人等。四川省荣县北郊宋家坝人。清末、民国四川文化名人。

② 昆吾刀：古代名刀。相传用昆吾石冶炼成铁而制作的刀具，切玉如泥。

③ 甲午：1954 年。

残阳欲坠不坠时，天外千峰万峰出。
北通剑阁南临邛，横空飞出苍精龙。
群山岌岌争向东，环绕天府如屏风。
不知山高几千仞，但见翠微重复重。
翠微有尽山无尽，最上皑皑是雪峰。
雪峰玉立青霄里，天下诸山色灰死。
五色从知白最尊，九州未有高能比。
纵横变化势未已，大块文章极诙诡。
古来间气钟何人，扬马之徒毋乃是。
西迎反照光鲜妍，天开画本张我前。
徒绘嘉陵三百里，笑煞当年吴道玄。
山川形胜谁能说，少陵老子诗中杰。
曾夸岳外有他山，解道直衔西岭雪。
君不见，
成都人口百万稠，营营日与尘土谋。
试问此山在何许，竟同鲁人不知丘。
一年见山不数日，时至疾起登高楼。
城南城北君莫顾，直向天西远处求。

闻杨啸谷醉中蹶地寄诗奉问

君家故事吾能记，扬雄投阁曾到地。
非关寂寞真致灾，只为平生识奇字。

仓颉书成鬼夜哭，斯文固是天所忌。
嗟君好奇似子云，草玄颇发神人秘。
坐令百鬼瞰高明，造化小儿来一戏。
何物能推玉山倒，此时竟作大星坠。
平居自诩不倒翁，仓皇乃失济胜具。
乍如蓬莱割左股，又似匈奴断右臂。
闷绝还思日者言，震天一蹶吾其毙[①]。
岂知因醉神得全，堕车不死非奇事。
闻君防身佩古玉，浸色烂斑湿且丽。
即今对玉抚疮痕，皮青肉紫差相似。
其人如玉语不诬，瑚琏大堪为子器。
翻思少陵为马堕，题诗巧作惊人句。
待君痛定起高歌，我亦相看携酒至。

啸谷答诗语甚诙诡复寄一首

君家三径开竹扉[②]，石头路滑醉人归。
盲人瞎马到夜半，暗中摸索灯火微。
龙颠虎倒致一蹶，声震屋瓦惊蚰蜒[③]。
君非凡马亦多肉，不创正坐陈平肥。

① （日者曾谓君，当致瘨蹶，若不死，可寿至期颐。）
② （啸谷斋名。）
③ （自云蹶时其声如雷，震耳欲聋。）

若教速写入图画，松雪滚尘疑是非①。
又如蹴鞠球起落，转丸触地还高飞。
同行底须木上座，此身自有衡气机。
前诗慰君恣欢笑，君不我怪嘉谐俳。
昨日示我解嘲作，摆落俗忌轻祥禨。
为言路毙亦佳事，乍可上疗鸟鸢饥。
人生大齐白年耳，我逾六十君古稀。
晚年敝睫生黑子，虽有面目无光辉。
医云恶瘤死顷刻，久而无验吾腹诽②。
嵇康养身似未达，任公求死还遭讥。
纵浪大化不喜惧，吾侪永命非天祈。
喜君折肱得好句，瘦金字体亲手挥。
世间何物娱老眼，十行纸上堆珠玑。
君得我诗一捧腹，我诵君诗三绝韦。
幼舆啸歌幸不废，请君更唱妃呼豨。

次韵再酬啸谷

凉飔习习摇窗扉，白日欲暝鸦归飞。
偶过扬雄一区宅，竹树蓊翳成翠微。

① （赵松雪画滚尘马绝佳，君曾见之于海王村，为余言之。）
② （吾右目下生黑子，医云不割治，过四月当死。然今已逾三年，予犹健在。）

果蠃之实亦施宇，更任户室栖蟏蛸。
饭颗相逢我太瘦，糠麸能食君方肥。
斋中抵赏纵谈笑，问孔刺孟非韩非。
雕虫篆刻悔少作，老笔能令风骨飞。
近人争论到雅郑，野狐那可参禅机。
偃师偶然怒人主，叔敖至竟殊优俳。
文章有神交有道①，楚人好鬼越好禨。
唱予和汝数往复，歌苦不伤知音稀。
君如卞和几刖足，而石蕴玉山终辉。
且共鏖诗展戏谑，不妨立木招谤诽。
道旁翁仲应绝倒，二马蹇眇相嘲讥。
吾辈治诗等治水，力可降伏支无祈。
乌有先生骋唇舌，造化小儿供指挥。
我既抛砖引子玉，君勿买椟还吾玑。
晚年壮志渐消损，刚经百炼柔于韦。
闻君鼓鼙意忽动，赴敌勇如猪突狶。

成都大雪

甲午冬，成都连日大雪，百年来所未有也，赋诗记异。

天花落玉盘，一望白漫漫。

---

① （杜句）

鹤讶今年雪，龟言此地寒。
解衣虚范叔，高枕自袁安。
新领冰霜味，先生是冷官。

蟹砚铭

得端石小砚，刻一蟹浮大海中，偶为之铭。

二螯六跪，泥行郭索。
出穴招潮，名标海物。
不读尔雅，焉知蟛蜞。
噬脐之悔，云胡可追。
濛溟有枯，此石不烂。
怒目横戈，助我文战。

培根宿舍作

一庭杂树隐青松，老屋培根近蜀雍。
国似槐安长聚蚁，窠分篙眼各藏蜂。
校书马肆真堪笑，寄傲南窗且自容。
我亦叶公曾画壁，何时入室有真龙。

题宋画《春雪双凫》

岁不尽三日，买得立轴一幅，双丝方眼绢上绘折叶芭蕉、山茶、水仙、怪石，殿以双凫。设色有珍珠粉、玛瑙红、松叶绿，瑰丽奇古，其风格类黄荃父子，真尤物也。

山茶花红水仙白，积雪压蕉蕉半折。
画师亦是补天手，炼出花间五色石。
石畔双栖绿头鸭，羽毛如花俱可惜。
雄禽亦似怯春寒，绣颈微纡藏翅翮。
珍珠玛瑙磨不尽，宋贤挥洒留笔迹。
妙处鳞鳞锥画沙，惠崇小景可仿佛。
黄荃画鸟堪有名，此画与之为伯仲。
作者能如锥画沙，观者何殊磁引铁。
自今留镇寸铁堪，人予千金莫轻易。

王维作画《雪中芭蕉》，法眼观之，知其神情寄寓于物，俗论则讥以为不知寒暑。（冷斋夜话）

孤松赋

甲午岁，移居培根路。斋前杂植皂荚、紫薇、花榴之属，而罗汉松一株偃蹇屈盘诸树之下，高不逾丈。自春徂秋，诸树先后繁荣，枝叶蒙密，俯视此松，若无有也。及夫霜露既降，以次凋落，憔悴骨立，颜色灰死。懿此孤松，苍然独秀，龙坐虎吟，自奋壮于屋前。嗟乎，疾风然后知劲草，岁寒然后知松柏，斯言信矣。木也类夫，有道之君子诚不可以不赞，赞曰：

传称不朽，孔曰后凋。
荣瘁既形，孤芳乃标。
鳞鳞怪甲，郁郁寒条。
霜露自坠，风雨不摇。
虽辱大夫之封，而羞立嬴氏之朝。

乙未正月六日恭谒先君子墓

（一）

天翻地覆人间世，今日驱车誓墓来。
漠漠荒烟笼拱木，横流应不到泉台。

（二）

五载负亲恩①，今朝谒墓门。
人间有桑海，地下或桃源。

① （不瞻往五年矣。）

踪迹邻翁问，奉迎野雀喧。
更期寒食日，携幼过溪村。

水仙花

用甆盂种水仙花，壅以雨花台锦石，欣然有作。

（一）

寓斋增妩媚，一束玉刍来。
嫩叶参差出，繁英次第开。
春风锦官里，石色雨花台。
大好移根处，先生手自栽。

（二）

闭门不复出，对此每欣然。
春满盆盂里，花开几案前。
凌波浑欲步，得水便成仙。
后日相思意，泠泠在七弦。

再咏水仙

稍倚玉如意，微欹金步摇。
试看盛白碗，一似贮阿娇。

司马相如

相如家四壁，娶得卓文君。
眉扫远山色，鬓梳天上云。
当垆揎翠袖，沽酒湿红裙。
西蜀留香史，风流万古闻。

人日游草堂同杨啸谷、刘湄村

何所可嬉春，浣花溪水滨。
此堂原是草，今日又为人。
室有乌皮几，池空赤尾鳞。
我来同二妙，长揖杜文员。

雪后望长松山

日暮望长松，遥遥四五峰。
时于苍翠里，涌出白芙蓉。
平地耸银阙，自天盘玉龙。
西山更奇丽，惜被碧云封①。

① （是日西山不得见。）

过云龙书肆有感

书空犹应胜俗儒，能于版本辨精粗。
即今西玉龙街过，尚有横通李瞎无。

二月始开见梅花

寒风凛冽岁空新，愁煞巡檐索笑人。
修到梅花清傲骨，为何桃李共争春。

戏寄刘芦隐嘉州五通桥

嘉阳山水最清新，前度刘郎又问津。
三月不应忘肉味，五通真许作仙人。
苏公楼畔淹词客，大佛岩前露法身。
知否文君相忆苦，桂丛招隐翠眉颦①。

① （君所居故桂林轩也。）

重五日观石牛望吟诗楼作二绝句

（一）

邦人竞渡作端午，我独过江观石牛。
回首薛涛吟眺处，一时红袖满高楼。

（二）

牵来锦水似银潢，试乞天公与主张。
但缱薛涛为织女，石牛何虑不成郎。

是日复过江楼

金碧楼台白石栏，巍峨缭绕遍江干。
千秋名胜穷幽赏，百亩园林改旧观。
攘攘游人争座位，沉沉古井不波澜。
闲花闲草都收拾，栖凤新栽竹万竿。

闲　居

横经讲舍愧无能，息影今同退院僧。

门外鸡栖余恶木，墙头虎爪失苍藤①。
卧龙敢望嵇中散，瘦马终伤杜少陵。
若问何方娱晚景，仍攒故纸作痴蝇。

晚望西山

半壁遥空幻火花，千重积翠走龙蛇。
世间何物真奇丽，第一西山带晚霞。

谒子美草堂作

千古声名岂浪垂，一廛茅屋故堪思。
人居林壑最深处，门外江源无尽时。
当代并称惟白也，后来推重有微之。
今日万间开广厦，不须更乞草堂赀。

寄儿子令森

森与其妻同在北京，妻在广安门中医研究所，而森在西郊海淀中国科学院地球物理研究所，相去颇远，每星期周末仅会一次，如女、牛也。

妇在城东汝在西，几时牛女定双栖。

① （所居门前有皂荚两株，甚茂。墙上虎帘已为伧夫斫去，大煞风景。）

莫教首似飞蓬样，差喜眉犹举案齐。
寄妹书传大雷岸，思亲梦绕浣花溪。
明年就养携阿母，迟我驱车向宝鸡。

寄次女令仪之松洲

仪常赴边区，为土地改革工作，出入松理茂万山中。曾骑匹马上汶岭，路径险绝，不以为苦。余望西山不得一至，而仪独遍观焉，胜乃翁多矣。

天外西山早柱颐，何时蜡屐得登危。
空吟子美三城戍，未遂羲之一段奇。
走马悬崖惊汝健，回车绝坂念吾衰。
遥知黑水经过处，应忆爷娘唤女时。

携眷游草堂

双林一角露飞甍，幽处曾栖杜少陵。
终古不磨三亩宅，此中曾有六朝僧。
粗盆老瓦思新酿，小几乌皮想旧凭。
今日千秋成怅望，惊人着语愧无能。

登工部诗史堂兼观新展文物

（一）

象设闲安侍二豪，莫同吴下说三高。
浣花诗卷留天地，诸葛云霄共羽毛。
孔雀触牛公未辱，蚍蜉撼树尔徒劳。
风流谁似樊川子，正要麻姑痒处搔。

（二）

从今不乏草堂赀，国币源源出度支。
突兀眼前瞻此屋，苍茫当日咏何诗。
牙签插架胡元本，玉盆盛霜大邑瓷。
千百年来遗爱在，腐儒真傲挺之兒。

读杜诗

把君诗卷一凄然，造物何心厄此贤。
九死悲歌同谷底，一生饥瘦饭山前。
惊心故国闻啼鸟，泣血君家有杜鹃。
昨日草堂寻旧迹，我曾呵壁问苍天。

展重阳

九月十九日佛名展重阳，余同内子至蜀雍看菊，小坐荷池，望崇丽阁作。

今我闲携老孟光，蜀雍来作展重阳。
丛荷凋尽池愈碧，落木飘残菊正黄。
照影秋波怜我瘦，掉头花径笑人忙。
临风忽起凭栏想，一角江楼出花墙。

江干晓步望长松山张飞营

卧闻钟鼓报新晴，晓起江干负手行。
天外乱鸦争泼墨，滩头群鸭自呼名。
打鱼舟过微波皱，卖菜人归小担轻。
回首长松山色好，翠微遥指汉家营。

题明遗老画册

陈丹衷[①]涉红《溪山》

残山剩水付吴侬，回首金陵王气终。

① 陈丹衷：字旻昭，号涉红，南京人。崇祯十六年(1643)进士，授御史。明代画家，明亡后归居乡里。

恶煞胜朝陈进士，涉红何处采芙蓉。

万寿祺年少[1]《遐征图》题字绝精

风流年少丹青手，即论银钩亦自佳。
芳草满堤春水绿，送君飞棹过长淮。

万年少《江干独眺图》

满地江湖墨未干，何人倚仗立荒磐。
画家胸次吞云梦，片纸苍茫万里宽。

樊圻会公[2]《雪景》

沦落江南老画师，樊家兄弟旧闻知。
果然诗思清人骨，写到寒山雪满时。

樊圻《烟树》

是山是树是微云，一望溟濛总不分。
尽说画师师造化，我疑造化欲师君。

---

① 万寿祺(1603—1652)：字年少，又字介若，江西徐州人。明亡后隐居江淮一带。

② 樊圻(1616—1694)：字会公，江陵人。明清画家，“金陵八家”之一，擅山水、花鸟、人物。

翁陵寿如①《岩壑》

挥洒翁陵得自如，不妨精密胜清疏。
知君笔底多岩壑，只惜时无谢幼舆。

翁陵《山寺》

胸中垒块忽成山，吐在君家尺楮间。
我欲随身挈竿木，石头路滑叩禅关。

杨亭玄草《垂虹桥》

秋树荒疏映远汀，江南小景爱杨亭。
垂虹桥外烟波阔，斜簇吴山一队青。

杨玄草《山亭》

万松深处一泓飞，更着茅亭傍翠微。
持比蜀山何处似，青城半壁见依稀。

杨玄草②《绝壁孤云》

人家高出飞鸟道，山鬼下瞰云中君。
何生摆落尘世事，此地来寻麋鹿群。

① 翁陵（生卒年不详）：字寿如，号磊山石樵，福建建宁人。画家，工诗、善书、篆刻。

② 杨亭（生卒年不详）：字玄草，扬州人，明清时期画家，善画山水。

高岑蔚生①《水墨山水》

复有高岑妙入神，墨翻五彩状嶙峋。
若将画品方诗格，高适岑参合一人。

沈衍之《云山》

一角云山也自奇，写成元气湿淋漓。
石田家法分明在，谁识当年沈衍之。

朱素臣

诸画上款皆署素臣，即曾作《翡翠园》《十五贯》曲子之朱素臣也。

作者天然有七人，一时风雅萃遗民。
问谁堪爱烟云供，翡翠词人朱素臣。

此画凡十二幅，作者七人皆有明遗民不仕胡清者。乙未四月六日得于成都，次日余六十三初度，故余自寿诗有云："老夫首夏称兕觥，作者七人升我堂。陈万樊翁高沈杨，使我几案生辉光。"暇日，各题一小诗，又缀以画中上款之朱素臣，共成十三首，别纸书之。诗则非工，何劳把玩。

---

① 高岑(生卒年不详)：字蔚生，又字善长，浙江杭州人。清初画家，"金陵八大家"之一，善山水花卉。

日　食

十一月朔日食，望之如缺月，戏作一绝记之。

无端顾兔点阳乌，欣日飘形比望舒。
何止老夫爱病目，今朝天眼亦模糊。

重题明遗老山水画册

以三十六陂春水白头相见江南为韵。

山木逾千万，人家有两三。
顺流浮一舸，移棹入摇篮。

读画如读书，闻一可知十。
君看无墨处，湛湛水天湿。

江上复何人，临流方纵目。
清清江上山，送画南朝六。

仙家在何许，悠悠隔山坡。
去寻芳草路，来趁桃花时。

天花雨六出，散作无边春。
一片干净土，几家清白人。

隔岸几重山，绕门一溪水。
它年卜幽居，得此我亦喜。

飞桥跨绝涧，长有匹练白。
一路多石头，滑倒几禅客。

松间一亭子，柴立清溪头。
有亭人可憩，有松山更幽。

江白远山苍，孤亭挂夕阳。
垂虹桥上客，邂逅一形相。

峭壁耸千寻，峡谷危径蟠。
扶桑浴日波，淡荡皆不见。

卧游不出户，历历山与江。
为使长在眼，欲取糊吾窗。

国破山河在，遗民思不堪。
风流归画本，哀怨满江南。

过薛涛井登吟诗楼

乙未十二月二十九日，同杨啸谷过薛涛井登吟诗楼，渡江观李冰石犀，于野店茗饮。归，经九眼桥白塔寺返寓庐晚餐。次日读东坡《游白水山》诗，爱其奇韵，次一首寄啸老。

与君踟蹰江之涯，乘兴一访佳人家。
负手徐行后长者，长堤安步何须车。
微风不动垂柳直，此时白日方西斜。
薛涛蜀中一妓耳，能诗百代蒙褒嘉。
身佩巾绣成老妪，好事刻石矜容华①。
幽篁独处类山鬼，门巷那见枇杷花。
澄然古井傍庭砌，鸡栖双树枝交加。
盗泉恶木岂同例，息阴消渴仍相夸。②
群儿挟弹伺飞鸟，燕雀不敢栖危桠。③
雷池一步限逾越，徒见杰阁撑云霞。④
昔日京华老游客，早辞凤阙亲井蛙。

---

① （古石刻薛涛小像如少女。）

② （园中无枇杷，近种竹近千竿，井上皂荚两株独伟。皂荚者，所谓鸡栖恶木，然游人多就其下酌茗。）

③ （时有捕雀之令。）

④ （新修崇丽阁禁人登攀。）

知君曾到陶然亭，我亦颇过南下洼。
故都风物记仿佛，视此何啻千里差。①
吟诗楼上试凭眺，江村翠竹映白沙。
尝有文君来濯锦，不教西施能浣纱。②
人生闲情寄一赋，何用白璧讥微瑕。
李冰遗犀付残缺，摩挲断石还兴嗟。
春日载阳亦可畏，茗饮坐取茅檐遮。③
归踏江桥向白塔，吾庐密迩曾非遐。
老妻治具饷归客，入门索食如饥鸦。

丙申岁元旦雨不出次前韵

我坐斗室思天涯，天涯有客还思家。
一家骨肉分散处，何日携手归同车。
寄书经旬始一达，时望雁字空中斜。
块居无徒岂不念，士有远志仍堪嘉。
筠也负笈走沪渎，森也出仕羁京华。
仪也匹马出关外，独度千山飞雪花。
老夫摆经坐讲舍，自叹马齿随年加。
有子刚强女不弱，先生不誉旁人夸。

---

① （北京陶然亭、南下洼颇饶胜既，然视此则陋。）
② （是日啸谷曾讲唐人所作《文君春日濯锦江边赋》。）
③ （时立春已十余日，晴曦炙人。）

时人贵壮颇贱老，龙钟笑我攀枯椏。①
痛饮屠苏惜今日，坐忆年少倾流霞。
颇闻赋芧到众狙，几时凭轼尊怒蛙。
箪瓢陋巷意自得，不辞爽垲居低洼。
良辰美景待游冶，天时人事偏参差。
出门一路汲滑滑，打屋万雨声沙沙。
……②

借前韵寿啸谷

为祝三多颂九如，六个君子莫幽居。
白头未改青丝鬓，老眼能看细字书。
万象收归玄鉴里，一钱留看画叉余。
田坝牲口知回避，冷笑诸儒论石渠。

丙春春日过武侯祠作

（一）

诸葛万夫雄，三分第一功。
死犹走仲达，生独拜庞公。
赫赫天威在，峨峨庙皃崇。

① （百岁老人攀枯枝，古危语也。）
② 此诗后六句未完。

我来肃遗像，还似卧隆中。

（二）

赤壁鏖兵日，先生最少年。
风流挥羽扇，谈笑净风烟。
慷慨出师表，叮咛诫子笺。
君看开国手，文采亦翩翩。

草　堂

百代风骚主，人间杜少陵。
独倾词客泪，深鉴老臣心。
我亦耽佳句，谁能嗣德音。
兴来吟短什，不敢勤碑阴。

川陕铁路将通喜而有作

（一）

行路休歌蜀道难，新铺铁轨到长安。
神人鞭石心何壮，力士开山汗未干。
剑阁何曾是天险，函关不用塞泥丸。
连云飞栈无颜色，试看金绳地上蟠。

（二）

一道长烟比墨浓，连车奋迅似神龙。
惊心白昼行千里，回首青山失万重。
才向蜀中辞汉柏，已从岭上对秦松。
终南积翠君休顾，火急褰帷望华峰。

同杨啸谷过草堂因观某氏园海棠作二首

（一）

百花潭北百花香，绝代销魂见海棠。
玉树交枝酣倚梦，碧池开镜照红妆。
多情尚倚王家竹，含笑先窥杜甫墙。
似此倾城君不顾，枉寻江上说癫狂。

（二）

昔年池上共传杯，今日主人安在哉。
桑海乍迁春自好，草堂无恙客重来。
青鞋绕树须千匝，皓首看花得几回。
归遇平桥谋一醉，当垆休笑玉山颓。

次啸谷韵

寻春踏遍古刀州，弃笠聊同汗漫游。
此日当关呵过客，当年高会聚名流。
题诗纸是轻红染，感旧杯空大白浮。
怊怅池台零落尽，朝来独与树绸缪。

六十四生日作

六十四生日，庭前榴花盛开，张锡崑[①]率诸外孙迎宴酒楼，因怀森儿北京。

濯锦江头八八翁，还开寿宴坐薰风。
喜多衰鬓无时白[②]，春去新榴特地红。
更致盘飧烦子婿，略将梨栗馈儿童。
稍怜膝上王文度，万里京华逐转蓬。

瞻礼玄奘先师灵骨

同啸谷过文殊院，瞻礼玄奘法师灵骨。此骨旧埋南京中山，日寇入南京，倭僧按图记掘出。以一片致蜀中，

① 张锡崑：曾缄先生长女婿。
② （余发犹未白。）

余在日本。

古德阇维未化灰，颇传仙骨到蓬莱。
金陵昔慨东师入，玉匣今固我辈开。
它日放光生舍利，一时非相见如来。
藏真应起千寻塔，更与杨歧绕百回。

过文殊院

是日同啸谷将瞻礼玄奘法师灵骨，适宽林上人外出不果。

东望蓬莱岛，西藏窣堵波[1]。
经时生舍利，在处两陀罗。
院寂僧何往，堂空客漫过。
再来应有意，明日定如何。

神　仙

（一）

修到神仙亦断肠，逢人惟是诉沧桑。
蔡经背上鞭痕在，空羡麻姑指爪长。

① （奘师头骨分散西川、日本。）

（二）

敢向神仙索值来，那能徐甲不成灰。
残生更逐青牛去，白骨劳人尽可哀。

四物咏

什邡叶烟

最爱名烟产什邡，更传柳叶出金堂。
老夫近缺烟云供，临阵空持半段枪。

烟之佳者以什邡毛坝所产为上，金堂次之。毛坝烟未上市已为远道贾客购去，蜀人头福消受。余往从晋贾分得半担，芳香可口，今则亡矣。

下关春茶

不羡蒙山有石花，平生爱啜下关茶。
如何消尽相如渴，不降仙人蔓绿华。

下关永昌祥号春茶最佳，以绿阳者为贵。近日市上所售皆渝中，仿佛名存实亡。

宣威火腿

大嚼屠门亦自怜，闻韶如我未忘荃。

若为得到宣威去，手拔长刀割彘肩。

宣威火腿在金华之上。

茅台美酒

佳酿茅台最有名，王郎持赠见乡情。
凭谁更致杯中物，不饮公荣独自倾。

贵州茅台村出美酒，往者乡人王君野若为致一瓯。余向不能饮，然爱其名贵，为之尽一爵，独酌不与人共。

赋周孝怀写十三经

周孝怀写十三经寄蜀，饯之以诗，向般公和之。予过般公，获睹二诗，赋呈一首。

蔡邕所书不可见，孙林蜀刻留残片。
周侯新写十三经，破笔如山穿铁砚。
写成万里寄蜀中，跳珠粒粒震蚕丛。
耆年了此一大事，惊倒故人向般公。
周侯海上送书时，挥毫自写饯书诗。
般公望书如望岁，和诗亦似迎神辞。
我与此书犹未面，先看二老诗迎饯。
它时见书如见人，一日摩挲千万遍。

过文殊院感旧有作

壬申①之役，余随军至此。

堂前双树尚槎枒，堂上曾闻转法华。
丈室僧分香国饭，道场天散女郎花。
千波涌泪还成海，百战惊魂欲化沙。
谁识当年磨盾客，白头来此听啼鸦。

无　题

百勇不如一思，十语不如一默。
千间之厦不如尺宅，丈八之矛不如寸铁。
曾子是居，众木扶疏。
有荚而皂，有榴而朱。

梦中作二句

买得烟波荡画船，一生自侣水中天。

---

① 壬申：1932 年，时曾缄先生为二十九军军长田颂尧秘书。是年十月，田颂尧的临时办公处设在文殊院。

峨眉记游诗

（1956）

成嘉道中（三首）

（一）

天外一峰迎我笑，稠稉山①下是新津。
南河鸥鹭今无恙，应记吟秋甲子人②。

（二）

泉上老翁今在无，此邦人爱说三苏。
东坡一去风流尽，可是彭山③不肯枯。

（三）

江心一点看乌尤④，难得凌云载酒游。
占断西南好山水，诗人端合守嘉州⑤。

---

① 稠稉山：在四川新津县南，有老子庙。
② （余昔客新津，有《甲子秋词》之作。）
③ （东坡生彭老山童，见宋人笔记。）
④ 乌尤：即四川乐山市东岸的乌尤寺。
⑤ 嘉州：今乐山、峨眉等地。

报国寺早起口占

早起披衣倚寺楼，碧天如洗近初秋。
孤星到晓随残月，一颗珍珠挂玉钩。

龙　门（二首）

（一）

峨眉有门户，守之以龙蛇。
我来面石壁，唯见龙爪花。
飞泉十八道，涌出如乱麻。
映日烂五色，散作空中霞。

（二）

老僧起精舍，汲泉煮山茶①。
泉甘茶味好，饮者极口夸。
师至双龙井，曾获三昧耶。
从今诵茶经，何必转法华。

① （僧演观起龙门精舍，设茶具供过客取饮，茶味如龙井也。）

双飞桥牛心石

双飞桥下水，利于切玉刀。
君看水过处，刳①石成深槽。
独有牛心石，一拳战飞涛。
万古磨不灭，波神声怒号。

晓发万年寺

清梦回时五鼓交，庭前栖鸟渐离巢。
侵晨我亦登山去，自裹行缠自打包。

上坡行

路出万年寺，一望皆险坡。
其一名观心，息心在岩阿②。
其二名钻天，去天无几何。
其三名罗汉，一步一弥陀。
其四尤骇人，厥名为阎罗。

---

① 刳：剖开，掏空。
② （坡上有寺曰：息心所。）

最后坡更长，长到七里多。
诸坡凌峭壁，陟者时扪萝。
上坡必匍伏，膝与胃相摩。
寸寸如挽强，步步升旋螺。
十步九延伫，有气不得呵。
下方望行人，乃似黏壁蜗。
峨眉无此坡，不显山巍峨。
峨眉有此坡，行旅愁经过。
高山无坦途，人生多坎坷。
倚仗长太息，谁能免跌磋。
蟠山修大道，倡议文化科。
明年即兴工，万人挥斧柯。
汽车通绝顶，来往如飞梭。
何者名险巇，化为安乐窝①。
此事三年成，及我发未皤。
驱车当复来，佳处还婆娑。
今日上坡叹，他日上坡歌。
同行闻我语，一笑颊生涡。

过第一山见石壁上苔纹作山字

绝壁题山字，著人便是仙。

① （峨眉县文化科有筑盘山六道之议。）

尘寰从此隔，步步近诸天。

雷洞坪戏作

狂轰荐福碑，倒题谢仙火。
瓦缶乱黄钟，此事愁煞我。
使君天下雄，失箸等幺么。
冷笑洞中雷，王昙掌心堕。

洗象池

怖鸽钻天处，衰翁曳杖来。
池涵功德水，山绕象王台。
衲子今余几，猿公去不回。
玉庵花一瓣，曾傍道场开①。

至华藏寺（即金顶）时惊雷绕殿雨雹纷飞

初入愿王家，山门雨脚斜。
雷霆挝法鼓，冰玉散天花。
热恼从兹尽，寒衣到此加。

① （寺中向有山猿乞食，今已绝迹。又旧有陈圆圆塑像，今已不知流落何所，玉庵，圆圆法号也。）

登楼俯云海，疑是泛仙槎。

登千佛顶望山瓦屋诸峰

午上千佛顶，西南无数峰。
重重青玉案，朵朵白芙蓉。
瓦屋真如瓦，龙池定有龙。
补天余片石，容我一支筇。

金顶同旅行团诸君子观佛光作

五色大圆镜，放为无量光。
诸君同是佛，各在镜中央①。
日射黄金顶，云朝白象王。
此行端不负，他日意难忘。

云海谣

雾非雾烟非烟，晴空铺出兜罗绵。
千岩万壑沉海底，不没只有峨嵋巅。
我时倚仗立金顶，白波浴日弧光圆。
东方熊熊涨紫气，余霞散入西南天。

① （观者咸能于光中自观其影。）

天容海色两奇丽，得非造物穷雕镌。
人情得陇复望蜀，犹恨有海无桑田。
云中之君知我意，幻为别岛开山川。
琪花瑶草不知数，方壶圆峤纷相连①。
我欲往拍洪崖肩，惜哉横海无楼船。
安得金丹蜕凡骨，再来化作飞空仙。

舍身岩

舍身崖一名光明岩，游人于此观佛光、圣灯、云海，前此有舍身者。

摩天巨刃劈苍岩，断壁长留上古苔。
云气荡成无际海，灯光燃尽劫余灰。
二分在外惊垂脚，千仞凌虚有堕骸。
病眼空花原是幻，莫从色相认如来。

金顶立秋

早知高处不胜寒，况对西风怯倚栏。
秋向峨眉山顶立，月从银色界中看。
巴歌昨夜千人和，霜树明朝几叶丹②。

---

① （是日所见如此）
② （前一夕，乐山犍为诸教师在此开晚会，合唱蜀中名歌。）

回首成都在何许，长空渺渺雾漫漫。

华藏寺僧求书为写两幅而去

东方云海西方雪，人在峨嵋第一峰。
华藏寺中题字去，他年破壁化为龙。

告　猿

前过洗象池，有“猿公去不回”之句，闻余去后一日，猿复来。岂为吾诗来耶，重作一诗告猿。

昨日猿居士，重临洗象池。
归闻寺僧说，似为老夫诗。
赋芧应无望，弹冠更可嗤。
峨眉最深处，踪迹畏人知。

谢刘君

九老洞上石梁险绝，刘君思久扶我得过，谢以一绝。

悬岩裂石似崩云，险处难垂脚二分。
多谢刘郎扶我过，古来将伯不如君。

天皇台

鸟语空山不尽哀，悠悠古往复今来。
洞中九老今何处，独倚天皇问道台。

宿仙峰寺

宿仙峰寺，次日经九十九道拐至洪椿坪，饮杖锡泉，观坪上椿树烧痕，听山僧话遇蟒得脱事。

乱山深处得仙峰，洞里还求九老踪。
朝下九十九盘路，夜听一百八声钟。
几时锡杖叩泉出，千岁大椿逢火攻。
唤起雄心烟寺里，怪僧箕踞话降龙。

洪椿坪对雨

门外青山欲化烟，百重树杪挂飞泉。
长途正有冲泥客，羡我僧窗听雨眠。

雨中看秋海棠

此花开处即风流，空谷佳人似汝不。
几点胭脂初过雨，两行红粉恰宜秋。
伴他灵树千年在，泥我荒坪二日留。
藓苔深山成胜赏，海棠香国话昌州①。

涧　道

自洪椿坪至清音阁，岩壑奇秀，所谓黑龙涧道也，余酷赏之。

峨眉天下秀，山好谷亦好。
偶过黑龙江，惊人真欲倒。
千寻忽㵎②裂，一径入幽眇。
溪壑到来深，峡天望中小。
峥嵘滋百态，窈窕罗一眺。
危岩嵌怪石，倒树挂啼鸟。
水媚识藏珠，山辉知蕴宝。
成此一段奇，化工非草草。

① 昌州：古指永川、大足、荣昌、静南四县，称为“海棠香国”。
② 㵎（hǎn）：豁开的样子。

寻幽果孤往，济胜惭衰老。
始观神已王，既去头更棹。
东上清音阁，高坐乔木杪。
长啸作此诗，聊为知者道。

大峨寺古松歌

大峨寺中有老松，及生曾见唐僖宗。
鳞甲成龙不飞去，留伴佛刹侪杉枞。
根盘古殿阶石裂，枝蔽寒空苍翠重。
清阴远庇十亩外，树下略可千人容。
深山独抱梁栋质，神物不膏斤斧锋。
香脂半凝虎魄紫，茯苓犹被霜皮封。
我来峨山访乔木，千岩照眼森蒙茸。
瞥睹此松欢奇伟，坐使群树羞凡庸。
尔阅千年尚倔强，我未七十先龙钟。
此间倘有赤松子①，他时辟谷来相从。

玉液泉

峨峨双石间，漾此一泓玉。
濯缨尚不可，何况濯我足。

① 赤松子：古代神话中的神仙，相传为神农的雨师。

斯泉圣之清，我岂众人浊。
亦欲饮一瓢，缩手不敢掬。

木兰伞

木兰偏枯，干亡而皮存，皮上更出新枝，望之如盖。土人呼为木兰伞，在纯阳殿东三里所。

山中老木兰，剥落余苍皮。
树枯皮不死，更茁皮上枝。
亭亭如张盖，似可人擎持。
生意颇自足，形状乃支离。
人间有此树，皮相宁非宜。
聊为木兰作，不是女郎诗①。

峨眉山歌

游峨眉既竟，复括所见，为此歌。

君不见峨眉山月半轮秋，影随李白下渝州。
又不见峨眉山西雪千里，飞入东坡诗卷里。
平生爱读苏李诗，诗中往往道峨眉。
今年我过青衣路，始识峨眉天下奇。
峨眉高出青霄上，三面临空绝依傍。

① （乐府木兰诗云："不知木兰是女郎。"）

眉痕淡扫有无间，比似文君远山样。
绿树朦胧处处山，山中一径叩天关。
八十四盘通碧落，七十二峰攒翠环。
四海弥天酬一顾，身到峨眉最高处。
回头井底置成都，白云遮断来时路。
峨眉西望是邛崃，复岫层峦磊落开。
拔地一峰觇瓦屋，连天积雪见瑶台。
瑶台上有西王母，雾阁云窗思无数。
可怜天上忆人间，宴罢周王怀汉武。
峨眉东望万重云，飘飘来下云中君。
忽将云气化海水，粼粼波皱如罗纹。
诸峰遥傍云涛起，棋布星罗成岛屿。
若从此地泛仙槎，便到银河逢织女。
峨眉最好观朝日，朝日初从云海出。
海中一点含朱丹，须臾托出黄金盘。
山下彩虹蟠五色，佛光涌现万人看。
峨眉入夜失丘陵，此际虚空佛火升。
趺坐山头千万佛，一灯燃出百千灯。
飞来一片娟娟月，来与峨眉斗眉色。
成都画手开十眉，独有此眉图不得。
峨眉山下有龙池，龙池如镜照蛾眉。
峨眉影落龙池里，影落龙池山不知。
有人夜半持山去，造物仓皇应失措。

谁将芥子纳[1]峨眉，仍唱诗仙旧时句。

尔雅台

嘉州[2]过大佛寺，因访乌尤尔雅台，作二绝句。

（一）

首冠凌云脚踏江，嘉州大佛世无双。
收尽蜀水为甘露，遥指峨眉是法幢。

（二）

三峨[3]秀色来天外，一岛青衣落镜中。
我自忘机狎鸥鹭，谁能识小注鱼虫。

寻　胜

游乌尤寺，诸君先散，余与王燕生教授[4]遍寻诸胜，抵暮始返。

好山好水好楼台，惨绿乌尤绀宇[5]开。
过客有时闻欸乃，昔贤于此读初哉。

---

① 佛经上讲：“须弥藏芥子，芥子纳须弥。”是禅理。
② 嘉州：四川乐山。
③ 三峨：四川峨眉山有大峨、中峨、小峨三峰，故称“三峨”。
④ 王燕生：四川大学中文系教授。
⑤ 绀宇：即甘园，佛寺的别称。

大书深刻谁家句，散发扁舟几个来。
日暮游人都散却，犹寻幽径踏苍苔。

自题峨眉记游诗后

曾近峨眉尺五天，望中历历见山川。
乱峰青入无人处，大雪寒堆太古前。
谁向悬崖真撒手，我当白刃止空拳。
东坡精选庐山作，辞费吾应愧此贤。

余始游峨眉，欲以东坡游庐山为法，但应接山水，戒多作诗，其后竟为之不已。先后得五七言三十余首，略志游踪。比于行记，不敢言诗也。去以公元一千九百五十有六年八月二日，归以八月十五日，中间留峨眉者十日，留嘉州者一日，往返于成嘉道中及嘉峨道中者三日。同游者，四川大学旅行团连余凡三十二人，曾缄记。

青城记游诗

（1945，1957）

青城记游诗(乙西)

乙酉[①]夏，与儿子令森游灌口，因登青城，作五言十首。

灌　口

溽暑思名山，远游趁休假。
携子骛修途，锋车疾奔马。
携毂来清风，凭轼观绿野。
午过犀浦头，暮宿离堆下。
深夜不成寐，春枕聆灇[②]泻。

离堆伏龙观

长啸登离堆，悠然念秦守。
谈笑决岷江，东注宝瓶口。
原田获霑溉，黎氓致殷阜。
有功无不报，庙食千载后。

---

① 乙酉：1945 年。
② 灇(cóng)：水声。

石犀镇蜀眼，父子名不朽。
冷笑君家斯，临刑叹黄狗①。

都安堰索桥

西行不数里，遂至都安堰。
江心立马槎，离离皆可辨。
古岸绾绳桥，行人登组练。
步虚一身轻，悬度双目眩。
须臾过桥头，回顾二王殿。
回廊绕山阿，佳树郁葱蒨。

高台峰·上清宫

青城卅六峰，最上为高台。
珠宫倚绝壁，山门向东开。
一线窥江源，点碧知离堆。
陆海旷千里，下视青无涯。
回首岷山精，郁郁气佳哉。
其上为井络，其下多芋魁。

① 叹黄狗：《史记·李斯列传》："斯出狱，与其中子俱执，顾谓其中子曰：'吾欲与若复牵黄犬俱出上蔡东门逐狡兔，岂可得乎！'遂父子相哭，而夷三族。"后因以"叹黄犬"为悔恨贪富贵而取祸之典。（唐）李白《拟恨赋》："执爱子以长别，叹黄犬之无缘。"

鸳鸯井

青城第一峰，上有鸳鸯井。
大小两徐妃，双照惊鸿影。
花蕊号风流，兴亡事俄顷。
环佩行不归，微波荡幽境。

观日亭

晓倚观日亭，东方蒸紫气。
旋觇①一轮日，寸寸出平地。
散作霞满天，缤纷乱空翠。
林壑当朝阳，草木皆妍丽。
泰山表东海，日观存高视。
光景亦奇绝，他年倘能至。

偏　桥

东过朝阳洞，下历十二盘。
偏桥度绝壑，阁道翼扶栏。

① 觇(chān)：观看，窥视。

援藟[1]戒勿坠，履危终获安。
世路虽险巇，不碍天壤宽。
吾心有坦途，焉知行路难。

天师洞

留侯[2]五世孙，自然有仙骨。
爱君成道处，洞口圆似月。
正法受明威，力能清鬼窟。
至今试剑石，峨峨象高阙。
赫赫龙虎山，异代成仙阀。
匪独善其身，孙谋亦贻厥。

丈人观

一山重五岳，丈人在东峰。
问道走轩皇，上古楼宁封。
神仙难复睹，犹见青芙蓉。
我欲陵丹梯，缥缈不可从。
徒仰千仞壁，瞻彼亭亭松。

① 藟(lěi)：藤。
② 留侯：秦朝末年，张良运筹帷幄，决胜千里。佐刘邦定天下，被封为“留侯”。

杜光庭[1]读书台

昔诵少陵诗，青城不可唾。
天生好岩壑，幽处宜著我。
神仙信虚无，山鬼亦幺麽[2]。
独爱杜光庭，书台绿云锁。

青城记游诗（丁酉）

灌口感事

千岩万壑自西来，陆海苍茫到此开。
江水初分伏龙观，山城斜枕斗鸡台。
偏安自爱蚕丛险，溽暑犹闻杜宇哀[3]。
漫说先秦无好政，李冰血食在离堆。

---

① 杜光庭（850—933）：字圣宾，号东瀛子，缙云人。唐末五代著名道士。
② 幺麽：微不足道的人。
③ （时山中尚有鹃声。）

题天师洞

洞口天师古道场，四时云树郁苍苍。
金仙九室余丹龟，银杏千年见乳房[①]。
拔剑降魔山壁裂，挥毫誓鬼石台荒。
我来不为明威录，只乞君家辟谷方。

天师洞银杏

青城天师洞有银杏，千年物也，状貌奇古，生果有异味。余山行曾出其下，作诗以记。

青城树与山争高，老杏独出空其曹。
木中有此巨无霸，余者碌碌皆牛毛。
北枝斜拂试剑石，南枝下压掷笔槽[②]。
天师殿宇信雄伟，乃从叶底窥梁尻。
我来逭暑当七月，火云不到风萧稍。
参天已怜体干直，络石更喜根株牢。
山中四时足雨露，神武吐纳生脂膏。
霜皮垂作妇人乳，扪之欲止儿啼号。

① （洞前银杏一株流脂化为钟乳，传是张道陵手植。）
② （试剑石、掷笔槽皆地左天师洞附近。）

颇闻生子色雪白，味始不逊绥山桃。
观中道人获几许，往往掇食先猿猱。
魏王大瓠岂无用，虚樽尚可凌洪涛。
今观此树动心魄，况肯结实供老饕。
愿栽万株遍世界，老死不听饥鸿嗷。

观皇甫先生墓碣①

古今生死事悠悠，未证无生岂得休。
修到神仙犹有墓，摩挲残碣为君愁。

青城山望成都戏作

一碑分鬼界，九室隐仙家。
地僻疑无路，林深偶见花。
夜飞青嶂月，朝涌赤城霞。
下指人间世，真怜井底蛙。

① 皇甫先生：即皇甫坦，字履道，临淄人（今山东临淄），宋朝医学家。1940 年夏，青城山上清宫天师池侧土崩，发现一墓碣上刻“宋知宫皇甫先生墓”，现碑存于上清宫。

别青城

一百八好景，三十六青峰。
幽处多藏寺，连山只见松。
望中犹黛色，归路已尘容。
它日须乘兴，佳游不厌重。

重游青城

丁酉①岁七月，与静仪携小女令慧②重游青城遂成长句。

去年我上峨眉巅，今年我登老霄顶③。
清时有分作游人，不待山灵再三请。
老妻稚女亦乘兴，百里长途同一骋。
驱车犀浦尘冥冥，税驾离堆江滚滚。
过门不入长生宫，进山更践丈人境。
天梯百级石为门④，老杏千年瘿在颈。
留侯辟谷鉴韩彭，为避狗烹全首领。

① 丁酉：1957 年。
② 静仪：曾缄先生夫人赵静仪；小女：曾缄先生幺女曾令慧。
③ （高台峰绝顶名老宵。）
④ （上天梯在天师洞右。）

子孙五世作天师，米道①流传谬已甚。
西蜀洞天名第五，南朝怪石封三品②。
遗像如觇鬼趣图，何人曾舐仙家鼎③。
悬岩一径通上清，偏桥行险真侥幸。
老夫济胜赖肩舆，卧看绿荫筛日影。
寻幽渐入朝阳洞，登危渴饮鸳鸯井。
身到青城最高处，四顾苍茫天地迥。
由来名山不孤立，天西翠叠千寻岭。
蜕为三十六高峰，落地锐于锥脱颖。
其时七月正流火，夏日余威犹未靖。
下方正虑土山焦，上界转惊云卧冷。
凭栏共盼神灯出，未晚先希山色暝。
同行一客识天文，遥指彗星斗杓并④。
明朝东亭观晓日，一鸟知更催梦醒⑤。
自笑闲人有忙事，谁知世外无安枕。
天明携眷出寺门，粗头乱服慵未整。
惊呼平地出跳丸，喜见遥天铺碎锦。
昔时过此挈痴儿，石上题名浇墨沈。

① 米道：即五斗米道，早期民间道教。
② （天师试剑石，一名三岛石。）
③ （余观洞中张道陵塑像，为状乃如终南进士，无复仙人风度。）
④ （是夜于上清宫后山亭观赵公山，神灯偶现一二而已，同行郑次腾教授指出，彗星见于北斗旁，众皆仰视以为奇观。）
⑤ （夜半闻鸟鸣声如击柝，名曰知更之鸟。）

今看字迹已磨灭，回首十年等俄顷①。
下山五里行荦确②，野店投钱沽苦茗。
归来逆旅四体倦，白昼倒头入鼾寝。
游山前后才两日，其所未至心耿耿。
但观大略亦欣然，它日还寻百八景。

青城揽物怀古成八绝句

（一）

碧树连天一色新，仙山从古不生尘。
乱峰叠翠为城郭，五岳低头拜丈人。

（二）

一洞幽深碧藓滋，千年老杏荫阶墀。
留侯家世真堪羡，孙作天师祖帝师。

（三）

逍遥蜀汉早封公，更竭家财助李雄。
肯把长生方范蠡，青城真与五湖同。

（四）

绝境何年石室开，杜光庭有读书台。

① （昔与森儿在上清宫石上题名，今已十二年矣）。
② 荦（luò）确：山路不平。

山深地僻无人到，除是神仙问字来。

（五）

辇道盘空转凤车，后宫粉黛爱烟霞。
鸳鸯井里多情水，曾照徐家姊妹花。

（六）

故乡佳气郁葱葱，花蕊魂归识旧踪。
试数青城三十六，此中容有美人峰。

（七）

轩皇访道过青城，我亦寻仙入上清。
七圣不须愁失路，归乘龙跻御风行。

（八）

步步丹梯历上层，丈人峰好切须登。
古今多少游山客，不唾青城爱少陵。

山中示静仪

青城三十六峰寒，再过名山兴未阑。
自倚丁公能化鹤，闲邀秦女共乘鸾。

几时仙吏栽银杏，何处将军号牡丹①。
为爱鸳鸯池上水，与君凭遍石栏杆。

灌口即目

满城山色幂烟萝，片石离堆遏怒波。
我辈从容观喷薄，古来辛苦凿嵯峨。
马茶互市通商旅，水旱从人足稻禾。
今日输将盈道路，不劳官府更催科。

回望青城

归途见原田宿稻如云，回望青城诸峰，历历可数，车中口占。

今岁寻幽来灌口，去年避暑在峨眉。
逢迎西道非无主，酬对名山但有诗。
归路恣看黄罢亚②，回头犹见碧参差。
虽然乘传匆匆去，不是山阴兴尽时。

余前后两游青城，一在乙酉年夏六月，一在今年秋七月。而去夏游峨眉，今秋复至青城，期岁之间名山两

① （山中有牡丹蔚然成树，号大将军。见清人笔记。）
② 罢亚：稻名。唐杜牧《郡斋独酌》有曰："罢亚百顷稻，西风吹半黄。"

过。行旅供应皆四川大学工会主之，优游自适，尤前所无也。今登揽之作，悉如此编。前游所赋亦牵连录焉，名曰青城记游诗云。公元一九五七年夏历丁酉岁七月，曾缄记。

越翠宧诗稿

（1957—1959）

新获越州窑双鱼小洗，陆鲁望①诗云："九秋风露越窑开，夺得千峰翠色来。"即此是也。因顾所居曰：越翠宧。丁酉冬曾缄记。

元日过杜公草堂作(戊戌②)

今日真无事，探梅过草堂。
好花随地发，乔木倚天长。
座客争茶具，村童转竹簧。
老夫时袖手，含笑对诗王。

方　塘

方塘十亩碧溶溶，老子时来倚瘦邛。
唯见平地足鼋鼍，可能深处有鱼龙。

过空林寺有感

昔大勇德师在此为余授菩萨戒，师圆寂转世后，十余岁复化去。

---

① 陆鲁望：陆龟蒙，唐朝诗人。全诗为："九秋风露越窑开，夺得千峰翠色来。好向中宵盛沆瀣，共嵇中散斗遗杯。"

② 戊戌：1958。

三十年前受戒来，藏经楼阁尚崔嵬。
勇公再世仍归去，闲煞当时说德台。

崇丽阁[①]

亭亭直上碧云端，南北东西恣意看。
不止游人兴眷念，大江到此亦回澜。

怀人十二首

上向仙乔先生

鲁灵光殿独巍然，炯炯文星照蜀天。
大笔挽回巴字水，新诗题遍浣花笺。
及门自有三千士，塞屋何须十万钱。
惭愧众中常誉我，此身曾落本初弦[②]。

寄谢无量先生北京

一去燕台万里余，风流儒雅最怜渠。
池塘春草诗堪画，初日芙蓉语不虚。
幸免争墩逢介甫，颇闻完璧似相如。

① 崇丽阁：在四川成都望江公园，俗称望江楼。始建于清朝末年，成都著名景点。
② （余有“严武幕中容杜甫，本初弦上着陈琳”之句。先生每于人前诵之。）

它时排闼容狂客，拟向中郎乞异书。

无量有诗次怀人韵，仍依韵奉答

满腹从来不愿余，天然水到自成渠。
独醒岂必人皆醉，生白方知室本虚。
燕市春光今更好，蟾宫消息近何如①。
此身那便排君闼，先赚匆匆作草书。

附

次韵奉答圣言见怀之作

谢无量

说剑谈玄意有余，弥天处处得逢渠。
炉边初试新茶酽，雪里方观万象虚。
凭轼已闻探未始，折梅犹感问何如。
今年乐事随春盛，排闼期君胜异书。

寄程木雁先生武昌

八年不见老诗翁，仍向东湖作寓公。
鱼食武昌思丙穴，楼登黄鹤望蚕丛。
昔时雅集君应记，明岁扁舟我欲东。
一笑相逢情话了，江干扶杖踏长虹②。

---

① （时苏联发射火箭至月宫。）

② （程木雁时客武昌，昔在雅安与余唱和，武汉大桥落成，余将往观之，故有末句。）

呈啸谷①

王纵难成霸可图，人中谁识老於菟。
移居喜近杜子美，考古能知周亚夫②。
檑具横腰征雅癖，五侯合膳创奇厨③。
锦官城外今千户，独爱君家屋上乌。

寄刘博平④

燕市狂歌失旧欢，街门回首泪泛滥。
一篇自赞刘光伯，四海弥天释道安。
独抱汀茫销岁月，长时首备送杯盘。
幽居喜在清江上，浮鼻归牛得细看⑤。

赠湄村

疑君生有配军头，曾似东坡谪惠州。
一卷诗篇三雅集，十年人在四经楼。

① 杨啸谷(1885—1969)：四川大邑人，精鉴古文物。

② 周亚夫(前199—前143)：汉族，沛郡(今江苏沛县)人。西汉著名军事家、将军、丞相。

③ (杨啸谷君精鉴古文物，海内独步，又善治庖，色香味皆妙绝天下。)

④ 刘博平(1891—1978)：名赜，字太玄，亦字博平，号许叟，又号牛鼻滩生，湖北广济人，黄侃弟子，著名语言文字学家。

⑤ (博平精声韵之学，曾寄余所著，书中有师门忆语，述吾侪在黄先生门下时事，末署牛尾滩生。)

小山丛桂歌招隐[1]，玄观桃花感旧游。
我爱刘郎英气在，求田问舍笑庸流。

赠庞石帚[2]

凤雏声价旧知闻，讲舍横经晚遇君。
十载沧桑惊换世，几人樽酒可论文。
庄周懒梦花间蝶，匠石犹挥鼻上斤。
多少夜乌棲不定，一区安稳羡扬云[3]。

赠江梵众

梦里飞来笔一只，忽然幻作虎头痴。
岂惟善画如摩诘，直恐前身是总持。
失马是为今后福，斗牛难免世间疑。
东川旧事分明在，君弄丹青我赋诗[4]。

寄郑翼材[5]

君家老阮应能识，诗体西昆昔共推。

① （刘芦隐，往同木雁及余三人唱和，手编《三山雅集》。四经楼，君被流放时所居也。今暂寄寓成都桂林门旧址，故有第五句。）

② 庞石帚(1895—1964)：名俊，重庆綦江人，四川著名文史学家。

③ （君晚岁鳏居，然有宅一区极佳。常与余谈艺，每叹今可语此者，只几人矣。）

④ （君往与余同泛舟涪水，作东川春泛图。东坡诗"吾闻古书法，守骏莫如跛。"君近年病足，不良夜行，故有第五句。）

⑤ 郑翼材(1911—1986)：四川叙永人，四川大学毕业。（故人秋岷之独子，诗工秀出，吟跻求异己者，今在渝州任教。）

每忆故人成隔世，忽惊之子是奇才。
明珠薏苡[1]翻与傍，腐鼠鹓雏莫浪猜。
近度隔江山色好，李严城下日徘徊。

赠曾令绥[2]

早岁声名动上庠，吾家小阮亦清狂。
平生骨肉怜痴叔，一代文章识夏黄[3]。
过我偶同扪虱坐，赠君何靳不龟方。
老夫久客归心懒，犹指丹崖说故乡。

赠张怡荪[4]

高骋云车出塞垣，汉家天使赴河源。
高才不是鞮鞻氏，绝域新通吐鲁蕃。
韩愈何须作师说，扬雄真欲注方言。
春来东望蚕丛远，知有归心逐鸟翻。

---

① 薏苡：多年生草本植物，果实可供食用酿酒，并入药。薏米被进谗的人说成了明珠。比喻被人诬蔑，蒙受冤屈。出处《后汉书·马援传》。

② 曾令绥(1909—1984)：叙永马岭人，曾问学于章太炎大师。在四川大学任讲师。

③ (家令绥尝问学于余，曾谒江夏黄公，私淑之诚，过求弟子。)

④ (张颐荪，君通乌斯藏文字，近辞蜀雍教授，从科学研究院乘飞机入藏，编撰汉藏字典。)

怀欧阳永龄①

为人性癖句眈佳，敏捷诗成手八叉。
奴仆使骚惊楚客，咿呦学语就吴娃。
看山北走卢龙塞，卖赋同栖驸马街。
今日子云相忆苦，何时枉驾过高斋。

读庄子

空驰异想入非非，未必庄生解息机。
梦里化为蝴蝶去，百花深处恐忘归。

读秦本纪

先人牧马事西周，岂意儿孙着冕旒。
嬴政不知胡在近，李斯翻与古为仇。
纷纭典籍燃灰烬，迢递神仙入海求。
却有风流唐杜牧，阿房一赋为君愁。

---

① （君与啸谷及余在燕同主某报笔政，寓石驸马大街。君好冶游，以蜀音作吴语，盖从苏伎来也。今啸谷殊欲君来成都一游，以申积愫。）

庾　信

一赋江南郁古馨，北来庾信感飘零。
劝君莫誉韩陵石，狗吠驴鸣最可听。

韩　信

犹是当年胯下身，狗烹悔作汉功臣。
淮阴恶少恩虽薄，终胜宫中一妇人。

庄　周

诸子文章最可观，南笔一卷百波澜。
庄周不使生周代，曳尾泥中也大难。

骊　山

骊山温处伏机中，博士人人说不同。
直到祖龙归葬日，尚闻瓜论满幽宫。

感旧十首

余既作怀人诗，因念平生师友先后下世者颇不乏人，于是复成感旧之诗。大略从卒之先后为次，始于蕲春黄公，讫于亡友黄君隼高焉。呼拱木有知，秋坟可唱，无言及此，不知涕之何从也。

蕲春黄季刚先生侃

万里求师走北雍，五年游屐获相从。
谁言鲁仲如黄鹞，我识嵇康是卧龙。
体大江河终不废①，道高陈蔡岂能容②。
蕲门一别成千古，犹报心丧老未终。

巴县杨沧白先生庶堪

先生于辛亥革命有功，两任蜀、粤省长。其为孙中山大元帅府秘书长，时蒋中正辈皆出其下。曾一度任段祺瑞伪政府农商部总长，不慊于党人，后遂不问世事。余幼就学丹山中学，先生适长此校，喜余好为诗，曾以《杜诗全集》见假。

三户亡秦事大奇，声名藉甚党人碑。
由来伯起关西圣，那识孙权帐下儿③。
投阁何为讥执戟，浮家真拟作鸱夷④。

① （公论文主晋宋，与桐城诸子异。）
② （公主讲北京大学，与校长蔡元培、学长陈独秀不相能。）
③ （辛亥革命，公在蜀首举义旗，后历任四川、广东省长，孙中山倚畀甚殷，其时岂知有蒋某其人者。）
④ （段祺瑞执政，邀公入内阁，任农商部总长，以此授人口实。）

丹山问字欣逢我，曾借荆州得杜诗①。

长宁杜君药洲②德舆

不见诗人杜药洲，我来愁倚甲花楼。
将军已去徒扪腹，樊素犹存已白头③。
一代文章赋辽海④，十年薄幸梦扬州。
晚年律细如工部，时与吾家父子游⑤。

井研龚熙台先生熙春⑥

熙熙长日在春台，衣袖龙钟气度恢。
此老独蒙稽古力，狂生几度和诗来⑦。
青羊市里花千树，玉带桥边酒一杯⑧。
醉后论文堪绝倒，之乎也者矣焉哉⑨。

---

① （长丹山中学时，以杜集见借余，知有杜自此始。）
② 杜德舆(1864—1929)：一名关字紫扉，四川长宁上西乡人。激进的旧民主主义革命者，诗人、书法家。
③ （公六十，于少城旧将军署前起甲花楼。殁后，其妾白氏于甲花楼鬻茶自活，亦垂垂老矣。）
④ （君于日俄之战后作有《新辽东赋》。）
⑤ （君晚年酷好杜子美夔州以后诗，时与先君子及珹唱和。）
⑥ 龚熙台(生卒年不详)：四川金石名家。
⑦ （先生精鉴古物，曾与余同咏永光造像三叠前韵。）
⑧ （僦屋在玉带桥。）
⑨ （余谓韩愈以来，所谓古文乃乞灵于语助，先生云：佳处正极善用虚字。）

海宁孙世扬①君鹰若

苏门长啸想高风，每忆先师便及公。
桃李一门双国士，棉花满地七胡同②。
西河疑汝为夫子，黄鹄何缘化老翁③。
卅载生离兼死别，可怜存殁两匆匆④。

荣县李晁父⑤君叹

晚将心迹托能仁，屡空偏能悟道真。
枕子前宵曾落地，甑中何日不生尘⑥。
问君末后浑无语，对我高歌忽有神⑦。
四大已空诸相灭，如何犹现梦中身⑧。

乡人郭季吾君延

门前有婢解双声，郭冠军家语最清。

---

① 孙世扬(生卒年不详)："黄门侍郎"之一。
② (余与君同出蕲春门下，随蕲春寓棉花上七条胡同，太学诸生封目吾与君为黄门两侍郎。)
③ (闻君年四十许，鬓发尽白。)
④ (燕京别后，竟未一面。)
⑤ 李晁父(生年不详，卒于 1938 年)：同盟会员，民国初任《民报》《蜀报》编辑。四川省长公署秘书长。
⑥ (君贫不举火，独坐床上参禅，豁然有省。)
⑦ (卒前一夕，余过君时襆被趺坐，与余纵论诗文，意安甚。余问君病中如何用心，君曰："到此求用心处不可"，乃似东坡答语。)
⑧ (卒后，余时于梦中见君，犹理前语。)

与我共深游子恨，见君时动故乡情①。
苍坪把臂惊衰老，邛海招魂隔死生②。
曾事横溪称入室，不妨短后负诗名③。

华阳林山腴④公思进

灯红酒绿鬓如霜，吟到梅花字字香。
蜀道最推风月主，西湖合配水仙王。
居然北海知刘备⑤，何必并州似葛强。
插架牙签作斤卖，暮年萧瑟叹沧桑。

临邛段升阶⑥君班级

昔时倾盖入长安，异姓还同骨肉看⑦。
乱世功名如拾芥，平生风义岂弹冠。
百年人与书俱老⑧，一局先争局未残⑨。

---

① （君在成都寓少城西三道街时，与余寓斋密迩，常相见。）
② （君就幕西昌，道经雅州，于苍坪山过余，自叹衰老，未久，竟殉于西昌。）
③ （本习陆军测绘，后师赵尧生先生，遂能诗。自刻有诗集、词集各一卷。）
④ 林山腴(1872—1953)：四川华阳人，曾修华阳志。工小篆，能诗，有《清寂翁诗集》。
⑤ （余与公过从非密，而力荐余主蜀雍中文系事。）
⑥ 段升阶(1885—1956)：别号班级，四川邛崃人。1952 年任四川省人民政府参事室参事。
⑦ （同学太学，与余始结为兄弟交。）
⑧ （君善书有名。）
⑨ （君在西康为某钜公策划共图解放，后为进步民主人士，甚有先见。）

不负向来忧国意，河清今日盖君棺。

江安黄隼高①君述

叔度汪汪千顷波，昔年西塞记相过。
关中转饷劳偏剧，楼上筹边事更多②。
老署闲曹归玉局③，死传神咒出鸠摩。
悬知戒体终清静，魔女如花奈尔何④。

裴铁君⑤

白首同归得彼姝，人琴俱逝恨何如。
它生定化清陵蝶，到死犹怜绣尾鱼⑥。
落雁平沙余想象⑦，寒鸦古木见萧疏。
昔年座上知音客，不忍驱车过旧居。

园　树

余寄居培根路宿舍，有园可一亩。杂植安石榴、丹桂，紫薇各二，松一，而鸡栖树两株最高大，号为恶木。

---

① 黄隼高(1888—1956)：四川江安人。同盟会员，曾任督军秘书、西康省粮政局长、西康省政府顾问。

② (君曾长西康民政科，并主粮政。)

③ (解放后，君病体支离，犹被邀入文史馆。)

④ (学佛闭关，关中一度入魔发狂，晚留密宗，持戒极严。)

⑤ 裴铁侠(？—1950)，四川成都人，现代泛川派琴家。50 年代初以身殉琴。曾缄先生曾著《双雷引》哀之。

⑥ (君善琴，一日发狂，捣碎所藏古琴，仰药死，妇沈亦殉焉。)

⑦ (昔日听君奏《平沙落雁》)。

下蔽诸树，以是薇与桂皆不花，榴少自远得花，松至短小，在丛薄中仍横枝怒挺，若不可制。嗟乎，蕞①尔之土，材不材萃焉。强凌弱，众暴寡，纷然呈于吾前，意甚恶之。将先伐鸡栖，俾诸树得各据要害，庶枯者复荣。华者、实者、岁寒而后凋者，各遂其生。然非吾力之所能及也，作诗以贻主之者。

（一）

谁种鸡栖树，森然过一寻。
问名知恶木，栖息少良禽。
不放红薇出，长遮白日阴。
老夫居近汝，每见辄惊心。

（二）

何事阶前桂，秋来不肯花。
荒藤牢自缚，恶树密相遮。
若要闻香气，先须斩乱麻。
几时柯叶改，箭簇长丹沙。

（三）

众木竞雄长，老松低屈蟠。
如何百僚底，著此一苍官。

① 蕞（zuì）：小的样子。

半夜号风雨，穷年送暑寒。
吾斋面鳞鬣，终作卧龙看。

（四）

榴花四月发，与我同条生[①]。
岂有东山志，犹存安石名。
星星燃碧树，点点耀朱明。
寄语钟山老，题诗莫浪争。

文竹

文竹细梗如针，高不过数寸，而有娟然之致。余得数茎，植诸盆盎中。性喜燥土，不常灌溉。四时青青，为岁寒之一友，暇作二诗宠之。

（一）

佳种得文竹，植之盆盎间。
散拖青凤尾，堆起绿云鬟。
不畏风霜逼，焉知雨露悭。
寸长终可取，细节不须删。

（二）

旧识真龙种，今看小凤雏。

① （余以四月生。）

遂虚前席待，不可此君无。
入座如佳士，虚心托老夫。
移根真得所，栽近小於菟①。

虎　刺

虎刺实奇树，细看非蒺藜。
直惊芒在背，不敢寝其皮。
勇敌卞庄子②，痴同顾恺之③。
老夫为绝倒，刻画入新诗。

戊戌岁元旦过杨啸谷兄新居留饭赋谢

一廛扬子宅，百尺长卿台。
公竟移山去，人犹问字来④。
青春今再返，白发尔休催⑤。
不负将军腹，君家醉饱回。

① （与虎刺树一盆并陈案上。）
② 卞庄子：战国时鲁国著名勇士，传说他能独立与虎搏斗。
③ 顾恺之（348—409）：字长康，小字虎头。东晋著名画家。
④ （时君移将军街，老屋于琴台附近。）
⑤ （君与余俱老而发未白。）

寄柳溪词人上海

重老飘蓬东复西，新从海市拓幽栖。
梦魂应讶三刀远，世路谁教七圣迷。
向秀山阳真作赋，庄生物论本难齐。
辛夷花底西街屋，犹记新词一再题。

啸谷见和怀人诗依韵奉答

颠倒天吴拆海图，一时类狗画於菟。
谁能奋笔回三峡，君可当关敌万夫。
过我甘心真率会，看人扪腹大官厨。
两翁相会头如漆①，冷笑他家白头乌。

怡荪航空入藏主译事赋赠二首

（一）

译经在昔有三难，爱尔弥天释道安。
风马云车从此逝，琼楼玉宇不言寒。
西方大德曾相识，绝域奇书得纵观。
它日松枝向东指，伫看宝笈压归鞍。

① （君与余发均未白。）

（二）

湘夫人老鬓如丝，也似天孙好别离。
但使参军解蛮语，不劳京尹画蛾眉。
江边翠竹休啼泪，帘外黄花好寄词。
识罢回文歌燕燕，可能相见胜相思①。

答杨承丕二绝句

杨生承丕，随怡荪至拉萨，来书言去时自兰州出河西，横绕昆仑入藏，行九千余里。又言拉萨形胜，恨不能为诗以记之，答以二绝。

（一）

西去长安万里多，行人转毂上嵯峨。
谁知一滴昆仑水，流出中原是大河。

（二）

七行宝树七重栏，玉宇琼楼特地寒。
纵使有诗难刻画，不如将境当诗看。

① （君夫人籍湖南，力赞其行。）

七律题东坡遗像

时与啸谷将作东坡生日之会。

前身疑是李青莲，老去还为玉局仙①。
凤咮半磨潘谷墨②，画叉长用贾收钱。
当时酒味夸真一，终古诗声满大千。
所愿两翁长健在，年年生日酹乡贤。

元时，甫里白莲寺佑上人藏东坡画像，吴郡张简作跋。此像于清末先归盛伯义祭酒，盛卒，入宝熙尚书家。革命后，宝既贫甚，以归江安傅增湘。时日本方垂汉学，犹敬仰东坡，每遇东坡生日，辄置酒高会，凡古书画器物版本涉及东坡者，悉陈于前，以耀藐。闻中国有此像，悬重金为饵，期在必得。贾者访得宝熙，啖以五千金，宝熙竟从增湘赎还与之，此像遂远逝东瀛。啸谷在北京时，曾于增湘座上一观之。面有黑子七，错落如连星，张跋外，尚有元僧题记，今影印者唯存张跋而已。戊戌之岁，余与啸谷作东坡生日会，于成都先得影本，悬之座右，两人于像前对酌，与东坡如聚一堂。余欣然赋七

① 玉局仙：指东坡。
② 潘谷墨：宋歙州人潘谷，制墨精妙，有仙墨之称，所制墨称“潘谷墨”。

言一章，啸谷和焉，相与乐甚，谨后复记像之始末于此。世传东坡像多赵松雪摹写本，而此独传方外，世代相承，为近真也，然今已成海外东坡矣，惜哉！（缄记）

东坡生日作

戊戌岁十二月十九日为东坡生日，与啸谷会饮于成都餐厅作。

公生彭山童，公死彭山青。
彭山何岧峣，以公为英灵。
忆昔有宋初，斯文颇凋零。
众鸟枪榆枋，公则运南溟。
英辞振金石，大声出雷霆。
纷然起聋聩，瞥尔新观听。
我观东坡集，字字缠芳馨。
当其下笔时，快意风泠泠。
指麾役万象，奔走驱六丁。
行乎所当行，止乎所当停。
妙造合自然，雕琢仍珑玲。
言语妙天下，出口咸成经。
同时半山老，前辈醉翁亭。
二公尚缩手，余子轻浮萍。
出任八州督，入登天子廷。

众女妒蛾眉，屈原困孤醒。
远吃惠州饭，终扬南海舲。
赐环曾几时，万古竟一瞑。
呜呼李杜后，惜此丧文星。
流风幸未泯，方外图真形。
元僧百题记，张简为赞铭。
真迹落三岛，此本存典型。
买之费一金，高挂成都厅。
为公作生日，献寿倾醁醽①。
烧卖胜冷淘②，盘餐拟侯鲭。
愧无花猪肉，颇杂南烹腥。
于时梅始华，含笑窥窗棂。
恍闻李委笛，吹起南飞翎。
乾坤有时息，诗坛乃修龄。
如公寿万世，所惧非灰钉。

崇丽阁下作

昔者光绪初，始起崇丽阁。
云据形家言，厌胜凭土木。
文星列巽位，状元当出蜀。

---

① 醁(lù)醽(líng)：古代的一种美酒。
② 冷淘：去水凉面。

其后果大魁，谶应马生角①。
此事故老传，我闻知诡托。
少时蹑丹梯，长啸曾纵目。
嵯峨望雪岭，迤逦眺平陆。
大块苍璧圆，长江玉环曲。
下窥城百雉，东走舟万斛。
飞栋架虚空，俯阅人代速。
蚕丛屡丧乱，斯阁亦萧索。
空穴藏龙蛇，坏檐巢燕雀。
倾褫②在旦夕，观者眉为蹙。
今逢开国手，谈笑靖九牧。
山川忽改观，园林还再肃。
易汝衰朽质，换以金锁骨③。
藻井复缤纷，雕刻楹与桷。
周遭结绮窗，外饰美丹雘。
火珠耀中天，朱阑映丛竹。
有如倾国姿，新妆出膏沐。
百观不一厌，路人常驻足。
平生好游览，恨不骑黄鹤。

① （蜀谚云：若四川要出状元，石头开花马生角。后石达开入蜀被擒，所诏石头开花也；骆成骧大魁天下，所诏马生角也。）谶（chèn）：指将来要应验的预言，预兆。

② 褫（chǐ）：通“弛”，废弛。

③ （重修用钢骨水泥。）

遐想滕王亭，长风送王勃。
舍近求诸远，在我亦已惑。
有阁高若斯，吾辈真宜束。
何时许登临，守者严锁钥。
徒然面层构，可玩不可渎①。

观　狮

百花潭上动物园，牝牡两大狮一胎生四子。往观，作诗一首。

我闻大食之国出狮子，下视熊罴幺么耳。
振威一吼百兽惊，不劳摇牙咀杀尔。
几时槛送来花潭，见人怒目犹眈眈。
平生所向意无敌，与人为玩心岂甘。
白沙翠竹江村路，故山万里休回顾。
相随况有河东君，托居喜近城南杜。
雄飞雌从相媚妩，孪生四子共一乳。
异时云仍遍中土，众狮奉汝为鼻祖。

动物园观鹦鹉　次前韵

爪嘴自矜黄鹞子，不如鹦鹉声悦耳。

① （今阁常闭置，禁人攀登。）

山呼万岁娱路人，未能免俗聊复尔。
雕笼饲养羁江潭，苍鹰侧立窥眈眈。
绿衣褵褷毛色好，巧舌婉转言辞甘。
长空万里迷归路，不见陇山空四顾。
金人自古戒多言，问君有口何时杜。
哑哑学语工媚妩，饱啄青粳饮牛乳①。
当年曾见祢正平，坐上死公诮黄祖。

观　猴　三叠前韵

朝三暮四见庄子，我初谓此戏言耳。
昨见园丁赋芧时，众狙喜怒今犹尔。
始辞山野来江潭，逢人乞食目眈眈。
投之果饵各争取，谁能绝少还分甘。
前年我过峨眉路，猿去掉头终不顾②。
今年见汝困藩篱，栅门不启终朝杜。
倘著衣冠增媚妩，人兽交融成水乳。
女娲谬说抟黄土，岂知人与汝同祖。

① （园内饲养有用牛乳者。）
② （余游峨眉未与猴遇。）

观孔雀　四叠前韵

凤鸟不至悲孔子，苦说犹龙称李耳。
哪知此鸟是家禽，夫子闻之应莞尔。
金花翠尾照春潭，道旁万目皆眈眈。
徒瞻碎锦意未足，得见开屏心始甘。
鹏飞九万长云路，二鸟枪枋何足顾。
为君高咏赤霄行，出语惊人须老杜。
远山凝黛上媚妩，饥啄丹砂食钟乳。
眼前孔雀是明王，何必西天寻佛祖。

观　蟒　五叠前韵

井底谁骑玉真子，洞中或割乖龙耳。
深山大泽不潜藏，我过园亭惊见尔。
高蟠岸曲临深潭，虽有两目亡眈眈。
南方有人嗜汝肉，每饭非汝不能甘。
山头倒退君家路①，亦畏险巇愁下顾。
如今安稳住城南，去天尺五瞻韦杜。
嗟汝狞恶非媚妩，纵生九子应难乳。

---

① （峨眉有坡名蛇倒退。）

何人遗璧镐池君，去年先死祖龙祖[1]。

观　虎　六叠前韵

猛虎渡河知负子，故知虎亦犹人耳。
古来化虎说牛哀，齐东野人语云尔。
将军虎帐开江潭[2]，如今虎视真眈眈。
身虽维系却坐食，黄牛大肉肥且甘。
语君莫忆山中路，凡事瞻前宜后顾。
须防善射李将军，夜猎霸陵趋鄠杜。
我观君姿亦媚妩，令尹子文蒙哺乳。
楚人字汝曰於菟，东坡唤作毛虫祖。

观　鼠　七叠前韵

东西跳梁嗟鼠子，饮河不过满腹耳。
山东豪杰起亡秦，叔孙圣人言似尔。
微物琐琐陈江潭，寸光之目徒眈眈。
它年化腐问谁嗜，鹓雏不顾鸱枭甘。
挂名四害无生路[3]，我室屡空犹下顾。

① （巨蟒已死，今存次者。）
② （此地旧为某将军别墅。）
③ （时鼠雀蚊蝇名四害，举国从事扑灭，俾无噍类。）

如今却鼠有奇方，八门阵上多伤杜①。
李斯用秦徒媚妩，窃食太仓承法乳。
硕鼠本载三百篇，笑伊数典偏忘祖。

自　嘲　八叠前韵

诗成自笑子曾子，此身亦一倮虫耳。
衮衮诸公不往还，聊与百兽相汝尔。
春来倚仗百花潭，顾视群动眸眈眈。
虎头燕颔俱食肉，却笑先生亡脂甘。
青鞋踏遍江干路，独自徜徉人不顾。
偶同词客赋禽言，不比诗人歌杕杜。
归来隐几自媚妩，鸟迹兽远任孳乳。
我诗非今亦非古，笑倒三宗与一祖。

感效山谷《演雅》

已闻井底沸蛙声，更听苍蝇蚓窍鸣。
白头哑哑争学语，绿头聒聒自呼名。
深宵虫解催机杼，白日鸠能报雨晴。
寄迹荒郊逢此辈，老夫何日耳根清。

① （断鼠粮、塞鼠穴时用此却鼠。）

观　画

他人所弃我偏收，山水横陈得卧游。
今日不忧污画本，亦无寒具亦无油。

叙州[①]食苦笋作（改旧作）

叙州苦笋天下奇，美者尤数山谷祠。
邦人好我惠一束，肌理细腻如婴儿。
此君风味绝隽永，食此胜食斋房芝。
师名玉版善说法，谁谓荼苦甘如饴。
仍想凌云挺高节，灵根始茁戒贼亡。
南中竹实日应少，凤凰饥瘦难为姿。
君不见
涪翁一赋成口实，佳种绝迹流杯池[②]。
至今山石但骨立，肠断何人歌竹枝，
乌罅涪翁岂得知。

① 叙州：四川宜宾市。
② （昔流杯池竹最盛，今乃无一茎。）

眠食二绝句

（一）

卿且归休我欲眠，任人嘲笑腹便便。
世间万事皆如梦，同在黄粱未熟前。

（二）

东坡十日遇花猪，自笑兼旬片截无。
一事近来差快意，前朝大嚼过之屠。

积　潦

蜀天终古漏，后土几时干。
顿使吾庐蹙，翻教水府宽。
出门泥活活，平地海漫漫。
得免成灾祲，横流亦巨观。

过竹林村旧居

村在头瓦窑附近。

翠竹千竿木数株，昔年于此庇寒儒。
托居曾与陶人近，身后真思作酒壶。

次韵答木雁翁武昌远送三首

次奉怀人韵

东西相望两衰翁，远道题诗复寄公。
蜀水三秋长滚滚，楚山千里直丛丛。
知君赋好同鹦鹉，笑我书成类活东。
老骥至今虽伏枥，未应磨灭气如虹。

次丁酉见慰韵

故人问我近何如，九眼桥边又卜居。
寸铁翁犹余寸铁，中书君已不中书。
为怜夜月愁更尽，贪看梅花惜岁余。
尚想跳鱼能入釜，锦江早变白公渠。

次戊戌见怀韵

人生难免白头翁，尺帘依然取未穷。
君托长镵犹杜甫，我怀寸铁亦卢仝。
自知冷暖无如水，不辨雌雄总是风。
若问此身何处着，枕头驴背酒杯中①。

① 此联又作“安得恺之横画笔，着将吾辈壑互冲”。

岁不尽十日草堂探梅

老夫晚岁怯风霜，犹自探梅过草堂。
准拟巡檐同老杜，岂期飘瓦到空王①。
依然何叟留楹帖②，绝倒潘郎拒孔方③。
架上缥缃人不顾④，相逢只道看花忙。

大慈寺作

双林深处隐重楼，说戒曾逢大比丘⑤。
坐见金身论壤劫⑥，空期蜀眼镇狂流。
高僧在昔临天竺⑦，名画从前重益州⑧。
我过招提感兴废，只应怀古思悠悠。

---

① （秋涧草堂寺大雄殿上瓦无故自坠。）
② （旧有楹联唯何蝯叟“锦水春风公占却，草堂人日我归来”一联独存。）
③ （解放后培修草堂，请海内诸名流题字，各致润笔之赀。潘伯鹰签谢云：“何人有此狂妄，敢向杜工部伸手要钱。”）
④ （东殿所陈列元明刻本甚多，观者极少。）
⑤ （往于此从大勇法师受五戒。）
⑥ （接引佛巨像篆云：“李永铸，永镇蜀眼。”今已毁。）
⑦ （唐玄奘亦此受戒僧也。）
⑧ （《益州名画录》多记此寺画壁。）

己亥[①]元日过江楼作

（一）

渡河之豕纪年头，一片欢声动益州。
春到人间农事急，欲将顽石变耕牛[②]。

（二）

高楼四望喜无边，陆海横陈曲槛前。
一亩稻畦收百石，难忘去岁是丰年。

（三）

何人管领锦江春，青光琅琊万个新。
隙地更栽桃百树，薛涛大好作花神。

（四）

一盏香茶竹四围，老夫坐久直忘机。
不须前路愁昏黑，自有繁灯照我归。

① 己亥：1959 年。
② （隔河有李冰石犀一头犹存。）

平羌渡竹桥

雅安平羌渡口，秋后水落，居人编竹为浮桥，随水起落，其制甚奇。顷读东坡两桥诗，有怀此桥，即次坡韵，追咏成篇。

跨水排篷龙，连蜷如虹霓。
浮为百步桥，横截平羌溪。
过桥似乘桄，随波逐高低。
又似簾一桁，分挂南北堤。
凌流履平坦，行旅无排挤。
下窥丙穴鱼[1]，出没桥东西。
谁谓此河广，一苇信可跻。
但资南山竹，不费金袅[2]蹄。
创始伊何人，事往无由稽。
至今存利济，过客如凫鹥。
近世诩西法，凌空架飞梯。
千均下一杙，钢骨和水泥。
工钜费亦重，艰于构堂闺。
斯桥成咄嗟，厥材易取携。

① （丙穴鱼出雅安。）
② 袅(niǎo)：騕袅，骏马名。

寄语小儿辈，何必轻家鸡。
我昔宰是邦，曾燃温峤犀。
策仗渡桥去，荒径披篙藜。
野店买村酒，一饮喜至脐①。

记昔日所游山水（六首）

嘉定乌尤山

昔登凌云山，咫尺通乌尤。
不到尔雅台，唯倚苏公楼。
焉知五十载，旧迹寻嘉州。
重升九峰顶，再摩大佛头。
连冈势忽断，一岛江心浮。
佳树郁蒙密，绿萝纷相纠。
置身碧玉壶，被体翡翠裘。
古寺隐山阿，崇台踞林樾。
俯玩青衣水，仰瞻峨眉丘。
昨蹑飞鸟道，今探蛟龙湫②。
颇惬仁智乐，况陪英俊游③。
玄圃岂在远，方壶非外求。
一庵倘借我，它时此归休。

① （桥之北岸有酒家，曾往取饮。）
② （余再至此山在游峨眉之后。）
③ （时同来有蜀雍诸子。）

康定玉梳峰

皎皎白玉梳，高高青天上。
山飞六出花，海涌五色浪。
遐想西王母，变现大人相。
瑶台十二重，白发三千丈。
爬梳赖老栉，脂水盛宝盎。
万古化山川，犹肖膏沐状。
我首如飞蓬，虮虱待扫荡。
持山谢未能，临风一怊怅。

江北桶井峡

行行万山中，终日履山骨。
偶然临回溪，鼓棹玩石发。
旁睨多悬岩，昂首见石窟。
饮涧垂孤根，绝壁树能活。
潜泉涌地底，激若箭离栝。
过江名白龙，横飞唾涎沫。
东下历温塘，始觉天地豁。
入峡如井蛙，出峡桶底脱。

阆中锦屏山

玉台峙城西，灵山耸城东。

城南尺五天，烂锦开屏风。
凌云丽嘉州，此山辉阆中。
下视嘉陵江，略与青衣同。
倚天横紫翠，映水摇青葱。
山川既绮靡，鱼鸟皆从容。
千钧击峭壁，客有扛鼎雄。
我来坐岩榭，遥听金轮钟①。

广汉大小涌泉

大泉涌山上，小泉涌山下。
昔行广汉间，快睹双泓泻。
汎滥为陂池，寒光照原野。
万象落镜中，颠倒着牛马。
萍开见岭树，藻动窥村瓦。
虽作泡影观，亦异蜃楼假。
余波溉良田，万顷获霑洒。
有幸生此乡，犁锄真可把。

故乡水帘崖

青山水精帘，白石莲花磴。
皑皑落玉屑，了了破烟暝。

① （清军门罗思举在此跃身，挂铜钟于崖树上，今其钟犹存。又阆城凤凰楼有唐天后时所铸铜钟，其音清远。）

白龙啸晴空，十里声可听。
未知匡庐瀑，何似吾乡胜。
在山泉自清，出岫云勿定。
至今千里梦，归绕岩下径。

花会有感

吩咐群花克日开，东君昨夜令如雷。
如何上苑移根去，却似吴宫教战来。
锦水分波入池沼，仙家让地起亭台。
蜂忙蝶乱无时息，赢得山公到几回。

故　人

故人寥落今余几，数到晨星涕泪俱。
意外知君犹健在，众中见我忽惊呼。
百年大抵如春梦，此日相看岂故吾。
毋将大车尘漠漠，世间七圣有迷途。

访庞石帚病中

人日雨后，过人民公园观古画，期杨啸谷不遇，晚访庞石帚。

画里青山态万千，更惊秋菊斗春妍。
平生作事居人后，今日窥园让我先。
多病庞公休上冢，好奇扬子苦思玄。
老夫独赏芳花节，策仗冲泥亦自闲。

闲　行

闲行日日过江头，杂树丛筠绿一洲。
束我真须崇丽阁，吟诗长爱校书楼。
林鸦也识常来客，水鸟仍多见惯鸥。
但使东皋容啸傲，微生除此百无求。

西　山

（一）

八百里青城，岧峣接太清。
晴时峰错落，高处雪分明。
雾狗山中隐，阳乌岭背倾。
向来魁五岳，不负丈人名。

（二）

终古无溟濛，阴晴态不同。
雪消江水大，云起蜀山空。

井络垂大象，蹲鸱乐岁丰。
几时堪极目，拄笏待秋风①。

（三）

窗对千峰雪，曾赋一段奇。
客逢杜子美，游见王羲之。
古哲已长往，此山终不移。
西来多爽气，今入老夫诗。

咏　史

（一）

天下车书归一家，始皇功德迈重华。
武陵逃户真堪笑，独变桃源洞里花。

（二）

赵高指鹿能为马，李相烧书使作灰。
是古非今诚可族，是非颠倒是奇才。

① （此山秋时易见。）

忆虎头崖

（一）

曾过嘉陵江水滨，断崖千尺峭嶙峋。
虎头化作青山去，犹自磨牙欲噬人。

（二）

梯升绝壁践危途，赤手曾经捋虎须。
此事不堪陈广坐，有人变色为於菟。

喜赋东坡真迹

于青羊宫花市书摊，买得东坡与曹主薄小简真迹，附赵松雪书《心经》一册，装用宋锦，甚奇丽，喜赋。

群仙大会青羊宫①，老夫忽遇苏长公。
平生颇识牛斗气，偶然画壁来真龙。
公书片纸价百万，东人知爱云濛濛②。
珠玉无胫乃到我，心知造化哀吾穷。

① （青羊宫内会神仙，蜀中谚语）
② （黄州寒食诗真迹，藏日本大村惺堂家，后归日本银行公会，抵价日金百万。）

苏曹姻娅始季子，渊源不昧亲家翁①。
行间浓晕潘谷墨，笔底巧藏诸葛锋。
绿麻笺上作奇字，翩翩戏海如惊鸿。
子昂《心经》略残破，字体乃有兰亭风。
与公为殿亦不辱，装成蜀锦夸灯笼。
杨侯精鉴世无匹，京华见此嗟匆匆。
朱砂大印压引首，双钩点化如重瞳②。
我今作记君再跋③，细字密书同蚁封。
玉局老仙定拊掌，暗中摸索竟得侬。
吾书于世不浪出，识此知君天眼通。

六十六初度

（一）

老夫送老成都市，饱阅人间海与桑。
心似卷葹曾屡拔，齿如屈产又加长。
十年太学慵书倦，两度名山蜡屐忙。
门外双榴知寿我，齐檐岁岁吐花光。

---

① （曹九章之子焕是子由女婿。）

② （啸谷在北京时，有以此求鉴定者，今引首有一章曰：啸谷精鉴，朱印重沓，其文乃如飞白。）

③ （余得后作一记，啸谷以瘦金体书隔水上并作一跋。）

（二）

行年六六岂蹉跎，晚际升平乐事多。
爱子将为苍水使，女儿新举力田科①。
身虽善病如摩诘，生竟同时有佛陀。
明日放生逢好会，喜看鱼鳖动江波。

寄仪女②藏族自治区索金川雪梨

高远通草地，绝塞置松洲。
怪汝经年去，常骑匹马游。
看山长带雪，忆我一登楼。
梨爱金川好，何时寄白头。

谢何氏表弟馈阿坝苹果

苹果生阿坝，天然色最娇。
红疑儿女颊，绿比弟哥窑。
笼出三城戍，甘分万里桥。
老兄今得啖，脆美胜寒消。

① （儿子曾令森在科学院将研究海洋学，三女曾令筠到雅安农村劳动锻炼。）

② 仪女：曾缄先生次女曾令仪，上世纪 50 年代初随丈夫支边到四川阿坝州南坪县（现九寨沟县）工作，编者的母亲。

北上诗稿

（1959）

己亥①秋，与内子从成都乘火车经宝成—陇海—京汉铁路至北京，留一月乃归。所至或有诗，归后次为一集，曰北上诗稿。

宝成铁路歌

嘉陵江北涪水西，千崖万壑相高低。
鸿荒不睹车马迹，终古唯闻猿鸟啼。
蜀中健儿忽兴起，摩天巨斧空中举。
连山列阵若长蛇，挥汗随风作飞雨。
石破山摧江水竭，山鬼惊呼老蛟泣。
蜀道崎岖一旦平，五丁壮士嗟何及。
蜀山开尽望秦川，秦岭屹然当我前。
倚天拔地谁敢侮，但见绝壁生云烟。
岂知巧匠斫山骨，潜开隧道通车轴。
居然混沌洞七窍，宛似明珠穿九曲。
山高亦畏愚公移，地长竟被长房缩。
秦走金牛汉木牛，我来高骋火车头。
一鸡得霸嗤秦穆，六出无功叹武侯。
乱世凭陵矜险阻，清时谈笑陟山丘。
从今万里如庭户，地北天南任我游。

① 己亥：1959年。

过秦岭隧道

地轴横通一径斜，居然鼠穴可乘车。
此身疑化穿山甲，去意难遮赴蟹蛇。
浪说襄城迷七圣，何曾秦岭限三巴。
临风忽忆登坛者，暗度陈仓起汉家。

马嵬坡吊杨妃

天子仓皇下殿来，昭阳红粉一时灰。
虚劳七夕看牛斗，终见三军逼马嵬。
海内竞歌长恨曲，江头不尽少陵哀。
可怜兵解仙山去，犹忆君王首重回。

京汉道中

洛阳行尽又安阳，落日中原看太行。
渐近觚棱天色瞑，万灯红出石家庄。

入都杂咏（二十首）

（一）

临老驱车入易京，乱离销尽见升平。
马神庙外无人识，四十年前太学生[①]。

（二）

畅观楼上玩斜晖，把酒联吟事已非[②]。
弟子白头师拱木，阳乌依旧向西飞。

（三）

梅竹樱桃处处斜，石头一路到韩家。
幽坊小曲依稀在，不见迷人百种花。

（四）

偃蹇瑶台今有无，重来平地化为湖。
昔年夜半同狂客，曾写南洼鬼趣图[③]。

① （北京大学旧址在马神庙街，今易名景山东街。）

② （往与黄季刚先生登畅观楼观落日，并有联句之作。楼在万牲园内，今名动物园。）

③ （城南黑窑厂、陶然亭、南下洼者，昔日常游之地，曾于夜半与黄先生、歙县吴君检、海宁孙君鹰若过此觇鬼，无所遇而还，有诗记之。）

（五）

旧游何处最关情，师友匆匆隔死生。
地下黄孙呼不起，我来腹痛四川营①。

（六）

六街灯火烂星河，陌上游人半踏歌。
夜看银花开碧落，天安门上五云多②。

（七）

九日闲携老孟光，琼华岛上度重阳。
西风亦恐黄花瘦，别染胭脂作海棠③。

（八）

古董先生似我稀，时从砂砾觅珠玑。
昨朝偶过琉璃肆，拾得乾隆断墨归④。

（九）

依然形胜重燕都，风景江南得似无。
曾见琼台移艮狱，直将北海比西湖⑤。

---

① （昔与黄先生及鹰若同寓四川营棉花胡同。）
② （国庆日观天安门夜放烟火。）
③ （九日与内子登琼岛，未见菊花，只秋海棠数点陈盆盎中。）
④ （在琉璃厂买乾隆御制墨一笏，客中所得只此而已。）
⑤ （北海公园。）

（十）

风雨轩开面面通，茶人坐树晚烟中。
荒壇古柏高千尺，乱拥苍云覆故宫①。

（十一）

故宫遗物列东西，五色当前目易迷。
玉轴牙笺惊措大，珠光宝气眩山妻②。

（十二）

片骨穷搜太古前，后生为学胜前贤。
天安门外开新馆，历史平添几万年③。

（十三）

绝世佳人在北方，团城旧阁认梳妆。
不须苦说焚椒录，自爱新词谱十香④。

（十四）

金殿排云迪逦开，长廊缭绕路萦回。
昆明湖底苍龙活，知是西山倒影来。

① （中山公园即社稷坛故址，有辽时古树。）
② （故宫博物馆东宫陈古画，西宫陈珠宝玉器。余多观东宫，内子多观西宫。）
③ （中国历史博物馆陈有周口人猿头骨化石。）
④ （辽后梳妆楼在今团城公园内。）

（十五）

戴胜阿环尚得窥，汉宫飞燕倘堪追。
可怜黄竹歌成日，直到王孙逐尽时①。

（十六）

安石争墩事突梯，风前一笑语鸿妻。
此园想是君家物，何昔题名是静宜。

（十七）

过人民大学访谢无量、曾天宇二公，观天宇所藏陶斋手拓石刻东坡画像，为题一绝其上。

传神片石定谁何，善画公麟不啻过。
我到燕台逢二妙，客中相对说东坡。

（十八）

苍松白石映飞甍，天寿山前感废兴。
翁仲无言相对立，看人来看十三陵。

（十九）

凭栏目送远山青，每过城南爱此亭。

① （排云殿观清慈禧太后画像。）

唤作陶然应有意，共君一醉胜孤醒①。

（二十）

欹危行步踏京尘，累汝常扶老病身。
却与东坡同一笑，更从儿子问何亲②？

香山二首

（一）

碧云寺外即香山，老树遗台夕照间。
过客竞夸霜叶好，嫣然青女破红颜③。

（二）

香山寺废已无僧，犹见琉璃塔数层。
塔上风铃终日语，不知谁是佛图澄④。

香山胜处

眼镜湖、见心斋，皆香山胜处，中有逆旅极精好，一宿需十七饼金。又红叶餐厅肴馔绝美，可感之至。

---

① （“共君一醉一陶然”，乐天句。）
② （余每出游，森儿常随行护持。“一笑问儿子，与汝是何亲?”东坡诗也。）
③ （山中红叶有名。）
④ （过琉璃塔下，闻塔上铃音。）

夹镜双湖净若揩，翠微深锁见心斋。
西山处处堪行乐，第一香山小住佳。

泛舟琼岛

傍晚与内子泛舟太液池至小西天。回顾琼岛光景奇绝，欣然有作。

太液鳞鳞浪，琼华淡淡烟。
舟摇千顷碧，塔影一峰圆。
观海难为水，凌波便是仙。
渐看灯火上，人在小西天。

登煤山万春亭观崇祯帝投环处

四海罹颠沛，君王亦倒悬。
梦醒槐穴蚁，魂化蜀山鹃。
故国空乔木，孤亭自晚烟。
市儿都不顾，含笑蹴秋千。

观故宫所藏古书画

昔闻故宫多古画，人间难见知无价。

今年入都始纵观，玉轴牙笺惊满架。
虎头将军写洛神，子敬书赋岂近真①。
李唐山水在破绢，徒从马骨求精神②。
阎公粉本章公篆③，更怜韩滉图文苑④。
卫贤高士本立轴，宣和两印须横看⑤。
董源大笔何淋漓，轻重疏密无不宜。
山口待渡画英绝，跋尾题名柯九思⑥。
周昉美人多意态，笑拈花枝头上戴⑦。
江南夜宴更销魂，画师貌出韩熙载。
坐中一女弹琵琶，众客倾听欹乌沙。
一夫踞床忽惊起，欲化琵琶入怀里⑧。
黄荃画鸟片纸存，纸上历历指爪痕⑨。
公麟牧放临韦偃⑩，词皇虢国摹张萱⑪。
此君游艺多能事，落笔翩翩好风致。

---

① （顾恺之《洛神图》，王子敬书赋，皆后人仿制。）
② （李唐长《夏山寺图》，绢本破烂不堪，真马骨也。）
③ （阎立本《步辇图》后有章伯益小篆。）
④ （韩滉《文苑图》。）
⑤ （卫贤《高士图》装为主轴，而上下横压宣和两印。）
⑥ （董源夏景山口待渡图后，有柯九思跋语。）
⑦ （周昉《簪花仕女图》。）
⑧ （韩熙载《夜宴图》。）
⑨ （黄荃画鸟各离立，不相属，其鸟指爪可见。）
⑩ （李公麟《临韦偃牧放图》。）
⑪ （宋徽宗摹张萱《虢国夫人游春图》，李端叔姑溪集云：“内侍刘有方蓄名画，乃唐《虢国夫人夜游图》。”又瓮牖间评云：“《虢国夫人夜游图》，乃晏元献公家物，后归于内府，徽宗亲题其上云：‘张萱所作。’”由此知图为夜游，非游春也。徽宗所摹殆即此本，故宫题为游春，殆误。）

柳鸦芦雁妙入神，画款常题瘦金字①。
赵驹刻意状秋山，赵芾笔底翻波澜②。
君家兄弟俱好手，马氏父子应齐观。
马远画水麟画梅，梅花数点浪千堆。
苔枝欲伴翠禽宿，步袜恍见惊鸿来③。
异军特起清湘老，收尽奇峰打草稿。
一团漆黑攒千峰，不怕山多嫌纸少④。
其余诸画难更僕，代有数人人数幅。
走马聊看长安花，一瞥真同鸟过目。
老夫结习深可怜，爱画不买缘无钱。
时来观画故宫里，亦似大嚼屠门前。
颇闻旧藏有散逸，大盗移国随播迁⑤。
此诗偶作点鬼簿，南望待草招魂篇。

燕市怀古

此地古幽州，悲歌日未休。
霸君收骏骨，侠客借人头。
易水寒犹昔，金台今见否？

---

① （徽宗又有《柳鸦芦雁图》《长江归棹图》等皆佳，其题字多作瘦金体。）
② （赵驹秋《山春尽图》，丘壑可喜。赵芾《江山万里图》，善画水，其中一波横飞有奇致。）
③ （马远画水四帧，尽水之变；马麟层叠冰绡图，只寒梅一枝，疏花几点而意致清远。）
④ （石涛《收尽奇峰图》，满纸泼墨，画首自书：收尽奇峰打草稿。）
⑤ （此中字画为蒋逆盗运台湾者不少。）

市中屠狗在，吾与尔同游。

与内子游颐和园

秋高朔野净孱颜，携手同登万寿山。
灵雨祠浮明镜里，排云殿锁翠微间。
宓妃似欲凌波去①，王母何时戴胜还。
为近重阳花事急，苑边丛菊渐斑斑。

游动物园书所见

玄　豹

五花重连钱，尔独天生黑。
前身定文人，曾饮几斗墨。

白孔雀

翩翩白凤凰，毛羽烂秋霜。
何用衔金碧，君家本素王。

长臂猿

老猿人立时，两手垂至地。
倘弯百石弓，胜似将军臂。

---

① （是日，有游女浴于昆明湖内。）

长颈鹿

前身强项令，再世长颈鹿。
何人画丹青，错作麒麟图①。

无角牛

名连太史公，牛马殆一族。
既有无角牛，能无马生角。

独角犀

犀可避尘埃，遥从水国来。
莫将头上角，刻作掌中杯。

四不像

说名四不像，云出黄河上。
非驴亦非马，高居封神榜②。

海　豚

三豕昔渡河，落入沧海中。
何时逢点额，化作猪婆龙。

① （故宫藏清人画麒麟图，与此无异。）
② （此物自英伦来，云本产吾国黄河流域，疑莫能明也。）

大狮子

日破五斤肉，养此一狻猊①。
可笑员外郎，不及园中狮②。

熊　猫

项缠白毛巾，夹镜挂双目。
大嚼对此君，食尽南山竹③。

金丝猴

自惜金缕衣，脚不践尘土。
就擒尚哺雏，摘叶裹残乳④。

巨　鹰

长笑刘景升，虚筑呼鹰台。
何如曹孟德，生擒吕布来。

---

① 狻（suān）猊（ní）：狮子的别称。
② （用《涑水纪闻》石中立语。）
③ （头与目毛色甚奇，如人围白项巾，戴眼镜，不肉食而食竹。）
④ （性好洁，不履地，长居树上。猎者伐其旁树以困之，将就擒，抱其雏，力哺之，又摘叶裹残乳，以遗其雏，然后受缚。）

海　淀

昔日海淀何陋哉，废墟处处生蒿莱。
人家寥落只三两，牛溲马粪随风埃。
岂期今日忽改貌，平地踊出千楼台。
良工胸中有成竹，造屋不藉样子雷①。
亭亭直上起高屋，琐窗朱户空中开。
居人缥缈在天际，旁舍四散如离堆。
中间场圃颇辽阔，左右花径相萦回。
细草铺茵贴地长，垂杨夹道何年栽。
辟雍太学萃一域，网罗俊彦收英才②。
诸生弦诵遍讲舍，大师谈笑栖高斋。
吾儿供职亦在此，出入时与虬髯偕③。
老夫离京四十载，七年闻汝歌南陔。
愿将文度置膝上，免使骨肉悲天涯④。
京西旧地本熟悉，重来径路滋疑猜。
先后同此一块土，昔何冷落今喧豗⑤。

---

① （昔京有雷姓，以善制房舍图样得名，时称样子雷。）
② （诸大学及科学院均设于此。）
③ （儿子令森以通外国语文供职科学院地球物理研究所，时与外国专家往还。）
④ （森儿入京已七年，尝请余北来，今始遂愿。）
⑤ 喧豗（huī）：喧闹声。

道旁老翁笑拊掌，此间兴废常相推。
西山林苑盛往代，静宜[1]传眼荒苍苔。
近百年中事翻覆，圆明焚后颐和来。
丧师辱国恸甲午，谁知轮换能成灾。
至今土木被文绣，排云宫观高崔嵬。
山川何心计成毁，人情即事生忻哀。
迩来中华大革命，人民专政工为魁。
十年生聚致殷阜，寸土尺木皆成材。
宏我汉京始制作，不是无益殚民财。
今年国庆更稀有，四方奇货陈累累。
天安门前建大厦，万人一室容恢恢。
开工落成仅十月，快似骐骥超驽骀。
西人观光亦吐舌，穷壮极丽真奇瑰。
请君到彼试瞻望，区区海淀何足怀。

十三陵水库

天寿山高溪水深，入夏汛滥随炎蒸。
暴君唯解缮陵寝，水患遗留直到今。
中华大国开民主，再造河山平水土。
新修水闸遏山洪，要使横流变甘乳。
元首股肱亲把锄，士民踊跃趋泥途。

① （园名）

万锸①如云伐硗确，凿池深过昆明湖。
山下良田资灌溉，喷玉跳珠走沟浍。
老农岁岁庆丰收，不谢天公向池拜。

与内子游颐和园茗饮佛香阁下作

门外常停过客车，苑中谁识帝王家。
昆明湖水如碧玉，万寿山光虚翠华。
野鸟入窥温室树，山蜂来采上林花。
佛香阁下人皆散，犹倚栏杆看落霞。

出都后寄森儿

偶然西笑向长安，走马看花兴又阑。
五噫出都携德曜，一车和梦过邯郸。
压装犹恨诗篇少，转毂焉知道路难。
寄语昆明湖上客，思亲乃望白云端。

归次潼关作

锋车如箭出燕山，万里蚕从指日还。

① 锸(chā)：铁锹，铲子。

过尽中原天又白，河声岳色满潼关。

望太华三峰

爽气临三辅，高标揭九天。
秋清峰更碧，山断地还连。
玉女头初洗，仙人掌倒悬。
遥知幽绝处，定有藕如船。

还成都

远客思归忽倦游，便从朔野向西州。
路经秦岭徐徐下，山入蚕丛处处幽。
原野乍开初豁抱，峰峦已过尚回头。
还家莫便征衣濯，几点京尘信可留。

附

燕京杂感[①]（八首）

（一）

蓟门曾见五朝更，兴废无端会客惊。
山色不随人事改，年年青到凤凰城。

① 写作年代暂无考。

（二）

漆城荡荡未渠央，途道民夫日夜忙。
何必更疑陵谷变，正阳门畔有沧桑。

（三）

燕蓟曾看太社新，俄闻弃栈更伤神。
九州贡土辛勤致，化作游人脚底尘。

（四）

莽莽郊原一径斜，园林重认故侯家。
即今西直门前路，不见东陵五色瓜。

（五）

圆明焚后又颐和，少府金钱耗几多。
东海楼船虽覆没，西山宫殿自嵯峨。

（六）

玉烺金鳌一道长，琼华岛在水中央。
五朝如梦匆匆过，只有荷花似昔香。

（七）

新华宫殿起秋风，石室皑皑夕照中。

鼎未铸成龙已去，乌号何处觅遗弓。

（八）

朦胧树色隐龙楼，盼断题红出御沟。
啄尽王孙双燕去，仓琅深锁古时愁。

附

寄森儿北京（1952 年）

（一）

四十年前太学生，遥从西蜀望都城。
吾儿今日驱车去，第二曾缄到北京。

（二）

儿人亲见首都尊，行过卢沟气象屯。
回忆儿时应自笑，纸烟牌上看前门。

（三）

航空万里快传笺，知汝观光喜欲颠。
曾向天门瞻领袖，中华国庆第三年。

（四）

天安门畔有坛遗，是处园林栖息宜。
最好绿荫深处坐，满头宫树万翠枝。

（五）

煤山高着寿皇亭，在昔崇祯此自经。
封建帝王归没落，人民今日坐朝廷。

（六）

山下乾清是故宫，御沟三面水相通。
昔年神武门前路，曾见荷花无数红。

（七）

西去金鳌玉烺桥，万荷花落暗香销。
此时太液秋风起，一岛波心影动摇。

（八）

波心一岛是琼华，宛似乌尤在汉嘉。
若向此中求法帖，三希堂上走龙蛇。

（九）

男能角抵女清歌，第一天桥百戏多。
燕赵佳人何足顾，唯宜论剑觅荆轲。

（十）

南腥北臭嗜偏殊，莫比成都说不如。

三百年来知肉味，至今犹记广和居。

（十一）

烤鸭京师独擅长，饕翁争到便宜坊。
皮酥肉嫩供咀嚼，余骨还烹绝妙汤。

（十二）

食指平生动不休，狂生大嚼正阳楼。
烂羊有味请尝试，便欲移封关内侯。

（十三）

两物寻常也足夸，新鲜白菜大西瓜。
经冬历夏宜生食，便觉芳香沁齿牙。

（十四）

说游说食两荒唐，回首燕京梦一场。
闻道长安向西笑，老夫今发少年狂。

（十五）

昔时太学忝高才，雏凤重游老凤回。
好记乡人陈伯玉，幽州台上作歌来。

（十六）

南海原名丰泽园，项城窃国谬称尊。

何来怪客王湘绮，绝倒当年新莽门。

（十七）

地安门外柳毵毵，什刹遥通积水潭。
得似江乡行乐处，故应城北胜城南。

（十八）

城南亭子榜陶然，香冢长吟一缕烟。
此是京华诗酒地，乃翁昔日最流连。

（十九）

城东一水说漕河，曾共黄孙泛艇过。
谁识惠丰题字客，老怀师友泪滂沱。

（二十）

彰仪门外有浮图，玉匣深藏舍利珠。
尔向燕台寻古迹，不知曾到此间无。

（二十一）

万牲园里畅观楼，落日西山眼底收。
我与蕲春为上巳，露台应有酒痕留。

（二十二）

郊外颐和最有名，排云殿上俯昆明。

岂知朝野风沙外，尚有澄湖万顷清。

（二十三）

一脉独蜿出太行，西山八处可徜徉。
老夫昔日游难遍，只向此中俄魏珰。

青松馆诗稿

庚子

（1960年）

盆中水仙

（一）

仙姿绰约思氤氲，小小甕罂喜托根。
偶做东坡怪石供，真同玉女洗头盆。
寸田亦有沧桑感，杯水长霑雨露恩。
寄语多情黄鲁直，国香流落漫销魂。

（二）

天寒岁暮孰华予，骨冷神清正要渠。
解佩几时离汉水，散花今日到吾庐。
生香活色知难画，净几明窗伴读书。
从此微波真可托，不愁消渴病相如。

江楼剪影图绝句四首

周抡园[①]为制《江楼剪影》图，图中虚无人而鹅鸭成群，殊有别致，亟以玻璃框装置壁上，并题四绝句。

---

① 周抡园(1899—1988)：字岫生，河北大名府人，著名国画家。

（一）

老夫十载住江皋，时过江楼访薛涛。
何必著将丘壑里，直须高阁束吾曹。

（二）

陆天随鸭右军鹅，泛浦眠沙不厌多。
点缀风光须此辈，不然闲煞锦江波。

（三）

老守钱塘琢句新，戏呼卢橘是乡人①。
何如今日曾夫子，得与枇杷作近邻。

（四）

剪取楼前水半江，千秋王宰得君双。
从今稳贮琉璃匣，不与山家障北窗。

生日作

匆匆六十九年华，壮不如人老自嗟。
长笑先生餐苜蓿，依然太学系瓠瓜。

① （东坡守杭州，有“卢橘是乡人”句。）

堆墙败笔头俱黑，插架奇书眼漫遮①。
多谢石榴为我寿，傍檐先放两三花。

郊行偶作

一路草萋萋，时闻布谷啼。
本无心可用，正尔物能齐。
信步趋南亩，寻幽过小溪。
平生沮溺意，倚仗看扶犁。

报竹扉平安

竹扉老人饭时忽落箸中风，几死。妇饮以人马平安散复苏，自食金黄熊胆豆许，病良已。余往视之，赋呈一律。

座上曾无霹雳鸣，如何失箸壮心惊。
夫差尝胆成灵药，宋玉披襟识病名。
讹语竟传苏子死，平安仍报竹君生。
相看我岂寻常客，白首人间老弟兄。

① （时吾发犹未白。）

竹扉中风后犹能作书有诗见示次韵奉答

锦官城外老诗翁，病后冥搜兴未穷。
漫道偏枯如杜甫，犹能挥洒似杨风。
病梅有作先成谶[①]，医药无师忽自通[②]。
笑我悬疣悭一剡，金篦刮目竟何功[③]。

得巨鹿出土古秘色窑印盒喜记

世重官家器，天留秘色窑。
犹粘巨鹿土，曾历大观朝[④]。
翠共千峰滴，坚堪十日烧。
寒斋今得此，爱惜过琼瑶。

自题所藏金花眉子歙石砚

横云却月何足奇，石中乃有金花眉。
何时龙女化为石，眉间几缕金色丝。
补天填海不到汝，来与衰翁作砚池。

① （君病前有《病梅诗》。）
② （以熊胆治风疾自君始。）
③ （余患眼皮瘤二十年未根治也。）
④ （巨鹿故城於宋大观年中隐没。）

寒斋何幸致此物，使我几案光陆离。
旃檀为匣饰髹漆，楮当金屋藏娇姿。
敢收俗笔恣点污，毋以凡墨相磨治。
坡公黄州有石供，此意妙绝吾所师。
嫣然顾我石微笑，主人大似东家施。

读《王荆公诗集》步韵二首

明妃曲（一）

呼韩入觐汉家时，明妃去国双泪垂。
刻画无盐作西子，妾是太阿人倒持。
不肯黄金买画手，丰容靓饰嗟何有。
背阙方叫汉主惊，捧觞却为单于寿。
此去毡乡遂不归，思将胡服换宫衣。
身伴犬羊留朔漠，心随鸿雁向南飞。
弹罢琵琶时叹息，家山万里徒相忆。
登高曾不见长安，何况江南与江北。

明妃曲（二）

明妃巫山一女儿，人言窈窕似瑶姬。
一朝遑入掖庭去，三载不蒙天子知。
胡儿十万射雕手，不敌明妃一杯酒。
潜消外患作阏氏，何用战功夸虏首。

汉恩固浅胡岂深，平生报国矢丹心。
愿君更起麒麟阁，画取娉婷照古今。

桃源行

天下纷纷死兵马，有人高卧桃花下。
是谁窥破洞中天，云是武陵打鱼者。
一入深山秋复春，子孙累累如积薪。
已从秦代作逃户，岂与汉家为外臣。
客来不速邀相近，市朝兴废从头问。
以吕易嬴昔笑秦，将牛代马今嗤晋。
陶公胸中无点尘，漉酒不惜头上巾。
门前自有五株柳，却道桃花堪避秦

昔 年

昔年飞棹下夔门，石壁参天雪浪奔。
人说一堆真似马，我来两岸不闻猿。
好峰如睹昭君面，流水犹疑屈子魂。
行过阳台重回首，淡烟疏雨弄黄昏。

观 钓

临渊谁不羡，辛苦为盘餐。
借问弹长铗，何如理钓竿。
中钩辞泽国，贪饵失波澜。
一饱残他命，投纶起浩叹。

忆食物二首

蒲江豆腐乳

细捣中原菽，轻涂蜀国椒。
截肪阅小印，染指费秋毫。
每饭应难忘，长行亦易操。
浦江风味好，何日致江皋。

郫县胡豆瓣

蚕豆香成瓣，仍将芍药和。
莼羹下豉少，幽菽配盐多。
美可郫筒并，珍应蒟酱过。
老夫姜桂性，无此欲如何。

墨菊和竹扉老人

（一）

点染费天工，斑斑见菊丛。
却从黄面老，数到黑头公。
突岂无点日，地常在墨中。
客嘲玄尚白，一笑叩扬雄。

（二）

花有天生黑，东篱见别栽。
自矜乌玉玦，不戴紫金钗。
秋满扬雄宅，香飘石笋街。
时人爱朱紫，那识墨君佳。

种菜三首

（一）

平生早被诗书误，投老方知稼穑难。
今日闭门初种菜，异时举室得加餐。
阶前隙地堪锄否，屋后残砖试伐看。
垦植全凭儿女力，衰翁倚杖但旁观。

（二）

种蔬随地逐高低，冬苋夏菘杂一畦。
翻动土膏惊蚁穴，安排篱栅避邻鸡。
嫩芽初出银钩烂，新叶微抽翠毯齐。
不止菜根供膳食，兼看秀色媚幽栖。

（三）

豆棚瓜架作烟萝，居市何曾异涧阿。
食肉虎头惭定远，刮毛龟背似东坡。
衰年尚有移山志，盛世能为击壤欲。
自笑诗中多菜气，他生定可作头陀①。

巴人歌赠吕子方②

古有巴人落下闳，今有巴人吕子方。
巧历推知万古事，世间岁月空奔忙。
子方自称牧牛子，尝从牛背读书史。
离骚天问证天文，张衡大象通天体。
观君读书如牧牛，绳穿牛鼻牵牛头。
通人治学得纲领，视书直与牛相侔。

---

① （欧阳文忠公尝诏，某僧诗是肝脏馒头，人问其故，答曰：“无菜气。”）
② 吕子方（1895—1964）：重庆沙坪坝人，教育家、中国科技史专家。

古来绝学多在蜀，历法天文君杰出。
俗儿肉眼看巴人，岂知君有阳春曲。
语君切莫悲坎坷，为君高唱巴人歌，
谈天口悬巴字河，名与巴山俱不磨。

檬子杖歌

剑门山上老檬子，生长云根餐石髓。
翩然化作小赪虬，出入老夫之手里。
钉头磷磷遍体生，我持此杖胜短兵。
不须更打落水狗，往拄苍天西北倾。

九日江楼登高次杜公《九日蓝田崔氏庄》韵

登楼四望蜀天宽，士有悲秋我独欢。
未怕西风吹客帽，早将高阁束儒冠。
修篁正觉清阴好，丛菊焉知玉露寒。
此地频游鱼鸟熟，江鸥须作故人看。

饮骆氏宅

是日匆过骆氏宅，会饮座上，客有谈诗者，饮罢与主人围一局棋。骆之先人名成骧①，清代状元也。

僻地幽居斗室宽，重阳杯酒尽清欢。
我持九节仙人杖，君戴方山处士冠。
老去雄心消博弈，古来秀句出饥寒。
状元家世分明记，今作寻常百姓看。

秀才坟

张献忠屠应试秀才，丛葬一处，名曰秀才坟，又曰酸冢。偶过其下戏作一诗。

想是张王爱鬼才，故将措大付蒿莱。
千秋怨气冲霄汉，一片书声出夜台。
汉殿儒冠成溺器，秦庭经籍化寒灰。
人间不少攒眉事，唱彻秋坟君莫哀。

王建②墓

石椁犹存骨已枯，骕宫能比惠陵无。
平生自诩椎埋手，今日偏逢伐冢儒。

① 骆成骧(1865—1926)：字公骕，四川资中人。清代四川唯一的状元，成都五老七贤之一。

② 王建(847—918)：中国五代十国时期，前蜀国开国皇帝。其墓坐落于成都抚琴东路。

哀策凄凉余玉简，墓门寥落散金铺。
侍臣刻意书天瑞，谁见当时三足乌。

成都览古四首

司马相如琴台

上追屈宋启渊云，旷世相如独秀群。
一赋凌云惊武帝，千金取酒为文君。
化成西鲁曾敷教，威定南夷更策勋。
指点琴台今在目，朱弦三叹恨无闻。

严君平卜肆①

君平浑迹在闾阎，大似神龙井底潜。
七夕占星知犯斗，百钱卖卜惯垂帘。
依稀旧肆今犹在，想象先生清且廉。
过客何心问龟策，此生自断不须占。

扬子云墨池

扬子家无百金产，成都城有四隅铭。
坐中客为谈玄至，门外车因问字停。
投阁幸逃新莽祸，反骚难作屈原醒。
墨池故宅今犹在，老点雕虫拟易经。

① 成都君平街。

杜子美草堂

漂泊西南杜拾遗，浣花溪上重栖迟。
许身稷契曾非忝，原本风骚更出奇。
元气淋漓真宰泣，高歌慷慨鬼神知。
从来入蜀多词客，此老声名万古垂。

北　风

烈烈北风凉，蓬蓬出土囊。
先声含雨雪，来势挟冰霜。
宛转乘空穴，飘摇历坏墙。
入帷侵枕席，拂架乱缥缃。
瘦指寒愈直，孱躯冻欲僵。
老夫忧骨折，年少倚身强。
引袖谁能障，披襟孰敢当。
寒威真可畏，冷战猝难防。
卒岁无衣褐，谁家足稻粱。
饱须天雨粟，温待海生桑。
善御虚称列，图南枉说庄。
鲁禽终远避，宋鹢自回翔。
我欲诛风伯，因之起鲁阳。
挥戈回暖日，再睹六龙骧。

丰泽园歌为袁世凯作　并序

袁世凯任中华民国总统，以清丰泽园为总统府，署其门曰“新华”。国史馆长王闿运过之，佯为不识曰：“此新莽门耶?”盖讥其有异志也。未几，杨度、刘师培等六人立筹安会，刊发《君宪救国论》《君政复古论》，海内上书劝进者蜂起，世凯居之不疑。议封副总统黎元洪为武毅亲王，以女嫁清逊帝溥仪，收为子婿。重新保和殿，择日登极。安徽督军倪嗣冲先期献龙袍，以尺寸不合发还。倪大恚，移赠名伶刘鸿升。鸿升一日演《斩黄袍》一剧，所斩者即此袍，识者以此知其不终。湘人贺振雄首发难，飞书总检厅，请检举总统叛国，梁启超亦著论掊击帝制。将军府将军蔡锷，潜走云南，起护国军讨之，西南各省多响应。四川督军陈宧，世凯倚为心腹，至是亦通电宣布独立。世凯知大势已去，中夜仰药自杀。时陕西督军陈树藩、湖南督军汤芗铭，同反帝制，故时人语云：“杀世凯者，二陈汤也。”世凯既死，陈尸怀仁堂，仓促不得棺。府中旧藏东陵老木，美材也。有老卫士曾习为匠，就木凿一棺殓之。漆纻粗疏，尸腐，流液四出，腥闻于外，吊客为之掩鼻。国务参事沈钵叟襄理丧事，所见如此，为余道之，亦可骇也。世凯仕清，夤缘①荣禄，谄事庆王，谮②德宗于慈禧太后幽之瀛台。慈禧晏驾，失势，放归田里。值辛亥革命再起，帅北洋军阀抗革命，又藉革命以倾清社，攫总统位。为总统三年而觊为帝，僭③帝凡八十三日而身败名裂，为天下笑。余重过燕京，登琼华岛，临丰泽园，望其所居，而作此歌。

昔日公路④之子孙，不爱总统希至尊。
六人巧立筹安会，一老戏呼“新莽门”。
丰泽园中郁佳气，及时药物能为帝。
储二移封异姓王⑤，旧君⑥翻作乘龙婿。
金鳌玉烺⑦变陈桥，诸将承恩意气骄。
補衮无功贻笑柄，刘伶先唱“斩黄袍”。
义不帝秦矜爪觜，书生起作鲁连子。
护国滇南举义旗，西南半壁皆风靡。

---

① 夤(yín)缘：攀援上升(拉拢关系，向上巴结)。
② 谮(zèn)：说坏话诬陷别人。
③ 僭(jiàn)：超越本分，僭越。
④ 公路：袁术，字公路。
⑤ (黎元洪任副总统，其秘书长饶汉祥为通电文有“元洪备位储二”之语，览者笑之。)
⑥ 旧君：溥仪。
⑦ 金鳌玉蝀：桥名。

绕室彷徨夜未央，送终一剂“二陈汤”。
怀玺未登保和殿，陈尸已在怀仁堂。
当时幽禁先皇处，今日为君歌《薤露》①。
挥斧还劳帐下儿，盖棺权借东陵树。
草草弥天戢②一棺，岂同漆纻锢南山。
桓温③遗臭非虚语，董卓④燃脐一例看。
化家为国由儿辈，何意人亡家亦败。
皇子流离化乞儿，诸姬织履人间卖。
重向修门蹑屩⑤来，我登琼岛望渐台。⑥
园中池馆长如旧，鹭尾猴头安在哉⑦？
一代奸雄存秽史，八旬⑧天子等优俳⑨。
园鸟犹呼奈何帝，日暮啾啾空自哀。

---

① 《薤(xiè)露》：汉乐府，是当时出殡时所唱的挽歌。

② 戢：汲敛，收藏。

③ 桓温(312—373)：字元子，一作符子，汉族，谯国龙亢(今安徽省怀远县龙亢镇)人。东晋杰出的军事家、权臣，谯国桓氏代表人物，有名言：“大丈夫不能流芳百世，亦当遗臭万年。”

④ 董卓(？—192)：字仲颖，陇西临洮(今甘肃省岷县)人。东汉末年少帝、献帝时权臣，凉州军阀。吕布斩董卓，弃尸于市。守尸的官吏用芯子点上火放在董卓肚脐眼里，一直燃烧到天亮。后以“然脐”喻奸佞的可悲下场。

⑤ 屩(juē)：草鞋。

⑥ 渐台：怀仁堂。

⑦ (世凯喜戎装，以鹭尾饰帽。章太炎戏改杜诗嘲之：“云移鹭尾看军帽，日绕猴头识君颜。”)

⑧ 八旬：八十天。

⑨ 俳(pái)：古代指杂戏、滑稽戏，也指演这种戏的人。

晚食斋诗稿

（1961—1962）

忆峨眉

忆昔我上峨眉山，直从地底通天关。
下山九十九倒拐，上山八十有四盘。
钻天怖鸽出鸟道，修蛇倒退缘岩峦。
游人高步乔木杪，山鬼出没藤萝间。
援藟眷谷俯千仞，其下但睹云漫漫。
登危造极至金顶，天风吹落头上冠。
下方炎曦烁金石，山头懔慄愁天寒。
空无依傍对寥廓，举目四顾天壤宽。
从知大块厌平衍，坤倪突起侵乾端。
群山西来气磅礴，千崖拔地争嶙屼。
苍苍莽莽望不尽，放眼直到西南蛮。
王母戴胜来姗姗，侍儿皆佩白玉环。
化为雪峰望中国，瑶池盼断周王还。
东方云海又奇绝，摇烟曳雾翻波澜。
光明崖上看日出，天开一朵红牡丹。
海中云气幻仙岛，岛树烂若珊瑚珊。
虚空忽现大圆镜，缘以五色光檀栾。
镜中有人说是佛，舍身往往惊愚顽。

夜来神灯遍山谷，点点飞集菩萨坛。
以手攫之亦易得，到手一片霜叶干。
此间百怪安可悉，谪仙所语非欺谩。
山川云物日千变，应悲造化无时闲。
归来下历九老洞，洪椿坪上稍盘桓。
双崖合沓涧道窄，一线上透天容悭。
清音阁下漱飞流，牛心石上转弹丸。
奇踪异迹若覙缕，只恐竹罄南山殚。
平生结习爱山水，蜀中胜处经游观。
他山倘比侯伯国，此山殆是天可汗。
大峨寺中老松树，横披千亩何槃槃。
它年容我专一壑，还来树下趺蒲团。
松根茯苓得饱吃，老死不见医眉斑。

忆峨眉金顶十绝句

（一）

电绕雷惊入翠微，九天咳唾落珠玑。
千山鳞甲森然动，知是苍龙行雨归。

（二）

一峰突起万峰环，端正先看瓦屋山。
海上方壶争比得，玉皇香案落人间。

（三）

寺门日日向西开，九折三危入眼来。
遥见天公张玉戏，欲呼王母下瑶台。

（四）

选取峨眉作道场，普贤圣迹遍诸方。
君看云岭横天外，犹似当年白象王。

（五）

光明崖上看跳丸，云海光摇火一团。
怪底苍天长不死，腹中原有紫金丹。

（六）

日气烘云化彩虹，游人影落佛光中。
痴儿说是如来相，却看须眉与我同。

（七）

日日山灵变化能，朝为光相暮神灯。
书空怪事知多少，都在峨眉最上层。

（八）

幽人不怕衣裳冷，长向庵中卧白云。

门外悬崖无客过，相逢独有云中君。

（九）

思君不见奈君何，怊怅诗人去国多。
月落羌江随李白，山流雪水饮东坡。

（十）

老爱名山是一痴，闲中时复忆峨眉。
连篇更写风云状，语不惊人亦自奇。

怀嘉州山水二绝

（一）

凌云高处起双林，大佛如山阅古今。
明月湖开大圆镜，青衣江送海潮音。

（二）

嘉州城东天下无，琉璃万顷鉴平铺。
江心一点乌尤寺，便是仙人碧玉壶。

石　犀

大物捍江堤，依然见石犀。

李冰留石刻，杜甫入诗题。
风雨残双角，泥沙没四蹄。
不堪怀织女，回首望河西。

崇丽阁

高阁临江渚，危梯上碧虚。
昔穷千里目，今锁一双鱼。
贵客凭雕栏，行人望绮疏。
昨宵瑰顶碎，鲁莽笑雷车①。

淡巴菰②

一日何堪失此君，老夫供养要烟云。
层层心共芭蕉卷，缕缕烟随水麝焚。
不觉灰飞成小劫，有时神助起高文。
火传薪尽多风味，隐几无人独自熏。

① （时阁顶为雷火所毁。）
② 淡巴菰：香烟。清代俞正燮《癸巳存稿》："烟草出于吕宋，其地名曰淡巴菰，明时由闽海达中国。"

过武侯祠与骆翁茗饮作

太学庸书日日忙，城南今始得徜徉。
二千尺有祠堂柏，八百株空相府桑。
过客扪苔窥断碣，寒鸡上树唳残阳。
故人迟我阑干角，茗碗同倾活武乡。

移居铮楼[①]作

离离篙眼著蜂窠，各各鹪鹩占一柯。
我辈本宜高束阁，后来甘让积薪多[②]。
悬匏王粲[③]犹能赋，弹铗冯驩[④]且罢歌。
尚有空桑三宿感，可能心迹异头陀[⑤]。

铮楼杂诗

（一）

蜀雍起高楼，缥缈百尺余。

① 铮楼：四川大学教师宿舍。
② （楼凡三层，余居第二层，第三层者尚未来。）
③ 悬匏王粲：王粲《登楼赋》“惧匏瓜之徒悬”。
④ 《战国策·齐策》：“冯驩客孟尝君，三弹其铗而歌之，要求改善待遇。”
⑤ （楼去旧居培根路宿舍至近，时望见之。）

红砖砌墙壁，绿玻嵌窗疏。
愧我非仙人，今兹亦楼居。
开轩临旷野，俯仰良自如。
笑彼焦孝然，徒接瓜牛庐。

（二）

楼前饶隙地，居人争种菜。
纷纷树篱栅，各各理疆界。
平生落人后，占土独湫隘。
小女栽芋魁，日夜望其大。
芳根擢紫茎，嫩叶团青盖。
一母生九雏，小大皆可爱。
捣作玉糁羹，填我口腹债。
一饱信可期，引水勤灌溉。

（三）

前身倘蝴蝶，好作花间游。
新居岂不好，无花令人愁。
昨者得佳菊，来自西海头。
移根才几时，苔发颖已抽。
方期满眼花，散我心中忧。
如何锄之去，不使须臾留。
艰难值荒岁，寸土望有收。

种菜可疗饥，种花饱人不。
且看菜甲长，胜对花枝稠。

（四）

觙公居止处，去我无百步。
慈祥屋上乌，葱蔚门前树。
公今在史馆，早辞蜀雍去。
白首老门生，犹寻旧时路。
邂逅岂无人，赏心曾不遇。
临风默怊怅，倚仗立日暮。

（五）

清晨启南窗，风伯闯我室。
狂翻架上书，吹倒筒内笔。
瓶花忽堕地，流水复四溢。
触处成危机，东救西已失。
捕风诚独难，防风要有术。
疾起闭窗扉，拨乱返宁谧。

（六）

平生颇好诗，而不善饮酒。
所以诗不佳，持此谢林叟①。

① （林山公曾怪余能诗而不能饮，复之曰：“诗之不佳正坐此耳。”）

行年届七十，杯酒颇在手。
近得五粮液，甘冽真可口。
一酌每陶然，万事置脑后。
醉后发狂言，未识惊人否。
不敢问苍天，聊复搔白首。

（七）

徙倚高楼上，忽然窥西山。
矫若苍精龙，飞度白云间。
千峰戴寒雪，掩映秋阳殷。
谁琢白玉簪，乱插烟中鬟。
此秘不长睹，绝景天所悭。
来朝复西望，唯见云漫漫。

（八）

晴窗理残书，断烂失章句。
我未注虫鱼，反被虫鱼蛀。
故纸何足馈，堕甑宁复顾。
从伊化蝴蝶，散乱随风去。
老妻独爱惜，谓可薪炭助。
取爇[1]蜂窝煤，一饱慰穷措。

① 爇（ruò）：烧。

（九）

上楼复下楼，两脚行不休。
短梯十二级，步步使我愁。
前年腰脚健，尚入名山游。
飞登老霄顶，蹴踏峨眉丘。
同行诧此翁，捷疾如猕猴。
今者跬步间，喘息类吴牛。
吾衰遽如许，太息作此讴。

自 笑

自笑长安索米忙，书生说食入膏肓。
庾郎鲑菜①犹难得，宋嫂鱼羹②可要尝。
鹤膝蜂腰如我瘦，虎头燕颔看人强。
他时叔夜逢王烈，试叩仙家煮石方③。

大慈寺

往从大勇法师受戒于此，忽忽三十年矣。今寺中唐时铜铸接引佛像不知何时毁去，偶经旧殿，感而赋此。

① 庾杲之(441—419)：字景行，新野人。家贫自业，食唯有韭菜。
② 宋嫂：宋高宗时人，善烹鱼。
③ 叔夜：嵇康。《晋书·嵇康传》：“康又遇王烈，共入山。烈尝得石髓如饴，即自服半，余半与康，皆凝为石。”

一诵牟尼泪满襟，不堪老眼对双林。
藏经捣作还魂纸，古佛销归跃冶金。
方外风幡原不动，世间陵谷苦相寻。
勇公再世还圆寂，弟子空惊白发侵①。

重过人外庐②

昔居人外庐，今为庐外人。
十年裹两脚，不踏西街尘。
昨过张仪楼，枉道趋城𬮱。
瞥然睹此屋，举步为逡巡。
犹记初买时，修葺颇艰辛。
花间启三径，佳气溢四邻。
市井苦嚣杂，吾庐独清新。
养老营菟裘，斯志庶可申。
岂期人事改，所过多邅③屯。
仓皇适东郊，流转清江滨。
濒行怪旧犬，随我升车轮。
挥手叱之去，主人信不仁。
力难庇一畜，伤哉知我贫。

---

① （勇师转世为呼图克图，又于数年前怛化。）
② 人外庐：四川成都西二道街43号曾缄公馆。
③ 邅（zhān）：难行不进貌。

今来犬何往，门峙双石狻。
见我尚努目，情意如相亲。
欲前抚摸之，惧遭阍者①嗔。
去去不复顾，长叹归东津。

寿晋三首

辛丑②四月七日寿晋七十，张倩锡崑随令华③长女携两外孙来小饮铮楼，旋过江楼茗话。是日，得儿子令森自北京来禀，请订期为西湖之游，作三首。

（一）

又见新红吐石榴，一杯自寿倚高楼。
二三豪俊为时出，七十老翁何所求。
浮世尽多沧海变，平身懒作杞人忧。
镜中应讶龙钟叟，看到河清未白头④。

（二）

冰清玉润得同论，失喜张郎叩我门。
略治盘餐酬至戚，愧无梨栗馈诸孙。
携筇野径经行熟，斗茗江楼笑语温。

① 阍者：守门人。
② 辛丑：1961 年。
③ 张锡崑，曾缄先生女婿；曾令华，曾缄先生长女。
④ （时余发尚少白者。）

天与衰翁行乐地，移家步步近名园。

（三）

颇念吾家小佛奴[1]，前年迎我入燕都。
新来北雁传消息，要使西湖识老夫。
便拟庐山寻五老，更从湘水访三闾。
乃翁济胜身犹健，到处登临不用扶。

题自藏歙石砚

歙州片石亦惊人，异彩奇章满翠珉。
浑似岱宗观日出，溶溶大海涌曦轮。

上海某学院遣人来录音，为高咏杜诗苏词各一首

袁宏高咏气纵横，莫当何戡唱渭城。
正使绕梁音不绝，何人肯听读书声。

天　变

天变真难测，民生益可哀。

---

① （森儿小名。）

地浇连日雨，人殉破山雷①。
玉烛何时正，阴霾早晚开。
平生饥溺意，绕室独徘徊。

大　水

大水出高原，东来万马奔。
朝波鸣玉垒，夕浪舞夔门。
窃恐江源竭，深愁地轴翻。
不知千里岸，汛滥几家存。

闻蛙声作

一片官池鼓吹声，夜深听此忽心惊。
而今食到蛤蟆肉，语汝人前莫浪鸣。

游新都桂湖

白露前四日，游新都桂湖。时荷花已谢，桂蕊未开。观杨升庵纪念馆后，绕湖一匝而返。

荷叶田田桂树稠，此中宜夏复宜秋。

① （时有人被雷震死。）

更无人处湖逾碧，不是花时我独游。
故国依然见乔木，蜀人终古爱家丘，
怜君远有滇南谪，恰似东坡在惠州。

宝光寺

出城咫尺是精蓝，劫后阇梨见两三。
老木尚能敦礼让①，虚堂久已罢参禅。
应真巧变无穷相，舍利深藏不动龛。
自叹尘劳何日了，欲将消息叩瞿昙。

双砚行

旧藏高江村端石砚，黑如髹漆，中有白虹贯之。江村于砚背作铭，书刻俱精。顷又得随园青花鱼脑砚，遂成双璧。平生所见端州石，无出二砚右者，作双砚行以宠之。

白如凝脂黑点漆，玄云叆叇玉虹出。
石中有此英妙质，江村镵铭表温栗②。
一条瀑布风中斜，喷玉跳珠如乱麻。
点点鱼脑生青花，随园老人锥画沙③。

---

① （寺中有交让木。）
② （江村铭有“温润而栗”之语。）
③ （砚背刻随园老人像，自篆“见我图”三字）

我生不逮高与袁，乃从片石通渊源。
两家遗砚聚我室，上有二子摩挲之手痕。
随园自作见我图，石上疑有精魂存。
我夙重此老，对之肃然起敬不敢扪。
端溪石好生虚白，不是寻常马肝赤。
玉堂新样在人间，前辈风流已陈迹。
中书君已不中书，文房四宝今何如。
可怜双砚无人识，留向萧斋伴老夫。

题江梵众画《三山雅集》图

往在雅安，刘湄村、程木雁二君与余唱和。刘好王半山，程好陈后山，余雅重眉山苏长公，因目唱和诗曰《三山雅集》，梵众为作图。今程去武昌十年不见，刘君虽在成都而余僻居郊外，亦鲜良觌。暇日偶玩此图，意有怅触，慨然赋之。

刘得半山谁得全，程在后山谁在前？
我向苏家乞山色，可怜眉样空娟娟。
江郎自倚丹青好，收拾三山归画稿。
二子可方王与陈，而余实愧东坡老。
昔年青眼对高歌，今日分飞别恨多。
寄语芙蓉城内客，三山事息奈情何。

阮　籍

穷途狂阮籍，广武叹英雄。
既笑重瞳子，亦轻隆准公。
悠游竹林下，放浪酒杯中。
世主张罗密，冥冥奈此鸿。

戏缀一绝

湘绮楼说诗言："看唐诗'蛾眉''鹤发'云云，不觉有感。女宠而论年，不知宠嬖者也。唐玄之于杨妃，庶几非好少者……"持论甚奇，殆为房妪、周妈而发耶，戏缀一绝。

鹤发蛾眉岂漫云，周妈婉娈有芳芬。
多情谁似王湘绮，不爱朝云爱暮云。

复木雁一绝

木雁翁居武昌珞珈山下，顷寄自挽诗，有归葬湖南之语，复以一绝。

平生最爱黄鹤楼，死去便埋鹦鹉洲。
寄语珞珈山下客，莫思云梦泽南州。

题随园“见我图”砚背

一片端溪石，照人霜雪寒。
砚花常不落，元气几时澂。
妙质矜鱼脑，粗才陋马肝。
随园留我相，应作影堂看。

寄哀向觙公

重阳后二日，送向觙公遗榇殡磨盘山，记哀二首。

（一）

夜半文星堕九霄，一抔新起傍岧峣。
山川对我犹能语①，松柏知公是后凋②。
下马荒陵初拜董，只鸡斗酒敢忘桥。
丹山年少今头白③，怊怅临风赋大招。

（二）

绝笔匆匆感获麟，因公时复忆蕲春④。
抛残岘首碑前泪，哭到山阳笛里人。

---

① （往曾相地过此爱其形神。）
② （公卒时年八十有四。）
③ （余从公学于丹山中学，在诸生中年最少。）
④ （黄季刚先生昔于重九后一日归道山。）

泉路应惊霜鬓冷，殡车仍插菊花新。
从今怕遇重阳日，怀旧登高倍怆神。

为廖翁题黄宾虹《蜀游山水》画册　次舨翁韵

我闻画师善画山，水图有如张颠□[①]。
以头濡墨作草书，看似险怪实丽都。
此事要有真功夫，蜀中无地不可庐。
西至岷峨东夔巫，江山清空绝垢污。
居人何用担石储，但餐秀色饱有余。
石中蕴玉川藏珠，期君不至胡为乎。
黄痴鼓枻辞小姑，溯江西上随樯乌。
绝叫蜀山天下无，不惜大笔为染濡。
别开生面成规模，廖翁得此夸吾徒。
题画独绝向子居[②]，此老作诗如捕鱼。
举网便得四腮鲈，老我不复游江湖。
日日闭门独造车，此诗和向聊一抒，
时则辛丑[③]十月初。

① □：此处缺一字。
② （舨公，一号子居。）
③ 辛丑：1961 年。

江楼即景

老夫游兴忽然赊，来倚江楼对晚霞。
三径尽栽君子竹，一瓯新试女儿茶。
鱼龙避客潜深渚，鸥鹭窥人立浅沙。
居近东郊幽绝处，故应容与送年华。

齿　落

东方臣朔齿编贝①，南郭子綦心死灰②。
编贝偶然摇落去，死灰终可复燃来。
看人咀嚼甘鸡肋，与我周旋定酒杯。
日饮亡何真好计，尚思沉醉万千回③。

登薛涛吟诗楼作

吟诗楼上几斜阳，洪度声名入荐章。
不分唐家天禄阁，女儿作得校书郎。

① 东方朔自称："齿如编贝。"见《汉书·东方朔传》。
② 南郭子綦形如槁木，心如死灰。见《庄子·齐物论》。
③（余若寿期颐尚有万余日。）

沧趣楼感事

偶读《沧趣楼感春四律》，爱其得风人之旨，次韵和之。（壬寅）①

（一）

蜂狂蝶乱此何时，浪说秋悲春更悲。
税到杨花怜李主，梦还残锦误丘迟。
杜鹃啼血情难尽，百舌无声事可知。
烂煞樵柯人事改，痴儿袖手尚观棋。

（二）

却足迷阳咏楚狂，可堪鶗鴂妒年芳。
乱红飞过秋千索，蔓草丛生蹴踘场。
金谷名姬方委地，桃园词客尚流觞。
天公错掌花权柄，不信人间有断肠。

（三）

转眼繁华一扫空，飘茵坠溷怨东风。
残枝岂有栖香蝶，破网犹粘采蜜虫。
点点芳心容易碎，绵绵长恨几时终。

① 壬寅：1962年。

等闲看尽花开落，世上谁为不倒翁。

（四）

借问东君可小留，垂杨不语但摇头。
本来花信皆前定，未必春风得自由。
有客悲歌千里草，何人更上一层楼。
绿荫明日池塘遍，赤尾鱼劳独未休。

就　食

就食先鸦起，传餐逐雁行。
一身行踽踽，双目视茫茫。
刻意求馇粥，无心得乳浆。
我生怜此事，不是为人忙。

楼　居

未减元龙气，高居百尺楼。
开轩延日月，卷幔对林丘。
小饮无妨醉，高吟且自酬。
此间知可乐，真拟白吾头。

春　旱

积岁逢荒旱，经春雨未闻。
地将灰作色，天以火为云。
官粟从谁赊，邻蔬偶见分。
艰难供一饱，搔首对斜曛。

为人题画菊

连年人世有天灾，秋菊虽佳莫浪栽。
留取东篱种蔬菜，此花移入画中开。

上巳与竹扉老人禊游青羊花市

修禊重三日，论交五十秋。
最青知己眼，难白故人头①。
有分供茶具，无心上酒楼。
与君成二老，袖手看云浮。

① （竹扉年垂八十，余已七十而发俱未白。）

读书有感二首

（一）

察看渊鱼固不祥，老夫七十未全盲。
年来尚倚湘东目，贪看徐妃半面妆。

（二）

天然清水出芙蓉，富艳难追谢客踪。
笑煞痴儿钻故纸，文心雕尽不成龙。

次韵石帚

石帚寄示梦休山公之作，并谋醵饮，次韵和之。

（一）

可是天公果忌才，老成凋谢不胜哀。
林逋玉树先埋土，向秀茶毗亦化灰。①
斗酒只难滋腹痛，青林黑塞盼魂来。
故人入梦明相忆，胜欲缄诗报夜台。

① （般公火化。）

（二）

锦水相逢两少年①，镜中今日各华颠。
江西鲁直粗成派，阳羡东坡错买田。
我已诵诗侔瞽史，君方老学绝韦编。
曲生风味期同醉，先酌泸阳次左绵②。

七十生日自嘲

盲人瞎马几时收，漏尽钟鸣走未休。
往事全非同堕甑，此身虽在立悬疣。
启期何幸歌三乐，平子无心咏四愁。
讲舍横经吾倦矣，唯寻洪度过江楼。

武侯祠

为酬三顾出隆中，定策先收鼎足功。
到死尚能奔仲达，平生独肯拜庞公。
出师表著叮咛语③，诫子书敦淡泊风。
今日登堂拜遗像，南阳依旧布衣同。

① （余与石帚相见成都时，皆年少。）
② （石帚云，今酒以泸州大曲为上，绵竹次之。）
③ （陈寿谓续文彩不艳而过于叮咛周至。）

野　老

闲时扶杖过东津，野老相逢笑语亲。
亦拟杀鸡为一饭，可怜鸡更瘦于人。

雨后戏作

漫云造化属天公，今日天公似我穷。
雪雨风雷都买却，更无一物有清空。

頳楼诗稿

（1963—1964）

元日记事

元日灯市初，开江楼展览温室菊花十数盆。曾君一出游遇盗失手表。周菊吾拾一迷路童子，送还其家。余独赴城南吊张亲家之丧，张寿过九十，世俗谓之喜丧。此皆异事，记以一律。

元日游人婲队来，九衢转毂飏轻埃。
无心曾子逢胠箧，攘臂周郎拾坠孩。
西市又传灯火闹，东风先报菊花开。
老夫不作嬉春想，独过城南献吊回。

草堂梅开

立春后十日，与叶生贵溪过工部草堂。时梅花盛开，兰蕊并吐。

一

堂中天宝古衣冠，堂外花枝聚作团。
良玉生烟烘暖日，光风转蕙泛崇兰。
擘窠题榜名流在，素壁笼纱好句看。
与子嬉春情未了，海棠开后得凭栏。

二

野老田夫结四邻，少陵大好此栖身。
家家老瓦盆中酒，日日乌皮几上人。
门对江源思浩荡，诗开蜀体句清新①。
浣花百代风骚主，可要韦庄托后尘。

戏咏蜀产烟卷

蕉叶层层卷，犀心暗暗通。
灰飞千点白，火处一星红。
隐雾还疑豹，耕烟合是龙。
一竿长在手，我是钓鱼翁。

读《麻姑仙坛记》戏题

未获麻姑指爪搔，蔡经背上吃藤条。
此鞭具眼君知否，恰好从君痒处敲。

城西观灯作

二仙庵起水晶宫，八卦亭缀鳌山最奇。

① （公自谓拗律为吴体，余名其入蜀后所作拗绝为蜀体。）

烛天灯火遍西关，夜半游人恣往还。
庵合二仙开贝阙，亭分八卦起鳌山。
鱼龙曼衍香烟里，花木扶疏蜡照间。
失笑万头攒动处，此中容我鬓毛斑。

哭曾天宇

前岁赴北京访谢无量先生寓楼，时君与谢教于人民大学，因得相见，君正年逾八十。余出东坡画像，君有题句。后偕余过琉璃厂作竟日游，意殊拳拳。余返蜀后，曾通书问。顷，友人传云君已于去年冬归道山矣。闻之惘然，赋二首追哭之。

一

老作烟台客，长为太学师。
觥觥天下士，凛凛岁寒姿。
易箦知何日，开襟忆往时。
羡君年八十，飞步过琉璃。

二

传观坡老相，谈笑谢公楼。
往事都如梦，浮生且自休。
客魂招楚些，吾意重家丘。
俟到河清日，人间问白头。

观勾龙爽《尧民击壤图》卷子作

上有王晋卿收藏印，首尾分题“尧民击壤图”。勾龙爽妙笔十字压山，郓王小印盖徽宗潜邸中所书也。余拟以明贤画册易之，主人颇居奇，不卜能如愿否。

老夫好古希真赏，画中闻有勾龙爽。
无心觏此一卷图，使我神游三代上。
卷中人物貌奇古，眉类尧眉颡尧颡。
耕田凿井忘帝力，一饱自然空万想。
谁云老死不往来，春秋佳日会乡党。
狂歌醉舞谢拘束，厚地高天随俯仰。
瓦尊胜似金叵罗，土鼓强如玉方响。
君有玉女善投壶，何似尧民工击壤。
杨侯一见先叫绝，笑指白麻异渔网①。
果然绝技出勾龙，徒貌美人陋周昉。
此画昔归王晋卿，徽宗潜邸亲题榜。
两行飞动摹薛稷，少作风神偏散朗。
神物流传知有自，名工妙笔谁能仿。
按剑何人睨夜光，我与杨侯俱抚掌②。

① （啸谷辨其为白麻纸本）

② （时人不能辨徽宗少时字体，妄云与瘦金不类，一何可笑。）

平生措大穷彻骨，何处有银三百两[①]。
苦心欲以羊易牛，只为大来先小往。
寒斋得此意欣然，快甚麻姑搔背痒。
赤水玄珠信可求，此事尚须烦罔象。

桐花冻

蜀中三月转寒则桐子花开，蜀人名之曰桐花冻。

一

三月春寒重，唤作桐花冻。
但可冻桐花，莫冻桐花凤。

二

人说桐花冻始开，开时何不并寒梅。
若云开处须寒冷，何不移根月里栽。

三

春残却爱桐花好，开迟不怕桐花老。
忍冻年年伴此花，风流谁似桐花鸟。

---

① （此处无银三百两谚语也）

甲辰春日杂诗（十首）

上元后过草堂观梅

人日草堂花满枝，我来已过上元时。
如何杜牧寻春晚，也似穰侯见事迟。

青羊宫灯会

宝气珠光八卦台，今年灯会喜重开。
万人如海青羊观，大似飞蛾逐火来。

人民公园遇彭云生蒙文通①

辛夷花白菜花黄，春到公园草木香。
八角亭边逢二老，闲搔白发晒斜阳。

① 彭云生（1887—1966）：彭举，字云生，自号百衲小巢主或顽石子。
蒙文通（1894—1968）：原名尔达，字文通，四川省盐亭县人，历史学家。

友人置酒

徐益生永年父子①招饮江楼，易均室②、余兴公③、周菊吾④、宽林上人同在座。是日俗谓龙抬头也。

故人置酒会江楼，草圣诗豪杂比丘。
谁谓卧龙呼不起，泥蟠今日已抬头。

与诸公醵⑤饮成都餐厅

酒肉如山乐岁丰，座中历历尽饕⑥翁。
东坡说食夸芦菔，未必何曾一饱同。

过庞石帚⑦问病

病榻横陈画掩窗，寻花无意踏春江。

---

① 徐益生(1904—1988)：徐寿，字益生，号鸿冥，四川成都人。著名金石书画家和收藏鉴赏家。徐无闻之父。
徐无闻(1931年—1993年)：名永年，字嘉龄，三十后更字无闻，书法家、篆刻家和书法教育家。

② 易均室(1886—1969)：名忠箓，字均室。被誉为巴蜀20世纪学者书家代表人物。

③ 余兴公(1899—1983)：原名世泽，后异字中英，号兴公，晚岁亦号兴公老人。四川郫县人，著名书法家。

④ 周菊吾(1912—1968)：学者、篆刻家，20世纪40年代被誉为“西南第一”。

⑤ 醵(jù)：凑钱喝酒。

⑥ 饕(tāo)

⑦ 庞石帚(1895—1964)：四川著名文史学家。

颇闻好事多年少，床下时来拜老庞。

过曾宇康君治《春秋繁露》有声于时

三间矮屋等鸡楼，一亩荒原半菜畦。
能为春秋演繁露，群儿不敢贱家鸡。

过杨啸谷

拄杖闲过瑟瑟街，来寻杨老读书斋。
庭前手种花斑竹，出土新芽一寸才。

花市观王治平①为女郎剪影

曹霸丹青貌故人，王郎绘影更传真。
袖中一把并州剪，不剪吴淞剪洛神。

目疾中作

长老必陵伽婆蹉尝患眼痛，乞食渡恒河，弹指谓小婢："住，莫流。"水即两断，得过乞食。恒神到佛所白佛，佛令忏谢恒神。见《大智度论》。

夜深瞎马载盲人，忽忽悠悠托此身。
眼痛陵伽愁失路，错呼小婢忏河神。

① 王治平（1920—1992）：四川眉山人，毕业于四川大学中文系和川大文科研究所。诗学梅村，词宗稼轩，擅长于书画、剪纸，尤精雕塑艺术。

我写《布达拉宫辞》

曾 缄

1938年，我在西康曾作一首记事抒情诗《布达拉宫辞》，先后在《康藏月刊》及金陵大学《斯文》杂志上发表，其他日报也有转载的。后为朋友们先后手写过三通，每写一次，字句都有所修定，和过去发表的颇有出入。最近整理旧稿，又删改一次。此诗从初写到现在，经过三十余年始得勒为定稿。有同志要我把写作此诗的经过写出来，作为经验交流。诗本作得不好，经验更谈不上。

我过去研究西藏佛学，知道藏族人民拥有较高的文化。当抗日战争紧急，成都受到敌机空袭，有朋友约我去康定工作，我从危险地区走向比较安全的边疆，藉此可以探讨西陲的文献。

一到西康，我便有"陈诗观乐"的念头，访求藏族的优秀诗歌，不遗余力。不久，果然发现六世达赖仓央嘉措遗留下来的情歌六十余首，见它哀感顽艳，和中土诗人李义山、李后主比起来，似无愧色。我虽不通藏文，但从伪中央科学院余道泉零星译本中(余氏止译单字，未连缀成句)，可以窥见它的大意。于是我便以意逆志，把它译成七言绝句六十多首。公余之暇，独坐康定充家锅庄二层楼上反复玩味起来。从这些诗中，使我深切了解仓央嘉措是一个天生情种，他的性格和《红楼梦》中的贾宝玉差不多。除余氏译本外，我从康藏人民传说中，得到许多和仓央嘉措有关的故事。他身居法王的宝座，竟不顾一般清规戒律，大胆追求爱情生活，因此受到政治迫害，乃至牺牲了自己的生命，他这一段历史的确是可歌可泣的。我认为清王朝利用佛教统治西藏，立下不良的政教合一地方制度，藏族人民在政治和宗教双重压迫之下，过着非人的生活。而善良多情的天才诗人仓央嘉措，正是在这种制度下的牺牲品。于是我愤慨难平，立志要为他作一首记事抒情诗，尽管我的文学修养不够。

在获得这一珍贵的题材以后，我首先考虑用什么体裁最合适呢？这时白居易的《长恨歌》，元微之的《连昌宫词》，吴梅村的《圆圆曲》和《永和宫词》等，都在脑海里盘旋。假如我能像他们写得清新流利，抑扬顿挫，岂不甚好？因此就决定用这一类型的七言歌行来写。仓央嘉措的事迹多系属于他所居的布达拉宫，就把诗题定为“布达拉宫辞”，题面和《连昌宫词》《永和宫词》相像，也是仿古的。这是否一味摩拟古人呢？我想随着内容的不同，自然会不失自己的面目，不过这面目是可憎还是可爱，那就看作者如何施为而定。

在开始写作以前，曾经考虑诗中应该表现出这样一些特点：第一，《长恨歌》《圆圆曲》等描写的主人公多是女性；而此诗描写的对象是仓央嘉措，他是男性。第二，他们所写的是“在家人”，而此诗所写的则是“出家人”。第三，他们的故事属于汉族，而此诗则取材于藏族。所有这些特点都要表现出来，而且要表现得艺术，表现得美，是不容易的。

其次，刻画仓央嘉措这样特殊的历史人物，应该特别审慎。我先从他的情歌和他的故事中揣摩他的性格、风度，然后进一步通过他的言行来体会他的思想感情，有时作者俨然以他的化身自居，作为他的代言人。生怕一有不当，会刻画无盐，唐突西子①。

由于酝酿已久，到了开始写作，我的兴会甚为浓厚。首先写出：

拉萨高峙西极天，布拉宫内多金仙。

黄教一花开五叶，第六僧王最少年。

开头四句概括了拉萨、布达拉宫，及过去的五世达赖，贯注到六世达赖仓央嘉措身上。“金仙”是佛的别号，“一花开五叶”是禅宗的偈语，这里用来比喻黄教五世达赖，由此落到六世达赖，自然极了。由于起笔得势，我便不费力地历叙仓央嘉措生小入宫，直至登上达赖宝座，完成了第一个段落。下面碰着一道难关，要疾转直

① 刻画无盐，唐突西子：刻画，精细的描绘；无盐，传说中的古代丑女。唐突，冒犯；西子，西施。比喻为了突出丑的而贬低了美的。

下，着重描述住持正法的僧王追求爱情生活，而这件事是黄教戒律所不允许的，须要加以大力的斡旋。到这里，我搁笔凝思很久，然后写出：

天生结果自然成，佛说无情种不生。

只说出家堪悟道，谁知成佛更多情。

这四句看来平淡无奇，在我却是惨淡经营而出的。前两句引禅宗偈语“一花开五叶，结果自然成”及“有情来下种，无情种不生”，作为理论根据，把仓央嘉措的多情说得光明正大。以下铺叙仓央嘉措逐渐和女子接触，始而：

偶逢天上散花人，有时邀入维摩屋。

进而：

僧院木鱼常比目，佛国莲花多并头。

这样加以渲染，使情文益臻浓至。然后说到他微行拉萨市中，与当垆女郎会合：

此际小姑方独处，何来公子甚豪华。

留髡一石莫辞醉，长夜欲阑星斗斜。

“留髡”用《战国策》淳于髡的故事，“髡”字暗切他是和尚，可谓巧合。“长夜”句中含许多事情，也说得含蓄。下面：

银河相望无多路，从今便许双星度。

浪作寻常侠少看，岂知身受君王顾。

写当垆女郎眼中的仓央嘉措，只当他是公子哥儿，而不知他是当今的达赖。

柳梢月上订佳期，去时破晓来昏暮。

今日黄衣殿上人，昨宵有梦花间住。

又写宫中僧众眼中的仓央嘉措，只知道他是殿上尊严的法王，而不晓得前夕他曾经做过风流公子。这样，前后穿插错综，把仓央嘉措的形象刻画出来，颇有“照花前后镜，花面交相映”（温飞卿词句）的神理。“浪作”“岂知”“今日”“昨宵”等词也用得比较灵活生动。这一段叙述仓央嘉措追求爱情生活，故事是香艳的，故措辞亦比较香艳。这样做，难免遭受道学先生的咒骂。

接着写仓央嘉措的秘密被人发觉，拉藏汗出奏清王朝，废除了他的达赖尊位。但是他的愿望是：

由来尊位等轻尘，懒坐莲台转法轮。

还我本来真面目，依然天下有情人。

写出他轻视名位，重视爱情，大有决破藩篱，昂首天外的气概。尤其后两句，不是性情中人决道不出，虽是作者代他立言，不啻若自其口出。我写到此时，感情也十分激动！仓央嘉措的恋爱虽然遭到破坏，可是他崇高的生活理想更加坚定了。我以为这样写，才能进一步刻画他的性格，充分表现他的反抗精神。随着写到他被政治迫害，结束了一生：

本期活佛能长活，争遣能仁遇不仁！

十载风流悲教主，一生恩怨误权臣。

在这里我有意地下了斩钉截铁的断语，指明这一历史悲剧的造成，应该由藏中的乱臣贼子负责，从而揭露了上层统治的黑暗，语气极为沉痛。仓央嘉措的故事，到此已经写毕了，以下照例应该荡出一片余波。于是我又写道：

剩有情歌六十章，可怜字字吐光芒。

写来旧日兜绵手，断尽拉萨士女肠。

国内伤心思故主，宫中何意立新王。

求君别自熏丹穴，觅佛居然在理塘。

写他所作的情歌，深入人心。人民怀念他，直到求得他转世的后身而后已。随即引伸到迎立七世达赖的盛况：

俱道法王自有真，今时达赖当年佛。

人们确认他是仓央嘉措再来，并且回护他说：

罗什吞针岂诲淫，阿难戒体终无碍。

当时僧众中传说仓央嘉措接近女子，是出于“游戏神通”，并非淫乱。这种传说虽然近于荒诞，但从这里反映出人民对他的信任，所以作此两句，也就有必要了。我本意作余波的描写，结果演出一段仓央嘉措身后的许多事来。最后写出：

只今有客过拉萨，宫殿曾瞻布达拉。

遗像百年犹挂壁，像前拜倒拉萨娃。

买丝不绣阿底霞，有酒不酹宗喀巴。

愿将世界花千万，供养情天一喇嘛。

这才是真正的余波。为了突出诗中的主人公，竟将阿底霞和宗喀巴两位佛教祖师作为陪衬，作者歌颂仓央嘉措，可谓至矣尽矣。

我写这首长诗只费了两个夜晚，便完成初稿，这是文思迟钝的我所意料不及的。但是有些字句，一时未能安置妥贴，往往经过多年推敲而后改定。例如“庄严色相真无比”，“真”字原作“娇”字，本用李商隐《娇儿》诗：“襄师我娇儿”的诗意，男子亦可称“娇”。后来想到“娇”字与上文“庄严”两字不调和，又改为“英”字。然而“英”字放在这句里，总觉显得生硬，又想再改。经过三年，竟找不出一个适当的字来。《文心雕龙》说：“富述千篇，贫于一字”，我深深领略到它这两句的斤两。因此随时请教我的朋友，经过许久，老友宁乡程穆庵先生告诉我，可改为“真”字，“真”字放在这里意度浑成，比“娇”“英”等字高明得多。程先生真是我的“一字师”。又如“本期活佛能长活，争遣能仁遇不仁”两句，原作“生时凤举雪山下，死后龙归清海滨”，除堆砌“龙归”“凤举”一些字眼，涂抹过去，既嫌空泛，也显得直拙。这里衔接上文写仓央嘉措由生到死一件大事，不应含糊，我屡加修改，终不如意，直到现在才改成今句，当然还嫌不够，但比原句婉转一些，也细致一些。先后修改的字句并不止此，举此两例，可概其余。作诗数十年，求做到一个“稳”字，尚不可得，深自惭愧!

我写作用语，力求明白浅显。钟嵘《诗品》反对“使事”，主张“直寻”。“使事”就是用典，“直寻”就是白描。作诗用典容易，白描最难，我是喜欢白描，少用典故的。为了突出诗中主人公的“活佛”身份，免不了要乞助佛典。如前所举“一花五叶”“罗什吞针”……一类典故，大都是人所易知的。唯“浮屠恩爱生三宿，肯向寒崖倚枯木”上句用佛典“浮屠不三宿桑下，恐久生恩爱。”此亦易明；下句出《传灯录偈语》“枯木依寒崖，三冬无暖气。”言出家人见女色毫不动心，如寒崖枯木一样。这个典故比较背僻，因为它切合当时情况，将就用了。至于琢辞炼句，选声配色，要做到看来顺眼，读来顺口，我也尽了一定的努力。

还有，我写作时，事先并未做谋篇布局的打算，只是如苏东坡所说：“行乎其所不得不行，而止乎所当止。”随着故事情节的发展，自然有波澜起伏，有时异峰突起，有时又藕断丝连，全篇用一气呵成，老实说，并没有明显的段落。前面谈到段落，只为便于说明经过而已。这是一首古典式的歌行，写作方法当然是旧的，然而由于题材比较新鲜，因此写作中也运用了一些新的手法，有些是未经前人道过的。但是无论怎样刻意求新，有时不得不乞灵于古人。例如“十载风流悲教主，一生恩怨误权臣”两句，完全由《圆圆曲》“全家白骨成灰土，一代红妆照汗青”脱化而来，显然易见。又如新改的“本期活佛能长活，争遣能仁遇不仁”两句，自以为颇具巧思，后来想这种句法似经前人道过，最近重读王湘绮《圆明园辞》，见“即今佛海冤若海，谁信神州尚有神”，始知我这两句仍然越不出他的句法。我认为前人有些写作手法是可以采取的。

我写《布达拉宫辞》初稿完成不久，害了一场大病，有人说我的诗近于谤佛，遭到神谴，当时我也毛骨悚然。由于结习太深，始终不肯放弃这首诗，最近加以改定。有朋友问我说："你不怕再害病吗?"我付之一笑。我想西藏人民的苦难，本是封建统治者利用宗教压迫他们的结果，这和佛家提倡慈善救世的宗旨是不符合的。仓央嘉措现身说法，打破传统束缚，自求解放，从冰天雪海中燃起爱情的火花，愿天下有情人皆成眷属，要说是佛，他才是一尊应运而生的真正活佛。我歌颂他，有何罪过呢？但这不是机械的佛学论者所能了解的。

我在诗序里说："故仓央嘉措者，佛教之罪人，诗坛之功臣，卫道者之所疾首，而言情者之所归命也。"

这几句话是我对仓央嘉措所作的结论，也可以视作《布达拉宫辞》的主题。知我罪我，在所不计。

以上是我写《布达拉宫辞》的一篇肤浅的自白，附录新改定的原诗并序于后，希望得到同志们的指正。

1962 年夏日记于川大铮楼

曾缄诗文集

康行集

康行集

曾缄 著
寸铁孙 整理

巴蜀书社

图书在版编目（CIP）数据

康行集/曾缄著．寸铁孙整理—成都：巴蜀书社，2021.6
ISBN 978-7-5531-0818-6
（曾缄诗文集）

Ⅰ.①康…　Ⅱ.①曾…　②寸…　Ⅲ.①诗集—中国—当代
Ⅳ.①I227

中国版本图书馆 CIP 数据核字（2017）第 113378 号

康　行　集
KANG XING JI　　　曾缄 著　寸铁孙 整理

责任编辑　童际鹏
出　　版　巴蜀书社
　　　　　成都市槐树街 2 号　邮编 610031
　　　　　总编室电话：（028）86259397
网　　址　www.bsbook.com
发　　行　巴蜀书社
　　　　　发行科电话：（028）86259422　86259423
经　　销　新华书店
照　　排　成都完美科技有限责任公司
印　　刷　成都蜀通印务有限责任公司
版　　次　2021 年 6 月第 1 版
印　　次　2021 年 6 月第 1 次印刷
成品尺寸　230mm×170mm
总 印 张　59.5（本册印张：18.5）
字　　数　900 千字
书　　号　ISBN 978-7-5531-0818-6
定　　价　198.00 元（全三册）

康行襍詩第二集

西征

亂世身如一葉輕，不成乘去復西征。看從杜宇聲中盡，
客夜殘升徼外行。照影荒江憐我瘦，多情雪嶺伺人明。
誰知遠道無相識，麋鹿前山即友生。

行色 和司馬池

蒼茫似夢復如秋，南去船頭北馬頭。可惜匆匆留不得，
看來一路是離愁。

野色 和范仲淹

蒼然自遠至，似欲上樓臺。濛濛雨初過，漾漾煙未開。亦知

目　录

牵牛花诗稿

凿空集

涉趣园漫录之诗

康行杂诗

（一）

（二）

（三）

红棠翠筱轩杂稿

雅安杂诗

骢马集

辛巳漫稿

临边集

听蝉宧吟草

牵牛花诗稿

（1927年）

七夕谣

序

夫儿女燕私，神仙遇合，天孙之嫁河鼓，浮丘之接王乔，固已记续齐谐，事归仙传。至若赤龙命驾，青鸟传书，槎犯牛女之宫，镜出洛阳之井，亦复增成故实，播为美谈。惟此佳辰，宜多雅制。穿针入简文之咏，乞巧陈柳州之文。子山骋羊灯兔月之谈，文恭抒凤历龙梭之句，罔不惊心时序，托想人天，上慨双星，下悲小己。昔人云："情之所钟，正在我辈。"岂不然乎？仆本恨人，生逢衰世，一官濩落，十载羁栖。三刀入梦，阿童驻节之州，七桥连星，桓温屯兵之所。相如则家徒四壁，君平则才余百钱。潦倒自伤，郁伊善感。尔乃临濯锦之江，便思星汉；访支机之石，如见天孙。抒幽愤于行间，寄闲愁于天上。因缘七夕，饰以新词，岂好事哉，非得已也。时则龙蛇起陆，虎豹当关。苍天已死，张角自为将军；白日莫追，鲁阳虚称壮士。豆相煎其何急，瓜再摘而愈稀。神州有陆沉之忧，斯民怀水深之惧。况复野多横议，朝无纪纲。岩岩白石，树党人之碑；悠悠黄河，鼓清流之祸。谓幽兰其不馥，酌狂泉以自甘。鸱鸮肆毁室之谋，鼠雀速无家之讼。于乎天倾地陷，礼坏乐崩，振古未闻，于今为烈。鸟乱于上兮，鱼乱于下；凶于而国者，害于而家。凡在有知，孰能无恸。昔怀襄不道，三闾尚有骚经；天宝乱离，少陵犹存诗史。矧仆身当巨变，口尚微辞。痒在背而须搔，鲠在喉其必吐者哉。是故略据传闻，聊加润色，将明兴坏之纪，不无臧否之辞。大抵事可系于丁年，辞皆托于此夕。合为若干首，名曰"七夕谣"云尔。丁卯①七月，曾缄自序于牵牛花馆。

---

① 丁卯：1927 年。

一

修到神仙可自由，一年今始会牵牛。
人间多少怀春女，只有天孙独爱秋。

二

女织男耕不计年，几时银汉变桑田。
仙家杼柚空如许，尚欠天公十万钱①。

三

只手凭谁挽倒澜，蒋山人说是龙盘。
支机一片寻常石，也作中流砥柱看②。

四

一派银河据上游，天将重镇付牵牛。
填桥尚赖群鸦力，那有楼船下益州③。

五

星落皇姑忽断肠，控弦十万忆辽阳。
怜君苦乞天孙巧，难乞苍天不死方④。

---

① （蜀中军阀，一年征数年田赋，犹以为未足。）
② （国民革命军北伐，蒋介石任总司令先入南京。）
③ （蜀中诸将声言北伐，实未出一兵。）
④ （东三省军阀张作霖，被日本人炸死于皇姑屯。）

六

横斧吴刚意气消，洛阳亲友罢招邀。
楼台尚许居三峡，饱看星河影动摇①。

七

海客乘槎犯斗来，天孙居处敢徘徊。
牛郎怒夺支机石，新向银河奏凯回②。

八

神光离合乍阴阳，仪态横陈有万方。
明日天孙成弃妇，牵牛新作薄情郎。

九

愁煞牵牛上将才，九天门户洞然开。
鹊桥得似千寻锁，莫放浮槎海上来③。

十

绝倒将军百战身，针神不拜拜钱神。
如何旧日袁家妇，化作陈王赋里人④。

---

①（北洋军阀吴佩孚，昔雄镇洛阳，失败后潜居夔府。）

②（革命军收回汉口英国租界，陈友仁主外交，语英人速撤离汉口："吾与若约，当于若临去之船尾签字。"）

③（时各国纷调兵舰来华。）

④（黔军将领袁祖铭，娶成都钱氏女，甚美，宠专房。祖铭在湖南被仇家暗杀，女竟他适。）

十一

冷冷清清李易安，西风帘卷不胜寒。
何人银汉传消息，却道天孙嫁郭翰①。

十二

慷慨登台讶彼姝，人前解脱绣罗襦。
坤倪轩豁从君看，一幅天孙秘戏图②。

十三

云锦为裳玉作軿，天孙未嫁惜娉婷。
问谁堪入东床选，生爱牵牛是将星③。

十四

侥幸周郎得小乔，泥他乌鹊与填桥。
佳人一顾倾人国，不管长门闭阿娇。④

十五

鸦舅填河不惮劳，爱河从此息波涛。

---

① （某贵妇或传其孀居中有外遇，致官府下令为之辟谣。）

② （某女士登台演说，自脱下衣揭阴户而言曰：“此中无他神秘，何为不可公开。”）

③ （一时女子多追求武装人物，名曰“皮带恋爱”。）

④ （蒋介石弃发妻，别与宋美龄结婚。）

蔡经背上原无痒，错被麻姑指爪搔①。

十六

乱世谁能获苟全，摸金校尉遍人间。
何人籍没君平产，卜肆些些仅百钱②。

十七

万里悲歌行路难，牵牛织女客中看。
天涯何处非凶宅，愁绝辽东管幼安③。

十八

吹笙子晋不升天，却逐琴高作水仙。
何故预人家国事，西山石在海难填④。

十九

一叶临风忽报秋，敢将畜类诋牵牛。

---

① （宋子文反对蒋宋婚事，谭延闿与子文善，蒋欲得延闿调停而难其非宋氏亲串。一日，宋母折柬招延闿饮宴，延闿至，见堂上张灯结彩，宋母高坐于上。蒋已先至，向宋母下拜。延闿以为宋母寿辰，亦下拜。宋母指延闿，命美龄曰："速扶汝之三哥起来。"延闿始知为蒋所卖，已被人收作干儿矣。后蒋宋结婚，子文无异言，延闿之力也。）

② （某君抄章太炎家，得财产不盈银元一千枚。）

③ （黄季刚先生辗转避难至北京，寓吴氏宅，丧其长子。缚笔梯升屋梁，大书"天下第一凶宅"于上，寻去沈阳就东北大学之聘。）

④ （王国维自投昆明湖溺死，或谓冯玉祥逼逊清宣统出乾清宫，国维愤而自沉。）

临刑自叹金人瑞，谈笑无心致杀头①。

二十

储二依稀记姓黎，君家籍隶法兰西。

临终尚获天钱赐，马骨千金价未低②。

二十一

曾入仙山采茯苓，篯铿何术致修龄。

白花屡插吴娘鬓，终古牵牛是寿星③。

二十二

一池秋水抱城斜，鼓吹新添两部蛙。

不似西京珍赝鼎，双头开出是真花④。

二十三

七夕争题绝妙词，高堂刻意冶新诗。

---

① （闻叶某为联嘲人，蒙杀身之祸。昔金圣叹临刑叹曰："杀人至痛之事也，而我以无意得之。"叶颇与相类。）

② （饶汉祥死，黎元洪赠银一千元，人议其薄。汉祥曾为元洪当选副总统通电云："元洪备位储二。"及自任湖北省长，通电云："汉法人也。"有名女作联嘲之云："黎元洪篡袁克定位，饶汉祥是法兰西人。"）

③ （开县李青云以采药为业，寿至二百三十余岁，先后凡娶妻十二。）

④ （少城公园荷池有并蒂莲开放。）

有人心折如椽笔，吟到天惊石破时①。

二十四

牵牛花绕读书斋，小住西城亦自佳。
咄咄书空多怪事，一时收拾入诗牌。

永光永明造像歌

丁卯冬十二月，龚熙台先生买得刘宋永光年白金造佛像二区，齐永明年鎏金佛像三区，以永光像见让，喜而作歌。

几山先生幽情多，家藏古物时摩挲。
搜奇访异日未已，恨少黄金铸佛陀。
岂知神物不可测，旷世难逢偶然得。
南齐三像尽鎏金，今者何为在君侧。
二像更出三像前，上镌刘宋永光年。
姚家十娘见题记，白金竟体光鲜妍。
六朝篆刻新风味，宋齐造像俱名贵。
公得永明吾永光，两家各拥金银气。
今古匆匆历废兴，眼中深谷变高陵。
我今不求二千石，但愿皈依佛法僧。

① （同乡郭季吾与家君及臧约，同为七夕谣。家君先成一绝云："一石支机下九天，成都奉尔若神仙。如何误堕君平肆，赚得人间卖卜钱。"季吾极佩其工。此诗意在讽蒋，后蒋曾一度下野。）

永光造像后歌

后十七日，熙台先生又获永光白金佛像一区。据铭文，是姚氏长姑为亡夫作。外有铜龛，重檐四阿，制作甚奇，刻有“工人匡盛敬造”六字。风雨中招余往观，嘱再为诗记之。因踵前作，故曰后歌。

几山又获永光像，语我更作永光歌。
以像催诗亦奇事，颇疑此像为诗魔。
去年除夕见神物，白坚未可轻淄磨。
森然屹立气象古，十娘纤手曾摩挲。
吁嗟是像已难得，后来居上乃有佗。
姚家造像殆非一，长姑所铸犹巍峨。
相轮护顶级圆满，宝华承足无偏颇。
金身历久尚完好，铭文细数卌字多。
彼姝婉娈所天夭，想见血泪双滂沱。
护持夫婿仰法力，超升佛国离娑婆。
匡盛作龛更奇绝，居然斗室容维摩。
金泥朱漆半摧落，但见重檐垂四阿。
寄奴子孙诩龙种，废帝御宇悲刹那①。
数区遗像在人世，何异荆棘埋铜驼。
世尊尘埃问谁惜，先生好古勤收罗。

① （永光是废帝年号。）

驰书招我共瞻仰，不辞风雨相经过。
善哉三藐三佛陀，大德远迈丘与轲。
即今斯像所在处，天龙八部来逶迤。
探骊得珠为公喜，抽毫濡墨为公哦。
诗成不敢事雕琢，语涉绮妄佛所诃。

熙台有诗见和叠韵答之

六十龙钟几山老，能为古文工诗歌。
不修边幅爱古董，喜时起舞如天魔。
清狂固属吾辈事，白圭之玷何须磨。
人生百年行乐耳，君看墓碣谁摩挲。
异端邪说世常有，杨朱为我墨利佗。
诗书今日付墙壁，沐猴高戴冠峨峨。
成都百事无一好，稍喜驰道平不颇。
刘季虽云善将将，淮阴正拥兵多多。
我欲东归乏舟楫，愁来但咏江有沱。
入春二月未解冻，犹劳送暖偎汤婆。
偶游花市谒李老，随人亦把神羊摩①。
自知落落少所合，公独好我私相阿。
西方有人重古物，辇金市宝来支那。

① （青羊宫有铜羊，人多手摩之。）

天山博士亦兴起，大似长人骑骆驼。[1]
敦煌谁破秘密藏，先生早获修多罗。
而今造像更骈集，收藏海内无能过。
本来清净即佛性，强分善恶嗤雄轲。
与公期证无上道，岂与世俗相逶迤。
吁嗟呼，岂与世俗相逶迤！公精赏鉴吾能哦。
从今保有数首长歌几区佛，
一任乡里小儿摇唇鼓舌相谯诃。

西城晚眺

徙倚高城日又低，望中烟草极萋迷。
天垂大野浑无外，山耸奇峰尽在西。
司马台荒亡绿绮，张仪楼废失丹梯。
长吟直到支机石，时听归鸦绕树啼。

丁卯重九前四日大雨作

丁卯重九前四日大雨，随大人同柴扉、丹隐以“满城风雨近重阳”为起句。

---

① （西人至中土买造像一区，价万金。同学黄某尝乘骆驼至新疆，时称天山博士。）

满城风雨近重阳，寂历空斋客思长。
三径好花开晚节，一林寒叶醉新霜。
云浮玉垒家何在，气壮金陵国尽狂①。
太息秋霖兼腹疾，登高奢愿恐难偿②。

① （时蒋介石、汪精卫皆下野，党人议立国民政府于南京也。）
② （时余病痢，诸君约以九月会于桂湖。）

附：录大人[1]作

满城风雨近重阳

满城风雨近重阳，秋气堪悲况异乡。
不定浮沉菰米黑，更无消息菊花黄。
催租吏去诗宜补，送酒人来兴倍长。
便拟桂湖同一醉，登高有句付萸囊。

和柴扉病起之作

结宅何须近翠微，市桥高卧亦忘机。
二分流水门前过，一曲西乌夜半飞。
梦醒十年愁杜牧，乱成五蠹愤韩非。
知君病起饶奇字，载酒时来叩小扉。

返春蕤堂喜而有作，驰寄牵牛花馆示缄儿

之一

他乡垂老客，喜见故乡天。

---

① 曾缄先生之父，曾繁祉，号梓轩，四川叙永马岭人，春蕤堂主，亦工诗。

家犬仍居守①，邻人已变迁。

呼朋重话旧，道我是游仙。

况乃萑符靖，安然得晏眠。

之二

别业傍支机，城西生事微。

老夫深自念，游子未同归。

天地分南北，兵戈有是非。

风尘满京洛，慎汝化缁衣。

别后寄丹隐遂宁

君官遂宁去，我向乐山来。

随喜乌尤寺，还登尔雅台。

故人得佳句，灵气绕离堆。

安置心中好，道归亦快哉②。

忆乌尤五绝寄丹隐

之一

昔游乌尤山，拟作乌尤记。

反复看乌尤，苦无下笔处。

① （离家七年，有犬经离乱坚守不去。守者言：此犬食人肉多矣，勇如虎，性极驯良。每至夜深饮之，指其睡处，或前门或后门，贴耳听命不敢违，其忠如此。）

② （君前有“心中安置一乌尤”之句。）

之二

不作乌尤记，试作乌尤诗。

将得乌尤去，乌尤知不知。

之三

乌尤复乌尤，尤物谁与俦。

问君心许大，容得此山头。

别后寄柴扉

君饯行时，以豆花饭食我，并赋诗催客，都人传为佳话。

谢子豆花饭，别离滋味长。

情深千尺水，客老七秋霜。

相望隔蓬岛，楚诗寄草堂。

为言旧桑梓，淳朴尚洪荒。

别后寄黄隼高居士

不见叔度久矣，千里相思，尺书未寄。效陈下里，敬叩维摩。

若辈求官切，而君为佛忙。

长空横北斗，游乐指西方。

华转三乘法，烟销一炷香。

苦心天不负，彼岸有津梁。

凿空集

（1931—1943年）

普堂集

（[illegible]）

蒙西草堂

李法曹有别业于雅安之苍屏山，余赁居之，为订名曰：蒙西草堂，李索诗，因赋。

一角苍屏落掌中，城南尺五近天空。
柴门正与狮峰对，花径兼能雉堞通。
终日面山怀伯禹，经年赁庑愧梁鸿。
知君散置无他事，乘兴时来访寓公。

湄公穆老见过

久住忘为客，长贫买得闲。
夕阳红处屋，春树绿中山。
花带金银气①，苔凝翡翠斑。
故人幽径熟，时复欵柴关。

月心亭附近林景幽绝记以小诗

山边一楼阁，山上几家村。
深树绿成巷，数峰青到门。
日长生夏意，花落褪春痕。

① （时山上金银花盛开。）

欲识此中趣，还同静者论。

香港陷落记事

一

昔日天骄子，西来碧眼儿。
岂知香水海，亦有变田时。
蜗角争何剧，鲛人泣大奇。
谁怜水犀手，弃甲尽于思。

二

纤手怜之子，奇肱掣得车。
升天从鸡犬，入月跨蟾蜍。
巧笑工倾国，娉婷稳步虚。
使星悲陷贼，愧尔鲁爰居。

天盗行（辛未）[①]

或侯窃国诛窃钩，宁为盗跖毋盗丘。
江都狂生颂狐父[②]，佳人作贼何须羞。
恶木之阴有王气，深山大泽生龙虬。
跃马横戈碉门下，杀人越货邛崃幽。

---

① 辛未：1931 年。

② （汪中有《狐父之盗颂》。）

此时西南夸互市，辎重累累道途至。
前车满载罂粟膏，后车满载不仁器。
一声号令出丛薄，百万珠金纷委地。
收拾人间不义财，健儿身手神乎技。
纷纷人事信难量，下自山林上庙堂。
魏武冥冥移汉鼎，戴渊赫赫踞胡床。
赤县神州一盗薮，社稷山河双贼赃。
贼去张弓堪绝倒，官军鞍马何煌煌。

飞仙关闻鹃声有感

关门不见古仙飞，但听啼鹃出翠微。
游子西征才半日，声声已劝不如归。

川康公路口号

汉使空矜凿空才，西陲天险为谁开。
五丁力尽金牛道，只引秦军入蜀来。

炉城牡丹

离离白石绕香台，惊见名花绝域开。

一体君臣惟芍药，两行侍从有玫瑰①。
欲随公主和番去，倘共瑶姬入楚来。
我恋娇红侵早起，宁辞露重立苍苔。

生日浴二道桥温泉

神通变化无不可，火里出水水出火。
雪山之麓有温泉，喷玉跳珠深没髁。
来朝大地六种动，未曾浴佛先浴我。
五十年前娘生面，今日解衣成一裸。
有人冰雪美肌肤，澡豆其如余黑颇。
独清时复歌沧浪，太瘦从人嘲饭颗。
吾家沂水最风流，吾道西行被蛮猓。
谓余不信指池亭，与点赫然筑道左②。

象鼻崖听阿望尊者讲经

一

吾师高坐说菩提，象鼻崖前日又西。
触目无常惊迅速，白波飞绕绿杨堤。

---

① （牡丹外，芍药玫瑰亦盛开。）
② （池上有亭，吾友著竹船题名曰：“与点”。）

二

千方三界碎成尘，一现昙花证此身。
补恃伽罗无有我，座中听法是何人。

雨后登紫耳坡

长风吹寒云，直上瓦斯沟。
始度椒子岗，继没关门楼。
丰隆既得志，雨师亦同谋。
煮天成白水，泻地翻黄流。
群山失嵯峨，孤城堕九幽。
三伏不知暑，五月犹披裘。
珥笔一微官，绝徼邻牦牛。
无功凿混沌，何术征蚩尤。
忽睹塞日出，失喜蛮烟收。
北登紫耳坂，四望消百忧。

将军桥观涨　吊谭创之

山城一夜雨潇潇，百仞蛮溪涨未消。
水势欲淹安觉寺，潮痕直上将军桥。
尊江恨不逢神禹，凿空还应忆汉朝。
我自临川慵叹逝，故人魂在却须招。

邛山高

民国二十九年①秋，风雨中过二郎山。次日晴明，西望雪山诸峰，作此篇。豪荡自恣，自谓似李青莲也。

四座切莫嚣，我歌邛山高。
二郎岧嶤插天起，峨眉瓦屋皆儿曹。
山下浮云翻海涛，山上树密如牛毛。
千崖无人豺虎嗥，栈石一线萦秋毫。
铁马蹄穿不得度，木人泪下应嚎啕。
我昔投荒走山谷，蹴踏险巇行荦确②。
长风吹我天上来，白云伴我山巅宿。
天鸡夜啼东方曙，雪峰历历堪指数。
瑶台明灭今有无，临风忽忆西王母。
千古两情人，周穆与汉武。
穆不重驰八骏来，武化汉陵一抔土。
青鸟衔书欲寄谁，黄竹歌终泪如雨。
山前便是天一涯，汉家昔事西南夷。
相如乘传向绝域，闺中文君伤别离。
人生行乐耳，须富贵何时？
徒为远行役，恻恻令心悲。

---

① 民国二十九年：1940 年。
② 荦确（luò què）：指怪石嶙峋貌或者坚硬貌。

邛山高，泸水急，行人过此头欲白。
人间何处不可留，辛勤乃作梯山客。

白熊歌

西南万山积雪中，金天降精生白熊。
全身直是一团雪，往来飘忽如旋风。
玉兔捣药踞月宫，八万四千毛孔皆玲珑。
下视凡兽尽浊物，此独与之颜色同。
君不见，市上弄熊多似狗，摇尾乞食俗人手。
安得英俊似此熊，一白居然遮百丑。

金丝猴歌

深山穹谷生光辉，猕猴乃著金缕衣。
自怜毛色甚绮丽，周防慎护穷几微。
攀枝履叶不到地，避尘往往林梢飞。
有口不肯食腥秽，日餐林果能自肥。
君不见，众狙碌碌无远志，徒争朝三与暮四。
安得华贵似此猴，满身独拥金银气。

约游贡嘎岭

闻人述贡嘎岭之胜，于世界诸雪山中奇丽第一。有约秋间往游，先之以诗。

仙岭孤高世界闻，后游有约待秋分。
山中不化千年雪，天际长浮五色云。
玉宇琼楼团作市，文狸赤豹聚成群。
遥知王母巡行处，侍女都拖白练裙。

将同天竺僧往游峨眉临行索诗因赠

知君赤脚取长途，千里关山一杖扶。
西极定逢天马未，南荒曾见碧鸡无。
游山近得头陀侣，行箧新藏舍利珠。
东去故人如问讯，为言吾已混浮屠。

有　感

远辞郡国寄边城，临水登山意自惊。
老树不知秋凛冽，尚留残叶与风争。

清川滇边务大臣赵君赞　并序

自金城下嫁，玉斧画河，唐菆乏颂德之诗，王母绝白镮之献，西道之不通，由来旧矣。有清一代，始骛边功。然大金川之役，所收不过弹丸之地；廓尔喀之征，所策不过一时之安。至若威加百蛮，席卷千里，郡县其地，子来其民，当世已服其勤，异代仍规其利，则吾于清末川滇边务大臣赵君季和见之矣。方帮办驻藏大臣凤全之由康入藏也，行次巴塘，为番人所害，智伯之头，漆为饮器；累臣之血，衅及鼓钟。于是君始膺边庭之寄，提一旅之师，虎步三危，鹰扬九折。陈兵雪山之表，饮马黑水之湄。声威所至，非徒使先轸元归，单于颈系而已。东连井络，西控乌斯，南接滇池，北枕青海。旃裘椎髻之伦，牦牛白狼之国，君皆抚而有之，举以内属。纾西顾之忧，树百年之计，宏经国之业，成不世之功，并世雄略，拟若于伦。左季高之平定新疆，殆其匹欤，此外未之睹也。君本书生，出主戎事，而横行徼外，所向无前。遣胡僧以绐名王①，饰姣童以诱酋妇 ，征无壶头之困，智解白登之围。论者谓颇牧复生，良平在世，亦何以加兹。若乃改土归流，设官分职，指麾若定，筹策无遗。声教讫于穷荒，忠信行乎蛮貊。彝伦攸叙，边氓戢蒸暴之风；学校如林，绝域盛弦歌之响。差徭靡急，赋敛惟轻；既服其心，若崩厥角。斯则事兼王道，迹近纯儒。时有仲尼，必称微管者也。加以劝农奖牧，通商惠工，驿站星罗，康衢是矢直。邮签四达，瞬息而音问可通；桥拱七星，安步而惊湍以涉。李悝则尽地之力，齐相则铸山为铜。夫其化民成俗，既已如彼；开物成务，又亦若此。是以穷僻

① （君征波密，先遣番僧髯真事，波密王子为内应，计诛王子之族，尽收其地。）

之乡，日臻繁庶；边鄙之士，忘其不毛。猗欤伟哉，吾无间然矣。往在童年，适君分巡剑外，捕治群盗，日骈戳者数十人。伏尸累累，腥闻于市。窃憾其酷吏，方之屠伯，意其专征西塞，多杀不辜。清惠之政，无闻焉尔。迨游宦来康，咨于故老，顾多述其遗爱，比于召伯甘棠。后翻帑旧档，得其条教号令类，综覈名实，叮咛周至。深中为政之要，颇存不刊之言，未尝不心识其贤，而钦其晋德之盂也。吾乡傅嵩炑，邑诸生耳，与君邂逅相值，遽辟置幕府参赞密勿。及改督四川，竟荐以自代。傅蒙异数，超越恒情，然其未竟之志，傅实成之。岂曰才难，知人则哲。君之勋业彪炳，岂徒然哉！辛亥国变，君为革命军所执，毕命成都。自是经边者不一其人，从政者各乘其便。萧规虽在，曹随罕闻。而康事日下，人亡政息，不其然乎？或谓君持法过严，每流于刻义，颇摧毁佛刹，凌轹僧伽。故虽功在西陲，而身殒东市。夫照乘之珠，不能无颣，要自异于鱼目；连城之璧，不能无瑕，而弗乱于碔砆。然则君子观过知仁，毋假苛论。若执或者之谈以绳往事，将责龙逢以不死，幸盗跖之善终，必无是也。今国难方殷，边防日亟，西康建省，蔚为名藩。而崇德报功，犹从盖阙，鲰生无述，奚示将来。故仿子云表充国之意，私为之赞云尔。赞曰：

桓桓赵君，功在西鄙。
三边晏如，百废俱举。
畴云乱丝，得君则理。
孰是屠伯，远跨余子。
朗朗玉山，汤汤金水。
我述斯文，用旌厥美。

筹边别墅花草赞

壬午①之年，余有事于西康省临时参议会，所居曰“筹边别墅”，盖省政府之宾馆也。层楼赫然，栖置崇迴，前瞻雪岭，下视炉关。此在偏方，亦云胜概。而栏楯之外，蔓草丛生；三径之间，荒榛狼藉。远观虽孅，近玩则乖。余嘉其爽垲，而恶其芜秽。爰陈畚锸，加以芟夷。非种既锄，秀壤斯露；就其高下，离为町畦。广丐名花，颇获异种：天竺之葵、波斯之菊、美利坚之石竹、乌斯藏之金莲，以类相从，分区攒植。至是邦所产，品汇尤繁，或但睹芬芳，不知名字，亦复移根此土，共骋鲜妍。穴地出泉，温润无比；涓流四注，以沃灵根。于是规日为台，弦月为池；一拳之石，郁为增城；盈尺之波，荡为洪海。余以薄书余暇，蹒跚其间，清景未遒，繁英在御，即斯咫尺，亦以逍遥。何必洛下名园，河阳别馆，而后为适乎？昔庾子山之赋，三竿竹二寸鱼；江文通所爱，十茎草两株树。予虽才愧若人，而情符景哲。今瓜代有期，萍踪且逝。虽平泉一树，何能靳不予人。桑下三宿，终系浮屠之恋，故列其嘉卉，各赞一辞。

天竺葵

五色之葵，出自天竺。

黄中通理，金辉玉烁。

① 壬午：1942 年。

含华向日，回光靡烛。
楚歌迷阳，慎卫其足。

波斯菊

菊有佳色，乃产波斯。
辞彼西域，耀我东篱。
轻若纤绡，或素或绯。
翩然化蝶，从风高飞。

美国石竹

石竹檀栾，远生异国。
横渡重洋，来趁番舶。
幽丛始花，曜若点雪。
南陔白华，以方其洁。

旱金莲

名同菡萏，光炫紫磨。
田田之叶，亦类乎荷。
托生美壤，不假绿波。
采莲一曲，番女其歌。

三色堇

谓彼蕣华，朝开暮落。
岂不芳菲，而患夭促。
此则不然，累月可卜。
一花三彩，灿然在目。

百日草

十茎非少，百日非短。
出山为小，在山为远。
离离原上，青青河畔。
王孙不归，怀哉岁晚。

杜鹃花

湘娥陨泪，有竹皆斑。
蜀鹃泣血，花亦朱殷。
开如烈火，上炎高山。
李见宣城，我于百蛮。

蝴蝶花

蝶即是花，花即是蝶。
蝶影花光，混同一色。
或名射干，亦二而一。
几微之辨，在动与植。

钵　兰

有草如兰，生于幽谷。
花亦芬馨，状乃肖钵。
盛以酥乳，一炙已熟。
胡儿箕踞，嚼此大乐。

象皮兰

质同靴革，名假巨兽。
翠叶森张，有文若绣。
固亦可观，苗而不秀。
取譬都梁，胡颜之厚。

无名花

西土积高，大气盘薄。
山既嵚奇，花亦杰出。
焜耀百蛮，奇丽万族。
虽则无名，总归悦目。

小隐园中秋宴集诗并序

壬午①中秋，与诸君子会饮于康定将军桥南，陈东府先生别业小隐园，酬令节也。于时秋雨乍晴，素月忽朗；净筵既启，佳客成围。酒杯湛湛，与明河而并流；肴核累累，共繁星而俱列。醴泉已厌，玉山其颓，拊缶仰天，脱帽露顶。笑姮娥不死之药，讵解忘忧；问吴刚所运之斤，可堪斫鼻。天下良辰美景，赏心乐事，古称难并，今实兼之，何其幸哉，信可述也。然而白驹过隙，适丁阳九之年；丛桂留人，暂藉牦牛之地。乃新亭之泣，不闻于处仲；南楼之兴，独深于元规者，岂不以身非肉食，难同曹刿之谋，志托庖羞，且为杨恽之适也耶。走也西川下士，穷塞流官，谬枉嘉招，欣陪末座。在元龙之楼上，预北海之樽中，虽不能饮一石而醉二参，亦庶几闻弦歌而知雅意。聊因胜会，敷赋短章。自附劳者之歌，有愧风人之旨。嘤既鸣矣，随者唱喁。举杯

① 壬午：1942 年。

邀月，非无对影之人；搔首问天，定有惊人之句！

一

小筑亭台倚翠峦，中秋高会尽清欢。
临边更觉冰轮俊，把酒能胜玉宇寒。
八咏楼头催洒墨，澄心纸上试挥翰。
未愁扫地风骚尽，座上今多识字官①。

二

沧海横流已六年，忍令赤县问桑田。
姮娥但有堪奔月，娲帝空留未补天。
国破犹闻说三户，陆沉应不到穷边。
安危衮衮诸公在，万一金瓯意外圆。

三

百蛮风土异三巴，寒燠频更节候差。
徼外中秋先有菊，去年九日尚无花。
胡中造化工千变，城内锅庄有百家。
怪底雕盘罗美馔，庖人烹出故侯瓜。

四

酒后凭栏望蔡蒙，草堂依约月明中。
原知辟地非吾土，纵得还家亦寓公。

① （东府出清秘阁名笺八咏楼藏墨索题，座中诸子皆官秘书，能诗文。）

遥想宁馨忆郎罢，近疑德曜怼梁鸿。
此身去住俱难至，愁对西来一夜风。

次韵奉酬曾通一

家通一先生监察川康过泸城，有诗见赠，次韵奉酬，兼送其出巡宁远各属。

丧乱怜师友，飘流感岁年。
牦牛犹作客，骢马忽临边。
东望愁烽火，西来识漏天。
子渊持节地，怀古定苍然。

附：

赠圣言（曾道）

弱冠蜚文采，声名二十年。
相逢荒戍外，把酒夕阳边。
佛法传西土，诗情共远天。
因君忆叔度①，感旧一潸然。

楼　夜

山楼夜气澄，孤客睡瞢腾。

① （指黄季刚先生。）

喧枕溪如雨，窥窗月代灯。
林乌栖不动，邻犬吠相应。
寒重羁衾薄，吴绵透几层。

酬张夷伯①咏雪见怀

万里同云合，奇花六出开。
纷纷下寥廓，片片集楼台。
郢市传新唱，梁园愧赋才。
日归犹未得，盼煞绮窗梅。

附：　　壬午，康定初雪，夜不成寐，忽成“凌云”二句，思唯圣言当此无惭。适将还雅安，因足成赠之。（张镕）

吟社推无敌，骅骝路早开。
吊黄亲杼柚，与点壮亭台。
笔有凌云气，胸储赋雪才。
岁寒逢驿使，为寄陇头梅。

---

① 张夷伯（1886—1963）：四川巴县人，四川高等学堂毕业，同盟会会员。曾任西康省政府民政厅主任秘书、四川省政府教育厅科长、重庆联中校长。1953 年入四川省文史研究馆。

刘将军歌

河北刘赞廷①，乃前清川滇边务大臣赵尔丰部将，今老矣，犹能道赵经边时事。见余，索诗，为赠，遂作短歌。

君不见赵太祖，大渡河西数千里，断送蛮夷挥玉斧。
又不见赵大臣，手提徼外还汉家，开边拓宇功绝伦。
前赵所弃后赵收，三危九折连牦牛。
羽檄飚驰大荒外，旌旗耀日西海头。
麾下桓桓多燕颔，就中一刘最勇敢。
挟纩常温壮士心，挥戈早落胡儿胆。
自言昔者战乡城，夜出奇兵斫虏营。
匆匆暗逐马蹄去，寂寂不闻刁斗声。
千夫效死一城拔，种落荒陬随宰割。
主帅勋名照汗青，将军意气轻胡羯。
三十年间陵谷变，妇人醇酒甘荒宴。
堆案尘封幕府书，挂墙锈蚀腰间剑。
时向尊前说赵家，可怜揽镜生咨嗟。
英雄老去霜毛脱，濯濯头如哈密瓜。

① 刘赞廷（1888—1958）：名永燮，字燮丞，笔名懒兵。汉族，河北河间府东光县人，北洋宪兵学校毕业。随清川滇边务大臣兼驻藏大臣赵尔丰赴川藏，历经边务三十余年，足迹遍于康藏之境，号称清末民初康藏边地一支史笔。

筹边别墅晚眺

百蛮诸夏此间分，远客凭高意绪纷。
天外乱峰争落日，城头绝壁过孤云。
牛羊合伴苏卿节，猿鹤犹疑穆满军。
翘首银河风浪恶，乘槎虚拟犯星文。

慰湄公　时君方有安仁之戚

已恨严邮赴槛车，更怜骑省泣鳏鱼。
鬼神可问应呵壁，龟荚无知枉卜居。
垂涕徒陈治安策，伤心不见缓刑书。
三年我预知交末，裹饭相从愧子舆。

题画　赠番僧

莫向昆明话劫灰，区区兴废累灵台。
雪山深处君堪隐，一笠三衣归去来。

沐日赋赠

沐日，李章甫招游二道桥温塘，因宴与点楼，赋赠。

一

一派温馨水，长怀第二桥。

自来供出浴，今日况招邀。
座上飞峦翠，阶前走雪潮。
临边起楼阁，莫是李文饶。

二

斐然吾有作，藻绘此山川。
高岸应无改，斯文谅可传。
夏虫疑晚节，春服待明年。
错比登楼赋，依刘异仲宣。

西域诗僧麻翁倾珍索诗因赠

山楼分住两诗翁，华梵虽殊逸兴同。
我自观风如季札，君真颂德比唐丛。
谈玄花落诸天外，说法龙收一钵中。
成佛果然须慧业，吾侪结习未应空。

边　茶

七岗丽色出崔嵬，日见边氓负戴来。
敢与醍醐斗风味①，甘随酥酪作舆台②。

① （见范希文《斗茶歌》。）
② （边人饮茶和以酥油，真与酪作奴。）

纷纷互市空高价，碌碌投荒等下材。
几见中邦龙凤质，红纱牢护不轻开。

鸦子口

断崖直上即荒丘，登陟还夸筋力遒。
远岫攒空多露骨，浮云向我尽低头。
霜风客路千黄叶，雪岭乾坤一白鸥。
今日临高乍回首，三危若水动边愁。

过二郎山宿圖牛坪

一

西得观汶岭，吾应胜右军。
大荒惟积雪，下界有重云。
石古苔俱苍，松枯火自焚。
如何头半百，犹说是郎君。

二

足迹遍诸蛮，匆匆往复还。
五经九折坂，三上二郎山。
霜叶红随步，晴峰玉烂颜。
今宵眠板屋，梦冷白云间。

两路口有人邀乘汽车，谢之。仍坐活竿[1]上道

两杆瘦竹巧相将，行遍邛崃千仞岗。
安步当车吾以惯，何劳缩地费长房。

过始阳乡大悲寺[2]

金碧招提壮，丹青画壁殊。
碑摩明万历，地即古斯榆。
座上佛仍满，寺中僧已无。
殿堂谁洒扫，自有避尘珠。

三十二年[3]元日和无量

锦里春先到，西山雪未融。
陆沉何日起，天听有时聋。
爆竹连烽火，椒花媚战功[4]。
谁家歌猛士，遥企汉皇风。

① 活竿：滑竿。
② 大悲寺：在四川省雅安市天全县始阳镇。
③ 三十二年：即 1943 年。
④ （是日少城公园新立王上将之钟铜像一区。）

新都王上将[1]墓道

一家湖塽桂子香，东征倭寇说王郎。
青徐野色团兵气，泰岱岚光涌战场。
绝笔书成天雨粟[2]，挥戈人去海生桑。
怜君困守孤城日，已报元戎弃建康。

归人外庐写愤

变尽沧桑一室中，鹊巢鸠占事偏同。
十年树木残伧父，万卷藏书饱蠹虫。
粉壁浓熏炊烬黑，花枝斜罥亵衣红。
还家未比收京易，何日妖氛扫地空。

成都即目

三都已见二都沦，劫后还看土木新。
九陌广开迎驷马，千门倒退让行人。
市声半杂吴侬语，衣色多沾洛下尘。
刻板官家颁岁帖，兀劳太史为书春。

---

① 王铭章（1893—1938）：字之钟，汉族，著名抗日将领，四川省新都泰兴场人。早年参加保路运动和讨伐袁世凯战争，抗日战争徐州会战中殉国，后被国民政府追为陆军上将。

②（君战前飞书，誓必死。）

为王建墓戏占一绝

王建本事椎埋，所谓贼王八也，窃据蜀中。近其墓为人发掘，得明器玉简之类甚多，戏占一绝。

陵麦青青覆殡宫，椎埋王八自英雄。
今人发冢援诗礼，正与君家作贼同。

弥牟镇怀古

卧龙已定三分鼎，水陆横陈八阵图。
北控弥牟思并魏，东盘鱼腹欲吞吴。
我来自向生门入，公去谁将后主扶。
却恨传车留不得，降王此路出成都。

过武侯祠有感

丛柏森森拥画檐，纶巾羽扇隔重帘。
才方管乐吞吴失，术异申韩治蜀严。
诫子虽殷余怍惭，出师未捷此身歼。
三分人物公堪叹，世论如何毁誉兼。

吊惠陵

乱世天生割据才，关张兄弟此渠魁。
掣将诸葛真龙去，娶得孙权小妹来。
一代英威归很石，三分疆宇尽离堆。
楼桑成盖终何益，今日园陵锁绿苔。

过西川村落感赋四绝句

一

短后戎衣戴鹖冠，路人指是典兵官。
里中丁壮征求尽，犹恨从军少木兰。

二

州司星火课租庸，尚说军储不易供。
今日村中惟老弱，可能一一是神农。

三

东西南北尽围场，时见鸢机上下翔。
尺地寸天闲不得，一年一度一沧桑。

四

虫沙猿鹤牦斯民，行尽长亭不见人。
借问苍天相中国，肯留三户待亡秦。

汉州周氏宅感旧

天汉犹横乌鹊桥，秦楼已断凤凰箫。
重来踽踽蓬双鬓，昔去依依柳万条。
往事如尘歌子夜，余香和梦语中宵。
华年锦瑟都能几，禁得人生一再消①。

经凤凰山驷马桥望昭觉寺

一径飞红里，双林积翠间。
如虹开紫阁，似凤有青山。
过客题桥去，耕夫叱犊还。
渐将尘念却，步履近禅关。

题赵飞燕上汉成帝“长毋相忘”玉印

汉宫飞燕浴恩光，难得君王一日忘。
闲索云根镌小印，瑶思玉想满昭阳。

红树　次唐人吴子华韵

九秋霜树也能红，远望珊瑚一色同。

① （余再娶周夫人，再殇。）

错认好花开上苑，依然落木下西风。
咽枝犹带寒蝉在，栖叶旋惊宿鸟空。
忍向丹枫问消息，斜阳如血照吴中。

将去雅州移居成都留别湄公十七翁

西南郡是无晴地，大小山通有漏天。
旅食累累携八口，宦游忽忽过三年。
移居喜近扬雄宅，归去聊寻下濮田。
后日故人如见忆，题诗好寄锦江边。

蔡山禹庙

铁瓦参差不动风，蔡蒙高矗夏王宫。
纂承尧舜开三代，疏导江河第一功。
遗像俨如瞻日月，余威犹可混华戎。
岁时君看诸蛮祭，略与涂山玉帛同。

对　月

一

山阿影向镜中看，半杂胡尘污广寒。
今夜万方同望月，何人真解忆长安。

二

漫道骑蟾便出尘，嫦娥等是孑遗身。
月中桂树能多少，渐被吴刚斧作薪。

湄村闻余道贡嘎雪岭之胜赋诗向往即次其韵

赋雪知君似惠连，不徒风月咏三千①。
一峰高出娑婆世，匹练横飞色界天。
巢父未窥终小隐，班生不至枉登仙。
惭余空蜡游山屐，老向平羌感逝川。

附：

湄村原诗

昆仑一脉出祁连，古雪嵌空照大千。
五岳东驰青控海，层城西峙皓擎天。
云瞻玉阙朝群帝，日抱琼楼驻众仙。
好倚高寒笑人世，沸将铁血铸山川。

① （本欧公赠王介甫诗意。）

别雅安蒙西草堂

久居严道抵家乡，今日蒙西别草堂。
门外定谁罗鸟雀，苑边应是牧牛羊。
千年华表犹栖鹤，今宿浮屠总念桑。
一角苍坪重回首，可怜红煞旧斜阳。

为鸿文将军作犬冢铭　戏占

偃月山前三尺坟，岁时凭吊有将军。
狂生振笔铭功狗，不是寻常谀墓文。

附：

犬冢铭

犬近卫，事予甚谨，出入相随者数年。予一日外出，犬适病，绕室索予不得，一嗥而绝。厥种出意大利而锡名同于东相，然驯易，不党法西斯蒂，故予得而役之。其死也，瘗之月心山之阳。铭曰：此义犬也，殇而堋之，亦无忝也。何异类之忠诚兮，而斯人之凉薄。于乎！抚孤坟而一恸兮，吾不敢贵人而贱畜。

谢鸿文将军为予制杖

瘦藤三尺小苍龙，把出将军虎帐中。
点点斑斑濡手泽，枝枝节节露神工。

相随芊有木上座，所至真成不倒翁。
今后老夫宽脚力，登山临水兴无穷。

伤乱　再叠湄村贡嘎岭诗韵

荒年密与大兵连，禹域洪流阅万千。
短短鲁戈挥落日，区区娲石补残天。
中宵谁做熊罴梦，上界今居鸡犬仙。
它日沉沙寻废铁，东风愁煞杜樊川。

重题金凤寺

石壁嶙峋启佛龛，山门蓊郁遍松杉。
中天殿影浮金碧，上界钟声出翠岚。
蒙顶云深龙欲卧，羌江月小凤能衔。
平生最有烟霞癖，拟借西峰卓草庵。

同湄村穆庵过鹤林寺①

一寺深藏万井间，林幽鹤静道场闲。
城头戍卒犹吹角，院里禅僧早闭关。
瀹茗偶分功德水，映窗多是妙高山。

① 鹤林寺：四川雅安鹤林寺。

佛堂钟动却归去，惟有月明相送还。

青衣桥别意

车马日潇潇，青衣江上桥。
不知经过客，何似去来潮。
行色浑难画，离魂但欲销。
问君愁几许，缭乱柳千条。

还　家

两失不堪同木雁，一心长是忆莼鲈。
花前雁后都过了，直到还家是岁除。

立春第三日从佛儿请出游城南

入春三日便郊游，此事吾从孺子谋。
有酒但浇昭烈帝，下车先拜武乡侯。
烟笼锦郭冥冥合，水注花溪缓缓流。
越陌度阡情自得，只应一步一迟留。

江楼吊薛涛井

枇杷花落长樱桃，却忆唐家节度豪。

杜甫逢迎有严武，薛涛轻薄为韦皋。
门前过客停车马，井上何人架桔槔。
漫倚江楼怀往事，蜀天难问首空搔。

黄念田[①]世兄见过

憔悴师门小凤雏，远从建业赴成都。
经年转徙愁迁客，排日殷勤访老夫。
僭立黄天由贼党，横流沧海到吾徒。
怜君家在龙盘处，故宅江山今有无[②]。

念田携先师诗稿见示　敬题

出入三唐与六朝，凌云逸气故飘飘。
残篇尚郁风流在，一见还令鄙吝销。
余力作诗犹不朽，高情玩世岂无憀。
宣南旧迹分明记，愁问棉花第七条[③]。

① 黄念田：黄季刚先生次子。
②（所居量守庐于首都沦陷时，已成灰烬。）
③（往在燕京，与师同寓棉花七条胡同。）

过南台寺

过南台寺，访国学院故址。往廖季平先生①主院，曾招余讲学于此。

夹道黉门迤逦开，廿年踪迹记南台。
此心犹逐钟声动，往事都随野色来。
讲舍横经终寂寞，山阳吊旧足悲哀。
临风欲献芜城赋，惭愧江淹有尽才。

为人咏落梅

倾城一笑敞朱扉，风飐残英入绣帏。
认取寿阳公主额，别人头上莫轻飞。

简湄村

醒时同哭醉同歌，一日期君数数过。
邹衍谈天通海外，屈平说鬼在山阿。
修途总较相思短，春雨应输别泪多。
丙穴嘉鱼将尺素，几时西溯锦江波。

---

① 廖季平（1852—1932）：字季平，初名登廷，字旭陔，四川井研人。辛亥革命后，历任四川国学院教员、四川国学专科学校校长。著书百余种，编为《六译先生丛书》。

又寄穆庵

诗名籍籍满西南，一是湄村一穆庵。
我去底须愁寂寞，举杯邀月自成三。

过草堂阻兵不得入

一夫侧目怒当关，不计游人败兴还。
我过草堂增怅惘，少陵生死在兵间。

南郊所见

十顷平畴好墓田，丰碑屹立惠陵前。
徒劳原氏倾财力，谁向南阳问故阡。

偶　成

老成新进各争先，敝帚千金转自怜。
我对蠹鱼真愧死，偶然食字已登仙。

次无量韵寄马湛翁二首①

时马方讲学乌尤

一

占断高台水一方，不笺尔雅注归藏。
讲帷坐拥单椒秀，精舍时闻杜若香。
何必有玄皆覆讯，谁能治外却垂裳。
许身契稷嗟无补，老向瀼西结草堂。

二

殷墟麦秀付顽民，未肯臣周况美新。
堕地二虫嗤凤翮②，浮江一马化龙鳞。
赐人鹩首天真醉，尽此机心鸟亦亲。
疵厉不生年谷熟，我能无望藐姑神。

涉趣园漫兴

绝塞归来万事慵，独怀幽趣步园中。
映阶忽尔攒新碧，藉地纷然有落红。
尽日闭门缘客少，昨宵听雨祝年丰。

① 马一浮（1883—1967）：原名浮，字一佛，幼名福田，号湛翁，浙江绍兴人。中国现代思想家，与梁漱溟、熊十力合称为“现代三圣”（或“新儒家三圣”），现代新儒家的早期代表人物之一。

② （鹏凤古同字。）

君平与世交相弃，吾道名穷实未穷。

敬题蕲春黄先生诗后

长留天地惟斯卷，不废江河是此公。
共说老成如庾信，漫将少作悔扬雄。

还敝庐　次杜公韵

自西康还成都敝庐，览杜公《得归茅屋赴成都》诗，次韵五首。

一

久滞穷边慕蜀都，归逢改岁换桃符。
锦江匝地流春色，陆海连天涨碧芜。
星汉偶容槎一犯，市桥应许酒频酤。
张仪楼下幽栖好，从此菟裘著老夫。

二

朝日登堂荐藻蘋，归来细领一番春。
时时行乐携娇子，处处闲茶遇故人。
辇路东西尘扑面，吾庐左右竹为邻。
生还偶慰班超望，倍觉风光迸眼新。

三

濯锦波通解玉溪，千花万柳路人迷。
青春乍返黄尘外，白日仍倾碧落西。
三月江南莺满树，五年塞上马穿蹄。
未须游屐愁风雨，犹胜蛮靴踏雪泥。

四

偶上高楼倚曲栏，更临略彴看奔湍。
无心更不嗔飘瓦，有手唯宜把钓竿。
郭外山为常见客，樽中酒是大还丹。
锦城终比还家乐，未要君歌蜀道难。

五

垂老还嗟筋力微，远从徼外伴春归。
虫沙猿鹤无今古，城郭人民有是非。
晚听城头吹画角，晴看天际过飞机。
乱离渐觉儒冠贱，买布新裁短后衣。

涉趣园漫录之诗

（1936—1937年）

丁丑[1]秋中感事八首　次杜公《秋兴》韵同家愚公作

一

谁招倭寇入榆林，关塞萧条棨戟森。
千里火云奔坏劫，一天兵气入秋阴。
山河总付长亭泪，江海都存魏阙心。
四万万人拼一死，愿将鱼肉易刀砧。

二

天是西倾斗北斜，何时复旦颂光华。
胡儿自倚湖边殺，汉使新浮海上槎。
大漠横行思卷甲，长城悲壮想鸣笳。
前军昨报平型捷，血肉翻飞似落花。

三

五云城阙对斜晖，一望西山尽翠微。
不意丰台花事了，徒劳燕将羽书飞。
北门锁钥惊何在，南苑风光赏已违。
谈笑当时宋留守，秋高战马惜空肥。

① 丁丑：1937 年。

四

赌墅虚夸谢傅棋，偏安江左亦堪悲。
苍生还望来苏雨，儿辈初传破贼时。
海上风云嗟险恶，山西兵马苦奔驰。
十年教训收功倍，谋国如公最可思。

五

西蜀将军诩断头，出师今喜趁清秋。
悬车束马宜神速，挽粟飞刍莫浪愁。
危幕岂堪巢海燕，楼船何暇狎江鸥。
好从渭水逾河水，真折并州到冀州。

六

忍从汾水望燕山，千古伤心在此间。
马邑几时成弃地，雁门依旧是雄关。
五台龙象俱无色，三晋貔貅莫破颜。
形胜有余攻守异，如何墨翟逊输班。

七

差喜南天第一功，将军制胜白云中。
戈挥壮士侪回日，羽化仙人巧御风。
驶去云车千嶂碧，投来火箭九霄红。

虚空粉碎牢相搏，异事真惊百岁翁。

八

茫茫大地自逶迤，独爱吾庐傍水陂。
微命不辞悬羿彀，衰躯病后倚邛枝。
迎忧杞国天将坠，借问愚公山可移。
骨鲠在喉碑在口，吟成搁笔泪双垂。

吊章黄二先生文并序

中华建国二十有四年秋，蕲春黄先生季刚卒于金陵，其次年夏，余杭章先生太炎薨于苏州。悲哉，国之师儒先后下世，斯文天丧，不其然与。章公蚤岁援春秋，斥客帝，大勋用集，开我中华。书其事者，有国史馆在，非下士所宜述矣。若夫胜义微言，传于多士，高文典册，而在人间。以为说经不可以谲诳，故崇古以黜今；临文不可以浮诡，故修辞以立诚；拘墟不可以为学，故触类以旁通；徒学不足以易俗，故抗节以矫世。黄公承之，考信六艺，读应尔雅。发灵均未睹之秘，骋叔重无双之辩，二公相得益彰，递为师表。海内之士，靡然向风。章公常言：“黄某虽以师礼事余，转相启发者多矣。”又曰：“学者虽聪慧绝人，其始必以愚自处，离经辨志，不异童蒙。良久乃用其智，自尔以往，又当以愚自处，忽昭然如披云雾，见青天。斯后愚智杂用，无所不可。余弟子中，惟季刚深窥斯恉。”黄公每有称引，必曰：“我大师章氏。”人有议其文笔，则盛气诃之：“若识字几何，而敢轻诋余杭耶！”黄公于时贤既少所推可，虽耆宿犹不免于讥弹，而见人之善，遇之亦厚。曾读《汉书·律历志》，有所未喻，仪征刘师培以一言解之，竟贻书称弟子焉。叙同时人，书或自署后学，其抝谦如此。然人或瑕瑜互见，则公亦恭倨不常，其始终敬事不改者，章公一人而已。夫才之生世，不恒其时；王者之兴，或云五百。以章公之天挺，与黄公之特秀，有一于此，已为国光。而况运会所钟，师承相接，松茂柏悦，岂徒然哉。是故章之于黄，誉不容口，而黄之于章，亦终身服膺。懿彼二贤，千载一遇，苟非其人，则道不虚行矣。章公著作等身，悬诸日月；黄公急于敦古，不轻著书。章公让之曰："人轻著书，妄也；子重著书，吝也。妄不智，吝不仁。"应以年五十即著纸笔，至期而沉饮以殇，礼堂写定，遂少成书。然历教成均，诸疏裒然成帙。至于学术文章，口传耳受，门第子笔而辑之，尤不下数十百种。所以霑溉后学，衣被当时，比于章公，曾无愧色。然却相提并论，不爽锱铢。犹孔子之有颜渊，屈原之于宋玉已。章公之让言，亦既发其蕴藏矣。司马氏有言："颜渊虽笃学，附骥尾而行益显。"有旨哉。世风日下，异说蜂起。目尧舜为乌有，斥夏禹为昆虫。言不雅驯，而自托于稗官；字昧孳乳，而乞灵于枯骨。甚有旁注音符，倡为简体，如东鳀之结构，类市井之薄书。所谓国之将亡，必有妖孽。诸儒缄口，挢舌莫或与争，独二公先后辞而辟之，廓如也。古者掌敷邦教，职在王官，而今非所望。偃草同风，盖有藉于在野之君子。然则章公秉素王之德，黄公亦希圣之资，使并假天年以昌其学，斯大雅可以勿坠，神州岂必陆沉。呜呼，天不慭遗，邦实殄瘁，人能宏道，无如命何，可哀已矣。缄往在北都，执贽黄公门下，而亦私淑章公，虽所学无成，师恩则厚。去岁金陵之丧，不获临哭，心丧徒拥，腹痛何言。会蜀都群贤为位遥祭章公，缄惟黄先章萎，章固黄师，以是渊源弄杼，哀而献吊云尔。

将龙蛇之阨岁，践琼瑰之妖梦。
宣反袂以泣麟，楚迷阳而歌凤。
望苏台以陨涕，指金陵以兴恸。
惊白首之同归，怅临厓而一送。
伊五百之交会，固有开其必先。
惟余杭之一老，遂旷世而鸿轩。
起师儒而革命，涤华夏之腥膻。
集元功于开国，跻大位于筹边。
窃帝号以自娱，有沐猴而冠带。
文王幽于羑里，鲁连蹈乎东海。
左据图而右刎，知彼昏之必败。
亮清明之在躬，故处屯而弥泰。
奉元戎以伐叛，慨朔虏之骄横。
既奔命于南服，亦殷情于北征。
引虎狼以自卫，公犯色而与争。
逮赤眉之肆毒，乃云念乎老成。
苟余情其信姱，何党人之独异。
怵累卵之可危，稔厝薪之非计。
昔抒赋于论都，宣定鼎于燕蓟。
及江左之晏安，果河隍之已弃。
天地闭而贤隐，荃不察而有它。
倦观光于上国，退讲学于西河。
揽韦编于三绝，陈孔门之四科。
发周公于寤寐，比居东其如何。

黯八表之同昏，炳弧光以独朗。
转法轮其未终，遗斯世而长往。
羌人亡而国瘁，固斯理之勿爽。
瞻泰山于既颓，叹吾侪其安仰。
余既悲乎余杭，更追念乎蕲春。
方章公于叔夜，斯先生为景真。
擅无双之令誉，澄千顷而涣鳞。
操修绠以汲古，骋逸足而绝尘。
生于扬马之乡，长于屈宋之国。
溯往哲之流风，邈千载而遥接。
托沉思于翰藻，有诗人之丽则。
虽一赋于闲情，曾何损乎靖节。
既考信于六艺，亦牢笼乎百家。
悯末学之孤离，故正言以距邪。
人驴鸣而狗吠，公凤举而龙拏。
申一说于稷下，杜厥口乎田巴。
嵇康号为卧龙，邠卿遵为祭酒。
庆太学之得师，若众星之拱斗。
陋辕驹之扃促，向天外以骧首。
彼二虫之枪枋，徒望鹏而胜诟。
闻章公之绪言，良系情于斯文。
人轻著书不智，子重著书不仁。
曰有志于撰述，谨再拜而书绅。
胡盛业之未竟，倾大命于饮醇。

昔游学于易京，曾执贽于门下。
聆解经其不穷，如瓶倾而水泻。
升高楼以连吟，怀褉游乎郊野。
别廿年而赋鹏，怆一陵之下马。
嗟哉！
颜先孔而夭折，章继黄亦殂落。
何期岁之未逾，而二公之不禄。
讵绝学之无忧，将后生其何述。
惟悼往以哀来，遂潸然而涕出。
彼高旻兮苍苍，何大块兮茫茫。
珠徒求乎象罔，魂岂招于巫阳。
溯渊源于畴昔，悲同尽于山冈。
独临风以献吊，述斯言而慨慷。
重曰：
黄农虞夏，不我遘兮。
夷齐而死，跖乃寿兮。
九域将沦，况耆旧兮。
此辞有尽，哀无究兮！①

同门孙君鹰若赋诗见寄次韵奉答

怀昔走马长安街，黄公爱士开高斋。

① （此文曾载《制言》杂志二十四期中，后经增益，此详而彼略也。缄记。）

子但高歌我击节，岂知人世有离别。
燕姬婉娈如花颜，千金买笑行之艰。
夜走城南看鬼物，香坟酹酒匆匆还①。
别来廿载思朔野，人半胡儿马胡马。
常恐铜驼卧荆棘，无复金樽醉花下。
高陵深谷有时变，感事怀人泪如泻。
吾子犹传海上书，黄公已不天年假。
杂县寓鲁将为灾，吾辈偷生师自裁。
人生聚散岂有定，转蓬一去辞根荄。
江东日暮春云细，因君拟作东游计。
来听高士啸苏门，更仰真人在天际。②
人间何世世何人，颇传论语烧作薪。
与君宜采西山蕨，浮世任扬东海尘。

再成一律以实余纸

黄门两侍者，棉街第七条。
诗书堆满屋，灯火语通宵。
九死吾何悔，平生君从要。
京华旧游处，回首思如潮。

---

① （往在北都，与君奉同黄公及歙县吴君捡斋夜半至南下洼砧鬼，有诗记之。）

② （谓余杭大师。）

附：

孙君原作

孙鹰若

柳花吹堕棉花街，联吟日夕蕲春斋。
柳花黄落素秋节，握手匆匆蕲门别。
客囊羞涩汗满颜，居人正似归人艰。
一圆借我万斤重，使我得乘轺车还。
别情自兹蓬转野，二十年来隙过马。
知君簪笔驰蜀道，念我傭书到吴下。
请陈别后危苦情，笔未及挥泪已泻。
薄游但思供菽水，父母之年不可假。
此身有罪降天灾，师服更为蕲春裁。
生我在三一无事，悲哉落叶离根荄。
友朋如兄才不细，欲往从之有何计。
飞来尺素两陈中，诵到三更月生际。
师门散尽旧门人，片纸只字难传薪。
不堪更忆上京路，胡骑今日扬沙尘。

寄鹰若同门

丙子①岁，重九后二日，蕲春黄君小祥②，都中同学集量守庐致祭，缄远在蜀西，不得与。检《制言》杂志，见黄君《谒杜子皇墓》诗，因次其韵，并寄鹰若同门。

昨梦龙盘过白下，西风不落吴钟山。
忽忆先师灭度时，黄花郁郁开般若。
信有人间事可哀，荆山玉折楚兰摧。
千秋事业余青简，绝世才情付夜台。
四海弥天泪沾臆，谁令鸾凤栖榛棘。
海外还魂纵有香，五仙续命知无力。
匆匆往暑复来寒，绕墓陈根不忍看。
量守庐中停问字，豁蒙楼上罢凭栏。③
昔日音容犹仿佛，一言腹痛何相谓。④
只余诗赋动江关，未许纵横到权贵。
妄期大齐俟河清，八表同昏失启明。

① 丙子：1936年。

② 小祥：1. 古时父母丧后周年的祭名。祭后可稍改善生活及解除丧服的一部分。《仪礼·士虞礼》："期而小祥。"郑玄注："小祥，祭名。祥，吉也。"期，周年。2. 用于称一般死者的周年祭。唐鲍溶《过薛舍人旧隐》诗："寝门来哭夜，此月小祥初。"

③（师去年九日犹登豁蒙楼有诗。）

④（师于缄曾致桥曹之戏。）

一曲凤兮曾有恨，千年鹤兮定伤情。
惊川节物逢摇落，设祭虚堂荐秋萼。
静室琴音阕不闻，有人恻怆山阳作。
我从蜀道望师门，把酒临风酹一樽。
寄语西州门外客，山丘华屋最销魂。

题公祭黄先生启事后

开卷何堪读此辞，九华村里祭先师。
可怜西蜀登高日，正是南都哭奠时。
地下忍为无鬼论①，人生难免有情痴。
漫劳楚些②抒天问，只恐苍苍亦未知。

送君还南京

与公别二十年，相见成都，出示《金陵杂感四章》索和，仍次《渔洋秋柳》原韵，即送君还南京。

① （先生曾言死后无鬼为可悲。）
② 楚些（suò）：指招魂歌。《楚辞·招魂》是沿用楚国民间流行的招魂词。《昭明文选》卷三十三《骚下·招魂》："魂兮归来！东方不可以托些。长人千仞，唯魂是索些。十日代出，流金铄石些。彼皆习之，魂往必释些。归来归来！"句尾皆有"些"字。后因以"楚些"指招魂歌，亦泛指楚地的乐调或《楚辞》。

一

一别知消几度魂，曾传蹑跻向修门。
当前旧雨兼今雨，襟上啼痕杂酒痕。
江左风流思谢傅，草间偷活笑梅村。
东溟亲见扬尘日，试与仙家仔细论。

二

去国匆匆已十霜，归时疏柳拂池塘。
非关好鹤方乘辇，不定牵牛可服箱。
清议岂容成党锢，布衣终许傲侯王。
仓皇辞庙非今日，莫听离歌出教坊。

三

新亭一抚泪沾衣，风景山河果是非。
天下安危诸将在，江南佳丽旧人稀。
沧波有恨还东逝，候雁何心更北飞。
我自闭关君报国，传经抗疏愿俱违。

四

对秋风雨正相怜，旧梦春明化作烟。
杜牧千诗虚比拟，兰成一赋最缠绵。
文章得失归千古，意气敷腴让少年。
草草相逢复相别，思君仍望五云边。

赠江梵众即题所画溪山兰若①

梵众始与余相遇李将军其相幕中，后又同客川陕边区会办田公颂尧门下。予为什邡令，君来监税。余调令江北，君亦移监江北税事。之官同，罢官亦同，嘻异矣！近为予画兰若，画笔极高，有鸥波叔明遗意，作长歌酬之。图中有二士，徐度溪桥，以兰若为归者。僧即俗耶，君即我耶，疑莫能明也。

成都画家谁最好，无定云庵得名早②。
早年曾写峨眉图，雨后岚光翠如扫。
在壶居士③请为友，碧桐主人④惊绝倒。
二君南派俱擅场，能作北宗如汝少。
自昔从事李将军，方池楼阁连青云。
幕府当时尽豪翰，君横彩笔相缤纷。
芮生⑤善画修八法，秦老⑥工书兼八分。
舒子⑦纵横叶⑧深稳，我亦翩翩为小文。

---

① 兰若：即阿兰若，佛教名词，“若”音 rě。梵名 Aranya，原意是森林，引申为“寂静处”、“空闲处”、“远离处”，躲避人间热闹之地，有些房子可供修道者居住静修之用，或一人，或数人。也泛指一般的佛寺。

② （梵众别号）

③ （汪洛叔耆）

④ （芮善敬于）

⑤ （敬于）

⑥ （剑阳）

⑦ （瞩遐）

⑧ （仲青）

岂知人事一朝易，弹铗还为孟尝客。
东川草檄凡数秋，独与夫君数晨夕。
吟诗作画并时两，对酒当歌想高适①。
愧君赏我摇绿句，手制新图丽诗册。
故人何事弹冠起，什邡一旦侯雍齿。
我从抚字到章山，君续催科临字水。
千里相依叹转蓬，两袖所贮清风耳。
一官仍赋归去来，各整愁容对妻子。
闻君有屋已出卖，伤哉贫也何聊赖。
不意人穷艺转精，丹青别有千秋在。
兴来为我复挥洒，笔底纷纭走光怪。
浓皴淡抹无不宜，聚五攒三皆可爱。
山阿兰若开何年，浮图卓立天中天。
百丈苍崖有时裂，一匹素练当空悬。
溪桥欻欻来二贤，此时四山方寂然。
白云澹动深谷里，落日照耀群峰巅。
由来画法似佛法，一豪端见宝王刹。
颇闻枯木有龙吟，若过石头妨路滑。
君手欲与造化争，我目当用金篦刮。
凡夫肉眼那得见，大智如来独深察。

① （余在梓州泛舟涪水，有“人向中流摇绿去”之句，君遂作《东河春泛图》。江南高慈冠吾题一绝云：“吟诗作画并时两，对酒当歌容我三。一夕乡思殊未了，山平水远似江南。”）

世路险巇无坦途，何事投人明月珠。
且将三绝傲时辈，不用九能为大夫。
人生适意亦已矣，浮云富贵胡为乎①。
斗酒劳君莫辞醉，听我仰天拊缶歌呜呜！

赋呈田公

丙子②九日，陪田公颂尧③登长松山，历田田草庐、非非否否之亭，观天风阁台，谒灵峰寺。与刘公昆仲（积之及其弟诏乾），邓公（晋康）④及马（瑶生）、颜（伯慈）、钟（伯勋）、雷（丙琴）、方（方迂）诸君会饮于唯仁山庄，赋呈田公。

一

山挺长松势且高，登临此日兴殊豪。
怡情正在千章木⑤，放胆还题一字糕。
坐对斜阳倾菊酿⑥，梦回残夜听松涛。

---

① 乎韵易为“塞翁得马未为福，叶公好龙聊自娱”。

② 1936 年。

③ 田颂尧（1888-1975）：又名见龙、光祥，四川简阳县龙泉驿（今属成都市）人，是四川防区时代四巨头（刘湘、刘文辉、邓锡侯、田颂尧）之一，国民党陆军上将。

④ 邓晋康（1888—1964）：亦名邓锡侯，四川省营山县人。民国年间四川省大军阀。1937 年率领第二十二集团军出四川参加抗日战争。1938 年后为川康绥靖公署主任及省政府主席，新中国成立后任西南地区水利部部长等职。

⑤（山之森林最胜。）

⑥（席半移座，以观落日。）

从今识得山林趣，直把邛枝换宝刀。

二

起自田间归至田①，田田草舍最堪传。
清风明月俱无价，牧子樵夫尽有缘。
卖剑买来牛几只，处囊散去客三千。
侯门何似田家乐，说与将军一莞然。

三

将军结宅傍禅扉，更起双亭依翠微。
道尽然疑成否否，天离色想入非非。
烟中闲听疏钟度，林际还看众鸟飞。
言说都空思路绝，狂生到此忽忘机。

四

浪浪一阁贮天风，他日凭栏想象中。
负翼无妨分厚薄，披襟何必辨雌雄。
我横拄杖看青嶂，谁御飞车过碧空②。
列子泠然犹有待，请回四大入虚□。

① （田公句。）
② （时有飞机掠空而过。）

五

绝巘凭临百感生，一年前事仅堪惊。
英雄竟向山中老，竖子且成天下名。
九日茱萸方辟鬼，八公草木浪疑兵。
明年此会人还健，重对诸公酌巨觥。

泣题先君子

向子居先生题《桂湖秋禊图》见归。时后，先君子弃养已五年矣，泣题一律于后。

思旧情深向子期，数行珠玉肯予贻。
三年一句真难得，九日孤儿转益悲。
桂树留人秋入画，茱萸厌胜旧题诗。
墓门松柏今堪剪，悽绝晴窗展卷时。

题　画

幽人家何尔，乃在清溪曲。
好山不在多，得此意已足。
静坐欲忘言，苍崖泻寒玉。

闾里有一士

闾里有一士，本自田家儿。

短衣适至骭，面目丑且黧。
十三牧牛羊，二十诵书诗。
鹄人起高飞，乃至西海涯。
西海有圣人，远胜孔仲尼。
玄言一何高，学之得其皮。
归来主横舍，赫然称大师。
峨峨博士冠，被服多威仪。
手挥摄提格，口颂爱彼西。
出入乘高轩，鸣笛呜呜啼。
东家老处子，愿同华屋栖。
持比秦罗敷，谁念秋胡妻。
丈夫贵得志，吐气成虹霓。
宁作朱买臣，勿为百里奚。

秋柳和渔洋

一

不关摇落已销魂，还为柔条恨倚门。
尚想东风能著力，岂知春风已无痕。
夕阳无语沉高阁，流水多情绕故村。
只惜婆娑生意尽，江潭身世忍重论。

二

娟娟弱质困严霜，瘦尽琼枝立玉塘。

旧恨歌残骢马曲，新愁织上缕金箱①。
何当臣里重窥宋，记得乌衣尚姓王。
十里隋堤犹寂寞，朱门谁问大功坊。

三

不辞化汁染春衣，回首章台一梦非。
青女来时心更冷，秋娘老去鬓先稀。
谁家双燕曾相识，它日群莺总乱飞。
赢得年时攀折苦，人间何事有垂违。

四

伶俜小影已堪怜，犹傍高城映晚烟。
不见伊人怀渺渺，所思远道恨绵绵。
班骓尚记来时路，锦瑟难忘得意年。
剩有情丝抽未尽，为君还绕画楼边。②

人外庐即事

寂寞在人外，萧然怜敝庐。
举杯邀月醉，隐几仰天嘘。
园种几竿竹，室藏千卷书。
城门无火患，应不虑池鱼。

① （今有织柳条为箱者，谓之柳木箱。）
② （此等诗当于不须记中。求之体物，刘亮、林薛诸人，似犹胜于渔洋也。）

为洪次云[①]题《碧桐画山水》八帧

一

挥翰方池忆往年，高楼安坐说筹边。
梁园旧客今谁在，我见洪厓又拍肩。

二

清绝莲花幕里人，一支画笔妙通神。
当年磨盾余残墨，写出溪山幅幅新。

章衣萍[②]买得画美人索题，戏写一绝

燕燕时相见，真真唤欲应。
知君正消渴，睐目似饥鹰。

喜赋腊梅

腊梅以素心者为贵，种园内有二株，凌冬盛开，喜赋二绝句。

① 洪次云（1878—1959）：四川成都人。四川商业学校毕业，曾任剑阁征收局长、江油县田粮处长、资中联合师范学校校长，1956 年入四川省文史馆。

② 章衣萍（1900—1947）：曾用名鸿熙，表字衣萍。主要作品：《古庙集》、《一束情书》、《樱花集》等。

一

侵晨扶杖绕园林，几点黄英渐可簪。
莫把幽姿比凡艳，最难清白到花心。

二

绿萼丹砂俱未开，一枝黄蕊最先来。
风流得似孤山否，不独妻梅婢亦梅。

红梅继开

一枝红影忽横斜，击碎珊瑚化作花。
我怪稚川难免俗，别从勾漏觅丹沙。

偶过青羊花市步城而归，赋二首

一

马塍岂必胜青羊，正有天花作道场。
九粒金丹蜕凡骨，七行宝树放奇光。
蜃楼海市匆匆变，华毂朱轮日日忙。
破戒不辞谋一醉，当垆仍是卓家娘。

二

却忆风流杜少陵，春来游兴一何深。
城南伴已经旬出，江畔花仍独步寻。

浮世荒枯宁有准，繁英开落本无心。
郊坰胜赏年年在，只惜游人换古今。

招梵众游花市

此日郊游忽忆君，一家梦笔最清芬。
相期花市吟新句，未要芜城抒恨文。
烟寺楼台长在望，江天丝管正堪闻。
明朝不雨能来否，尚拟春光与子分。

送梵众之金陵

长江何浩浩，送子入吴中。
万里收图本，孤帆向远空。
叹传人似鲫，浪说地盘龙。
钟阜茅茨在，因君怀次宗。

清明谒先君墓（丁丑）①

丛竹阴阴绕墓门，荒烟漠漠过江村。
五年真抱无涯恸，一奠宁酬罔极恩。
小子罢官仍落拓，全家经乱尚生存。

① 丁丑：1937 年。

九原一事堪相慰，解读遗书有嗣孙①。

支机石园林

天孙贻片石，持此问君平。
有恨辞银汉，何心恋锦城。
几多乔木老，不尽碧苔生。
未许游人过，摩莎任老兵②。

拟陆龟蒙《夏日闲居》四声诗步黄蕲春先生原韵

一

登楼怀张仪③，垂帘思君平。
居欣林园幽，游观荷池清。
徘徊高城边，愁闻胡笳声。
临风歌离骚，因之芳余情。

二

微云依前山，远水绕小屿。

① （弃养时佛奴未一岁，今已初等小学就读。）
② （今被戍兵圈入营地。）
③ （吾近卜居张仪楼畔。）

盈眸皆川光，满耳只鸟语。
循途愁炎歊，倚柳解午暑。
遥瞻江边楼，有酒此可举。

三

浮屠多奇书，静坐诵万遍。
惟宜持空观，未虑堕断见。
无生心常宁，任运事自便。
因窥微言高，遂令众论贱。

四

朝看遥天青，夕悦独月白。
庭多常开花，室乏不速客。
梳头还弹冠，濯足亦脱鞋。
饥时宜加餐，渴吸一滴液。

过杜柴扉故宅

柴扉一字若洲，晚居少城金河上。年六十，起甲花楼征诗。余戏改《黄鹤楼》句云："一拳捶碎甲花楼，一脚踢翻杜若洲。"不数年，楼塌，君下世，时人以为谶云。

一曲荒溪绕砌流，何人重问甲花楼。
乱来工部依严武，老去司勋咏杜秋。

故宅不随兵革尽，高名应似豹皮留。
当时戏笑成诗谶，到此愁吟鹦鹉洲。

与啸谷①话燕京旧游

忆昔长安看好花，五云深处画师家。
销魂只在杨梅竹，一路樱桃为我斜②。

赠陈富年③

斫地闻君歌莫哀，问谁青眼拔奇才。
锦城丝管浑闲事，曾傍宫墙擫笛来。

题友人合作山水长卷

题方鹤叟、芮碧桐、林君墨合作山水长卷，用米海岳题《巨然海野图》韵。

画家取境贵空阔，诸君运思入毫末。

---

① 杨啸谷（1885—1969）：字竹扉，四川大邑人。四川武备学堂毕业，曾任北京国立艺专、华西大学教授，省参议员。精鉴古物，四川省博物馆研究员。1961 年入四川省文史研究馆。

② （杨梅竹斜街、樱桃斜街俱在八大胡同，冶游必经之路。）

③ 陈富年（1904—1983）：四川宜宾人，“胡琴圣手”陈彦衡之子。戏曲音乐家。

老松百尺参天长，一线飞流涧中湉。
眼底危峰忽孤拔，径转陂陀趋险绝。
虚舟容与江水活，石黛因依不陵夺。
黄尘蔽天悼文物，故都况已沦胡羯。
我师百万请大阅，凡楚存亡战乃绝。
武陵空想秦人宅，易水何无燕丹客。
我题此诗百忧结，岂徒挥洒诩大涤。

题江梵众《苍岩泻玉图》即简梵众吴中　仍用前韵

怪君老笔意疏阔，手揽飞泉挂木末。
烟消白石何岩岩，雨过荒溪方湉湉。
神龙攫空老松拔，松间草堂独幽绝。
此中人可百岁活，青山听泉故莫夺。
吾生胡恋身外物，恨不归山侣牛羯。
北山移文早披阅，东海鲸波叹横决。
书空我坐城西宅，浪迹君作江南客。
开图写此肠百结，吾家佛奴勿轻涤①。

① （小子佛奴才六岁，好涂污，吾深畏其类此。）

成都秋兴　少陵韵（丙子①）

一

昨夜凉飕振晚林，繁华转眼变萧森。
尚留佳兴迟红叶，无复捋须坐绿阴。
宋玉自多摇落恨，江淹难赋别离心。
深闺却为寒来早，珍重添衣劝藁砧。

二

九里孤城日易斜，迷离旧苑问宣华。
千年艳迹支机石，终古豪情犯斗槎。
广陌何人工转毂，高楼有客巧吹笳。
未嫌秋晚芳菲尽，丛菊斑斑正着花。

三

闲上高城望夕晖，遥空远树雨依微。
谁家短笛还孤起，天外冥鸿正独飞。
羁绪欲随蓬共转，吟身拼与世相违。
可怜人似秋山瘦，獭髓②宁医病颊肥。

四

胜败从来等着棋，问君何喜复何悲。

① 丙子：1936 年
② 獭髓，獭的骨髓。相传与玉屑、琥珀和合，可作灭疤痕的贵重药物。

井蛙称帝无多日，龟蟮为郎曾几时。
故国漫夸天府好，降王终并传车驰。
当垆卓女容沽酒，一醉瞢腾百不思。

五

遥遥楚尾接吴头，万里苍茫水国秋。
尚想湖山钟霜气，漫劳笺纸写清愁。
天涯消息无青鸟，江上忘机有白鸥。
怊怅狂生忧国意，登高回首望神州。

六

浪传海外有仙山，望断盈盈一水间。
船舶有时飘鬼国，丸泥无计塞秦关。
十年生众徒高论，诸将筹边亦厚颜。
堪笑儿皇方自贵，犹从绝塞御朝班。

七

五岳归来爱蜀山，芙蓉城阙在云间。
三刀入梦开西蜀，一剑垂铭锁北关。
帝子烦魇成碧血，词臣消渴为红颜。
此时此地须行乐，莫待菱花照鬓斑。

八

请缨投笔两无功，往事真如一梦中。

空有壮心回落日，只余幽愤托回风。
朔方兵气诸天黑，上国旌旗满地红。
送老成都惊丧乱，草堂吾忆少陵翁。

九

敝庐数亩自逶迤，小隐居然似菊陂。
门外且无车马客，园中常有岁寒枝。
浮生似梦匆匆过，急景催人暗暗移。
卖卜草玄吾已倦，门帘无事日低垂。

寄江梵众

江梵众寄迹焦山，书称江南山水之胜。因吟一绝，即柬君《松寥阁》。

吴蜀相望万里遥，近闻远客在松寥。
诗人爱说江南好，不道偏安送六朝。

祀　灶　旧作

祠灶求仙愿已违，却陈瓜果送将归。
是何爵位居天界，小有神通比地祇。
破灶墜来灵气尽，蔡中郎去爨音非。
绿章尚奏通明殿，臣朔年来尚苦饥。

谢邓军长[1]见辟不赴

将军有志靖烽烟，招我从戎向朔边。
愧乏陈琳章表健，岂宜重上本初弦。

① 邓军长：邓锡侯。

康行杂诗

（1938—1940年）

第一集　投荒集

余从成都来炉城一阅月中，得四五七言都三十七首，聊陈近迹，不敢言诗。远道朋友或欲得之，以为笑乐，遂付铅版用代抄胥之劳。至于夸饰过情，此由积习。道途艰险，不尽如诗中所言。诸君有意雅游，正不必过而信之，以阻贤者之路也。戊寅①春三月，曾缄移录既竟，自记于将军桥南夷夏同栖之馆。

出成都赴西康临行赋四绝句

一

送老成都心未安，茸裘絮帽上征鞍。
此身行度千山雪，犹自临风怯晓寒。

二

一曲骊歌不忍听，千回万转别娉婷。
高楼正有横波目，相送飞鸿入窅冥。

三

赋罢闲居又远游，自怜蓬转几时休。
天涯它夜还家梦，合绕张仪百尺楼。

① 戊寅：1938 年。

四

羿毂何曾有此身，九州今日半胡尘。
逍遥广漠虽堪羡，西去升皇转怆神。

过临邛咏卓文君

不嫁相如死不休，当垆宁计外家羞。
远山依旧如眉黛，沟水何缘叹白头。
得意乍听鸾凤曲，多情还典鹔鹴裘。
郎君雅志耽消渴，未必倾城得自由。

道中望蔡蒙二山祷禹帝

我行适西塞，驱车过临邛。
斯须陆海尽，高骛群山中。
浩荡临羌江，一望森茏苁。
嘉名重往昔，禹贡标蔡蒙。
东西屹相向，矫若双苍龙。
蜀人仰峻极，何必瞻华崧。
因思夏后氏，伟哉疏凿功。
江河不汛滥，天下安耕农。
何物轻薄儿，谬说持异同。
竟诬古帝子，云是人间虫。

此辈盖妖孽，坐令而国凶。
东夷始犯顺，蹈隙来相攻。
燕晋遍烽火，京畿困兵戎。
元首幸西蜀，重器迁海东。
斯个甚洪水，丧乱将毋恫。
再拜启哲王，愿早生英雄。
长戈扫胡虏，万里收尧封。
土阶示俭德，玉烛征年丰。
不肖尽罢斥，贤者皆登庸。
重兴大夏国，再振泱泱风。
皇鉴倘在兹，天高听其聪。
山川徒能说，吾意何终穷。

题散盘拓片

余之西康，道出雅安，张君伯言出所藏散盘拓片属题。详盘，以清道光中贡入大内。庚子①，联军犯阙，或传毁于兵火。而此拓出于民初，则盘犹无恙也。中经辽沈之变，故宫古物南迁。丁丑②，中倭交捽，又当随国府西上。值国家多事，斯盘似亦不皇宁处，固不仅我辈转徙流离，为可恨已。既为跋，其纸尾更吟二绝句。

① 庚子：1840 年。
② 丁丑：1937 年。

一

中原有问周王鼎，内府空矜散氏盘。
一纸残铭关国故，几回欲释又重看。

二

千里关山转徙身，不堪回首望烟尘。
散盘尚有飘蓬恨，何况东西南北人。

纪行七首

由成都至雅安再宿

洪波振大壑，川泽无恬鱼。
伊予值丧乱，焉得怀故居。
长揖张仪楼，别我人外庐。
南辞万里桥，西指三危墟。
飙车去何速，升高望平芜。
低徊度羌水，信宿梦成都。
前朝共欢笑，今者悲羁孤。
羡彼双凤凰，高飞将其雏。

过大相岭

古之邛崃山，今曰大相岭。
连冈亘西南，拔地乃一逞。
肩舆度绝壁，磴道同悬绠。

峻坂时当前，健脚安得骋。
山行有升降，天变在俄顷。
冰坚来人须，雪缟去客颈。
凭陵最高峰，极目虚无境。
峨眉犹蚁垤，两川等蛙井。
南下廿四盘，恍若堕坑阱。
乘险非本怀，叱驭徒徼倖。
陂陀望清溪，更若风势猛。

飞越岭

浮海见溟渤，观山有飞越。
俱冠平生游，使我高兴发。
抟抟此大块，嗟尔得其骨。
纵横列地维，缥缈接天阙。
因念图南鸟，至此或夭阏。
云翼犹徘徊，遑论鹰与鹘。
蹑云吾上征，十步九颠蹶。
凭高一回顾，凛然竖毛发。

虎耳岩

谁向千丈壁，凿此一缕路。
未许通车舆，仅可容步履。
是身行虚空，两手失攀附。

上愁飞石侵，下怵风涛怒。
曾闻吕梁险，愧乏伯昏度。
搴裳始欲前，慄慄怀恐惧。
长途老行脚，过此求神护。
道左巍丛祠，买香从尔炷。

自冷竹关至瓦斯集

行经冷竹关，前望瓦斯寨。
十里皆巉岩，一道历险隘。
下临不测渊，顾影落澎湃。
处处俱可危，步步未敢懈。
骇然语仆夫，我辈壁上挂。

雪中从瓦斯沟经日地赴炉城

朝发瓦斯沟，沟水正泱漭。
悬流竞一倾，汹涌忽成响。
溜石翻银涛，穴地走玉蟒。
何用观广陵，即此符玄赏。
匆匆过日地，遥作炉城想。
自笑非王恭，涉雪披鹤氅。

戏赠同行诸子

王公不瘦削，李侯略肥胖。

健步城北徐，善病临邛段。
短视韩荆州，有花不知看。
邂逅得数子，此行有佳伴。
投宿每联床，出游亦鱼贯。
寝食展戏谑，相对忘崖岸。
旅途乐如此，路难安足叹。

行路难歌　为大相岭作

四座切莫喧，听我歌路难。
太行孟门不足道，斩绝只有邛崃山。
下有窅冥莫测之深谷，
上有缥缈无尽之层峦。
蛮荒子弟夸矫捷，对此险峻愁难攀。
古来几人到此地，王尊叱驭王阳还。
其难也如此，而余羸且孱。
既为远行役，宁复辞险艰。
始度山之麓，路似蟠蛇方起伏。
时踏乱石披荒榛，偶度危桥支坏木。
桥边绝涧驰急流，终古惟闻水声哭。
继陟山之腰，我行冉冉升青霄。
谁开磴道向高壁，嶓如天际垂长绡。
行人伛偻始得上，手虽附葛身飘摇。

小关已过大关近，宛转凌虚蹑梯径。
此时四顾烟苍茫，天风打头雪没胫。
望中千里山回环，随山路作长弓弯。
忽转弯弓成直箭，上登山顶穷高盼。
绝地天通著此身，剩欲化为云一片。
峰回路转如旋螺，一落更下千丈坡。
南至泧江百余里，犹蓄余势成陂陀。
苍天何心设此险，西陲屹立高嵯峨。
山高地气苦稀薄，呼吸仅存息微弱。
客言咫尺多神灵，慎无高声雷雨作。
只今回首草鞋坪，有虎食人心更惊。
自是洪荒异人世，尔辈据险能纵横。
安得当时疏凿手，为我尽铲丘山平。
平平荡荡至西极，无复艰难歌远征。

化林坪观果亲王诗碣，笑题二十八字，用段升阶韵。

看山似读龙门史，奇崛曾无一笔平。
寄语临边老王子，何劳横槊赋荒坪。

冷迹见桃花

西越乌鸦岭，南临大渡河。

边山犹积雪，塞水已层波。
花惜沿途少，春疑此地多。
蛮荒风景异，前路定如何。

泸定道中

邛崃曾度羊肠径，泸定今过铁索桥。
思等流波常渺渺，心如悬旆正摇摇。
满城荒地花争发，夹岸寒峰雪未消。
平路沿江无十里，又随危磴绕山腰。

步行口占

济胜犹堪仗此身，芒鞋布袜满征尘。
相逢莫作书生看，我是寻常行路人。

炉城宴席观蛮姬跳舞

康人谓歌舞曰跳锅庄，拥兵之酋曰代本。代本至，则跳锅庄以娱之。

一

番女如花态万方，成围妮队跳锅庄。
弓弯舞袖分明记，犹是文成公主妆。

二

一曲清歌酒一杯，新声不数紫云回。
坐中我是寻常客，莫认官家代本来。

上　将

上将能宽西顾忧，从容谈笑镇边州。
谁知欧冶吹毛利，化作刘琨绕指柔。
词客愿为穷塞主，南人不反武乡侯。
未知今日蛮夷长，尚有唐丛献颂不。

宿二道桥温塘梦先君抚慰甚至泣然赋此

今夜宿温池，思亲梦见之。
重泉怜老父，千里伴孤儿。
远塞成羁旅，终身荷爱慈。
松楸余想望，祭扫定何时。

乐顶山访勇师精舍并谒大勇呼图克图

一

阇梨依止处，精舍倚高峰。
绕屋山千万，当门雪数重。
不疑幡影动，自喜足音跫。

室迩师何往，惊心闻暮钟。

二

愿力曾无尽，人间有再来。
最怜生小处，仍傍妙高台。
秀挺知仙骨，冲融养圣胎。
迟余双鬓白，听法此山隈。

西征四言赠升阶

其一

宣尼大圣，欲居九夷。
曰予不德，岂辞险巇。
言与之子，将适西陲。
轺车既驾，载驱载驰。

其二

驰驱伊何，眩逾百里。
逐次严道，以临南鄙。
峨峨蒙山，汤汤羌水。
旅平之迹，远怀神禹。

其三

悠悠行迈，道阻且长。

遵无平陆，陟有高岗。
邛崃斩绝，险逾太行。
九折之坂，心催王阳。

其四

登高常危，临深每惧。
曾是孱躯，而乘此路。
岭绝鸦飞，河愁公渡。
来蓄先惊，去怀余怖。

其五

身如坠叶，逐彼狂飙。
心如悬旌，蹑彼飞桥。
子行我继，我后尔招。
临危互惜，出险相嘲。

其六

人生实难，知人不易。
凡鸟累百，一鹗惟鸷。
昔在太学，蚤敦风义。
事子犹兄，畜我则季。

其七

夙同忧患，兹共险艰。

曹邱之惠，辟我炉关。
薄书鞅掌，以属鄙顽。
自惭樗栎，虚荷援扳。

其八

牦牛徼外，岂伊汉土。
唐丛向化，实由朱辅。
其地高寒，其人椎鲁。
寄迹此邦，何殊太古。

其九

桓桓刘公，始膺边寄。
上策攻心，舍力用智。
回首中原，东夷方肆。
昔诮穷边，今矜福地。

其十

惟山岩岩，惟雪皑皑。
登高四瞩，与子徘徊。
浮图百尺，中藏死灰。
今我不乐，空期未来。

其十一

长流损川，屡照疲镜。

闻有至人，吾将托命。
采薇西山，如彼先正。
同心勿渝，对子长咏。

贻黄隼高居士

双林绕郭法钟撞，游子真依有道邦。
处处闻人歌梵呗，家家当户袅经幢。
天开净域从君住，佛坐灵山受我降。
为理葛藤夜深语，不同凡俗话西窗。

康娃谣

西方牦牛国，聚族居康娃。
冬夏御一裘，自饮酥油茶。
生男不自育，入寺为僧伽。
盈盈在家女，十五芳年华。
绾髻朱丝绳，夭娇如蟠蛇。
天寒赪两颊，颜色娇红花。
今日良宴会，结伴来君家。
振衣为君舞，引吭为君歌。
君意尚不乐，贱妾将如何。

再咏康娃四首

一

生小康娃爱踏歌，打柴日日上山阿。
风前不管无人听，唱彻新声子耳坡。

二

乐顶山头绣幕张，柳林四月好风光。
登登革履踏青去，叶叶春衣生野香。

三

小小方塘一勺泉，风流第二画桥边。
凝脂浴罢娇无力，自去咏归楼上眠。

四

人说西康是佛都，侬家家世重浮屠。
门前爱看风幡动，心似风幡动也无。

闻　捷

东征诸将尽桓桓，西塞音书达未难。
昨日台庄传大捷，收音机下万人欢。

哭王之钟[1]将军

王之忠将军守滕县殉义，孙军长悬重金求其遗骸，未获。余往在田公②幕府与将军共事，怆闻凶耗，哭之以诗。

一

断头真不愧将军，力战孤城以死闻。
东海几时清见底，泰山今日重如君。
招魂蜀道啼鹃鸟，并命睢阳有霁云。
何所千金求骏骨，我怀先轸泪纷纭。

二

七尺昂藏岂浪捐，成仁公已迈诸贤。
名垂祖国新兴后，功在儿庄大捷前。
慷慨田横五百士，凄凉孙武十三篇。
鲰生曾预元戎幕，回首同袍意惘然。

① 王之钟：王铭章（1893—1938），字之钟，汉族，四川省新都泰兴场人，著名抗日将领。在抗日战争徐州会战中，因誓死保卫滕县而殉国，后被国民政府追赠为陆军上将，是中国军方在抗日战争中牺牲的高级将领之一。

② 田公：田颂尧。

边城始见花开喜赋一绝

似防春色到天涯，万壑千岩抵死遮。
昨夜东风勤远略，前锋一帜是桃花。

附：

鹧鸪天

半日晴曦半日风，边城花事费春工。
已过寒食清明了，犹在千呼万唤中。

催柳绿，盼桃红，敲残羯鼓竟无功。
康娃见惯浑常事，不道无花便恼侬。

第二集

西　征

乱世身如一叶轻，不成东去复西征。
春从杜宇声中尽，客在牦牛徼外行。
照影羌江怜我瘦，多情雪岭向谁明。
投荒底用伤羁独，麋鹿前山即友生。

行色　和司马池[①]

苍茫似梦复如秋，南在船头北马头。
只惜匆匆留不得，看来一路是离愁。

野色　和范仲淹

苍然自远至，似欲上楼台。
澹澹雨初过，濛濛烟始开。
亦知凝望好，未肯入城来。

---

① 司马池（980—1041）：字和中，陕州夏县（今属山西）人，司马光之父，北宋官员。真宗景德二年（1005）进士，授永宁主簿。兼侍御史知杂事，更三司副使，仁宗庆历元年（1041）卒，年六十二。

独有凄清客，黄昏首重回。

将军庙祀汉将郭达

有云诸葛南征，达铸箭于此。神像戴笠骑羊，状甚诡异。其神灵，康人就问吉凶。暇日往游，赋此。

茫茫前事总难知，郭达千秋尚有祠。
不用将军矜武库，真成山鬼从文狸。
胡僧讽咒呢喃急，番女拈香拜起迟。
究是何疑须问卜，泥人颠倒诵繇辞。

炉城即事

横流沧海欲何归，康定城边天下稀。
郭达秋清溪绕练，雅伽春霁雪成围。
谁家深院无高阁，何处青山不翠微。
今日避秦惟此好，武陵犹有敌机飞。

雨不出

一晴何术破天悭，镇日无聊只闭关。
做尽雪花飞雨点，塞云应是不曾闲。

看樱桃花作

平生倾倒少陵翁，爱诵樱桃也自红。
今日看花来塞外，诗情真与少陵同。

乐顶山嬉春之作

乐顶吹衣尽好风，谁张绣幕藉蒙茸。
桃花流水酒杯外，杨柳春旗山色中。
袅袅纤腰拖翠带，峨峨高髻绾红绒。
凭高亦有清狂客，独送诗情入远空。

东　郊

东郊初散策，朝气正氤氲。
涧落方倾水，山含不定云。
荒畦生菜甲，怪石绣苔纹。
远寺钟方动，清音细细闻。

蛮家有好女

行汲须在涧，樵采须在山。
蛮家有好女，操作无时闲。

朝雾笼双鬟，撩乱风中鬓。
恭闻贵人召，袨服来姗姗。
尊前歌一曲，聊博贵人欢。
贵人催赐金，一笑持之还。
斯须复相见，负薪行路间。

杂诗五首

一

文成昔下嫁，作嫔于番王。
当时钦婉娈，后世怀芬芳。
礼失求诸野，毁裂嗟冠裳。
今观番人妇，转作唐时妆。
如何恣非笑，眯目同播糠。

二

狂生梦槐安，欣然附嘉姻。
回顾槐中蚁，俱如天上人。
一麾乃出守，南柯荣此身。
梦中岂不乐，梦尽还怆神。
所得曾几何，哀哉非等伦。

三

西方有圣人，早证无生忍。

奥义蟠胸中，奇文生鼻准。
著书近万卷，字字抉精蕴。
畴谓胡无人，异光发瑜瑾。
我闻乃如是，俗儒方见哂。
它日紫气来，期之关门尹。

四

我闻喜马山，中有避俗翁。
常操扎龙术，游戏多神通。
奇哉拙地火，照地光熊熊。
草木为萌芽，冰雪为销融。
此事言者众，不类亡是公。
何当裹糇粮，从之哲孟雄。

五

昨登跑马山，高塔何巍巍。
大师金锁骨，化为塔中灰。
寿尽趣涅槃，乘愿还再来。
不见佛都督，今者方婴孩。
篯铿老且惫，七百胡为哉。

经包氏阡作

一

信步出北门，行行即荒阜。

昔日包家庄，绕屋余枯柳。
高冢惟峨峨，逝者骨已朽。
叩门无人应，颓垣蹲瘦狗。
陵谷有迁变，荣名那可久。
不见明正司，及身作黔首。

二

十步将军桥，长卧荒溪里。
桥上有行人，桥下有流水。
人去有还时，水去无归理。
齐物悲庄生，叹逝惜孔子。
不庄亦不孔，对此默无语。

即事有感慨然书怀

佳茗作酪奴，我为佳茗愁。
浊酒名贤人，我为贤人羞。
佳恶复有别，贤佞更相仇。
若者直如弦，若者曲如钩。
悠悠千载下，貉死同一丘。
舍此不复顾，登彼南山头。
一声南无佛，此外吾何求。

大　风

长风东北来，汹汹不可控。
初疑江海翻，又若万人哄。
有时打我窗，惊破羲皇梦。
孤城且震撼，天地亦晦霿。
却顾郭达山，岿然不曾动。

炉城即景

溷处华夷了不分，有时雨脚对晴曛。
香时始信花非雪，动处可知白是云。
乌雀投林飞作阵，牛羊下岭粲成群。
边庭事事皆殊绝，牖下穷儒总未闻。

陈东府见和即景之作，叠前韵奉答

双城夹峙水中分，百尺高楼对夕曛。
只为苍生要霖雨，不容安石作闲云。
攻心早定毡裘长，浪迹曾穿虎豹群。
此日梁鸿依宇下，有时高咏一相闻。

有感再叠前韵

自爱挑灯坐夜分，有时凭槛送斜曛。
前身我或是明月，后世谁能知子云。
雪岭清寒留小住，锦江迢递怅离群。
投荒吊影嗟今日，犹恨余香未远闻。

次韵分酬觉玄鹰若静庵

去岁辽宁金静庵①、杨盐城 、陈觉玄 聚饮蔽庐，赠之以诗，兼怀孙鹰若②、刘伯平武昌。今金陈孙皆有诗见和，次韵分酬。

酬觉玄

觉玄时方游青城归来，有诗见寄。

洗耳真须学许由，封侯何必羡羊头。
出关笑我同迁谪，僻地知君得胜游。
卅六奇峰围灌县，二分明月梦扬州。
天彭井络应如昔，只惜真龙不是刘。

① 金毓黻（1887–1962）：字静庵。著名历史学家、文学家、金石学家、文献学家、考古学家。1913 年入北京大学文科，1930 年，任辽宁省政府秘书长、东北大学史地教授。1931 年，任省政府委员兼教育厅厅长。

② 孙世扬（1892—1947）：字鹰若，海宁周王庙人，近代学者。毕业于北京大学，师从黄侃，与曾缄先生并称为“黄门侍郎”。

酬鹰若

日寇陷南京，量守庐竟入贼中，今后哭祭黄蕲春先生未知何所，悲哉！

四海相望一子由，闻君骑鹤上楼头。
苏门昨尚闻鸾啸，吴苑今真让鹿游。
差喜有诗传蜀道，只愁无地哭蕲州。
平生师友今无几，应对遗文泣应刘。

酬静庵

横流一地着巢由，忽漫相逢感白头。
我在本初弦上住，君于仁羿彀中游。
猿啼怕过巴人峡，虎踞愁看帝子州。
纵使山阴重访戴，可堪词客已依刘。

附：送曾圣言同学之西康，次赠诗原韵

陈钟九

客途相见正夷由，又送行旌天尽头。
十里平原拼纵饮，中年王璨更西游。
计程险奥通三藏，亢志澄清望九州。
多少关山行不得，西陲犹幸未虔刘。

答谢圣言觉玄两兄　谨次原韵

孙世杨

蓬转萍飘不自由，难酬折简蜀江头。
归心渐永随春尽，兵势初回得上游。
已信金汤围楚泽，行收涕泪览吴州。
成都美酒输君辈，萱社相逢白见刘。

觉玄自成都以慎言诗见示，次韵却寄

金毓绂

浪迹东西各有由，难将往事话从头。
却因辟地仓皇至，又见辞家汗漫游①。
笳鼓兢时惊白日，海天尽处望神州。
倍滋百尺登楼感，欲与元龙话二刘。

① （圣言近住成都，比有西康之行。）

四　月

四月寒深打箭炉，倚楼人望日西徂。
欲知塞上山高下，但看天边雪有无。
收拾蓬心临广漠，扫空尘想对浮图。
此时忽忆成都好，满地榴花映绿芜。

同韩彣畦黄隼高游观音阁

断崖开佛阁，今日始登临。
不到阑干上，焉知关塞深。
悬流喧绝涧，积雪绚遥岑。
待了官家事，时来写夙心。

谢杨叔明①惠滇茶

多谢杨夫子，新差不夜侯。
倾时香喷盏，煮处绿浮瓯。
陆羽经堪注，相如疾可瘳。
叮咛语僮仆，慎勿和酥油。

① 杨叔明（1884-1961）：名永浚，号菽庵，祖籍四川崇庆县。曾任西康省委员会秘书长，国民政府行政院政务委员，青年党中央常务委员等职。策划过国民党军兵团司令罗广文起义，为川西和平解放立功。

谢家言枢[①]见赐藏葡萄

吾宗关外至，投我以葡萄。
到口甜于蜜，何心酿作醪。
不同收苜蓿，犹及荐含桃。
好此殊方味，因君饫老饕。

生日作　示儿子佛奴[②]

我生四月七，汝生四月九。
佛生四月八，我先汝则后。
字汝为佛奴，祝汝如佛寿。
我今四十六，汝已八岁有。
读书虽不多，琅琅声在口。
涂抹无不为，烟墨污两手。
点屋同鸡栖，画虎或类狗。
有时擐戎装，马竹弓则柳。
扬巾作旗帜，持盘抵刁斗。
虽云儿戏事，睥睨气不苟。

---

① 曾言枢（1899—1976）：名令枢，以字行，璧山人，陆军少将。历任刘文辉部第24军少将副旅长、西康理塘地区保安司令兼理化县县长、西康警备区司令、西康第四行政区专员兼保安司令等。他不仅被誉为第24军的“佛菩萨”，也是理塘地区历史上有名的“汉人喇嘛”。

② 佛奴：曾缄先生长子曾令森小名。

人夸千里驹，它日迈群走。
丈夫怜少子，唾面怒老妇。
矧余迫中年，骨肉能毋厚。
阿爷去殊方，好自依尔母。
但期汝敷腴，岂辞吾老丑。
尔祖昔望孙，成童今见否。
苍茫望松楸，临风黯回首。

唐将军招看杨园牡丹作歌

山城四月春交夏，杨园花事何妖冶。
嫩丝娇红尽可怜，雄蜂雌蝶俱难舍。
将军早定寻芳约，我来踽躅花之下。
主人有花便不俗，坐客无诗亦能雅。
把酒酹花心自猜，蛮荒那得此花开。
主人含笑但促饮，看花莫问花由来。
君不见，文成公主真国色，下嫁穹庐非自媒。

包庄牡丹大开，花皆向佛，赋呈日库[①]呼图克图[②]。

闻道君家多牡丹，花时许我一凭栏。
开来清净三摩地，望去庄严五佛冠。
自性本空偏有色，春光正好尚余寒。
吾师妙术金篦在，试借狂生刮目看。

附：壶中天慢

往看杨园牡丹，于时细雨霏微，娇红欲滴。余首唱七言，陈翁东府赋诗，所谓“输与高吟曾学士，八叉斗捷颂花神”者也。六月既夏，此花重开，主人喜而索题。偶捡宋人词，有康伯可《咏牡丹》之作，遂依声和之。

画檐疏雨，记娉婷初见，轻张罗幕。
一赋紫云惊满座，此事匆匆成昨。
远塞伤春，山城消夏，重订看花约。
似曾相识，为君还倚高阁。

① 日库寺：全称为“吉祥如意佛法兴盛寺”，坐落在四川省甘孜州康定县木雅朋布西部落境内，是藏传佛教萨迦派在康区的一个较大的寺庙。
② 呼图克图：全称“吉美曲杰俄热——日库呼图克图”，生于公元 1892 年，为日库寺大德者。1955 年圆寂，享年 64 岁。

因念洛下天香，正千烧万战，惊传宵柝。
玉佩金裙何处也，胡马方窥河岳。
吾土虽非，佳人难再，且尽今朝乐。
片红枝上，莫教风又吹落。

游金刚崖寺

徐步公主桥，遥望金刚山。
已欣乔木秀，复此招提闲。
斯邦重三宝，岁时朝百蛮。
法轮昔常转，丹梯今始攀。
泥首莲华尊，瞻恋佛母颜。
理通情无滞，意密言可删。
凭轩一送目，残照光微殷。
雪缀峰玲珑，霞散天斓斑。
归鸟争投林，游人亦言还。
清娱萦寸心，怀之入南关。
沉吟终遥夜，思若无端环。

登跑马山

与黄徐二君登跑马山，观格聪库登诸上人弹棋，流连竟日，即事有作。

自我屋后山，望师门前树。
高磴悬孤危，捷径知窘步。
招邀烦二子，牵率强一赴。
惭非济胜躯，喜协登临趣。
夙饮灵境闲，况与群公遇。
毡帷映崖谷，主客罗缁素。
游戏寓神通，语默潜禅悟。
相携度广场，细草承双履。
盈盈山花发，粲粲春人聚。
人生几两屐，世事五里雾。
时当曳杖来，相从山中路。

过瑟多宫访狂僧噫嘻阳魄石窟

噫嘻岩栖士，独往谢徒伴。
垢世方佯狂，适已自疎诞。
卜居邻虎穴，开径向鹿疃。
山中人迹稀，洞外山花满。
下诣瑟多宫，赫赫蛮君馆。

人生等朝露，百岁固已短。
华屋终短图，曳尾诚长算。

附录　狂生传

狂生名噫嘻阳魄，出家康定南无寺，游拉萨，学经教于哲蚌寺，不知于何时发狂。归康定，适某大喇嘛于南无寺说法，四众肃然。噫嘻忽弛衣露体，鹄立众中，诸比丘尼、优婆塞皆引袖障面，主事者逐之。去日，科头跣脚，游行市井。人施以钱，受而投诸地。或向人求故衣著之，往往为群丐剥去，亦不较。时向人家妇女哆然笑，以此颇致殴辱，终不悔。夜宿将军庙庑下，或郊外丛冢间，大风雪自若也。日库古宿者，康中大德也。噫嘻常诣之，语飘忽，或持水为古宿净头，不中程，袈裟尽湿，古宿笑颔之。语人云："噫嘻有道者，特佯狂耳。"余一日过古宿，噫嘻与论，师库登在座。噫嘻顾库登："君近颇与人辩论不?"库登曰："然，今当致诘。"即发数难，噫嘻一一酬对，出语非常。自命库登为之叩头，乃起，去。时河套有老僧，年百二十，秉异术，人以为神，常诣之。僧曰："毋嬲我。康定有无饰菩萨，见者不堕三恶道。"彼众来康，于南郊荒山石窟中迹得噫嘻，方引衣蒙首蜷卧，裸其下体，则皆欣然礼拜，谓河套僧所授记即噫嘻云。

赞曰：楚狂不狂，大癫非癫。我为甘露，人则狂泉。笑傲僧伽，游戏市廛。适已忽物，飘飘其仙。

将军桥观水

风经断壁犹频转，云过前山亦小留。

只有将军桥下水，毅然东去不回头。

浴二道桥温泉归途口号

浴罢温泉一振衣，溪山十里咏而归。
吾家秘密谁能会，触处临流便是沂。

陈东府入山采花伤足，戏赠长句

爱花谁似陈东府，手自编篱作花圃。
圃内花多看未足，更入深山恣搜取。
石头路滑行不得，老眼昏花蹶榛莽。
世间尤物常累人，幼舆折齿君折股。
归来偃卧不出户，梦中犹见山花妩。
故人虽来致慰问，此老何曾解愁苦。
昨闻达官出东郭，骑马堕地亦伤足①。
人生得意还致灾，岂谓求荣今反辱。
从此真成折脚铛，向人莫炫荆山玉。
奇哉二事竟偶同，冒险探花君不俗。

① （考试院长戴某以祭班禅来康，送客东郊，骑马堕地。）

悲歌行

悲有千端，人生实难。
狂泉疗渴，腐鼠当餐。
却足迷阳，惧伤吾行。
岂弟君子，怀宝迷邦。
与子徂东，海阔波重。
岂无舟楫，畏彼蛟龙。
与子南征，翩如越禽。
岂无一枝，惜彼空林。
将往朔野，远道莫假。
岂不依风，憎彼胡马。
躄躄靡骋，茫茫何之。
上折天柱，下裂地维。
昭昭白日，遂薄虞渊。
悠悠长夜，乃如大年。
远望当归，长歌当泣。
升皇赫戏，肝肠断绝。

旷　世

旷世何人独秀群，沉思翰藻感斯文。
自从一梦江淹后，笔底常垂五色云。

秋日言怀
效羽岑山馆体即次其《秋心》元韵

一

心头万恨涌如潮，魄散巫阳可得招。
北走胡还南走越，潘郎鬓更沈郎腰。
十千斗醉谁家酒，廿四桥听昨夜箫。
多谢穷荒肯相伴，一丸冷月上林梢。

二

忧时蚤负澄清志，学道深惭瑕满身。
八表同昏天正醉，百年如梦日西沦。
亢龙有悔真当忏，刍狗无灵莫浪陈。
化尽虫沙又猿鹤，独留微命作逋民。

三

此身此日归何处，一片悠悠出塞云。
升岳尚能为五噫，读书恨不见三坟。
穷途可要狂生哭，大道难教下士闻。
弹铗自歌人自笑，蛮中或有孟尝君。

怀静殊

远山眉黛相如妇，香雾云鬟杜甫妻。

恨不将身化明月，为郎飞堕碧天西。

泸定桥铭

秦皇鞭石，天孙驾鹊。
云何此桥，御之朽索。
悬度之国，蹑绠而趋。
危于履薄，翩若凌虚。
如乘秋千，或下或上。
又似桔槔，忽俯忽仰。
动无常则，进止难期。
绳桥游戏，若伎之为。
跬步有疏，清泠是蹈。
载胥及溺，其何能悼？
危哉蜀道，飞栈连云。
以彼方此，未足以云。
忠信涉波，蕲其在我。
至人不焚，非谓薄火。
天堑可涉，天险可越。
驰驱坦途，或致颠蹶。
在德则兴，恃险斯亡。
勒铭江干，敢告蛮荒。

康定二道桥温泉赋

牦牛之乡，山出燠泉。
美哉丽泽，惠此穷边。
其气如春，其光如天。
溶溶洩洩，似烟非烟。
尔其阴火上蒸，忽若鼎沸。
沤发珠圆，波翻玉碎。
状如莲华，鸣同环佩。
喷薄有声，辗转多态。
于是嘉辰出沐，捷踞要津。
临泉捐袂，要彼灵均。
荡涤瑕秽，澡雪精神。
料理皂荚，羞污黄尘。
若乃洧盘濯发，汉皋弄珠。
凌波始步，嬉水为娱。
温柔体性，滑腻肌肤。
水哉水哉，仙乎仙乎。
或有珊瑚交枝，游鱼比目。
缱绻微波，低回芳躅。
胶投漆中，水与乳合。
奇情逸致，不可殚述。
相忘江湖，为欢难足。

是以泉虽一派，浴有千差。
缘情益靡，踵事增华。
郎骑青骢马，妾乘油碧车。
孰不驰骛于炉城之表，
而游戏于斯水之涯者乎。

文成公主颂

序曰：唐贞观十五年①，文成公主下嫁吐蕃赞普弃宗弄赞②。公主本唐宗室，端庄美丽，体净无瑕。弄赞陈兵索婚，遂嫔淑女。语其悲愤，奚翅文姬③。史称弄赞慕中国文服仪卫之美，为公主别筑城郭宫室，服纨绮以见公主。夫以犬羊之鞟，被虎豹之文，虽复身罗锦绣，岂足蔽其之羶腥；纵使粉饰城宫，何遽优于旃毳④。展如之媛，偶斯椎髻，一齐不改，遂以终身。意其必有天壤之嗟，而无如皋之笑也。然终弄赞之世，吐蕃未尝寇边。而彼邦涂赭⑤之俗，至公主而始革。又为创立文字，制定律历。教之以稼穑，授之以诗书。加以虔事浮屠，蔚为国教，庄严刹土，常转法轮。此其制作侔⑥于圣人，应化几于调御⑦，非惟惠及二

① 贞观十五年：公元641年。
② 吐蕃赞普弃宗弄赞：吐蕃，古代对藏族政权的称呼；赞普弃宗弄赞，即藏王松赞干布。
③ 奚翅文姬：奚翅，何但，岂只。
④ 旃毳：指毡帐。
⑤ 涂赭：类似纹身，以赭色涂于面部或身体。
⑥ 侔：相等，齐。
⑦ 调御：即调御大夫。佛十号之一，谓可以导化一切丈夫的调御师。

邦而已，实乃功存万世焉。鸣呼！天授此才，在于巾帼。凿空①安在，定远②何人？是以中土播为美谈，彼邦奉为圣哲。古称不朽，斯足当之。何必疑其燕婉之私，而代为之扼腕也哉。民国二十七年③，余以事需滞西康。今之康藏，昔吐蕃属也。接其黔黎④，闻公主之遗爱⑤；入其祠宇，睹公主之妙容；览其记载，见公主之文章；观其歌舞，存公主之故实。耳濡目染，魄动心惊者久之。诗序有之："颂者，美盛德之形容也。"若斯人者，歌咏之士其能无致思乎！故遂染翰伸纸，抒辞献颂云尔。

惟戊寅⑥之纪岁，余凭轼而西征。
涉若水之奔川，次牦牛之故城。
临吐蕃之东鄙，指山川而目营⑦。
钦伊人之婉娈，因献颂于文成。
懿公主之初降，炳昭质于皇家。
性柔嘉而有则，体明净以无瑕。
含旃檀之馥郁，挺若木之芳华。
横四海以流盼，怀中情其信姱⑧。
彼弄赞之陈兵，乃致求于淑女。
胡有唐之不兢，辱和亲于之子。

① 凿空：指"凿空侯"张骞。
② 定远：指"定远侯"班超。
③ 民国二十七年：1938 年。
④ 黔黎：黔首黎庶，指百姓。
⑤ 遗爱：文成公主留下的丰功伟绩。
⑥ 戊寅：1938 年。
⑦ 目营：放眼眺望。
⑧ 信姱：确实美好。《离骚》："苟余情其信姱以练要兮，长顑颔亦何伤。"

溯河源以西迈，顾旧京乎万里。
临长桥而啼血①，霑浪浪之未已。
方王姬之下嫁，礼有迎其必恭。
慕冠裳于上国，怀内疚于西戎。
易部落为城郭，回穹庐乎室宫。
衣纨绮以自见，将踧踖②其何容。
帝女适乎槃瓠③，简狄协乎玄鸟④。
惟佳人之既修，偕彼伧以终老。
除涂赭之陋俗，复面目之姣好。
身既安乎室家，光乃被乎四表⑤。
书契替其结绳，稼穑启其不毛。
援诗书以敷教，布律历之在条。
求绝学于竺乾⑥，致金身于大招⑦。
住牟尼之正法，驾阿育而高超。
无何广莫之乡，朴略鸿荒之世。
彼夷狄之有君，待贤妃而成治。
垂十善之宝章，宏经国之大制。
备文物其粲然，故易听而改视。

① （昌都今有汉女啼血桥）
② 踧踖：恭敬不安的样子。
③ 槃瓠：远古神话中拯救过国家危难的神犬。
④ 简狄：简狄吞燕卵而生殷商始祖契。玄鸟，燕子。
⑤ 四表：四面最远的地方。
⑥ 竺乾：印度。
⑦ 大招：西藏拉萨大昭寺，寺内有文成公主像。

橘有逾而成枳，士有去而智秦。
有因祸而禔福，有后泰而先屯。
假天衢①于异域，成不朽于妇人。
将运命之有属，操厥柄乎鸿钧。
嗟末士②之投荒，逢斯世之颠沛。
履彼邦之旧域，怀斯人之遗爱。
岂微管之足唏，固居夷而未悔。
怅临风以陈辞，邈衔思③于千载。

① 天衢：京都大道。
② 末士：境遇困顿的人。
③ 邈衔思：邈，久远；衔思，内心的思念。

第三集

失地十四首

一

王气今何在，金陵人望赊。
二乔人妩媚，六代事繁华。
虎踞还成犬，龙盘忽变蛇。
不知江水上，谁唱后庭花。

二

燕蓟昔经过，曾窥太液波。
池台三海阔，城阙五云多。
弃栈非天意，移都奈尔何。
不堪回首处，屠狗亦能歌。

三

汉水流南国，江城踞上游。
美人香草地，黄鹤白云楼。
花落汉阳树，草荒鹦鹉洲。
亡秦三户在，不敢怨灵修。

四

表里连东海，屏藩近北都。

一峰华石柱，十顷大明湖。
自昔谭天有，于今蹈海无。
空余亭下水，和泪迸珍珠。

五

赤烟能无怒，朱炎固有方。
中分大庾岭，一角太平洋。
雅片伤心地，黄花堕泪岗。
珠江好流域，不是旧帆樯。

六

胡马济滹沱，三军夜枕戈。
关惟娘子险，甲是晋阳多。
汾水无人渡，秋空有雁过。
伤哉老吴起，挥泪泣西河。

七

关外气苍茫，将军昔挽强。
红须兴草泽，赤手擅封疆。
星落皇姑戍，魂招山海乡。
生儿偏不肖，拱手送辽阳。

八

五老匡君宅，东林慧远钟。

泉飞清嶂湿，路转白云重。
是处登临好，常年避暑逢。
牯冈还在望，江上阻艨冲。

九

闻道杭州路，风光不忍看。
都来一湖水，皱出百波澜。
杨柳无春意，梅花怨岁寒。
雷峰余坏塔，相送夕阳残。

十

东南数十州，邗上最风流。
越客肠今断，吴侬语昔柔。
馆中娃已去，台上鹿还游。
只有真娘墓，依然占虎丘。

十一

海墺佳丽地，互市萃精英。
一片金银气，千家歌管声。
尚停番贾舶，无复汉家旌。
君问愁多少，江潮夜夜生。

十二

城上起风云，楼前驻水军。

谁吞云梦泽，我笑洞庭君。
醉后夸轻举，愁来咏昔闻。
古时忧乐意，惟有范希文。

十三

忧国垂双泪，行吟胜七哀。
行都巴子国，前敌定王台。
论议抒朋党，专征系将才。
莫辞三舍远，为挽六龙回。

十四

语子莫哀思，元戎已誓师。
斩鲸沧海上，饮马黑江湄。
待草中兴颂，重歌复旦诗。
三军归饮至，应在蒋侯祠。

戊寅九日用杜工部《诸将》韵抒怀

一

塞上秋风千万山，登临九日怯边关。
牦牛徼在提封外，逻逊城当积雪间。
孤雁唳空心事迥，群龙战野血痕殷。
羁栖愁病何时已，镜里新凋游子颜。

二

已闻燕将下齐城，更见胡尘扑汉旌。
万里梯山常转饷，九州无地不鏖兵。
苍生何罪罹颠沛，赤县他年待廓清。
汉鼎竟为钩党误，每拟史策恨难平。

三

三湘七泽正传烽，莫倚巫山十二重。
蜀道犹劳五丁凿，秦关虚用一丸封。
虫沙与尔期同尽，杼柚于今乏正供。
辟地夷齐饥未死，采薇歌就忆黄农。

四

赤城霞起空自标，一时王气逐烟销。
鼎湖弓剑俱号泣，钟阜陵园曾寂寥。
游客定逢吴苑鹿，幸臣休珥汉家貂。
衣冠南渡非今日，忍把偏安哭六朝。

五

几人战地复归来，破碎河山尽可哀。
行在尚留巴子国，海疆休问越王台。
频年奔命罢戎马，此日伤心对酒杯。
纵许山中容散木，扶危终望栋梁材。

火竹香根上人宣化康南　赠一首

万山环理化，云是最高城①。
地以英灵著，天教圣哲生。
随机垂接引，说法佐休明。
他日康南路，闻师振铎声。

赠巴塘辅教师包昂午

善辅能仁教，巴塘有大师。
悲生千手眼，法住四威仪。
雪岭标天柱，金沙匝地维。
愿凭龙象力，敷化遍西陲。

将军桥观水之二

将军桥下水，东注势攲斜。
涨起一川雪，散为千顷花。
只容通略彴，未许泛仙槎。
日暮临流客，应惊赴壑蛇。

① （人言理化为世界第一高城。）

野 眺

拄杖行游兴最浓，时来郊外对诸峰。
霜林掩映丹青合，雪岭参差粉黛重。
风急戍楼吹画角，日斜山寺转疏钟。
四围暝色催归去，时与牛羊狭路逢。

那克尊者山居

谁爱西峰结草庵，清狂洒落一瞿昙。
门前山色横青黛，屋顶天光足蔚蓝。
踪迹只从方外觅，禅那还向静中参。
石头路滑吾还到，灰劫听师仔细谈。

漫 兴

徼外牦牛一寓公，寒冰地狱水精宫。
青山四季常凝雪，白日孤城只贮风。
犴鸟峒花看总好，冬虫夏草变无穷。
老夫最有臣佗意，得长蛮夷亦自雄。

喜归成都

年垂五十尚临边，得返成都是偶然。
丁令归时疑化鹤，班生去日枉登仙。
娇妻乍见情何极，稚子相依色可怜。
不恨东篱花事尽，彩窗纱影有余妍。

重到康定

又乘山舁入西康，行到边城正夕阳。
小市重经声倍闹，故人新贵语偏庄。
逃禅衲子归何处，①卧病诗翁懒下床。②
惆怅别来才几日，此中已自有沧桑。

省府成立作一首

西陲开府众心归，山郭千家飏彩旗。
照夜春灯明似昼，踏歌蛮女舞成围。
龙蠷累我从头记，燕颔看人食肉飞。
但使唐从歌汉德，一官何敢怨卑微。

① （日库师化去。）
② （陈东府时在病中。）

过瓦斯雕，昔日库尊者为我说法处

寒波滚滚木萧萧，又蹑前踪过小桥。
昔日生公曾说法，石头犹向瓦斯雕。

和隼高寄呈堂上之作，不免有思亲之意

一

千里题诗寄所亲，开缄春动白头人。
边庭自有平安报，中夏犹多逋播民。
池水花开八功德，须弥日绕万由旬①。
因君更起南陔怨，惭愧从前陟岵身②。

二

故山猿鸟尚堪亲，翻向穷边作戍人。
乱世真同丧家狗，儿时曾做太平民。
飘蓬生事成孤注，逝水年华近五旬。
缺日总多圆日少，果然明月是前身。

戊寅除夕，陈蓉丈招饮寓楼，即事有作

山城守岁岁仍迁，一寸光阴亦可怜。

---

①（君父子皆事佛。）
②（先君去世久矣，读君之诗，益怆风木。）

同在他乡为异客，不知今夕是何年。
送穷已懒无文字，买醉聊奢有俸钱。
且莫思归但行乐，歌声飞出寓楼前。

己卯[1]元日

前宵守岁岁忽去，今日迎春春可来。
雪里楼台都似玉，市中箫鼓已如雷。
两行丫髻蛮歌发，一片欢声酒令催。
十里荒城游历尽，尚疑僻地有花开。

此　日

曾居锦里侣春光，一角西城尽处庄。
起舞蝶为花眷属，放歌莺住柳家乡。
门前葱郁多佳气，院里氤氲有暗香。
此日边关愁作客，乱山残雪对斜阳。

春日有怀成都敝庐

一

多少楼台入望中，吾家春树郁葱茏。
故知不阻斜阳入，翠竹梅花尽在东。

① 己卯：1939 年。

二

前岁栽花傍井栏，高枝应已拂云端。
他时塞上归来客，开出辛夷当雪看。

咏少城

一

解道少城花满烟，诗中独有少陵贤。
我生远在少陵后，却爱少城如少年。

二

城内纵横列万家，五楼十阁竞相夸。
浓遮屋角多为柳，红出檐牙半是花。

戏为问答二首

一

花绕张仪一角楼，春来携手记同游。
无端忽向佳人问，吾舌如今尚在不。

二

涤器相如是逸才，佳人含笑指琴台。
君家四壁长如旧，可有千金取酒来。

寄静仪①

迢遥锦水望炉城，千里双牵别后情。
我似斜阳还反照，卿如明月更西倾。
悠飏惯作还家梦，宛转时听杜宇声。
不用飘蓬怨夫婿，归期犹及荐朱樱。②

哀珠曲

哀珠者，甘孜土司家苍头，生而姣好。土司女德清旺姆嬖③之浸贵矣，十二头人耻居其下。直大军西上，土司举家出走，哀珠留守，十二头人共杀之，人刲一刀示同谋，女不敢罪也。客述此，为作一曲。

甘孜男子有哀珠，出身本是苍头奴。
天生面貌特姣好，人说哀珠真似珠。
土司家贵无比数，老酋生女称公主。
侍儿应是董双成，小名暗合西王母。
可怜生小如花艳，乌斯年少争求见。
倾城一顾无颜色，哀珠独得承恩眷。
休当寻常主仆看，郎情妾意两相欢。

① 静仪：曾缄先生夫人。
② （余拟四月还成都。）
③ 嬖：宠幸，被宠幸。

双飞燕子巢华屋，一颗明珠贮玉盘。
盘盘喜与明珠遇，千回万转如人意。
夏雪冬雷纵有时，与汝相依不相弃。
奴星化作主人公，甲帐高眠锦绣重。
梦里不知身是客，外间大有人图侬。
头人十二皆骁将，尔奴何物居吾上。
歃血同盟伏杀机，逡巡未发常惆怅。
连天烽火自东来，歌管声销鼓角哀。
公主举家俱出走，哀珠留守在楼台。
头人投袂①中宵起，外兵未入哀珠死。
十二人刳十二刀，刀头渍血皆凝紫。
公主还家独呜咽，昔去生离今死别。
竟碎骊龙颔下珠，泣尽鲛人眼中血。
人间何事有恩仇，月缺花残不自由。
断养平生信豪杰，琅琊情死②亦风流。
行人昨过甘孜路，不见哀珠空死处。
铩翮③孤鸾惨不飞，门前零落三株树。
番中女子舞傞傞④，时唱哀珠一曲歌。
歌成人问曲中意，微笑摇头哈莫哥⑤。

---

① 投袂：舞动袖子。形容精神振作，马上行动的样子。
② 琅琊情死：南朝宋刘义庆《世说新语·任诞》："王长史登茅山，大恸哭曰：'琅邪王伯舆终当为情死！'"
③ 翮（hé）：羽毛的硬管或翼。
④ 傞傞（suō）：醉舞的样子。
⑤ （哈莫哥：番语"哈莫哥"，不知也。）

西郊禊游诗并序

蕲春黄公既殁，余翻帑旧稿，得往与公所为《西郊禊游连句》五言一首。西郊者，在燕京西直门外，都人所谓三贝子花园者也。易代而后，更名万牲，槛兽笼禽，此焉罗列。鸟兽咸若，草木畅然。公以戊午上巳之日，与缄修禊于此。憩豳风之馆，升畅观之楼，遂仿柏梁，赓成此作。属咏未已，时已入暮，司阍逐客，踉跄而归。其后思之，未尝不笑乐也。良辰赏心，忽逾一纪；昔游在目，遂阻重泉。而缄谬厕门墙，得同游衍。学射吕梁，曾惊掉臂；抚弦海上，粗解移情。乃奉手未终，招魂已断。池台犹昔，而觞咏旋非；翰墨如新，而墓木已拱。抚今怀昔，良以怆恨，故述其由来，追为此序。嗟乎！子期吊旧，悲麦秀于殷墟；叔夜云亡，聆琴音于静室。即斯短制，悼念生平，固将历千载而常新，怀三年而不灭。第摩挲断简，腹痛如何！庚辰长至，曾缄。

嘉辰禊郊野（公），有约寻池台。
扶携度广陌（缄），纡道东城隈。
饼金买瓶酒（公），果蔌兼鱼腰。
提挈上鹿车（缄），修道清氛埃。
路出西直门（公），万绿迎人来。
方畦麦始秀（缄），圆沼萍初胚。
依依盼弱柳（公），郁郁瞻高槐。
迤逦向林陬（缄），夕阳已西颓。
匆匆入园去（公），所见多奇瑰。

汤池饲猛鳄（缄），坚槛羁凶豺。
树有相思名（公），草非忘忧材。
历径必窈窕（缄），循廊亦徘徊。
踯躅清溪旁（公），春波漾莓苔。
惊鸿影一瞥（缄），独雁情方哀。
舍此登高楼（公），摄齐升层阶。
觚稜曜金碧（缄），壁带函玫瑰。
仙人好楼居（公），王母安在哉！
黄竹响久绝（缄），青鸟音长乖。
去去勿复顾（公），游目天之涯。
西山净暮霭（缄），平野兴微飔。
回首望故乡（公），郁哉何垒垒。
兴来促令觞（缄），传饮宁须杯。
俗士重礼法（公），吾厝超形骸。
即事连新诗（缄），景密情亦赅。
惧干阍者禁（公），暂勒吾驾回。
还涂意未渫（缄），更欲亲尊罍。（公）

红棠翠筱轩杂稿

（1939年）

喜　霁

日上山微笑，时晴鸟乍歌。
老夫侵早起，晞发向阳阿。
大蔡云初散，平羌水不波。
阴霾欣一扫，豁目望关河。

九月六日登塔山晚眺　同穆老联句

秋高塔影赚斜晖，（穆）招引诗人入翠微。
辟地顿忘风鹤警，（圣）隔江犹见木鸢飞。
天涯蓬转云何住，（穆）日暮花枝戴我归。
有约相邀度一壑，（圣）松涛如海战霜威。（穆）

九日答穆庵[①]兼酬刘部长[②]

九日题诗先寄我，东郊览物正徯君。
平山偶与登高会，汉阙同摹刻石文。
白发黄花端不负，红桑碧海忍无论。

---

① 穆庵（生卒不详）：程康，字穆庵。有《顾庐诗钞》，是近代著名诗人和书家成都顾印伯先生高足，当代学者程千帆之父，专攻宋诗，尤精后山。

② 刘部长：刘庐隐（1894—1969），江西永丰人。上海复旦大学、美国加利福尼亚大学毕业。曾任黄埔军校政治部主任。

刘郎亦是凄清客，把臂凭栏送夕曛。

附：九日呈曾使君

程穆庵

逢辰每倦登临兴，如此江山恨有加。
四海几人搔白发，三年九日负黄花。
肯虚左席迟嘉客，遥慨中原起暮笳。
何预吾侪争忍赋，愁根向使泪生芽。

附：九日呈穆庵慎言两同好

刘庐隐

峻屏罗列夕阳明，佳节欣逢盏共倾。
吟到霜花悲岁晚，饱经世难讶身轻。
山归农蹻云从宿，峡吐江流雾有声。
顾我题糕惭手窘，凭君阙鼎嗅香清。

哀郑[1]次穆庵韵

风流莫问海藏楼，骏骨千金瘗九幽。
晚节岂知成丧乱，高名本易无愆尤。

① 郑孝胥（1860–1938），福建省闽侯人。近代政治人物。善楷书，工诗，为诗坛“同光体”倡导者之一。有《海藏楼诗集》传世。

羊头食禄污诗笔，狗脚称尊笑冕旒。
辛苦与人家国事，何如饮酒按凉州。

附：

穆庵原作

高明一代海藏楼，晚节千秋质九幽。
壮语救亡臣有策，终身为虏我何尤。
宁将治乱酬孤注，未必行藏不赘旒。
谁识南台起长夜①，陆沉早已忘神州。

庚辰中秋大雾无月，仍叠前韵

流光今不照高楼，兀坐萧斋夜色幽。
谁放姮娥逃后羿，徒劳黄帝战蚩尤。
秋风何意吹飞藿，乱日兹身等赘旒。
安枕且谋今夕卧，料无飞祸到嘉州②。

---

①（太夷读书福州之南台山，时尚未通籍。尝夜起观日出，作诗云："山如旗鼓开，舟自南塘下。海日生未生，有人起长夜。""夜起"之名盖以此也。）

②（往在成都月夜常受敌机空袭，人有"月光汉奸"之谣。）

附：

中秋无月，和曾使君☆

程康

历亡时节况中秋，无月何干与醉谋。
落木霜非春日丽，登楼客有故乡愁。
邻喧儿女争梨栗，市远干戈风马牛。
忍俊姮娥蒙不洁，流人回首在梁州。

次韵曾使君中秋大雾无月☆

刘庐隐

姮娥影晦谢公楼，入主蟾宫赏始幽。
好借烟云将世隔，免污尘劫召人尤。
迷方七圣犹停辔，失色群星似缀旒。
但愿横琴如单父，纵飞凫舄莫移州。

莲花山

北乡行欲遍，兹岭复幽寻。
寂寂莲花寺，阴阴松树林。
变惟斯世亟，入爱此山深。
何事登临者，犹怀归去心。

姚桥观汉高君石阙

人生非金石，或赖金石传。
高君逝千载，石阙犹岿然。
姓氏并爵里，粲然著行间。
汉隶岂易得，点化劲且妍。
摩拓几何人，模糊染松烟。
明知已残缺，尚欲窥其全。
芦山樊敏碑①，与此相后先。
得陇更望蜀，吾意方惓惓。

罗公招过蒙山精舍

罗公栖隐处，薜荔在山阿。
脚底流清沫，眉痕展大峨。
九还人不识，三径孰相过。
待到中秋日，□□□□□②。

答穆庵

穆庵招饮寓庐，展示顾印伯先生遗墨，诸贤毕集。余以视察

---

① 樊敏碑：东汉建安十年（205 年），此碑立于四川芦山（今芦山县），刘盛刻，息枭书。虽见于宋人著录，但碑一度佚失，清道光年间重出土。其拓本现藏故宫博物院。

② 本诗原作“九还人不识，五顶路如何。”作者修改后“九还人不识，三径孰相过，待到中秋日。”下句缺。

南山铁矿不至，有诗责和，次韵赋答。

匆匆歧路感西东，得失无心计楚弓。
我正溪山成独往，君方诗酒角群雄。
穷途鲍叔分金罕，小技嵇康煅铁工。
堪羡昔曾亲塞向①，鼻梁犹有运斤风。

平羌观鱼

处处逢人结网络，一桥浮竹钓竿多。
晚风落日平羌渡，真见枯鱼泣过河。

雅安戏作

万壑千岩拥雅州，岸多楼阁水多舟。
蒙山茗好宜消渴，丙穴鱼佳足钓游。
顾兔月中常见魄②，大龟天外正昂头③。
欲知间气氤氲处，生女犹堪傍冕旒④。

① （塞向：塞向宧，顾先生在武昌自署斋名也。）
② （城内有月心山，形如偃月。）
③ （城东有蔡山，《说文》：“蔡大龟也。”）
④ （传清慈安后生此。）

过飞仙关勘河道工程

不逐飞仙去，还驰五马来。
山经神禹凿，关向百蛮开。
悬笮知难度，狂澜挽未回。
我惭秦太守，亦拟削离堆。

春日与静仪游龙洞庵诸儿女从

高林杰阁互参差，龙洞庵前纵目恃。
远树欲迷金凤寺，清溪长绕月乌祠。
他乡不尽青山好，幽处惟应翠袖随。
盈把更携春色去，呼僮断壁拗花枝。

偶　题

浅陋艰深两未宜，即耽佳句厌奇辞。
可怜桀烈隳声韵①，吟到江西不是诗。

① 桀烈隳声：（唐）裴度认为“文之异，在气格之高下，思致之浅深，不在磔裂章句，隳废声韵”，主张：“不诡其词而词自丽，不异其理而理自新。”（《寄李翱书》）。

咏海棠

县府海棠盛开，借杨诚斋《春晴怀故国海棠》诗韵作二首

一

山城今见海棠开，窗外红云绚作堆。
为恐风飘花万点，真须日绕树千回。
文禽失色还飞去，粉蝶寻香忽下来。
美酒成都君忆否，芳时共倒紫霞杯。

二

一官偶向花间住，两载曾为徼外行。
身世蛮烟兼瘴雨，风光寒食又清明。
繁英落后春无色，新句吟成画有声。
寄语芳菲肯相伴，不将漂泊怨浮生。

偶　成

天灾人祸苦相寻，匏系孤城百感深。
已困戎旃犹力役，甫经旱魃更愁霖。
催科未满司农愿，抚字徒劳太守心。
尸位访贤吾岂敢，挂冠东望有山林。

谪宦

谪宦栖严道，名山仰蔡蒙。
旅平思夏后，梦想见周公。
远树无人过，山危有径通。
商量济胜具，我是始衰翁。

诸葛长卿持节懋边功

为宦年来遍蜀中，一麾今更出临邛。
建南风雨分黎雅，禹贡山川说蔡蒙。

题双玉龙龛诗集

成都顾印伯先生诗最有名，顷始从程穆庵借阅，为之击节赏叹。穆庵，顾先生高足弟子。顾先生殇，穆庵恤其家，并收其诗，刻之双玉龛者。顾先生以此自署，其诗取径于玉溪玉局。顾名思义，示不忘本云尔。

一

风流儒雅问琴阁①，妙绝好辞双玉龛。
近百年来论蜀派，老生此外尽常谈。

① （宋育仁芸子诗集，号《问琴阁》。）

二

书名不必掩诗名，美女簪花百态生。
湘绮楼中诸弟子，怜君一顾最倾城。

三

一卷从残劫火余，穆庵辛苦护遗书。
平生亦有西州痛，悔不收诗量守庐①。

四

近溯东坡接玉溪，远同郊岛异昌黎。
芙蓉奇丽留初日，直到南朝谢客儿。

游龙洞庵同谭创之作

一

偶动登临兴，同寻缥缈峰。
岩扉藏白石，山径转青松。
花落禅房静，云深佛殿重。
下方成隔世，时送一声钟。

① （黄季刚先生既卒，余不获收其量守庐遗诗以示，有愧穆庵多矣。）

二

登陟斯山好，传闻故事多。

蔡山今在望，葛相梦如何①。

久旱龙犹蛰，时危鸟自歌。

伊蒲清有味，一饱谢优婆②。

出宰雅安重过张伯言[3]苍屏山庄观散盘拓本旧跋题后

矮屋三间地一弓，疏篱插竹当高墉。

门前古道通邛筰，窗外青山列蔡蒙。

两岁去来如候雁，数行潦草认泥鸿。

从今过后无虚日，咫尺衙斋小径通。

过平羌渡偶作

六上平羌渡口舟，今朝策马更临流。

过江人物纷纷在，独爱南征说武侯。

---

① （蔡山一名周公山，云武侯梦周公于此也。）

② （庵中优婆夷为治疏，食颇甘美。）

③ 张伯言（生卒年不详）：别名巽中，四川成都市人，民革成员，1952 年任四川省人民政府参事室参事。

除夕次韵和创之

岩峣瓦屋倚高空，每望名山便忆公①。
客里岁从今夕尽，醉中颜比少年红。
难捐旧日狂奴态，尚有当年国士风。
横议渐多清议少，期君能障百川东②。

叠前韵　呈林隐青将军

将军桂人，时桂军歼倭寇数千于昆仑关，将军远望乡关，有杀敌之志。

关下胡尘一扫空，昆仑再睹狄梁公。
前军鼓角今宵壮，故国旌旗满地红。
自昔称雄推北府，谁云不競是南风。
知君百战曾无敌，饮马当须大海东。

题潇湘八景图

辜云迁为陈鸿文将军绘《潇湘八景》，蜀中诸大老题诗殆遍，将军征咏及余，缀以八绝句。

---

① （创之籍隶荥经，时为余道瓦屋之胜。）
② （时君将长西康参议会。）

潇湘夜雨

湘妃泪眼不曾晴，迸作潇潇夜雨声。
大好木兰舟上客，卧听淅沥到天明。

洞庭秋月

潇潇落木洞庭秋，一点青螺水上浮。
夜半潮平新月上，何人来倚岳阳楼。

烟寺晚钟

捣破黄昏几杵钟，模糊不辨妙高峰。
世人欲问僧消息，知在寒烟最上重。

渔村夕照

生长江乡爱水村，渔家乐事最堪论。
烟波钓罢还家去，一路斜阳直到门。

平沙落雁

一行整整复斜斜，飞度遥空落浅沙。
大好湘江归宿处，今宵下榻在芦花。

远浦归帆

轻烟漠漠水潾潾，天际归帆认得真。

不定谁家夫婿返，一时猜煞倚楼人。

山市晴岚

鳞鳞屋瓦簇山腰，树色岚光满碧霄。
日暮趁墟人欲散，贩夫横担度溪桥。

江天暮雪

江上青峰失翠微，漫天六出万花飞。
渔翁唱罢沧浪曲，一舸凌波载雪归。

示穆庵

沉沉岳气压南东，射日谁弯后羿弓。
借我酒杯消垒块，看人马革裹英雄。
书因有误思偏乐，诗到奇穷句转工。
何意腥羶到莼菜，季鹰①犹自感秋风。

---

① 季鹰：晋朝人张翰，字季鹰。《晋书·张翰传》："翰因见秋风起，乃思吴中菰菜、莼羹、鲈鱼脍，曰：'人生贵适志，何能羁宦数千里，以要名爵乎？'遂命驾而归。"

雅安杂诗

（1940年）

清建南道署相传清某后降生于此

朱阁尘封画槛凋，废池清浅不成桥。
谁怜旧日黄金屋，曾为先皇贮阿娇。

苍屏山新村

竹篱茅舍化朱门，父老重来总断魂。
寸土只今同禁脔，苍屏山是贵人村。

汉高君墓阙

片石长留太守坊，几人下马吊斜阳。
千秋遗爱标乡里，东汉高君字贯方。

罗纯乡

罗纯乡在北区，胜境也。

人间乐土共谁论，清绝罗纯上下村。
漫说避秦无好计，乱山深处即桃源。

疏天荥雅三县河道

湎崖通正仰先贤，我亦东之障百川。
十万边氓歌利济，不愁漂疾破舟船。

勘河工至飞仙关作

峭壁千寻水一湾，索桥深锁铁链环。
何当稳蹑王乔舄，时挟飞仙过此关。

蒙顶仙茶传汉甘露禅师手植

蒙山五顶上青峰，道士栽茶似古松。
片叶几时消我渴，绿云浮动井华浓。

疑离堆

郡人古维哲考，离堆即境内龟都，近人赵煦又以乌尤为离堆。

江上龟都也自奇，诸家传信我传疑。
李冰遗迹来争议，不定离堆属阿谁。

龙湫祈雨

以死虎骨投龙湫祈雨，谓之龙虎斗，余曾一为之。

桑林祷遍愧无功，戏笑元瑜事竟同。
求雨南山新有术，卞庄虎斗叶公龙。

周公笑六王

谚云：周公山不起雾，六王山枉自做。

三日无晴说此乡，岂知今岁却晴长。
一峰不雾难成雨，山上周公笑六王①。

登蔡山

簿书鞅掌宰官身，辛苦难为蜡屐人。
偶向蔡山高处立，峨眉瓦屋尽横陈。

百里雅安

一

凭高一览众山低，脚底微茫辨稻畦。
百里雅安罗掌上，孤城着地等鸡栖。

①（谚云：周公山不起雾，六王山枉自做。）

二

喀木乌斯香霭间，还从绝顶望诸蛮。
皑皑积雪浮天际，半是牦牛徼外山。

三

终古难忘治水功，名山早入夏书中。
一从文命登封后，万壑千岩拱蔡蒙。

周公山祈雨作

周公山即蔡山，相传诸葛武侯南征于此，梦见周公，故名。出雅城东数里，渡周公水便至山麓。历三道茶塘，经春秋坪、望乡台，以跻于顶。由麓至顶十五里皆峻坂，春秋坪以上磴道孤危，上有寺，祀禹王周公及武侯。余以庚辰①之岁，祷雨寺中，望峨眉瓦屋雪山，光景奇绝，为长句记之。

雅安天旱使我忧，强起祈雨行高丘。
蔡蒙之山见禹贡，旅平故迹犹堪求。
三间破庙压绝壁，夏后高坐垂冕旒。
痴人说梦事可笑，疑误孔明成孔某②。
山名周公亦不恶，资为故实诚谬悠。

① 庚辰：1940 年。
② （圣讳。）

我今愁咏云汉作，桑林致祷无时休。
三君英灵在天地，能降甘露苏民不。
焚香再拜陈此语，神弗我答凝双眸。
老僧却喜太守至，安排供具山边楼
人渴饮汝水一勺，不饥饭汝粥一瓯。
兴来凭槛对寥廓，千岩万壑何其稠。
瓦屋飞青出严道，峨眉点黛横嘉州。
苍茫杳霭望不尽，欻见碧落蟠银虬。
西来看山到雪巅，气吞五岳无瀛洲。
人生适意在咫尺，何必远羡卢敖游。
日斜徒步下山去，坏磴遍历丛篁幽。
茶塘三道恣延伫，一叶更泛前溪舟。
火云烧空厚土裂，蛟龙渴死藏深湫。
我过灵山竟空返，坐视妖魃荒吾畴。
广川求雨苦未得，偃旗归去怀惭羞。

过斗牛子至黄龙庙

怪石嵌空磴道悬，斗牛直上比登天。
群峰乱拥黄龙庙，一水遥通白马泉。
偶过溪山成胜赏，得亲猿鸟亦前缘。
此邦它日容吾隐，结宅青林翠霭边。

自下里至五甲口

安坐篮舆出峡头，乱山过尽见平畴。
竹篱茅屋家家好，麦垄茶畦处处幽。
野色更添溪潋滟，人声时杂鸟钩辀。
相逢旧日桃源客，世外还知有汉不。

成雅道中

征轮与我两劳薪，日逐临邛道上尘。
北去为妻南为子，此身毕竟属何人。

刘上将湘墓碑

以宝兴石为之，辇至数百里外伐木通径，所费近国币十万元。

千秋不朽竟何凭，片石还劳致宝兴。
汉武雄才终寂寞，有人带剑上山陵。

无　题

多少兴亡说石头，秦淮往事水悠悠。
大乔不独归孙策，三妹依然属蒋侯。

元夜春灯曾是谜，南朝天子总无愁。
飞来万里谁家燕，更僭龙盘作帝州。

即　事

北望蒙山秀，东流沫水深。
雨来江更涨，云过地多阴。
自著养生论，谁为梁父吟。
叔敖甘小邑，不暇问升沉。

赠程穆庵

西江远溯陈无已，蜀派亲承顾所持。
四海名贤多识面，一门儿妇尽能诗。
衡峰七二家山远，雪岭千重驿路危。
不为凤衰歌却足，楚狂何事入峨眉。

苦　雨

漏天无术补，后土几时干。
山鬼萝衣薄，江神水府宽。
六龙真绝迹，八口已号寒。
阴气催荒亩，殷忧动下官。

赠刘程二君

高咏刘庐隐，苦吟程穆庵。
壮怀消剑外，归思绕湖南。
之子双无敌，繄余七不堪。
相逢惟一笑，盛汉莫多谈。

叠南韵　再简湄村

高志隘九域，托身亡一庵。
路谁燕首北，冠自楚囚南。
邵去瓜仍在，桓归树岂堪。
可怜家国事，钩党更清谈。

穆庵移居北山　叠南韵寄呈兼怀哲嗣千帆同门

汨岂长生药，以为无住庵。
斯人羲以上，故国斗之南。
淅米矛头可，藏身藕孔堪。
谁怜名父子，健笔抵迂谈。

闻雁　叠南韵

凄清惊此夜，官舍抵僧庵。
漏外孤蟾上，秋边一雁南。
闻声谁不恨，吊影我宁堪。
不尽绵绵意，闲招络纬谈。

怀成都敝庐　叠南韵

本来无所住，权巧有斯庵。
旧梦三刀郡，新诗陆剑南。
劫灰应不到，荒径已难堪。
五柳渊明宅，归来何易谈①。

闻湄村诵胡公诗有感　叠南韵

不作徙薪计，果然烧却庵。
群狙争赋芧，一凤独图南。
韩岳言兵少，汪黄事敌堪。
惊以十四字，厝火著先谈②。

① （顷成都迭受敌机轰炸，吾庐堪危。）
② （胡诗云："朝有汪黄堪事敌，将无韩岳敢言兵。"其诗作于抗战前数年，其后竟不幸言中。汪黄事敌，乃与奸贼姓符，亦云奇矣。）

叠南韵　三简湄村

颇闻争大礼，风骨似升庵。
辟地诸蛮北，垂天一鸟南。
经过惟我数，唱和果谁堪。
多分西窗夜，纵横作海谈①。

与穆庵过湄村夜话　叠南韵

瞥尔成三笑，悠然共一庵。
诗名刘梦得，书法褚河南。
韵角尖叉险，才谁伯仲堪。
我携程不识，来作夜深谈。

叠南韵　四简湄村

古今三字狱，天地一诗庵。
体国王安石，藏书郑所南。
河清吾且俟，世用子犹堪。
不废闲风月，时邀楚客谈。

① （清宫中谓闲话曰“海谈”。）

叠南韵　五复湄村

愧为单父宰，欣托比丘庵。
多分饥臣朔，何心借汝南①。
鸟还人亦倦，树长我何堪。
旷世逢灰劫，胡僧不忍谈。

县署将移北乡盘龙庵避空袭　叠南韵

真以吏为隐，拟从僧借庵。
抗尘山勒北，望阙斗依南。
铗到三弹后，才奚百里堪。
奇肱工作祟，色变常惊谈。

穆庵见访徜斋，值予外出，叠南韵报之

遥瞻无垢塔，下有故人庵②。
饭颗诗何瘦，东篱山见南。
入宁官府肯，游仅鹿麋堪。
姑射劳君羡，终灵挥麈谈。

① （来诗有“孔偬移山北，恂仍借汝南”之句。）
② （所居与文峰塔邻比。）

赋三山之议

穆庵以余宗义山，湄村宗半山而自居后山。有三山雅集之议，来诗邀余同赋，仍叠南韵。

吾唱谁欤和，一村复一庵。
四愁人望北，三匝鹊飞南。
得岂骊珠独，吟犹石鼎堪。
眉山非所望，谬入顾庐谈①。

九日穆庵赋答湄村蝉连余次韵奉和

重入山城菊政荒，不如郊外趁斜阳。
平生冰炭无人合，今日江湖与汝忘。
堕泪每思羊叔子，有才宁及蔡中郎②。
归来喜遇题糕客，一笑尊前理旧狂。

次韵穆庵移居北山之作

一

北阜移居幽兴多，老夸筋力上危坡。
邻翁爱客分蔬菜，山鬼惊人避薜萝。

---

① （君怀师恩，自署其居曰“顾庐”。）

② （是日与君访高君阙，见前诗。昔魏武语杨修云：“我才不及君乃三十里。”自是观碑故事，余意曹固不及杨，杨更远不及蔡也。）

万壑松涛家壁立，一床诗思夜如何。
采薇拒粟非今日，莫羡黄农又作歌。

二

举家避患走荒村，门对羌江若可吞。
边地渐惊山倔强，漏天长恨日庸昏。
隐居谷口还同郑，长啸苏门倘遇孙。
有约不来应念我，一官匏系薄书繁①。

月心亭晓望

家锁朱门梦未醒，朝暾红上月心亭。
千岩万壑无颜色，独对蔡蒙天外青。

时　危

岁欠官搜粟，时危士枕戈。
里中丁壮少，天下劫灰多。
野有千家哭，楼无一女歌。
中兴犹未致，主将敢言和。

① （君约余同居，余以官事不遽往。）

闻成渝迭受敌机轰炸　书愤

何意苍天发杀机，竟教丑虏肆淫威。
一车自诩奇肱巧，万里真惊食肉飞。
鱼近城门终有祸，鹤空华表欲安归。
繁华蜕尽成灰土，留与胡僧说是非。

登眺之乐

十月四日，过穆庵北山新居，极登眺之乐，即次其先日见简原韵。

久负登临约，今来已暂闲。
澄鲜秋水渡，绮丽夕阳山。
屐蜡苍苔去，衣霑翠霭还。
盘飧犹近市，一醉揽頳颜。

穆庵留饭赋谢

沐日，携小儿女辈过穆庵北山新居留饭，归后为长句谢之，兼示湄村。

穆庵焉有庵，顾庐实无庐。
去国同伯鸾，赁庑因人居。

近者迁北山，为避奇肱车①。
方分农家屋，手自营窗疏。
疥壁花鸟画，颇杂名人书。
胡床置室中，茶具陈坐隅。
喻如蓬门女，装饰成丽姝。
见君治事才，天下可扫除。
折柬承见招，期我刘侯俱。
刘侯不得去，我独来相于。
佳辰值休沐，步行将两雏。
入门犬不吠，君起相惊呼。
会面论新诗，坦直无妄誉。
旧稿为点定，秃笔相涂污。
怜我未朝餐，孟光已在厨。
饷我紫菜羹，煎饼堆盘盂。
蒟酱和彘肩，隔宿煨红炉。
熟烹不鸣雁，生煮园中蔬。
乃知高世家，妇固不让夫。
佳肴如君诗，滋味他家无。
隔墙唤邻翁，共尽酒一壶。
酒酣述世事，欢笑兼嗟吁。
北走盘龙庵，前山涌浮图。
时哉邻坏劫，谁重牟尼珠。

① （时谣传敌机将炸雅安，君先引避。）

蔡蒙集古翠，青衣启新渠。
下瞰万顷田，遐想茶五株①。
忝为二千石，领此百里余。
须知土信美，敢谓憾非吾。
洪波欲振壑，斯民岂为鱼。
逐彼毁室鸮，爱尔止屋乌。
倾羲逝西崦，不能久踟蹰。
别君柴门外，携幼循归途。
方舟渡羌水，列炬已照衢。
回头望所历，漠漠惟烟芜。
作诗谢穆庵，此诗颂野娱。
刘侯倘得读，健羡当何如。

汉高君阙亭落成

两阙崇建安，三高蔚严道。
将非其人贤，岂免此石倒。
我今起亭障，又为碑刻好。
所期君子风，一偃小人草。
荒冢何垒垒，万世一枯槁。
不见丁令威，千年语华表。

① （蒙顶有仙茶五株，传是汉甘露禅师手植。又余引青衣水灌民田，为渠蜿蜒十余里。）

附：

题曾使君新建汉高君阙亭

刘庐隐

原上华亭发幽光，泉下剑埋高贯方。
孝廉起为益州守，峨峨双阙传芬芳。
二十四字余真迹，山林人物镂瓦当。
汉画汉隶俱绝艺，历代名家争拓藏。
郁郁佳城委狐兔，陵谷几变怀贤楼。
使君好古征曾绒，为建阙亭缮荒墓。
雕虫篆刻穷稽考，麒麟翁仲归呵护。
向非使君重韩陵，此石且沦铁烟步。
千载相望心期同，愿托循吏回宗风。
遥想丹旐西还日，四方缟素填蔡蒙。
廊庙但施戢武略，畎亩自奋贞文功。
君不见，东京社稷久泯灭，高颐旧冢今新宫。

戏为一绝贻穆庵

双玉龛诗，主晚唐，而穆庵出其门下，却宗后山。又穆庵诗使人欲哭，余诗使人欲笑，戏为一绝，贻穆庵。

晚唐诗出西江派，一卷吟成泪满衣。
却为顾庐陈转语，君啼我笑两俱非。

疥

性好爬搔嵇叔夜，居愁卑湿贾长沙。
不知尘垢秕糠外，尚有何人嗜落痂。

赋平羌渡桥

于平羌渡编竹为桥，浮江以济行人，桥成赋记。

一

望断盈盈一水中，凌波忽有路相通。
谁能上界填乌鹊，我自中流驾箨龙。
敷土远怀神禹迹，济川今见此君功。
桥头过客匆匆去，立尽斜阳剩钓翁。

二

一渡平羌锁雅安，苍龙夭矫碧波蟠。
何人辞惜南山竹，才作浮桥又钓竿。

一律呈湄村

过湄村饭，见其以三苏全集书箱贮米，戏呈一律。

年时扪腹负将军，喜见香粳白似云。
五斗折腰方笑我，三苏失色怕逢君。

监河许贳庄周粟，白帝愁飞杜甫文①。
丈室不辞留一饭，饭余毛孔亦生馨。

答湄村见和　五言长句叠前韵

但为梁父吟，莫问诸葛庐。
邦家既幅裂，鸾凤将焉居。
周道信如砥，辚辚走兵车。
横流遍禹域，泛滥何人疏。
刘子天下士，早诵佉卢书。
挟策升庙廊，持节赴海隅。
众女妒蛾眉，谣诼伤彼姝。
挂冠神武门，欻见名字除。
流窜平羌江，谈笑与我俱。
词锋劲无敌，诗国收商于。
鸱枭攫腐鼠，昂视吓鹓雏。
狂泉不我酌，牛马从人呼。
自怜耿介性，讵可同流污。
灵领二千石，无米忧官厨。
食前美方丈，错落陈空盂。
薪炭不易得，煮茗嗟无炉。
有圃昔种花，今者移栽蔬。

① （杜诗：“飞书白帝营斗粟。”）

徒行久已习，自忘是大夫。
丧乱减人丁，浩穰今则无。
乡饮礼久废，何时复投壶。
所怀纷万端，抚此一长吁。
烈士争殉名，右刎左据图。
偶遭骊龙瞳，遂获颔下珠。
涓涓始滥觞，浩荡还成渠。
灼灼桃李华，匆匆为枯株。
世事哀无常，乐少悲有余。
子唱妃呼狶，我讴几令吾。
宁好叶公龙，何用海大鱼。
与其惟与阿，孰若呼乌乌。
蔡蒙好山色，携手共踟蹰。
方怪阮嗣宗，回车哭穷途。
又笑王仲宣，登楼慕天衢。
人间竟何世，茫茫望平芜。
尊前发啸咏，泪底潜欢娱。
魑魅喜伺人，凡百慎所如。

雅安东坡昆季读书处　同湄村作

一

四径楼贮读书声，阿弟难为况乃兄。
他日子由相忆苦，对床风雨梦彭城。

二

汤火魂飞咏柏台，此身亲饮读书灾。
早知通藉成忧患，应悔阿翁识姓雷。

次湄村见简十二韵　仍示穆庵

大块平不颇，丘陵强之皱。
极目严道山，势若万马骤。
亦知鳌能载，颇怵车易覆。
孤城比鸡栖，坏关等圭窦。
岂期斯邦僻，获与时贤遘。
同心既断金，即地冀离垢。
战胜道儿肥，吟成诗心瘦。
烹茶鼎飏烟，炊饭甑出馏。
开轩延二妙，闭门拥独秀。
八表同一昏，长夜何时昼。
自甘柳三点，不作伊五就。
怀哉靖节翁，俯仰终宇宙。

观顾贼曹诗墨为穆庵题

贼曹讳印愚，字印伯，号所持，别署双玉庵，亦曰塞向宧。能诗工书，为吾蜀近百年来一大家。官至湖北通判，以民国二年殇于京邸。梁鼎芬节庵①于海上翠竹庵为位，哭之，哭帖沉痛。穆庵收其诗刻之，原名《顾贼曹集》，后以贼字不祥，改称《成都顾先生诗集》，已刊行于世。所谓诗墨者，皆贼曹手录以予穆庵，其中一纸书于卒前一日，绝笔也！

洒泪翠竹庵，故人梁节庵。
收诗双玉庵，门生程穆庵。
节庵说晚唐，穆庵青出蓝。
手编贼曹集，字字亲校勘。
遗墨粲数行，绝笔于燕南。
想见挥翰时，食叶如春蚕。
穆庵重本师，有口惟师谈。
师书藏之函，师像供之龛。
贼曹骨不朽，穆庵心始甘。

书穆庵记乱八十四韵后

腐心天下事，渍泪箧中诗。
直到亡无日，犹赊痛定时。
衣冠甚南渡，胡马尚西窥。
历尽虫沙劫，怜君是孑遗。

① 梁鼎芬（1859—1919），字星海，一字心海，又字伯烈，号节庵，别号不回山民等。晚清学者、藏书家，广东番禺人。光绪六年（1880）进士，授编修。诗词多慷慨愤世之作，与罗惇曧等人并称“岭南近代四家”。

金凤寺作

江上幽寻此处佳，祇园花木费安排。
留连金凤惊天听，竟认神丛作馆娃。

（季刚先生之尊人翔云公，分巡建昌，常居此寺，花木皆经手植。川督刘秉璋与公不相能，奏劾之。有“流连金凤”之语奏，上误以金凤为妓名，谓公狎妓，传为笑柄。）

过飞仙关至漏阁勘河道工程

漏阁似蓬壶，当关用一夫。
使君驰五马，仙令蹑双凫。
汉徼存天险，和夷入版图。
自惭材力薄，能凿溷崖无。

骢马集

叙永曾缄（初稿）

（1940年）

庚辰[1]长至饮借云轩　赋呈陈将军

身长九尺陈将军，功高百战天下闻。
豹略从来冠侪辈，虎躯况复超人群。
丈夫伟岸羞瘦小，英雄那得无仪表。
饮羽曾夸李广能，据鞍未信廉颇老。
倦拥霓旌眠虎帐，新开别墅苍屏上。
俯郭高轩榜借云，凭栏野色森弥望。
喜看屋角出蔡蒙，千岩万壑从元戎。
思随沫水乘长风，东捣倭寇蓬莱宫。
闲时校猎欣有获，至日开轩宴宾客。
翻到床头一瓮云，喝起江心半轮璧。
高谈醵饮声嗷嘈，座上酒伯兼诗豪。
已就扬云问奇字，更听杜陵歌宝刀。
下方望气知有异，今夜君家德星聚。
儒冠缦胡惊相顾，将军蔚作擎天柱。
一阳既动葭扬灰，长线为绊青春回。
今我不乐胡为哉，主人有酒肯招饮，
他日杖藜还再来。

① 庚辰：1940 年。

荥经道中

扑面起霜风，行人山谷中。
自乘骢马去，时与鹿麋逢。
涧阔桥悬度，林深路暗通。
村墟迷近远，道左问田翁。

巡视雅富公路工程深悯民劳　作三首

一

为图周道直，万斧伐丘山。
西接三危地，南通六诏蛮。
泪丝悬绝壁，汗雨落层峦。
怊怅工棚客，有家何日还。

二

嗟尔亦人子，胡为身独劳。
胼胝四肢裂，邪许万声嚣。
月露浸衣袂，秋霜点鬓毛。
兵戈兼力役，不信死能逃。

三

几见人间妇，开山代女红。
轻躯缒鸟道，纤手劈鸿蒙。

雾鬟峰螺外，霜容水镜中。
征求今到汝，体国愧公忠。

宿小河子闻民工夜唱

九折邛崃坂，驱车叱驭过。
金牛通未已，玉斧画如何。
野店冬之夜，空山劳者歌。
小康犹有待，吾政岂其苛。

辛巳[1]漫稿

敘永曾緘

（1941—1942年）

① 辛巳：1941 年。

人日携眷饮瓦窑坡程十七兄家赋谢兄嫂

白石垒垒砌作梯，丛篁深处见幽栖。
甃窑烧出鸳鸯瓦，巢屋衔来燕子泥。
美酒最宜人日醉，新诗恰好此间题。
梅花眷属虽堪羡，争及梁鸿自有妻。

将解印赴西康

形胜控三巴，山川古汉嘉
夜寒千嶂月，春暖一城花。
官已辞黄绶，诗犹笼碧沙。
预愁关外路，扑面有胡沙。

始离县署

一年真以宦为家，今日匆匆别吏衙。
阶下海棠知恋我，来春先放两三花。

与程千帆同门话旧

往在北京，与孙鹰若同住蕲春黄季刚先生儆屋，太学诸生目吾两人为黄门左右侍郎。予返蜀后，先生转教武昌、沈阳、金陵，门徒遍天下，千帆则金陵大学弟子也。既相见雅安，各道先生往事，不胜唏嘘。

太学诸生弟子行，卧龙师表爱嵇康。
君从绛帐称高第，我在黄门忝侍郎。
无分虫鱼笺尔雅，有时鞶帨绣文章。
一言腹痛成终古，不到山阳已断肠。

北山王姓宅石假山

怪石郁崔嵬，盆山亦壮哉。
浅池生藻荇，幽径上莓苔。
田地留蜗种，楼台待蚁开。
寸人骑豆马，校猎遍山隈。

和湄公兼示穆老

九日立春，和湄公兼示穆老，时去解印尚六日。

昨夜东风入小楼，朝来爽气出林丘。
日华暖射千松顶，春色晴苏百草头。
楚国骚人怀故宇，江关词客起新讴。
一官笑我如京兆，犹自鞭丝拂土牛。

鹤林寺赠楚禅上人

《古图经》称蜀西南有名刹三，罗岩者为上，沉黎为中，雅安为下。今雅安鹤林寺，即古下寺，颓废已久。楚禅上人自鄂来，葺而新之。予宰此邦，时访上人寺中。今将解组，上人出纸索书，为题长句。

西南昔有三招提，上为罗岩中沉黎。
雅安城东说下寺，鹤林已废为鸡栖。
可怜破殿无片瓦，世尊赤脚走堂下。
支离坏柱旧蟠龙，突兀经幢今系马。
楚禅睹此心中悲，招要檀越共扶衰。
旬工庀材不辞费，千金买木南山陲。
曲槛回廊相栉比，榱栌桷栱何鳞次。
殿影秋涵沫水清，檐牙晓泼蒙山翠。
楚禅楚人今入蜀，鹤林无鹤竟有鹤。
我过名刹寻高僧，拄杖时时出东郭。
不留玉带镇山门，不作简栖头陀文。
狂书此纸疥师壁，它日毋忘曾使君。

别三山社友刘程二君

一官初解印，千里更临边。
快意吟三雅，含悽别两贤。

看花犹汉域，对雪且胡天。
它日塞鸿过，故人书素传。

春日即事

细草露犹湿，垂杨风更斜。
鸟啼声在树，蝶过粉沾花。

补作雅安游事诗四首仍各以题相次

多功峡勘河工至飞仙关登漏阁憩二郎庙留题

峨峨峡门山，江流山谷间。
风吹二郎庙，水落飞仙关。
多功缅神禹，挥斤琢孱颜。
至今斧凿处，石古苔斑斑。
先圣尚胼胝，小吏安得闲。
秦守琢溷崖，吾亦夷险艰。
江神受约束，榜人弄潺湲。
何当载美酒，泛舟随白鹇。

重过龙洞庵作， 往于此投虎头致雨

湛湛车刚水，绿绕周公山。

署为百丈湫，下有神龙蟠。
一峰郁秀色，寺隐松竹间。
龙君处偏殿，貌古须眉斑。
神喜得人身，世翻羡龙颜。
去春吾祷雨，水府埋机关。
一场龙虎斗，猎取甘霖还。
狡狯笑使君，儿戏破天悭。
俗儿那解此，徒言髯可攀。

游金凤寺

巉巉石龙山，屹立如宫墙。
不知何朝寺，自名金凤凰。
孤危度绝壁，宛转跻上方。
居中揽蔡蒙，襟带环平羌。
好花开四时，乔木蔚千章。
方春幽兰馥，当暑池荷香。
楼观昔良壮，亭台今始荒。
老兵寝佛阁，厮养栖僧房。
德辉时不存，千仞徒高翔。
一为歌凤兮，恻然情内伤。

由峡头经金猫玉鼠岩至斗牛子， 溪山奇秀，欣赏成篇

天门耸双崖，幽谷如深宫。

路入崄岈里，人行苍翠中。
斗牛惊险绝，石磴悬虚空。
迎面立梯径，直上三百重。
土人夸地形，刻意状宠岆[①]。
金猫衔玉鼠，出语天然工。

苍屏会饮

春日邀湄村、穆庵、伯言、骏修、叔明、久恒、韵松诸公会饮苍屏寓庐。

今日苍屏春宴开，故人有约不须催。
山盘远塞输诗料，江绕孤城注酒杯。
凿空漫随星使去，收京犹望捷书来。
预愁别后相思苦，莫惜花前尽醉回。

寓庐漫兴　借穆庵人日诗韵三首

一

苍屏佳处只供诗，日坐高斋把酒卮。
三径赏心容啸傲，群儿绕膝听娇痴。

① 宠岆：峻拔高耸貌。《玉篇·山部》："宠，宠岆，嵯峨貌。"《类篇·山部》："宠岆，山高貌。又山峻貌、山孤貌。"

阶前鼓吹烦莺舌，门外垂帘借柳丝。
为政风流愧山简，等闲犹恋习家池。

二

数家篱落聚成村，贪看林峦懒闭门。
十雉高城开远势，百年乔木长深根。
云山尚绕周公梦，石阙长怀汉守尊。
自倚九能夸赋手，欲题清景竟忘言。

三

不薄它乡爱旧山，小留严道梦边关。
刘郎去后桃千树，杜子诗中厦万间。
农事乍占春雨足，斋名新倩故人颜①。
休官不用闲驺从，一杖飘然自往还。

次韵湄村酬伯言②中将招饮

百战英威想突围，柳营无事乐山扉。
洗兵江上矛蛇动，退食阶前阵鸟飞。
种菜养家忧米贵，椎牛饷士喜腱肥。

---

① （穆庵为予颜其居曰：寸铁龛，湄村作铭。）

② 伯言：梁伯言（1898—1991）四川长宁人，四川法政专门学校毕业。曾任川军21军、23军、川陕鄂边区绥靖公署秘书，川湘鄂边区绥靖公署处长。四川省人民政府参事。1953年入四川省文史研究馆。

将军折节敦风义，能得刘郎尽醉归。

叠韵和湄村　效江风体

一

谁教贝锦织成诗，万事消归酒一卮。
举世忌才君岂傲，半生忧国我犹痴。
山中谷雨茶含舌，帘外春风柳弄丝。
寸铁铭龛辞甚简，小窗横幅付装池。

二

高吟碧拱谢湄村，严道风光萃我门。
天漏西南垂雨脚，山连邛笮聚云根。
一婆富贵归春梦，百劫身心奉世尊。
微笑拈花惭妙手，对君浑似欲离言。

三

诗人去住为看山，才得休官又出关。
堪岂桓公如此树，处将庄子不材间。
坂经九折云随足，路入千峰雪照颜。
他日高斋重过从，节旄仍伴子卿还。

飞越岭上望万年雪山

一岭极天惊我心，更于岭上望岖嵚。

寒峰色莹连城璧，晓日光镕大冶金。
积雪定从前古有，浮云都向下方沉。
西来得尽看山兴，投杖无妨化邓林。

望蒙山

隔江横古翠，相对意无穷。
树落茶经里，山悬禹贡中。
遥怜甘露寺，测想汉仙翁。
它日吾来谒，先须揖少蒙①。

三叠雪山韵

一

倚天长剑淬鹓膏，地轴萦丝几度缫。
五色最尊惟有白，九州虽大孰争高。
峰标玉尺量三界，岭簇银鞍压六鳌。
真过西方星宿海，犹龙起伏作波涛。

二

列嶂森森棨戟光，羽林十万护边墙。
孤山我陋林和靖，穷塞谁嘲范履霜。

① （汉甘露禅师得道于此，少蒙别一峰，较蒙山为小。）

白带独凭银阙迥，仙妃不藉玉鱼凉。
纥干冻雀须飞去，何事寒空有雁行。

过汉益州太守高君阙亭①

一官益州守，双阙建安年。
此墓昔芜没，有亭今翼然。
爱遗炎汉日，清挹蔡蒙烟。
严道求循吏，高樊实并传。

观湄公撰汉樊敏碑亭记

我缮高颐阙，君书樊敏碑。
俱光循吏传，不愧吉人辞。
名器皆今日，登庸忆往时。
他年宰天下，勋业此文随。

① 汉益州太守高君阙亭：即高颐阙，位于四川省雅安市雨城区姚桥镇，建于东汉建安十四年（公元209年），是中国保存最完好、雕刻最精美的汉代地面石构建筑，1961年被公布为首批全国重点文物保护单位。曾缄先生宰雅，曾申请国币修缮该亭。

雅安对梅花有感　仍叠前韵

一

华予岁晏澹幽姿，开遍南枝又北枝。
点破荒塞成灿漫，斡旋枯槁出瑰奇。
调羹未效枢臣用，寄远聊随驿使驰。
送腊迎春喧世俗，问花浑是不曾知。

二

富贵难求尚执鞭，梅花怪我不归田。
朱颜老尽风沙地，素靥愁深雨雪天。
为问横斜羌水上，何如辉映锦江边。
故园今日疏枝好，索笑无人空自妍。

春初与湄公过十七翁北山小酌（壬午）①

此日向何处，故人期北山。
轩窗临野阔，尊俎破春闲。
国瘁作三户，途穷滞百蛮。
河清诚可俟，无那鬓毛斑。

① 壬午：1942 年。

题沈祖棻女史①和玉溪生无题诗后

世间才子漫纷纷，绝代词华沈祖棻。
能为小郎移步障，直教夫婿擅微云。
阳春白雪谁堪和，流水高山我得闻。
回首蕲春旧桃李，一枝独秀竟逢君②。

湄村木雁见过，相送至月心亭　偶成

数椽突兀压苍屏，白昼柴门懒自扃。
过我可无天下士，送君直到月心亭。
春还小草敷新绿，雪尽前山复故青。
后日幽寻肯来此，鸦鸣雀噪亦堪听。

重经南路有感

行过邛州别雅州，平原度尽见高丘。
一江东逼思文命，五月南征忆武侯。
谕蜀浪传司马檄，筹边犹是李家楼。
碧鸡金马踪飘忽，何事王褒抵死求。

---

① 沈祖棻（1909–1977）：字子苾，别号紫曼，祖籍浙江海盐。词人、诗人、文学家，文论家，有“当代李清照”美誉。

② （女史出黄蕲春门下，与其夫程千帆俱与余先后同门。）

观清衣渠

春日访顾庐北山，因过莲花寺，观清衣渠。

一

北山寻顾庐，清沼湛阶除。
花罥石钟乳，水涵金鲫鱼。
梦香书共枕，春暖燕同居。
语及人间世，推窗望碧虚。

二

清阅莲花寺，经年始一来。
蛛丝牵画壁，鸟粪落香台。
末法轻三宝，危时咏七哀。
不堪丁壤劫，诸佛亦蒿莱。

三

昔凿青衣堰，遥分白马泉。
独持沟洫志，三乞水衡钱。
帝力真何有，民生在苟全。
自今勤一溉，人定胜苍天①。

①（去岁宰雅，独排众议，开凿此堰，三贷金于川康水利委员会，今堰垂成，可免旱魃之灾。）

寄千帆嘉州

昔登凌云山，咫尺通乌尤。
不到尔雅台，惟倚苏公楼。
下瞰千丈壁，前瞻峨眉丘。
三川争喷薄，孤城俨漂浮。
伊来典此郡，俊绝岑嘉州。
想见山阿人，被荔从之游。
我来不须臾，形去神淹留。
胜概存仿佛，惜未穷冥搜。
之子潇湘客，起予书素投。
重申离堆约，愿棹青衣舟。
何当春水生，更欣甲兵休。
清时便行旅，间道携朋俦。
仍升九峰顶，再摩大佛头。
顺流指单椒，采若凌芳洲。
笺注追舍人，疏凿怀前修。
摆落尘世事，烟波垂钓钩。

友人邀游蒙山阻雨不果

将升蒙顶望峨眉，不谓幽期误雨师。
妙手漏天无补处，痴心厚土有干时。

五峰翠湿仙人屋，双阙春寒太守祠。
最是山灵相忆苦，黛容何日入新诗。

雨

帝女行云出蔡蒙，崇朝迸落雨濛濛。
已飘柳丝霑新绿，更洒桃花淘小红。
万点受风抟作雾，余姿映日忽成虹。
怜伊净洗尘寰了，又逐襄王入梦中。

猫

新买小花狸，宝过千里马。
雄姿耀环堵，长啸震屋瓦。
蜗居邻鼠窟，彼众暴我寡。
入室窥盖藏，穿厨啮菜把。
怀器忌莫投，罄竹罪难写。
呜呼丈夫雄，尔辈见陵跨。
自得真将军，专征事权假。
一朝秦失鹿，五步龙战野。
腾骞爪牙利，抟击毛血洒。
小丑休跳梁，幺么敢凭社。
献捷贤主人，澄清小天下。

功成身不退，每食厌鱼鲊。
向来歌晏如，捍御必健者。
域中豺虎多，感此泪如泻。

独哀诗

昔杜公叹旧怀贤，作《八哀诗》。今兹所哀，独吾师黄公季刚一人而已，故以独哀名篇。

夫子江夏姿，无双噪童稚。
世居屈宋里，生长扬马地①。
幼随按察君，总丱②便强记。
座诵江海赋，张公悚然异③。
至圣非仲尼，谁识胡琏器。
东海逢大师④，妙质斤斫鼻。
细绎洨长书，洞窥灵均秘。
浮沉辨声响，孳乳究奇字。
诸儒说纷纭，公出始不二。
至今谈绝学，天下美黄季。

---

① （公楚籍，太翁祥云先生官四川按察使，公生于任所。）
② 总丱（zōng guàn）：“古代儿童束的上翘的两只角辫，借指童年。
③ （五岁时，侍祥云先生过张文襄公，于座上诵《江赋》、《海赋》如流，张公大惊。）
④ （余杭章君太炎。）

读书穷四部，腹贯五经笥。
扬手文采飞，片辞扼精义。
同时服仪征①，此外尽奴视。
匪曰秦无人，一鹗空百鸷。
平生嵇阮心，不为礼法累。
哭母几灭性，至孝独肫挚。
时当风云会，书生预戎事。
出入铜马中，诸豪奉为帅。
所事虽不成，已见慷慨志。
巨源徒入荐，叔夜耻作吏。
太学二十年，自靖皋比位。
英才蒙教育，桃李速培植。
流风被海外，东人有执贽。
来时辕下驹，去作千里骥。
祭酒尊邠卿，坠绪起洙泗。
何期龙蛇谶，竟协康成寐。
呜呼豁蒙楼，茱萸嗟独臂。
登高惜九日，毕命尽一醉。②
五十期著书，年促愿未遂。
一老天不遗，苍苍果何意。
史迁疑报施，亘古宁殊致。

① （刘师培申叔。）
② （公九日登豁蒙楼赋诗云：“系臂萸囊空自劳。”饮酒过多，越日遂卒。）

俗子多敷腴，高贤坐憔悴。
小子昔迷方，觌公豁神智。
恭承君子风，厚辱长者赐。
叨陪燕蓟游，乘兴无不至。
前帐鸣弦歌。后堂列声伎。
题壁多新诗，遗迹满萧寺。
秋高朔野清，日落西山翠。
回首事犹昨，人生忽如寄。
瞻墓知何年，东望烽火炽。
心丧宜终身，斗酒辜夙戏。
诸孤尚流离，谁存乐安嗣。
高吟独哀篇，倾河注双泪。

酬胡推事见过

春山绕屋叠围屏，帘卷东风户不扃。
但肯相过虚白室，不须错比草玄亭。
天涯叹我蓬常转，客里逢君眼顿青。
近日奚囊新得句，朗朗试诵老夫听。

春　雁

仲春风日暖，旅雁皆北飞。

中原烬烽火，鼓翼将安归。
万里惟萧条，野旷稻粱稀。
生民不自活，况得疗汝饥。
托生到兹土，羽族亦不肥。
肥瘠且无论，莫令罹杀机。

游金凤寺记

游金凤寺，读黄祥云先生揽辉亭记。先生为季刚师之尊人，出守雅州，常过斯寺。蜚语谓其“流连金凤”，上峰以金凤名艳，疑为挟妓，经辩乃白。

吾师先德重深山，往日风流那再攀。
五马不来金凤悄，一僧无住木鱼间。
荒亭碑堕羊公泪，坏殿尘凋佛祖颜。
忍俊蛾眉被谣诼，几曾舞袖梦弓弯。

与湄公同游龙洞寺

要使郊垧印屐痕，联翩扶杖出东门。
山川得鸟都能语，桃李逢人总不言。
一径螺旋将寺绕，九渊龙蛰任湫潭。
西来多少寻春客，肯忆江南黄叶村。

登张山

翠巘冠朱楼，携筇上上头。
新春鸿北向，故国水东流。
碧偃平芜合，红消晚照收。
凭栏原不禁，自怯望神州。

荥　经

荥水连经水，新城接古城。
四围峦翠合，一路菜花明。
县小门无禁，人稠市有声。
肆中多锻铁，或者遇嵇生。

相公岭

汉相不可见，此山天与齐。
两阙分大小，半壁障南西。
笋舁穿云路，芒鞋走雪泥。
荒盘二十四，直下是沉黎。

泸定赠李大令

边城逢李令，也自有桃花。

一饭常留客，三春不忆家。
劝农尝种稻，消渴试栽茶。
旦夕临泸水，风光似若耶。

瓦斯沟吟寄湄村穆庵雅安时行八日

小别三山意自惊，东风一路故人情。
瓦斯沟上桃初绽，春到西康第八程。

至炉城示关吏

沟水何时尽，关门镇日开。
云含千嶂雨，波振一溪雷。
咫尺凉暄异，晨昏鼓角哀。
不闻春有税，故挟片花来①。

次韵东府

上巳，陈东府招游二道桥温泉，有诗索和，次韵一首。

旧列婆娑复见羁，边城修禊趁良时。
春衣曾典成新浴，蛮语郝隆得好诗。

① （余于瓦斯沟折桃花一枝，载与俱入。炉城春迟，尚无花也。）

万事随缘常作客，一生忍俊倒绷儿。·
归途怅望千峰暝，眉画嫦娥恰半规。

康定河步月

中秋，康定河上步月。尹亮易、杨怡庵临流高唱，赋示二子。

病起支离首未销，犹能步蹀过重桥。
我分瘦影酬明月，君振高歌答暮潮。
汉徼虚持天使节，胡笳潜换玉人箫。
一隅安定横流外，不道遐荒胜市朝。

次韵答木雁见怀之作兼寄湄村

木雁寄诗见怀，兼悼创之。情文兼至，诵之凄怆。余以孱躯，困于二竖。君申九日登高之约，归欤虽赋，仍恐衍期。聊和此诗，以宽后至之诛，并寓向往之意。

湄村誉友非私阿，顾庐笔涌千顷波①。
怀生悼死出妙语，邮筒飞递忙奔梭。
世间奇恸孰逾此，故人跬步沦盘涡。

① 湄村平章来诗，备热称扬。

坐中谈笑正欢洽，岂意存殁判刹那①。
亦知爱尾如牦牛，未应肿背疑骆驼。
水府无犀那得烛，命宫有蝎终相磨②。
创之骑鲸逐李白，缄也示疾同维摩。
泸雅迢遥半千里，喧传此事差无讹。
来诗悬写胜亲历，能得梗概兼细苛。
平生学佛志解脱，情执未尽师谯诃。
一朝哭友遂成病，百里致药宁起疴③。
良医戒吟苦叮嘱，二竖甫退来诗魔。
睹君辞翰忽技痒，有似飞鸟投虞罗。
三山骚将劲无敌，刘侯与子为牧颇。
归来九日约会战，我行恐后仍蹉跎。
昨闻诗坛考殿最，篇章已逊诸君多④。
吾今俯首请至趾，布鼓敢向雷门过。
吁嗟乎，布鼓敢向雷门过，手无斧柯唤奈何。
政使我辈登高能做惊人赋，其如满目破碎之山河。

① （创之溺前二时，尚与余同坐谈笑。）
② （创之因夜行无炬，误以河水为官道，故致死，命也。）
③ （余病中求竹沥瓜瓤为康定所无，由泸定李令于百里外致之。）
④ （木雁计，今年三山同人，诗惟湄村最多，余独少。）

病起凭吊谭议长故居

康定九日病起，登筹边别墅大楼，凭吊谭议长故居。与参议会诸君会，食喇嘛麻倾翁惠赠舍利二粒，即事抒怀。写寄三山同人雅安，三十韵。

不废重阳节，仍登百尺楼。
危栏扶病骨，爽垲豁吟眸。
双涧莹于练，千峰白似鸥。
惊涛翻峡石，积雪焕林丘。
地拥岩疆险，城屯市井稠。
攒空惟峭壁，负郭少平畴。
清瘦谁家菊，萧林古道楸。
霜花余妩媚，风叶倍飕飗。
薄宦由牵率，殊乡苦滞留。
相如虚草檄，宋玉总悲秋。
政付群公议，边劳大将筹。
蛮荒夸乐土，禹域叹洪流。
世事如棋局，吾生等赘疣。
仰天真丧我，假日试销忧。
室迩人何远，芝焚蕙自愁。
挥斤无妙质，伏枕有骷髅。
户任黏蛛网，书从饱蠹喉。
抛残磨墨砚，闲煞挂帘钩。

旧好嗟冥漠，新知亟劝酬。
养疴疏酒盏，消渴进茶瓯。
扪索将军腹，飞行定远头。
加餐宁负汝，食肉便封侯。
喜接高僧座，思依古佛修。
匣中分舍利，掌上转晶球。
冉冉孤烟动，匆匆夕照收。
栖枝喧鸟雀，觅径下羊牛。
瞑色凝衰草，寒飚振敝裘。
凭轩增怅望，曳杖独归休。
契阔同心侣，逍遥掉臂游。
兴来题一纸，火急寄嘉州。

范君昌元惠赠释迦佛喜记

德格令范君昌元，惠赠释迦佛、大乐金刚造像各一区，喜记。佛像金质，金刚泥质，皆绝精。

一

相好知难得，非君岂易寻。
庄严黄面老，璀璨紫磨金。
便有拈花意，须通舍筏心。
老夫瞻对处，不异在祇林。

二

瑜伽无上密，大乐是金刚。
佛母胎般若，尸林宅道场。
双身圆妙谛，一体露真常。
不敢同抟土，香龛夜放光。

寄家言枢少将理化兼谢其远致虫草之惠

一

少将吾宗秀，偏师早戍边。
神功同凿空，上策在屯田。
雪岭朝麾下，乌蛮拜马前。
名城高万仞，驻节近诸天①。

二

草草共杯酒，匆匆趋塞垣。
本来飞食肉，不解别销魂。
仗剑酬知己，燃灯礼世尊。
病中须药物，生死佩深恩。

① （君驻节理化，所谓世界最高城也。）

志哀西藏波章喀、康萨两大师

西藏波章喀、康萨两大师，向有日月二轮之誉，先后下世，赋诗致哀。

近得逻逖信，双摧日月轮。
乾坤几欲息，天地果非仁。
居士皆垂泪，沙门各怆神。
涅槃如可赎，吾且百其身。

罂粟谣

昔日贫儿今富豪，何以致之罂粟膏。
国家悬令禁此物，上下视法如鸿毛。
公私贩运遍滇蜀，一笑囊盈金错刀。
千金买裘缝为袍，歌楼舞席相招要。
樗蒲一掷动百万，此时意气倾猗陶。
府内达官饭不足，徒拥高名食虚禄。
人生乐事多得钱，何不从吾市罂粟。

离康定

东出炉关蹑险幽，长吟直下瓦斯沟。
千林槁叶霜初醉，一涧荒波雪乱流。
严道它时归匹马，边城昨夜尚重裘。
嗟予独背冰天去，脱走岩疆似纵囚。

二郎山

一脉邛崃通碧落，登危四顾豁心胸。
下方漠漠云千里，西藏皑皑雪万重。
落涧水争飞匹练，凌虚山欲化游龙。
栋梁满地无人惜，闲煞冈头合抱松。

四我诗并序[①]（补）

辛巳九月，予由康定返雅安，道出泸定，过金钗花时，方改建故道，别辟小径以通行人。

高岸斗绝，舍舆徒步走峭壁上，颇震慄，缘高冈至别陀村宿焉②。晓起，乘肩舆升二郎山顶，西接马鞍山，东望飞越岭，皆

① 《四我诗序》为曾缄先生《四我诗》完成一段时间后作的补序，原稿在《归后　读刘程二兄见怀诸作感赋》后，为整体起见，编者移至此位置。
② （别陀者，二郎山麓之村墟也。）

屹立千仞，而二郎山连缀其间，高与之埒。时旭日东上，纤云不翳。予凭高四瞩，大渡河以西，群山岌嶪。稍远则雪峰攒峙，高下成层。西南一峰独峻，终年戴雪，土人谓之万年雪。朝曦被之，其色化为金紫，阴崖则皑皑如故，表里异色，各极奇丽。回顾东北，云气溶溶，反若涌于地底。有数点苍翠，若单椒浮于水面者，天全县诸山也。迤北至圝牛坪十五里，松杉遍于岩壑，葱青四合，土石无睹。磴道盘石壁从高赴下，随山势曲折。瞻望前路，若近而远。附近无居民，有除道者于圝牛坪支木为棚，予少憩其下，无所得饮食，委之而去。抵暮，宿两路口。明日，沿溪历大人烟、小人烟诸墟，至紫石关。中间两度篦索桥，桥广三尺，长逾十丈，五绳并列，纬之以薪。薪稀绳弱，几不能步。仆夫掖予蹑绠而过，转动攲倾，欲堕者屡矣！紫石关以下，始为坦途，而山川景物平平，无足述也。

予前后往来康雅者五，皆率由旧道。今改趋新径，虽极行旅之艰，亦复玩其奇险，故为五言四首以记。每首均用我字发端，木雁翁目为“四我诗”，因取以名篇云。

我　过

我过金钗花，峭壁兼流沙。
侧身度崭绝，随路为攲斜。
攀藤挂似猿，腹地行如蛇。
悬崖一失势，下堕泸江涯。
女子头上物，落地成莫邪。
蹴踏剑锋去，拊膺百咨嗟。

我　登

我登二郎山，极目旷无际。
朝日照雪峰，天地皆绮丽。
若水从西来，浩荡争一泄。
间气生何人，高阳起为帝。
怀古劳寸心，忧时殒双涕。
东望云溶溶，下有人间世。

我　下

我下圝牛坪，山路方迂曲。
隔水见人家，到门疲两足。
矮屋才数椽，湿薪有一束。
烹茶自汲泉，炊饭谁贳粟。
去去勿复顾，行行更相续。
山下不逢人，万松摇古绿。

我　度

我度篦索桥，篦乾索且朽。
人东桥簸西，蹑绠从何走。
逡巡不敢前，健仆挟我肘。
危哉桥上人，飏若风中柳。
未知悬度国，其难有此否。

一过已寒心，再来应白首。

过天全县

至天全县，适守令他出，由始杨道士、高李桢隔宿调乡兵二百名，翼卫出境。

碉门无令尹，白日盗横行。
官道流人血，城郊震疥声。
亟知民可牧，其奈政难平。
愧尔鸿都客，黄冠夜点兵。

飞仙关入雅安

旧识关前路，新移渡口舟。
峡山吞漏阁，江水漱严邮。
有愧弹琴治，无劳五袴讴。
简夫遗爱在，遥指四经楼。

归雅安闻三山同人谈近事

一骑欣从绝塞归，经年人郭是耶非。
依然略彴横清浅，无复浮图矗翠微。
鸡振雄冠生卵大，犬分慈乳哺儿肥。

刘郎补衮嗟无术，百碎山河到衲衣。

余归雅安时，狮子峰白塔已毁，惟平羌渡浮桥尚存旧制。而颜福民家雄鸡产卵，高等法院牝犬乳哺非所生子皆奇事，木雁、湄村为余述之。湄村著敝衣破碎不完，偶话时事，遽应曰：“万里河山同吾百衲。”余深爱其语，并援以入诗云。辛巳十月三日记。

寿陈鸿文将军

半治诗书半治军，世间名将孰如君。
高吟座上三山客，烂醉轩中一瓮云。
此日兕觥争献寿，它年麟阁待铭勋。
东征肯挈狂生未，磨盾犹堪草檄文。

观湄村城上放雉

高城解缚纵文禽，一反安仁射雉心。
微体不劳登鼎俎，余生应可老山林。
许身契稷君无忝，回首东南陆已沉。
得放雪衣虽快事，贼中闻有二毛擒。

月心亭和湄村

山上亭台一径通，凭栏君爱汉嘉雄。

关河半壁悬残照，市井千家拜下风。
神禹荒祠青嶂里，卧龙高垒白云中。
古来重德轻天险，解带何劳议守攻。

苍屏即事，借湄村邻唱韵

朝看江练暮山岚，不酒临风醺亦酣。
我爱苍屏在天上，谁能韦杜过城南。

山居杂兴四首

一

已非严道令，犹爱月心山。
罥罥园三亩，纵横屋数间。
昵人邻犬熟，窥户野禽闲。
徒倚黄昏近，柴门手自关。

二

上坡之字路，负郭读书斋。
野望方方好，园游处处佳。
案头山乱叠，屋角雾常霾。
出入兼清景，长时德曜偕。

三

夜色同谁赏，山亭每独凭。
举头千嶂月，远足万家灯。
树影浓于墨，烟痕薄过缯。
下方群动息，长啸起孙登。

四

濩落愁无状，闲居幸有家。
几杆庾信竹，五色邵平瓜。
丙穴鱼堪脍，蒙山树可茶。
直须谋口腹，何止癖烟霞。

雪山寄刘大程十七

一

何年地蕴聚琼膏，兰壑丝山取次缫。
万里寒开银海阔，九天冻合玉楼高。
嶙峋倘许通青鸟，屃赑应难戴巨鳌。
借取洪波状磅礴，分明七发曲江涛。

二

千岩曜曜有辉光，壁立西陲屹蜃墙。
姑射山人通体雪，瑶池王母两眉霜。
层城斗转诸天白，玉宇风生六月凉。
公等寻山能到此，回看五岳不成行。

雾

一气冥濛万象空，吾庐全被碧纱笼。
人随鸡犬升天上，山化鱼龙没海中。
剩欲戈挥云鸟阵，可能槎犯斗牛宫。
世间不少迷方客，踽躅襄城七圣同。

内子用枫叶插瓶　戏赠

小园秋色已阑珊，寂寞萧斋闭岁寒。
多谢孟光怜寂寞，插瓶红叶当花看。

归后读刘程二兄先后见怀诸作　感赋

它山攻错兼师友，严道论交若弟兄。
累汝梦中怀李白，愁予关外老班生。
余年拚共花前醉，后世空争纸上名。

赢得虎溪三子笑，不堪沧海万流横。

答刘大见和雪山诗并补咏前所未及

一

知君一室夜燃膏，心似游丝细细缫。
西蜀地形无韵险，雪山天下让诗高。
浮槎偶逐填河鹊，凿空惊逢戴地鳌。
郢曲未工劳属和，湛然三峡喷诗涛。

二

破晓群山映日光，蓦看粉壁换红墙。
坤灵自衒千峰玉，青女新颁五色霜。
世上无花方灿烂，此中比叶更清凉。
果令刘阮寻仙到，错认金钗十二行。

附：

次韵雪山答曾二

刘庐隐

一

谁言山积玉龙膏，应念仙姬擘絮缫。
银界庄严千嶂净，琼楼错落五城高。
标凝太始犹昂鹤，根冻虚无不跱鳌。
欲溯河源通雪海，乘槎直泛九天涛。

二

拔地高涵二曜光，屏藩天柱列银墙。
娲皇炼石层层玉，姹女凌波步步霜。
九面莲开仙掌白，重霄殿拱水精凉。
遥知忍冻沉吟处，迳欲追踪刘阮行。

登月心亭望湄村寓居戏寄兼嘲木雁北山

倚我山边楼一角，见君门外树双楠。
为邦古有雷太简，此地曾游苏子瞻。
室傍讼庭谙吏治，居邻菜市悉齑盐。
隔江楚客今何事，坐守狮峰失塔尖。

寄谢无量

谢朓惊人句，青天首更搔。
蔡蒙初蜡屐，关塞远投桃。
小集宜三雅，联吟有二豪。
苍屏山上路，新唱月儿高。

和湄村木雁无量诗

立春、惊蛰、清明、俱逢九日，湄村首唱七言，木雁、无量均有诗，勉和一首。

暑往寒来似转轮，刘郎数九独怆神。
新年刻意伤春客，去岁登高作赋人。
一片花飞催进酒，千山木落剩添薪。
匆匆阅尽荣枯事，生灭何曾到此身。

吟寄内子雅安

浴佛日，游城南喇嘛寺。前一日寿晋五十，吟寄内子雅安。

一

四月山城尚苦寒，寺楼高处乍凭栏。
风前万柳拖金缕，雪后千峰正玉冠。
游女尽工胡旋[①]舞，喇嘛长捧曼遮盘。
何当尽舍人间事，来就双林学止观。

二

行年知命复知非，生伴能仁愧白衣。
浴佛转惊吾面皱，逢僧与话劫灰飞。
心随塞水奔沧海，手把山花下翠微。
别后苍屏无恙在，此时应望寓公归。

① （作去声。）

登康定城楼

丹山锦水更苍屏，出塞还来打箭厅。
家外有家惊荡析，客中作客感飘零。
赐秦占梦天胡醉，护国营斋佛尚灵。
蓬转陆沉俱未已，凭栏无语对苍冥。

辛巳重五读《楚辞》

一

谣诼蛾眉自古哀，投文谁复吊湘累。
可怜见妒椒兰后，更听班生说露才。

二

高丘无女夏为墟，浩荡灵修敢怨渠。
莫道君王不神武，犹能六里割商於。

三

党人娱乐众贪婪，策马升皇思不堪。
宋玉尽情歌楚些，招魂可得到江南。

登跑马山转经亭子

峭壁耸孤亭，凭临接窅冥。

雕盘天宇肃，虎啸谷风腥。
窣堵藏僧骨，璇玑转佛经。
槛前双涧水，叱咤走雷霆。

和三君子诗

湄村春日郊行有诗，木雁和之。无量游龙洞庵、平石堡，亦次其韵。时余远客康定，禊游二道桥。越月得三君子诗，缅怀旧游，依韵有作。

一

汀草山花亦自芳，东郊春浅意偏长。
溪光湛绕瞳人碧，野气浓薰鼻观香。
道左不材怜社木，中流容与羡渔航。
未愁独往无吟侣，同路行歌有楚狂。

二

郁郁春松荫翠峦，石头路滑几多盘。
僧稀转爱琳宫静，龙蛰还愁贝阙寒。
求雨他年倛丑在，挈云何处海天宽。
九州流尽玄黄血，愁倚层城十二阑。

三

飞石乡清市不嚣，周公河小亦容舠。

当垆村女眉堪画，唤渡盲翁手乱招。
辟地浑忘尘扰扰，漏天仍苦雨潇潇。
诸君饱看溪山秀，我独边关访断桥。

和木雁近讯二首

一

多难身仍健，无锥家更贫。
河山非故国，花鸟自新春。
白起犹坑赵，新垣忍帝秦。
横流今未已，何分免流人。

二

历历兴亡事，悠悠今古情。
陆机豪士赋，杜甫丽人行。
客泪花争落，春愁草细生。
蜀江流剩水，呜咽不成声。

交通宾馆楼上观涛作

一

康定城边百尺楼，楼前便是瓦斯沟。
君看去水何曾歇，别意波澜白尽头。

二

花妒红颜柳妒腰，人生惟别最魂销。
梦中识得相思路，泸定遥牵一线桥。

大端午同谭议长创之韵

诗人垂老寄边城，节日愁随细雨生。
荒徼极天惟有雪，深山终古不闻莺。
十年勾践仇吴意，九死灵均殉楚情。
我向神州感桑海，陆沉犹自望河清。

不　到

不到增城仅隔年，淮南鸡犬尽登仙。
月宫惯窃嫦娥药，海屋难量姹女钱。
七宝楼台光绚烂，九支灯蕊影清圆。
下方未识卿云瑞，漫道非烟却似烟。

今人误谓虞美人为罂粟花亟以诗为之辨冤

却作名花幽怨多，美人气尽拔山歌。
而今谬种流传遍，真为虞兮唤奈何。

寄答湄村　即次其闻警韵

峭壁冥冥瘴雾薰，瀑流狂泻欲襄陵。
山高更到孤危处，楼迴还登最上层。
四望招魂哀远逝，百年留命待中兴。
凭君莫话人间世，等是昆明劫后僧。

七　七

七七惊心岁四周，不堪往事说卢沟。
乾坤是处生戎马，星汉佳期误女牛。
救国呼声喧市上，示威标语贴墙头。
河山再返中华日，真把黄金铸蒋侯。

临江仙

读《斯文》杂志，见刘宏度临江仙一阕，语至沉恸，辄次其韵。天荒地变，同致哀思。虽昧生平，不嫌唐突。

便是浮云能蔽日，
劝君休望长安。
劫灰飞处断人烟，
空余春燕在，曾绕画梁间。

昨夜收京犹有梦，
衣冠王谢东还。
几时五色乞仙丸，
再生回白骨，到死救苍天。

附：刘宏度原词

闻道锦江成渭水，
花光红似长安。
铜驼空自泣秋烟，
绮罗兴废外，歌酒死生间。

野哭千家肠已断，
虫沙犹望生还。
金汤何处觅泥丸，
西南容有地，西北更无天。

湄村来诗忧米贵　戏答

只为诗肠饿欲枯，
曾将五斗易三苏。
即今曳尾泥中客，
尚有监河贯粟无。

哭涂山

江西涂山工绘事，自言童时捕蝴蝶，貌其形状，后致力花卉，晚乃专为山水。曾写《飞龙在天图》，寿今军事委员会委员长蒋公，以是为衮衮者所知。而贫甚，官法院推事，调炉城，竟发病死。其友汪某贳金为具棺衾，厝野寺中。

余往在雅安，睹君画扇，后从湄村悉君生世。及至炉城，君已病，然相见甚欢。君知余与湄村木雁有《三山雅集》，欲为作《三山唱和图》，以病不起而止。

君卒之夜，一灯惨绿有鬼气，室中有裂帛声甚厉。晨起，同舍者往视，则架上书皆桀裂为碎纸，狼藉满地，盖其遗愤深矣！余悲其侘傺以殁，哭以三百五十字。

昔我不识涂法曹，偶从便面观挥毫。
万钧笔力写山水，突兀往往似石涛。
归逢刘侯向我说，知君偃蹇垂二毛。
时丁丧乱去乡国，一官远陟邛山高。
顷至炉关得邂逅，君方卧病亲圭刀。
拥衾踞榻论八法，口讲指画忘罢劳。
其初写生貌蝴蝶，后乃放笔为松梢。
晚年人与画俱老，形不必似神已超。
曾写飞龙寿主帅，悬之素壁惊群僚。
平生丹青比曹霸，所惜未图鄂与褒。
拟将我辈着岩壑，三山幻出三诗豪。

岂知此事竟虚语，坐令二竖侵肓膏。
与君相见颇恨晚，倾盖便成漆与胶。
方期鼻端斤可运，岂知灶下桐已焦。
闻君易箦在中夜，一灯鬼碧风中摇。
此时重门已深锁，有声裂帛鸣堂坳。
朝看书帙散满地，一一撕破成纸条。
读书万卷愤无益，鬼竟有手能摧烧。
人生实难死则已，地下尚不忧箪瓢。
胡尘澒洞塞天地，血流四海生腥臊。
人间何处有乐土，夜台反羡君逍遥。
好逐两峰画鬼趣，更伴进士聆冥箫。
鼠肝虫臂随物化，达命何辞轮作尻。
来时去顺任夫子，顾我犹作秦佚号。
诗成关塞黑如墨，白杨饮泣风萧骚。

哭谭创之议长

创之以三十年八月二十三夜，堕康定河死。

失足成千古，惊心娈逝波。
杀君康定水，收骨瓦斯河。
事业跻同甫，文章步汨罗。
那堪知己泪，我亦病相磨。

鹤林寺访楚禅上人得啖蓬溪柚子欣赋

严道城边寺，高僧传里人。
空林安见鹤，衰世乃逢麟。
我去诗篇重，师来殿宇新。
中边甜过蜜，霜柚爽霑唇。

观森儿①写读

有子颇不俗，爱之逾衮师。
翻书才伏案，走笔旋临池。
与我张弧接，来年舞勺随。
择邻依孟母，慎勿斗群儿。

暂还成都敝庐

九里孤城半烧痕，吾庐犹枕国西门。
归怀子美乌皮几，贫胜相如犊鼻裈。
睹茗渐惊朋辈少②，催租才识吏胥尊。
张仪楼阁隳陨尽，浪说当年舌尚存。

① 森儿：曾缄先生长子曾令森。
② （昔日公园茗饮诸人曾不半在。）

观山水画册

念慈楼夜饮，观山水画册，向般公，谢无量题句。

十丈慈楼访旧踪，岁寒重抚后凋松。
平生师友尊前集，故国河山画里逢。
向子词高悲麦秀，谢公诗好敌芙蓉。
卧游坐啸俱清绝，不觉铜壶漏已终。

过四家村

过四家村，赋呈景伯、中英①、铁夫②、兼质刘明扬同学。

路人都识四家村，一壑能专物望尊。
偶厌埃嚣耽野趣，惯栖华屋爱蓬门。
兵尘澒洞疑天醵，诗酒流连惜夜昏。
翻羡南阳刘子冀，卜居长得傍桃源③。

---

① 中英：余中英（1899－1983），原名余烈，号兴公，四川郫县人，成都第九任市长。民国时期曾任军政职务。工书法，善丹青。五十年代始任四川省文史研究馆研究员。

② 铁夫：李铁夫（1883—1978），男，别名李珣，四川叙永人，民革成员，同盟会员。1952 年任命为四川省人民政府参事。

③ （村内种桃独多。）

次韵答程千帆嘉州

蕲春门下称多士，道是同岑却异苔。
千顷至今思叔度，一瓢如子即颜回。
知音偶接焦桐响，比翼还惊咏絮才①。
迟我明年春水发，扁舟载酒访秦淮。

与湄村过十七翁山居题盆山小景

咫尺江山势不穷，九华收贮一壶中。
峰凝钟乳攒空碧，池豢金鱼彻底红。
林壑幽深花雨落，坳堂清浅芥舟通。
故应时动濠梁兴，联袂来寻十七翁。

梅花　次湄村韵辛巳雅安作

一

姑射山人冰雪姿，化身千亿上花枝。
静如处女容常晬，矫若游龙干更奇。
傍树谁家珠箔卷，绕林长日钿车驰。
东君自庇闲桃李，冷艳幽香哪得知。

①（谓子苾。）

二

白马金鞍弹玉鞭，我来香海憾桑田。
曾传国色倾诸夏①，翻逐蛮花入漏天。
昨夜东风吹李主，旧时明月照梅边。
孤山寄语林和靖，可有花开似昔妍。

和湄村木雁

小岁除，湄村、木雁、韵松、福民见枉寓庐小酌，湄村、木雁先后有诗，依韵和之。

摛藻送穷吾已倦，张筵饯岁却须筹。
但同蒋诩开三径，不用张衡咏四愁。
来日自然春有脚，今宵只欠月当头。
人生乐耳休辞醉，沽酒还堪典敝裘。

辛巳岁不尽二日借韵联句

辛巳岁不尽二日，苍屏赏雪，适览岑嘉州《登慈恩寺》诗，爱其俊拔，借韵联句。

① （前此众议以梅为国花。）

雪压苍屏山，城蟠水晶宫。（隐）
登临俯峭壁，旷望凌寒空。（缄）
灵奇属真宰，壮丽开神功。（隐）
穷阴时晦明，同云幂苍穹。（缄）
万鸟冻不飞，千林飒悲风。（隐）
蔡蒙忽变色，玉立郊之东。（缄）
楼台尽粉饰，崖谷相玲珑。（隐）
沫水出广柔，西来云雾中。（缄）
远惟夏后氏，胼胝凿鸿蒙。（隐）
沧海犹横流，百川虚朝宗。（缄）
一笑语安道，山阴谁兴穷。（隐）

同日十七翁步东坡《聚星堂》诗韵见寄，造次奉酬

开缄见君书一叶，约斗尖叉咏飞雪。
醉翁号令始白战，坡老题诗更清绝。
君今步武聚星堂，笔力万牛钗股折。
六十老翁尚矍铄，一片冰心肯磨灭。
龙国老鳌合受钓，碧海鲸鱼真可掣。
刘侯昨者上苍屏，依我柴门舒眼缬。
疑是天帝新宫殿，乱掷竹头抛木屑。
青山失色对吾辈，五字诗成才一瞥。

自诩夺得骊龙珠，隐忍不向君家说。
岂知幽兴隔江同，君竟成金先点铁。

顾二娘砚歌

绍兴沈钵叟，藏顾二娘琢小砚一，背有纹，作箕形，宛如竹制。近世山东王某，仿顾乱真，此则非王所跂已。叟得顾砚三，其二于南都沦陷时失之。予与永丰刘湄公遇叟雅安，得观是砚。除夕守岁，苍屏放歌自遣，因砚起兴，义止于砚。若夫言外之意，寄托之微，老夫无所容心，故未曲尽其妙也。

昔有吴门顾二娘，手制小砚传四方。
当时片石重天下，后代犹为人弆藏。
赝者或出山东王，几人得见真乘黄。
我逢沈翁出此石，始觉两目生辉光。
远望宛如天上月，近视不减江南珰。
寒姿曾傍蛟龙窟，妙质忽登君子堂。
中间微凹作池沼，四匝环峙围堵墙。
伊人巧运修月斧，雕镂刻画成箕张。
纤篾细梗若编织，析竹作篾篾作丝，
千丝万缕牢相将。
居然转石为竹器，化工神妙跻豪芒。
刘侯旁观叫奇绝，径欲持去供簸扬。
神移目眯见颠倒，岂知是石非篔筜。

良工拱手谢不敏，作者乃是一女郎。
君看纤指所凿处，点点尚凝脂粉香。
翁言浪迹江海日，曾致三砚如三良。
一砚圆匀不盈握，一砚莹润同秋霜。
二砚刻工并精巧，葡萄缀蔓萦青筐。
前年倭人犯京阙，微物竟随城共亡。
独余此砚在行箧，时伴流人亡八荒。
三分其二让人有，孤砚摩挲空断肠。
我闻此言长太息，翁固不乐心怏怏。
天翻地覆到今日，砚田那得无沧桑。
塞翁失马或云福，匹夫怀璧曾非祥。
语翁善保劫余物，贮之宜以锦绣囊。
守一而终亦可喜，慎勿多歧自误再亡羊。

从雅安乘汽车还成都作

番车载归人，长鹜严邮路。
回首周公山，苍苍入云雾。
百丈度须臾，临邛失指顾。
绿知郫水波，青识新津树。
名都忽在望，白日始云暮。
重过万里桥，愁看旧题柱。

携森儿度平羌浮桥

水落平羌渡，桥浮青竹竿。
眼中皆藻荇，脚底即波澜。
偶作临渊羡，安知行路难。
孤城江上好，倒影指儿看。

过文家场谒先君子墓

清绝溪村路，经年始一寻。
竹垂无饵钓，泉韵不弦琴。
千里飘蓬客，三春寸草心。
先人丘墓近，松柏昼阴阴。

怀田军长颂尧长松山别墅

长松郁郁上青云，百尺高台倚夕曛。
广武有人轻竖子，灞陵无尉识将军。
毂名空画麒麟阁，性分唯宜麋鹿群。
弹铗冯驩饥未死，至今犹忆孟尝君。

江上次刘大韵

城郭千家绕，巴賨一水通。

山排白云上，天浸碧波中。
茗碗送斜日，茅檐低远风。
临流兴不浅，况与故人同。

蛮峒和湄村

饮血生涯古，容身洞府宽。
不知王母胜，何似楚人冠。

游龙观山

上巳，湄村见过，因绕飞机场游龙观山，作二首。

一

倚我柴门望八荒，弥天率土积悲凉。
西江仅有湔裙水，难为人间祓不祥。

二

大陆龙蛇起杀机，四郊多垒遍旌旗。
残山未入金吾禁，尚许游人历翠微。

题徐使君夕秀亭

城北徐公美，城南尺五天。

人留花叶里，宅傍女墙边。
曲槛明斜照，高亭郁晚烟。
闲时一杯酒，自觉醉翁贤。

烧　畲[1]

四飙煽烛龙，夭娇翠微中。
山鬼愁灰劫，坤灵困火攻。
藤萝随焰尽，草树逐烟空。
三月严邮道，烧畲处处同。

宿泥头驿（补作）

积雪埋征路，狂飙撼戍楼。
几时穷地角，今夜宿泥头。
飞越蛮中县，沉黎徼外州。
南人今不反，长忆武乡侯。

① 畲（shē）：意指火耕。

临边集

（1944年）

（未定稿）

边庭对雪　次坡公尖叉韵

初看细雨尚帘纤，百战旋惊令转岩。
方是珪崩圆是璧，巧为风絮拙为盐。
银泥一夜填幽径，玉树明朝绚短檐。
欲写相思寄千里，冰花寒绕兔毫尖。

出郭身同绕树鸦，独寻熟路驾轻车。
纷纷却异清明雨，缓缓为看陌上花。
绝塞荒凉悲戍客，今年收获羡山家。
郢中妙曲谁能和，一笑吟成手八叉。

郭达山

蜀相南征几将才，将军名姓冠崔嵬。
洪炉大冶今萧瑟，更有何人铸箭来。

西峰隐者

门前雪色映岚光，清绝西峰赵大孃。
参透台山婆子话，白云深处礼空王。

乐顶山

乐顶山头道士归，青松白石闭岩扉。
情知未忘人间世，犹放钟声出翠微。

咏怀三首

一

服药求神仙，计较在形骸。
彭祖老且惫，七百胡为哉。
孰若浮屠氏，无住晶灵台。
寿尽趣涅槃，乘愿还再来。
昨过走马山，高塔盘崔嵬。
昔日阿阇梨①，今者方婴孩。
寄言养生者，试用此道推。

二

青山语苍天，与尔为伯仲。
积雪笑行云，我静尔自动。
云天昔所仰，今也生嘲弄。
谁言高下殊，易地失其用。
奈何胡中天，至今尚梦梦。

---

① 阇（shé）梨：高僧，泛指僧。

三

穷荒有一士，自命非庸才。
独坐斗室中，万顷心花开。
长歌送白日，琢句多奇侅。
天籁但自鸣，微辞非定哀。
无何广漠间，吾今为散材。

送人东归

老我何心滞异乡，东关饯送为人忙。
还家君作兼程计，归路不如来路长。

边　意

老天面色如死灰，大地皱出山崔嵬。
云随鸣雁忽飞去，日与牛羊俱下来。
胡女抠衣起歌舞，胡儿垒石夸楼台。
不妨谬谓此间乐，赤县神州安在哉。

阴　晴

阴晴蛮徼浑无准，喜怒胡天最不常。
尚听雷声盘上界，已看雨脚露斜阳。

缃桃文杏俱何托，小草幽花亦自芳。
我会白云苍狗意，凭栏袖手阅沧桑。

简啸谷

突梯君似东方朔，隐几我同南邻綦。
廿载匆匆成一面，数行草草寄相思。

听蝉宧吟草

叙永曾缄（始己丑①夏）

（1949—1950年）

---

① 己丑：1949年。

喜　晴

连日潇潇听雨声，破愁今得一蝉鸣。
前身倘是王摩诘，倚杖柴门对晚晴。

观人打鼓作

头如青山手如雨，看君危坐挝羯鼓。
初焉柝声响夜午，继乃鸦札闻鸣橹。
鸣鸠雌雄相尔汝，天孙札札弄机杼。
忽然拔剌鱼跳罟，一发千钧纵强弩。
将军出师夜破虏，万蹄杂还走焦土。
渔阳掺挝法最古，妙手兼能赋鹦鹉。
老夫听此喜欲舞，口出明珠向君吐。

己丑除夕次东坡《常州除夕》韵

一

爆竹声销鼓角悲，渐移牛尾①入霏微。
老夫守岁难成寐，司命朝天亦自归。
伤乱泪波和漏泻，照愁灯火比星稀。
夜飞知有惊栖雀，绕树何枝定可依。

① （今当丑寅之交日者，有牛尾虎头之谶。）

二

世有东山我欲徂，肯衣章甫坐泥途。
千年桑海开新局，一夕桃人换旧符。
冉冉炉烟炷龙脑，沉沉帘影护虾须。
闻鸡扣角今俱倦，独坐书空和大苏。

偶成二句

一

劫灰飞尽失豪华，零落长安富贵家。
昨日厨人过菜市，无心买得故侯瓜。

二

近来生事愈萧条，凋尽朱颜瘦尽腰。
三月光阴轻过却，只忘肉味未闻韶。

再题自藏百马图长卷　次东坡《韩干马十四匹》韵

腾骧磊落四百蹄，错综可喜何必齐。
纷然粉本出神骏，开卷萧萧闻马嘶。
陆翘龁饮驰且顾，蹇眇相嘲作人语。
中有数骑衔尾行，蹴踏沙石铿有声。

并栖乃似一群鹤，一马昂头偏露啄。
马高八尺便为龙，健儿乘此如乘风。
不读古经知相马，只为权奇曾对画。
画记奇绝昌黎韩，吾斋今作马槽看。

郑容若[1]来诗求江梵众为绘《还山图》即次其韵

飞幕何堪托燕巢，送君黄鸟正交交。
人归谷口终怀郑，酒出牂牁转爱茅[2]。
佳句七言风过水，通家两世漆投胶。
但须贯道图行色，不用扬云解客嘲。

人外庐即事四首

一

人外吾庐在，城隈逸趣多。
四围攒露竹，三径绕烟萝。
日暖花光绚，春融鸟语和。

① 郑容若（1911—1986）：又名异才，字函，斋号霜红簃，四川叙永人。向仙樵门下高弟，诗学宋，功力深湛。1984 年入四川省文史馆。
② （茅台酒产地距吾乡不远。）

老夫居近市，不异在山阿。

二

新受齐民术，真同野老家。
一畦诸葛菜，满架邵平瓜。
地力知无尽，人生信有涯。
残年饱吃饭，此愿未应奢。

三

比屋开甥馆，高斋接壻乡。
絮飞怜谢女，玉润得张郎。
巢有燕双乳，洞窥垣一方。
药师原是佛，尔业最慈祥[①]。

四

好我黄开士[②]，移居共小园。
菩提心内长，贝叶手中翻。
礼佛威仪肃，逢人笑语温。
西来祖师意，暇日与君论。

---

① （张倩锡崑与华女携两雏就我同居。锡崑治医为药剂师，悬壶济世，是能修善业者。）

② （隼高。）

漫　题

老夫家住少城隈，镇日惟闻鼓角催。
屋上祥乌招不返，室中饥鼠逐还来。
林花扫地收春色，野菜充畦养膳材。
误喜叩门佳客到，儿童放学挟书回。

淘河一曲

人民解放军入成都后，一月发士卒万余，淘浚锦江，以除水患。此近年来有益民生一大事也，作歌美之。

西北健儿出秦陇，解放成都不旋踵。
梯山已教虎豹惊，淘河更遣蛟龙动。
万人踊跃入江中，扫荡沙石江为空。
积年淤塞一朝通，浚江勇与杀敌同。
岸上钲鼓声嘈嗷，江心壮士忘疲劳，
观者如山满江皋。
居人从此绝水患，不忧漂没随波涛。
昔日畏兵如畏虎，今日见兵喜欲舞。
战胜江神唱凯旋，君试听淘河一曲翻新谱。

过崇丽阁

一阁解留人，城东玉女津。
修篁斜度日，新柳细摇春。
濠上鱼还乐，阶除鸟亦驯。
不知凭槛客，何事独霑襟。

生　日

生日家人促举杯，庭前物色喜相催。
金丸满树枇杷熟，火齐连枝海若开。
幽鸟向人时一啭，熏风为我更南来。
故乡弟妹遥千里，应忆阿兄首重回。

樱　桃

灼烁赪珠满玉盘，鲛人血泪未全干。
尝来香口应如蜜，食罢回肠欲化丹。
得气熟居诸果上，多情红到百花残。
流莺只为曾含汝，一串歌声似转丸。

苦　笋

吾生清苦独何求，冠冕聊吟忆叙州①。
四月又逢樱笋节，几人曾预竹林游。
菜根有味堪同咬，肉食无能本不谋。
紫箨素肌增妩媚，此中知有夜郎侯。

江上行吟

湛湛长江上有林，杖藜来此一行吟。
故知未到忘机处，尚有悠然自得心。

望龙泉驿长松山

龙泉拔地起锋稜，郁郁长松簇上层。
一瞬神游三十里，好山遥玩不须登。

谢人馈吾乡红岩茶

千里故山远，一瓯乡思浓。
暗香生鼻观，浓翠滴眉峰。
断梗嗟难续，维桑义必恭。

① （昔与杜柴扉于叙州食苦笋赋诗。）

为余浇垒块，此物赖君供。

何能行

有弓须弋垂天翼，有纶须钓横海鳣。
何能阶下效蝼蚁，戴粟奔走吁可怜。
老夫昨登崇丽阁，顾视心轻益州牧。
岂知下有群儿愚，妄想蚍蜉撼乔木。
归来闭门独高卧，万事空中飞鸟过。
北窗一枕恬梦魂，吠尧跖犬徒狺狺。

答山公①见讯

寄语林夫子，生涯近若何。
公犹横酒阵，我亦困诗魔。
世变儒无效，时衰佛可呵。
不嫌供给少，扶杖一来过。

① 山公（1873—1953）：林山腴，名思进，字山腴，别号清寂翁。民国时期成都著名的“五老七贤”之一。著作有《澹秋集》。

赠周冗斋①

冗斋为予仿汉封泥治名，印绝精。刓成举以示余曰：若不以一诗相赠者，当靳此不予。暇读君所辑《日精精舍印谱》，见赵之谦②印跋赠魏稼孙③诗，即借其韵，成长句。仍附印谱归之，印谱中录诸家印稿，朱墨纷纭，甚可观也。

印何累累拓朱墨，绝妙㧑叔与仓石。
刻符摹印自古传，此中甘苦畴能言。
抗手赵吴君亦可，何必蜀中逊江左。
牙琴只对钟期弹，作者不易知尤难。
近愁海内流风歇，程翁④睹君翻叫绝。
愿君努力作印人，余事刍狗何足陈。
新抚泥封将我载，琢成形似蚕豆大。
印刓不予索我书，我诗诙诡异古初。
君锲我吟同是癖，附骨如疽不能割。
雕琢自饰容吾徒，不辞太赤施以朱。

① 周冗斋（1912—1968）：周菊吾，名周旭，四川成都人。书法家、篆刻家、诗人，生前执教四川大学中文系。先生篆刻，以圆朱文成就最高。西泠巨擘方介堪叹为：“精妙绝伦。”有《周菊吾印存》留世。

② 赵之谦（1829—1884）：初字益甫，号冷君，后改字㧑叔，号悲庵、梅庵等。浙江绍兴人。中国清代著名的书画家、篆刻家。

③ 魏稼孙（？—1882），名锡曾，嗜印有奇癖，谑号印奴，浙江仁和人。清咸丰贡生，官福建盐大使。热衷印学，造诣亦深。

④ 程翁：程穆庵。

戏题封泥印章

磨刀霍霍不屠龙，君怀绝技甘雕虫。
手持寿山石玲珑，胡为著我泥封中。
金人铭背我铭囟，①与磨兜坚将毋同。
不为白璧为庸庸，从今杜口侪痴聋。
小儿杨修大孔融，一笑老夫作阿翁。

鬻人外庐

卖到吾庐事可知，小园花木亦凄其。
本来破甑何须顾，此去虚舟亦自危。
检点旧裈余犊鼻，摩挲小几惜乌皮。
从今赁庑成常住，何处鹪鹩寄一枝。

移居头瓦窑竹林村作

海棠开后移家去，破瓦寒窑是乐窝。
颇讶诗书逾纸贱，尚嫌家具比车多。
沙鸥为我徐徐下，秧马听人缓缓歌。
坐拥一林君子竹，门前恰对锦江波。

① （印顶铭文，灾斋作）

拟杜工部《江畔独步寻花》七绝句

一

锦官城外春可怜，江南江北花娟娟。
人生几何判一醉，醉倒便于花下眠。

二

杖藜江畔独行游，自爱花枝映白头。
不逐少年夸疾走，每逢佳处辄淹留。

三

曾恐江头春易阑，安排诗酒恣盘桓。
长提十里花千树，醒眼何如醉眼看。

四

遥望花城是少城，高枝上与画楼平。
何人置酒延佳客，风际时传歌管声。

五

竹树连村低复高，饱看积李与崇桃。
绿杨起舞春风里，可爱长条爱短条。

六

暖暖谁家江上村，桃花李花断人魂。

子规未唤春犹在，黄鸟频啼日又昏。

七

三眠三起道旁柳，一落一开江上花。

但逐东风萦陌上，莫随流水去天涯。

曾缄诗文集

康纺集

折腰集

曾缄 著
寸铁孙 整理

巴蜀书社

图书在版编目（CIP）数据

康行集/曾缄著. 寸铁孙整理—成都：巴蜀书社，2021.6
ISBN 978-7-5531-0818-6
（曾缄诗文集）

Ⅰ.①康…　Ⅱ.①曾…　②寸…　Ⅲ.①诗集—中国—当代
Ⅳ.①I227

中国版本图书馆 CIP 数据核字（2017）第 113378 号

康 行 集

KANG XING JI　　曾缄 著　寸铁孙 整理

责任编辑　童际鹏
出　　版　巴蜀书社
　　　　　成都市槐树街 2 号　邮编 610031
　　　　　总编室电话：(028) 86259397
网　　址　www.bsbook.com
发　　行　巴蜀书社
　　　　　发行科电话：(028) 86259422　86259423
经　　销　新华书店
照　　排　成都完美科技有限责任公司
印　　刷　成都蜀通印务有限责任公司
版　　次　2021 年 6 月第 1 版
印　　次　2021 年 6 月第 1 次印刷
成品尺寸　230mm×170mm
总 印 张　59.5（本册印张：17.25）
字　　数　900 千字
书　　号　ISBN 978-7-5531-0818-6
定　　价　198.00 元（全三册）

折腰集序

此予為雅安縣長任中所作嵇叔夜謂一行作吏此事便廢
之說而余於簿書中亦不廢吟詠可見緋帽之難逭也陶
淵明不肯為五斗米折腰而予則竟為之而甘心焉嵇陶二公人品
皆極高非予所能企第為所可為者耳顏曰折腰集
明吾愧於陶而不能無異於嵇也 費誠自記

目　录

临太液池吊明时所放鲋①

晨起阅报纸，载太液池有巨鲋，为主者所货，货之英吉利博物院，得银圆万余。此池在禁苑久矣，罛罔所不加，檏罩所不及，鲋之托此，岂不以为至安哉！一旦见鬻，虽不登鼎俎，而已厌醇醪，命也。吊之曰：

违故渊而远适，望灵沼兮永辞。虽得免乎脔割，为乾腊以无期。昔金仙之辞渭，犹潸然以泪滋。谅有形之有感，况斯鱼而无知。池台岂不犹昔，性命亦既逢兹。惟有殷之咸若，及衰世而忽斯。忖陋体之胜臭，亦何贵乎藏之。彼贪人之好货，贾微命于铢锱。哀烝民之膏血，不朘削而何其。鱼乱于下兮，已而已而；枯鱼方泣兮，吾人勿嬉。

① 此文作于1917年，载于1936年10月16日《制言》第27期。

天宁寺塔赋[①]

岁在强圉白露节后，与海宁孙世扬奉同蕲春黄先生出广安门，访天宁寺塔。天宁寺者，元魏光林寺之故址，于隋为弘业寺。其塔建于仁寿二年，去今千三百十六岁矣。余览王劭《舍利感应记别录》，悉其由来。虽灵报渺冥，而遗迹昭著；幽燕览古，匪此莫先。盖猎碣移自咸秦，旃檀毁于夷虏。讵若此塔，相轮无毁，榱桷依然；藏弆摩尼，检泥完固；归之佛力，未为尽诬。昔文考摛文于鲁殿，初明奏记于通天，余才惭昔人，而旧迹不可以无述，聊为赋之云尔。

懿清秋之萧晨兮，驾言适乎西郊。访弘业之余址兮，瞻兹塔之岧嶤。十三级之累累兮，蹑浮云以为高。火珠眩曜于中天兮，铃铎因风而动摇。俯雄朔野兮，于焉逍遥；览物怀古兮，爰撢厥初。维隋氏之盛德兮，实肇构此浮图；砻文石以为函兮，藏木难以为宝。显灵应于素光兮，又绚之以彩藻。岂梵教之可凭兮，固吾王之所好。讶兹塔之长存兮，溯朝市之屡迁。蓟丘化为青芜兮，易京炀而为烟。微世尊之护持兮，胡独历僧祇而不见捐。循基陛而樛流兮，步中唐以旁皇。吊丰碑于榛莽兮，悲辽泗之俱亡。礼调御之金身兮，叹兴废之无常。惧末法

① 《制言》第6期，1935年12月1日。

之将届兮，搅余思之芒芒。重曰：秋气泬寥，风物凄兮。出其闉阇，适招提兮。建标拔起，天与齐兮。愿言高举，无丹梯兮。摩莎碑记，披蒿藜兮。今古芒芒，怀增凄兮。还涂惝怳，日方西兮。

蕲春黄先生讲《离骚》记[1]

师曰："帝高阳之苗裔兮"，《说文》：苗，草木之芽孽也，裔，衣末也，此皆引申以喻人之子姓。兮，语所稽也，语所稽谓声势略止，非必意已。语根为丂，丂气欲出，上碍于一也，声转为兮。为兮，兮又变为只，语已词也，语已亦谓声势略止，非必意已。《诗》《骚》多用兮，《招魂》《大招》或用只，或用些，皆以舒语声。

"朕皇考曰伯庸"，朕从倂省。倂，古縢字，以证切古韵，在东部。倂为喉音，则朕亦可读为喉音，对转咍部为台，书祗台、德先台、我也台为舌音，则朕亦可读为舌音。自秦以后，非天子不得称朕，然在语，亦不能禁。今北人犹自称"赞门"，字亦作喒，或作咱，皆朕之声变也。

"摄提贞于孟陬"，摄提，《史记·律书》以为岁星名。《汉书·天文志》曰："大角者，天帝坐庭，其两旁各有三星鼎足向之，曰摄提。摄提者，直斗杓所指，以建时节，故曰摄提格。"据《志》，则摄提为别一星，甚明。而《史记》云尔者，将以太岁在寅曰摄提格，由此贻被其名乎。摄提之为言，提携也，言能提斗携角以接

---

[1] 《蕲春黄先生讲〈离骚〉记》至《礼塔记》，皆选于《涉趣园漫录》（1936年）

于下。（见《春秋元命苞》，《史记》索隐引之。）

“朝搴阰之木兰”，阰即阜也，此泛言山，故与下“夕揽洲之宿莽”之洲字对举，《注》以阰为山之专名，非也。

“不抚壮而弃秽”，抚，有也，有与存同义，抚壮弃秽，犹云存善弃恶。

“及前王之踵武”，踵，亦武也，二字平列，《注》以继训踵，非是。

“伤灵修之数化”，灵，古与令通。修，有长义。令借为令尹之令，长借为千夫长，百夫长之长，故灵修得训为君。

“众皆竞进以贪婪”，《左传》：“女以残贼贪惏事君”，贪婪即贪惏。

“謇朝谇而夕替”，替，《说文》作暜，从竝㐫声，古韵在没部，痕没同平入，故替得与上句痕部之艰字为韵。

“众女嫉余之蛾眉”，《注》：蛾亦作娥，言娥眉则二字联绵，亦作娥媚，即娥媌也。眉，非眉目之眉。

“驰椒丘且焉止息”，焉在句中或与爰同义，或与于是同义。

《招魂》：“不能复用。巫阳焉乃下招”，读至“用”绝句，巫阳焉乃下招，犹云巫阳爰乃下招也。《老子》“信不足。焉有不信焉”，读至“足”绝句，焉有有不信焉，犹云于是有不信焉也。焉在此句当作于是解。

“孰云察余之忠诚”，余，女媭代屈原自谓也。此下至“夫何茕独而不予听”，皆女媭之辞，而《注》误以为原答女媭语。

“就重华而陈辞”，《说文》：舜，为䑞华，故舜帝号重华。

“飘风屯其相离”，《尔雅》：“回风为飘。”《庄子·逍遥游》“抟扶摇而上者九万里”，扶摇，合音为飘也。

“心犹豫而狐疑”，犹豫，犹言容与不定之辞。《注》以兽名解之，凿矣！

绒案：“众女嫉余之蛾眉”，蛾若作娥，当如师说，如云蛾眉，则娥当作蠚。《汉书·扬雄传》师古注载：“晋灼说，引蛾作蠚是也。至蛾乃蚁之本字，不得云眉象蚁。”又详骚文所用余字，略有三解：一，屈原自谓；二，女媭代屈原自谓；三，以为语词。《说文》：“余，语之舒也。”“溘埃风余上征。”《文选》谢朓《在郡卧病呈沈法曹》诗注，引“余作而，而为语词。”知作余亦为语词无疑。由此以推“忳郁邑余侘傺”，“曾歔余郁邑”，“仆夫悲余马怀”，诸余亦皆为语词。《毛诗》以言为语词，而《传》云：“言，我也”，以训我之字为语词。《诗》有言，《骚》有余，不足怪。它日质之于师，师曰：“字之词性，缘所施而异之。不通词例者诵《诗》，‘言告言归’，则据《传》以为我告我归，此犹可通。'薄言采之'，亦据《传》以为薄我采之，则其文不辞。人只知我为人我之我，不知我古亦以为语词也。"余果悉训如恒义，此何以厰厕句之中央，故可疑。子援鄦书释为语词，则文从字顺，是亦一发明也。

（往在北京大学听先生讲此，次为札记数十条，兹复从札记改为此记。先生逝矣，今加迻录，为泣然者久之。丙子秋，曾缄记。）

袁母罗太夫人七十寿颂（丁丑）①

太夫人氏罗，年十八归处士袁肇父先生。孝事君姑，婉相夫子。丁家不造，夭其所天。衰翁在堂，三子绕膝。太夫人仰事俯畜，鷨鸡樘柱，有《葛覃》之悳，厉《柏舟》之掭。长君钧风仍以货殖起家，仲子云风今为陆军少将，季子震风亦历膴仕。咸蒙义方，先后蜚声，不有贤母，奚贻令名？太夫人行仁受福，始啬终丰。以今岁夏正六月，寿届七十，乐享大年。孝子养志，设帨张筵，陬生为文，以述厥贤。夫孅盛德之形容，莫尚乎颂。故赋短章，不歌而诵。其辞曰：

袁氏有母扶坤维，明诗习礼为女师。相夫教子惟其宜，躬历艰苦心则夷。今登上寿形不衰，仲子能咏南陔诗。板舆迎养岷江湄，芙蕖始华熏风吹。跻堂介寿举玉卮，我愧奚斯陈此辞。更三十载臻期颐，尔时抒颂同今兹。

① 1937年。

玉带记

先曾王父柳溪公教于乡里，有弟子以玉带象箸为贽。柳溪公宝之曰：“后以与子孙能读书者。”柳溪公薨，遂传先王父可南公，再传吾父梓轩公，而诸王父诸父不与也。缄之游学成都，始受箸带，藏于家。辛亥国变，盗掠吾家，遂失带，而箸随缄留成都得独完。缄之转学京师，仍以箸从。舟过吴江，贼乘间窃之。先曾王父故物，至是荡然矣。梓轩公居尝以为先人所遗仅此，犹不保，子孙之不肖孰甚，因欷嘘。门下士王屋知吾家故事，会佐仁寿税务，以书告云：“子某来觐，怀玉带，盖师寓所亡者，辗转获诸盗，今请归师。”于是带与书俱至。梓轩公俟函振带，而后喜可知也。其时距失带已十有五年，而是年梓轩公寿六十，带先悬弧三日至，岂非天哉？带制甚朴，玉特坚白，抚之温润，薰汗盈盈欲滴，盖柳溪公手泽所寄云。昔与箸并为家珍，今箸亡而带存，有幸有不幸。语带曰：“若为楚人之弓欤，抑为塞翁之马欤？”吾视天下犹此带，吾何求哉，固特付之象罔。

民国第一丙寅岁大雪日，曾缄记。

夏馥卿六十寿序

《诗》有之曰："君子万年"，郑君以为君子能长人，则人欲其寿考也。世有其悳，合于君子，而又年登大耋，于其生日也，则为之辞以颂之。斯亦古诗人之遗意，岂苟谀而已哉。余愧不能为谀人之文，然或欲得余一言，以为有德之君子，寿如涪陵夏馥卿先生者，余亦乐为道之。

夏为江南望族，明初曰显一者，始迁蜀之涪陵。子孙累世以科名显。有讳邦谟者，官至吏部尚书，乃先生之七世祖也。至祖父耀堂，犹以积学为邑名宿。诸父亦诸生。父献之，独弃儒而贾，既老，命伯子泮香治其事，泮香不幸早卒。时先生财福冠居乡里，力田淳朴若无能。人谓夏氏乏贾才，业且中衰。先生则请于父，继兄贾，即居肆持筹，不数年，利倍蓰，人始悚然异之。而夏氏自此田连阡陌，赫然素封矣。泮香既前殇，先生抚其孤甚厚。弟云卿两娶无出，寻亦物故，复以其后后之。处家人骨肉之间，往往自取其薄，人享其丰，乡里以是贤之。涪陵城西有冢宰祠，为邦谟尚书故第也。祠业为族中无赖侵蚀殆尽，群推先生董理之。力任劳怨，悉还故业。岁时伏腊，大会父老子弟，修明祀事，以申追远之怀。其它振贫掩骼，排难解纷，诸搢绅庸德，先生无不备之。今年七十初度①，志欲寿先生者，述其梗概云尔。余惟商居四民之末，而操奇计赢，其才或优于国士。先生承簪绂之后，绍父兄之业，以货殖起家，为蜀东闻人。嗟夫，丈夫不贵则宁为富耳，孰能郁郁老死牖下乎？汉杨恽言："其家方隆盛时，乘朱轮者七人，然贾竖之事，恽亲行之，卒有烹羊炮羔，仰天拊缶之乐。"余每颂"田彼南山"之诗，未尝不神往也。先生家世固无异于恽，而康强寿考则非恽所敢望。观其敬宗收族，博施济众，可谓能长人也。人皆欲其寿考，不亦宜乎。众请余为文，以介一觞。余不敢靳，故从而序之。

① 原稿标题作"六十寿序"，此处又作"七十初度"，今存疑。

《嘉园词》序

与白既还长宁，则写其所为《嘉园词》，从九百里外见示。余观其不事研炼，自致清妍，役词而不为词所役，已与萦情不朽、刻意矜持者异撰矣。集中《水龙吟》之“百尺楼高，重瞳眼阔，人间孤另。”《鹧鸪天》之“从头打点今朝事，第一关心是菊英。”《醉太平》之“何时戴笠披蓑，去樵山钓河。”俊逸清新，虽古人何以远过。《忆少年》“贪看青山”一阕，尤清气扑人。《沁园春》之诙诡，《渔家傲》之激昂。忧生念乱，遗憾于南粤北胡；愤世疾俗，寄慨于铜山锡簿。嬉笑怒骂，滑稽突梯。骎骎乎长卿使我凌云，处士正得祖意。君常爱近人王小云词，谓有奇气。然王固瑰奇，君尤博大。君之乡人梁叔子文宗六朝，杜柴扉诗规工部，与君鼎峙，各骋所长。余之旧乡去长宁才百里，犹望衡对宇也。今杜亡梁老，君亦二毛，余则淹滞蜀都，独怀乡井。何时归去同与白鼓铜琶铁鼓，一唱大江东去，使金沙江以南，万山皆响。固所愿也，非今所敢望已。

丁丑处暑后，叙永曾缄记于人外庐大雨中。

桶井峡记

余宰江北，以事道出桶井峡。双崖乍合，溪出其间，泛舟而前，如入隧道。夹岸草树丛绿，山石浅绛，更相辉映，蔚为一观。一穴出峭壁上，下临绝涧。土人避寇，缒而入焉，居之三年，爨烟不绝，斯为异也。舟人指示其处，余仰而望之，盖在天半，名之曰通天窟。稍进，高崖立于岸左，钟乳结石，形同踞狮，曰狮岩。又下有石肖浮屠，曰佛岩。回顾通天窟之东，一峰叠石，缭若城垣，其色正赤。《天台赋》云："赤城霞起而建标"，此其类也，曰赤城。次有双洞出于溪上，洞口缀石玲珑，如冠璎珞。山中伏流，胥洒于此。时当夏汛，则跳珠喷玉，迳超彼岸，土人诩为白龙渡江，故洞亦谓之龙洞云。过龙洞数武，则得羊圈。丰草长林，野羊之所出没，才通小径，猎人往往遮径取之。自羊圈历虎子洞而峡穷，山趋平衍。舍舟登岸，不数十步，有塘，泉眼纷列，温泉穴地而出，暖如探汤。渝中温泉，向称南塘北碚，此所未闻。盖彼当孔道，此委僻乡，显晦由人，亦其命也，余为解衣一浴而去。峡距县城东北七十里许，长约七八里。平生所觏山川灵异，盖亦多矣，有如此地，诚足惊叹。故略举其状，以谂通人。世有好事如余，必有踵而问津者。

中华二十四年秋，曾缄记。

濯缨泉记

出什邡城西十里而近，有市集曰两路口，其旁濯缨泉在焉。《志》言程氏颐颢兄弟，随父官广汉，曾读书于此云。《传》曰："高原出水"，而此出于平原洼下，流布西郊，溉良田至数千亩，农人倚为水利，倘俗所谓海眼者邪。余筮仕此邦，值大水为灾之后，方仆仆道途，视民疾苦，来往多由两路口。至则必憩泉上，泉出小池中，观白气一缕，徐徐喷涌于池之中央，霏细如发。土人指曰："此泉脉也。"积水既深，蔚蓝可爱，藻荇之属，千百丛生。从流荡漾，青紫异色。惟不育鱼鳖，盖清之至也。余常浮大江，入东海，出没洪涛，为浩淼无涯涘之观。游则壮矣，而未知乐夫水也。及睹是泉，玩其真源流注，表里澄澈，吾之方寸灵台，乃湛然与之俱化，夫岂贱万顷而尊一泓哉。殆人泉之相契，有不期然而然者。今二程先生往矣，其流风遗韵，固将与斯泉遗于无穷。然谓斯泉之胜，尚不能以自著，必仰托先贤而后为重，吾又知其必不然也。

人外庐[1]记

戊午[2]之岁，余以议郎入居成都。次年，吾妻刘夫人奉大人来自故里，赁庑于西胜街某氏宅。又一年，买屋数椽于三道街居焉。庭前高楠一棵，扶疏可爱，大人顾而乐之，榜其门曰："独树老夫家"云云。刘夫人手种牵牛藤，引之檐端，花时五色相宣，斋居奇丽。余日读书其中，署曰："牵牛花馆。"寻而刘夫人下世，继娶周夫人，期年亦殇。余再出为吏，大人一反乡里。去而复来，斋前罢种牵牛，只老树无恙而已。迨赵夫人来归，牵牛乃复花。二年而大人弃养，家贫鬻宅以营葬事，夫妇悄然移居西马棚街。小屋三间，才蔽风雨。灶妪乳媪，掺杂其间，什物狼藉。幸常佣书作吏于外，视其家犹传舍，不大苦耳。

丙子[3]罢官，始买张氏废园于张仪楼之东。因其旧制，稍加修葺，有堂有庑，居然可观。阶前隙地，可弥一亩。恶木既诛，嘉树斯列，葱蒨不绝，寒花自芳。余甫离湫隘，适兹爽垲，处无局促之患，出有游观之娱。美哉吾庐，始愿不及此也！城中万户填塞，车马欢腾，

① 人外庐：成都西二道街 43 号曾缄寓所。
② 1918 年。
③ 1936 年。

而此独附城闉，远嚣市，深居简出，忘其在阛阓中。庾信谓："有数亩敝庐，寂寞人外"，今庶几似之，故名之曰："人外庐"云。

自余挈家居此，都前后十有九年，中间两在僦屋，所谓牵牛花馆者，亦得而复失，晚有此庐，稍自慰焉。然先君与刘周两夫人，竟未及见，今独与赵夫人居之，童稚满前而余亦将老矣。念人事靡常，忻戚每易，今方誓墓，无复宦情。又与赵夫人近习浮屠之教，欣净厌秽，卑视人天，虽身托寰中而思超尘表。庐于人外，不亦宜乎。颇怪张仪蒙盗璧之嫌，受掠笞之辱，而谓其妻曰："吾舌尚在不?"妻笑曰："在。"仪曰："足矣。"后说秦王，卒以显名。余微仪纵横之才，乏游说之效，亦幸不被掠笞之祸。间者偕赵夫人蹒跚花径，由吾庐望仪之故楼，从容问："吾舌在否?"赵夫人笑而不应也。

礼塔记

中华二十六年①夏正六月，圆悟勤大师降生之日，居士吴公梦龄寻诸禅侣，恭诣昭觉寺，觐大师遗塔。时红衣僧客尊者至，自西康嘉兹旷典，亦来会焉。日中入于塔园，自吴公以下，皆面塔振董下拜。拜已，登祖师堂瞻大师遗像，即与僧客尊者位于像前摄影一幅。入禅房啜茗清谈，一斋而去。

是日与会者，吴君及其女公子某，德格僧客尊者及其徒某某，昭觉寺主持某某，僧一如，华阳谢汝霖，犍为李铸、陈潜溪，盐亭蒙文屯、袁幻仙及其妻某某、吴时君，叙永曾缄。华夷缁素男女都十有九人，而曾缄为之记。

① 1937 年。

陆军中将第一百四十五师师长饶君墓志铭[1]（代段升阶撰）

中华民国二十六年秋，陆军第一百四十五师师长饶君弼臣[2]率部与倭寇战于广德，死之。事闻，枢廷震悼，发国帑万圆治丧，饰终之典甚备。

方君之死也，驰说者颇异其辞。兄质彬从君东征，独能举其死事。质彬之言曰：倭已北略燕蓟，更集海陆空军与我鏖于上海三月，而我退守苏、常。寇出不意，以奇兵绕越太湖，图拊首都金陵之背。君以偏师遏之广德，三摧其陈，逐之泗安镇。寇大恚，倍其众以攻我。当是时，敌炮声震天地，飞机翔空中，投弹爆炸，山为之裂。君冒矢石，挥士卒持短铳接战，屹不为动，所杀伤过当。贼驱唐克车薄君，君不肯却，毂轮腾踔，因靡其躯。将殒士偾，一以当十，遗尸既还，贼大挠败。盖中倭交捽数百年，至是川军始得与于战役。蜀将最先战死者，君也。国人初诟川军怯公战，及君阵殁，乃始大誉川军。君以一死卫国，并湔川军之积耻。乌乎，何其壮也！君讳国华，四川资阳县人，曾入某军随营学校，

① 《斯文》第3卷第10、11期合刊，1943年6月1日。

② 饶国华（1894—1937），名鬫卿，字弼臣，四川资阳人。川军第145师师长，抗战川军将领中最先殉国者。

由行伍积功至师长，授陆军中将。夙以善战名，而貌恂恂长者，乐与儒素之士游，不耻下问。尤好宋儒真德秀之学，军中时手《大学衍义》。事母陈太夫人至孝，朔望则率家人朝拜。俸入，举畀诸弟弟①，自奉至薄，布衣徒步，见者不知其为师长也。太夫人始闻君之丧，人或吊之，太夫人曰："子为国死，此大佳事，吾宁受贺不受吊也。"君子谓"非此母不生此子"云。君配蓝夫人，有丈夫子二，曰绍孝，曰绍忠。其家以十二月二十二日厝君忠骸于乾溪之阳，而以志墓之事委余。昔君以太夫人春秋高，循俗营生圹，丐余为文记之。出征前一日，犹过余再三请，若恐弗得者。余今乃濡笔先铭君之墓，人事不可知如此，而君则自此远矣。悲夫！铭曰：

东鳀之夷，侵海堧兮。跨江越湖，窥龙盘兮。奇肱飞车，雨弹丸兮。炮石砰訇，疾雷破山兮。将军赫怒，奋师干兮。振臂一呼，万刃攒兮。我师大捷，贼却还兮。追亡逐北，逾泗安兮。藩篱是固，京邑完兮。谓蜀无人，胡君桓桓兮。功成身殒，涂脑肝兮。哀此国殇，泣汍澜兮。我旌厥勋，于盖棺兮。南山伐石，书之丹兮。

① "诸弟弟"，其中一"弟"或为衍字。

泸定桥铭[1]

“巡抚能泰奏言：‘泸河三渡口，高崖夹峙，一水中流，雷奔矢激，不可施舟楫。行人援索悬渡，险莫甚焉。兹偕提督臣岳升龙相度形势：距化林营八十余里，山址坦平，地名安乐。拟即其处，仿铁索桥规制建桥，以便行旅。’朕嘉其意，诏从所请。于是鸠工构造。桥东西长三十一丈一尺，施索九条，索之长视桥身余八尺而赢。覆板木于上，翼以扶栏，镇以梁柱。桥成图上，深惬朕怀，爰赐桥名曰‘泸定’”。清圣祖御制泸定桥碑之辞云尔。今桥悉遵旧制，惟间数岁一易铁索而已。民国廿七年春，余度此桥，作铭，其辞曰：

秦皇鞭石，天孙驾鹊，云何此桥，御之朽索。悬度之国，蹑絙而趋，危于履薄，翩若凌虚。如乘秋千，或下或上；又似桔槔，忽俯忽仰。动无常则，进止难期，绳桥游戏，若伎之为。跬步有疏，清泠足蹈，载胥及溺，其何能悼！危哉蜀道，飞栈连云，以彼方此，未足以云。忠信涉波，蕲其在我；至人不焚，非谓薄火。天堑可涉，天险可越，驰驱坦途，或致颠蹶。在德则兴，恃险斯亡，勒铭江干，敢告蛮荒。

---

① 《泸定桥铭》至《曾母顾孺人八十寿序》皆选自《康行杂诗》

康定二道桥温泉赋

牦牛之乡，山出燠泉。其气如春，其光如天。溶溶浅浅，似烟非烟。尔其阴火上蒸，忽若鼎沸。沤发珠圆，波翻玉碎。状如莲华，鸣同环佩。喷薄有声，辗转多态。于是嘉辰出沐，捷踞要津。临流捐袂，要彼灵均。荡涤瑕秽，澡雪精神。料理皂荚，羞污黄尘。若乃洧盘濯发，汉皋弄珠。凌波始步，嬉水为娱。温柔体性，滑腻肌肤。水哉水哉，仙乎仙乎。或有珊瑚交枝，游鱼比目。绻缱微波，低回芳躅。胶投漆中，水与乳合。奇情逸致，不可殚述。相忘江湖，为欢难足。是以泉虽一泒，浴有千差，缘情益靡，踵事增华。郎骑青骢马，妾乘油壁车，孰不驰骛于炉城，而游戏于斯水之涯者乎。

书拉萨屠伎

拉萨僧俗皆食牛羊，然类事佛，持杀戒，莫肯自屠。业屠者亦稀，有则市肉者踵门矣。小昭寺后，一屠其业最盛，人谓屠善诵经文，市其肉，食之无罪也。近郊有石室，居喇嘛师徒二人，道甚高，能前知，徒亦饰行惟谨。一日，师语徒："汝以前生恶业，今生当受杀报，奈何？"徒惶怖，乞援拔。师曰："汝信吾不妄语否？"徒曰："上师诚言，安敢不信。"曰："速往就小昭寺后屠，求彼杀汝。"徒即诣屠所，伏地请死。时屠方鼓刀解牛，顾而笑曰："吾何为屠生人，去，毋溷我事。"徒还白师，师曰："明日诘旦复往。"徒如言复诣屠，屠峻拒。又明日，天初明，徒遄往，跽地请受刃，意甚切。屠熟视曰："汝以师命来耶？既自不欲生，其勿悔，汝来前。"徒前，无惧色。屠挥刀斫其颈，仅伤肤，滴血殷然，曰："可矣！"徒惘然归。师遥见，即贺曰："善哉！汝得金刚手菩萨为汝解厄，今当以大德咐嘱于汝。"即升坐为之说法。说毕，师遂圆寂。徒反寻屠，屠已遁矣。

民国廿三年，黄慕松奉使至拉萨，致祭达赖亡灵。其随员某归后为余举此，谓是黄使到拉萨前三年事。其徒在某寺中，曾一觌之，年可三十许。使馆近小昭寺常道，出寺后，屠之门赫然在也。又言拉萨昔有伎，美而善淫，男子无贵贱丑好，皆狎之，不虚昼夜。忽援笔著书逾万言，书成死去。其书劝人绝情欲，言剀至，彼邦至今奉为经典，列入课诵，伎盖菩萨现身说法者云。余闻拉萨为佛教渊薮，其人率重经教，尚辩论，僧伽间有示神异者，则主教杖逐之，其律然也。是屠与伎者，彼虽菩萨化身哉，而诡其迹于世俗，自外比丘，不以权巧干教戒，及事已发露，一则飘然远引，一则奄然物化，可谓笃护其律者也。佛法最忌贪嗔，垂淫杀为大戒。之一屠一伎者，各极其意于刀砧、床第之间，示人以凶德秽行，卒之则归于儆世。末俗浇漓，则菩萨亦弄狡猾，书此亦足以觇世变也夫。

曾母顾孺人八十寿序

吾曾氏自粤迁蜀，占籍于永宁之马岭。有徐堰之曾，子孙繁衍，枝叶扶疏；有龙池之曾，其盛略亚徐堰而俱为望族。缄系出徐堰而祥佐则隶龙池，以远宗为兄弟。缄游京师太学归，祥佐方肄业中学，颇暱就缄，所以为缄者无不至，缄亦同胞畜之，若忘其孰为徐堰，孰为龙池也者。未久，而缄宦游在外，不常归里。微闻祥佐卒业后教于乡，有声，寻为乡长，亦以贤能著称，私为慰焉。

岁戊寅①，缄以事至西康，刘翁文鼎以书来，言祥佐母顾孺人以其年某月日设帨寿八十，乡人将祝之，子宜为辞，因附祥佐所为其母事略。其言曰："吾母生佐兄弟姊妹凡八人，而先义泰府君葬，卒贫无立锥地，母惟恃纺织自给。上事先王母，下抚诸孤，时佐辈长者十六岁，幼才三阅月而已。富商某乏嗣，欲得吾季为螟蛉，请以十金，襄助先府君葬事。母不可，曰：'吾家圣裔也，非鬻儿者。'或谓母儿女多，徒自累，曷以次女为人童养媳。母以童养不为人重，弗之许，含贫抚诸孤如故。诸兄稍长，略读书，即令学为贾，颇获赢余，家渐裕。则命佐曰：'向汝诸兄废读以贫，故今吾以读望于汝矣。'

① 1938 年。

佐由是得竟其学，厕身士林。至今立身行事，尚蒙乡党齿录，由母教也。佐不肖，所居僻远，不获以吾母节义上闻国府，致其褒扬，惟以其八十诞辰，徇乡人请，称觞介寿，谨疏求言。”

缄往与祥佐相聚殊匆遽，初未详其家事，得疏乃知孺人守节抚孤，劳苦如此。夫一室之内，有子女至于八口之多，将令衣食教养无阙，长又为之婚嫁，造次必中于礼，虽素丰之家犹或未逮，而况出于孤贫，即大力男子尚惧弗胜，而况得诸嫠妇。人当穷困危急，或离异骨肉以蕲自全。古有推女堕车，抱子弃草，论者揆以恒情，犹将曰：“斯非得已”云尔。孺人遭家不造，极人世之至艰，啼饥号寒，朝不保夕。斯时也，得资则生，不得则死，而孺人卒不以彼易此，此与林回弃千金之璧，负赤子而趋，何以异哉！缄顷者方从事于释迦氏之教，其法以知母念恩为本，故知大道原于至情。如孺人之懿行，方将扩而充之，以积聚三世成佛之资粮。福田非廛，吾宗之幸，及祥佐一人一家之愿力也。因祥佐有母如此，宜其皭然有以自树，毋忝所生以宏闾里，祥佐其念之哉。缄也不文，以为耄耋之寿，孺人实固有之，不敢以寻常祈福祚之辞，进书其大者，以厌乡人之望，兼以勗祥佐云。

折腰集序

此予为雅安县长任中所作。嵇叔夜谓：“一行作吏，此事便废。”而余于簿书中亦不废吟咏。陶渊明不肯为五斗米折腰，而予竟为之而甘心焉。二公人品皆极高，非余所能企，第为所可为者耳！题曰：“折腰集”，明有愧于陶，然终不能无异于嵇也。曾缄自记！

天荥雅河道工程碑[1]

自雅安溯江而上，至飞仙关，芦山河入焉。又上至峡口，江歧为二：左曰荥经河，右曰天全河。荥经河源出飞越岭，而天全河出马鞍山。初皆滥觞，后乃增巨。然地势积高，水脉漂疾。崩岩落石，委积其中。石既崚嶒，水尤汹涌。扬涛喷沫，夺途而奔。挡者死，遇者坏，是故流经数县，罕有济者，徒废川而已。荥经人一疏之，西康屯垦使刘成勋再疏之，耗资少者数千金，多累万金，河梗如故。前四川第四区行政督察专员王锡圭议濬之事未举，去职。今主席刘公既开府西康，天荥雅内属，乃慨然言："余受命开发西陲，以宏裕我国家。今属内川渎不治，其何以通货贿，利边氓。"请于中央经济部，发国帑凿通之。前雅安县长徐健实主其事，剜巉岩，伐怪石，岸之曲者以直，流之怒者以恬。工未竣而徐君受代，曾缄继任，乃复督工，从而完之。向之悬流飞瀑，夷为安澜。自昔舟楫所弗通者，今则木槎竹筏泝洄无阻。山鸣谷应，櫂歌相闻。于是偏州方物，不胫而走。良材美箭，织皮镠铁之属，出于山林溪谷，而入于五都之市，而后地尽其利。匠者冶者植者，星落乎郡邑之间，奇技层出，百巧竞呈，而后人尽其才也。昔郦道元注《水经》，谓沫

① 《天荥雅河道工程碑》至《祭汉高君文》皆选自《折腰集》。

水破害舟船，秦太守李冰遂平溷崖，通正水路。斯川盖古沫水，今兹所治，若荥经之关刀石、蟆子石，天全之龙几峡、黄竹濑，雅安之二郎漩、新滩、余滩，其难不必下于溷崖。吾侪诚不敢望李冰，幸不辱刘公之命而已。斯役也，为时六阅月，费国帑二万一千六百五十余圆，平石凡一万七千一百二十五方，土凡二万五千四百方，通水道都一百五十余里。经始擘画者，县府顾问廖崧高，测勘者，技士赵存善，而省府技士王述明综理工程，科员廖辛海监工司出纳，二人始终其事，劳尤著云。缄惟陵谷之变无常，而一时利涉之功要不可没，故述其厓略，勒石以告方来。

祭汉高君文

君名颐，字贯方；弟实，字贯光；子直，字文玉。三人先后举孝廉，而君官至益州太守，以建安十四年卒于官，益州吏民为立墓阙于严道。中华二十九年上巳，雅安县长曾缄，与郡人李廷俊、王学禹、张锡福、赵存善、王述明，僚属李玉瑶、廖辛海，规建阙亭，次于景贤堂，敬以此邦所产蒙顶之荈、丙穴之鱼，荐于君父子兄弟之灵，而祭以文。曰：

繄我与君，远隔千载，固昧生平，岂瞻风采。摩挲遗阙，凭吊佳城，始详爵里，初识姓名。贯方难兄，贯光难弟，二妙联翩，重以哲嗣。士之生世，或愚或贤，而君一门，咸举孝廉。身后之誉，若亡若存，而君骨肉，同著令闻。禹父元凶，舜子不肖，畴若君家，箕裘克绍。余之不德，忝尹是邦，既升蔡蒙，遂临沫江。巡览山川，践君故里，怅望前修，长怀无已。生处华屋，殁归重泉，墓门宿草，肃何芊芊。冥器消沉，殡宫摇落；野雀朝飞，寒鸱夜哭。今依旧阙，爰筑新亭：覆以榱桷，周以栏棂。绵蕝有所，丽牲有石，翁仲重归，麒麟重列。累累荒冢，有碣如林，惟君片石，价重韩陵①。君守益州，我官严

① 一作“惟君化碧，碑字生金”。

道，见贤思齐，如何勿吊。携我僚属，招我搢绅，登堂设祭，俎豆斯陈。丙穴之鳞，蒙岑之荈，持比莼鲈，非为不腆。敷衽陈辞，谓君有知，君若无知，则亦已而。

汉高君阙亭记①

双阙峙于蔡蒙之间，白石熌然，汉高君墓阙也。世以为汉高颐兄弟各专一阙。李调元《蜀碑记补》云："高颐阙有二，其一云：'汉故益州太守武阴令上计史举孝廉诸部从事高颐字贯方。'其一云：'汉故益州太守阴平都尉武阳令北府丞举孝廉高君字贯□。'阙一字。《隶释》云：'此两碑一有高君名字，一不称名而字阙其一。'予所见六十年前石刻，'贯'字之旁刻云：'阙一字。'近世所见，乃有以'光'字补之者。此一阕虽无颐之名，而'阴平''北府'皆见之碑，则两者皆颐之碑也。"缄案《金石聚》载："故汉益州太守高君颂，言颐表蜀郡北部府丞，试守广汉属国都尉。"汉阴平道，北部都尉治。后汉改广汉属国都尉。李谓"阴平""北府"皆见之碑，指此。

考《汉书·地理志》，犍为郡有武阳，无武阴。疑武阴令之"阴"字，亦后人刊改。盖"阳"字剥蚀，妄改为"阴"。其体则借"阴平都尉"之"阴"为之，以成其好异之过。何绍基《题景贤堂》诗云："字体完缺乃偶然，岂宜分属君昆季？王稚子与沈府君，一人两阙固

① 《汉高君阙亭记》至《鹤林寺碑》皆选自《骢马集》（庚辰）。《汉高君阙亭记》：《斯文》1941 年第一卷十九期。

有例。”诚哉通人之论，足以破俗说矣。其一阙拥有飞檐，檐下榱题，刻“汉故益州太守阴平都尉武阳令北府丞举孝廉高君字贯□”。“贯”下正逸一字，凡存二十三字，略完好。左行绕阙一匝，一阙不知于何时失其飞檐及榱题。《隶释》谓一有高君名字者，当是此阙，惜不可考。今二阙各刻字二行曰：“汉故益州太守……”云云，皆后世摹刻，不可信。信则宜刻在阙阳，今在阙阴，故知为后出。何以知是阙阴？以榱题之字证之：肇端为阳，则此宜为阴也。然则汉刻之旧，惟存榱题二十三字而已，其余皆赝也。

阙之瓦当造像，恣为奇丽，不甚刻露而意态生动，望而知为东京故物。杨升庵《画品》引邵公济谓：“汉李翕、王稚子、高贯方墓碑，刻山林人物，乃知顾恺之、陆探微、宗处士辈尚有其遗法。至吴道元始用巧思，而古意稍减。”其为昔人称道如此，是以海内士夫争欲致一拓本为荣。若夫亲临阙下，目玩真迹，则有惊喜发狂者也。

缄出宰雅安，常摩挲是阙，既心震其名贵，而闵其骨立荒榛秽莽中，风雨无知，损其妙质。爰请于民政厅长段公，以闻于省府主席刘公，愿得国币贰仟版，构亭庇之，报曰：“可。”帑下而国战方殷，物价踊贵。资用不足，多方罗掘以济之；犹不足，则醵诸郡内荐绅之士。于是审曲面势，因其地为亭二楹。其翁仲之属，散在附近可得者，皆掇拾而陈于前。阙既有亭，益增其美。嗟夫！墓中人一瞑不视，緜历千载，安知山丘之腹为华屋乎？颐以建安十四年卒于益州太守，颂称：“臣吏黎庶，缞经坟侧。”其遗爱可知。夫入敦廉孝，出为循良。懿此一贤，可以下风百世。

缄之鄙陋，愧未能揄扬大义，润色鸿业。然躬缮先茔，以崇往哲。俾世知韩陵片石，犹在人间。岘首残碑，有时堕泪，则犹守土者之志也。二十九年秋，叙永曾缄记，临邛段班级书，宁乡程康篆额。

鹤林寺碑

雅安城东有寺曰鹤林。相传蜀西南有名刹三，罗垒者为上，沉黎为中，雅安为下。而鹤林昔号下寺，盖三刹之一云。岁久失修，夷为蔬畦。黉舍蔽其前，像设凄凉，无量金身露立广场之下。于乎，末法众生自坏福田如此，深可哀怜，而佛法则何损也。楚禅僧谋诸檀越，醵资葺而新之，期年有成。虽崇丽不逮于古，亦稍复其旧矣。余既为诗彰之，楚禅请为记，故复志其崖略勒之石。

为龙兴寺塔装藏募经启[①]

昔阿育王收佛舍利造塔，八万四千供养，其在震旦者凡十七，益州有其四。今彭县龙兴寺塔，即益州四塔之一也。自萧梁以来，代有修葺，檐马刻大同之号，碑记著大观之年。旧迹未湮，可资考证。虽佛宝攸寄，真常不渝；而土木所营，兴替靡已。今者基陛皸裂，壁垒倾褫，惧此浮屠将同陵谷。

法门龙象能海法师乃纠合缁素，发愿重修。鸠工庀材，审曲面势，依古作制，计日程功。聿观厥成，为时非远。伏惟建标拔起，既挺崇丽之观；金遗所藏，宜藉非常之宝。往者南天铁塔，高贮密经；大海龙宫，深潜波若。获流通于后世，广霑溉于人间。今兹庋藏，宜与为比。是以勤征内典，广采群经。或中土所存，或西藏所有，咸兼收而并蓄，罔此轻而彼轩。犹虑善本无多，充盈有待，用创写经之例，特开方便之门。凡我同仁，发心装藏者，可自选经文，向成都文殊院建塔筹备委员会领取定制纸张，手自书写，装订成帙，仍送委员会以备入藏。

佛每说一经已，必赞受持读诵，乃至书写，广为人说之，功德可见。书写经文，为义深远。然则慧业文人，

① 作1940年6月11日。

大雅君子，同植德本，奚吝挥毫。至于达官贵人，因从政而无暇握管；大商巨贾，为持筹而鲜事操觚。可以自出酬资，委人钞录，论其功德，亦等恒沙。唯我佛出言为经，人天恭敬，禁用行草，纯以真书。未写当先净手，写时必须端坐，写已安置洁处。如是写经，方名合法。此土旧有刺血书经，以为功德，西方大德，则不谓然。由未净之身，出非法之血，毁父母之遗体，污圣人之真经，空竭愚诚，于义无取，此又写经者所不可不知者也。若诸过毕除，一心独往，然后燃脂暝写，映日晨书。临池洒墨，咸玉润而珠圆；布白分行，若星疏而月朗。抵千金于一字，附三藏以千秋。一何休欤，诚所望也。

方今时当末法，人陷横流。祝九有之平安，蕲三宝之加被。峙高标于井络，树如来正法之幢；储经卷于天彭，种众生未来之福。行见笔花五色，燦此缥缃；八部天龙，所当围绕。何必雷峰塔上，拾钱氏之丛残；鸣沙山中，羡唐人之翰墨也哉！爰疏片语，伫俟隆施，其有未详，别具条目。此启！

顾庐记[1]

顾庐者，程君穆庵为其师顾印伯先生心丧之庐也。君为顾先生高足，辛亥国变，三拯师于武昌围城中。追师客死北都，往奔焉。扶榇走二千里，还葬武昌。遍求遗稿，一梓于长沙，再梓于沪上，今世所传《成都顾先生诗集》是也。湘绮老人云："印伯，余弟子。穆庵师谊至笃，印伯如存。待余身后，未必能如穆庵。或曰余弟子多，印伯弟子少，故不能同。然则三千人固不及一子贡。"此虽湘绮戏笑之言，然君之风义可知也。中倭战起，君自吴溯江入蜀，流寓雅安，与缄值。缄从容问君："顾庐安在?"君颦戚曰："吾东西南北之人也，水庐于舟，陆庐于车，止则庐于人之居。惟是心耿耿，弗忘吾师，故自榜曰顾庐，而实无庐也。"它日，出所为榜书相示。缄谓："君不藉片瓦，不假寸椽，而斯庐固赫然在目。且君以灵台为基陛，肺腑为墙壁，肝胆为榱桷，而又润之以道义，饰之以文章，天下固未有美于是庐者，而得自谓无庐乎哉?"君曰："善。"永宁曾某记。

① 《斯文》第1卷第11期，1941年3月1日。

康游赋

摄提之岁，东胡入寇，两京既陷，西侵未已。贼机空袭，时窥成都。友有劝余避居西康者，遂间关至康定，因述其所经为《康游赋》。其辞曰：

丁邦家之不造，遭异族之侵陵。胡长驱而直入，陷南北之两京。飞车翔于井络，流弹殒于蜀城。将去危而即安，遂慷慨而长征。行李既戒，轺车既驾。朝曦始升，清露犹洒。违旧居而远适，岂余情之能舍。度长桥兮万里，忽反顾而涕下。望原田之每每，骋吾车之隆隆。涉二江之双流，指稠稉之孤峰①。彼富人之鄙吝，哀王孙于临邛。女适人而当垆，亦何有乎家僮。不见伊人，唯余酒肆。攘臂下车，一饭而逝。经百丈②以南迈，睹名山之岿峙。旅蔡蒙而致绩，标地望于禹志。真人去而上仙，欣彼芾之留阴。表遗树于山阿，方比寿于冥灵。采茶秀以佐饮，亮如荠之在心。怅前修之已邈，空结想于山扃③。欻吾车之高驰，胜骅骝与要袅。朝发轫于蜀都，夕税驾于严道。溯沫水于徼外，何洪流之浩浩。蹑浮桥而迳渡，亦何贵乎舟櫂。适馆授餐，喘息有定。一宿曰

① （稠稉山一名天社，在新津县南。）

② （驿名。）

③ （蒙顶有茶树五株，是汉仙人吴理真手植。）

宿，再宿曰信。改辙而登高岗，乘舁而趋荒径。置鲇鱼于竹竿，诚为状之足哂①。山称瓦屋，邑号荥经。黎风雅雨，此焉常晴②。户擅桑麻之利，家闻鸡犬之声。苟隐居而避世，斯亦类夫武陵。下榻黄泥之墟，叱驭邛崃之坂。尊蹈险以直前，阳临危而独反。有忠进而孝退，非此懦而彼敢。余委心以任运，冒垂堂其何惮③。讶斯山之斩绝，疑绝地而通天。栈凌虚以飞跨，磴依壁而高悬。萦羊肠之九折，极鸟道于二关④。木人犹将泪下，铁马亦可蹄穿。过清溪而少留，叹前路之修永。抟风猛虎之冈，踏雪乌鸦之岭⑤。或举足而蹑云，或俯身而入井。惟高下之殊途，斯升降之无准。逾化林⑥而西去，临大渡而长喟。羽扇摇于蜀相，玉斧挥于宋帝。美南人之不反，叹河西之已弃。将治乱之由人，匪难易之在地。济巨川而无楫，乃引绳于江皋。缀连环之铁锁，步悬度之飞桥。身同匏瓜之系，心若悬旌之摇。设举趾之不固，将灭顶于惊涛⑦。绾毂西南，诚哉天险。凭陵有崖岸之固，守御乏干城之选。抚战绩于当年，鉴前车其未远。彼投鞭而

① （自雅安改乘山舁而行。其制至陋，缚两竹竿为之，名曰“活竿”。）

② （俗有“黎风雅雨旱荥经”之谚。）

③ （黄泥堡在大相岭之阴，即“王阳回车，王尊叱驭”处。）

④ （大关小关，地名。）

⑤ （猛虎冈属清溪县，过午即大风。乌鸦岭，即飞越岭。）

⑥ （坪名。）

⑦ （余初过泸定铁索桥，不能成步。）

飞度，此弃甲而鸟兽散。溯江而上，不见阡陌。时历夷村，频逢番客。午过冷竹之关①。暮投瓦斯之驿②。托此身于悬崖，实寒心而悽魄。既逶迤以入峡，遂辗转而通沟。惟重岩之合沓，虽白昼而常幽。若修蛇之赴壑，见百里之悬流。羌辞暖而就寒，有昨葛而今裘。爰度崄岈，乃瞻爽垲。孤城十雉，于是乎在。带双涧以为濠，累白石而成砦。肇嘉名于矢人，吁传闻之好怪③。余既离乎故土，将息影于此乡。缅筹边之往绩，想出牧于严疆。傅介子之不作，赵充国之已亡。迨刘公之开府，令建省而名康④。西控逻逤，南临天竺。乡曰无何，野云广漠。地方数千余里，民有三十九族。居高屋而建瓴，作重镇于西服。其人则义褏衣广袖，椎髻鬉首，束带下垂，偏肩袒右。居处号为锅庄，饮食则有牛酒。虽自列于蛮夷，亦风淳而俗厚。大哉能仁，化被此邦。家陈佛像，户立经幢。爇异香之旃檀，然酪液于银釭。轮随流而常转，铎迎风而自撞。义既归乎涅槃，理自绝于轮回。何诸佛之入灭，仍转世而再来。证三生于石上，访精舍于山隈。问向时之尊宿，即今者之婴孩⑤。览斯地之形胜，极峥嵘

① （冷竹关属泸定县。）

② （瓦斯沟属康定县。）

③ （康定原名打箭炉，俗传诸葛南征，谴将郭达造箭于此。）

④ （康区改土归流，始自清边务大臣赵尔丰建为行省之议倡，自代理边务大臣傅嵩炑，今刘公任西康建省委员长，乃正式建为西康省。）

⑤ （此间高僧常转世为活佛，代代相承不已。汉僧大勇寂后亦转为活佛。余访诸跑马山精舍，乃八岁童也。）

于大块。环以群玉之山，耀以五色之海。玉梳冻而长寒，温泉涌而如沸。指天宝于层崖，识金穴之所在①。若乃冬虫腐朽，夏草神奇。雪中有豖，贝母名鸡。茸生鹿角，香凝麝脐。所产珍异，不可殚稽②。牛则长毛，马多绝足。蹴踏丘陵，弥满山谷。任重致远，越陇过蜀。长效驰驱，时勤考牧。地异中土，节应殊乡。外间毒热，此则清凉。草经秋而尚绿，花无名而自芳。家提壶而挈榼，咸耽玩于垂杨③。至若三五良夜，二八娇娥，抠衣起舞，连臂踏歌。念佳会兮难得，怀欢情兮何多？嗟远来之羁旅，闻此声其奈何。已矣哉！舜有不治之民，帝有不才之子。窜三苗于三危，谪昌意于若水。斯罪人之所居，吾翩然而莅止。苟资忠而复信，虽被发其何耻。效一官于幕府，竭绵力于薄书。不策名于天衢，甘委质于穹庐。非吾土而信美，聊悠游以自娱。见山川而能说，庶无愧于大夫。

此赋乃余二十年前所作，其稿置故书中，晴窗散帙，偶检得之。于是略加点定，撮录于此。赋则非工，聊记一时之踪迹而已。辛丑至日，曾缄书。

① （雪山，五色海子，二道桥温泉，以及玉梳峰、天宝洞、皆此邦胜处。）

② （虫草、雪猪、贝母鸡、鹿茸、麝香，多产于此间。）

③ （邦人花时出游，曰玩柳林子。）

西康省临时参议会题名记①

中华民国二十有八年，西康建省，明年八月，创立临时参议会，选参议员二十人，其职略比于古之三老五更。省之大政以咨于会，民之疾苦愬于会，以建于政府。盖萃康中高僧大德搢绅耆宿于一堂，相与上下，其议论持之有故，言之成理，献可替否，用裨于我国家，事至盛也。

历三年而改选议长，胡恭先言于众曰："胜会不常，诸君子平议之绩，其不可没，且康有议会自吾辈始，不可以不记。"则皆曰："喏。"于是鸠工庀材，葺"集思广益"之轩于会场附近紫尔坡之麓，诸参议员悉题名于轩之西壁。故议长谭其茳经始会务，其劳独至，不幸于会期中蹈康定河，遘灭顶之祸。同事者惋焉，故胪于首，余以次为雁行。时则三十一年秋，会之秘书长曾缄记已。

① 《西康省临时参议会题名记》至《白土坎听经记》，皆选自《凿空集》（1942）。

与点楼记

盖优游春服，风咏雩沂，吾祖辍铿尔之音，夫子发喟然之叹。流风未沫，今被遐荒。

康定二道桥者，雪峰环峙，温泉在焉。谷潜通热海，遂涌燠泉。邦人出游此焉容与，何尝不濯足振衣，希踪往昔。而池台零落，馆宇卑微。步袜缠经，搴裳已去。康定李君①，今之有心人也，眷兹灵境，贮尔幽情，愿竭股肱，将宏缔造。尔乃相度形胜，观其流泉。经始筑台，成之不日。于是嘉名肇锡而与点爰书。俾夫尘埃之士，暂而濯彼清流。憩兹静室，从容偃卧，含煦天和。然后辨夫子之文章，究吾家之故事。怀贤钦圣，尚何鄙吝之复生乎？余服官此土，前后五年。为戎之感，越在伊川；非鱼之乐，知之濠上。观君此举，实获我心。何况数典不忘，山川能说，猥承见谓，敢阙其文。

是以抽毫命牍，识其梗概。使文字有灵，陵谷无改。固将悬国门而不易，赋鲁殿其奚惭。踵事增华，以俟来哲。

① 李君：康裕公司董事长李章甫。

入瓦斯沟与画人书

自瓦斯沟至炉城六十里，危崖皲裂，穹谷邃深。值雪山解冻，寒冰初泮，高原出水，汇为洪流。在积高之上，挟建瓴之势；以汪洋之盛，临不容刀之涧。而又高岸嶙峋束其外，乱石磥砢遏其前。于是冯夷赫怒，伍胥悲愤，缟素誓师，白血飞洒。蹈瑕抵隙，夺途而奔。遥望大江，直指东海。观其长波之所激荡，迅湍之所喷薄。乍踰堨以摧落，忽凌圻而涌起。皑皑兮光丽白雪，殷殷然响厉春霆。悬溜千仞之顶，修逾百里之半。首尾一色，烂如琼虬。近而玩之，精爽飞越。然后知宋玉摛赋于高唐，枚乘掞藻于曲江，足以发楚襄王之梦，起吴太子之疾，为不虚矣。溯沟而上，山径曲折，高下异气，寒燠殊致。始也御袷以升，继而蒙裘不燠。怪石当径，狞于虎豹；枯槎委地，骇为龙蛇。魑魅伺来往之人，魍魉问伶俜之影。予初莅止，魄悸魂惊，几何不陨阮涕于穷途，回王车于九折。岂期绝境，获觏灵源，快慰平生，叹未曾有。故状其仿佛，驰书相闻，倘得图之丹青，便可辉映素壁。无兴公垂堂之冒，有少文卧游之适，亦一乐也。何必长江万里，嘉陵三百，而后摇其笔端乎。曾缄谨白。

《涉江词》[①] 序

动中形外曰诗，意内言外曰词，是故诗或直陈，词惟曲致。苟非措辞精妙，托响非常，安得有井皆歌，小红能唱乎？近时作者，非不纷纭，撷彼菁英，不盈予掬。有如沈祖棻子苾所为《涉江词》者，乃无愧“黄绢幼妇，外孙齑臼”之誉已。子苾托生南国，游学上庠，出当代大师之门，为世间才子之妇。高材独秀，乃工小词。国难之年，随夫婿程君千帆沿湘入蜀，备历艰苦。言愁则一江春水，叹瘦而帘卷西风。偶有吟哦，率多凄婉。流寓嘉州以后，长言咏叹，益抒陆沉蓬转之哀。小令逼真花间，长慢高者往往阑入北宋，极其思之所至。故当雁行清照，婢蓄淑真。花晨月夕，焚香扫地，手斯一卷，为洛生之咏。遥心幽思，行间玉振金声，铿锵弦外。盖飘飘有凌云气，谡谡如林下风。乱世之征，文章匿采，有如此媛，能不惊心？然则世有知音，自能击节，如人饮水，奚假言诠者也。予与子苾、千帆先后同师蕲春黄君，其尊翁穆庵先生又与予有唱和之雅。承命作序，非玄晏而谬赞之。都对隐侯而知吟雌霓，爰缀片语，以当景行。若资扬摧，则吾岂敢。

① 《涉江词》：被誉为当代李清照沈祖棻先生词集。沈祖棻（1909—1977）：字子苾、别号紫曼、浙江海盐人。诗人、词人、文学家、文论家。

《沙河感逝词》序

沙河堡者，距成都城东四里所。溪山灵秀，水木明瑟，吾亡室刘、周二夫人之墓在焉。南山之南，北山之北，各专一垅，并妥双灵。辛巳①之年，予远自西康还，经旧地，则戎旌飘于两舍，逻卒伺于墦间。盖自抗战军兴，名都空袭，七萃之士，散处荒郊。向之北邙，已易为棘门灞上矣。寻伊人之冢，如求赤水之珠；问前度之津，若在襄城之野。载驱歧路，始获佳城。封树犹存，碑题宛在。时去刘之殁，十有七年；周之卒，亦十有四年。虽坏土易干，墓木已拱，而追惟婉娈，想象音容。烟疑入抱之魂，蝶化同心之侣。望远山而便亲眉黛，临蔓草而若见罗裙。意者望夫化石，庆玉门之生还；红粉成灰，忘夜台之死别。将陈款曲，仍吐芳音；试解行装，还舒纤手。相与周旋夫蒿里，无异缱绻于兰闺。然而山丘华屋，实深零落之悲；高谷深陵，不乏迁移之恨。卿讵安夫窀穸，我犹困于风尘。斯又相对唏嘘，何问人鬼者也。祭扫既竟，低回久之，诵稼轩“几番风雨”之词，触鄙人“满地红心”之恸。借伊高韵，抒我沉忧。命之曰：沙河感逝词。岂必井水能歌，庶几秋坟可唱云尔。

---

① 辛巳：1941 年。

白土坎听经记

大雪山岐为支阜，以临炉城西北，曰紫耳阪。自阪直下，横为石梁，有硫磺泉出其上，曰象鼻崖。环崖之地，厥壤惟白，通名之曰白土坎。凭坎而居者，无虑数十户，而贾庄最胜。前临练溪，如水银之泻地；上悬飞瀑，比醍醐之灌顶。广逾一亩，楼惟数楹。砌种散金之花，园攒秋实之树。虽近乎市，迥出于尘。盖贾氏之子，追随我黄教大师阿王尊者，勤行获报，以有此一块土。于是肯堂肯构，奉大师而居之。室宇净洁，像设庄严。仙人以九枝作灯，佛地以七宝为饰，俨然枳园精舍焉。师生于逻逤，幼禀异表，出家色拉寺，受经于波桑喀仁波伽之门，多闻解空，辩才无碍。比以胜因，卓锡此土，道风所被，缁素知归。每白景倾西，公庭退值，则衮衮诸公，怀梵夹、挟团蕉，咸会于此，听师讲宗喀巴造《菩提道次第论》。十善证天人之果，三学植罗汉之因。直趋大乘，乃至等觉。至于相续诸部，无上瑜伽，法宜秘而不宣，师亦微露其恉。予闻法较晚，厪预中观，聆其九相住心，二谛生慧，张皇幽渺，抉发精微。溯宗风于龙猛，其人犹龙；阐妙义于月称，因指见月。断常双遣，性空而因果历然；空色同归，象寄而万有如幻。曾无难索之隐，未有不钩之沉。吾师演其圆音，郭生传其译语。瞩目倾耳者，唯恐听之不专；怀铅握椠者，常恨书之不速。

一语析疑，则群情冰释；片辞涉趣，则四坐哄堂。间尝亲近名僧，与闻法要；若夫方便善巧，深切著明。有生以来，从未见有如师者也。夫上寿百年，临灭劫而已少；恒幹七尺，获暇满者无多。况大千富于恒沙，众生稠于巧历。累多生而不闻妙法，旷万世而罕值如来。故曰：人身难得，佛法难闻，诚重之矣。然末法之中，异说蜂起，易涉踳驳，艰于适从。连城之璧，每被乱于碔砆；日月之明，或有伤于爝火。故住持正法，必贵师承，法不依师，徒劳摸索。惟我大师绍应成之绝轨，继宗喀之真传，出言为经，从容中道。然则拨乱反正，舍吾师其谁望哉。方今中外鼎沸，天地腥闻，修罗遍于人间，火宅彻夫三界。尔乃八风不动，一炬长明。既免化被虫沙，复得依兹龙象。因诲人之不倦，斯听者之忘疲。则斯时也，环堵之内，弥亩大于九州；一顷之间，寸阴贵于尺璧。微风过树，皆生念佛念法之心；幽禽啭枝，亦寓苦空无常之响矣。昔谢灵运自以慧业文人，当先成佛，此实夸诞，不足为训。第润色三宝，有藉文辞。王生撰头陀之碑，唐宗制圣教之序。今此胜会，不能无文。是以沐手熏香，恭为此记。于时听众有比丘、比丘尼、优婆塞、优婆夷，而张秘监之黄犬，亦随其主人蜷伏座下，故具足人非人等。生公说法，顽石为之点头；赵州谈禅，狗子亦有佛性。有教无类，下逮韩卢。亦足摭入珠林，增成故实。至师所说微言大义，有诸君子之笔录在，兹故得而略诸。壬午秋，听法弟子曾缄谨记。

《三山雅集》图记

缄与永丰刘湄村，宁乡程木雁同客雅安，时有唱酬之作。湄村诗略似王半山，木雁专拟陈后山，缄则有慕于眉山苏氏，因号其诗曰《三山雅集》。盖一时游戏，谬托古人，以相娱嬉而已。故人江梵众同其风而悦之，为绘《三山雅集图》。烟云浩渺，三峰鼎峙，著我辈于危亭之上，缀虚舟于荒江之涘。清疏旷远，窅冥恍惚。自言一日以外归，忽然心动，振笔急挥，遂为平生杰作。我辈踪迹不足道，斯画则何可废也。装潢既竟，题而藏之。梵众蜀人，别号喜舍庵居士，遭逢衰世，其人如八大山人哭笑不得，画亦酷肖八大山人。缄尝语湄村、木雁，三山外此又一山也。甲申寒食记。

《量守庐词钞》序

蕲春黄季刚先生，生于扬马之乡，长于屈宋之国。井络躔曜，江汉炳灵，间气所钟，命世独出。早岁受知于余杭章君太炎，谓其清通之学，安雅之辞，并世无比。与仪征刘君申叔，同教于北京大学，刘君重其文采，以为虽贾生俊发，无以过之。历朔南诸大学都讲，所至，诸生归之如市。晚庐于南京九华村，取陶靖节“量力守故辙，岂不寒与饥”诗意，榜其门曰：“量守”。藏书甚富，日事披校，既博览载籍，多所发明。章君趣令著书，殆将从事，遽以民国二十四年重九之日，登豁蒙楼饮酒赋诗，伤酒嗽血，即以次日卒于量守庐，年才五十，时论惜之。

先生说经，守古文家法，与章刘二君略同，而治《说文》《尔雅》尤精。考证郙书，补益郝疏，凡若干万言。至音韵之学，则承清儒之后，集其大成，奠定一尊，崭绝千古，至今天下以为显学。于历代文笔，时有平议，今坊间所行《〈文心雕龙〉札记》，是其一也。每读一书，手为校记，傅以新意，得者视为鸿宝。平生著述，多未勒成专书，而说已风行，辗转迻写。所作杂文诗词，断简零缣，充盈箧衍。会东夷犯阙，故庐灰烬，哲嗣子耕间关走蜀，携以自随。将萃成都诸同门生，为之结集，而卷帙繁富，不可卒理。因先录其词，都为一集，题曰“量守庐词钞”，寿诸铅版。以缄尚不为先生鄙弃，属为弁言。

缄曰：适刘博平自武汉大学来，言往与先生居武昌，闻先生云：“异日有以拙著付之剞劂者，宜去诗词勿载。”博平问故，先生曰：“子知博簺中有骨牌戏乎？其数列天九者，上也，地八者，次也。诗词亦有天九地八，顾天九已为古人攫去，吾获第八耳。今世无天九，则地八亦贵。然耻其终为地八，故不欲示人。”今先生高文典册，犹闷弗传，独此词钞先行问世，九京有知，恐不能无怼也。

虽然，昔子云草玄作赋，两者并传，设但录其《太玄》《法言》，而汰其《甘泉》《羽猎》诸赋，曰：“彼固自言，壮夫不为也，可乎？”先生为学，与子云相似。后生小子，或撷其春华，或采其秋实，饮河满腹，何能一概？然则与其过而废也，毋宁过而存之。且此中所录，芳菲瑰异。譬诸瑶草琼葩，非同俗艳；钧天广乐，自绝凡响。使乾坤不至毁灭，斯文未尽剿绝，则其流风遗韵，终不昧于人寰。片语只辞，长增重于艺苑，与其学术文章，同于不朽，可无疑矣！

身本贵家公子，少年革命，遍交当世贤豪，意气甚高，俶傥自喜。中年以后，尊为人师。马融授徒，不废声伎。迂拘者议其儇薄，寒俭者震其高华。先生皆不屑与争，而词则缘此益进。今有人焉，自名风雅，何尝不刻画娉婷，私为妩媚，而羌无故实，树兰不芳。故知小红低唱，必为白石之词；有井能歌，无过屯田之什。果是才人，必经沧海，断无伧父可溷词林者矣！独不能吞罗什之针者，必败阿难之道。故曰："学我者死。"读先生词，犹不可以不知此义。缄以顽劣，谬立门墙，不能笺注虫鱼，徒知文绣鞶帨，于先生绝学，无以发皇光大。今以子耕之命，姑先识其小者，不避芜杂，墨之简端。其所称扬，或未能尽，聊持寸莛，以叩洪钟云尔。

甲申①中春，弟子曾缄谨序于锦官城西之人外庐。

① 1944 年。

翼王亭记①

自洪氏起义金田，不数年间，奄有东南，定都金陵，建立太平天国。当时，天下豪俊，云合景从，以与胡清争一旦之命。其移檄有曰："忍令上国衣冠，沦于夷狄；相率中原豪杰，还我河山。"乌虖，何其壮也！及诸王内乱，翼王出走，大敌当前而阋墙不已。清臣曾国藩诸人乘之，以致灭亡之祸，又何促耶？翼王知金陵已不可为，犹纠合义师，转战皖赣湘鄂间。溯江而西，乘边蹑险，通故西南夷地，长驱西昌越嶲，以临大渡河，思出不意，捷据蜀中。使天相中国，此志获遂，以彼其才，君临天府。然后悉两川之精锐，北窥秦陇，东下长江，虽席卷中原，一扫积年腥膻之辱可也。及河水暴涨不得渡，清将得从容以重兵遏其前，又贿夷酋以木石壅其后路，粮馕乏绝，士卒饥罢死亡者相属。王于是临流拊膺，叹天之亡我，自请以一死赎全军之命。清将阳纳而阴攻之，王遂不免于囚，此其事尤足悲矣！相传清将挟王至成都清营，一卒中道侍王独谨，王顾谓卒："若宁欲官乎？"卒曰："不敢。"及蜀督骆秉章受俘，问擒王者，王指卒曰："彼实擒我。"卒竟以擒王功膺上赏。或曰："王兵

① 《翼王亭记》为人抄件，写作年代不详。此后凡未注明年代的，皆不详其写作时间。翼玉亭：今在雅安石棉。

败，效汉高祖荥阳故事，伪饰一王出降，而躬遁峨眉山中为僧。”大抵后世怜王忠义，尤讳其败死，多附会故实，流为稗官小说。虽不必可信，然人之不能忘王可知矣。清军既下金陵，而王又以走死，天下无继起者，清廷蹶而复振，号为中兴。嗟夫，清廷之中兴，此汉族之大辱也！论者或谓王孤军走万里，以袭不可必得之蜀，寄腹心于不可知之蛮夷，自趋绝地，以取覆亡，似非无可议者。余闻王始命偏将率一军，先经宁远越大渡河，疾驰而北，以误清军，而后自统大军以乘其后。当是时也，河之北岸虚无人，王如克济，则邓艾袭阴平之效，必将复见于王。河涨被阻，清将设防日久，而夷酋生变，皆非王始料所及，其被虏，出于无可奈何。以王之雄心，未必不师姜伯约故智，以期卷土重来，惜骆秉章不足以语此。然则王之亡，天也，非人也。天不欲兴中国，虽智勇如王，亦无如之何矣！唯王死而天下之人心于以不死。逮辛亥革命，用集大命于我总理孙公，卒踣胡清，还诸民国。洪氏开国之金陵，巍然复蔚为首都。而王行军入蜀不幸就义之所，今则乐西公路绾毂其间。在昔不能飞度之天堑，且有铁桥焉，矫若游龙，凌跨其上。向之山川险阻，已夷为康庄。然王之遗迹，徒共山高水深，为故老遗民之所指话，南来北往过客之所凭吊，甚非所以崇式革命先烈之意也。某官爰即其地为翼王亭，以著王之风烈，余甚韪之。亭成而属记于余，因略道天国兴废之故。与夫王之所以致力于我国家民族者如是，义当与文天祥、史可法等量齐观。今倭寇凭陵中夏，我前敌壮士踔厉风发，以赴国家之急，故发扬王之大节，尤有裨于攘外。则斯亭也，我大中华之国魂实系于兹，岂徒侈张形胜，苟耀观览而已！是为记。

郎克静画传

炉霍有画师郎克静，以画佛名满康藏，尊为画中之圣。三十六年秋①，余有事康定，闻炉霍喇嘛果徹，携郎克静画一幅来，亟往观焉。画释迦牟尼趺坐狮子台，白净饭王夫妇，阿难陀、罗睺罗分列左右，有大白象、孔雀各一，侍立于旁。吹笳者二人坐地上，摇唇鼓颊，为状逼真。前临小池，有凫游泳其内，旁出一树，枝叶扶疏，三鹦鹉栖集于上。遥望林壑深邃，隐隐见石龛中有道者结跏入定，亦有闲行幽径，翛然自适者。诸天子羽葆缤纷，布满虚空，各于云间合掌向佛作供，意至诚敬。大抵铺张物色，备极壮丽，如来穆若之容，与夫人天欢喜，鸟兽恬嬉之状，皆跃然画上。余不禁为之神往，欲弃万事而与之游。观讫，听果徹口述郎克静遗事。

果徹之言曰："当清代康熙朝，炉霍有章古土司泽登羽钵者，人呼之为恩王而不名。恩王崇奉佛教，刻经造像无虚日，不远数千里，觐四世班禅额尔尼于后藏之扎什伦布，获诸贵重法物。归铸释迦佛丈六白金身像一区，以贮之，今炉霍寿宁寺所供养之大佛是也。恩王既大兴佛事，一时良工巧匠，善书画者多萃于其门。最著者三人，一主塑造，一主写录，一主绘画，其二人今佚其名，

① 1947年。

而主画则郎克静也。其所作《依正二报极乐世界图》，于一莲华中现五百比丘身，各极其妙。又于《释迦事迹图》《二圣六庄严图》写如来大放光明，于其光中变现诸佛，而此诸佛又复放光，各各光中复现诸佛，如是辗转重重无尽，而光光相入，不相陵夺。尤善画火，火中绿色绿光，红色红光。视火之强弱，随宜点染。小者荧荧，大者熊熊，至猛火炽燃，则其光转白，于无色中见炎上之势。”说者谓红光易作，白火难为，此郎克静之绝技，前此盖未有也。其画至繁缛处，而部署井井，被服之一丝一缕，草木之一枝一叶，莫不描摹尽致。然有时作小品画，又寥寥数笔，遗貌取神，得疏落之趣。其设色甚浓厚，涂朱点黛，往往色透画背，而有时又著色在若有若无间，纯以淡远取胜。要之郎克静之于画也，变化万端，神鬼莫测，谓之画圣，诚不诬矣。康藏之俗，诸佛画像必经高僧大德诵咒加持，名曰开光，非开光后不得祀之。而郎克静之画像，则无须此事，皆以为郎克静圣人也，其所画自能神明，毋以开光为也。与郎克静同时有善雕刻者，为现创千佛名经制一经函，以木为之，而于其上镂为山川、草木、楼台、亭阁之形，一树大才如锥，而缀小鸟数百，栩栩如生。郎克静见之，赏其工致，因为之采画，愈形精密，其襞积细微，览者须穷竭目力，乃始可辨。当时其人何以奏刀，郎克静何以落笔，皆不可思议，时人谓为“双绝”。

郎克静寿五十余岁，平生所作大小佛像凡四千余幅，寿宁寺藏弆独多，以其生缘在是也。甘孜章古诸大喇嘛寺，亦多有之。藏中则拉萨三大寺，扎什伦布皆有所藏，而扎什伦布尤伙，盖恩王所献也，余散在诸土司头人家。郎克静临终时，诸弟子环而侍之，郎克静诏诸弟子曰："吾以神力加被炉霍人，吾死后必使炉霍代出一大画师。"于是右手持笔，左手把砚，作欲画状而逝。至今炉霍果代出一名画师，如其言。

论曰：画之事众矣，而绘佛为尤难。盖佛境广大，非心通三昧，胸罗大千者，殆难措手。古来吴道子以画佛见称，苏子瞻谓其神妙欲到秋毫颠，可云至矣。郎克静后道子千余年，而崛起偏方，画佛多至四千余幅，富矣哉！道子以来，未尝有也。至于临终握管，不忘丹青，薪尽火传，衣被来叶，苟非至人，胡能若是，谥为画圣，不亦宜乎？故表而出之，俾世知大荒之西，尚有郎克静其人可与道子后先辉映，而共道之也。

唐家寺八阵图①

诸葛亮的八阵图有三：据《成都图经》说："在夔者六十有四，方阵法也。在弥牟镇者二十有八，当头阵法也。在棋盘市者二百五十有六，下营阵法也。"弥牟镇就是离成都不远北道上的唐家寺，我曾经过这里，观看过这个八阵图。

唐家寺的八阵是累土而成的，望去但见一些土堆分行排立着，星罗棋布，有千军万马之势。据永寿薛氏说"隆土为基，魁以江石，四门二首，六十四魁，八八成行，两阵俱立，阵周四百七十二步，其魁百有二十"。我是走马看花，没有细数它的行列，但觉它气象森然，和一般的土堆，大不相同罢了。人们把夔州的称为水八阵，这里称为旱八阵。我想水八阵表示吞吴的壮志，旱八阵表示灭魏的雄心，诸葛亮是不安于三分天下而想统一中国的。不幸他死得太早，蜀汉反先被魏人灭了。后主刘禅作了降王，当其坐着车子，从此路向北方出发，假使诸葛亮有知，是不胜感慨的。因此我作了《弥牟镇怀古》一首七律：

孔明不满三分业，壮志今存八阵图。

北控弥牟思灭魏，东临鱼腹欲吞吴。

① 载于《成都晚报》第三版的"话成都"，1962年9月5日。

我来尚觉风云动，公去谁将蜀汉扶。

最苦传车留不得，降王此路出成都。

杜甫说夔州的八阵“江流石不转”。而这里的八阵是土堆，也没有被雨水冲倒，都是奇迹。民间有这样一种传说：唐家寺八阵附近的农人王大兴，因扩展他的菜园，挖去八阵一个土堆，堆中发现一块孔明碑，碑上刻着“王大兴破吾一阵，上油一斤”十一字。王大兴大惊，赶紧到武侯祠上纳了一斤灯油。这一传说，当然是不足为凭的，但它却富有风趣。

赪楼随笔[1]

癸卯[2]秋，余病，起居蜀雍西园二层楼上时，右目已失明。独翻阅故书，心有所会，或友朋见过，清谈可喜。随手著录，不拘伦次，命曰“赪楼随笔”。古赋有云：“糊赪壤以飞文”，吾楼似焉，故以赪为名尔。

唐有两“李杜”，太白、子美外，义山、牧之是也。学义山而善者为韩冬郎，本韩畏之之子，而义山之姨姪也，义山曾有诗誉之。今观《韩翰林集》，不独“香奁”诸诗与义山相近，他作亦骎骎欲乱真焉。

牧之有妾，怀妊出嫁杜筠，生子为荀鹤。《二老堂诗话》载其事，且有诗云：“千古风流杜牧之，诗材犹及杜筠儿。向来稍喜唐风集，今悟樊川是父师。”牧之得荀鹤为子，亦自不恶。然荀鹤除“举鞭挥柳色，随手失蝉声”“风暖鸟声碎，日高花影重”诸联外，余多鄙俚不足道，无复牧之家法矣。

① 《赪楼随笔》大都散佚，只剩此一篇。

② 1963 年。

释苏词《念奴娇·赤壁怀古》[①]

苏词《念奴娇·赤壁怀古》，是人所熟悉的。这首词乍看似乎容易懂得，但据我听到一些同志的说法却颇有分歧，因此就有研究的必要了。

词的上半段：

大江东去，浪淘尽，千古风流人物。

故垒西边，人道是，三国周郎赤壁。

乱石穿空，惊涛拍岸，卷起千堆雪。

江山如画，一时多少豪杰！

在这上面，大家没有分歧的意见。而问题发生在词的后半段：

遥想公瑾当年，小乔初嫁了，雄姿英发。

羽扇纶巾，谈笑间，樯橹灰飞烟灭。

故国神游，多情应笑我，早生华发。

人生如梦，一尊还酹江月。

第一个问题是“羽扇纶巾”谁属？一般人说到“羽扇纶巾”，就联想到诸葛亮，好像“羽扇纶巾”是诸葛亮的专用品，不能移到别人身上。不知袁绍、崔豹“虽为将帅皆著缣巾”，见于《三国志》裴注。又《晋书·顾荣传》说：“周玘与荣及甘卓、纪瞻谋起兵攻敏。荣废

① 此文写作年不详。

桥敛舟于南岸，敏率万余人出，不获济，荣挥以羽扇，其众溃散。”可见“羽扇纶巾”在三国至西晋时代，已经成为一种风尚，除诸葛亮外，别人一样可以使用。这在《光明日报》（1959. 9. 27）文学遗产版载翼谋《谈“羽扇纶巾”》一文里，已经说得很清楚。他并且举出张孝祥《水调歌头》（“吊周郎羽扇，尚想曹公横槊，兴废两悠悠。”）及赵以夫《汉宫春》（“自笑周郎少日，风流羽扇纶巾”。）为例，可以证明苏词“羽扇纶巾”是属于周瑜，决不是什么诸葛亮。但是我听有些同志讲这首词，仍然把“羽扇纶巾”说成诸葛亮。这样一来，就大大损害了苏轼的词意。本词前段“人道是三国周郎赤壁”，后段又说“遥想公瑾当年”，明明前后一贯都说周瑜，构成本篇完整的系统性。如果在这里把“羽扇纶巾”说成诸葛亮而不是周瑜，便是节外生枝，说不通的。

第二个问题是“故国神游”，就是“神游”的人究竟是谁？有同志这样说：“神”作“鬼神”解，它是周瑜的鬼神来游故国的赤壁。因此连带串讲下文“多情应笑我，早生华发”是周瑜的鬼魂在笑作者苏轼。我认为这样解说太奇怪了。果如所说，作者把白日见鬼写入作品，这形象并不美妙，苏轼断不肯为。这首词和作者其他作品（前后《赤壁赋》）一样，都是为游赤壁而作，所以“故国神游”当然是作者自谓。“神游”的“神”字，并不是一般所说的鬼神，它和“神驰”“神往”的性质相同。郦道元《水经·洛水注》记阮籍遇孙登事，说孙登“神游自得，不与物交”；又《睢水注》引齐随郡王《山居序》：“是用追芳昔娱，神游千古。”这些所谓神游，俱属于生人的。刘勰《文心雕龙·神思篇》“神与物游”，恰是“神游”的注脚。那么作者因游赤壁而想到“三国周郎”，正是“神游千古”，所谓“故国”，就是前说的“三国周郎赤壁”，这样“故国”两字亦有着落，不是泛言，所以“故国神游”是作者自己在“神游”，而决不是周瑜的鬼神来游。

第三个问题是“多情应笑我，早生华发”，说明白点就是发笑的人是谁？这一问题比前两个问题更复杂，也更细致些。一说是周瑜笑作者。上面已经说过，我既否定周瑜“神游”，当然他没有发笑的机会。如果作为他笑作者“早生华发”，那是一种嘲笑，不是“多情”的笑，“多情”两字就没有根据，所以此说不能成立。又有一说是作者自己笑自己：作者游赤壁，无端发出“浪淘尽，千古风流人物”许多感慨，对于古人太多情了，因为这样多情，促使自己容易变老起来（“早生华发”），真正可笑。这一解释把“多情”和“早生华发”构成因果关系，然后从而笑之，不是别人笑自己，而是自己笑自己，中间颇多曲折，并富于文学趣味，和苏轼以兴趣见长的艺术技巧很相符合。苏轼诗本有“多情白发三千丈”。这样“多情”二字便不落空，我本意赞同这一说法。但是我深览全词，把前后对照一下，觉得发笑的人既不是周瑜，也不是作者自己，而是作者的情人，也就是现在所说的爱人。请申其说如后：

首先确定作者作这首词的本意是以周瑜自况。据元好问《赤壁图》诗："得意江山在眼中，凡今谁是出群雄。可怜当日周公瑾，憔悴黄州一秃翁。"已经把周瑜和"黄州一秃翁"苏轼作为正比。又据明人李日华《六砚斋笔记》载金《赵秉文书和东坡赤壁词》稿后，经门人元遗山（即好问）题云："夏口之战，古今喜备道之。东坡赤壁词，殆戏以周郎自况也。词才百许言，而江山人物之胜，无复余蕴，宜其号乐府中绝唱。"元好问是金末的大诗人，他拈出赤壁词是苏轼"戏以周郎自况"，为我们提供了研究本词的线索。这一资料是宝贵的，也是可靠的。有人怀疑苏轼是一个书生，他以英雄的周瑜自况，这和本人的性格是否一致？我们说"书生好为大言"，是过去文人常有的习惯，李白自比谢安，杜甫自比稷契，是人人知道的，并不奇怪。何况苏轼并不是寻常的书生，在他的文集中谈兵的文章很多，如《策别》中的《教战守》《定军制》《训兵旅》《策断》等篇，指陈当时军事，俨然是以一位兵家的姿态出现。他在徐州指挥军士抢救水灾，后来在定州整顿军纪，都表现一定的军事天才。在他的词里有"持节云中，何日遣冯唐。会挽雕弓如满月，西北望，射天狼"（《江城子·密州出猎》)。在他的诗里有"圣明若用西凉薄，白羽犹能效一挥"(《祭常山回小猎》)。当时正值西夏军事紧张，他在诗词里大有请缨杀敌的气概。由此可见苏轼抱有爱国的英雄思想，而他作赤壁词以英雄的周瑜自况，和他的性格并不冲突。在写这首词的时候，作者面临着岌岌可危的国势（西夏猖獗，西边国防最吃紧。永洛之败，宋兵至于全军覆没)，因游赤壁想起周瑜拒曹的成功，而慨叹自己怀才不遇，一筹莫展。这里或多或少是有爱国忧边的成分存在的。自然我们不要过于附会时事，把主题思想讲得太死。总之，据上述理由，元遗山说作者"戏以周郎自况"，是合情合理，令人信服的。

既然确定了赤壁词的作者以周瑜自况，那末，"遥想公瑾当年，小乔初嫁了，雄姿英发"和"故国神游，多情应笑我，早生华发"，便成了天然的对照。这里"多情"二字是"多情的人"的缩写，应该当作名词来解释。对作者"多情的人"是谁？自然是作者的爱人王夫人。作者先娶王氏，早死，追封通义君。继室以其女弟，封同安君（事见苏辙为作者作的墓志铭)。作者在黄州作此词，正与同安君同居，她是通义君的妹妹，和小乔是大乔的妹妹相同。作者假想自己"故国神游"的时候，爱人在一旁发笑，她笑着说："你看小乔的夫婿，'雄姿英发'，火烧赤壁，何等英雄，而你呢，一事无成，头发都早已花白了。""人生如梦，一尊还酹江月"是作者答复的话，意思是说“人生不过如梦罢了，我们不用管它，还是对月饮酒好了。”“人生如梦”四字说得含糊，聊为自己解嘲，是聪明人语。有人把这四个字说成颓丧话，就失了作者的用意。这样一来，作者不但“以周郎自况”，同时把小乔来比王夫人，前后照应分明，别饶风趣。作者常言“寄妙理于豪放之外”，本词自然是豪放的，后段拉出小乔，妙趣横生，正是他所说的“妙理”所在。周济《介存斋论词杂著》说：“人赏东坡粗豪，吾赏东坡韶秀，韶秀是东坡的佳处。”由于他能够“寄妙理于豪放之外”，便构成了韶秀的风格。试看本词“小乔初嫁了”和“多情应笑我”，粗中出细，多么韶秀！读者于此等处最当着眼，不要轻易放过才对。

我把“多情应笑我”解作王夫人笑苏轼，是否王夫人真有此一笑呢？这是作者用浪漫手法，作为一种猜想而写出的。他在“笑”字上着一个“应”字，便表明它是一种幻想。在这里看出作者的“游戏神通”，元好问说他“戏以周郎自况”，这一“戏”字下得极有分寸，我们如果不能勘破作者的“游戏三昧”，是不容易看懂这首词的。

青松馆杂拾 ①

潘祖荫奇语

潘祖荫相国，一日大宴宾客，诸伶粉墨登场侑酒。酒阑客且散去，祖荫遮留之，曰："诸君请少留，此间尚有一场好戏。胖巧玲行扮吾家老姑奶奶出台矣。"无何，台上演《翠屏山》一剧，而梅巧玲则扮潘巧云也。巧玲为梅兰芳祖父，当时演花旦最有名。

于式枚轶事

于太史式枚，字晦若，嗜酒食，人招饮必赴。主者致请帖误书"于"为"余"，式枚不以为忤，仍挟帖往。既入座，以帖还主人曰："贱姓于非余，尊帖璧还，馔则敬领。"主人闻言有愧色，则又为之解曰："于与余古字通，无怍也。"坐中一客调之曰："未知鱼朝恩之鱼可通尊姓否？"式枚曰："可通。"客曰："鱼于可通，则圆鱼与于亦可通否？"圆鱼者，鳖之俗名。式枚知其戏己，应之曰："亦可通……"语未竟，侍者以两江总督端方致式

① 《青松馆杂拾》是一本独立的文集，自《潘祖荫寄语》至《宋太宗通幸小周后画卷》止。来源于誊抄件，非曾缄先生的手稿，但文稿中有曾缄先生的亲笔更正。写作年代不详。

枚之电文至，馈式枚二千金，发电为月之六日，依诗韵简称为鱼，故末署方鱼。式枚持示客曰：“不但圆鱼可通，即方鱼亦可通，否则吾何能获厚贶乎？”举坐为之绝倒。

袁世凯既窃大位，虑党人不为用，阴令洪述祖购刺客狙击宋教仁于上海，而后招集宪法会议，定终身总统之制。式枚作《浣溪沙》以刺之，云：“顿脚捶胸哭遯初①，装腔作势骂施愚。可怜跑坏阮忠枢。包办杀人洪述祖，闭门制宪李家驹。于今总统是区区。”施、阮、李诸人皆附袁者，作此词时，式枚客烟台，与李同寓，谓李曰：“为押韵借用尊名”，李亦无如之何。

廖平与赛金花

自《孽海花》小说出，而赛金花之名噪天下，廖平亦挂名其间。入民国后，廖至上海，时赛金花已嫁国会议员魏某，适居上海，廖冀一见。廖弟子杨啸谷遂设宴招赛，先致辞云：“蜀中廖经师在《孽海》中曾附骥尾，今欲一瞻风采。”赛得书，慨然命驾。既入坐，谈论风生，偶涉及晚清诸达官，皆字之曰某某。廖拱听终席，不能置一语。赛既去，杨顾廖云：“师是《公羊》专家，不意今日乃为母羊所困。”

① （教仁字。）

力山批颊

旗人詹五，词人郑叔问之妻兄也，与内务大臣力山友善，穿房入户无间也。一日诣力，忽为阍者所拒，詹怒曰："岂有詹五爷不能入此门者乎？"阍者曰："它时可入，独今日不可入。"詹诘，得其故，乃一笑而去。先是德宗被幽于瀛台，力山以内务故，尝为奔走服役，慈禧太后知之，召力山谕曰："汝只知有皇上，不知有我。事皇上何谨，事我何薄。"命起自责，力山亟举手自挞其面，至两颊红肿不止。慈禧颔之，乃伏地叩头谢恩而退。詹五来谒，正力山屏居养伤时也。

谭叫天

往余为人题谭叫天小照，有句云："一曲曾经动九重，莫谓叫天天不应。"朱半楼见之曰："此中隐喻故事极妙。老谭尝至大内演剧，适慈禧太后生日，命演《天雷报》。至雷劈张状元时，慈禧顾语德宗曰：'娃娃不孝顺父母，要被雷劈。'德宗闻之，不觉引袖掩涕。老谭窃从台上窥见，为之恻然。次年慈禧生日，又于颐和园命老谭演是剧，老谭恐伤帝心，竟辞疾不为演出，人以此重老谭之忠义。子诗岂非咏此事乎？"朱学京剧于胡琴圣手陈彦衡，陈是叫天老友，故能悉其事。然余作是诗时，实不知有此，但状其为内廷供奉而已。由此知诸家诗注，有非作者意想所到者。穿凿附会之谈，固无足取。若随文引申，增成故实，虽不必解颐，而可资谈，助后之览者曷为舍诸，故抽笔附记于此。

辜鸿铭

辜鸿铭留学英国，在伦敦大学毕业后，张宴谢师，诸教授若博士硕士皆至。辜从容举所受讲疏笔记等，语诸师："公等所教皆在此，自我观之，一无用处，今敬畀还。"遂当众焚之。

民国时，罗振玉于天津设学会，其发起人中列有辜姓名。辜闻之，即向罗质问曰："大清国已亡，吾与若何必唱《桃花扇》，使旁人齿冷。"

辜尝赴英国人宴会，有外籍女士问中国男子姬妾满前，是何理也？辜起，举茶壶，于诸女士前各斟一茶盏，然后答曰："即是此理。中国人谓一男可夫多女，犹一壶可注多盏也。"其诡辩如此，座客竟无以难之。

瞿鸿禨在军机始末

庚子之变，清慈禧太后挟德宗仓皇出走西安，诸军机大臣唯王文韶一人从，以机务鞅掌，乃荐瞿侍郎鸿禨、张尚书璧秋入军机相助为理，而尤属意于张。时二人均在外，鸿禨与张约在襄阳会见后，共趋行在。及张至襄阳，而鸿禨已怀诈先期独奔行在，遂居荐首，入军机。

张后至，仍领尚书而已。鸿禨既入军机，太后以其貌类同治帝，心喜之。鸿禨与文韶同奏太后前，文韶虽老迈，犹能听受太后语。然每太后语终，鸿禨故朗声传告文韶。后疑文韶聋于听，不堪驱使，遂放还山，而鸿禨宠遇日隆。回銮后，袁世凯为北洋大臣，党于庆亲王奕匡，与鸿禨不合，颇自危，谋于其客杨士琦。士琦曰："公能予我十万金，不问出入，去鸿禨犹反掌耳。"世凯如其所请，士琦则以万金买通鸿禨之家庭教师某，阴伺鸿禨言语动作，虽纤微必报。一日，太后语鸿禨，将罢庆王军机职权。鸿禨以语其妻，辗转为教师所闻，以告士琦。士琦以巨金贿买英国《泰晤士报》驻北京记者，电告伦敦报馆，发布中国政府将罢庆王消息，复令英驻中国公使朱尔典以此询太后。太后曰："无之。"朱尔典出报纸示之，太后默然。阴念此事独告鸿禨，既疑鸿禨外泄。士琦又为世凯唆使庆王集宗人府诸王公大臣面太后。庆王自乞骸骨，归满洲故里，诸王公大臣亦谓太后："既重汉轻满，则吾属皆为无用，请与庆王同罢斥。"它日，蒙古王公等，亦以是为言。太后不得已，遂以私通外国，泄漏军机罪鸿禨罢归田里。庆王遂当政如故，世凯亦安于位，士琦则腰橐累累，成巨富焉。后士琦有爱妾与医师某私通，士琦稍知之。妾恐，以毒药杂食物中进焉，毒发，士琦肠寸寸断而死。嗟夫，鸿禨始绐墅秋，摈文韶以跻大用，卒之为士琦所败。士琦能出奇策以倾执政大臣，而不能免于妾妇之手。所谓君以此始，必以此终。倾危之士，览此其知所鉴矣。

张之洞

张之洞督两江，袁世凯丁忧居彰德，忽素服过江宁访之。时慈禧太后将废德宗，惮阃外大臣，不敢发。世凯，后党也，此来欲密侦之洞意向。之洞觉焉，接语未移时，之洞佯为倦极不能支，垂头而睡，鼾声大作。世凯知之洞善睡，嘱左右勿惊动，即自趋出，迳至江干登所乘轮船驶去。世凯出督署，门者循例鸣礼炮九响，之洞闻炮声，始若惊醒，亟乘舆追送世凯至江干。世凯船已离岸，宾主相望，一揖而别。归，与幕下客谈论此事，一客曰："公所为固智，然世凯奸人之雄，行以公衰迈，不堪任事入告矣。宜请陛见，以明公之不衰。"之洞以为然，立上章请陛见。见之日，山呼舞蹈，健于平时，禧太后颔之，世凯终莫能谗。

戊戌之变，之洞实主之。康有为旧与有连，而刘光第、杨锐又其门下士也。事败，有为逃去，光第与锐下狱。之洞飞电荣禄中堂代奏云："刘杨皆善类，臣愿以百口之家保之。"荣禄匿其奏不上，刘杨朝衣斩东市。之洞闻而痛哭，有伯仁由我而死之慨。其后清政日非，即新法亦丛百弊。之洞渐有悔意，其临终时赋绝句云"理乱寻源学术乖，父仇子劫有由来。刘郎莫恨多葵麦，只叹荆榛满路栽。”其志亦可哀已。之洞晚年还朝，曾于颐和园外起退值室一所，粗陋不称重臣所居，或谓其不久将有倾圮之患。之洞私语人云：“此屋虽脆弱，犹视大清江山为坚实。”殆早知清祚之不永也。

张之洞督两广，有知县某来谒，年甚少。张问：“汝识字否?”曰：“识。”时案上设茶具，张指壶命书，则书：“锡茶壶”三字以对，张以笔于每字加一划曰：“何读?”则仍应曰：“锡茶壶。”张斥之曰：“鍚荼壸尚不知，何名识字?”立黜之。

盛伯熙劾恭王

盛伯熙为国子监祭酒。一日禧太后召见，温语垂询，礼遇有加。以恭王老且悖，当退避贤路，不宜再掌军机，风令投疏劾之。盛自以宗室老臣，又居祭酒，今蒙圣眷，意可取恭王而代之。归即上疏，劾恭王若干罪。诏下，恭王开去首席军机本职，以庆王继掌军机。盛始大悔为太后所卖。

志锐讥摄政王

光绪帝薨，宣统帝以冲龄嗣位，其父醇王摄政。弟载涛、载振两贝勒皆登显要。时江宁将军志锐入觐，于宗室中为摄政王前辈，且光绪瑾妃之兄也。摄政宴之，中席呼涛、振兄弟入拜。志锐谓摄政王曰：“王爷无异周公。”摄政王谦谢：“不敢当。”志锐徐笑曰：“周公有管蔡，王爷亦有管蔡，此无异也。”又曰：“虽然王爷有姬旦之名，而无姬旦之实。”摄政王不敢问。志锐出，告所亲曰：“吾谓其无姬旦之实者，盖谓其为亡八旦也。”

袁世凯弑清帝

慈禧太后之将薨也，袁世凯以太后党惧不为德宗所容，举家痛哭。时蜀人薰宾谷教于其家，实亲见之。然世凯奸人之雄也，卒贿通宫内外，太后薨，秘不发丧，矫太后诏，赐德宗酪一盂，中置毒焉。德宗食之，舌木僵不能语，知己中毒，意必世凯所为。立书遗诏，而手已不能为用，但书土土土数字，土于文为袁头，诏嗣皇帝斩世凯也。德宗殇，宣统以冲龄践阼，摄政王承遗诏，将诛世凯。其福晋则荣禄之女也，告摄政王曰：“世凯吾父所保，如诛世凯必累及吾家。又，杀执政大臣，国之大事，祖宗有无成例不可知，可咨汉军机大臣之习于朝典者，然后行之。”摄政以为然。福晋阴令人密告世凯及军机大臣张之洞早为之备，世凯至之洞所，叩头乞命。之洞年老，以世凯握兵柄，为子孙计，不敢逆世凯意。明日，摄政王召之洞，问本朝前此有无杀军机大臣事，之洞曰：“先朝未尝有此。”于是世凯获免。以包藏祸心，谋为不轨，放归田里。不数年，革命军起，世凯复起，挟北洋军阀逼清帝逊位，自为民国总统。或曰：“摄政王童騃，为妇人所卖。康熙杀军机大臣鳌拜，非其祖宗成例耶？既赦世凯不杀，当移诸远方，与所属北洋军隔绝，不此之图而放归彰德，使密迩北洋，私通声气，清之不祚也宜哉。”

袁世凯之死

袁世凯已任民国终身总统，犹以为未足，唆使其亲信杨度创立筹安会，倡君宪救国之说。未久，而筹安会员遍国内，自疆臣以逮搢绅，上表劝进者纷纷矣。北京设大典筹备处，草创帝制，号曰“洪宪”。江西督军倪嗣冲，以万金为绣皇帝龙袍，亲送至京献之。世凯身材短小，袍以尺寸不合发还。嗣冲大恚，立举以赠伶人刘鸿声。一日刘演《斩黄袍》，自饰赵匡胤，其为剧中人所斩者，即此袍也。识者谓为不祥，未久，而世凯果以暴死闻。

初，世凯已驱逐党人之异己者，又召副总统黎元洪入京，以其北洋军将分领东南各省。犹虞西南不为己用，命陈宧入蜀，以四川督军控制其间。宧夙有智囊之称，世凯任之，亦专倚以为重。所以叛民国而觊帝位，盖谓部署已定，天下莫己抗也。迨孙中山、岑春煊、唐继尧、蔡松坡、陆荣廷等先后起兵护国，世凯犹易视之。及宧通电反对帝制，宣布四川独立，始大惊。电至之夜，世凯绕室彷徨，次日遂婴暴疾。中医萧龙友诊脉，与前日迥异，莫测病之所自。西医检视，寝室中旧置药瓶凌乱，非复向时次序，证其自行服毒，又不明所服何毒。于是群医束手，而世凯死矣。

世凯既死，陈尸于怀仁堂。殓时所用衣衾无夙制者，皆买自大栅栏凶肆，其内著故衣裤，求新者不可得。世凯姬妾甚众，平时互相猜妒，莫敢先以新衣裤供奉。故世凯常著故衣裤，至死犹然也。世凯有寿棺远在彰德故居，仓促弗获致。或言世凯昔伐取东陵老木数株，美材也，今在此，可斫为棺，顾安得匠乎？一老卫士慨然曰："吾辈从宫保数十年，不忍见宫保遗体暴露，幼时曾习为匠，今请从事。"宫保者，世凯仕晚清时官衔，后虽僭升大位而帐下儿犹以此呼之也。老卫士因物色军中诸匠事者数人，共斫木为棺，斧声丁丁，不日而成。纳世凯其中，加以灰钉，陈诸怀仁堂上，缌维则裂国旗为之，饰终之仪至陋。然死者终为国之元首，自国务院国务卿以下暨诸外国公使皆来吊，吊客入新华门，从南海泛舟至瀛台上岸，入怀仁堂致礼献吊。阅数日，有异气出于堂中，吊者掩鼻不敢前。迹其所以，则老卫士斫棺之术过疏，合缝处有罅裂者，尸水外溢，故遗臭无穷也。

世凯初死，国务卿钱能训使国务院参事沈钵叟往，襄理后事。沈至时，世凯体犹未寒，其子克定、克文兄弟方交詈于庭前。克文嚷克定："汝日日逼老头子作皇帝，想作太子，今竟如何？"克定复之曰："汝不帝老头子，何为自刻用皇四子印章?”两人攘臂，各觅取手铳，势将火并，经旁人力劝，乃止。各扬长去，置丧事不顾，尚不若老卫士之能顾全恩义云。世凯死后二十年，沈与予相见雅安，为道此事。嗟夫，世凯以一念之差，希登九五，卒之亲离众叛，身败名裂。观其殓服，取办临时，衷衣唯存，败絮盖棺，之后余臭犹闻。阋墙之争，丧次不免，万世之业，适成笑端。遂太息而书之，非为悼念若人，抑以民国之总统不肖如此，诚国家之不幸也。

康有为

康有为原名祖诒，初读于广雅书院，治《公羊》有声。张之洞督两广，甚契之。蜀人廖平，经生也，出张门下，至粤谒张，张介有为与谈。廖为陈孔子改制及诸经新义，有为初不以为然，贻书驳之，后窥张有意变法，乃复取廖说。广其义为《孔子改制考》《新学伪经考》诸书，为变法先声。其辞甚辨，震动一时。有为生居海滨，与华侨游，习知外国事。既北上，遂上书求变法。禧太后方垂帘听政，以为言妖，几获罪。授职某部主事，居南海会馆中，意殊郁郁。会德宗亲政，有为复上书，辞意慷慨。德宗亦有意图治，得其书大喜，立召见之。有为亦以革新自任，谭嗣同、刘光第、杨锐皆参与其事，联翩入军机，而有为为之谋主，阴图助德宗制禧太后。谭嗣同说袁世凯以兵围挟太后于颐和园。世凯，后党也，入告变。太后大怒，幽德宗于瀛台，谭嗣同等以朝衣斩东市，大索捕有为。而有为微服出都，有英人护卫之，遂遁海外。其年为戊戌，世谓之“戊戌政变”。辛亥革命后，有为归自海外，无所为。会黎元洪任总统，与内阁总理段祺瑞不相能，故北洋诸将之任各省督军者谋去黎，于是有徐州会议。江苏督军冯国璋，安徽督军倪嗣冲，山东督军张勋皆会于徐州，而张勋为盟主，他督军各以使者赴会。当是时，天下大事，决于徐州。张勋武夫，革命后仍怀故主，头犹辫发，人谓之“辫帅”。有为乘时进复辟之计，张欣然受之。自率兵入京逐黎，仓卒奏逊帝宣统复辟。勋自为议政大臣，以有为为弼德院副院长，沈增植为学部尚书。时北洋军人在京畿左右者数万，皆惊疑，段祺瑞一时无措，欲遁去。王士珍旧为北洋军中魁首，与段祺瑞有“王龙段虎”之目，自入宫侦之。以故兵部尚书衔，著常服入见。宫中以士珍不著朝衣面天子，将劾以大不敬，未果。士珍始犹意复辟可行，及睹勋等鲁莽粗疏，知其无能为。于是段祺瑞誓师于马厂，曹锟、李长泰率兵长驱入京，与张勋军战于宣武门、天安门。不一日，而张军悉溃，勋走日本使馆，有为亦微服逃矣。有为固知复辟不为时议所容，欲为虚君共和，而政权掌诸内阁，欲自为内阁总理，网罗天下各党名人入阁，时亦有人以此属望之者。迨张勋自为议政大臣，而抑有为弼德院，沈曾植以书生草创大制，多不合于是非，议之者日众。有为门人梁启超谓有为："师既不获大用，生不能无言"，遂刊发掊击复辟之文。启超文笔犀利，倾动一时，沈曾植犹欲假有为为文以斥之，有为辞不为也。有为自言："吾平生屡为增植所误，'公车上书'及'戊戌政变'，皆增植从旁怂恿之，复辟亦增植牵率所致。"其辞若有憾焉。有为变法虽数受窘辱，然由此檄天下大名，未为不幸。复辟一事，实贻蛇足之讥，不怨己之不明而委过增植。增植固不足道，有为自视果何如人哉！闻有为于诸友人中最畏增植，增植博学多能，其所为《广艺舟双辑》一书，多取自增植。有为遇人常大言不惭，增植在座，则默然不敢出一语。有为以海南一匹夫，屡问国家大事，疑若目空一世，不意增植乃能左右之，如牧人之御牛羊，亦事之可怪者也。

康有为谢恩奏折

康有为七十生日，逊清宣统帝赐"岳峙渊清"四字匾额一幅，玉如意一柄。

有为上折谢云："奏为敬谢天恩，以臣行年七十，特赐臣寿，恭折仰祈圣鉴事：窃以今年二月初五日，为臣七十岁览揆之辰。二月四日，徐良由津抵沪，齎到皇上御笔'岳峙渊清'四字匾额一幅，玉如意一柄，赐臣为寿。臣喜舞抃蹈，当即恭设香案，望北叩谢天恩祇领讫。徐良并述圣旨谓：自京只身出津，无多长物可赐，欲撰联，只因书联匆匆未成等语，伏听感极，以喜以伤。伏念臣海滨鄙人，文质无底，虽十三世之为士，而门非华腴；既四十岁以无闻，徒竽滥科第。先帝忧国阽危，畴咨俊乂，擢臣于侧陋冗散之中，咨臣以变法自强之业，谕臣专折奏事。由是感激，竭尽愚忠。先帝扫二千年之积弊，政厉雷霆；顺四万万之人心，令如流水。书朝上而电夕下，国虽旧而命维新。百日变政，万汇昭苏。举国更始以改观，外人动色而竦听。乃为那拉后所废除，遂幽先帝而兴狱。既诛六士而戮及臣弟，更掘臣墓而逮捕臣孥。大索京师，则闭城门而断铁道；严搜津沪，则发缇骑而停舟车。既布太上训政之诏，谓围颐和园以危后体；更师明季红丸之案，诬进毒丸以弑圣躬。臣捧诏惊号，绝心蹈海。英吏谓圣躬犹在，救臣偷生。然图臣之形，遍于中外；捕臣之电，散于全国。落网遮布，羽翼难飞。若非衣带之密诏促行，飞鹰之兵舰煤绝，臣久已上巴黎断头之台，洒东市朝衣之血。阅世卅载，墓木拱矣，岂有余生以上拜圣恩哉！逮英吏以双舰救臣，乃得出亡而奔外。然购臣之头，悬赏至五十万；刺臣之事，暗杀至五六举。或贿通护卒，冒深夜以登楼；或赁居邻舍，开地道以行炸。此则在香港也。或托于知交之旧故，而密来携刃；或迟于已行之不遇，而刖及车夫。此则在新加坡也。若暂过而夜焚所居，殃及清议报馆。此则在横滨也。凡兹十死之至危，自惟全生之无术。遂自印度，远避美欧。流离绝国之风波，漂泊西洋之天地。梯山航海，行遍四洲；追日逐月，三周大地。历经三十一国，行道六十万里，出亡在外，十有六年。每当向若望洋，眈惊涛之拍拍；残星落月，望北斗以依依。听胡笳之悲鸣，思汉月以日远。苏武之节旄，齿之垂尽；班超之玉门，生还无期。上哀圣主瀛台之幽囚，下痛亲友柴市之惨戮；内悲老母倚闾之不见，外忧生民乱世之多艰。未尝不肝随肺裂，心逐魂飞。赋《远游》而悲秋，诵《大招》而不返。中拟俄罗斯之漫游，幸得陆征祥之密告，谓俄允后约，来则执归，行李戒途，遄行遂止。不则宋仲武执归周室，樊於期头入秦庭矣。乃蒙天祐，竟得生还。然已鼎湖龙去，弓箭难攀；周室鼎移，玉步顿改。望帝之杜鹃血尽，华表之辽鹤空归。虽载洵曾举臣总揆，然大盗谋移国而未行。华侨多从臣保皇，纵会员有亿兆，其何补。于是袁贼篡位，洪宪窃号。臣愤思讨贼，义不帝秦；谓非亡新，不能复汉。乃密征志士，大联群帅。蔡锷出臣门下，陆荣廷为臣知故。西南诸将，鼓其仗义兴师；东南七省，劝其严守中立。王莽遂殪，侯景无成。然虽尽瘁连年，尝复明辟；人事多阻，天变日深。近乃至黄屋蒙尘，郊宫鞠草，臣回天无术，行泽悲吟。每念家国而咎心，宜使祝宗以祈死。我皇上不自轸清露之苦，乃垂注臣初度之生。入此岁□①，年已七十。怜其马齿之

① □：缺字。

长，恤其中走之劳，远命使人，特衔天诏。宸章耀于蓬筚，高深勖以岳渊；至德賁于丘园，提携望其如意。仰云章之烂河汉，抚宝玉之重连城。此岂微臣所当被蒙，尤为老臣惊于受宠。付子孙传后世，永戴高天厚地之恩。以心肝奉至尊，愿效坠露轻尘之报，所有感激下忱，理合具折，恭谢天恩，伏为皇上圣鉴。谨奏。”

余昔于友人处见此文，今移录于此。文中涉及“戊戌政变”及有为出亡时事颇详，至于讨袁之役，有为亦居为己功，则夸诞不实。复辟之败，仅以二语了之，尤知其为遁辞。当有为寿臻七十，其时民国已建立十有数年，宣统出走津门，正如丧家之狗；有为逍遥沪上，犹为虮虱之臣。何谓朝廷，直同儿戏。然二千年来，中国章奏此为最末一篇，不妨过而存之，以彰一时文献。

清遗老谓蜀人负清

清社已墟，而诸遗老相传蜀人负清室者，有三人焉，即乔树楠、骆成骧、程德全是也。当四川保路同志会事起，全蜀骚动，乔树楠为学部左丞，在川雅负重望。朝命以乔为四川宣慰使，乔谢不就，乃命端方入川。端方与川督赵尔丰不相能，蜀事遂不可问，至引起辛亥革命。此一人也。骆成骧以试策有“主忧臣辱，主辱臣死”之句，为德宗所赏识，拔置第一，大魁天下。辛亥革命，袁世凯逼清帝逊位，势倾朝廷，然隆裕太后拒不署诏，而诸大臣固请不已。后曰：“先帝有门生骆成骧在，是能知先帝意者。今骆成骧尚无一言，吾妇人也，不敢预闻此事。”世凯闻之，亟命其亲信蜀人施愚、顾鳌说骆，骆竟上书请逊位，后无以难，而逊位之诏下矣。此又一人也。程德全以候补知县，始居黑龙江都统幕府，得升知府，以在黑龙江与俄人接触，经俄公使推荐，禧太后召见，奏封称旨，立赏三品。京堂再召见，即授黑龙江都统。汉人为都统者，以德全为第一人，可谓特达之知也。辛亥革命时，德全任江苏巡抚，乃与革命党人默契，宣布独立，为新国江苏都督兼革命政府内政部部长。此又一人也。以上皆诸遗老之言云尔。清以异族入主中夏，历二百余年，祚非不久。辛亥革命废君权而尚民主，亦势所必至，谁能逆之？遗老蔽其罪于此三人，适成其遗老之见而已。

余往在北京，曾见树楠。其时年过七十而谈笑风生，深通世故，彼度天下事，已不可为，故辞宣慰四川之命，于情为可恕。还蜀后，又见骆成骧于成都，亦既老耄，面目如乡学究。观其文章，亦非有大过人者。或曰，德宗当甲午中夏战役之后，发奋图强，成骧试卷本置第十，德宗因“主忧”一语大为激动，遂魁多士。或曰，德宗受制于禧太后有年，阴怀不平，见成骧与骆宾王同姓，有慨于宾王之声讨武氏，故擢之。嗟夫，成骧方其未遇，蜀中一措大耳，一旦简在帝心，遂闻彻宫禁。当国家存亡绝续之际，妇人女子如隆裕，犹欲仗其一言以为信，而朝纳权臣之托，夕飞让位之书，亦无怪人言之啧啧也。程德全于革命后弃官出家为僧，此君一时方内，一时方外，行藏似不可测。余未与一面，不具论云。

蕲春逸事

本师蕲春黄公，讳侃，字季刚。学术文章人所共仰，其遗闻逸事，世有不尽知者。缄昔在门墙，曾陪游衍，见闻所及，条疏左方，凡三十九则。庶后之览者有以想见其为人云。

一

公六岁时，侍按察君①谒两广总督张之洞。公嬉戏几案间，诵文选《江赋》《海赋》如流，张悚然异之，顾按察君曰："公子真神童也！"

二

公少时，以父执礼谒王闿运，闿运叩其所学，应答如响。闿运曰："尊翁吾畏友，今世兄说亦颇清通，恨吾膝下诸子多不通耳。"公率然对曰："乃父犹且不通，何况哲嗣。"时闿运文名满天下，闻之怡然，不以为忤。

三

公于并世学者多所讥评，虽老师宿儒亦多指摘，惟

① （讳云鹄，清时官至四川按察使，时长武昌书院。）

始终师事章太炎先生不懈。偶与太炎论文，曰："师文上跻汉魏，然某意嫌有未足。"太炎问故，答曰："声韵之间，微嫌诘屈。"太炎曰："吾两人文，今唯王壬甫能辨之，喻如唱戏，汝为花旦，吾则老生。"公尝以此语缄，奉为为知言。

四

仪征刘师培申叔，积学能文，游日本时与公同在太炎所，公于太炎执弟子礼，师培则以后辈礼见。一日，太炎顾谓二人："申叔好学，季刚善思，至于心知其意即默然，意谓非己莫属也。"公以为定论。

刘师培始名光汉，在日本与公同隶同盟会。归国后，公长黄州小学校，而师培背盟，入两江总督端方幕为上宾，密告公为革命党人。端方移文两湖总督下黄州知府，按名捕公。时官知府者，蜀人也，曾出按察君门下，阴纵公去，公以此深怨师培。辛亥革命后，师培至北京，不为党人所齿，公重其学，仍厚遇之。师培感焉，与结为兄弟，过从颇密。会袁世凯将僭帝号，预立筹安会以启其端，师培与焉。倡办《中国学报》，大宴京中名流学者，公亦在坐。师培就索文稿，公曰："章程中有'拥护君宪'四字，去此，则吾稿至矣。"师培愕然。公曰："申叔生平喜读《周礼》，诵说刘歆，歆曾为莽国师而申叔好之，昔所未解，于今乃睹子之志矣。"师培佯若不闻，趣就他客。时江瀚以大典筹备处长与会，公童蒙师也。公谓之曰："师于胜清宦至藩司，未为不达，今乃为人筹备大典，岂有意入《贰臣传》耶?"江瀚作色曰："季刚杜口，须知汝尚有老母在，那得不顾利害，妄陈是非。"公复之曰："是非自是非，利害自利害，不可并为一谈。"即起拾烟卷，然以燐寸，纳口中，扬长而去。自此与师培绝，师培亦不过公。袁氏事败，师培以帝制余孽，复不为人所齿。公又语人："申叔终是学人，偶为帝制所误。"复厚遇之。方主编《中华新报》文苑栏，特载师培文一通，变其名曰：鲁申培。报社中皆党人，询知是师培，群诟公。公大怒曰："尔辈盲瞽何所识，放着师培第一流文不登，将登何等文?吾从此不复至报馆矣!"寻荐师培入北京大学，同为教授。公将为诸生授某文，中有疑义，先质师培。师培曰："来日君上课前当奉告。"公弗怿，即诣太炎，尽得其义。来日，至讲舍授课，师培要诸途将申前语，公曰："此义吾亦自知，不劳见告。"师培笑曰："君何能知，当是太炎告君尔耳。"公亦大笑。偶读《汉书·律历志》，失其算法，闻师培片语，遂涣然冰释。戏移书自称弟子，师培复书无谦逊意，公得书哂曰："此君果欲我改从北面耶?"旋又叹曰："学如申叔，师之亦未尝不可也。"他日见师培，师培语公："吾有绝学将传之其人，惜无弟子可绍吾业者。"公曰："大学诸生俱出门下，何以云无?"师培曰："若曹故不足以语此。”公曰：“如我何如？”曰：“固所愿也。”公颔之。次日，公大修贽见之礼，师培南面坐，公北面再拜，文科学长陈某为之司仪，于是大学轰传黄某拜师矣。公雅重师培经术，师培亦重公文笔，尝谓公如贾生骏发，可起八代之衰。二公始为仇雠，中为兄弟，终为师徒，离合变化非常情测。或谓公性偏急，不能容物，师培行事若彼，何以得此于公？人不可无学，观此益信。公偶与师培共饭，席间争论《春秋左氏传》义，至馔肴尽冷不曾下咽，草草终席。师培多闻博洽，公小学湛深，更相诘难，互有胜负。时缄与歙县吴承仕，海宁孙世扬在坐，并闻高论，服膺叹赏。师培夙负羸疾，公则居多忧思。师培嘲公，若忧能伤人，此子不得复永其年。公诮师培为陈死人，盖未埋耳。诸生颇闻此言，转相传述，二公闻之，咸无忤意。未久，师培死去，公乃大恸，为文祭之，称曰：“先师刘君。”向疑公师事师培事，乃一时游戏，今乃知其不然，故详著由来，垂为佳话。

五

公常称王闿运、廖平、太炎及师培为海内四大通人，或问第五为谁，则微笑不语。

六

公谓与师培谈学其应如响，偶及世务则智昏，菽麦又其次。为文极雅正而胸襟则鄙俗不堪，所居屋壁多张红帖，书“喜庆大来，封我生财”等字。元日与妻约凌晨以汤圆进，已则闭门俟之。至，始开门，妻高呼：“元宝滚进来。”则大喜，亦和峤之癖也。

七

党人胡瑛于二次革命失败后，逃往日本，受袁世凯贿买，来京自首。于公为故人，相见问公：“近治何学?”公曰：“今方治诸子。”曰：“庄耶？荀耶?”公曰：“非也，不过铜子、银子而已。”都人谓铜元为铜子，公藉此以讥之，瑛大有愧色。

八

有致书于公者，陈义迂拘，辞亦浅陋。公复之曰：“来书满纸诗云子曰，大似疯人所为。明日当赴西山，至少须勾留十日，饱餐烟气以涤腐气。”

九

梁鼎芬与按察君有旧，官鄂时，见公年甚少，教以当多读书。公即发数问，鼎芬不能答。公曰：“自不读书，乃劝人学。”它日贻书勗公：“当高明柔克。”公又复之曰：“本不高明，毋庸柔克。”

十

居上海，有诗社曰南社，柳某为之魁。时流趋之若鹜，附庸风雅。月刊诗一册，有名在册者，咸自诩东南名士，公深恶之。它日，诗刊首列公诗数首，欲引以为重。公即从它报登一启事云："南社窃载某诗，是某终身之玷。"社中人大哗，群起诘难。公复登一启事言："南社诗多不通，且勿论诗，题亦多不通。"即列其不通题目三十余事，中有《独坐联句》，公于题下注云："若非鬼神来告，便是文理不通。余多类此。"南社气焰为之稍衰。后在京与缄道及此事，时方共阅报载赵藩所为某人墓志，文中有"杜门躬耕"一语。公曰："杜门何可躬耕，岂移田入户内邪?"缄曰："此正可与'独坐联句'成一佳对"，公为之莞尔。

十一

公尝为缄言，观今人著作，非无瑕可指，不宜为其大名所震。王闿运负当代大名，其《圆明园辞》云："山石尽亚洪涛风"，此袭杜诗"山木尽亚洪涛风"句也，但易木为石耳。然山木可亚，山石则不可亚，义有未通。又闿运为人作墓志，规摹《史记》："余登箕山其上，盖有许由冢"云，句法亦曰："盖有某某冢"云。盖者，不定之辞，许由冢在疑似间，故史公言盖。若某某实有冢，何盖之有？此皆学古之病，不可不知。

十二

燕台妓馆有妓曰巧玉，公与吴承仕同过之。承仕请赠妓一联，公即吟曰："巧笑倩兮，美目盼兮，素以为绚兮。"承仕曰："如此集古句，大难为对。"公略加思索应曰："下联已得：'玉之瑱也，象之揥也，扬且之皙也'。"承仕服其才思敏捷，属对工整。

十三

白灵庙之役，官军报捷。南京政府下令褒扬，有句云："扫犁庭之穴。"公见而哂曰："此诚妙文，可对'汗充栋之牛。'"闻者绝倒。

十四

鲍洪武者，公之姊夫。丧偶后有妾，旧称姨太太，至是，命改称一太太。公闻而笑之曰："大好四声，姨以易一。"

十五

客与公初见，公问其字，答曰："子绪。"又虞公听之不审也，申言曰："孔子之子，光绪之绪。"公曰："大哉，尊字乃内圣而外王也。"其人大惭。

十六

缄与孙世扬随公过东华门，见一橡轮车停于道左，公指而目之曰：“孤车。”缄与世扬均不觉失笑。公曰：“孤舟可以入诗，何以言孤舟则可，言孤车则不可”，吾二人竟无以对。

十七

一夕公诵《文选》至任昉文，叹曰：“人贵有文采，今读此文，使人倾倒。若过荒冢间遇任彦升髑髅当径，则以脚蹴而去之，不知敬也。”

十八

清末，公任黄州小学校长，阴谋于黄州起义，连结环黄八县帮会首领。鄂中谓首领为头脑，来会头脑凡八人，举公为大头脑，于黄州深山古寺中歃血为盟。大头脑踞第一交椅，南向坐，八头脑分坐东西。膳时，大头脑前陈彘首，余肉乃分致诸头脑前。大头脑举箸，诸头脑然后进食。其他仪式尚众类，严肃可惮。公以书生行大头脑事，不谙帮会中言语，第向诸头脑演说革命，情辞慷慨，听者倾服。在山中七日，然后散，于是鄂中游侠皆知有黄十公子。未久，而端方自两江总督移文捕之，乃逃往日本。今海内知公为国学专家，不知其曾为铜马帝也。

十九

辛亥革命后，南京立革命政府，将以公任教育部次长，唯须一谒总统孙中山，始得任命。公曰：“吾不惯奴颜婢膝向人求官”，竟不往。

二十

袁世凯任总统时，公至北京任直隶都督府秘书长，以事当见袁，先过太炎。时方溽暑，手白折扇，太炎为书唐人《白猿传》诗云“……明珠莫暗投。如何麟阁上，画此一猕猴。”公知其讽袁。既入见，故摇扇不已。袁雅好书画，便索观，见诗蹙额曰：“太炎怪习，乃喜骂人。”

二十一

孙中山总统卸任，南京政府撤销，犹置留守以黄兴领之。兴在革命党中望，仅亚于中山，既领留守，势颇煊赫。与公为故人，公偶过之，且谈且以脚加膝。卫士谓公无状，命去脚。公大怒，唾卫士曰：“奴才以为吾慢若主耶，吾当更高坐以面若主。”即蹑几升案，箕踞其上。是时，衣飘风动，履起尘飞，案上所陈茶盏花瓶皆起，效廉颇踊跃三百。公仍以脚加膝，倨傲之状，倍甚于前。兴亟叱退卫士，向公逊谢再三，乃已。公后语人，当唾卫士，喉间适有浓痰，得此一吐为快。卫士不足校，聊挫黄兴官气尔。

二十二

在北京，一日赴友人宴席。辜鸿铭在坐，初未识公，谈次目章太炎为文妖。公起诘曰：“先生识中国字几何，敢议太炎？吾固识先生始受英国教会资助，留学英伦，归国后即大骂英国人，是谓忘本。忘本之人可妖视太炎乎？”鸿铭亟为辞自解曰：“我亦文妖。”公曰：“先生去文妖尚远哉遥遥，妖则有之，文犹未也。”鸿铭生平未尝见折于人，唯此次屈在下风。

二十三

缄过西山碧云寺，见有人于浮图上题诗，有“千金可买非奇骨，一剑无成亦壮心”之句。归，为公诵之，臆是佳句。公曰：“否。诗须以谈笑出之，此诗有拼命气味，便不妙。”因举某名士《畅观》一绝云：“眉痕依约柳梢头，细草经春色自幽。一二年时陵谷变，夕阳红到畅观楼。”问缄：“此诗如何？”缄曰：“畅观楼是慈禧后曾幸之所，作者殆是亡清遗老，颇致哀思之意而语殊蕴藉。”公曰：“病在第二句与首句辞意不相连贯，全诗虽略有情韵，然有句无章，非佳制也。”

二十四

太炎先生尝与公论小词云："词之为体，似女人又不似女人，大抵可曲致其意而不能直陈其意。"公屡以此诏后学，谓太炎先生虽不作词，然为词之道即此数语已尽之矣。

二十五

女士黄绍兰名学梅，与公情好甚笃，虽未正阃位而眷恋之，私逾于伉俪。以公故，终生不嫁。凡公诗词有涉及梅或兰者，皆为斯人作也。尝见其与公笔札，字体与公所书无殊异。有时两人合书，如出一手。有绝句《咏兰》云："独处深山窈自嗟，遥心幽意送年华。世间亦有闲桃李，才过东风便著花。"公取杂己所作诸绝句中，犹李易安之"帘卷西风"也。公丧王夫人后，鸾胶再续而斯人弗与，命也。此，公毕生之恨。缄初不忍言，今公已归道山，乃著于此，俾读公诗词者得考览云。

二十六

欧阳竟无讲学南京内学院，号为佛学大师，崖岸甚峻。公时都讲南京大学，傲傥自喜，视礼法士篾如也。偶因友人介，与竟无相见。竟无规公以为人师表之义。公曰："我与先生所教之生徒不同，先生所教生徒是人，而我所教生徒是猴儿。又我与先生所教之书亦不同，先生所教之书无‘也’字，而我所教之书则有‘也’字。”（于文，‘也’为女阴。）公恶竟无自命有道，故以此侮之。竟无大怒，公一笑而去，竟无由是往往短公。它日太炎谓人：“竟无深于佛者，然犹不能变化气质，可见佛学于世无用。”有孙至诚者，往来于太炎、竟无之门，传太炎语，以激竟无将斗两师，观其胜负。竟无不应，屡陈不已。竟无曰：“孙至诚太蠢，太炎自护门墙，为季刚而作是说耳，于佛学何与?”终不应，二家门人尝以此为口实。昔东坡讥刺程明道，遂成党祸，公颇类是。幸二家均不柄政，未致燎原。然公诙诡之辞已流传远近，为时人所激赏矣。

二十七

公名读书丹黄未竟者为“杀书头”。

二十八

公目某名士诗为“国旗体”。时国旗方备红黄蓝白黑五色，讥其诗多用有色字也。

二十九

蒋介石当国，公恶其所为。其效霜红龛体《金陵不怀古》诗云：“北阜曾闻鬼受封，南塘且喜盗皆容。石虽无耻叨三品，关不能成借两峰。”其为刺讥，可谓深切。又《北阜东麓》诗云：“身如蝉蜕非虚语，骨傍龙盘亦厚颜。”则斥中山陵墓。因不慊于蒋，遂讽及孙氏。蒋所凭藉之国民党，为孙氏所手创，公故迁怒及之。

三十

公筑屋于南京九华村，始讫工，往观之。顾其子念田曰：“堂室皆佳，唯门制未合。”念田问故，答曰：“门隘，不好出丧耳。”念田怪其语不祥，后公果卒于此屋中。

三十一

九华村新居既就，公名之曰量守庐。取陶渊明“量力守故辙，岂不寒与饥”诗意也。念田请曰：“大人勤劳半生，乃成此室。陶诗‘辛勤数十年，乃有此室庐’。①何不迳名庐为‘辛有’?”公曰：“此名亦佳，汝可留自用。”竟不改。公卒后，念田流离蜀道，颇历饥寒，尝恨庐名，以为夙谶。

三十二

公尝购狐裘一袭，橡轮车一辆，并精美。其裘钉置壁上，视同画轴。车亦锁置室中，珍如古玩，唯以时瞻望摩挲而已，未曾一御也。出则语人曰：“吾裘蒙茸，故

① 唐朝韩愈《示儿》有“辛勤三十年，以有此吾庐。”此文来源于抄件，恐有误。

不知有岁寒。吾车丽都，故不知有路难。”言次为状甚适，竟忘其身之乘敝车、著破裘如故。

三十三

念田言，公在南京夜起，见月色烂然，亟饬子以电话召汽车来。叩何往？曰：“往汪东所。”至则叩门，惊汪东起，挟之登车，至京沪车站改乘火车。至摄山，入栖霞寺，迳登后山，与其子及东危坐诸石佛间。时万籁寂然，松风微动，月光满地，净若琉璃。公戒诸人勿声，唯须静玩。于是皆默然不语，如入定僧。历一时许，寺僧执炬来迎，谓山中多狼，恐惊公等，乃起还寺。公固有游癖，唯此游深宵远适，踪迹离奇。

缄忆往在北都，一夕，公同吴承仕、孙世扬及缄，过八大胡同，流连妓院。已夜半，公忽倡议转赴南下洼。下洼者，僻在城南，有司往往刑人于此，亦都人丛葬之所，名为鬼区。公欲一觇鬼之有否，缄首赞之，吴孙亦从同。遂联步趋荒郊，历黑窑厂，过香冢，经陶然亭，绕南下洼一匝。时已入定，雪月交映，白杨萧萧，荒冢累累，所谓“精气为物，游魂为变”者，实未之睹。归途远望，有黑影徐徐迎吾辈而来，意为鬼物。以我众彼寡，即亦不畏。近而视之，乃巡夜之警丁耳，相与大笑，彼亦愕然。盖吾辈意彼为鬼，彼亦疑吾辈为盗，至此则二憾俱释。还舍，漏已四下。公自是持无鬼之论，缄记之诗曰：“白杨萧萧冢峨峨，若有人兮在山阿。劝君莫作无鬼论，其有鬼也若之何。”末句用庄生语，经公为之点定。此与摄山之游相类，故牵连及之。

三十四

某某之岁，公避难复过北都，吴承仕有屋在某胡同，公赁居焉。长子念华以病卒于此，公大恨，于梁上作擘窠书曰：“天下第一凶宅。”

三十五

袁世凯为总统，深忌太炎，居之钱粮胡同，阳为尊礼，实同幽禁也。所舍传是都中四大凶宅之一。公初来教北雍，居伴太炎。太炎常梦作焰摩王高踞堂皇，判断狱事，每日必尔。尝举以告公，公曰：“吾师身丁厄运，坐受百鬼揶揄，宜有以绝之。”太炎以为然，百计绝之无效。袁死，获释，其患乃已。

三十六

公博览群书，喜以刘师培自比。尝曰：“申叔年三十已遍及道藏诸书。吾今行年且五十，犹窥道藏未遍，良用自愧。”病中犹手道藏伏枕，疾读不辍，以至于死。

三十七

公夙好老庄，兼治佛学，自谓能断念。临终前神智清明，命儿辈取药，言某药在某柜某屉中，历历弗爽云。

三十八

纪晓岚入宫，有太监知其滑稽突梯，遮留之，强令说一故事。纪即曰："有一太监……"语未尽，竟搴裳便去。太监追问底下如何，晓岚且行且顾太监曰："底下没有了"，盖讽其阉割也。公尝述此，以为笑乐。在南雍登堂授课，语诸生："昔颜延之为秘书监。若今人胡适可称著书监。然胡适之监，一如晓岚所谓太监一样，是底下没有了。"盖讽胡适所著《中国哲学史大纲》仅述上古一部，而中古近代两部俱阙如也，亦可谓谑而虐矣。

三十九

鄂中有徐某某者喜藏书，公讲学武昌高等师范学校，徐常过从。公亦尝从徐借书，徐由是厚自标置。见公好骂，亦学作骂，以为名高。公卒后，徐来吊，乃当诸孤向繐帷詈公不已。公之子念田，亟从苫塊起，叱之曰："对人子詈人父，天下无此吊客如汝者，不宜玷我灵堂，可速滚去。"徐乃狼狈而退。公平生未尝受人面折，死后乃遇。此妄人始为东施之效颦，后为逄蒙之反射。然念田一叱，大有父风，逐客抗辞，非徒白眼。后述于缄，为之拊掌。今著于此，以见公之善骂，犹为盛德之累，后生小子当学其所长，至于嬉笑怒骂，在公固无之不可，然我曹不必效也。

蜀人善谑

闲居无事，思蜀中谐谑之事，笔之如下。

一

清末，王云伯、邓元穗俱宦蜀中。王任成都县令，邓则华阳县令也。王好修饰，其发辫松而下垂，俗谓之“松三把”。邓喜渔色，一日逼奸仆妇，妇握剪刀将戮其阳具，大骇而奔，传为笑柄。某名士撰一联并嘲二人云：“王令巧梳堕马髻；邓侯新试割鸡刀。”闻者捧腹。

二

灌县有二王庙，所以庙食李冰父子也。或戏作二王庙碑文云：“靠人不如靠天，靠天莫如修庙，修庙莫如修二王庙。二王者，老王之子，大王之弟，而三王之兄也。”此与北京五道庙碑文皆使人喷饭，彼云：“夫天生万物，五道庙者，亦万物中之一物也。庙有树，人谓树在庙前，我谓庙在树后”云云。五道庙为明宦官所建，丐某名士作碑文，某名士因而戏之。

三

清末，泸州有秀才陈某，绰号陈蛤蟆者，滑稽之雄也。戏作应乡试秀才家书，首云："男某某跪禀父亲母亲大人等膝下。中云：此去得中举，则大毛、二毛、三毛、四毛、五毛、六毛、七毛、八毛、九毛、幺毛，可改呼为大少爷、二少爷、三少爷、四少爷、五少爷、六少爷、七少爷、八少爷、九少爷、幺少爷。如未得中，则大少爷、二少爷、三少爷、四少爷、五少爷、六少爷、七少爷、八少爷、九少爷、幺少爷，可仍呼大毛、二毛、三毛、四毛、五毛、六毛、七毛、八毛、九毛、幺毛。"又云："今寄来裹、袜各一双。裹者，裹脚布也；袜者，袜子也。不言裹脚布及袜子而言裹袜者，省文也。"又云："一进成都东门，尽皆可买之物，谁谓弯刀无用，然而瓢背上截南瓜又未尝不可。"此书戏效时文，往复驰骋之状谑浪笑傲，无所不有。于父母亲下着一等字，则谑而虐矣……

四

民国中，成都商会会长樊孔周为仇家所枪击，身中弹痕累累。又军阀刘存厚屡启蜀中内战，时国中南北政府对立，存厚依违其间，苟合取容。蜀人嘲以联云："樊孔周周身是孔；刘存厚厚脸犹存。"

五

大邑某狂生，世家子也，颇与贵游。交接刺谒，称

“予里山人”，盖析“野仙”二字为之。此与归元恭署“推仔楼”无异，归谓推仔为才子佳人合抱也。

六

四川省长兼总司令刘成勋，字禹九，为人言甘而不重然诺。蜀语谓言不付行曰：“水漩”，因目之为“刘水漩”。赖星辉附刘为边防司令，善战。然刘终不自振，赖亦鲜所成就。时蜀中大水灾，人为联以讽云：“流水①为灾因雨久②；赖人成事总心灰③。”

七

师长董玠，其母初适王，继嫁宋氏生玠，三嫁董氏，玠遂冒董姓。玠既贵，将归宗，重负董氏恩义，乃复姓董宋而自称曰董宋玠。建大本堂社母，而以董宋之二老祔焉，荣县赵熙为之记。堂成，大宴宾客，倾动一时。或集古语为联以赠之曰：“谁谓宋远④；岂惟董公⑤。”而其额则曰：“王请勿疑。”⑥ 闻者绝倒！

---

① （刘水。）
② （禹九。）
③ （赖星辉。）
④ （《诗经》。）
⑤ （《后汉书》。）
⑥ （《孟子》。）

八

白话诗始兴，成都叶某附和之。其《咏木鱼》诗有云：“阁阁阁①，白天也在哭，夜晚也在哭。不是我要哭，是那肚里有很多事情说不出。”画师张衡芝见而笑之，戏和之云：“布布布②，白天也在放，夜晚也在放。不是你要放，是那红苕胡豆在肚里胀。”一时传为笑柄。张死，夏斧斯为联吊之曰：“剩有世传花鸟画；更无人和木鱼诗。”人服其典切而有风趣。

九

清光绪中，成都学生因运动会与军警冲突，引起学潮。诸校皆罢课力争，一时舆论沸腾。铁道学堂吴季昌，独谕诸生毋罢课，其理由则铁道学堂归邮传部直辖，不与他校等也。某名士作乐府以诮之，题曰《辖邮传辞》。曰：“铁道直辖邮传部，此校不比他学堂。谁能为此语，监督吴季昌。请问吴季昌，何不将汝门首扁削去学字只称堂。”

天府之国

或问：蜀称“天府之国”始于诸葛亮前，此有是语

① （木鱼声。）
② （屁声。）

不？案《蜀志·诸葛亮传》载亮对先主语："蜀中险塞，沃野千里，天府之土。"而亮实本《战国策·秦策》苏秦说秦惠王曰："此所谓天府，天下之雄国也。"高诱注："府，聚也。"又班固《西都赋》云："郊野之富，号为近蜀。"可知秦与蜀相近。苏秦以秦为天府，亮以蜀为天府，所谓二而一者也，秦先于亮前已有此语。又冯敬劝汉高都关中，亦有天府之语，敬亦本苏秦说。

杨啸谷鉴定书画

（一）

日本犬养毅雅好中国古画。为首相时，其女婿芳泽出为中国公使，于北京买得宋徽宗画《晴麓横云图》，议值中国银元三万版。博士大村西岩者，精鉴，号为东方第一，驰赴北京视之，以为真本。芳泽居中国久，意怀犹豫，乃设宴召北京诸名流相与平章，如宝煦、杨宗羲、傅增湘诸遗老皆在坐，杨啸谷以善于鉴别古画亦与焉。画传至啸谷，以五百倍显微镜透视曰："画之真赝且勿论，其纸则明代所制，非宋物也。纸中有棉，以棉制纸自明代始，前此无有也。"傅增湘审视之，信然。于是此画为赝品，遂不售。先是，京中裱工与良画师伪作此画，仓促不得宋纸，则以明代故纸为之，纸背有宣德年制四字，裱工截去之。大村西岩不能辨而啸谷辨之，裱工服其能。自此大村西岩与啸谷为友，啸谷教以辨别水印诸法，其后著书往往道啸谷也。

（二）

日本富翁岩崎，买归安陆氏皕宋楼藏书为静嘉堂文库以贮之，傲然自足。杨啸谷东游之日，将往一觇。先由日外务省以电话告文库主者。主者曰：“昔中国有胡适来观，乃不辨版本，今杨某能知宋本耶？”外务省以语啸谷。啸谷曰：“宋本书吾寓目已多，往告文库，吾不暇览南宋本，即北宋本吾亦倦于遍阅，吾只观北宋红筋罗纹纸印本耳。”外务省复以告文库主者，主者于此实茫然，亟迎啸谷入库，陈书案上，求为审订。啸谷挥之以手曰：“此等南宋本何为到此？”又指曰：“此北宋本也，然非红筋罗纹纸所印。”最后得一本，其中有附叶两纸，曰：“此是红筋罗纹。”举以示之，果异于诸纸。啸谷徐曰：“吾于北京买得《册府元龟》一册，皆红筋罗纹刊印，今静嘉堂文库只此二纸，何足为奇？”主者瞠目不能对，唯执礼甚恭而已。

（三）

啸谷在京，诸以书画古物求鉴定者日伺于门，如病人之集于医师。啸谷一一为之作鉴定书，亦如医师之处药方。其价格因鉴定为高下，画一不二，亦如韩康之卖药也。一日，有以敦煌石室唐人画本求鉴定者，啸谷并未开视，但嗅之以鼻，曰：“此赝物也。”持画者不服，曰：“公奚能以鼻观而辨吾画之真伪?”答曰：“凡出敦煌石室者，吾接触已多。室多硫磺，画本杂有硫磺气，而此本无之，只有糊浆气，故知其非也。岂有敦煌古本而存糊浆者乎?”持画者语塞。此本伪画已议定售价万金，买者必欲得啸谷一言为定，啸谷既明其伪，画遂不售。

支那

日本人称中国为“支那”，或谓此由西人谓中国为“China（遣那)”，日本人从西文而转为“支那”。西人谓瓷曰“遣那”，中国产瓷，殆因器而名之，此一说也。或谓“遣那”者指秦。罗马谓中国为大秦，“遣”为“秦”之转音，此又一说也。夫西人岂必见瓷，而后知有中国? 后见瓷从中国来，不知何名，即以中国之名名之，是以国名器，非以器名国也，故前一说不足据。从罗马称秦转为“遣那”为语尾，此则近是。然考之吾国文献，尚有先于此者。《甘氏星经》载：“填星主太常，主周梁。”唐《开元占经》引《海中星占》（见《班志》，今亡佚。）注之曰：“周梁，中国也。”所谓“海中星占”即张衡所谓“海人之占”，然则海外之人称中国为“周梁”，旧矣。周先于秦，其名已播海外，梁为海人语尾。在日本转为“支那”，在西人转为“遣那”，皆舌音也。

余与天文学家吕子方偶论星占之事，遂及此条，为之一快。《甘经》即为后人伪托，亦在汉初，其说已古，非晚出也。

杨度顾鳌妄希爵位

袁世凯欲僭帝号，杨度、顾鳌皆力赞之。时方议锡功臣以五等爵位。一日，同侍世凯，二人咸欲知所获何等爵，世凯曰："皙子加二等，巨六亦如之。"皙子，杨度字也，五等，公侯伯子男，于子加二等，则侯也。巨六，顾鳌字，亦如杨得侯。及世凯事败，二人以帝制余孽为人所不齿。或见顾鳌，戏呼为顾侯，曰："故侯何不种瓜青门，效东陵之故事乎？"

关冕钧不识字

关冕钧不读书而连捷至翰林，并获南书房行走。盖家本豪富，以巨金购一捉刀人玉成之也。一日，于广坐中弄文，误读如火如荼之"荼"为"茶"。某名士调之曰："关翰林误矣，当云'如犬如茶'尔。"关唯唯，竟不知其戏己也。

骡子重

西充罗子青，清举人，为四川咨议局议员。辛亥革命以同蒲殿俊等创保路同志会，曾为川督赵尔丰所捕。

国变后，被推为四川军政府副都督。子青固寒士，及任副都督，家渐裕，及卸职旋里，辎重大异于前矣。蜀人为之语曰："来时骡子轻，去时骡子重。"蜀读"骡"如"罗"也。宋刘偁为陕州司法参军，廉慎至贫。及罢官，无以为归计，卖所乘马办装，跨驴以归。魏野以诗赠行云："谁似甘棠刘法椽，来时乘马去骑驴。"以罗例之，良有愧色。然罗亦知廉耻者，既闻嘲语，终身恨之，抑郁以至死云。

展子虔《春游图》 韩熙载《夜宴图》

隋展子虔《春游图》设色甚精，不见勾勒痕，盖是没骨画之最古者，旧藏清宫。辛亥革命后，清逊帝溥仪倚日本走满洲，僭复帝号。中日战后，日本降于我，溥仪为苏联红军所获，其书画古玩，遂散落人间。此画为北京古董商马氏物色所得，携京求售，索价黄金八十条。有张某者，赏鉴家也，见而爱之，请减价，不许。则键户鼓炉，铸铜至八十条之数，外鎏以黄金，持诣马氏。马氏以为真金，遂以画易之。以真金易赝鼎，世多有之，以赝金市真画，此为创建。后二家以此涉讼，有司以马氏索价过昂一再贬判：张某益数金偿之，画则归张。张如判，洋洋将画去，马竟无如之何。人皆责马氏之贪，而不尤张某之黠也。①

① （此画今归北京博物馆。）

冯玉祥军入北京，溥仪以逊帝居故宫，拥有先朝书画秘玩之器，大惧冯军掠夺。先拣其尤者，以赐其弟溥杰为名，辇至天津藏弆之。故凡书有“赏溥杰”字样者，皆精品也。溥仪入满洲，以此自随，《春游图》是其一也。溥仪就俘后，苏军不知此诸物珍贵，以贱价出售于街头巷尾。一布袋盛书画十数轴，才索价银百元。有某屠户买得一袋，或谓此皇上家物，非民间所能私藏，当致奇祸。屠大恐，阴举火燔之以灭迹，此与梁元帝江陵焚书之祸又何以异然。亦有黠者收得后，运内地居奇索高价。除前述展图外，张大千曾在京以黄金百条买得韩熙载《夜宴图》，此轴在成都展览，余曾一见，真国宝也。①

甲花楼

长宁杜德舆，字若洲，后更名关，字柴扉，清末登进士，官礼部主事。甲午中东之役，仿庾信《哀江南赋》作《哀辽东赋》，一时传诵。入孙中山所立同盟会，参与革命。民国十年，与余同任四川省议会议员。筑宅于成都少城将军署前，萦带金河，杂莳花木。年六十建甲花楼征诗，余赠诗有“比邻帅府旌旗动，隔岸人家略彴通”之句，君颇赏之。余又戏仿李白《题黄鹤楼》诗云：“一拳捶碎甲花楼，一脚踢翻杜若洲。眼前有井跳不得，

① （《夜宴图》今归北京博物馆。）

吹号啼嘶在后头。”盖堂前有一井，又将军署戍卒在屋时鸣鼓角，时名鸣角为吹号也。或在广坐为君诵之，君为拊掌，不以为忤，嗣后与余唱和频繁。晚好子美夔州以后诗，模拟良苦，或经月不成一诗，而余较君为拙速，君阴不自安。适花朝，意余当过甲花楼，先数日作《花朝喜余见过》诗一首候余至，将对客挥毫，以示捷足。至期而余竟不至，乃大窘。亟飞笺以实见告，约次日过甲花楼小饮，补禊花朝。且曰：“君必来，否则吾诗为造谣矣。”余得笺大笑，遂如约往，相与赋诗为乐。此盖三十年前事也，今君墓木已拱，斯楼之主人已数易。余每过其下，追怀旧日过从之雅，有如隔世，可慨也已。

卖花声

向柳溪家后院有辛夷一株，花时烂如积雪。余与向觙公过之，觙公赋《卖花声》一阕，云：“花发正逢君，粉晬香湿。玉环飞燕与双文。一样梨园春色满，长不开门。　白发对朝云①，芳醴盈樽。后庭一曲易销魂。猛忆木兰双兔走，火伴从军。”结甚矫健。余亦赋云：“一树璧无瑕，春满君家。十分清白过梅花。冶杏夭桃轻薄也，脸爱横霞。　玉立傍檐牙，辉映窗纱。对伊新试凤团茶。何况白头花下客，霜鬓争华。”时觙公年近八十，即所谓白头花下客也。又自创新意为一阕云：“慷慨别燕丹，壮

① （柳溪有妾。）

士无还。送行都著白衣冠。一剑无成心不死，化作花看。

忆昔过边关，雪岭高寒。无端群玉又成山。疑是长房能缩地，移近阑干。”结想颇奇。般公谓余出语每多奇警，然此正是余之一病，以有火气故也。

平准书

《史记·平准书》云：“众庶街巷有马，阡陌之间成群。乘字牝者傧而不得会聚。”字，《汉书·食货志》作牸，字即牸也。孟康曰：“皆乘父马，有牝马间其间则踶啮，故斥出不得会同。”王先谦《汉书补注》云：“《平准书》‘牸’作‘字’，《广雅释言》：字，乳也。又《释兽》：牸，雌也。”据此，字、牸义同，即谓牝马之乳子者耳。案诸家皆以牸牝释马，非也。《玉篇》：“牸，牝牛也。”《列子·说符篇》云：“秦穆公使九方皋求马，三月而反。穆公曰：‘何马也？’对曰：‘牝而黄。’”然则《平准书》之字牝，一言牛，一言马。若但言马，不当于牝上加字。注家牵于上文“众庶街巷有马”句，不敢及牛。余意“阡陌之间成群”句有阙文，当是“阡陌之间牛马成群”。街巷只有马，牛阡陌，则牛马皆伙乘字牝者。牝，固谓马，而字则指牛。或疑牛不可言乘，详本书有云：“自天子不能具钧驷，而将相或乘牛车。”师古曰，以牛驾车也。此言乘字谓为乘牝牛所驾之车，何为不可乎？

又牝为畜母，见《说文》《齐民要术》，陶朱公曰：“子欲速富，当畜五牸（注：牛马猪羊驴）。”五畜之牸，则牸与牝皆通称，固不限牛或马，而《平准书》所谓“乘字牝”则文有专属，盖汉人语如是也。且牝亦从牛，其初见牛之牝者而制字，后乃移为雌类之通称。书言“牝鸡无晨”，则牝可施之鸡。《礼记·月令修键闭》注：“键牡，闭牝也。”疏云：“凡锁器受者谓之牝”，则牝又可施之锁器。《大戴礼·易本命》：“丘陵为牡，溪谷为牝。”则牝又可施之溪谷……牝之推类甚广而始于牛者，盖牛为大物，其牝显而易见也。后世习语则以牝牡属诸马，牯牸属诸牛，由通称进为专称矣。

朱竹垞词本事

余买得玉玲珑阁《浙西六家词》，首载竹垞《江湖载酒集》，中有《唐多令·寄静怜札》，云：“瓦市塞云凉，封书远寄将。小楼前，一树垂杨。缥缈试听楼上曲，催短柏，玉娥郎。　　双袖越罗香，人同锦瑟长。爱秋花，惯插钗梁。行四曲中应尽识，只莫问，谢三娘。”自注：“谢三娘不识四字，宋时谚也。”其下端有人以墨笔跋云：“静怜，代州东巷妓，所谓晁四娘也。朱十常自称静夫，故字晁四娘曰静怜。戊申夏，朱十至代时，晁四娘年□①十四五，缪绸月余□朱十□代州雁门关北十里

① □：为脱落或谩漶的字。

（地名旧广武），乃别。余时亦同晁四娘囗折柳阴馆，使晁四娘弹琵琶唱《玉娥郎》，以醉朱十。此会忽忽十余年，有如梦寐。见此词，为之凄婉。”此跋盖屈翁山所题，此书引首有屈翁山珍藏印，是以知之。又引首眉题云：“六家惟竹垞绝妙好辞，余子碌碌不足数也。”凡十七字，有印曰：“少莱子”，亦翁山所书。六家者，竹垞与李良年、沈皞日、李符、沈岸登、龚翔麟也。书即龚翔麟所刻，首冠陈其年一序，骈文甚佳。

郑孝胥论诗

郑孝胥论诗，多持异议。赵熙有诗记之云：“韩文不如诗，韩诗乃胜杜。谁谓孟郊寒，诗又胜韩愈。宛陵一太白，白石风骚主。此皆太夷论，力扫王壬甫。”太夷，孝胥字也。

杨庶堪之敏捷

民国十年，杨庶堪为四川省长，而但懋辛任四川陆军第一师师长，隶总司令熊克武麾下。时熊杨不睦，但亦轻杨。一日，政府宴省议会议员，包厢演戏，杨、但皆在坐。名旦角杨素兰登场，但戏杨曰：“彼为杨素兰，君为杨庶堪，合是两弟兄。”杨曰：“汝太猖獗。彼与汝始是两兄弟，彼为小旦，汝为老但。”庶与素，旦与但皆同音，故二人托以为戏，然人不多但之谑浪而服杨之敏捷。

宋太宗通幸小周后画卷

宋太宗通幸南唐小周后画卷，太宗与周后皆裸体。此卷旧为张大千所藏，卷首有徐祯卿水红印二，绢本双丝，似为宋初画师所为。画中人物装饰如韩熙载《夜宴图》所载。岂南唐画工徐熙辈入汴后，痛心亡国，绘此以扬宋君之恶，使其不能见谅于天下后世耶？靖康之难，宋后亦见辱于金人。有绘为《尝后图》者，所谓君以此始，必以此终也。为题绝句云："降王命尽牵机药，小后魂销秘戏图。岂识靖康蒙难日，有人依样画葫芦。""凄绝南唐老画工，偷情粉本出深宫。分明夜宴韩家样，消得徐卿两印红。"又画中太宗阳具伟岸如牡驴，此画家有意夸饰，讥其非人也。观者或讶其不情，殆未知作者深意尔。

大鹏卵[1]

周密《齐东野语》谓其“外大父文庄章公，尝置酒，揭馔单于炉亭。品目多异，其间有大鹏卵者最奇。其大如瓜，片切饾饤大盘中。众皆骇愕，不知何物。好事者穷诘之，其法乃以凫弹数十，黄白各聚一器。先以黄入羊胞蒸熟，次复入大猪胞，以白实之，再蒸而成”云云，此公可谓巧于制馔。

吾外舅茗青赵公，性豪侈，尝宴客，肴馐甚富。中一烤鸭亦奇，皮之厚，几盈寸许。烤鸭以皮味为最美，然世固无此厚皮之鸭，于是举座惊异。公自言其法：剥诸鸭之皮，以次著一鸭上，如人披重衣。然后烤之以火。此一肴，费十数鸭，故皮厚如许。此亦大鹏卵之类也。

---

① 《大鹏卵》至《黄季刚先生戏作俳词》四篇，写作年代不详。

睡诀

《齐东野语》载蔡季通《睡诀》云："睡侧而屈，觉正而伸，早晚以时。先睡心，后睡眼"云云。余遇养生者，其言曰："立如葱，坐如钟，行如风，卧如龙。"前二句谓空，中三句谓不着意，四谓卧时身须蟠屈，即侧而屈之义。又云："有道无道，看狗睡觉。"盖狗睡时，亦侧而屈。

开元文盛

沈增植云："开元文盛，百家皆有跨晋宋追两汉之思。经大历、贞元、元和，而唐之为唐也。六艺九流，遂成满一代之大业。燕、许宗经典重，实开梁、独孤、韩、柳之先。李、杜、王、孟，包晋宋以跻建安，而元、白、韩、孟实承其绪。画则吴生接迹僧繇，尽华、竺变通之用。书虽前有欧、虞，后为颜、柳，开元徐、李实为通变复古之中权。韩、史八分，冰、潮篆，旭、瓘草，皆自谓凌跨六代者。人才之盛关运会，抑不可不谓玄宗之精神志气所鼓舞也。"① 案沈氏所言，限于诗文书画，但举其杰出者云尔。今谓画，如曹、韩画马，毕、韦画松，并宜增入，更弥张之。至于声乐歌舞，则裴旻之舞剑，公孙大娘之剑器浑脱，贺怀智之琵琶，李謩之笛，李龟年之歌唱，皆一时之盛，不可不书者也。

① （见《茵阁琐谈》。）

黄季刚先生戏作俳词

黄季刚先生学术文章冠绝当代，偶作俳体亦机趣横生。其主讲于中央大学，时校中农学院长某，日本留学生，专治农科者也。一日大集生徒，作阉猪实习。孟姓适有牝牡二豖，某买其牡者，手阉割之，刃下竟不知卵巢所在。豖负恸呼号益急，某惭且怒，亟取巨石击杀之。先生闻之，戏作《高阳台》词以嘲之云："佳话传来，报单贴出，明朝院长阉猪。恰好时光，学生助教来都。孟家二豶牵其一，捆翻来，按上阶除。看某□，卷袖抹刀，试试功夫。卵巢渺渺知何处，望左边不在，在右边乎。两胁齐开，争知一命□□。取将大石□□□①击，博浪椎，无此粗疏。看将来，这样农科，不如王屠。"词出，一时传诵，闻者□□绝倒。

① □为蚀掉或脱落的字。

说砚

砚之为器，始于何时？据宋马大年《懒真子录》云：“文房四物，见于传记者，若纸、笔、墨皆有据，至于砚，即不见之。独前汉张彭祖少与上同笔研席书；又薛宣思省吏职，下至笔研皆为设方略。盖古无“砚”字，古人诸事简易，凡研墨不必研（当作砚），但可研处只为之尔。矛盾、螭蚴（当作坳）载于前世，不若今世，事事冗长，故只为之研，不谓之砚。”叶梦得《石林避暑录话》云：“唐中世以前，未尽以石为研。端溪石虽后出，亦未甚贵于世者，盖晋宋间善书者，初未留意于研，往往但于器贮墨汁，故有以铜铁为之者，意不在磨墨也。”吾以为砚与墨相关，以石为砚，必在聚墨成枚之后。蔡质《汉官仪》云：“尚书令仆丞郎月赐隃糜大墨一枚、小墨一枚。”所谓隃糜，乃以扶风隃糜终南山之松为之，此以松烟制墨成枚，方可施之于砚，若古用之石墨，则不宜磨于砚。石墨亦石类，与石砚相遇则伤砚也。由此可知，以石为砚，至早不得过汉时。伍缉之《北征记》谓：“孔子庙中有石砚一枚，乃夫子平生物。”马大年《懒真子录》引之，亦以为“非经史，不足信”也。今有于东汉石墓中掘得石器颇巨，覆以石盖，上刻山川人物，或以为砚（见文物参考资料），此则比较可信。晋砚见于顾恺之之画，有刊人面者，有砚中如镦者，有如凤字两足者，其详具米芾《砚史》中。而《西清古鉴》亦首载王羲之遗砚，则制砚之风，晋时已著，洎至唐宋，则其风大盛矣。

砚有以金属物为之者，如桑维翰之铁砚，及余所藏元武宗后真哥自写小像铁砚是也。有以陶器为之者，如《砚史》所载陶砚、吕砚，及今邛窑琉璃厂出土之风字砚是也。（余旧藏明青花瓷砚，底有“玉堂佳器”四字，严嵩家物也，今在川大博物馆）有以古砖瓦为之者，如铜雀台瓦砚，及诸汉唐砖砚是也。有以漆纸为之者，如古有以石砂和漆制纸砚①，及清代之葵生砚是也。蜀人磨酒甕为砚（见《苏东坡文集》）尤奇。然此皆为砚之别派，仍以石制者为正宗，澄泥次之。凡砚须裨于实用，论砚者必审其受墨与否，必不拒墨，能发墨、恋墨、蓄墨者，方以为佳。唯石之良与澄泥之美者，始克辨此，故砚仍以石及澄泥为贵。石材有多种，最著者为端溪石、歙州石、青州石、洮河石，而端歙尤为普遍。《砚林拾遗》云：“龙尾如清寒道人，时见机颖。端石如风流学士，竟体朗润 ”，此论甚确。澄泥则有绛州、虢州，以此制砚者，宜于墨。

端石产端溪水洞中，有中洞、东洞、大西洞、小西洞，水归洞等，入水最深者，产石愈佳，所谓下崖石也，

① （见吴槎客《阳羡名陶录》）

须经摩胸之险而后得之。苏轼云："千夫挽绠，百夫运斤。篝火下缒，以出斯珍"，可见采石之难。歙石产歙州龙尾山，其地本大溪也，常患水深，工不可入。洮石产临洮洮河中，亦水深处不易得。大抵佳石多产水中，故其质清润细腻，与墨相宜。凡佳砚，第一望之有烟云气，呵之欲滴，扪之欲温。昔人谓"盖泉生其中，非石生泉中，其润可知，"故辨砚以水气为贵也。"凡试砚，与墨相受，如忘其石，与手相和，如忘其力者，良砚也。"①此无他，即其石之清润细腻，即能具此条件。澄泥乃取汾河中细之泥沙为之，故知砚材无论为石为泥，皆不离水，故辨砚以有水气为第一义，此一窍门也。王明清《挥麈录》载："丁晋公大端砚一枚，上有小窍，以棋子覆之，揭之有水一泓，流水无有歇时。"果世间有此砚，可谓神品矣。石之美者，除上述外，又带外彩，如端之青花、蕉白、冰纹、鱼脑、鸜鹆眼、胭脂晕等；歙之罗纹、刷丝、眉子、雪浪、金星、银星等；青州石之红绿；洮河石之风漪；澄泥则有玫瑰紫、鳝鱼黄等，皆其特征。有此者，砚益高华，故辨花色为第二义，此又一窍门也。复次则辨砚式，有风字、石渠、王堂新样，以及马蹄、竹节等式，不可殚述。雕刻之花样尤繁，总以清雅不落庸俗为贵。如清初之顾二娘制砚，著称于时，良足重也。良石必须巧匠加工，而后成为佳砚，故辨择刻工必不可

① （吴兰修《端溪砚史》。）

少之，为第三义，此又一窍门也。古砚或刻有铭语，如苏东坡、米元章等皆为之，杨椒山之《砚铭》，则万口传诵。名人题刻更增历史价值，如有此者，虽石质不佳，亦可收藏。然砚工赝作至多，非具眼不能辨别。辨别题铭跋字为第四义，此又一窍门也。凡此四义，四窍门，能通达之，可以称为鉴定家矣。砚有使用价值，再进兼有艺术价值，形成文化灿烂之一端，此吾国所独有。日本尝盗买吾国佳砚，今政府禁止二百年前古物出口，当可防止。端石今正开采，歙以古为佳，端则后来居上。水岩佳石，在水最深处。今以机器汲水，所得良材，必更胜于前代，此可庆也。

川剧研究之一

谭高腔

吾川高腔始于清中叶，相传有名高清纯者，精于倚声，以昆曲摩拟较难，新创此腔，时曰清纯调，后以高腔名之。剧本有《金印》《琵琶》《红梅》《班超》四大部头，每部计曲牌一百余支。又有十小部，如《红袍记》《柳荫记》等等，亦有曲牌数十种，词句哀艳悲壮，人多①感慨。行腔一唱众和，听者忘疲，所谓“自哀以写其风流，帮腔以舒其气韵。”前无古人，后无来者，实吾川之特色也。雍正初年，有二十余人由沪来省，招聚生徒，注重教以高腔，创立庆华班，继舒颐班而别树一帜，名亦相等。名角康子林即为该班之数传弟子也②。

《蜀伶》杂志载，康刘合演《情探》之评语云：康子林眉宇之间神色不定，观其屡次心口相商，并非下愚之辈，亦非生而薄情者，特其良知不能敌私欲，患得患失，其终遂陷入负义之一途。若以他人演之，非传神不出，即失之刻画，两眉无取。此事关于伶人之品学，不能漫然为之也。至其唱功说白，字字清楚，更属名伶优为之事矣。刘世照之一唱三叹，真可谓高腔中之鸣凤，

① （此字有误，原印不明。）

② （见《川剧选萃（第三辑　剧谈）》。）

而以半老风韵演焦桂英憔悴之幽魂，一睹其轻忽忧怯之倩影，已不禁叫绝。入门后或怒或嗔，或责备或哀求，诉往事，道离愁，真把痴恋文章描写透纸。

凤求凰（川剧）[1]

第一折　琴　挑

（临邛县令王吉　上）

讼庭花落自年年，潇洒临邛一县官。

喜我清闲无个事，与人方便管姻缘。

下官临邛县令。王吉，字子祥。到任以来，政简刑清，倒也清闲自在。单只一件，我有一个结拜的兄弟，复姓司马，名相如，表字长卿。他满腹文章，是当今第一才子，立志想娶一个绝色佳人为妻。本县卓王孙有女儿名唤文君，生得面如桃花，眉如远山，是有名的美人。卓王孙把她许程氏之子为婚，现在程氏子已因病身亡，文君成了新寡。我想若得文君与长卿贤弟作配，那便是才子佳人，两全其美。有心替他们撮合，无奈卓王孙是铜商起家，家资百万，生性爱富嫌贫，长卿虽名满天下，却是一贫如洗，眼见我这媒是做不成的了。是我心生一计，送给长卿纹银二百两，教他改扮作豪华公子模样，

① 《凤求凰》一名《卓文君》，是曾缄先生1959年为国庆十周年献礼而编写的一部元曲，再由此改编为川剧。曾缄先生在元曲本的《编写后记》中说："因为是古典戏剧，通过元曲，更和历史现实要适合些。川剧本与此本大同小异，已交川剧艺人作排演的尝试，俟得舞台意思见，再加修定。"

来到临邛。我把他安置在都亭居住，下官不时到都亭与他陪话，好像侍奉上司一般，就这样抬高了他的身价，做一个先声夺人之计。果然卓王孙这势利老儿，平时就喜欢交官结府，听说县官有此贵客，自然要想巴结。今日他在花园安排盛宴，由下官代邀请长卿赴宴看花。听得文君性爱弹琴，就叫长卿在筵前用琴心来挑动于她。时间已到，左右们，随侍老爷到卓家花园赴宴去者。正是：

只因无事偏多事，不作明媒作暗媒。

自己胸中无垒块，却为他人借酒杯。

（下）

（卓王孙带老仆陈忠上）家资富有，性情古怪。自名王孙，人称员外，老夫卓王孙。今日我在花园设宴，邀请司马相公前来赏花，他是王县令的贵客，老夫的门庭有这样显客到来，何等光采。家院，诸事可曾齐备？

（陈忠）齐备多时。

（卓王孙）你传话进去，老夫今日花园宴客，文君姑娘的妆楼靠近花园，着她暂时回避。

（陈忠）是。（下）

（王孙）这时候县太爷敢待来也，待我出门迎上去。（王吉上，王孙迎入）

（王吉）司马相公是不能轻易请到的，今日他肯来，正是你的面子。

（王孙）正是太尊抬举，治下正叨光不浅呀！

（王吉）我们转到花园候客去。

（王孙）是。（同下）

（司马相如上，琴童携琴随上。）

（司马相如　唱）

【仙吕·点绛唇】

归凤求凰，临邛特把佳人访。

说甚卓王孙富贾豪商，早欠下我一笔风流账。

（白）小生司马相如，字长卿，成都人氏。听说卓王孙的女儿卓文君眉如远山，面似桃花，天下竟有这样美人儿，小生到临邛就为着她来。子祥哥哥与我定下琴挑之计，今日卓王孙花园设宴，邀我赏花，我便相机行事者。

（唱）**【混江龙】**

则为你远山眉样，面似桃花一女郎，

便安排巧计，准备偷香。

非是我司马相如存妄想，为有他临邛县令做周方。

他在花园开宴赏，我用琴瑟诱娘行。

只要我琴声嘹亮，哪怕她闺阁深藏。

（白）嗨呀，那文君曾经许配过人家的，我和她配合，恐有些不便。

【油葫芦】

我若与新寡文君同鸳帐，怕不惹旁人话短长。他们说："相如男子本堂堂，怎和那残花败柳相依傍？"

（白）哎，这等世俗之见，管他则甚，我自有主意。

闲话儿，胡乱讲。自家事，自主张。只要郎才女貌得相当，谁则要，表贞烈树牌坊。

（白）来此已是卓家花园，琴童前去通报。

（琴童）门上有人么？

（陈忠上）是哪个？

（琴童白）我家司马相公到了。

（陈忠向内白）禀员外，司马相公驾到。（王吉、王孙出迎）

（王吉白）长卿贤弟请进。（司马入，王吉、王孙随入）

（王吉白）贤弟，这是这里的主人卓员外王孙。员外，这便是我盟弟司马长卿。

（司马白）恕小生擅造。

（王孙白）贵客下顾，真使蓬荜生辉，未曾远迎，倒望海涵。

（王吉白）长卿贤弟是见过大世面的，卓员外也是爽朗的人，彼此都不必谦虚，大家就话入席，赏玩春光。

（王孙）家院，摆宴来。（诸人入座）

（王吉白）贤弟你看卓员外这花园如何？

（司马）是好一座花园也啊！（唱）

【天下乐】

你看一带清林映粉墙。几株柳，绿沁池塘。

绕湖山不断桃花放。分明是，天台路，招引我，有情郎。但不知仙样人儿在那方。

（王吉　白）贤弟说得好，我们共饮一杯，酬答这满园春色。（同饮毕）员外，你可知我长卿贤弟是弹琴妙手，对此良辰美景，何不请他弹上一曲？

（王孙　白）我对此倒是一窍不通，但平时听我女儿在家弹弹，也怪有意思。司马相公既怀此绝技，敢请赐奏一曲如何？

（司马）小生指法生疏，对着你们弹起来，可中听么？

（王吉　白）贤弟的话，愚兄倒体会一二，你那对字下面还藏着一个字，即使我们不是你的知音，你安知没有别的知音人在呢？

（司马　白）哥哥言重了，如此小弟只得献丑。琴童，把绿绮琴安置停当者。（琴童取琴安置毕）

（王吉　白）待我来替你焚香。

（王孙　白）待我来打扇。

（司马　白）我弹琴和别人不同，一不要焚香，二不要打扇，只是听琴的人要闭目凝神，才能领会琴中奥妙。

（王吉　白）你说的是。卓员外，我们把眼睛闭的紧紧的，来领会他的妙音。

（王孙　白）这样听琴法儿很新鲜，我正愿意学着做。

（王吉　白）我和员外先敬你一杯以助兴。（王孙执壶，王吉持杯奉司马。）（白）贤弟满饮此杯。

（司马接饮　白）二公请在原位，小生就此移坐弹琴去也。（唱）

【哪吒令】

饮过了玉液琼浆。取瑶琴，横陈案上，舒十指，细按宫商。先弹出，《良宵引》；后弹出，《凤求凰》。一声声，断人肠。

【鹊踏枝】

一会儿，韵悠扬，一会儿，调铿锵。

（白）怎得一阵好风，把琴声吹到文君耳朵儿里者！

待吩咐一阵微风，吹入那雾阁云窗，教那女钟期芳心摇荡。才知我，七弦上，大有文章。（且弹且望　唱）

【寄生草】

身坐在，这壁厢；眼望着，那壁厢，我目送飞鸿引兴长。则见那西楼罨画如天上。（文君妆楼在筵前右方，婢梅香楼上搴帘）风儿簸动帘儿漾。（文君淡妆从帘内出现）呀！猛觑着桃花人面一娇娘，变现出白衣南海观音相。

（司马　白）是一个绝色的好女子也啊！

【后庭花】

怪道我兀地眼前如雪亮，原来是一颗明珠解放光。（文君转身）你看她，杨柳腰肢细，（文君回眸）远山眉黛长。我寻遍了画图儿，几曾见，这动人形象。怎着我，不癫狂？

（白）谢天谢地，我这琴声毕竟把玉人儿引出来也。桃花面，远山眉，不是文君是谁？待我和着琴声，唱出《凤求凰》曲子，挑动她者。

（歌云）凤兮凤兮归故乡，遨游四海求其凰。何悟今日升斯堂，有艳淑女在闺房，何缘交颈为鸳鸯。凤兮凤兮从我栖，得托孳尾永为妃。中夜相从怎教我，双翼俱起翻高飞，无感我思使余悲。（文君闻歌，随歌声作各种表情，有时微作舞姿，歌毕。（文君　白）这一下我才明白了呀。（司马　唱）

【么篇】

我好比箫史吹箫引凤凰。谢你个邻女来窥宋玉墙。我独处情无限，你幽居春自伤。咱两个，结同心，便做妇随夫唱。胜似你，守空房。（司马文君对视，文君向司马微点头，司马唱）

【金盏儿】

你貌端庄，性温良。我这里抬头，你那里也凝眸望。

大家举止不寻常。你含情终脉脉，我得意且洋洋。几时啊，着你个，楼中秦弄玉，伴我这枕上楚襄王。（梅香下帘，文君暗下。）

（司马　白）呀，文君去了！（指琴）琴啊，你的功劳不小也。（唱）

【醉中天】

则把这绿绮琴、变作个天桥样。邀织女，会牛郎。我则是明修栈道，要勾引她，暗度陈仓。从今后，眼巴巴，长盼望。把都亭，权当作，待月西厢。等候她孤鸾寡鹄，成就我交颈鸳鸯。

（王吉　白）卓员外，你听我贤弟的琴，弹得如何？你怎么不答应？哦，原来他在打瞌睡。（卓员外苏醒）

（王孙揉眼　白）这琴真弹得好，我起初闭目倾听，觉得心神舒畅，不知不觉就睡着了。

（王吉　背白）要你睡着才好。

（司马　白）小生叨陪盛宴，既醉且饱，现在琴已弹过，就此告辞。

（王吉　白）时间已经不早，我们也该散席了。

（司马　白）今日厚扰员外，容图后报。

（王孙）好说，改日老夫再过都亭问安。（司马王吉别王孙，王孙下）

（王吉　白）贤弟你自回都亭，恕愚兄不远送了。

（司马　白）哥哥请便。（王吉　下）（司马且行且唱）

【赚煞】

我别过卓家庄。乍归来一路添惆怅。从今后、赚多少，眠思梦想。

（白）今晚我在都亭不知怎样才捱得过这一夜啊！

（唱）浪说温柔自有乡。

却不道，今宵酒醒都亭上，独眠孤馆，特地凄凉。

枉做了风流梦一场。

数着它更长漏长，只有那绿绮琴儿相傍。

（白）要得文君相伴啊！除是她像嫦娥奔月，作出个破天荒。（司马、琴童同下）

第二折　私　奔

（梅香负行囊，文君艳妆，先后疾上。文君　白）

走呀！咱们走向都亭，寻司马相公去者。（绕场唱）

【双调·新水令】

星转月轮斜，正谯楼、三更鼓罢。我背爹妈、离绣阁，冒风露，踏遍尘沙。则为你、渴司马。

（白）奴家卓文君自叹，奴幼读诗书，性耽风雅，琴棋书画件件俱能。早岁爹妈把奴许配程姓，那程家郎是一个纨绔子弟，目不识丁，怎能和奴配合，这且不说。

程家郎现已因病身故，爹爹偏要奴为他守节，博一个贞烈名儿，因此我一个未出阁的女儿，竟变成程家望门的寡妇。难道我的青春，就这样断送不成呀？（唱）

【驻马听】

文君自嗟！我白璧原无半点瑕。曾学过琴棋书画。怎一朵鲜花向牛粪插（平声）。程家郎、他自没造化，我文君空守望门寡。这贞烈名儿全是假，活生生坑杀女儿家。

（白）白天爹爹花园宴客，着我暂时回避。我同梅香丫头正要下楼，忽然微风过处，从花园传来一派琴声，触动奴的嗜好，不免留在楼上窃听一番。梅香偶然把珠帘卷动，奴家闪目下望，见一英俊少年，在那里抚弦动曲。奴观此人堂堂一表，气宇非凡，不想天下竟有这样男子！正这当儿，他来了个手挥五弦，目送飞鸿的姿式，举头仰望，恰和奴家觑个正着。他便和着琴声，唱出《凤求凰》曲子来。曲中之意，明明钟情于我，我岂有不懂的道理。闻听家人言说，此人便是住在都亭那位王县令的上客司马相如。奴早就读过他的《子虚赋》，知道他是天下有名的才子。他对我既有惜玉之心，难道我对他就没有怜才之意？他曲中曾说道："中夜相从怎教我，双翼俱起翻高飞。"明明教我夜半和他秘密相会。古人道，士为知己者死，女为悦己者容，何况奴的终身，一误何堪再误。像他这样的人儿，奴就嫁他，也不辱没。因此才在今晚三更时分，背着爹妈，暗带梅香，向都亭奔去。司马相公啊，你一曲《凤求凰》，把奴的心儿都弹碎了。(唱)

【挂玉钩】

都只为偷听琴声遇着他，把一曲《凤求凰》挑动咱。休道是曲高人和寡，则我女钟期早猜透了你俞伯牙。你那里弄指法，骋才华，不由我芳心撩乱，情思交加。

(白) 提起过去的事，不由奴好恨呀。(唱)

【夜行船】

从前事，真个阴错阳差。误儿女，是你爹妈。

(白) 爹妈呀！你女儿从今海阔天空，再不受你们管束了也。

(唱) 从今后，我自拿主意，你休倚家法。向东风开出自由花。

(白) 便是今晚我干这私奔勾当，怕着谁来！(唱)

【沽美酒】

说什么，丧廉耻、伤风化，这私奔，光明正大。是他自己弹琴亲作伐（平声)，系红绿 ，做甚媒人话。是我前世里，修来缘。(平声)

(白) 梅香！快到都亭了么？

(梅香白) 姑娘，此去都亭还有一段路程，转弯抹

角，不好走的，姑娘仔细些。（文君　唱）

【太平令】

夜行人，担惊受怕。有情郎知在那搭（平声）。行过了，街头十字，又碰着，路口三叉。把不定苍苔路滑（作欲跌状），险些儿仰做巴叉。喘吁吁，教人困乏（平声）。

（白）梅香，你看树林之上有黑影儿在那里闪动，是什么东西？好不骇煞人也。

（梅香探望　白）姑娘！那是一只乌鸦，不知为什么大半夜里还在绕着林儿，飞来飞去？

（文君　白）它在选择栖身的所在。常言道，良禽择木而栖，咱们今晚的情况和它一样。（唱）

【风入松】

夜深犹自有飞鸦，绕树儿，徘徊不下。它和我一般儿，自挣扎（平声）。为找个，栖身的，好枝丫。呀！望前面，高耸檐牙，敢则是，都亭到也。

（白）梅香，你看前面出现高大的房屋，可是都亭？

（梅香白）正是都亭，我们疾行几步者。（文君梅香下。）

（司马　上）惜花春起早，爱月夜眠迟。小生自从花园赴宴归来，平添一段心事。今晚明月如昼，吩咐下人将都亭大门，不必关闭，待我夜深好出去赏月。那里是

为赏月？是我妄想文君万一前来，免生阻碍。现在尚无动静，我且转到书房，弹琴消遣则个。（文君梅香　上）

（梅香）待我前去唤门。呀，都亭大门大开着，那房内有弹琴的声音，待我前去唤门。

（文君　白）且慢，待我从窗缝里窥看他作什么者。

（司马独坐灯下，对案上绿绮琴叹息白）琴儿呀琴儿，你白天在花园买过力气，为我奏过《凤求凰》来。如果我与文君成其好事，这功劳怕不记在你身上。但不知文君可曾明白我的心事？这般时候，未见动静，眼见今宵是虚度了，好不闷煞人也。（文君　唱）

【川拨棹】

上苔阶，且不把，门儿打，我先目对窗纱。则见着他，对瑶琴，独坐咨嗟。从不肯，就床榻。

（梅香叩门　白）相公开门来。

（司马　白）是谁唤门，待我开门观看。（文君唱）

【殿前欢】

小梅香，到门前叩几下，他应声便把门闩拔。

（门开，文君和梅香闪入。）

（司马　白）门外怎不见人哦！我明白了，因为我正在胡思乱想，这敲门的声音，是我胡思乱想中想出来的。实在并没有人前来敲门，待我转回屋里去。

（文君　唱）我闪惊鸿出现灯光下。

（司马惊异　白）娘行是谁呀？

（文君　唱）卓文君便是儿家。

（司马惊喜　白）呀，果然是文君姐姐到了！姐姐装束和白天不同，我在灯下一时未辨清楚，姐姐休要见怪。姐姐既肯下顾，必然有以教我，小生现在洗耳恭听。

（文君　唱）相公啊！听琴人懂得你的心头话，来访你个，有情郎，闲戏耍。我为你，奔波了，这一夜。（音亚）则是你琴心三叠，修到了共命频伽。

（司马狂喜　白）啊呀，我的文君姐啊！（司马唱）

【殿前欢】

你乍相逢，便说出，知心话，直教我，心花历乱发（平声）。谢天谢地谢菩萨，好事儿便成今夜。不枉我，费心思，劳策划，博得个，美天仙，从天下。都只为《求凰》一曲，成就了鸳颈交加。

（司马　白）小生何功何德，竟蒙姐姐这等见爱，我真正惶恐无地，欢喜欲狂。从今向后、情愿终身相伴姐姐，如有二心，神天圣察。

（梅香　白）你听这相公竟自赌起咒来了。

（司马　续白）人生大事，莫过婚姻；情之所钟，正在我辈。在那些腐儒看来，也许说小生前次琴挑，陷于轻薄，把姐姐今番下顾，目为淫奔。岂知我们二人的行径，高尚纯洁，合于性情之正呢？惟其如此，小生敬佩姐姐，到不止于儿女之私，更敬重的是姐姐冲破藩篱，昂首天外的风义。（文君点头不语）

（司马　续白）姐姐是磊磊落落的奇女子，我相如也是不受羁勒的人儿。婚礼上那些繁文缛节，竟可从略。来！来！来！我们就把这一盏银灯权当花烛，指绿绮琴作证，对天一拜，永订百年之好，不知姐姐意下如何？（文君仍不语　点头）

（司马　白）姐姐既然心许，我们就对天一拜。（司马跪下）

（梅香推文君　白）人家相公先跪下了。（文君随推势下跪，二人同拜。）

（琴童上　白）我正睡着，听得书房有人说话，待我看来呀！原来白天那话儿来了，他们正在拜堂，我且站在一旁。

（司马文君拜起，司马拭额汗　白）这一下我才真正放心了，你看灯上爆出两朵鲜红的并蒂花儿，也在替我们欢喜咧。

（文君活跃　白）这才好呀！（唱）

【水仙子】

一家儿今宵欢喜煞，你不要再弹琴过别家。

（司马　白）姐姐放心，像这样的琴，小生一生就只弹这一回了。难得良缘是天假，我们祝偕老、到白发（平声）。做夫妻快乐无涯。这是你精诚感化，博得我温柔报答（平声）。真个是宜室宜家。

（文君　白）梅香过来，见过你家相公。（梅香拜司马）

（司马　白）琴童你也来了，见过你家奶奶。（琴童拜文君）

（琴童面梅香　白）你这姊儿，我在花园见过你扯帘儿来。

（梅香　白）我看见你在我们的花园里，偷摘我们的桃花，现在我捉住了你这偷花小贼。

（琴童　白）我和相公一伙是偷花贼。你等着吧，我还要偷你梅花的香气来闻上一闻呢。

（梅香　白）呸！

（司马　白）琴童不许胡说。

（文君　白）相公啊，我们这遇合不同寻常呀。

（司马）出乎我的意外，然而又在我的意中。

（文君　司马对唱）

【鸳鸯煞】

（文君　唱）我王孙女，权作个，天孙嫁。

（司马　唱）我牵牛星，变作个，狂司马。

（文君　唱）这天桥自搭。

（司马　唱）不借乌鸦。

（文君　白）只是奴此来背着爹妈，恐怕他们会追赶前来。

（司马　白）趁明日天明，我们就转回成都，怕他怎的。

（文君　白）很好。（唱）

小梅香、快收拾箱匣（平声），

（司马　唱）小琴童、早安排车马。

（文君　唱）待天明赶路转君家。

（司马　唱）咱两个携手同车。

（文君司马　同唱）不枉这最后的曲名儿唱出鸳鸯煞。

（司马　白）梅香掌灯，琴童关好门儿，我同娘子到后房宿息，待明早动身回去者。（诸人先后下）

楔　子

（卓王孙　上）莫道生女好，生女惹烦恼。老夫卓王孙，前番在花园款待司马相如，只说他是县太爷的贵客，谁知竟是一个大骗子，在席前借弹琴为由，把我的女儿拐逃了。后来我打听出他是家徒四壁的穷小子，冒充豪华公子，以致老夫上了他一个大当。我那不争气的女儿，背父私逃，败坏我的家风，嫁这样穷小子，更辱没了老夫的门户，真正可恼呀可恼！

（王孙妻郑氏上　白）女儿一去无消息，不由老身暗伤悲。老身郑氏，文君女儿一去之后，没有信来，不知是何光景？听员外在前堂连声道可恼可恼，不知为着何事，待老身前去问来。员外，你为什么着恼？

（王孙　白）就为你养的好女儿，他背父私逃，败坏家风，嫁司马相如那个穷小子，辱没了我的门户。

（郑氏　白）听说司马相如是个读书人，将来怕不有发变。女儿嫁他，生米已经煮成熟饭。就是他家务贫寒一点，我们补她一份陪奁，贴补她便了。

（王孙　白）你这老婆子倒说得容易，像她这种贱人，我虽有百万家私，绝不给她分文，由他们穷死去。（唱）

【仙侣·赏花时】

我虽则百万家私富有余，分文不给这私奔女。谁教她，背父母、嫁寒儒。由她受苦，我则一毛也不拔杨朱。

（陈忠上）禀员外，外面有远来经商客求见。

（王孙　白）哈哈，敢是我的财星又到了，我出去见他来。（下）

（郑氏　白）唉，这老头子的脾气，几时才改得也。（下）

第三折　当　垆

（文君扮当垆妇上　唱）

【中吕·粉蝶儿】

这事儿，真个蹊跷。怎知我，卓文君，做这门行当。沽酒店，开设河桥。乔装作，妇当垆，夫酒保。临邛市，有意招摇。则要你嫌贫爱富的丈人翁着一恼。（白）

我文君自嫁与长卿，夫妻二人同甘共苦，倒也心安心得。只因妈妈闻听我们家徒四壁，要爹爹补送女儿一份陪奁。他老人家不肯，还则罢了，偏说我背父私逃，败坏了他的家风。长卿是穷小子，玷辱了他的门户，决意不给分文，让我们穷死。是我们闻到此言，心中不服，暗地里和长卿回到临邛，在市桥开设这一所小小的酒店。我扮做当垆买酒的妇人，长卿改扮酒保，让大家看看卓员外的女儿女婿在此做这微贱的生意，安心臊他老人家的皮，并且还要在他老人家的身上发财。我那顽固的爹爹，到那时，你才晓得女儿的手段。长卿快来，我们把生意做起来者。

（司马上　白）**文君当垆，相如涤器。各显神通，逢场作戏。**

（看文君又自看）呀，你我二人这副扮相，怪好看也。

（文君　白）**那看你妻子打扮得如何？**

（司马　白）真像一个掌柜娘子。（文君　唱）

【醉春风】

我云鬟髻微梳，远山眉淡扫。绣罗裙换一抹布围腰。坐柜台，也似那，妆台妙。把弄粉调脂，权时改做，把酒持瓢。

（司马　白）你看我打扮得如何？

（文君　白）恭喜你做了官了。（唱）

【迎仙客】

你文章伯，空自豪。凌云气，枉飘飘。鼻犊裈，权当乌纱帽。做酒保，也比如做太保。跑堂倌，一样官高。则这店里的地皮儿，着你斯文扫。

（司马　白）贤妻休得取笑，现在我们做此官，行此礼，我先把店门开了者。（开店门介）（文君　唱）

【红绣鞋】

官路上，车马甚形热闹。店门外，酒旗不住飘摇。看何人，十千一斗醉葡萄。我当垆沽玉液，他换酒解金貂。俏生涯轰动这临邛道。

（文君　白）长卿，你将店中打扫干净，看有何人前来饮酒者，你妻后面温酒去也。（下）

（司马扫地，安置桌几　白）地已扫了，座位已安排好了，这时还没买主上门，我且到后面洗涤酒盏去。（下）

（卓王孙陈忠上。王孙　白）老夫卓王孙，下乡催收佃客租谷回来，行路有些疲乏。陈忠，你看市桥边有一家新开张的酒店，我们且到那里面坐一坐，喝一钟儿。（入店介）怎么店里静悄悄地，我且坐下，陈忠唤堂倌烫一壶酒来者。

（陈忠　白）老奴知道。（向内唤）跑堂的哥儿，拿一壶酒来与我员外喝者。

（司马提壶携杯　上）堂倌要跑，一喊就到。呀！观看席上坐着的正是卓王孙，我怎好把酒递上？哦，有了，我不免把袖儿半掩着面孔，将酒送到桌上，回身便是。（掩袖送酒　白）一壶酒到。（转身疾下）

（陈忠　白）告员外，这酒保把衣袖掩着脸儿，将酒放下，回身便走。老奴在旁边看得明白，他正是我家姑老爷司马相公。

（王孙　白）胡说！想是你眼睛花了，看错人了。

（陈忠　白）前番员外花园宴客，老奴曾见过他来，没有看错。

（王孙诧异　白）这就怪了！那快去查看店里还有何人。

（陈忠　白）是！（瞭望介）呀！员外，老奴看见了。

（卓王孙　白）看见甚么？

（陈忠　白）老奴看见我家文君姑娘拴着围腰布，正在酒垆上烫酒呀！

（王孙　白）你待怎讲？

（陈忠　白）文君姑娘拴着围腰布，在酒垆烫酒。

（王孙　白）哎吆！气煞我也，你快将她唤来。

（陈忠　白）老奴不去。

（王孙　白）怎么不去？

（陈忠　白）老奴才说到文君姑娘，员外就生气了，因此老奴不愿去唤。

（王孙　白）我不生气，你速唤她来，我有话说。

（陈忠　白）如此，待老奴前去唤来。（唤介）文君姑娘，老员外到店里来了，请你出来相见。

（文君上　白）那不是老公公陈忠么？

（陈忠　白）正是老奴。姑娘上前见你爹爹，说话要小心着。

（文君　白）多谢老公公关照，我自晓得。（唱）

【普天乐】

猛听得，老公公，一声叫。说店中到了，白发年高。不由我，又惊慌，又喜乐（音闹）。老人家果落入我们的乾坤套。要发财，就在今朝。则见他气冲冲，一言不发，我笑盈盈，上前禀告；急忙忙，礼敬弯腰。

（白）哈哈，你老人家来了呀，容女儿拜见。

（王孙　怒白）罢了。我先问你，你这贱人为何前番背父私逃。

（陈忠　背介　白）呀，员外发作了，待我去请老夫

人前来为文君姑娘解围者。（暗下）

（文君　白）爹爹在上，容女儿细禀。（唱）

【上小楼】

请爹爹，恕儿不孝。些个事，休生烦恼。只为他，绿绮琴清，求凰曲妙，司马才高。儿便也，桃之夭夭。这也是，天缘凑巧。爹爹啊！你则要替天行道。

（王孙　白）好不识羞耻的东西，人家一张琴就把你弹走了，还说什么天缘地缘。常言道，女大不中留，这姑且由你。你既嫁那穷小子司马相如，你们远走高飞，老子眼不见，心不烦，还则罢了。为何又回到临邛，在这市桥开设丧气的酒店，别人看了，脸面何存？

（文君　白）只因司马郎君家道贫寒，我们为生活所迫，才作此酒店营生。我们自食其力，无求于人。漫说没有伤损什么脸面，恐怕比那些为富不仁，厚利盘剥的富翁，还要高出百倍呢！（唱）

【小梁州】

若问这，小本经营倚市桥。为家贫，出卖春烧。一家儿，为生活不辞劳。生意人，做买卖，存公道。则我们贫无谄，胜似那、富而骄。

（王孙）这丫头好利嘴，句句话戳着老夫心口。我且问你，你一个千金小姐，操此微贱的职业，不怕旁人笑话吗？

（文君　背介　白）我索性再把他老人家气上一气。

（唱）

【幺篇】

爹爹呀！说什么小姐千金家富豪。到头来，只落得面露头抛。有多少，过路人，哈哈谈笑。有多少指着我，话唠叨。他们说，卓文君，忒潦倒。他们道，卓员外，枉富饶。

（卓王孙盛怒介　白）好了，你干这个行当，引得旁人笑骂老子来了。你们是安心要臊我的皮，扫我的面子。这还了得。我着你立刻关了店门和司马相如滚回成都去。要是不然，我打断你们的腿。

（文君　白）我们这酒店在这里开定了，高兴开好久，就开好久。你老人家是有钱人，要顾面子，女儿现在是穷苦人，顾不得许多面子。各干各的，谁也不能干预谁。

（陈忠引老夫人上　郑白）我的女儿在哪里？

（文君扑入郑氏怀里　白）妈呀！

（郑氏　白）我痛心的女儿呀，你怎么弄成这个样儿，这是你狠心的爹爹作成你的。（抱头痛哭）

（文君　白）爹爹正要撵走我们咧！

（司马相如上　白）听前面吵闹，我躲在旁边窥听他们说些什么？

（郑氏指王孙　白）你这老杀才，把女儿逼成这个样儿，还要撵她走。女儿，你不要走，你母亲也留在这里不回家了，帮你烧锅煮饭，娘女们把酒店开下去，同过这个清苦的生活，让你爹爹一人独享他的万贯家私去罢。

（王孙　白）女儿给我的气，已经够受了，禁得住你再火上加油吗！有话好好说，大家商量。

（郑氏　白）什么商量？我前次让你补送女儿一份陪奁，你不答应。事到如今，就是送陪奁，也无济于事，我迳要你分给女儿一半财产，好好过活。你是痛钱呀，还是痛人？你快说呀！

（王孙　白）你倒说得轻松，我偏不肯。

（陈忠）不是老奴多嘴，这件事过去处理怕不有些失当。现在文君姑娘开出这酒店来，虽说是正当营业，究竟对员外的面子确有妨碍，这酒店多开一天，员外的面子就多伤一分。好在这店开张不久，知道的人，还不多，常言家丑不可外扬，我们赶快收手，尚来得及。倒是老夫人说得好，员外迳分给姑娘一半财产，让姑娘把酒店收了，员外的面子也就得到保全，不知员外意下如何？

（王孙）她们娘女一道，连你也批评起我来了。（意略有松动）

（陈忠）不是老奴敢批评员外，老奴想这件事如果闹开了，那王县令知道，处理起来，他偏袒员外吗，还是维护司马相如呢？常言穷不与富斗，富不与官争，那官府的威风，员外是晓得的。所以老奴胆敢劝员外早些息事宁人，员外你要三思。

（王孙变色）嗨呀！陈忠这话倒是提醒了老夫。想那王县令和司马相如是八拜之交，当然要维护他。到了那时，老夫真有许多不便。这便如何是好？罢、罢、罢，我权且忍了这一口气。（向郑氏陈忠）我算是把你们这些人无可奈何，就分给文君一部分财产，教她把酒店收了。

（郑氏　白）女儿，你爹爹答应分给你一半财产了，你把酒店收了罢。

（文君　白）妈妈，女儿的酒店生意是一本万利，将来怕不发大财。这门大的家当，不能贱价出卖呀！

（郑氏笑　白）你要搬价钱吗？妈妈帮你讨价，教你爹爹还价。员外，你给女儿多少财产？她这酒店出息很大，不是贱价可以收买的。

（王孙　白）你娘女竟和我谈起生意经来了。文君女儿过来，你终不成是我的女儿，我分给你财产也是肥水不落外人田。我不会亏负你，你放心罢！你爹爹马上回去就写份关字约，着人送来。

（文君　白）女儿谢过爹爹。

（王孙　白）只是那司马相如，我见不得他那副穷相，你教他日后没有发迹，不许前来见我。

（司马暗地恨介）待我日后给你点颜色看看。

（文君　白）这个……爹爹还得……

（王孙拂袖　白）这妮子好不晓事。（下）

（郑氏　白）我被你们闹昏了，我怎么忘了要见见我的女婿呀？

（文君　白）长卿，前来参见岳母。

（司马　白）岳母大人在上，小婿拜见。（拜毕）

（郑氏　白）贤婿请起。呀！像这样堂堂一表的女婿，就点起灯笼火把也难找到，女儿真好眼力。

（司马　白）承岳母过誉了。

（郑氏　白）我回去替你们收拾些箱笼什物，着人送来，我去也。

（司马文君　同白）女儿女婿拜送妈妈。（郑氏带陈忠下）

（文君　白）长卿，这一下我们可发了财了。

（司马　白）只是你爹爹临去那几句话，使人气愤。

（文君　白）小不忍则乱大谋，长卿你权且忍这一遭儿罢。现在我脱下围腰布，你脱下犊鼻裈，恢复我们本来面目，把店门关了者。（司马关店门）（文君　唱）

【鲍老催】

我们分得这家私真不少，谢亲恩，地厚天高。早则道，杨朱不拔一根毛。又谁知，今日分金同管鲍。则是这，苦肉计，定得妙；酒店儿，开得好；生意经，拿得牢。消受你，嫡亲雇主，赔钱贴本，买卖成交。

（陈忠率健仆四名抬运箱笼上。）

（陈忠　白）相公开门来。

（司马　白）酒店歇业了，还有买主上门。（开门）

原来是老公公到了，请进。

（文君　白）老公公，你来了。

（陈忠　白）老奴特来与姑娘和姑老爷道喜。

（文君　白）老公公，有话坐下再谈。

（陈忠）这里哪有老奴座位，不过老奴话长，姑娘赐坐，老奴遵命坐着说罢。老奴奉员外之命，送来分关字约，上面载明分给姑娘良田五百亩，街房二十座，外有黄金千两，白银二万。田房契据，打叠成包，黄金白银，俱装箱内，连同分关，请姑娘查收。又奉老夫人之命，送来箱笼什物，其中绫罗缎匹，金玉首饰，另有清单，请姑娘过目。外拨健仆张千等四名，听候姑娘和姑老爷使唤。张千等过来，叩见新主人，你们以后便是司马相公家里人了。（张千等叩见毕）老奴奉命交代的事，到此便算完毕。

（文君　白）有劳公公了。

（陈忠　白）老夫人有命，她老人家说，员外气尚未平，暂时不用管他，过些时自会好的。姑老爷和姑娘不必逗留，迳自赶回成都，把家事安顿停当。不久，老夫人还要亲赴成都，来看你们呢。老奴话已讲完，就此告辞。

（文君　白）请老公公转禀爹爹和妈妈，说我们行期在即，不来叩别了。

（陈忠　白）老奴知道。（下）

（司马　白）看陈忠年纪虽老，办起事来，很不含糊。

（文君　白）他是我家的老家人，精明透顶，又存着好心眼儿，我爹爹遇有疑难的事情，都得问他。就是这回我们行的苦肉计儿，也未必瞒得过他。你不见他随时都关照着我们吗！

（司马　白）像这样的人才，偏偏沦落在奴仆里面，可叹、可叹。

（文君　白）你暂时不用牢骚了，我们准备转回成都要紧。张千，把酒店封闭，安排车马，我们即刻上路者。

（唱）**【尾声】**

奏凯旋，车马萧萧。满载的，财和宝。收场落得哈哈笑，则咱这穷人今日翻身了。（众同下）

第四折　荣　归

（张千负行李，司马扬鞭上）

（司马唱）**【正宫·端正好】**

恨难消，愁无限。西风里，又着征鞭。卓王孙敢把我书生贱。因此上动了功名念。

（白）我司马相如，只因前在临邛酒店受了卓王孙一场闷气，便动了功名的念头。如今忍痛别了文君，要上长安求得高官厚禄，给那嫌贫爱富的卓王孙一点颜色看看。张千，前面何处？

张千（白）万里桥。

司马（白）是好一座桥也啊！

（唱）**【滚绣球】**

来到这，万里桥边。遥望那，长安日边。路漫漫，山长水远。昏点点，尘雾连天。

（白）你看这桥头柱，干净洁白，正好题字。张千把笔砚来，待我题上几字，以表雄心。

（唱）将桥柱，当花笺。挥彩笔，蘸松烟。为填还，英雄心愿，一行书，凤翥鸾骞。请看衣锦还乡客，驷马高车过此间。不出明年。

题云："不乘高车驷马，不复过此桥。"司马相如题。字已题毕，张千，咱们急速赶路去长安者。（同下）

（武生扮西川大侠李义上）

千里不留行，为人划不平，愿为知己死，耻作草间生。俺李义，自幼学成十八般武艺，浪走江湖，人称川西大侠是也。昨晚在成都旅店见着两个形迹可疑的人，俺在半夜打探他们干什么勾当，原来是剑门山孤云寨的喽啰，到成都打听消息。他们打听得卓王孙的女婿司马相如上京求名，必然带很多财物，要报告他们的寨主，拦路邀劫。他们在房中说话，完全被俺听得。俺不免暗随司马相如，保护于他，就便剪除这伙毛贼。走！

（司马和张千上）

司马（白）一路行来，前面已是剑门关，是好一座雄关啊！

（唱）【倘秀才】

峭森森无数峰峦。都化作倚天长剑。横锁西南第一关。一夫当要塞，万马不能前。谁飞渡这蚕丛天险。

张千（白）前面林子有一伙强徒，在窥视我们哪！

（司马）我们准备迎敌。（司马拔剑，张千拔背上刀。）

（净扮孤云寨主王彪率众上）

哇，留下买路金银，放你们过去。

（张千）我们没有金银。

（王彪）不识好歹的东西，看刀！

（王张交战，张败下，司马接战，众拥上，司马危急，张千复上死战王彪，司马脱走，王舍张追司马。）

（李义上）（李义举刀格王，王李交战不数合，李击王下马。）

（李义）你这贼，太不济事，敢在官道行劫，今日教你认得我西川大侠。

（王彪伏地）原来是西川大侠李爷到了，在下王彪原是良民，受尽压迫在此落草，正想投李爷，未得其便，今在此相遇，三生有幸，敬请李爷到敝寨一叙。

（李义）原来如此。我浪荡江湖，你投奔我，有何好处，我指引你投奔一人，将来你便大有出路。

（王彪）李爷指引我投奔何人？

（李义指司马）就是他，我早知他是有名的才子司马相如，此次上京必受朝廷重用，你跟着他，可以做一番事业。

（王彪拜司马）在下有眼不识泰山，万望相公海涵，就请相公、李爷到山寨一叙。

（司马）小生行期急迫，改日再来拜访。

（李义）相公，我看王彪倒有几分义气，武事也来得，咱们就到他山上走一趟。

（司马）也好，小生趁此正好和李兄攀谈。

（王彪等拥司马李义上山）

（王彪）众兄弟摆宴来，与司马相公李爷接风。

（司马上座，王左李右）

（司马）小生早闻川西大侠的威名，不想今日得与李兄相见，适才蒙兄拔刀相助，瞻仰了吾兄的本领，更加钦佩。

（李义）相公的才学，天下闻名，象我一介武夫，何足挂齿。

（司马）小生有一句话不好出口。

（李义）请讲。

（司马）小生欲与李兄和王彪结为兄弟，不知你们意下如何？

（李义）好好！我们也不说高攀那些套话，王寨主，你叫他们排重案侍候。

（司马李王同拜）

（李义）我们兄弟叙齿以定长幼。

（司马）我今年二十九岁。

（王彪）我二十七岁。

（李义）我二十八岁。（指司马）你是大哥，（指王彪）你是三弟。哈哈哈！

（王彪）咱们兄弟同饮一杯。（三人共饮毕。）

（司马）二弟的本事了得，方今朝廷正蓄用人之际，二弟何不出山，为国家效力。

（李义）小弟流浪江湖，散淡惯了，不是功名中人。只是哥哥日后如要我帮忙，我自会来，但不愿受官职的拘束，倒是三弟须得哥哥携带。

（司马）那是自然。三弟暂留山寨，只是从此不必打家劫舍，待愚兄一遇机缘，便邀你出山。现在我要赶路，就此告辞。

（李义）我也要到别处访一同道，我们暂时做别。（王送司马李义出寨）

（王彪）大哥放心前去，这一路的豪杰，小弟已打过招呼，没有敢留难的。

（司马）有劳贤弟关照，如此两下一请。（彼此各下）

（临邛县令王吉上　白）**长卿上京求名，已过半年，适才探马报道，西南夷作乱，西川人心惶惶。汉天子命**

中郎将司马相如，绣衣持节，督率全川军民，相机平定西南。可喜他做了大官，现他和大队人马，将到临邛。左右们，传谕本城文武官吏，县中父老绅耆出城郊迎司马大人者。（王下）

（卓王孙　白）司马相如做了官了，他是我的女婿，待我也出城迎接去。只是他和我曾有些过节儿，怕他不肯认。我自有道理。

（司马冠带骑马，文君乘车拥众上。）（司马　唱）

【倘秀才】

中郎将，奉旨安边。谢君恩，叩辞金殿。绣衣持节返西川。你看日斜金甲耀，风过锦旗翻。咱书生原也有，这般场面。

（白）我相如上京求名，经天马监杨得意保奏，蒙天子召见。汉天子也曾见过我的《子虚赋》，说我的文章，飘飘有凌云之气。适逢西南夷作乱，西川震恐。天子垂询安川靖夷之策，我奏封称旨，官拜中郎将，就命我绣衣持节，督率全川军民，平定西南。是我回到成都，取过文君夫人，率领大队人马向严道出发。今日路过邛崃，一可会见子祥哥哥，二可拜见岳母大人，真是可喜。只有那卓王孙，我倒要给他点颜色看看。中军传令，今晚行辕就设在都亭者。

（中军官张千　白）得令。（传令介）大人有令，今晚行辕设在都亭。（众应介）（司马唱）

【伴读书】

到成都，取过了鸳鸯眷。过邛崃，又访烟花县。

（白）夫人，你看啊！

你看市门东路河桥畔，几丝绿柳飏轻烟。则见咱去年卖酒的风流店。到今日，光景依然。

（文君　白）事儿都过去了，提他则甚。

（王吉率官吏绅耆上，卓王孙持扫帚随上。）

（司马　白）呀，前面官道之上许多人迎接我来也。（唱）

【叨叨令】

你看来迎的，密遮遮人儿列道旁。烂灿灿花红夹道悬。

（皂隶持贴跪　白）报！临邛县令王吉率县城官吏及地方绅耆迎接大人。

（司马　白）知道了。（唱）

父老们箪食壶浆相迎饯。官吏们唱名投刺争求见。兀的好不热闹也么哥，兀的好不荣耀也么哥，呀！怎一个扫路人儿出现在马蹄前。

（王卓孙　白）贤婿今日荣归，愚岳为你拥篲先驱，在此打扫道路呀。

（司马拂衣下顾　白）啐！原来是他。

（文君搴车帘　白）爹爹快莫作这雅相见，速回家同妈妈一道来都亭相见者。（王孙下）

（王吉躬身　白）大人驾到，卑职在此奉迎。

（司马　白）子祥哥哥，小弟王命在身，不便趋候，请哥哥早晚到都亭相见。

（王吉）愚兄即刻便来。

（司马）夫人，你看这都亭比从前更辉煌了。下官旧地重来，真不胜今昔之感。

（文君）这都亭是你发祥之地呢，你今日荣归，自然它已生色不少呀！（司马文君入都亭坐定）

（中军官张千　白）报大人，临邛县令王吉到。

（司马　白）有请。（司马迎王吉入。）

（王吉　白）贤弟既得佳偶，又获高官，可喜可贺。

（司马　白）不是哥哥成全，小弟焉有今日。哥哥在上，请受你兄弟和弟媳一拜。（司马文君同拜，王吉答礼。）（王孙郑氏陈忠上。）

（张千　白）卓员外卓老夫人到了。

（文君　白）长卿陪着哥哥，待奴接去。（文君接入。）

（司马　白）岳母大人到了，夫人接岳母上座，受小婿一拜。（拜介）

（郑氏　白）贤婿果然替文君女儿夺得五花冠诰来了，你们妻荣夫贵，老身真好喜也。

（司马　白）陈老公你也来了。

（陈忠　白）老奴特来和大人叩喜。（拜司马，司马用手扶住。)

(司马　白)快莫这样，怕不闪了你老人家的腰腿。张千，快扶老公公到后面吃酒去，你代我陪着他老人家，老人家多喝几盅儿。

(张千扶陈忠　白)老公公，我陪你喝酒去。

(陈忠　白)哈哈，张千，看你样子也作了官了?

(张千　白)托你老人家的洪福，正是作了中军官了啦。

(陈忠　白)好好，咱们当奴才的人，也有出头的日子，哈哈哈。(陈忠张千同下)

(卓王孙自言自语)只有一人没有人理，好没面子。我老着面皮撞一撞。贤婿，愚岳前来与你贺喜，来迟了，你莫见怪。

(司马相如拂袖　白)谁是你的女婿。

(卓王孙)你是我的女婿哪。

(司马　白)住口，你当初怎样对待着我来。(唱)

【滚绣球】

可笑你，守财奴，铜臭熏天。依仗着，有银钱。读书人，不入你眼。酒店里，信口胡言。父女情，全不念。翁婿礼，早推翻。我穷时，你闭门不见。我贵后，你拥篲当先。今日个，翻手为云覆手雨。前日个，只重衣冠不重贤。你羞不羞惭?

(白)我昔游大梁，梁孝王把我作上宾看待。这次我到长安，陈皇后重我的文名，请我做一篇《长门赋》，特赐千金为文君取酒。汉天子曾读过我的《子虚赋》，也重我的文章。满朝中文武大臣，谁不敬重？皇帝皇后王侯将相都看得起我，偏你这临邛小小的一个富翁瞧不起我。你在酒店说我不发迹，不许见你，今天我发迹了么？只是你要见我，我却不愿见你了。（唱）

【幺篇】

你看我，身披着，紫罗襕。头戴着，紫金冠。陈皇后，买过了，我辞翰。梁孝王，早和我，有周旋。满朝中，都赞叹。汉天子，也喜欢。似他们，位居尊显。那似你，乡鄙愚顽。谁叫你当初轻慢乘龙婿，则我也今日无心识泰山。漠不相关。

（白）我与你恩义断绝，再休提翁婿二字。

（王孙　白）唉，他不认我了。（转向王吉）县太爷，请你为我讲情。

（王吉　白）贤弟为何不认岳父？

（司马　白）他过去和小弟有些过节儿，所以不认他。

（王吉　白）看在愚兄面上，把他认了吧。

（司马　白）你清官难断我们的家务事，请不要管。

（王吉　白）员外，我碰了软钉子了，你请别人讲情吧。

（王孙转向郑氏　白）老夫人，难道你眼看着我不能下台吗?

(郑氏)老身也不好上前。文君女儿，看你爹爹狼狈样儿，你替他讲情去。

(文君　白)两位老人家，都莫用着急，女儿自有道理。长卿，你快认了岳父者。

(司马　白)夫人但有吩咐，下官无有不从。唯这一件，碍难从命。

(文君　白)你当真不认?

(司马　白)当真不认。

(文君　白)你果然不认?

(司马　白)果然不认。

(文君作卸凤冠状，司马急忙阻止。)

(司马　白)夫人这是为何?

(文君　白)我脱下凤冠霞帔，掷还你，不要它把我的身体弄脏了。

(司马　白)夫人何必急得这个样儿，有话可好好商量。

(文君　白)长卿，你是有才学的。你妻如今倒要班门弄斧，对你讲两辈古人，你可愿听?

(司马　白)下官愿意听。(文君　唱)

【滚绣球】

苏季子，功名未显。一家人，与他为难。到后来，经纶大展。佩相印，回转家园。对骨肉，骄傲自满。这种人，何足深谈。蔺相如，真是好汉。抗秦廷，赵璧曾完。让廉颇，并非小胆。做宰相，度量宏宽。这两人，依我看，那个愚，那个贤？你慕相如，把名改换。不学他，忍让为先。你当初，家徒四壁愁衣饭，到今日，驷马高车做大官，要饮水思源。

（白）长卿，你本来仰慕蔺相如的为人，才改名为相如，为何不学他宽宏大量，却学那苏秦小家子气。当初你家徒四壁，要不是我爹爹分给一份财产，你连上长安的路费都没有，哪里得这中郎将的官来。饮水应该思源，岂可恩将仇报？再说我爹爹前番有话伤负着你，但是你因此激动了功名之念，上京求名，才有今日。兵法上说，遣将不如激将，这对你原有好处呀！（唱）

【幺篇】

你才学大，兵书读遍。激将法，妙用难言。大丈夫，以德报怨。那有个，牢记前嫌？（转向王孙）

爹爹原也有些不是，你空有百万家私，不肯仗义疏财，做点有益于人的事情，落得今日的下场，悔也不悔？（唱）

到今朝，颜腼腼，枉自你，有银钱。（转对司马）

长卿你才得一官儿，便依贵凌人，目无尊长。将来怕不欺负平民，危害百姓？我看你们这一富一贵，都没有好处，我如今便将五花冠诰，纳还你中郎将大人，并且将爹爹分给我的家私，也缴还。（似泣，转面向王孙介

白）爹爹，我要飘然远引，干我的正经去。（唱）

你们一个是财迷痴汉，一个是怙势官员，我对这五花冠诰无留恋，并且把一份家私也弃捐，要远引飘然。

（司马　白）闻听夫人之言，下官茅塞顿开，夫人不用着急，下官即刻便认岳父。

（文君　白）我愁你不认。

（王孙　白）女儿，我听得你的话后，心内也开朗了。我现在情愿报效国家十万纹银，作为平定西南的军费。

（文君　白）你老人家也算明白过来了。

（王吉　白）哈哈，好一个弟媳，一席话又干脆又利落，驳得贤弟哑口无言。还等待什么，你快拜见岳父罢。

（司马　白）岳父在上，请受小婿一拜。（拜王孙毕。）

（张千上）报！太史令司马迁奉圣旨将到辕门。

（司马　白）摆队迎接。

（司马迁入　白）圣旨下，皇帝诏曰：夫有非常之事，然后有非常之功。亦有非常之人，而后成非常之事。尔司马相如才堪窃玉，琴挑卓氏之心；尔文君，智效当垆，计夺王孙之富。本无伤于风化，实大快乎人心。特赐褒扬，俾之仿效，司马相如着赐爵风雅侯，文君着封郡国夫人。尔卓王孙始虽爱富嫌贫，终能毁家纾难，着赠三老大夫，配郑氏着封县君。尔临邛县令王吉，虽清廉之政，朕未有闻，而撮合之功，人皆想望，着进秩七百石，仍留原任。所有前后事迹，即著太史令司马迁就近采访，详加著录，宣付史馆立传用光国史，钦此。

（白）大家望阙谢恩。

（司马等俯伏山呼）万岁，万万岁！

（司马迁　白）恭喜宗兄。

（司马相如　白）以后我们的事情还仰仗宗兄史笔润色呢。(唱)

【煞尾】

一家儿欢度大团圆。到头来，冤亲平等谁恩怨，则前后详情要问司马迁，这是他奉使南来亲眼见。

（完）

编剧后记

此仿元曲作，元曲每剧止四折，此亦四折，中间偶加楔子。曲文过长则演唱必久，观听易疲，故四折已足，此元人经验也，今亦听之。

剧名《凤求凰》，本《史记》及《乐府》，以关合司马相如、卓文君两人，然卓文君为主中主，故又建名为《卓文君》。

王湘绮云："偶谈司马相长卿、卓文君事，念司马良史而载奔女，何可以垂教？此乃史公欲为古今女子开一奇局，使皆能自拔耳！即传游侠之义虽偏颇不中经要，非为奔骗者劝，自来无人发明。”湘绮此论甚高，可令腐儒咋舌，余之为此剧，亦正喜其能为女子开出奇局也。此等事，在今日固无足异，而出于西汉礼教隆重之时，则大奇特奇，故可传焉。

近见有演相如文君事作剧本者，多臆造情节，入于庸俗。余谓司马迁曾奉使至益州，益州今之西昌也。其往西昌，必经临邛。《货殖传》详列相如文君遗事，必得之临邛父始能纤悉如是。其中曲折飞动，已是独好剧材，余作此曲，大体不出《货殖传》所云，非但惧其远于事实，正恐伤其结构之美也。剧终有“此事儿要问司马迁，是他奉使南来亲眼见”等句，即暗明此义。

有友谓余于剧终写司马迁上场一段，既非事实，似是赘文，大可删却。余曰：此依元曲例，以赞作结也。司马迁、司马相如年代本不相及，又在临邛，去长安数千里。相如与王孙甫言归和好，而皇帝之诏书即至，皆无是理，吾岂不知。剧者，戏也。张飞杀岳飞，杀得满天飞。世间不能有此事，而戏中不能无此文。至于千里咫尺，万古一瞬，戏曲家有权操纵，非时地所能限制。元曲如此者甚众，故司马迁之出使，可以随意牵合，皇帝之诏书亦可趁便打诨。此段正是奇文，不可删减。此剧本余游戏之作，失此则游戏之风趣大减，故甘居拒谏之名而保存此段如故！

读杜诗七言绝句散记[1]

一

杜诗无体不工，唯七言绝句则后世颇多异说。王元美谓："子美之七言绝皆变体，间为之可耳，不足多法。"又云："有律绝微减而不失为大家者，少陵、太白是也。"此于杜犹不过微致不满而已。杨升庵论唐人绝句云："擅场则王江宁，骖乘则李彰明，偏美则刘中山，遗响则杜樊川。少陵虽号大家，不能兼善，以拘于对偶，且汩于典故，乏性情尔。"此则于杜大有非难，且排之于王、李、刘、杜诸家之外矣。胡元瑞诋杜尤力，其言曰："少陵对结，诗家以半律讥之，然绝句自有此体，特杜非当行耳。"又曰："子美于绝句无所解，不可法也。"又曰："如'窗含西岭千秋雪，门泊东吴万里船'等句，本七律壮语，而以为绝句，则断锦裂缯类也。"胡直斥杜为"非当行"，为"无所解"，且目其所作为"断锦裂缯"，可谓极诋毁之能事。如上诸说，一似杜之七言绝句，曾无足观者，此天下之大惑也。黄生论《江南逢李龟年》绝句，谓其"见风韵于行间，寓感慨于字里，即使龙标供奉操笔，亦无以过。乃知公于此体，非不能为正声，直不屑耳。有目公七言绝句为别调者，亦可持此解嘲

[1] 《文学遗产增刊十三辑》，中华书局出版，1963年9月。

矣。”黄生之言，似可为杜张目，然谓杜不屑为正声，即不啻自承其为别调，乃欲持其偶类龙标供奉者为杜解嘲，是此嘲终未解矣。仇兆鳌注《赠花卿》绝句，亦谓：“风华流丽，顿挫抑扬，虽太白少伯无以过之。”黄、仇二人皆欲强令杜公高攀王、李以为重，意在尊杜，其实等于抑杜。今谓杜与王、李，分道扬镳，各极其胜。抑此扬彼，固非通方之论；玄同彼我，亦属影响之谈。王、李之所以为王、李，与杜之所以为杜，必须有辨。与其即异求同，不如弃同求异。知杜之所以异于王、李之流，而后其七言绝句乃有可言者。

杜诗七言绝句之异于同时诸家者：彼用常调，而此有拗体，一也；彼多单行，而此多偶句，二也；彼不入议论，而此时入议论，三也；彼尚文、不用俗语，而此尚质、时用俗语，四也。此四者之异，皆显然可见者。杜与王、李诸人之取径不同，其诗之风格亦不同。杜之为人岐视者在是，而其所以不失为盛唐七言绝句之一大家者，亦在是。

二

杜尝以拗体入七言绝句，如《江畔独步寻花》之“江上被花恼不彻，无处告诉只颠狂”，“不是爱花即欲死，只恐花尽老相催”；《解闷》之“武侯祠堂不可忘，中有松柏参天长”，“中巴之东巴东山，江水开辟流其间”等句，此犹限于前二句。至《绝句漫兴》之“舍西柔桑叶可拈，江畔细麦复纤纤，人生几何春已夏，不放香醪如蜜甜”；及《三绝句》之“殿前兵马虽骁雄，纵暴略与羌浑同。闻道杀人汉水上，妇女多在官军中。”则全首皆拗矣。王元美谓为变体，胡元瑞目为别调，殆指此类。然此体太白亦有之，如“两人对酌山花开，一杯一杯复一杯。”非前二句拗乎？“问余何事栖碧山，笑而不答心自闲。桃花流水杳然去，别有天地非人间。”非全首皆拗乎？唯李不过偶一为之，而杜则为之不已。且如“江上被花恼不彻”七字中，五字是仄声，“隔户杨柳弱袅袅”六字是仄声，“中巴之东巴东山”七字皆平声，其为拗也至矣，此他人所未有者。故七绝之有拗体，不始于杜，然而莫盛于杜。其所以致此者，盖有二因：其一，受古诗之影响；又其一，则受民歌之影响也。

近体出于古体，五七言绝句出于五七言古诗。昔范梈以为“绝句者，截句也……总是截律之四句”，非也。胡元瑞云：“绝句之义迄无定说，谓截近体首尾或中二联者，恐不足凭。五言绝起两京，其时未有五言律；七绝起四杰，其时未有七言律也。”又云：“五七言绝句，盖五言短古、七言短歌之变也。”其言足以破范氏之说。夫绝句既非出于律而出于古诗，则绝句中杂有古诗声调，又何足怪。杜长于七言歌行者也，时移其声调以入七言绝句，此受古诗之影响也。杜之大为七言绝句，在入蜀以后。李东阳谓：“杜子美《漫兴》诸绝句，有古竹枝意，跌宕奇古，超出诗人蹊径。”按竹枝盛行于湘蜀间，固是巴蜀民歌，与七言绝句相类似。此种民歌，多不协于诗家之所谓平仄，在刘梦得仿作竹枝辞中，可以概见。杜公飘泊西南，既习闻之，乃先梦得而效其体，固意中事。杜自名七律中之拗体为吴体，则其入蜀后所作七言绝句中之拗体，亦可名为蜀体，此受民歌之影响也。如杜之“晚节渐于诗律细”，夫岂不知有声律，唯其精于声律，故能融汇古今，兼取民间歌曲，于寻常平仄之外，别创新声，自发奇响。彼拘守平仄者，反以为病，是犹听颍师之琴，知有“喁喁儿女语，恩怨相尔汝”，而不知有“划然变轩昂，勇士赴敌场”；诵北宋之词，知有按红牙小板唱“杨柳岸，晓风残月”，而不知有鼓铜琶铁绰板唱“大江东去”也。

诗家有避熟就生之法，盖过熟则流于滑，必须济之以生涩。近时名演员盖叫天亦谓“演剧要带三分生”，盖同此理。拗体则生涩矣，大可以救油腔滑调之病，故诗人厝意焉。又诗以言志，若拘于声病，往往以辞害意，有乖言志之旨。七言绝句之拗体，历千百年而不废者，此也。然为此甚难，非深于诗者不能。杜之后，韩退之、刘梦得篇中时或遇之。宋则梅圣俞咏《缺月》之“缺月来照屋角时，东家犬吠西家疑。夜深精灵鬼物动，偬窣古莽无风吹。”黄亚父咏《怪石》之“山鬼水怪着薜荔，天禄辟邪眠莓苔。钩帘对坐心语口，曾见汉唐池馆来。”

能恣为奇崛，曲尽诙诡。若苏东坡之《夜泛西湖》四绝，更出新意，演之为辘轳体。黄山谷之《题伯时画严子陵钓滩》，用拗而语极浑成，此皆学杜而得其骨者。萧千岩《咏梅》之起句"湘妃危立冻蛟背，海月冷挂珊瑚枝"，亦庶几焉，凡此皆拗体之美者。彼安常习故者，只知常调协乎平仄之为铿锵，而不知拗体超乎平仄之上之铿锵，反以杜为变体、为别调，此刘彦和所以有"知音其难"之叹也。

三

杜尝以偶句为七言绝句，有先排后散，及先散后排，乃至全首皆排之三种作法。先排后散者，"云里不闻双雁过，掌中贪见一珠新。秋风袅袅吹江汉，只在他乡何处人"（《戏作寄上汉中王二首》之一）之类是也。先散后排者，"才力应难跨数公，凡今谁是出群雄。或看翡翠兰苕上，未掣鲸鱼碧海中"（《戏为六绝》之四）之类是也。全首皆排者，"谢安舟楫风还起，梁苑池台雪欲飞。杳杳东山携汉妓，泠泠修竹待王归"（《戏作寄上汉中王二首》之二）之类是也。杨升庵谓其拘于对偶，胡元瑞所谓"诗家有半律之讥"者，皆指此而言。夫奇偶相生，骈散互出，文既如是，诗亦宜然。此体在当时早已流行，人尽知之，不劳举例。杜审言之"红粉楼中应计日，燕支山下莫经年"，及"独怜京国人南窜，不似潇湘水北流"，皆以偶句行于七绝。子美继承家法，扬其祖风，故于绝句中特工此体。又其极善律诗，挹彼注兹，亦较他人为易。篇中偶句比诸家独多，非偶然也。胡元瑞曾讥其非当行者也，犹举“东逾辽水北滹沱，星象风云喜共和。紫气关临天地阔，黄金台贮俊贤多”（《承闻河北诸节度入朝欢喜口号绝句十二首》之九），“中巴之东巴东山，江水开辟流其间。白帝高为三峡镇，夔州险过百牢关”（《夔州歌十绝句》之一），谓其“颇与太白《明皇幸蜀歌》相类”。然此不过如太白之“地转锦江成渭水，天回玉垒作长安”，能为壮语耳。此在杜之七言绝句中，尚非其至者。往者余在北京大学与黄季刚先生论杜诗，先生举《解闷十二首》之九中之“先帝贵妃今寂寞，荔枝还复入长安。炎方每续朱樱献，玉座应悲白露团”，曰：“此唐人冠代之作也，大开大阖，他家无此笔力。”余闻而耸然。诗言先帝贵妃今已寂寞，而其所嗜之荔枝犹入长安，此已不胜感慨。后两句悬想将来炎方所产之荔枝，将随朱樱之后，随时进献，而帝妃之玉座则已寂然无人，徒见白露漙漙，以此见其悲之无穷。如此偶句对结，一开一阖，大气盘旋，试问他家，谁有如许魄力，无怪季刚先生之极口赞叹也。

又如《书堂既饮夜复邀李尚书下马月下赋绝句》之“湖水林风相与清，残罇下马复同倾。久拚野鹤如双鬓，遮莫邻鸡下五更。”亦以偶句对结。“拚”读如拚命之“拚”，“遮莫”乃唐人口语，即“一任”之义。此诗是与人饮后，归途见湖水林风之清佳，又下马与其人重饮，而云：“久拚野鹤如双鬓，遮莫邻鸡下五更”，“野鹤如双鬓”是倒语，谓双鬓之色白如野鹤，此言其老，人情莫不畏老，是一层，上着“久拚”二字，则不畏老，又是一层。“邻鸡下五更”，五更鸡唱则天明，此惜夜之将尽，是一层，上着“遮莫”二字，则此夜之尽，曾无足惜，又是一层。综合二句，大意谓百年之老，尚不足畏，一夜之尽，更何足惜，则是前后四层之上，更增一层。连前两句，其意不过对湖水林风、饮酒达旦而已，却说得如是层累曲折，是真能状难显之情者，使易他手为之，必无此深刻矣。又如《承闻河北诸道节度入朝欢喜口号绝句十二首》之三之“喧喧道路好童谣，河北将军尽入朝。自是乾坤王室正，却教江汉客魂销。”后二句竟将其自作《闻官军收河南河北》之“剑外忽传收蓟北，初闻涕泪满衣裳。却看妻子愁何在，漫卷诗书喜欲狂”之意，全括在内，其忧国望治之情，蔼然见于言表，而自身流落江湖之感，亦隐寓其中。上句言天下自此而重归一统，此是喜；下句江汉之客闻之，反黯然消魂，此又是悲，二者适形相反。然而相反相成，于以达其悲喜交集之情，此情人人有之而不能言，杜则能言之，亦可谓善于抒情者也。他如《江畔独步寻花七绝句》之“留连戏蝶时时舞，自在娇莺恰恰啼”，写黄四娘家花时之莺声蝶影，绘声绘色。“恰恰”二字极妙，言不先不后、及时而啼也。

“繁枝容易纷纷落，嫩蕊商量细细开”，写出自己之惜花心事，叹繁枝之早落，愿嫩蕊之缓开。亦即“花飞有底急，老去愿春迟”之意。“商量”二字亦妙，似花亦有知、能通商量者。以上皆言花鸟之可爱也。而绝句《漫兴》之“眼见客愁愁不醒，无赖春色到江亭。即遣花飞深造次，便觉莺语太丁宁。”方且以春色为无赖，嫌花开之冒昧，厌莺语之嘈杂。设合前后诸作观之，杜之于花鸟，可谓二三其德矣。盖“寻花”之杜与“解闷”之杜，虽止一人，而前后情绪之忧愉不同。彼时愉也，见花鸟之可爱；此时忧也，则见花鸟之不情，此人之情也，本无足异。所可异者，花鸟本无知之物，何所厚薄于人，而一入诗人之笔端，则爱憎分明，若使之无可逃避者。夫言爱尚易着笔，而言憎则大难为辞，杜于此可谓巧夺天工矣。

此外如《绝句四首》咏药苗之“苗满空山惭取誉，根居隙地怯成形”，上句言山中药名之难于辨别，下句言移种隙地，因土壤不合，不易生长成形，此真种药人语，他人决道不出。又如《夔州歌》十绝句咏涧水之“晴浴狎鸥分处处，雨随神女下朝朝”。用典切合，恰是瀼溪，别处移不去，此又其体物写景之确切不移者。至如《谢严中丞送青城山道士乳酒一瓶》之“鸣鞭走送怜渔父，洗盏开尝对马军。”看似粗率，细按之则奇趣横生。以渔父对马军具见工巧，亦切实事。“鸣鞭急送”，见马军送酒之速。不待送酒人去，即“洗盏开尝”，见此老爱酒之深。其描摹己之狂态，亦云至矣。先散后排以偶句对结，如上所述，皆其最工者。

至于先排后散，则以《少年行》之“巢燕养雏浑去尽，江花结子已无多。黄衫年少来宜数，不见堂前东逝波”为最佳。“巢燕养雏”“江花结子”落想已比人深入一层。以燕去花稀起兴，唤起下二句，年少之宜及时行乐。“不见”二字是唐人习用“君不见”三字之简语，是问辞，谓君不见堂前东逝之波乎？以流波况时光之易逝，促少年之来游。起既得势，以下便一气呵成，毫不费力，此对起之可法者也。若全篇皆排，则《夔州歌》十绝句之“瀼东瀼西一万家，江南江北春冬花。背飞鹤子遗琼蕊，相趁凫雏入蒋芽。”前二句用拗体，起甚奇崛，后二句写瀼溪水鸟，栩栩如生。又如绝句《漫兴九首》之“糁径杨花铺白毡，点溪荷叶叠青钱。笋根稚子无人见，沙上凫雏傍母眠。”前二句写乡间景色如画，后二句言稚子深处笋根，是畏人见，凫雏露眠沙上，则不畏人见，即鸟之性格，亦刻画尽致，其深细如此。其《绝句四首》之“两个黄鹂鸣翠柳，一行白鹭上青天。窗含西岭千秋雪，门泊东吴万里船。”杨升庵谓其“四句不相连属”，胡元瑞讥为“断锦裂缯”。然如唐人之“岁岁金河复玉关，朝朝马策与刀环。三春白雪归青冢，万里黄河绕黑山。”何尝非一句一意。不过彼所述皆边塞之辞，可以连类而及，此则忽言鸟、忽言雪、忽言船，似乎不伦不类耳。不知《绝句四首》皆写草堂所见景物，此之黄鹂白鹭，与夫千秋雪岭、万里江船，皆可于草堂望见之，此即不连属之连属也。昔有一生问其师："此诗云何连属？"师不作解答，但朗诵全诗一遍，于每句之上皆加"你看那"三字，诵毕而此生遂涣然冰释。此师可谓善说，此生亦可谓善悟矣。此诗以翠柳衬黄鹂，以青天衬白鹭，辞既瑰丽。而窗含岭雪，是以小括大，门泊吴船，更由近及远，意亦雄奇。至今稍习诗者，无不成诵，非其诗之美深入人心，能若是乎？

与杜同时诸家以偶句入绝者，当推李白之《西巡歌》。胡元瑞举岑参《凯歌》："丈夫鹊印摇边月，大将龙旗掣海云"及"排兵鱼海云随阵，秣马龙堆月照营"等句，以为"皆高华雄浑"。吾谓杜《承闻河北诸节度入朝欢喜口号绝句十二首》不可谓非高华雄浑。然杜之所长，固不限于此，而其难则倍于诸家。《西巡》托帝王之势，《凯歌》挟边塞之风，凭借既高，其辞易好；杜则巨细不捐，同归赋咏，乡村僻陋，曾无损于高吟，景物寻常，亦复资为佳句，此一难也。李、岑两句皆同一意，辞多于意，故游刃有余；杜则一联或含多义，意溢乎辞，故经营惨淡，此二难也。李、岑对法齐整，若有定型，造句遣辞，格多一律；杜则对法变化，初无定质，安章宅句，仪态万方，此三难也。经此三难，自成独绝，而或者乃讥为半律，不亦颠乎！

尝谓绝中用偶，以李、杜二家为最工，非李无以见其高，非杜无以窥其广。宋则欧阳修之“夜凉吹笛千山月，路暗迷人百种花。棋罢不知人换世，酒阑无奈客思家。”风神殆近于李。至善于学杜者，若苏轼之“贪看白鹭横秋浦，不觉青林没晚潮”“水枕能令山俯仰，风船醉与月徘徊”“水光潋滟晴方好，山色空濛雨亦奇”；王安石之“细数落花因坐久，缓寻芳草得归迟”“一水护田将绿绕，两山排闼送青来”“背人照影无穷柳，隔屋吹香半是梅”“窥人鸟唤悠扬梦，隔水山供宛转愁”等皆绝妙好辞，美不胜收矣。而王之“纵被东风吹作雪，绝胜南阳碾成尘”，则全从杜《楸树三绝句》之“不如醉里风吹尽，可忍醒时雨打稀”蜕化而来矣。故知此体，如江河之不废，倡导之功，杜实与焉，杨、胡之论，不足凭也。

四

以议论入七言绝句亦自杜始，《戏为六绝句》其最著者也。杜诗时搀入议论，韩愈继之，至宋则蔚为风气，以成其一代之诗，此则各体皆然，初不限于绝句。惟绝句篇幅短小，搀入议论更难，诗人侈言咏叹，忌发议论，谓一涉议论，便及道理，有乖咏叹之旨，名曰理障。不知理若高妙，入诗何嫌，理若庸俗，斯成障耳。《戏为六绝句》为论诗文而作，标举风骚，平章时体，重卢王之操翰，陋轻薄之为文，义既精深，笔尤矫健，斯真奇作，不嫌其创也。钱笺谓“少陵绝句，多纵横跌宕，能以议论抒其胸臆，气格才情，迥异常调，不徒以风韵姿致见长。”牧斋之言甚是，今举例以明之：如《戏为六绝句》中第三首“纵使卢王操翰墨，劣于汉魏近风骚。龙文虎脊皆君驭，历块过都见尔曹。”前二句仇兆鳌本卢注“纵使二字，紧注下句，劣于二字另读，汉魏近风骚连读”，谓“纵使卢王操笔，不如汉魏近古。”此释极是。十四字共为一意，两句直同一句，须一气读之，其义乃见。后二句，仇谓“似此龙文虎脊，皆足供王者之用，若尔曹薄劣之材，试之长途，当自蹶耳”，则大谬。《杜臆》指“君”为第一首中之后生，尤谬。王褒《圣主得贤臣颂》云：“过都越国，蹶如历块。”彼文本以此喻马行之疾，杜约之为“历块过都”耳。此四字连上句为一意，即“龙文虎脊之君驭，其过都越国，蹶如历块”，亦即《天育骠骑歌》，“吾闻天子之马走千里”之意也。“见汝曹”三字上承前意，亦两句为一句。“君驭”上之“皆”字摄首句卢王等而言。合前后四句，大意为“纵使卢王等操翰墨，不如汉魏之能近风骚，然犹同于天子之马能日走千里，与汝曹相较，彼皆骐骥，汝则驽骀也。”见者，谓相形见绌也。此诗既以“纵使”二字贯下十二字，又以“见汝曹”三字逆承上十一字，各以两句为一句，极见句法之奇。而后两句复错综而成偶句，为变格之对结，则奇之又奇。仇注《杜臆》俱以对偶常法求之，故失之远矣。余诗如“不觉前贤畏后生”之幽默，“尔曹身与名俱灭”之决绝，“不薄今人爱古人”之温厚，“未及前贤更勿疑”之循循善诱，无不抑扬顿挫，挥洒自如。连六首为一章，大似一篇名论，穷绝句之变，至于如此，舍杜其谁能为之！陈师道乃以“杜以诗为文”而讥之，何所见之不广也。此诗非无的放矢，盖有为而发。钱笺谓“题云戏为六绝，盖寓言以自况也。韩退之诗‘李杜文章在，光焰万丈长。不知群儿愚，那用故谤伤。’然则当公之世，群儿谤伤亦不少矣，故借庾信四子以发其意。嗤薄皆指并时之人，一则曰尔曹，再则曰尔曹，正退之所谓群儿也。末又呼之曰汝，即所谓尔曹也。”钱谓指并时之人是也，而其人为谁，则未确指。吾谓其人或即杜居严武幕时幕中之同僚，此人必曾以文字忤杜，故杜戏为《六绝句》以答之，如东方朔之《答客难》也。观其不安严幕，辞归草堂，其《遣闷奉呈严公二十韵》有云：“平地专欹倒，分曹失异同。”王嗣奭谓其与“幕僚不合”，黄生亦谓其“为同辈所谮”。至与幕僚因何不合，为同辈所谮者何事，二家犹未能指出。吾谓如杜之为人，宜与世无忤，而犹为若辈所指目者，由其以文字见重于严武，遂遭若辈之忌，时设辞以中伤之，杜自负老于文学，凡百可忍，独于此事则无所多让，故遂愤懑而为之辞云尔。于何证之？于杜之《莫相疑行》《赤霄行》证之。《莫相疑行》云：“集贤学士如堵墙，观我落笔中书堂。往时文采动人主，此日饥寒驱路旁。晚将末契托年少，当面输心背面笑。寄谢悠悠世上儿，不争好恶莫相疑”。《赤霄行》云：“孔雀未知牛有角，渴饮寒泉逢抵触。赤霄玄圃须往来，翠尾金花不辞辱…… 老翁慎莫怪少年，葛亮贵和书有篇。丈夫垂名动万年，记忆细故非高贤。”黄生谓“公以白头处幕，不免为同列少年所侮，故一则云：‘晚将末契托年少，当面输心背面笑。’一则云：‘老翁慎莫怪少年，葛亮贵和书有篇。’合二作观之，显是幕中所赋，从未经人拈出。”黄生拈出二作是幕中所赋，只拈得一半，尚有一半，余今为拈出，即此幕中之同列少年，曾讥笑杜之文字，故《莫相疑行》始有“集贤学士如堵墙”云云，意谓往时文采曾倾动人主，而今日白头趋幕，乃见轻于无知之少年。《戏为六绝句》盖同时所作，正对此少年幕僚而发。《莫相疑行》之“往时文采动人主，今日饥寒驱路旁。晚将末契托年少，当面输心背面笑”即“今人嗤点流传赋，不觉前贤畏后生”之意也。《赤霄行》之“老翁慎莫怪少年，葛亮贵和书有篇”即“不薄今人爱古人”之意也。“丈夫垂名动万年，记忆细故非高贤”即“尔曹身与名俱灭，不废江河万古流”之意也。由此证知《莫相疑行》《赤霄行》中之少年，即《戏为六绝句》中嗤点庾信之后生，其人或亦即严武幕中之同僚也。《莫相疑行》《赤霄行》注编在永泰元年，而《戏为六绝句》仇注云：“姑依梁氏编在上元二年。”既曰姑依，固未确定。吾今比附文义订此三题为一时之作，似未尝不可。

《解闷十二首》中之“李陵苏武是吾师，孟子论文更不疑”“复忆襄阳孟浩然，新诗句句尽堪传”“最传秀句寰区满，未绝风流相国能”等亦皆论诗之作，所论者为并时之诗人，其于孟云卿、孟浩然、王维，皆推崇备至。而“陶冶性灵存底物，新诗改罢自长吟。熟知二谢将能事，颇学阴何苦用心”则自述其为诗之甘苦，拳拳服膺于二谢、阴、何。除谢灵运生于晋宋之际，余如谢朓、阴铿、何逊，皆齐梁间人，而杜甫乃苦心学之，与世之好高骛远、动称汉魏者异趋矣。观其论人则称其所长，自述则卑无高论，固非傲然自大者。独《戏为六绝句》对嗤点庾信四子之后生小子，不稍假以辞色，所谓刚肠疾恶，不得不尔也。自杜以议论入绝句，后人闻风兴起，论史、论诗、论画，乃至无不可论。元好问之《论诗绝句三十首》，亦杜之支流余裔也。至是而后，绝句之应用愈广，杜之功，岂不伟哉！

五

唐人作七言绝句，人多攻虚，而杜则蹈实。攻虚者语翻空而易奇，蹈实者辞征实而难巧，由取径之不同，斯立言之各异。彼所贵者美也，多乞助于华辞；此所重者真也，或有资于质语。是以诸家多尚文而杜则有时尚质，此其不同者也。申涵光谓：“绝句以浑圆一气，言外悠然为正，王龙标其常行也。太白亦有失之轻者，然超逸绝尘，千古独步。唯杜诗别是一种，能重而不能轻，有鄙俚者，有板滞者，有散漫潦倒者……‘恰是春花相欺得，夜来吹折数枝花’，语尚轻便，‘莫思身外无穷事，且尽生前有限杯’，似为小说演义中语；‘糁径杨花铺白毡’，则俚甚矣。”按申氏所谓板滞者，当是指拗体偶句等而言，前已论列，兹不再谈。彼心目中只知有王、李，则其目杜为散漫潦倒也固宜，斯亦毋庸深论。至于轻重之说，则大有可言。申氏谓李有时失之轻，杜能重不能轻，则必以王龙标之不轻不重为极则也。又称杜某作“语尚轻便”，是杜非不能轻也。今谓杜亦有不轻不重者，“锦城丝管日纷纷”一首是也。李亦有重者，“燕门侠士吴门豪”一首是也。李杜皆能轻能重，亦能不轻不重，而王则唯能不轻不重；李杜皆有变化，而王则无所变化，此李杜之所以皆为大家而王终不逮也。杜之能重，尤过于李，以杜尚质，李不尚质也。如《三绝句》之“前年渝州杀刺史，今年开州杀刺史。群盗相随剧虎狼，食人更肯留妻子。”“二十一家同入蜀，惟残一人出骆谷。自说二女啮臂时，回头却向秦云哭。”“殿前兵马虽骁雄，纵暴略与羌浑同。闻道杀人汉水上，妇女多在官军中。”质之至也。直书其事，不施藻饰，而群盗之猖獗，士庶之流离，官军之残酷，昭然若揭，令人发指，此尚质之效也。又如《戏为六绝句》除用一二“龙文虎脊”“历块过都”“翡翠兰苕”“鲸鱼碧海”外，余皆朴实说理，不事华辞，而指摘利弊，切中要害，词严义正，使人心服，则亦尚质之效也。若是者，申氏必以为过重，然此一则施于肆虐于人之军与盗，一则施于妄谤前辈之狂生，所谓“刑乱国，用重典”，何害其为重哉。

以上虽复尚质，犹不失为雅言。如《春水生绝句》：“一夜水高二尺强，数日不可更禁当。南市津头有船卖，无钱即买系篱旁。”全首皆为白话，“禁当”且杂以当时口语，其为质更甚于前矣。此写成都春水暴涨、居人惶急之状，至为深刻。后二句甚奇，有船卖，即买而系诸篱边，以避水患，此人人意计中事，横插“无钱”二字，意谓有钱便当买之，奈无钱何？更追进一层。罗大经谓：“少陵有全篇用常俗语，而不害其为超脱，如此章是也。”又如《绝句漫兴》之“熟知茅斋绝低小，江上燕子故来频，衔泥点污琴书内，更接飞虫打着人”，亦全篇白话，“打着”亦当时口语。写江燕明知茅斋低小，却故意常来作闹，衔泥适堕于琴书，接虫偏落于头上，此老活画出一副窘相，而茅斋之小，至人燕不能相容，亦大可怜矣。又“手种桃李非无主，野老墙低还是家。恰是春风相欺得，夜来吹折数枝花”亦全篇白话，“还是”亦口语。申氏知后二句语之轻便，不知前二句之微妙，语气竟是责备春风，意谓桃李经我手种而来，岂同无主之物，我墙虽然低下，仍是一户人家，岂容汝妄相侵犯。由此生出下二句来，明正其相欺之罪。此盖“神妙欲到秋毫巅”矣。前诗叹其斋小，此诗恨其墙低，虽责江燕春风，而终存恕道，抑何蕴藉乃尔。凡此诸诗，皆从乡居实践中来，用语弥质，刻画亦弥工。

葛常明云：“数物一个，谓食为吃，甚近鄙，独杜屡用……‘两个黄鹂鸣翠柳’……‘梅熟许同朱老吃’，篇中大概奇特，用俗字更可映带益妍耳。”孙季昭云：“杜子美善以方言里谚点化入诗句中，如云‘一夜水高二尺强，数日不可更禁当’……此类尤多，不可殚述。”胡震亨云：“杜‘无数春笋满林生，柴门密掩断人行。会须上番看成竹，客至从嗔不出迎’。番，甫患切，数也、递也、更也。似用意屡屡看之，犹谚上紧之意。”又云：“杜‘斩新花蕊未应飞’，非‘斩’字不能形容其新，在可解不可解之间。”（以上皆见《唐音癸签》）按“斩新”是当时口语，即“簇新”之义，“斩”与“簇”以双声相转，非不可解。凡此皆以俗语方言入于绝句，孙氏叹其点化之妙，葛氏明其映带之妍，自非知音，难为此论。然自申涵光观之，则谓为鄙俚矣。申氏所举“莫思身外无穷事，且尽生前有限杯”，此两句明白如话，极为自然；“糁径杨花铺白毡”以民间常见之白毡，比糁径之杨花，自属本色，有何不可？而申氏一则谓其“如小说演义中语”；一则谓“其俚甚矣”，盖彼既以“浑圆一气，言外悠然为主”，又目迷于王、李之辞采绚烂，一见杜之语较通俗，便訾为鄙俚，不知化俗为雅、点铁成金，此正见大家手段。杜《少年行》云：“莫笑田家老瓦盆，自从盛酒长儿孙。倾银注玉惊人眼，共醉终同卧竹根”，直视富贵人家之“银”、“玉”，与田家之“老瓦盆”无殊，其胸襟之阔大如是。戴复古《戏题诗稿》云：“冷淡篇章遇赏难，杜陵清瘦孟郊寒。黄金作纸珠排字，未必时人不许看。”旨哉言乎！彼动讥杜为鄙俚者，可以休矣。杜出而七言绝句之质文一变，张皇幽眇，妙达物情，采掇方音，翻成语妙，后来学此者杨万里可谓具体而微。然此须天才，亦关学力，若胸无雅趣，唯务打诨，则又不得以杜为借口也。

六

杜之七言绝句多用拗体及偶句，时于诗中搀入议论，又其作风尚质，时用俗语，凡此四端，盖与并时诸家异撰，上已一一论列矣。考杜肆力于七言绝句，盖在入蜀以后。胡震亨云：“坡公论李杜二集，谓杜集较李集伪撰为少，此殆不然。宋宝元初本杜诗一千四百五篇，至皇佑中王介甫竟增入二百余篇，自为序曰：‘予令鄞，客有授予古之诗所不传者二百余篇，予知非人所能为，实甫也。自《洗兵马》而下，序而次之’云云。今其诗皆杂入集中，但即看此《洗兵马》一篇，已较然不可溷真，固易鉴别也。《江南逢李龟年》“岐王”“崔五”（按今集中“五”作“九”）云云，岐王薨于开元十四年，崔五亦卒于开元中，时子美方十五岁，天宝后，子美又未尝至江南，他人诗无疑……绝句《虢国夫人》，张祜《集灵台》之第二篇。推此知他集误入者自复不少。”按胡氏之言甚辨，《江南逢李龟年》一首，黄鹤曾以“岐王当指嗣岐王珍……所云崔九堂前者，亦当指崔氏旧堂”为说，然崔九之称，只可施之朋辈，如严武之称杜为杜二，及杜称高适为高三十五，是也。杜与崔涤年辈相悬，无称其人为崔九之理，故黄鹤之说，似不可通。因此余疑《赠李白》之“秋来相顾尚飘蓬，未就丹砂愧葛洪。痛饮狂歌空度日，飞扬跋扈为谁雄”，亦是伪作。此诗饥李白学仙无成，徒知饮酒，末句“飞扬跋扈”，此何等语也，虽钱笺以“平生飞动意”为解，究属牵强。唐《本事诗》载李白嘲杜一绝，云：“饭颗山头逢杜甫，头戴笠子日卓午。借问别来太瘦生，总为从前作诗苦。”与此诗乃似一赠一答，李讥杜之诗瘦，杜讥李之跋扈，此必好事者为之耳。“饭颗”之作，前人已辨其谬，而此则尚未拈出，其有待于今日耶？

杜前期诗，除此一诗，别无绝句，孤篇独出，面生可疑，想非宝元初本，必王介甫窜入者。故余断定杜未入蜀时，无七言绝句，其为七言绝句皆在入蜀以后者，此也。方其自同谷入蜀，始度木皮岭，已有“始知五岳外，别有他山尊”之感。继入蜀中，睹山川之奇峭，草木之清妍，而诗之境界为之一变，盖得江山之助矣。先后在成都、夔州，皆有草堂可居，犄称闲适，故得殚精致力于吟咏。其自道也曰：“赋诗新句稳，不觉自长吟。”曰：“晚节断于诗律细。”曰：“新诗改罢自长吟。”亦见其为诗之功，与日俱深矣。行年五十，阅世已久，见解益高，乃始作七言绝句，固非率尔操觚者也。其同时辈流，若李白、王维、王昌龄、李颀、高适、岑参等之作，早已熟闻而习见之，使随诸人之后，亦步亦趋，则失其所以为杜，必不肯为也。于是决破藩篱，昂首天外，独辟蹊径，自成其一家之诗。郑善夫云：“杜陵又欲脱去唐人工丽之体，而独占高古，盖意在自成一家，不肯随场作剧”是也，而云“独占高古”则非也。盖杜以为七言绝句，尚有一种奇妙之境界，而诸家则此秘未睹，不得不自我发之，固不计其高古与否也。若云“高古”，则以俗语入诗，何“高古”之有？明乎此，则知杜之多用拗体、偶句、搀入议论、采取俗语等，皆非贸然，而世反以此讥其七绝之不工，诚可笑也。

自有杜，而后盛唐之七言绝句始尽其变，使盛唐只有王李一派之绝句，而无此老崛起其间，则不成其为盛唐矣。昔人尝谓杜诗难读，杜尝自云：“颇学阴何苦用心。”彼以苦心出之，读者亦以苦心求之，杜诗岂难读哉！余非善读者，有时开卷，不敢以轻心掉之，恶夫人之以杜为别调，故为辨之如此。至杜之深微奥妙处，尚非此所能尽，将继今续探之。

人外庐绮语（题辞）

沁园春　奉题《人外庐绮语》

谢无量[①]

俯仰千秋，独倚危栏，空有沉哀。
甚摇天眩日，无非见病，歌风吊月，总是情差。
镜约难凭，睫巢轻换，尧跖同坑一例埋。
频凝伫，忽把君词卷，枨触狂怀。

任他烈火焚槐，喜元亮归休计已谐。
忆江湖载酒，俊游早倦，故园无恙，久竹当阶。
劫外身闲，尊前句好，不著胸中半点埃。
春重到，问诗人何许，花满西街[②]。

---

① 谢无量（1884—1964）：原名蒙，字大澄，号希范，后易名沉，字无量，别署啬庵。近代著名学者、诗人、书法家，四川乐至人。中华人民共和国成立后，历任川西博物馆馆长、中国人民大学教授、中央文史馆副馆长。

② 西街：曾缄寓所人外庐在成都西二道街43号。

浣溪沙　奉题《人外庐绮语》

杨啸谷①

抱膝长吟意自闲，一编甲乙手频删。人天劫数任循环。

莫问龙蛇刚起陆，休谈虎豹止当关。红牙按拍付歌鬟。

往闻词教于蕲春黄先生。中年以后，哀乐寖多，诗文所不能尽者，渐托之于词。今兹所录，断自甲子②年秋，届燕京感旧而止，订为甲集。戊子③以后，闲居成都，有《草堂人日》诸作。而今岁夏秋之间，用力最勤，自《兰陵王》以下，皆作于是时。凡若干首，订为乙集，都为一册，命曰《人外庐绮语》。夫"绮语"，为释氏所戒，本非美名，取以自号，所以示忏也。近世作者，彊村④浓至樵风峻拔；湘绮⑤不专以词名而宛转附物，有赋

① 杨啸谷（1885—1969）：文物精鉴家，四川大邑人。省参议员，曾任北京国立艺专、华西大学教授，1961 年入四川省文史馆，四川省博物馆研究员。

② 甲子：1924 年。

③ 戊子：1948 年。

④ 彊村（1857—1931）：原名朱孝臧，又名祖谋，字古微，号彊村。浙江归安人，近代著名学者、词人。光绪九年（1883）进士，历官编修、侍讲学士、礼部侍郎。有《强村语业》等传世。

⑤ 湘绮（1833—1916）：王闿运，字壬秋，湖南湘潭人。近代学者、文学家，著有《湘绮楼诗文集》。

必工；蕲春晚出，栉辞比句，审音定律，视诸家为严，而词意高妙，清响独振。予承蕲春之后，不敢谓遂跻作者之林，然当风而辨雌雄，饮水而知冷暖，姑悬一得，以俟知音。如曰不然，自甘覆瓿云尔。己丑①冬至，曾缄自记。

① 己丑：1949 年。

人外庐绮语（甲集）

好事近

甲子秋，登新津城楼作。

长啸倚危栏，一望暮天空阔。
平地都无奇处，只西山横绝。

坐谈西伯笑荆州，座上满宾客。
谁识登楼王粲，是惊人词笔。

鹧鸪天　客中怀渝州二分春酒楼旧游

后伺坡前旧酒楼，那堪回忆昔时游。
二分无赖徐凝月，九辨悲哉宋玉秋。

山隐隐，水悠悠，思君不见下渝州。
晚风落日嘒江上，岂待言愁始欲愁。

水调歌头

中秋旅寓新津，时香禅夫人下世未久，望月感逝，怅然和东坡韵。

今夜无缪月，虚照有情天。
素娥独处天上，一样怨华年。
何处清辉玉臂，想象归魂环佩，应怯晚风寒。
待觅旧鸳侣，除是梦魂间。

盈亏理，君休问，且高眠。
一年三百六日，一十二回圆。
圆缺如能自主，何必重劳玉斧，月亦赖天全。
问月月无语，清露泣婵娟。

祝英台近　江干晓望

梦初醒，天乍曙，庭树万鸦语。
几杵疏钟，不辨是何寺。
朝暾红上窗棂，一帘佳气，早又把、愁人催起。

喜清霁，匆匆出步江干，忘却未梳洗。
几叶轻舟，犹自渡头移。
天空四野无人，临流伫立，且先向、远峰凝睇。

摸鱼儿

九日，与董琴伯登稠稉山。

滞江城、喜逢重九，寻幽先约佳侣。
悲秋摇落非吾意，自爱登山临水。
君记取，君试数，何年此日无风雨。
长空乍霁，更休待篷舆，快携邛杖，步入翠微里。

稠稉好，一柱擎天独起。三边空旷无际。
颠崖老树婆娑处，下视平原迤逦。
千百里，是何世，沧溟水涸余焦底。
风前笑语，愿此地频来，仙翁对弈，聊把烂柯倚。

柳梢青　南河夜泛

清绝南河，扁舟容与，良夜何其。
十里波平，鸿悽远响，虬媚幽姿。

湘妃汉女来时，望一片、金支翠旗。
曲罢人归，数峰青在，江上参差。

以上六阕，原名《甲子秋词》，实有四十余阕，录本佚去。兹就可忆者，录存旧作，序文附列于此。

岁次甲子，时惟孟秋①，予随简阳宋君之官益部。于时羖攊上飞，豺狼当道，恃其爪牙之利，复其睚眦之私，

① 孟秋：秋季第一个月，农历七月。

遂乃大德掩于小眚①，白刃起于杯酒。宋君被系，予亦南迁。江带双流，水横三渡，仓皇川陆，奔命无归。三日次于临邛，累月留于郫水。登山临水，时深怀远悼近之思；越陌度阡，每增契阔谈宴之感。嗟乎，赵璧未还，相如之头可碎；秦廷安在，勃苏之足先胝。我生不辰，士死知己，所为回肠荡气，愤懑难平者也。重以室人新丧，白骨未寒；藁砧虽归，铅华已弃。徒坚抱柱之信，罔招化石之魂。庐江小吏，则孔雀高飞；骑省才人，则鳏鱼不瞑。以是思哀，哀可知矣。藐兹一身，横婴多难；既伤良友，复悼亡妻。大海非衔石可填，颓阳岂挥戈能反。合欢不能蠲②韩非之愤，萲草不能忘杞人之忧。临吾上者，为无所至极之天；环吾躬者，皆不可奈何之命。而况沿门托钵，适馆授餐。冯驩弹铗，每见笑于齐宾；毛遂怀锥，不见知于公子。人间何世，来日大难，啜其泣矣，心伤悴矣。于是三阅月中，憔悴行吟，得词如干首，命曰《甲子秋词》。聊为无益之事，以遣有涯。所谓长歌之哀，过于痛哭。知音谁俟，倦矣嘤鸣。

① 眚（shěng）：过错。《左传·僖公三十三年》：“且吾不以一眚掩大德。”

② 蠲（juān）：除去，免除。

南浦

过驷马桥，感司马相如事，戏成一阕。

春水卧长虹，走踆踆①，自古英雄多少。
挥翰独题桥，惊人语、除是相如能道。
高车过后，路旁推出鸡栖小②。
河畔青青今长遍，旧日马蹄芳草。

绣衣持节归来，伴当垆，应记酒家傭保③。
富贵莫相忘，谁家女，人谴茂陵颠倒。
文君瘦了，白头吟出凄凉调。
终古伤心桥下柱，浪说尾生曾抱④。

摸鱼儿

三台牛头山春望，次稼轩韵。

又东川，杜鹃声里，春归人未归去。

---

① 踆踆（qūn qūn）：行走貌。
② （成都人所说的“鸡公车”，独轮推车。）
③ 傭保：顾工。
④ 《庄子·盗跖》：“尾生与女子期于梁（桥）下，女子不来，水至不去，抱梁柱而死。”

好山遮尽登楼眼，恨叠青无重数。
留小住，芳草外，弯环一线还家路。
流莺有语，说堤上垂杨，而今老去，双鬓白成絮。

年时事，磨盾慵书总误，鹓雏终被猜妒。
远游漫拟湘累赋，浩荡灵修难诉。
休起舞，君不见，此乡信美非吾土。
飘零最苦，但日绕牛头①，思家远在，西下夕阳处。

临江仙

阆中晓登锦屏山，赋寄静仪夫人。

春色长开阆苑，游踪每到云屏。
一条幽径露泠泠。
柳眠莺唤起，花睡鸟呼醒。

三百嘉陵山水，吴生写入丹青。
聊书好景寄娉婷。
几时携翠袖，来此倚危亭。

① 指四川广元牛头山。

齐天乐

三台琴泉寺，旧安昌寺也，有庾信碑，已亡。辞载邑乘中，在唐名慧义寺。杜甫诗“双峰寂寂对春台，野竹青青送客杯”，又“谁能解金印，潇洒共安禅”皆作于此。寺外一塔，藏唐王鳣祥写《妙法莲华经》，间有流落人间者。其下石壁数丈，凿石为龛，镌佛像无数。则又杜诗所谓“孤龛起崔嵬”者也。岁辛未①，予客田将军②幕，时入寺游览，诸将多磨崖作擘窠大字③，至恶劣。因遐想前贤之流风余韵，慨然赋此。

翠微深锁前朝寺，凄清尚闻钟磬。
重阁烟荒，孤龛佛老，独客来寻苔径。
摩崖有恨，便庾信文章，也成灰烬。
横槊何人，擘窠题字遍灵境。

双峰依旧寂寂，问安禅地好，谁解金印。
薜荔山阿，莲花梵夹，长想王郎风韵。

---

① 辛未：1931 年。

② 田将军：田颂尧（1888—1975），又名见龙、光祥，四川简阳县龙泉驿（属成都市）人。四川防区时代四巨头（刘湘、刘文辉、邓锡侯、田颂尧）之一，国民党陆军上将。时作者为其幕僚。

③ 擘窠（bò kē）大字：写字、篆刻时为求字体大小匀整，以横直界线分格。

斜阳又暝，看振翮投林，万鸦盘阵。
白石栏杆，佩壶明日凭。

鹧鸪天　康定春尽无花

半日晴曦半日风，边城花事费春工。
已过寒食清明了，犹在千呼万唤中。

思柳绿，盼桃红，敲残羯鼓①总无功。
康娃见惯浑常事，不道无花便恼侬。

壶中天

四月中，牡丹始开，唐将军约于杨园，置酒赏花。予首唱七言长句，陈翁东府赋诗。所谓“输与高吟曾学士，八叉斗捷颂花神”者也。六月，此花复开，杨园主人更要题句。偶捡宋词，有康伯可咏牡丹之作，遂依声和之。时倭人入寇中原，关右震动，故有“洛下天香”之句。

画檐疏雨，记娉婷初见，轻遮苏幙。

① 羯鼓：南北朝时经西域传入内地，盛行于唐开元、天宝年间。据（唐）南卓《羯鼓录》记载，其“如漆桶，山桑木为之，下以小牙床承之。击用两杖……杖用黄檀、狗骨、花椒等木……棬用刚铁，钢当精炼，棬当至匀。”其名也称“两杖鼓”。

一赋紫云惊满坐，韵事分明如昨。
远塞伤春，孤城消夏，仍赴看花约。
似曾相识，为君重倚高阁。

因念洛下天香，正千烧万战，惊传宵柝。
玉佩金裙何处也，胡马方窥河岳。
吾土虽非，佳人难在，且尽今朝乐。
片红枝上，莫教风又吹落。

前调

登与点楼，和张少扬作。

乱山深处，又危栏独倚，溯风长啸。
秋到关河花落去，满地白杨衰草。
银甕嵌空，玉梳搔雪①，雪净天如扫。
黄昏近也，远峰高挂残照。

谁念戎马书生，磨穿盾鼻②，饥走西康道。
一涧惊湍飞匹练，长共回肠萦绕。
鼓瑟声希，登楼意远，塞外寒来早。

---

① （偏岩天宝洞出银竹，玉梳峰在康定城南。）
② 《北史·荀济传》：“（荀济）会楯上磨墨作檄文。”后因以称在军队里做文书工作为磨盾鼻。

人生到此，有情天亦衰老。

摸鱼儿

沙河堡者，距成都城东约三四里。溪山灵异，水木明瑟，吾亡室刘、周二夫人之墓在焉。南山之南，北山之北，各专一垅，并妥双魂。辛巳之年，予远自西康还，经此地，则戎旌飘于两舍，逻卒伺于墦间。盖自中日军兴，名都空袭，七萃之士①，散处郊垌。乡之北邙，已易为棘门灞上矣。寻伊人之冢，如求赤水之珠；问前度之津，若在襄城之野。载驱歧路，始获佳城。封树犹存，碑题宛在。时去刘之殇，十有七年；即周之卒，亦十有四年矣！虽坏土易干，墓木已拱，而追惟婉娈，想象音容。烟疑入抱之魂，蝶化同心之侣。望远山而似亲眉黛，临蔓草而若见罗裙。意者望夫化石，庆玉门之生还；红粉成灰，忘夜台之死别。将陈款曲，仍吐芳音；试解行装，还舒纤手。相与周旋夫嵩里，无异缱绻于兰闺。然而山丘华屋，实深零落之悲；高谷深陵，不乏迁移之恨。卿讵安乎窀穸，② 我犹困于烟尘。斯又相对唏嘘，何问人鬼者矣。祭扫既竟，徘徊久之。诵稼轩“几番风雨”之词，触鄙人“满地红心”之恸。借伊高韵，抒我幽怀。

---

① 七萃之士：周天子的禁卫军，后泛指天子的禁卫军或精锐的部队。清陈璋《秋猎应制》诗：“太平不废三驱盛，神武能调七萃良。”

② 窀穸（zhūn xī）：墓穴。

命曰《沙河感逝词》。奚必有井皆歌，庶几秋坟可唱而已。

过沙河、小桥流水，荒波将泪东去。
重来试问愁多少，愁共河沙无数。
行又住，似曲曲，回肠绕遍溪边路。
香魂共语，便烧纸成灰，相思点点，卷地作飞絮。

当时事，锦瑟年华屡误。泉台应免娇妒。
伤心试写安仁赋，持就尹邢①低诉。
双蝶舞，还念我，韩凭未化青陵土。
浮生最苦，盼忏尽前因，同归寂灭，补到一生处。

望江南　平羌渡口所见

平羌渡，铁锁有桥通。
一段虹腰横水上，两行人影走虚空，不尽动摇中。

平羌渡，三两见渔舟。
何罪江鱼遭挂误，不贪香饵上空钩，怀璧为君愁。

① 尹邢：汉武帝宠妃尹夫人与邢夫人的并称。

浪淘沙　代某将军题梁氏兄弟画册

艺苑好声名，难弟难兄。
六年一幅惠州城。
画到战场深刻处，壮士心惊。

万里雪山清，部落纵横。
烦君鞍马更西行。
为我挥毫临塞外，试写苍生。

望江南

梁氏画册上，多当代名人题字，伧雅杂陈，戏缀一阕。

梁园客，画笔妙通神。
羝犊猕猴都画了，也应取次到麒麟，阁上画功臣。

缥缃好，题字尽名人。
文采风流今扫地，几行俚语斗清新，愁煞过江鳞。

燕台感旧词

昔在燕京，颇勤游事。如神武门、三海及昆明湖诸地。当红蕖艳夏，缃桃冶春，蜡屐常经，脂车屡出。瞻皇居之奇丽，玩节物之芳华，以为绝异人间，真疑天上矣！言返三巴，忽逾一纪。东人入寇，朔土先沦。远惟“麦秀”之悲，弥增“桑下”之恋。适览《量守庐词》——《买陂塘》《洞仙歌》《高阳台》诸什词中所记，仿佛前游。于是依韵倚声，窃和四阕。命曰“燕台感旧词”云。中华三十四年五月，曾缄记。

买陂塘　太液池

凤城空，五云无主，啼鸦犹绕宫树。
金鳌玉蝀题桥处，多少前朝烟雨。
桥畔路，送一水，溶溶流入瀛台去。
琼华渐暮，记花气霞蒸，湖光镜朗，十里荡香雾。

人间事，总被纤儿屡误。邦家兴废何遽。
旧京回首胡尘黯，还问昔时游处。
愁慢诉，便燕子，重来知傍谁家住。
吟怀正苦，想太液池荒，鱼龙寂寞，随意宿鸥鹭。

洞仙歌　神武门观荷

池台罨画，傍宫城依旧。御水鳞鳞縠纹皱。
料荒渠、数顷开遍红蕖，花事好，肠断刘郎去后。

俊游今在否，台上通天，一表初明悔轻奏。
怊怅挂冠人，蕙带荷衣，留无计，娉婷深负。
问何日、题红寄相思，怕玉骨冰肌，为侬消瘦。

高阳台　前题

青盖停云，红衣照水，一时开遍宫沟。
佚荡天门，追凉几度清游。
三千粉黛围成阵，盼承恩、犹望龙楼。
只难堪，铅水铜盘，和泪空流。

匆匆开落知谁主，笑宸居传舍，天子虚舟。①
凋尽华年，西风不管温柔。
彩云舞罢还归去，把余香、付与闲鸥。
待重来，雪藕成丝，依旧牵愁。

前调　昆明湖桃花

金殿排云，觚棱曜日，仙家占断银湾。
戴胜来时，侍臣窥见阿环。
宫中不奏云门乐，但羽衣，舞破河山。
到如今，北渚愁予，池水卿干。

① （时清废帝犹居故宫。）

梦中历历欢游路，记尘飞海淀，车走西关。
落尽东风，桃花知怨春寒。
雕栏玉砌应无恙，想临流，依旧斓斑。
待何年，重约惊鸿，照影波间。

人外庐绮语（乙集）

浣溪沙

高树浓阴匝四围，小园幽径遍芳菲。十年盼得主人归。

未厌好风来翠竹，生愁积雨损红薇。日长无事掩双扉。

玉楼春

城南好作游春计，罨画楼台风日丽。
家家垂柳绿遮门，处处落花红点地。

胡姬缟袂腰肢细，踏径登登鸣革屧。
本来风貌是天仙，不假人间脂粉气。

玉楼春

往客潼川，与江君梵众泛舟东山寺下涪水中。予有“人向中流摇绿去”之句，梵众为绘《东河春泛图》。顷检箧笥得之，重题小词。

东川载酒行吟处，断岸苍藤缠倒树。
山从远岸泼青来，人向中流摇绿去。

扣舷高咏惊鸥鹭，李郭同舟仙也妒。

与君曾是画中人，何日更寻江上路。

玉楼春

杨君啸谷以海宁女士画《东坡〈贺新凉〉词意美人》一幅见贻，即括坡词为《玉楼春》一阕题焉。坡公昔演花蕊夫人《玉楼春》为《洞仙歌》，予反其道而行之。坡公有知，当发千古一笑也。

华屋无人飞乳燕，手弄生绡白团扇。
晚凉新浴倚孤眠，帘外竹风敲梦断。

石榴半吐红巾绽，浓艳一枝教细看。
只愁惊绿又秋风，待得君来花暗换。

临江仙

为啸谷题所藏郑大鹤画《江上美人》。大鹤名文焯，有《冷红》《瘦碧》词、《樵风乐府》诸作，自名其居曰“樵风径”。海内能为词者，莫不知有大鹤，与朱彊村齐名。画笔亦高，此幅犹有逸致。①

① 郑大鹤（1856—1918）：晚清官员、词人。字俊臣，号小坡，又号叔问，晚号鹤、鹤公、鹤翁、鹤道人，别署冷红词客。光绪举人，工诗词，通音律，擅书画，懂医道，长于金石古器之鉴，而以词人著称于世，所著有《大鹤山房全集》。

疏柳带烟摇暝色，乱鸦飞下寒汀。
木兰舟上著娉婷。
弄珠疑汉女，鼓瑟忆湘灵。

瘦碧词仙今去矣，空留一幅丹青。
樵风旧径客重经。
独招华表鹤，来就草玄亭。

兰陵王[①]

登成都城楼，和清真韵。

晚烟直，芳草萋萋正碧。
高楼外，无数远山，欲与文君斗眉色。
华阳望旧国，谁识，登临赋客。
城南地遥唤卧龙，祠柏干霄，尚千尺。

平生浪游迹，记海泛仙槎，江挂帆席。
投荒依岂飞而食，怜末路憔悴，壮心消灭，
驽骀②怀豆恋栈驿，送鸿雁南北。

① （自此以下49年夏秋作。）
② 驽骀（nú tái）：指劣马。《楚辞·九辩》：“却骐骥而不乘兮，策驽骀而取路。”

悲恻，思空积，问蜀水丹鳞，书素沉寂。
从天有马来西极，听折遍杨柳，怨深羌笛。
人间何世，倚画槛，恨泪滴。

西河

蜀都怀古，和清真。

歌吹地，西川胜概能记。
群峰带雪耸遥空，素龙蛰起。
半轮缺月指峨眉，琼钩高挂云际。

画楼畔，红袖倚，绿杨走马曾系。
浮云变灭古今多，恨凝玉[1]垒。
千回万折绕孤城，无言东注江水。

我来醉倒卖酒市，访文君，前度闾里。
最苦薛涛身世，剩凄凉、巷陌游人，
愁对斜日荒烟，枇杷里。

临江仙[2]

旧藏伯阳山人画《瓶莲》立轴，为风雅贼攫去。杨君茂如买得送归寒斋，有旧侣重逢之感。画中旧有伯阳

① （依今音作去）
② 作者注：“此词删去”。编者因念作者词留世已少，故留下。

和沈石田[1]《临江仙》一阕，即次其韵，墨诸隔水绫上。

清供瓶莲三两朵，山人健笔横秋。
谩藏诲盗事堪羞，昨犹张壁上，今已卖街头。

似恐东坡伤寂寞，朝云欲去还留。
此身难遣是离愁，不堪寻故剑，刻画往来舟。

应天长

苦雨，和清真，同向柳溪先生作。

乖龙送雨，惊电霞空，孤城雾隐寒色。
道是漏天飞粟，匏瓜系难食。
愁霖句，怜赋客，怎奈此，昼长人寂。
乱风挫，十丈红薇，委地狼藉。

何计障横流，泛滥连朝，先坏相[2]如壁。
更问旧家乔木，波翻子云宅。
驱车马，临巷陌，满望也，浪淘余迹。
语悽哽，谱就淋铃，幽恨谁识。

① 沈石田（1427—1509）：沈周，字启南，号石田、玉田、白石翁等。明代杰出书画家，文人画“吴派”的开创者，与文徵明、唐寅、仇英并称“明四家”。传世作品有《庐山高图》《秋林话旧图》。著有《石田集》《客座新闻》等。

② （作去）

附：应天长　与圣言同和清真

向柳溪

荷心额雨，蕉肺颤风，楼台下枕江色。
浪卷万方如叶，龙蛇正蚕食。
高唐上，环珮客，锦雾锁、梦魂恬寂。
翠华外，一片巫山，粉黛狼藉。

何处夜淋铃，御气腾飚，蓬振少陵壁。
更听燕嗔卑湿，呢喃贾生宅。
横流水，连绣陌，恼夏鲧、化鱼无迹。
渺平楚，饮恨怀沙，津吏谁识。

应天长

次日，雨不止，再和清真。

纤帷乍卷，残梦渐醒，东窗未有晴色。
灶冷爨①烟无力，凄凉废朝食。
柴门静，稀过客，小巷里、卖花声寂。
又惊看，绿坠红飞，草树纷藉。

平地叹沧桑，待问苍天，何处更呵壁。

① 爨［cuàn］：烧火煮饭。

最爱大夫清绝，扁舟五湖宅。
多情水，流路陌，似镜好、净消尘迹。
想仙侣，巧步凌波，前度曾识。

水龙吟

庭前玉簪、凤仙竞开，而秋海棠数株独秀，为拈此解。

嫩红妆点初秋，露华轻泫珠光碎。
仙姿绰约，闲依玉砌，微倾紫盖。
断尽情丝，不成春睡，别栖香界。
叹生来瘦小，芳心一点，争容得、愁如海。

只恐风吹日晒，惜花人、愿花长在。
藏娇何处，盆奁亲供，佳瓷五彩。
斜插琼簪，频邀凤侣，总输娟态。
炼金丹就否，流年暗换，怕朱颜改。

洞仙歌

凤仙，一名指甲，舶来新种，浓艳如蜀中双桃花，吾庭前遍植之。季夏始开，入秋弥盛，倚此调美之。

香生指甲，迓仙人海外。好倩麻姑与搔背①。

① 晋葛洪《神仙传》谓仙人麻姑，手纤长似鸟爪，可搔背痒。唐李白《西岳云台歌送丹丘子》诗：“明星玉女备洒扫，麻姑搔背指爪轻。”

对繁英、绕砌娇比桃花，成一笑，家在天台境界。

入秋开更好，分付金凤，枝上珊瑚莫搞碎。
变相到娉婷，半面徐妃，何曾计、粉妆残坏①。
问谁夺，焉支②汉家来，爱浓染葱尖，细挼红蕾。

摸鱼儿

己丑③闰七夕，读《楚秀龛词》，有和白石韵，予亦继声。

乍黄昏，院闲人静，远听蛙沸深井。
双星不管黄杨厄④，翻喜夜如年永。
酬胜景，正凝望，鸳机罢织容更整。
前欢未冷，便再卜佳期，重温旧梦，滋味个中领。

桥头鹊，横锁秋河炯炯。销魂知是俄顷。
牛郎去后天孙⑤倦，明日怕逢朝请。
妆镜迥，又却照，孀娥独抱憔悴影。
凄清自省，甚一样仙家，偏分巧拙，愁度可怜境。

---

① （中有抓破脸一种。）

② 焉支：即胭脂。

③ 己丑：1949年。

④ 黄杨厄：即“黄杨厄闰”。旧时说，黄杨难长，遇到闰年，非但不长，反而会缩短。比喻境遇困难。

⑤ 织女为天帝孙女，故又称天孙。

木兰花慢①

往随西康府主②赴康定。还，车过二郎山，时杜鹃花盛开。自圌牛坪以上，千寻峭壁，烂如碎锦，回环数十里，穷壮极丽，为有生奇观第一。暇日冥想前胜，追成此词。

向千岩万壑，正开遍，可怜花。
看连林缀锦，横穿翠霭，乱涌赪霞。
些些怨啼蜀魄，便十分红泪满天涯。
绝境人踪不到，山灵相斗豪奢。

随他汉使泛群槎，西去问流沙。
遇王母瑶池，听歌黄竹，暗惜韶华。
回车阪经九折，又赤城深处访仙家。
仍逐鹃声归去，轻雷稳度谽岈。

---

① 又作“莽西南半壁，千嶂里，涌红霞。问杜宇何年，啼将血泪，染遍山花。亭亭，二郎秀立，要长铺秀被覆天涯。绝境天开壮丽，无此豪华。牦牛古道专征车，幽兴一时赊。喜雨霁云收，碧空如洗，紫翠交加。匆匆，我原过客，好风光都付野人家。仍逐鹃声归去，轻雷稳度崄岈。”

② 西康府主：刘文辉（1895—1976），字自乾，法号玉猷。民国第24军军长，陆军上将。曾主政西康省十年之久，人称“西康王”。1949年12月9日率部起义，1955年被授予一级解放勋章。历任西南军政委员会副主席，四川省政协副主席，国家林业部部长，文革中病故。作者曾任西康省政府秘书长。

水龙吟

昔予始过大相岭①，时某歌女为避强梁出塞，相与徒步风雪中。红颜白雪交绚征途，亦奇情也。偶怀往事，追摹清景。

万峰如许玲珑，望中一白浑无际。
乌斯藏远，银屏斜矗，玉龙欲起。
姑射神游，瑶台仙界，缁尘羞避。
指冰天尽处，火云不到，皑皑露、清凉地。

绝顶吟笻乍倚，正天风，浪浪吹袂。
回头却顾，成都何在，下枕井底。
高步三危，通庄九折，雄心四据。
有惊鸿相伴，琼瑶踏碎，向蛮荒去。

清平乐　暮春感事

恼人天气，朝夕凉暄异。
说尽一春肠断事，泪下枝头杜宇。

小院终日徘徊，升沉我为花哀。
刚被东风吹去，旋教燕子衔来。

① 在四川雅安市南部。

台城路

人日草堂作①。

草堂人日春初到，梅梢万花齐吐。
六代伽蓝，千秋故宅，耿耿骚魂凝伫。
沈檀自炷，看拜倒香龛，世间儿女。
朝罢诗王，细尘一片钿车路。

年年携酒过此，浣溪②愁照影，双鬓惊素。
望治唐虞，许身契稷，我亦愤同臣甫。
低徊院宇，算终古缠绵，高三十五③。
远寄相思，悄吟肠断句。

瑞龙吟

予自戊子④之岁，教于蜀雍，与薛涛故居密迩。常登吟诗楼，观涛诗版⑤，度长廊，瞻涛刻石画像，涉野吊涛遗冢。遥然留想，忾焉伤怀。夫无情之地，犹或兴哀；

① 人日，又称人节、人庆节、人口日、人七日等，每年农历正月初七是古老的中国传统节日。成都有人日游草堂的习俗。

② 杜甫草堂后有浣花溪。

③ 高三十五，指高适。杜甫有《送高三十五书记十五韵》诗。

④ 戊子：1948 年。

⑤ 诗版：题上诗的木板。

有涯之生，不能无遣。汪中①献吊于南苑，鄙人摅恨于江楼。取譬虽殊，其揆一也。爰谱清真此调歌之，以招涛魂。

江皋路，遥望细草侵沙，澹烟笼树。
空余当日枇杷②，废池旧馆，花骢系处。

悄延伫，犹是半湾流水，动摇帘户。
闲凭小阁吟诗，最怜翠袖，曾题俊语。

愁度长堤迢递，远寻芳冢，飘茵还舞。
苔绕片碑香铭，残破非故。
红笺数幅，空寄相思句③。
何人绘、亭亭秀影，姗姗仙步。
燕子双飞去，呢喃待诉，千愁万绪。
垂柳丝千缕，时畹晚④，洲边冥冥春雨⑤。
断魂荡作，一天愁绪。

---

① 汪中（1745—1794）：字容甫，江苏江都人。清代哲学家、文学家、史学家。有《经旧苑吊马守真》。

② 一作“青青当日垂杨”。

③ 红笺，即薛涛笺。薛涛笺的形制是红色小幅诗笺，这种红色小笺曾被薛涛用以写诗与元稹、白居易、杜牧、刘禹锡等人相唱和，因而名著于文坛。

④ 畹晚：太阳将要落山的光景。

⑤ 一作“鸳枕萦金缕，和梦渺荒唐，巫山云雨。为伊泪落，一生萍絮”。

小梅花

仿东山乐府体。

前出塞，后出塞，长剑耿耿倚天外。
天苍苍，野茫茫，风吹草低，时复现牛羊。
马后桃花马前雪，汉时阙对秦时月。
出也愁，入也愁，不知何人，更起筹边楼①。

宋艺祖②，挥玉斧，断送河西一片土。
山险巇，路崎岖，汉家地大，焉用穷荒为。
岁暮山头冻死雀，尚乐此间不思蜀。
踏蛮靴③，唱夷歌，好作蛮夷，大长老夫佗④。

暗香

夏至日，杨君啸谷为予取姜白石词意，画梅花一幅于溽暑中。对此如置罗浮、邓尉间⑤，一时热恼都尽，即次白石韵。

---

① 筹边楼：位于四川省理县杂谷脑河岸的薛城镇，始建于公元830年（唐文宗太和元年）。

② 宋艺祖指赵匡胤。

③ 古时一种舞鞋。舒元舆《赠李翱诗》：“湘江舞罢忽成悲，便脱蛮靴出绛帷。”

④ 一作“妒煞蛮夷，大长老夫佗”。

⑤ 罗浮、邓尉，皆产梅胜地。

淡摹墨色，爱老夔句好，如闻吹笛。
秀挺一枝，入眼芳华、怎堪摘。
挥汗知成翠雨，消长日、当风摇笔。
乍迸出、一片冰心，清冷扑帘席。

乡国、叹寂寂，记伴我岁寒，玉雪堆积。
暗香易歇，明月窗前、苦相忆①。
还为娉婷写照，敧袖处、琅玕凝碧。
又道是、飞去也，彩绳系得。

莺啼序

雨后过万里桥②，望西山，同梦窗《丰乐楼》韵。

晴空暮云渐捲，正余霞散绮。
对平远，四野萧然，乱木低到眉际。
几日骤，狂飙猛雨，今朝乍，喜开新霁。
劝夕阳，休度虞渊③，为我徐坠。

闲立星桥，放眼纵览，傍扶栏静倚。

---

① （玉川子句：“相思一夜梅花发，月到窗前疑是君。”予酷爱其语。）

② 万里桥即今成都市南门大桥（俗称老南门大桥），是成都历史上著名的古桥。三国时，蜀汉丞相诸葛亮曾在此设宴送费袆出使东吴，费袆叹曰：“万里之行，始于此桥。”该桥由此而得名。

③ 虞渊，神话中日落之处。

玉龙又，飞出天西，蜀山高下浓翠。

指危尖，斑斑古雪，是江汉、源头流水。

峭嶙峋，想寄增城，顿忘尘世。

飘蓬倦旅，遍历关河，自赏旧乡美。

仍怅惘，苌弘碧化①，杜鹃魂返，满目沧桑，断肠情事。

天彭树阙②，岷精垂象，三刀虚入英雄梦，蚕丛③、那觅埋忧地。

生涯瓠④落疗饥，漫说蹲鸱，问谁暗伤嫠纬。

堤边岸曲，俊约追欢，檥⑤画船更迟。

愁畹晚，凌波仙去，濯锦人归⑥，怅望红楼，凤钗十二。

---

① 苌弘，亦作苌宏。字叔，又称苌叔。蜀地资州人（今四川资中人）周景王、周敬王的大臣刘文公所属大夫。刘氏与晋范氏世为婚姻，在晋卿内讧中，由于帮助了范氏，晋卿赵鞅为此声讨，苌弘被周人杀死。传说死后三年，其心化为红玉，其血化为碧玉，故有“苌弘化碧”“碧血丹心”之说，以喻忠诚正义。

② 《华阳国志·蜀志》：“周灭后，秦孝文王以李冰为蜀守。冰能知天文、地理，谓汶山为天彭门。”

③ 蚕丛，传说中首位蜀王，曾教民蚕桑。《尔雅》释“蜀”字云：“葵中蚕也。从虫，上目象蜀头形，中象其身蜎蜎。”

④ 瓠（huà）：宽大。

⑤ 檥（yǐ）：停泊，使船靠岸。

⑥ 《文选·蜀都赋》注：“谯周《益州志》云：成都织锦既成，濯於江水，其文分明，胜於初成，他水濯之不如江水也。”今成都府南河一名锦江，古亦称濯锦。

离多会少，魂销南浦，青青杨柳今在否，袅游丝、难挽分携袂。

唯余一缕相思，吐作长虹，送君万里①。

当时匆匆赋此，不自知何以有此神力。使今再作，必无此瑰奇。检视梦窗原作及朱彊村所和，老夫亦何遑多让？作者难，知亦不易。向觙公②谓可方驾稼轩，叶石荪③叹为惊彩绝艳，师友之誉岂诬也哉。余谓："余得西蜀山川之助，西蜀山川亦得余之助。非此，则余与山川皆将抱屈。"晴窗展玩，偶缀狂言，张平子④见而笑之，固其宜也。壬辰⑤至日。

虞美人　和李后主

旧时莺燕都飞了，春色江南少。

等闲吹到落花风，无奈千红万紫别离中⑥。

---

① 见前"万里桥"注。

② 向觙公（1877—1961）：向楚，字先乔（仙樵），号觙公，今重庆巴县人，著名史学家。孙中山先生曾亲书"蔚为儒宗"四字横匾为赠。向楚受教于名家赵熙，被誉为"赵门三杰"之首。著作《巴县志》等。

③ 叶石荪（1893—1977）：四川文兴人。心理学家、教育家、诗人。

④ 西汉张衡字平子，北周庾信《哀江南赋》："陆士衡闻而抚掌，是所甘心；张平子见而陋之，固其宜矣。"

⑤ 壬辰：1952 年。

⑥ 一作"大江东去无时了，淘尽人多少。周郎若不遇东风，难免二乔深锁雀台中"。

蒋山①山色青仍在，人事年年改。
六朝天子半无愁，任是国破家亡也风流。

乌夜啼　和李后主

凉飔轻拂朱楼，捲帘钩。
一种殢②人天气、是初秋。

消息断，情怀乱，悄舍愁。
双蹙半弯新月、上眉头。

忆江南　和李后主

其一

多少事，回首望吴中。
听说苏台今走鹿，可怜钟阜③尚蟠龙，无语怨东风。

其二

无限泪，点点渍双颐。
二十四桥依旧在，玉箫谁向月明吹，消息至今疑。

① 即南京钟山，一名紫金山。汉末有秣陵尉蒋子文逐盗死于此，三国吴孙权为立庙于钟山，因改称蒋山。

② 殢（tì）：纠缠。

③ 钟阜：指钟山 。

其三

江上地，别是一番春。

昔日周郎曾顾曲，而今发柱暗生尘，南国怨佳人。

其四

肠断处，一曲秣陵①秋。

故事虚传桃叶渡②，何人来荡木兰舟，有恨莫登楼③。

浪淘沙　和李后主

其一

长夜雨潺潺，灯火阑珊。

佳人翠袖怨天寒。

夜枕高唐原是梦，空忆前欢④。

十二玉雕栏，望里仙山。

丹成轻举事非难。

犬吠鸡鸣君听取，天上云间。

---

① 秣陵：南京秦时旧称。

② 桃叶渡：南京名胜之一。相传东晋王献之常在金陵桃叶渡口迎送爱妾桃叶，并作有《桃叶歌》三首。

③ 一作“无一语，皮里有阳秋。台砌金银光灿烂，蓬莱高浪驾吞舟。蜃气忽成楼”。

④ 一作“愁听雨潺潺，灯火阑珊，佳人翠袖怨天寒。夜半丹朱来入梦，一枕幽欢”。

其二

阅世有欣哀，无术安排，九州板荡历谁阶。
终古昆明灰墨事，除问如来。

何地可忧埋，怅望蓬莱，南枝花落北枝开。
多少橘奴争化枳，先后逾淮。

破阵子　和李后主

梦里五云城阙，望中残霸山河。
紫盖黄旗，归灰烬，结绮临春换烟萝，几回历兵戈。

犹记喑呜叱咤，当时十万横磨。
何意英雄迟暮日，路人争唱董逃歌①，奔月羡孀娥。

庆春宫

题金星龙尾砚，用清真韵。

青出驴坑，苍蟠龙尾，剑埋气涌丰城。
杯水兴波，逾糜翻浪，暗中滴翠无声。

① 《后汉书·五行志》载，汉灵帝时京都童谣有“承乐世，董逃。游四郭，董逃。蒙天恩，董逃。带金紫，董逃”等13句歌辞，每句皆以“董逃”为结（一说此二字本为虚字和声）。“董”指董卓，意谓董卓纵然残暴，终必灭族。董卓以此歌为己而发，乃严加禁止。

淡烟浮动，弄光景，斜横数星。
天然奇丽，金带银丝，交错牵萦。

三生片石逢迎，长爱贞坚，休虑凋零。
荑手①摩挲，冰肌娇润，画楼当暑生清。
锦花缭乱，更织得、回文句成。
肯消磨否？写尽相思，说尽深情。

六丑

白秋海棠花落，用清真韵。

爱双蛾淡扫，便俗粉，庸脂抛掷。
素妆自妍，琼鸾留片翼，灭尽尘迹。
烂漫昌州道，万花如海，记远寻香国②。
环儿睡后余芳泽。
悄倚苔阶，娇横藓陌，依依动人怜惜。
唤春魂再醒③，前世非隔。

园亭清寂，渐霜凋旧碧。

① 荑手：形容美人手的洁白柔嫩。《诗·卫风·硕人》："手如柔荑。"

② 唐贾耽《百花谱》："海棠为花中神仙，色甚丽，但花无香无实。西蜀昌州产者，有香有实，土人珍为佳果。"古昌州又称棠城，大致在今重庆永川、大足、荣昌和四川隆昌一带。

③ 一作"春酲复酲"。

傍晚秋蛩语，闻太息。
招魂付与词客，乍凭栏怅望，别愁何极。
西风冷，忍吹冠帻。
浑不整，一点宫黄颤影，帽檐微侧。
芳菲信，却似潮汐。
想岁移，更有佳期在，娉婷待得。

烛影摇红　咏落桂

昔游新都桂湖，湖上人家收残英酿蜜，屑米为桂花糕，过客争买之，视为珍味，末段及之。

秋冷孀娥，月宫生出相思树。
泪花千点铸黄金，簌簌飘香雨。
更逐回风细舞，尚依稀，霓裳旧谱。
情根不断，赚煞吴刚，九天挥斧。

滴碎秋心，夜深凉堕仙盘露。
纵教捣麝尽成尘，销得余馨否？
纤手亲调玉杵，和糖霜，团为粔籹。
新都曾记，湖上题糕，浓熏兰杜。

莺啼序

秋夜闻雁，次林山公韵。

凉宵又听候羽，度遥空自唳。
上林好，今属谁家，系足书素徒寄。
翠华去，苍梧凝碧，斜飞点点湘娥泪。
带平沙，弹上琴丝，恨多难计。

邈矣衡阳，旧侣在否，正危栏怕倚。
溯前事，犹说图南，负天鹏背千里。
是何人，横吞楚泽①，锁吴铁，宁遮江水。
语重来，弹指沧桑，五更声里。

依汀傍渚，宿露栖烟，定巢愧燕子。
莫误了，一行霜阵，旷野舒卷，趁劫残棋，可怜曾似。
哀鸣到处，不胜清怨，胡笳吹月添悽切，
更啾啾，饮泣沙场鬼。
萧条故国，联翩宋鹢凌风，怪他过都轻退。

衔芦避弋，胆怯虚弦，甚骤惊下坠。
望缥缈，莲花仙掌，尚想三峰，探胜天台，再逢何世。
云蓝②待写，胸中幽愤，东涂西抹君试看，遍长天，

① 孟浩然《望洞庭湖赠张丞相》："气吞云梦泽，波撼岳阳城。"
② 云蓝，纸名。唐段成式在九江时自制，见《寄温飞卿笺纸》诗序。

还作龙蛇字。

孤山唤起逋仙，秉烛题词，夜灯焰紫。

六幺令

九日，老友杨啸谷招饮少城公园，与异域人同坐。即席用炉铛烹菊花作羹饷客。时山公①、般公、柳溪②、石帚③、瓠庵④诸公皆和清真此调，予亦继声。

乍晴池馆，俄顷分凉燠。
名园半环溪水，照影清于沐。
何用长伤顑颔，肉炙花猪熟。
豪华征逐，安炉立鼎，今日传餐到秋菊。

尊前相见怪客，忽侧愁胡目。
吾辈檏具横腰，被褐真怀玉⑤。

---

① 山公：林山腴（1873—1953），名思进，字山腴，别号清寂翁，四川华阳人，著名学者、诗人。

② 柳溪：向迪琮（1889—1969），字仲坚，号柳溪，四川双流人，同盟会员。民国时任职于内务部、行政院，后为四川大学教授。中华人民共和国成立后，为上海文史馆、上海医学文献馆馆员，有《柳溪长短句》。

③ 石帚：庞石帚（1895—1964），名俊，祖籍重庆市綦江县人，著名学者、诗人。

④ 瓠庵：路朝銮（1880—1954），字金坡，别号瓠庵，贵州毕节人。曾任四川候补知州，民国时入清史馆，后任教于四川大学，与赵熙、邓潜、林思进等人结春禅词社。有《瓠庵词》。

⑤ （啸谷与予同好古玉。）

归路闲穿晚霭，月样如钩曲。
来年还赴，茱萸高会，载酒杨云事先嘱。

角招

别思，用白石韵。

为君瘦，新来带减腰围，细到杨柳。
望残江上岫，尽日小栏，凭遍纤手。
刘郎去久，已尽落，桃花千亩。
一霎春光畹晚，杜鹃说不如归，忍天涯回首。

何许，更携翠袖，同窥宝镜，交映人双秀。
桂冠钗欲溜，记得文园，相逢时候。
心期似旧，恨别远、难同樽酒。
短笛谁家又奏，听呜咽，一声声，黄昏后。

齐乐天

落叶，次庞石帚韵。

绿阴凋尽千山瘦，临风更无蝉语。
老木萧疏，秋林寂寞，只有斜阳时度。
危栏凭处，叹转眼荣枯，便成今古。
愁听钟鸣，帝城迢递在何许。

庭花遗曲唱否，访江南旧国，都换红树。
鹊绕空枝，驼栖败棘，休问长安今雨。
离情漫诉，算一次飘零，一番凄楚。
宋玉悲秋，赋成辞最苦。

燕山亭

昭觉寺藏丈雪禅师遗履，是陈沅所制。山公、舣公、瓠庵皆有词记之，依同此调。

留镇山门，犹见馆娃，手制僧鞋一緉①。
飞屩御风②，大好威仪，装点法门龙象。
丈室清高，料天女、常行供养。
凝想，胜玉貌留侯，那回圯上。

还叹夫婿英雄，任名勒雕梁，世羞降将③。
争知燕颔，反逊蛾眉，双舄受人瞻仰。
生自禅天，香字有、两重圆相。
长往，谁更剪，菊华④新样⑤。

---

① 緉，通量。一緉即一双。
② 屩（juē），草鞋。《说文》："屩，草履也。"
③ （寺殿有梁，朱书"吴三桂敬献"。）
④ （花中有僧鞋菊。）
⑤ （一作"巧夺天孙，凭绣取，九秋花样。神往。香字里，重重圆相。"）

调笑令[①]

其一

秋雨，秋雨，散作一天愁绪。
濛濛非雾非烟，人向高楼卷帘。
帘卷，帘卷，天亦泪痕凝脸。

其二

秋月，秋月，长是照人离别。
送君东下渝州，影入平羌水流。
流水，流水，曾见铁沉江底。

① 作者眉批“此二首删”，编者念其所收词已少，因此编录在册。

雅雨词

临江仙

己卯①岁官雅安，作寄吾妻静仪成都。借同门千帆夫人沈祖棻《涉江词》韵。

一

清绝苍坪山下路，重来还杖邛枝。
便升绝顶更无疑。
有心登碧落，无处觅丹梯。

太简风流余旧治，姗姗恨我来迟。
望中烟草正凄迷。
隔江千嶂云，绕树万鸦啼。

二

临尽黎风兼雅雨，消磨当日豪情。
乱山流水绕孤城。
相思人不见，独自倚危亭。

① 已卯：1939 年。

多少嘉鱼来丙穴，素堂依旧无凭。
疏林红出两三灯。
月明千里共，翘首望青冥。

三

为问别来才几日，寸心飞绕蓉城。
梦时欢聚又轻醒。
平羌今夜客，孤馆一灯青。

一角漏天常作雨，人间此处无晴。
频经丧乱惯飘零。
戍楼吹画角，翻当玉箫听。

四

手把一麾严道去，此中得失休论。
人间惟别最销魂。
漫夸黄绥玺，终恨素衣庵。

前后两回歌出塞，蛮荒断送芳春。
赐环今日谢天恩。
乘槎成往事，浪说遇天孙。

五

一缕香烟萦不断，随风上下飘飘。

昏灯照幔夜迢迢。
庇寒虚有屋，暖客竟无貂。

何恨美人香草竟，低回自诵离骚。
更听霜叶下林皋。
年华悲逝水，心绪涌秋潮。

六

枯木寒山清入画，游人转爱深秋。
闲待扶杖一登楼。
红看残照敛，青对晚峰稠。

天上人间何处好，姑从此地埋受。
中流容与羡沙鸥。
网罗今更密，烟水为君愁。

七

昨夜西风来小院，轻寒吹度金铺。
潘郎双鬓感萧疏。
可堪腔子里，心似走盘珠。

栖息一枝容我借，此身欲老江湖。
云鬟玉臂近何如。

岑嘉才思尽，慵寄数行书。

八

踪迹它年应记取，月心山下鸿泥。
此行不敢怨流离。
算将江濯锦，换得水清衣。

料理香衾寻好梦，任伊月落乌啼。
南来有约莫衍期。
平居相忆苦，何况乍寒时。

念奴娇

炉关九日　次东坡韵

问今何世，且凭阑，领略边疆风物。
大地河山，俱粉碎，保此西南半壁。
玉树歌残，金陵气尽，独对千峰雪。
虞渊日薄，挥戈空想豪杰。
偏是篱菊多情，趁素秋未了，黄花争发。
漫诩登高，能作赋，无那触蛮兴灭。
百载为戎，吾其左衽，狂被伊川发。
关门锁断，秦时一片明月。

木兰花慢　康垣十景词

刘君衡如约赋康城十景，为填木兰花慢十阕，制题不与刘君尽同，然大体无舛。此在山川奇犷，顾余又非词人，率率为之，卤莽灭裂，多可笑者。录其风土，侔于簿书，意内言外，则吾岂敢，曾缄自记。

四桥雪浪

城内四桥星连，折多水出其下，冲津蹈壁，一往无前，倚杖临流，有曲江观涛之异。

对重桥喷薄，浪花卷，雪千堆。
看一派寒流，长拖白练，乱涌琼瑰。
西来水银泻地，化玉虬，夭矫去天涯。
窈窕蛮娃出汲，跳珠溅满香腮。

徘徊，我有陆沉哀，砥柱盼奇才。
待手挽银河，人间净洗，劫后余灰。
安排两行热泪，共惊涛，怒吼作春雷。
滴滴朝宗到海，山城不用萦回。

双寺烟林

金刚崖南无二寺，在城南二里许，寺颇闳丽，红衣僧踞之。近山皆童，而此乔木独多，蔚然深秀。

指双林郁郁，最萧洒，梵王家。
有崖号金刚，经藏贝叶，佛化莲华。
僧伽住持正法，绕浮图，风飏紫袈裟。
宛转楼通碧落，光明身陷红霞。

看他，看到夕阳斜，清景却堪夸。
爱七宝庄严，千株翠合，半壁烟遮。
些些祖师密意，笑盲人，行脚遍天涯。
安乐常依宝，黄昏转羡栖鸦。

郭达停云

蜀相南征，其将郭达铸箭之所，山特雄峻，岸然如伟丈夫，郁雾蒸云，占者倚为雨则。

喜名垂绝嶂，为凭吊，汉将军。
记五月南征，安炉打箭，曾策奇勋。
乾坤自留浩气，向岩疆，远拥阵头云。
想见喑呜叱咤，欃枪扫尽妖氛。

三分割据忍重论，往事付斜曛。
只薜荔山阿，文鲤赤豹，犹尚疑君。
同昏正哀八表①，叹神州，何处不腥闻。
回首当年故国，空余烟霭纷纷。

雅伽积雪

雅伽稉为雪山旁枝，森如削玉，而高寒已甚，增行旅之劳，故以文成为喻。

望亭亭玉立，雅伽顶，几多峰。
溯体劳冈峦，折多一脉②，秀挺芙蓉。
玲瑶去天尺五，问何人，曾到最高重。
山上不知冷暖，世间说有春冬。

蟠空，宛转似游龙，时被白雪封。
看险扼雄关，西通藏卫，东控临邛。
匆匆远征异域，想文成，愁损旧花容。
绝境还标劲节，岩阿自长青松。

① 陶渊明《停云》：“八表同昏，平路伊阻。”
② 折多山位于四川省甘孜州境内，海拔 4298 米，是康巴第一关。折多山又是重要的地理分界线，西面为高原隆起地带，有雅砻江，右为高山峡谷地带，有大渡河。

温泉雅浴

泉在城北二道桥，从地涌出，状如莲华。邦人泳游，曾无虚日，著鸳鸯一语，则匏瓜无匹，自厓而返矣。

过荒桥第二，傍幽涧，起船房。
正雾沫蒸腾，寒消黍谷，清比兰汤。
双双羡他比目，把温柔，比作水云乡。
想象凝脂浴罢，有时颠倒衣裳。

商量、北碚又南塘，乐事数西康。
爱所谓伊人，一丝不挂，宛在中央。
猑獽远离浊世，但时来，稀发向朝阳。
自笑俨同沤鹭，谁家巧戏鸳鸯。

柳峪芳游

薰风南来，边柳初绿，番人挟帐为柳林之游，纵酒酣歌，有长林丰草间意。

正薰风解愠，为吹绿，柳千条。
看挚榼提壶，华妆炫服，簇拥山椒。
天骄未驯野性，向长林，丰草倍逍遥。
谁羡旃茵广厦，输伊彩帐牛毛。

招邀，游冶趁芳朝，无处不魂消。
有曼舞轻歌，红绒绕髻，翠带围腰。
飘飘乍飞蛱蝶，做千仪百态殢人娇。
酩酊归来石径，扶持还倩花梢。

乐顶梵音

乐顶山，下临城郭，黄冠者居之。清梵时闻，殆庐山莲社之亚，然元亮攒眉矣，故于末后下一转语。

乍疏钟几杵，又飞下，白云边。
是乐顶山僧，开堂说法，大事因缘。
风前更闻梵唱，送清音，字字总清圆。
缥缈声残远岫，缤纷花落诸天。

寻人问，俗耳爱繁弦，徒费买歌钱。
听一曲无生①，狂心顿歇，尘想都捐。
谁言石头路滑，有随身，竿木且周旋。
却愧归来靖节，攒眉忘尽蹄筌。

耳坡樵唱

子耳坡近在北郊，樵女之所出没。风前高唱，合于

① 无生，佛教术语。指涅槃之真理无生灭，故云无生。因而观无生之理以破生灭之烦恼也。《圆觉经》:“一切众生于无生中。妄见生灭。是故说名转轮生死。”

劳者歌事之义，惟迷离扑朔，故用山鸟解嘲。

正孤城傍晓，好风送，数声歌。
是早起康娃，闲邀女伴，初度前坡。
山阿打柴自乐，唱新辞，纤掌拍樵柯。
不是幽兰白雪，无非拷佬回波。

蛮靴，一路踏青莎，欢意此中多。
待倚遍崚嶒，行残确荦①，过尽陂陀。
婆娑曲终不见，但时闻，语笑隔烟萝。
何处飞来小鸟，向侬偏唤哥哥。

天都飞瀑

悬流百步，倾泻高崖，清某亲王题曰小天都，在城东十里。荒阻得此，亦足自矜，不惜以匡庐相拟。

挂飞泉断壁，不须画，自成图。
看西楼风湾，东连日地，中起天都。
边区也饶胜境，笑诗人，只解赋匡庐。
横槊曾题数字，名王意气豪粗。

① 确荦（luò），山石不平的样子。韩愈《山石》：“山确行石荦径微，黄昏到寺蝙蝠飞。”

嗟吾，潦倒困穷途，脱帽且狂呼。
笑病渴文园，今番却遇，灌顶醍醐。
沾裾似啼玉筋①，怕青山，泪点有时枯。
识得流泉是命，今生不算胡涂。

仙海澄波

积水澄然，雪峰倒影，石黛碧玉，五色相宜，名曰五色海子。在东南万山中，悬蹬孤危，径路险绝，惟好奇者得至。

讶高原出水，更难得，在山清。
正草渐蒙茸，峰横浅绛，雪弄晶莹。
分明照来镜里，似天孙，初织七襄成。
终古潜虬睡稳，寒湫寂静无声。

幽寻，有客蹑峥嵘，到此亦心惊。
是何时冯夷②，移将巨浸，著何层城。
盈盈荡空万顷，向波心，倒看五云生。
奇绝旄牛徼外，化为方丈蓬瀛。

① 指玉作的筷子，比喻眼泪，亦作玉箸。
② 冯夷，中国古代神话中的黄河水神，也作“冰夷”。

蝶恋花[①]

静坐焚香观法像，不见如来，镇日空凝想。
只有情人来眼上，婷婷铸出姣模样。

碧海无言波自荡，金雁飞来，忽露惊疑状。
此事寻常君莫怅，微风皱作鳞鳞浪。

① 曾缄《仓央嘉措情歌》译诗第十八："入定修观法眼开，乞求三宝降灵台。观中诸圣何曾见，不请情人却自来。"第十九云："静时修止动修观，历历情人挂眼前。肯把此心移学道，即生成佛有何难。"其后自注云："以上二诗亦为一首，于分为二。藏中佛法最重观想，观中之佛菩萨，名曰本尊。此谓观中本尊不现，而情人反现也。昔见他本情歌二章，余约其意为蝶恋花词云：'静坐焚香观法像，不见如来，镇日空凝想。只有情人来眼上，亭亭铸出娇模样。碧海无言波自荡，金雁飞来，忽露惊疑状。此事寻常君莫怅，微风皱作鳞鳞浪。'前半阕所咏即此诗也。"今摘出。

越翠庵词

自《人外庐绮语》写成后，不作词者十年，今诸生有从余问此道者，讲诵之余，不免见猎心喜，于是遇题触发，又得若干阕，命曰《越翠庵词》（越翠之义，见开卷第一首词中）。志经始也，此为有井水处，西楼南瓦所不歌，亦十七八女郎、关西大汉所不唱。但老夫窗下无事，咿唔自适而已，词云乎哉！公元一千九百五十八年三月一日，曾缄自序。

减字木兰花

新得越窑印花洗子，画双鱼游戏莲荇间，制作绝精，釉色犹葱翠可爱。陆鲁望诗云："九天风露越窑开，夺得千峰翠色来"即此。

千峰翠色，偏让越窑先夺得。
釉底藏花，百炼瓷胎薄似纱。

留供雅玩，斗觉清辉生几案。
天下应无，中著江南鱼戏图。

前调

旧藏大邑瓷小椀，适成都市政府重葺杜甫草堂，广征文物，即以归之。顷复得一盏，白色烂然，真杜诗所谓“玉椀盛霜雪”者，竟补偿前失，为之拊掌称快。

声如哀玉，杜甫诗中曾著录。
玉椀盛霜，佳器先期送草堂。

寒斋寂寞，颇恨慰情无俊物。
忽对冰盘，谁道佳人再得难。

前调

宋粉定锥花小盏，晶莹如白玉，花纹作护草，若隐若现，刻画生动。并前两器，可称三绝，同为寒斋秘玩。东坡诗云：“定州花瓷琢红玉。”红者余所未睹，它日当物色之。

官哥汝定①，我爱何郎新傅粉。
护草忘忧，对此宜消万古愁。

花瓷琢玉，此语吾闻苏玉局②。
它日相逢，一样桃花有白红。

① 八大名窑之四。
② 即苏轼，曾任玉局观提举。

菩萨蛮

读稼轩词，戏效其体示丁生。

乾坤大好征夫路，纷纷今古人来去。
一事不争差，夕阳依旧斜。

斜阳开口说，不是从前日。
古日已消亡，今来新太阳。

水调歌头

宝成铁路通车，余将有燕京之行，先成此阕。

万里一条铁，缭绕上崔嵬。
开山壮士无数，挥斧劈苍崖。
磴道高盘天上，隧道潜通地底，辘辘走轻雷。
汽笛震山谷，猿鸟亦惊猜。

噫吁嘻，思白也，叹高哉。
如今似履平地，蜀道不难来。
指顾经过剑阁，谈笑飞驰秦岭，三日到燕台①。

① 故址在今河北易县东南。相传燕昭王筑台以招纳天下贤士，亦称贤士台、招贤台、黄金台。这里代指燕京之地。

好作远游计，休管鬓毛催。

最高楼

老友杨啸谷，新从少城①猫猫巷移居西郊三洞桥，矮屋数椽，略避风雨，戏赠一阕。

移居好，小巢在西郊，出谷喜迁乔。
浣花溪上追工部，洞庭湖里走杨幺②。
笑从前，深巷底，唤猫猫。

也不是，万间开广厦，又不是，一家无片瓦。
新作计，比鹪鹩。
我自有桥名九眼③，君今三洞复名桥。
但相思，须命驾，莫辞遥④。

渔家傲

余自出卖人外庐后，流转东郊者十年于兹矣。啸谷许以新居余屋为余退休之所，赋此谢之。

① 少城，又称满城，位于成都老城区西部，是清朝为八旗兵及其家属专门修建的“城中城”。

② 杨幺，南宋起义军领袖，曾活动于洞庭湖一代，后为岳飞剿灭。

③ （时余寓居九眼桥学社。）

④ （一作“阅人间，多少事，水滔滔。”）

人外一庐曾卖去，借车载走闲家具。
自笑有锥无卓处，风里絮，十年飘转东郊路。

六鹢退飞鸟绕树，牵船岸上难时住。
君许梁鸿来赁庑，相尔汝，闭门不管风和雨。

临江仙　咏盆中水仙花

一束生刍人似玉，渔歌唱出沧浪。
仙乎宛在水中央，是尘都不染，彻骨爱清凉。

能令好花开顷刻，神通我亦韩湘。
试倾杯水化汪洋，稽天成巨浸，来看海生桑。

沁园春　再咏盆中水仙

岁宴华余，窈窕幽姿，仙乎水哉。
爱冰肌玉骨，名同菡萏①，暗香疏影，开趁寒梅。
净倚云根，清摇石髓，涌现皑皑雪一堆。
风流处，看江妃起舞，罗袜生埃。

凌波肯过高斋，便整顿、瓷瓯亲手栽。
似盘擎仙掌，承将露去，盆邀玉女，洗罢头来。
何必窥园，居然倚玉，恰傍先生几案开。

① （荷花一名水仙。）

长相近，笑刘郎辛苦，远到天台。

摸鱼儿

过绿杨村，凭吊薛涛坟，作稼轩韵。

怨东风，又吹红雨，纷纷花片飞去。
繁华转眼成憔悴，唯见柳丝无数。
留不住，更恐怕，春归迷失来时路。
画梁燕语，怅旧日乌衣，斜阳寂寞，谁咏谢娘絮。

从前事，一误可堪再误，年芳鶗鴂曾妒①。
微瑕空谤闲情赋，未遇解人休诉。
公莫舞，君试看，昔时倾国余坏土。
黄昏最苦，正极目荒烟，招魂只在，埋恨薛涛处。

青玉案　江楼

寻芳绕遍花间路，乱红被，风吹去。
江上舟横人不度，沧波万顷，绿芜千里，总是愁来处。

美人自古伤迟暮，壤壁空寻旧题句。

① 鶗鴂，即杜鹃。屈原《离骚》："恐鶗鴂之先鸣兮，使夫百草为之不芳。"

西北一楼高几许，依然比似，
滕王阁子，帘捲西山雨。

鹧鸪天　游武侯祠因观惠陵

先主真龙相卧龙。
陵园祠庙路相通。
三分割据纡筹策，
一体君臣祭祀同。

鱼水乐，马牛风。
出山应悔太匆匆。
为君读遍襄阳传，
刘表何曾取德公。

木兰花慢

往在雅安，与宁乡程康、永丰刘庐隐唱和。程好陈后山，刘好王半山，谓余略似苏眉山，固号其唱和之作曰“三山集”。顷从故纸堆中捡得旧稿，已为蠹鱼渊薮，不胜感慨，而作此词。

溯三山旧事，虽已息，奈情何①。
记石鼎联吟，旗亭画壁，同室操戈。

① （借用《芙蓉城传》中语。）

回波尔时栲栳，但匆匆相和便成歌。
弹指十年，关塞光阴，纸上消磨。

摩挲残稿，更长哦，散帙蠹鱼多。①
问谁更争墩，禅参曹洞，梦说春婆。
行窝尚无恙否，想蔡蒙②，飞翠落羌河。
一局残棋未了，山头烂尽樵柯。

西乡子

回忆西康旧游，作《西乡子》，即《南乡子》调。今从地望，改名《西乡子》云。

其一

真快活，水中仙，雅拉沟③畔浴温泉。
一池喷玉凝香雾，凌波步，侬在温柔乡里住。

其二

君不见，踏摇娘，成围姹队跳锅庄。
红毡毹上如花貌，谁知道，明日打柴穿虎豹。

① 蠹鱼，衣服及书籍中的蠹虫。又名白鱼、衣鱼、壁鱼。杜甫《归来》诗："开门野鼠走，散帙壁鱼乾。"

② 蔡山、蒙山，在雅安。其地多羌民。

③ 雅拉沟，属康定。

念奴娇

忆峨眉，次东坡赤壁韵。

振衣千仞，见多少，山川云物。
觗觗苍龙蟠绝徼，撑起西南半壁。
万里寒光，一条白练，飞出天边雪。
游人绝叫，它山无此雄杰。

曾记山里春深，听杜鹃啼后，野花争发。
布袜青鞋寻古寺，苔径行踪应灭。
何日重来，阳阿佳处，晞我皑皑发。
平羌江上，半轮长望秋月。

临江仙

去岁从朱氏宅得白秋海棠一株，今秋盛开而朱已遭籍没①，对花有感。

怊怅朱门今扫地，
幽花知傍谁开。
去年相赏记衔杯。
坐中狂杜牧，曾唱紫云回。

小苑移根才几日，
人间阅尽兴衰。
伤心莫问旧池台。
枝重倚玉，万事总成灰。

① 籍没：谓登记所有的财产，加以没收。《三国志·魏志·王修传》："太祖破邺，籍没审配等家财物赀以万数。"

浣溪沙

一

一片荒城淡夕曛，
旧家乔木叫鸦群。
纷纷过眼好烟云。

重过成都沽酒肆，
当垆多少卓文君。
双蛾蹙损远山纹。

二

陌上游人走碧车，
而今眯目是尘沙。
劫灰堆里梦繁华。

道左有磨公干石，
担头多买邵平瓜。
谢堂飞燕入人家。

后 记

2015年7月，曾缄先生诗文集之《寸铁堪诗稿》付梓，经过几年的艰辛努力，如今《寸铁堪诗稿》（修订版），曾缄先生诗文集之二《康行集》、之三《折腰集》终于要和读者见面了。

在文稿的整理过程中，编者受益于众多朋友的鼎力相助。《折腰集》中的不少文章，都是朋友们提供的。如重庆师范大学文学院副研究员熊飞宇老师提供的《天宁塔赋》《陆军中将第一百四十五师师长饶君墓志铭》《唐家八阵图》《读杜诗七言绝句散记》等；四川师范大学李亚东老师提供了章太炎主办的《制言》杂志全期电子版，使我能查阅其所登载的曾缄先生的全部文章；《念奴娇·忆峨眉（次东坡赤壁韵）》为成都收藏家江功举先生所提供，尽管它仅是一纸残笺；南京的宋健先生，则将他所查阅到的所有曾缄先生诗文，悉数提供；咸阳的许建先生和他的朋友也将查阅到的曾缄先生诗文发给我。

文稿整理过程艰辛并快乐。编者不才，整理中恐多错讹疏漏，难以尽如人意，幸有良师益友相助，使得工作继续推进。《寸铁堪诗稿》首次出版后，不少朋友向我反馈书中的错误。成都学者林孔翼老先生得知要出修订本，为我校订全书，并提出一些宝贵的建议。武汉的詹骁勇先生也将他发现的错失疏漏修正后，逐条发给我。在《康行集》和《折腰集》的整理中，成都的不少朋友也帮我校订，如成都杨启宇先生、李星辉先生、彭州高光俊先生等等。词的部分，时为南京师范大学博士生孙文周（现任教于洛阳师范学院文学院）、温州大学人文学院伍三土老师专为校订。孙文周先生在校对中，与我先后几次通过电话等交流，尽心尽力，甚是仔细；伍三土老师则要了全部词稿图片，在百忙之中抽出时间来帮助我。整理中，有许多不认识的古文字、异体字、不理解的古汉语词汇，我的老师朱英贵（成都大学教授，著有《汉字形义与器物文化》《汉语共同语语法概论》等著作），不时地给予我解答和帮助。远在美国的诗人白水先生，则帮我校对了诗文集的全部内容。在四年多的时间里，白水先生后两年几乎全程跟进，在此深表感谢。

这些朋友，有的与我仅仅一面之缘，有的素未谋面。不知寸铁孙何德何能，竟能得到这么多良师益友如此慷慨无私的帮助，皆因为他们景仰曾缄先生！

尊敬的师友们，没有你们，就没有曾缄先生这三本书的面世和流传！寸铁孙感激涕零！

在此，致以诚挚的叩谢！

（姓名敬录于下，排名不分先后）

李维毅先生　　葛墨安先生　　无慧女士

彭雄先生	冉云飞先生	裴晓秋女士
唐中六先生	赵振铎先生	江功举先生
江潮先生	江渔先生	江苹先生
蒋维民先生	林孔翼先生	李玉函先生
刘定军先生	刘一甫先生	宋燕春女士
唐劳绮女士	伍三土先生	杨振兴先生
杨启宇先生	殷明辉先生	张在军先生
张志烈先生	程丽则女士	李兴辉先生
周啸天先生	张忆中先生	明积好先生
朱晓剑先生	王国平先生	刘静松先生
白水先生	熊飞宇先生	李亚东先生
宋健先生	许建先生	孙文周先生
彭大泽先生	扬橘荪女士	杜均先生
詹骁勇先生	付作林先生	刘守根先生
石天河先生	陈墨先生	高森信先生
朱英贵先生	向黄先生	高光俊先生

明空师太（雅安金凤寺主持）成都送仙桥畔所有的“仙友”

二〇二〇年九月四日

附：曾慎言先生挽词

王治平①

仓颉作书鬼夜哭，祖龙肆虐焚编竹。
天丧斯文文不绝，文星陨地光犹烛。
百代风流几盛衰，一时讲肆辟燕台。
远宗北海传绝业，近绍蕲春启俊才。
此时欧风已东被，瀛海乘槎多子弟。
绩溪胡氏创新军，独秀陈生倡异议。
纷纷海上盛文妖，各分派社立新标。
创造自云“普罗里”，新月人称“布尔乔”。
光怪陆离虽满纸，究其文体唯一轨。
为诗不外底吗呢，缀文全废之乎矣。
独有诗豪起蜀江，瓣香叔度继余杭。
一脉诗心融李杜，千秋翰藻冶苏黄。
不随时论趣高下，笃学师承如贾马。
新翻别调本黄钟，一挽颓风归大雅。
旧都冠盖似京华，题诗人上故侯车。

① 王治平（1920—1992）四川眉山人。四川省文史研究馆馆员，毕业于四川大学中文系和川大文科研究所。诗学梅村，词宗稼轩，擅长书画、剪纸，尤精雕塑艺术。著作有《吟边琐记》，《楞严经白话解》由上海佛学书局出版，此诗写于1971年。

座中分韵皆能手，不及黄门一大家。
当时海内称香宋，荣州御史声名重。
问字侯芭年最少，已许新声似雏凤。
仲淹楼记笔花新，依刘王粲隐炉城。
严武幕中容杜甫，本初弦上著陈琳。
蛮中花鸟春如海，玉梳峰头雪似皑。
丹增情事郎翁画，尽入诗中呈异彩。
别有幽情笔底扬，宫词婉转叹仓洋。
搜来西极无双谱，断尽逻逊士女肠。
雅集程刘聚雅安，江郎妙笔写三山。
今日三山凋落尽，不堪重展画图看。
归来绛帐开锦里，黉舍幽居传学子。
已嗟叔世伤零落，犹自殷勤种桃李。
换羽移宫总可哀，人间天上泣英才。
绝代销魂咏歌圣，九京玉树叹双雷。
重逢耆旧悲雨露，相对南冠泪如注。
子山愁思赋乡关，杜老酸吟嗟迟暮。
词客哀时事事殊，典章图史尽无余。
江山文藻埋灰烬，深悔从前误学书。
化碧千年土花紫，北渚秋风悲帝子。
此际伤心赤县沉，此时回首青天死。
南山文字已成灾，东郭恩情何足齿。
君子伤哉去不还，小人众矣镇相煎。

此身已随尘土尽，诗卷长留天地间。
今日荣枯复何有，字字珠玑应不朽。
纵无浩气贯日月，犹有文光射牛斗。
我生二十正少年，早读宫词羡坡仙。
为有英华惊洛下，故劳车马访江干。
平生意气兼师友，风骚敢接屈平后。
碧血长埋楚士冤，红羊摘尽先生柳。
只今天地久埋沉，卷地潮来势欲吞。
嬴火星星成浩劫，楚歌袅袅哭斯人。
萧条风雨兴亡恨，生死文章血泪痕。
为叹广陵伤绝调，声声啼宇为招魂。